POLAR
STURM

CLIVE CUSSLER
DIRK CUSSLER

POLAR STURM

EIN DIRK-PITT-ROMAN

Aus dem Amerikanischen
von Oswald Olms

Weltbild

Die amerikanische Originalausgabe erschien 2008 unter dem Titel
Arctic Drift
bei Putnam's Sons, New York.

Besuchen Sie uns im Internet:
www.weltbild.de

Genehmigte Lizenzausgabe für Verlagsgruppe Weltbild GmbH,
Steinerne Furt, 86167 Augsburg

Übersetzung: Oswald Olms
Umschlaggestaltung: Johannes Frick, Augsburg
Umschlagmotiv: Gewitter/Wasser: © olly; Schiff:
© snowmaker; Eisberg: © staphy
Gesamtherstellung: CPI – Clausen & Bosse, Leck
Printed in the EU
ISBN 978-3-8289-9578-9

2013 2012 2011 2010
Die letzte Jahreszahl gibt die aktuelle Lizenzausgabe an.

Im Gedenken an Leigh Hunt.
Ja, es gab wirklich einen Leigh Hunt.
Er war ein teurer Freund, Bonvivant, ein pfiffiger und übermütiger Don Juan, der auf eine Art und Weise mit Frauen umgehen konnte, um die ihn jeder beneidete.
Ich habe ihn im Prolog von zehn Dirk-Pitt-Romanen sterben lassen. Er wollte zwar immer eine größere Rolle in den Geschichten spielen, beklagte sich aber nie …
Dafür hat er den Ruhm genossen.
Bis dann, alter Freund, du wirst schmerzlich vermisst.

PROLOG

DIE TODESPASSAGE

DIE VERLASSENEN SCHIFFE

APRIL 1848
VIKTORIASTRASSE
NORDPOLARMEER

Der Schrei gellte wie das Heulen eines weidwunden Dschungeltieres durch das Schiff, ein klagendes Jaulen, das wie ein Todesflehen klang. Eine zweite Stimme fiel in das Jammern ein, dann eine dritte, bis ein grausiger Chor durch die Dunkelheit hallte. Als die schaurigen Schreie verklangen, kehrte ein paar Sekunden lang eine bedrückende Stille ein, bis dann erneut ein Gepeinigter die Stimme erhob. Ein paar entfernt sitzenden Seeleuten, die noch halbwegs bei Sinnen waren, entgingen die Laute nicht. So beteten sie darum, dass ihnen ein leichterer Tod vergönnt sein möge.

Kommandant James Fitzjames hörte in seiner Kabine zu, während er so etwas wie einen silbrigen Felsbrocken in seinen Händen knetete. Er hielt sich das kalte, schimmernde Mineral vor die Augen und verfluchte seinen Glanz. Dieses Zeug, aus was immer es bestehen mochte, hatte allem Anschein nach dies Unheil über das Schiff gebracht. Schon bevor es an Bord geschafft worden war, hatte das Mineral den Pesthauch des Todes an sich gehabt. Zwei Besatzungsmitglieder in einem Walfangboot waren beim Transport der ersten Gesteinsproben über Bord gegangen und in den eisigen arktischen Gewässern binnen kürzester Zeit erfroren. Ein weiterer Seemann war bei einer

Messerstecherei umgekommen, als er ein paar der Steine bei einem durchgedrehten Zimmermannsmaat gegen Tabak eintauschen wollte. Mittlerweile war in den letzten paar Wochen mehr als die Hälfte seiner Besatzung langsam, aber unaufhaltsam dem Wahnsinn anheimgefallen. Dass wir in diesem ewigen Winter festsitzen, ist zweifellos auch daran schuld, dachte er, aber diese Steine spielen gewiss ebenfalls eine Rolle.

Von einem lauten Klopfen an der Kabinentür wurde er aus seinen Gedanken gerissen. Da er seine Kräfte sparen wollte, stand er nicht auf, sondern antwortete lediglich mit einem krächzenden »Ja?«.

Ein kleiner Mann in einem verdreckten Sweater, das Gesicht hager und schmutzig, öffnete die Tür.

»Käpt'n, ein oder zwei von denen versuchen wieder die Barrikade zu durchbrechen.« Es war der Quartiermeister des Schiffes, der dies mit schwerem schottischen Akzent meldete.

»Holen Sie Lieutenant Fairholme«, erwiderte Fitzjames, während er sich langsam erhob. »Er soll seine Männer zusammentrommeln.«

Fitzjames warf den Steinbrocken auf seine Koje und folgte dem Quartiermeister nach draußen. Sie stiegen einen dunklen, muffigen Niedergang hinab, der nur von ein paar mit Kerzen bestückten Laternen beleuchtet wurde. Als sie die Hauptluke passierten, verschwand der Quartiermeister, während Fitzjames weiter in Richtung Vorschiff ging. Kurz darauf blieb er vor einem großen Trümmerhaufen stehen, der ihm den Weg versperrte. Eine Unmenge von Fässern, Kisten und Tonnen war in dem Gang verkeilt und bis zu dem darüber liegenden Deck so aufgetürmt worden, dass all dies eine Barrikade zu den vorderen Abteilungen bildete. Irgendwo auf der anderen Seite des Hindernisses hörte man das Scharren der Kisten und das Schnauben der Männer.

»Sie machen sich schon wieder dran zu schaffen«, sagte ein

schläfrig wirkender Seesoldat, der mit einer Steinschlossmuskete an dem Trümmerhaufen Wache stand. Der kaum neunzehn Jahre alte Posten hatte einen schmutzigen Bart, der wie Dornengestrüpp aus seinem Kinn wucherte.

»Wir überlassen ihnen das Schiff noch früh genug«, erwiderte Fitzjames mit müder Stimme.

Die hölzerne Leiter hinter ihnen knarrte, als drei Männer vom darunter liegenden Orlopdeck zur Hauptluke emporkletterten. Ein Schwall eisiger Luft zog durch den Gang, bis einer der Männer eine Segeltuchplane über die Luke zog. Ein ausgemergelter Mann in einer schweren wollenen Offiziersjacke trat aus dem Schatten und wandte sich an Fitzjames.

»Sir, der Waffenschrank ist nach wie vor gesichert«, meldete Lieutenant Fairholme, von dessen Mund beim Sprechen eine dichte Dampfwolke aufstieg. »Quartiermeister McDonald lässt die Männer in der großen Offizierskabine antreten.« Er hob eine kleine Perkussionspistole und fügte hinzu: »Wir haben drei Waffen für uns rausgeholt.«

Fitzjames nickte, während er die beiden anderen Männer betrachtete, ausgezehrt wirkende königliche Marineinfanteristen, die mit Musketen bewaffnet waren.

»Danke, Lieutenant. Geschossen wird nur auf meinen ausdrücklichen Befehl«, sagte der Kommandant leise.

Ein schriller Schrei ertönte hinter der Barriere, gefolgt von einem lauten Scheppern von Töpfen und Pfannen. Der Lärm wird immer wilder, dachte Fitzjames. Er konnte nur mutmaßen, was für Abscheulichkeiten auf der anderen Seite der Barrikade vor sich gingen.

»Sie werden zusehends gewalttätiger«, sagte der Lieutenant mit gedämpfter Stimme.

Fitzjames nickte grimmig. Als er sich zum Polarforschungsdienst gemeldet hatte, hätte er sich niemals vorstellen können, dass er einmal eine wahnsinnig gewordene Besatzung zur Räson bringen musste. Er war ein kluger und umgänglicher Mann, der bei der Royal Navy rasch aufgestiegen war und mit dreißig Jahren das Kommando über eine Korvette erhalten hatte. Jetzt, da er sechsunddreißig war und ums nackte Überleben kämpfte, stand der Offizier, der man einst als »bestaussehender Mann der Marine« bezeichnet hatte, vor seiner schwersten Prüfung.

Vielleicht war es gar nicht so überraschend, dass ein Teil der Besatzung den Verstand verloren hatte. Den arktischen Winter auf einem im Eis eingeschlossenen Schiff zu überleben, war eine furchtbare Herausforderung. Die Männer, die der Dunkelheit und erbarmungslosen Kälte monatelang ausgesetzt waren, saßen in den engen Verschlägen des Unterdecks fest, wo sie gegen Ratten, Platzangst und Einsamkeit kämpften und zudem unter Skorbut und Erfrierungen litten. Einen Winter zu überstehen war schon schwer genug, aber Fitzjames' Besatzung brachte gerade den dritten arktischen Winter in Folge hinter sich, und ihr Leiden wurde durch Nahrungs- und Brennstoffknappheit noch verschlimmert. Der vorzeitige Tod von Sir John Franklin, dem Leiter der Expedition, trug ein Weiteres dazu bei, dass ihre Zuversicht schwand.

Doch Fitzjames wusste, dass noch etwas wesentlich Unheilvolleres am Werk war. Als sich ein Bootsmannsmaat die Kleider vom Leib riss, aufs Oberdeck stieg und schreiend über das Treibeis rannte, hätte man dies als einen einzelnen Fall von geistiger Umnachtung abtun können. Aber als drei Viertel der Besatzung anfingen, im Schlaf zu brüllen, teilnahmslos umhertorkelten, unverständliches Zeug vor sich hin brabbelten und unter Hirngespinsten litten, wurde ihm klar, dass noch etwas anderes im Spiel war. Als die Betroffenen allmählich immer gewalttätiger wurden, ließ Fitzjames sie heimlich ins Vorschiff bringen und unter Quarantäne stellen.

»Irgendetwas auf dem Schiff treibt sie in den Wahnsinn«, sagte Fairholme leise, als könnte er Fitzjames' Gedanken lesen.

Fitzjames wollte gerade nicken, als eine kleine Kiste über die Barrikade geflogen kam und ihn beinahe am Kopf getroffen hätte. Das fahle Gesicht eines ausgezehrten Mannes, dessen Augen im flackernden Kerzenschein rot glühten, tauchte in dem Spalt zwischen Barriere und Oberdeck auf. Rasch zwängte er sich durch die Lücke und stürzte dann die Barrikade herab. Als sich der Mann wieder aufrappelte, erkannte Fitzjames, dass es sich um einen der Heizer handelte, die die Dampfmaschine des Schiffes mit Kohle versorgten. Der Heizer trug trotz der frostigen Temperaturen im Schiff kein Hemd und hatte ein schweres Schlachtermesser in der Hand, das er sich in der Kombüse besorgt haben musste.

»Wo sind die Schlachtlämmer?«, schrie er und hob das Messer.

Ehe er zustechen konnte, parierte einer der königlichen Marineinfanteristen den Angriff mit dem Kolben seiner Muskete und traf den Heizer seitlich am Kopf. Das Messer schlug gegen eine Kiste, als der Mann zu Boden ging und mit blutendem Gesicht liegen blieb.

Fitzjames riss sich von dem bewusstlosen Heizer los und wandte sich an die Besatzungsmitglieder, die ihn umstanden. Müde, abgemagert und von der mangelhaften Kost ausgezehrt schauten ihn alle an, als warteten sie auf eine Anweisung von seiner Seite.

»Wir verlassen sofort das Schiff. Noch haben wir über eine Stunde Tageslicht. Wir schlagen uns zur *Terror* durch. Lieutenant, lassen Sie die Schlechtwetterausrüstung in die große Kabine bringen.«

»Wie viele Schlitten soll ich vorbereiten?«

»Keinen. Lassen Sie so viel Proviant einpacken, wie jeder Mann tragen kann, aber keine weitere Ausrüstung.«

»Ja, Sir«, erwiderte Fairholme, nahm zwei Männer mit und verschwand durch die Hauptluke. Tief im Laderaum des Schiffes lagerten Parkas, Stiefel und Handschuhe, die die Besatzung trug, wenn sie an Deck arbeitete oder mit Schlitten abseits des Schiffes auf Erkundung ging. Fairholme und seine Männer schleppten eilends Schlechtwetterausrüstung nach oben und schafften sie in die geräumige Offiziersmesse im Achterschiff.

Fitzjames begab sich in seine Kajüte, wo er einen Kompass, eine goldene Uhr und ein paar Briefe holte, die er an seine Familie geschrieben hatte. Er schlug das Logbuch auf und machte mit zittriger Hand einen letzten Eintrag, kniff dann niedergeschlagen die Augen zu und schloss das in Leder gebundene Buch. Die Marinetradition gebot, dass er das Logbuch mitzunehmen hatte, doch er legte es stattdessen auf eine Mappe mit Daguerreotypien in seinen Schreibtisch und schloss es ein.

Elf Besatzungsmitglieder, der bei Verstand gebliebene Überrest von ursprünglich achtundsechzig Mann, erwarteten ihn in der großen Kabine. Der Kommandant schlüpfte in einen Parka und ein Paar Stiefel, dann führte er seine Besatzung durch den Hauptaufgang nach oben. Sie stießen die Lukenabdeckung auf und stiegen aufs Oberdeck, wo sie den Elementen schutzlos ausgesetzt waren. Es war, als träten sie durch die Pforten einer eisigen Hölle.

Aus dem dunklen, dumpfigen Inneren des Schiffes kamen sie in eine beißende, knochenweiße Welt. Ein heulender Wind deckte die Männer mit einem Hagel aus Eiskristallen ein und fegte mit vierzig Grad Kälte über sie hinweg. In dem schwindelerregend wirbelnden Weiß konnte man Himmel und Erde, Oben und Unten nicht mehr voneinander unterscheiden. Fitzjames stemmte sich gegen die wilden Böen und tastete sich über das verschneite Oberdeck und ein Fallreep hinab aufs Packeis.

Eine halbe Meile entfernt saß das Schwesterschiff der *Erebus*, die HMS *Terror*, im gleichen Eisfeld fest. Doch der erbarmungslose Wind schränkte die Sicht auf ein paar wenige Meter ein. Wenn sie die *Terror* in dieser weißen Hölle verpassten, würden sie ziellos auf dem Eis umherwandern und sterben. Deshalb waren im Abstand von hundert Schritten hölzerne Markierungspfosten zwischen den Schiffen aufgestellt worden, doch unter diesen Witterungsbedingungen bedeutete es schon eine mörderische Herausforderung, die nächste Markierung zu finden.

Fitzjames zückte seinen Kompass und nahm eine Peilung auf zwölf Grad vor, denn in dieser Richtung lag, wie er wusste, die *Terror.* Das Schwesterschiff befand sich eigentlich genau östlich von ihnen, aber die Nähe des magnetischen Nordpols führte zu einer Kompassdeviation. Im Stillen betete er darum, dass sich das Packeis seit den letzten Peilungen nicht verschoben hatte, beugte sich dann über den Kompass und trottete in die von der Nadel gewiesene Richtung. Ein Seil wurde von Mann zu Mann weitergereicht, worauf sich der Trupp wie ein riesiger Tausendfüßler über das Eis bewegte.

Der junge Kommandant schlurfte mit gesenktem Kopf dahin, ohne den Blick vom Kompass zu wenden, während ihm der eisige Wind und der wehende Schnee im Gesicht brannten. Er zählte hundert Schritte ab, blieb stehen und blickte sich um. Erleichtert atmete er auf, als er inmitten der wattigen Wirbel die erste Markierung entdeckte. Er begab sich zu dem Pfosten, nahm eine weitere Peilung vor und marschierte zur nächsten Markierung. So schleppten sich die Männer von einem Pfosten zum nächsten und kletterten über Schneehügel, die sich oftmals bis zu zehn, zwölf Meter auftürmten. Fitzjames konzentrierte sich mit aller Kraft auf seinen Weg und verdrängte die Enttäuschung darüber, dass er sein Schiff einer Horde Wahnsinniger überlassen musste. Er war sich dessen nur zu sehr bewusst, dass es eine Frage des Überlebens war. Und das war alles, worauf es nach drei Jahren in der Arktis noch ankam.

Ein tiefes Donnern erschütterte seine Hoffnung: ein ohrenbetäubendes Geräusch, trotz des heulenden Windes. Es klang wie der Schuss einer großen Kanone, aber der Kommandant wusste, worum es sich handelte. Es rührte von dem Eis unter seinen Füßen her, das in dicken Schichten übereinanderlag, die sich regelmäßig zusammenzogen und ausdehnten.

Seit die beiden Expeditionsschiffe im September 1846 im Eis stecken geblieben waren, hat sich die mächtige Decke des sogenannten Beaufort-Eisstroms über zwanzig Meilen vorangeschoben. Wegen des ungewöhnlich kalten Sommers waren sie das ganze Jahr 1847 hindurch im Eis gefangen gewesen, während das Frühlingstauwetter ungewöhnlich kurz angedauert hatte. Der Einbruch der nächsten Kälteperiode ließ Zweifel daran aufkommen, dass die Schiffe im darauffolgenden Sommer freikommen könnten. Unterdessen konnte jede weitere Eisdrift tödlich sein, da selbst ein robustes hölzernes Schiff wie eine Streichholzschachtel zerquetscht werden konnte. Siebenundsechzig Jahre später würde Ernest Shackleton ohnmächtig mit ansehen müssen, wie sein Schiff, die *Endurance*, von dem Packeis in der Antarktis, während es sich ausbreitete, zermalmt wurde.

Obwohl sein Herz bereits raste, beschleunigte Fitzjames seine Schritte, als in der Ferne ein weiterer Donnerschlag widerhallte. Das Seil straffte sich in seinen Händen, da die Männer hinter ihm nur noch mühsam mitkamen. Aber er wollte nicht langsamer werden. Als er den seines Wissens letzten Markierungspfosten erreichte, spähte er blinzelnd in den Sturmwind. Durch das wirbelnde Weiß sah er einen Augenblick lang etwas Dunkles vor sich.

»Sie ist unmittelbar vor uns«, rief er den Männern hinter ihm zu. »Haltet euch ran, wir sind fast da.«

Wie ein Mann stürmte die Schar nun auf das Ziel zu. Als sie über einen zerklüfteten Eisberg kletterten, sahen sie endlich die *Terror* vor sich. Mit ihren dreißig Metern Länge glich sie von der Größe und vom Aussehen her fast ganz ihrem eigenen Schiff, einschließlich des schwarz gestrichenen Rumpfes mit dem breiten goldenen Streifen. Allerdings hatte die *Terror* kaum noch

Ähnlichkeiten mit einem Schiff, da ihre Segel samt der Rahen eingeholt worden waren und eine große Segeltuchplane über das Achterdeck gespannt war. Zur Isolation hatte man entlang der Bordwand bis zur Reling Schneeberge aufgetürmt, und die Masten und die Takelage waren dick mit Eis verkrustet. Das stämmige Bombardenschiff, das ursprünglich mit Mörsern bestückt war, sah jetzt eher wie ein riesiger, umgekippter Milchkarton aus.

Fitzjames begab sich an Bord, wo er zu seiner Überraschung etliche Besatzungsmitglieder über das vereiste Deck flitzen sah. Ein Fähnrich kam auf sie zu und führte Fitzjames und seine Männer durch die Hauptluke hinab in die Kombüse. Ein Steward verteilte Gläser mit Brandy, während die Männer das Eis von ihrer Kleidung klopften und sich die Hände am Kochherd wärmten. Während er die angenehme Wärme des Brandys in seinem Bauch genoss, fiel dem Kommandanten das hektische Treiben in dem schummrigen Schiff auf, in dem die Seeleute unter lauten Rufen Vorräte durch den Hauptgang schoben. Die Besatzung der *Terror* war ebenso schrecklich anzuschauen wie seine eigenen Leute. Die meisten Männer waren bleich und ausgezehrt und litten in fortgeschrittenem Stadium an Skorbut. Fitzjames hatte durch diese Erkrankung, die durch den Mangel an Vitamin C entsteht und zu Zahnfleischwucherungen und Kopfhautblutungen führt, bereits zwei seiner Zähne verloren. Zwar führte man an Bord Fässer mit Zitronensaft mit, der regelmäßig an die Besatzung ausgegeben wurde, aber dieser Saft hatte im Laufe der Zeit seine Wirkung verloren. Da zudem frisches Fleisch knapp war, war niemand von dieser Krankheit verschont geblieben. Und wenn man gegen Skorbut nichts unternahm, konnte er, wie jeder Seemann wusste, zum Tod führen.

Der Kapitän der *Terror* tauchte auf, ein zäher Ire namens Francis Crozier. Crozier, ein Veteran der Arktis, hatte den Großteil seines Lebens auf See verbracht. Wie viele Männer vor ihm hatte auch ihn die Suche nach einem nordwestlichen Schifffahrtsweg vom Atlantik zum Pazifik angelockt, einer Passage durch die unerforschten Regionen des Polarmeers. Die Entdeckung dieser Nordwestpassage war die vermutlich letzte große Ruhmestat, die bislang noch keinem Forscher oder Seefahrer gelungen war. Dutzende hatten es versucht und waren daran gescheitert, aber diese Expedition sollte sich davon unterscheiden. Mit zwei arktistüchtigen Schiffen ausgerüstet und mit Sir John Franklin unter dem Kommando einer geheimnisumwitterten Führungspersönlichkeit stehend, war ihr der Erfolg so gut wie sicher. Aber Franklin war im Jahr zuvor gestorben, nachdem er zu spät im Sommer einen Vorstoß zur nordamerikanischen Küste versucht hatte. Die Schiffe saßen ungeschützt auf offener See fest, als sie vom Eis eingeschlossen wurden. Der willensstarke Crozier war fest entschlossen, seine Männer in Sicherheit zu bringen und aus dem Fehlschlag, der ihnen drohte, noch Ruhm zu schlagen.

»Habt ihr die *Erebus* aufgegeben?«, fragte er Fitzjames.

Der jüngere Kommandant nickte. »Die verbliebenen Besatzungsmitglieder haben den Verstand verloren.«

»Ich habe Ihre Mitteilungen erhalten, in denen Sie die Schwierigkeiten beschreiben. Höchst sonderbar. Auch zwei meiner Männer haben zumindest eine Zeit lang den Verstand verloren, aber ein so massenhaftes Auftreten habe ich noch nie erlebt.«

»Es ist äußerst verblüffend«, erwiderte Fitzjames, dem sichtlich unwohl war. »Ich bin bloß dankbar, dass ich aus dieser Irrenanstalt raus bin.«

»Sie sind jetzt tote Männer«, murmelte Crozier. »Und wir womöglich ebenfalls, und zwar schon bald.«

»Das Packeis. Es bricht.«

Crozier nickte. Infolge der Verschiebungen in den unteren Schichten rissen immer häufiger Bruchstellen im Packeis auf.

Zwar traten die meisten Risse im Herbst und bei Winteranfang auf, wenn das offene Meer zum ersten Mal zufror, aber auch im Frühjahr war das Eis aufgrund des Tauwetters und der damit verbundenen Verwerfungen gefährlich.

»Die Rumpfplanken ächzen unter dem Druck«, sagte Crozier. »Es nimmt uns in die Mangel, fürchte ich. Also habe ich angeordnet, dass der Großteil unserer Nahrungsvorräte aufs Eis geschafft und die verbliebenen Boote ausgebracht werden sollen. Sieht so aus, als ob wir beide Schiffe früher als vorgesehen aufgeben müssen«, fügte er bangen Mutes hinzu. »Ich bete bloß darum, dass sich der Sturm austobt, bis wir losmarschieren müssen.«

Nachdem sie ein bescheidenes gemeinsames Mahl, bestehend aus Dosenhammelfleisch und Pastinaken, zu sich genommen hatten, halfen Fitzjames und seine Männer der Besatzung der *Terror* beim Umladen des Proviants aufs Packeis. Die donnernden Verwerfungen ließen offenbar nach, aber gelegentlich übertönte das Knacken und Knistern immer noch den fauchenden Wind. Als die Männer die letzten Kisten aufs Eis gebracht hatten, suchten sie im Innern der *Terror* Schutz, wo sie auf das beunruhigende Ächzen und Knarren der Schiffsplanken horchten, die sich dem Druck des wandernden Eises widersetzten, und darauf warteten, dass die Natur ihre Karten ausspielte.

Achtundvierzig Stunden lang horchten sie ängstlich auf das Knirschen des tückischen Eises und beteten darum, dass das Schiff verschont bleiben möge. Doch es sollte nicht sein. Der Todesstoß kam rasch, mit einer jähen Bruchstelle und ohne jede Vorwarnung. Das robuste Schiff wurde angehoben und umgekippt, worauf ein Teil des Rumpfes wie ein Kürbis aufplatzte. Nur zwei Männer wurden verletzt, aber der Schaden am Schiff ließ sich nicht mehr beheben. Binnen eines Wimpernschlags war der *Terror* ein nasses Grab beschieden, nur der Zeitpunkt ihres Untergangs stand noch nicht fest.

Crozier ließ die Besatzung evakuieren und den Proviant in die drei verbliebenen Rettungsboote laden, die mit Kufen versehen waren, damit man sie über das Eis ziehen konnte. In weiser Voraussicht hatten Crozier und Fitzjames im Laufe der letzten neun Monate bereits mehrere Boote voller Proviant zum nächsten Festland schleppen lassen. Der Speicher auf King-William-Land würde der obdachlosen Besatzung über das Schlimmste hinweghelfen. Doch dreißig Meilen zerklüftetes Eis trennten die müden Männer von Land und Vorratslager.

»Wir könnten die *Erebus* zurückerobern«, schlug Fitzjames vor, während er auf die Masten seines früheren Schiffes blickte, die über den schroffen Eiskämmen aufragten.

»Die Männer sind zu erschöpft, um miteinander und gegen die Elemente zu kämpfen«, erwiderte Crozier. »Sie wird entweder ebenso untergehen wie die *Terror*, oder noch einen weiteren elenden Sommer im Eis festsitzen. Daran habe ich keinen Zweifel.«

»Gott sei ihren Seelen gnädig«, murmelte Fitzjames, während er einen letzten Blick auf das ferne Schiff warf.

Acht Trupps zu je acht Mann wurden vor die schweren Rettungsboote gespannt wie Maultiere vor den Pflug, dann trotteten sie über das unebene Packeis in Richtung Land. Glücklicherweise legte sich der Wind, und die Temperatur stieg bis auf minus siebzehn Grad. Doch unter der Anstrengung brachen die ausgehungerten und frierenden Männer körperlich und geistig allmählich zusammen.

Nachdem sie die schwer beladenen Boote fünf qualvolle Tage lang teils gezogen, teils geschoben hatten, erreichten sie die mit Kies übersäte Insel. King-William-Land, heute King-William-Insel genannt, hätte kaum ungastlicher sein können. Auf diesem flachen, vom Wind umtosten Stück Land, etwa so groß wie der US-Bundesstaat Connecticut, gab es nur wenige Tiere und Pflanzen. Selbst die einheimischen Inuit mieden diese Insel, hatten sie doch festgestellt, dass sich hier die Jagd auf ihre wichtigste Nahrungsquelle, Karibus und Robben, kaum lohnte.

Crozier und seine Männer wussten jedoch all das nicht. Nur ihre zur Erkundung ausgesandten Schlittentrupps hätten ihnen mitteilen können, dass es sich um eine Insel handelte und nicht, wie die Geografen im Jahr 1848 noch meinten, um eine Landzunge des nordamerikanischen Kontinents. Crozier ahnte das wahrscheinlich, und ihm war auch noch etwas anderes klar. Von seinem Standort an der Nordwestspitze von King-William-Land aus erkannte er, dass er fast tausend Meilen vom nächsten Vorposten der Zivilisation entfernt war. Eine karge Handelsniederlassung der Hudson Bay Company, weit im Süden, am Ufer des Great Fish River gelegen, bot am ehesten Aussicht auf Rettung. Aber da zwischen der Südspitze von King-William-Land und der gut hundertfünfzig Meilen entfernten Mündung dieses Flusses offenes Meer lag, mussten sie ihre verfluchten Boote mit sich über das Eis schleppen.

Crozier ließ die Besatzung ein paar Tage im Vorratslager ausruhen und mit vollen Rationen verpflegen, damit die Männer vor dem mühseligen Marsch, der ihnen bevorstand, wieder zu Kräften kamen. Dann konnten sie nicht mehr länger warten. Wenn sie die Siedlung der Hudson Bay Company erreichen wollten, bevor im Herbst wieder die Schneefälle einsetzten, kam es auf jeden Tag an. Der erfahrene Kapitän gab sich keinen Illusionen hin, dass die gesamte Mannschaft die weite Strecke auch nur annähernd bewältigen würde. Aber mit etwas Glück kamen vielleicht die kräftigsten Männer noch rechtzeitig dort an, sodass sie einen Rettungstrupp zu den anderen schicken konnten. Es war ihre einzige Chance.

Wieder schleppten sie die Boote Meter um Meter voran, fanden aber das Eis an der Küste weitaus weniger imposant. Doch rasch wurde ihnen die bittere Wahrheit klar: Sie befanden sich auf einem Todesmarsch. Die Mühsal und die Strapazen bei beißender Kälte waren mehr, als die unterernährten Männer ertragen konnten. Die schlimmsten Qualen, schlimmer noch als die Erfrierungen, bereitete ihnen der schier unstillbare Durst. Da sie für ihre tragbaren Gasöfen keinen Brennstoff mehr hatten, konnten sie aus dem Eis auch kein Trinkwasser gewinnen. Verzweifelt stopften sich die Männer Schnee in den Mund, um wenigstens ein paar Tropfen Schmelzwasser trinken zu können, und zitterten dann vor Kälte. Wie bei einer Karawane, die sich durch die Sahara schleppt, kämpften sie fortwährend gegen die drohende Dehydratation und andere Leiden. Tag für Tag machte ein Mann nach dem anderen schlapp und starb, während der Trupp weiter gen Süden marschierte. Anfangs hoben sie flache Gräber aus, doch dann ließen sie die Toten einfach auf dem Eis liegen und schonten ihre Kräfte für den weiten Weg, der noch vor ihnen lag.

Als Fitzjames auf eine niedrige, mit Schnee bedeckte Anhöhe kletterte, hob er die Hand und blieb stehen. Torkelnd machten zwei achtköpfige Schlittentrupps hinter ihm halt und ließen ihre Zuggeschirre los, die an einer hölzernen Pinasse befestigt waren. Das schwere, mit Nahrungsmitteln und Ausrüstung beladene Boot wog fast eine Tonne, und es voranzubewegen war so anstrengend, als schleppe man ein Nashorn über das Eis. Sämtliche Männer sanken in die Knie, ruhten sich aus und sogen die eisige Luft in tiefen Atemzügen in ihre wunden Lungen.

Unter dem klaren Himmel war die Landschaft in strahlenden Sonnenschein getaucht, der sich auf dem Schnee gleißend widerspiegelte. Fitzjames nahm seine aus Maschendraht gebastelte Schneebrille ab und ging von einem Mann zum anderen, sprach ihnen Mut zu und untersuchte ihre Gliedmaßen auf Erfrierungen hin. Er war mit dem zweiten Trupp fast fertig, als ihm einer der Männer laut zurief.

»Sir, da ist die *Erebus*! Sie ist vom Packeis freigekommen.«

Fitzjames drehte sich um und sah, dass einer der Seemänner

zum Horizont deutete. Der Mann, ein Signalmaat, streifte das Zuggeschirr ab, dann rannte er zur Küste und auf das Packeis.

»Strickland! Bleiben Sie stehen!«, befahl Fitzjames.

Doch der Befehl stieß auf taube Ohren. Ohne auch nur einen Schritt langsamer zu werden, stolperte und torkelte der Seemann über des unebene Eis auf einen dunklen Fleck am Horizont zu. Fitzjames richtete den Blick in die gleiche Richtung und riss ungläubig den Mund auf. Rund zehn Meilen entfernt waren der schwarze Rumpf und die aufgerichteten Masten eines großen Segelschiffs deutlich zu erkennen. Es konnte nur die *Erebus* sein.

Fitzjames starrte ein paar Sekunden lang darauf und wagte kaum zu atmen. Strickland hatte Recht. Das Schiff bewegte sich und trieb offenbar aus dem Packeis.

Der verwunderte Kommandant ging zu der Pinasse und kramte unter einer Sitzbank herum, bis er ein Teleskop fand. Er richtete das Glas aus und erkannte sofort, dass es sich um das Schiff handelte, das einst unter seinem Kommando gestanden hatte. Doch es wirkte wie ein Geisterschiff, mit eingerollten Segeln und menschenleerem Deck. Er fragte sich, ob sich die wahnsinnigen Männer an Bord überhaupt darüber im Klaren waren, dass sie abtrieben. Dann musterte er die Umgebung des Schiffes, und die Begeisterung, die ihn bei dessen Anblick erfasst hatte, legte sich sofort wieder. Dort war nichts als festes Eis.

»Sie sitzt noch immer im Packeis fest«, murmelte er und bemerkte dann, dass sich das Schiff mit dem Heck voraus bewegte. Die *Erebus* steckte in einer zehn Meilen langen Eisscholle, die von dem gefrorenen Panzer auf der See abgebrochen war und nun gen Süden trieb. Ihre Überlebenschancen hatten sich leicht verbessert, aber dennoch drohte sie nach wie vor vom berstenden Eis zermalmt zu werden.

Fitzjames stieß einen Seufzer aus, dann wandte er sich an zwei der kräftigsten Besatzungsmitglieder.

»Reed, Sullivan, holt Strickland sofort zurück«, befahl er.

Die beiden Männer richteten sich auf und rannten hinter Strickland her, der das Packeis jetzt erreicht hatte und hinter einem großen Hügel verschwand. Fitzjames blickte wieder zu dem Schiff hinüber und hielt Ausschau nach Schäden am Rumpf oder einem Lebenszeichen an Bord. Doch er war zu weit entfernt, um etwas Genaueres erkennen zu können. Er musste an Franklin denken, den Leiter der Expedition, dessen sterbliche Überreste in Eis gepackt tief im Laderaum lagen. Vielleicht wird der alte Kauz doch noch in England begraben, dachte Fitzjames und war sich zugleich bewusst, dass es um seine Aussichten, wieder nach Hause zu kommen, eher schlecht stand.

Eine halbe Stunde verging, bevor Reed und Sullivan zum Boot zurückkehrten. Fitzjames bemerkte, dass die beiden Männer zu Boden starrten und einer von ihnen einen Schal in der Hand hatte, den Strickland sich um Hals und Gesicht geschlungen hatte.

»Wo ist er?«, fragte der Kommandant.

»Er ist durch einen mit Schnee bedeckten Spalt im Packeis gebrochen«, erwiderte Sullivan, ein Rigger mit traurigen blauen Augen. »Wir haben versucht, ihn rauszuziehen, aber er ist untergegangen, bevor wir ihn richtig zu fassen bekamen.« Er hielt den steif gefrorenen Schal hoch, das Einzige, was sie hatten ergreifen können.

Es spielt keine Rolle, dachte Fitzjames. Selbst wenn sie ihn herausgezogen hätten, wäre er wahrscheinlich gestorben, bevor sie ihn in trockene Kleidung hätten packen können. Strickland hatte sogar Glück. Wenigstens hatte er einen schnellen Tod gefunden.

Fitzjames verdrängte den Gedanken und rief der bedrückten Besatzung in barschem Tonfall zu: »Legt das Geschirr wieder an. Bringt die Schlitten in Gang.« Über den Verlust verlor er kein weiteres Wort.

Die Strapazen wurden von Tag zu Tag schlimmer, während sich die Männer gen Süden schleppten. Bald konnten einige nicht mehr mithalten, sodass die Besatzung in diverse Trupps zerfiel. Crozier und eine kleine Schar bahnte sich zehn Meilen vor allen anderen einen Weg die Küste entlang. Fitzjames folgte ihm, doch mehrere Meilen hinter ihm trotteten drei, vier Trupps mit Nachzüglern, die Schwächsten und Schwerkranken, die nicht mehr Schritt halten konnten und bereits so gut wie tot waren. Fitzjames hatte seinerseits drei Männer verloren und mühte sich mit nur noch dreizehn Mann voran, die das schwere Boot schleppten.

Ein leichter Wind und halbwegs gemäßigte Temperaturen hatten die Männer wieder hoffen lassen, der Eishölle vielleicht doch noch zu entrinnen. Doch mit einem späten Frühlingsblizzard wendete sich das Glück. Wie ein nahender Schleier des Todes tauchte im Westen ein schwarzer Wolkenstreifen auf und wälzte sich auf sie zu. Beißender Wind fegte über das Packeis und hämmerte gnadenlos auf das Eiland ein. Fitzjames, der fast umgerissen wurde und kaum noch etwas sehen konnte, blieb nichts anderes übrig, als das Boot umkippen zu lassen und mit seinen Leuten unter dem hölzernen Rumpf Zuflucht zu suchen. Vier Tage lang drosch der Wind wie ein Hammer auf sie ein. Die ausgezehrten Männer, die mit karger Nahrung und ohne eine Möglichkeit sich aufzuwärmen unter ihrem notdürftigen Schutzdach festsaßen, erlagen nach und nach den Unbilden der Elemente.

Wie alle anderen verlor auch Fitzjames ein ums andere Mal das Bewusstsein, als ihn allmählich die Lebenskräfte verließen. Als das Ende nahe war, rappelte er sich, vielleicht von Neugier getrieben, noch einmal auf. Er stieg über die Leichen seiner Gefährten, schob sich unter dem Dollbord durch und zog sich am Außenrumpf hoch. In der aufziehenden Dämmerung hatte der Wind kurz abgeflaut, sodass er sich auf den Beinen halten konnte. Er spähte über das Eis und zwang sich dazu, noch einmal hinzuschauen.

Sie war noch da. Wie ein dunkles Projektil dräute die *Erebus* am Horizont und wanderte, einem schwarzen Gespenst gleich, mit dem Eis.

»Welches Geheimnis birgst du?«, rief er, doch seine letzten Worte kamen lediglich als ein Flüstern über seine ausgedörrten Lippen. Die glitzernden Augen auf den Horizont gerichtet, sank Fitzjames schließlich tot an den Rumpf der Pinasse.

Draußen auf dem Packeis zog die *Erebus* lautlos weiter – ein frostiges Grabmal, mit Schnee und Eis verkrustet. Wie ihre Besatzung würde auch sie, das letztes Zeugnis von Franklins Suche nach der Nordwestpassage, irgendwann den Unbilden der Arktis zum Opfer fallen. Und mit ihrem Verschwinden würde die Saga von Fitzjames und seiner wahnsinnig gewordenen Besatzung für immer der Vergessenheit anheimfallen. Doch ohne dass jener etwas davon ahnte, barg das Schiff ein noch größeres Geheimnis, von dem mehr als ein Jahrhundert später das Überleben der gesamten Menschheit auf dem Planeten abhängen sollte.

ERSTER TEIL

DER ATEM DES TEUFELS

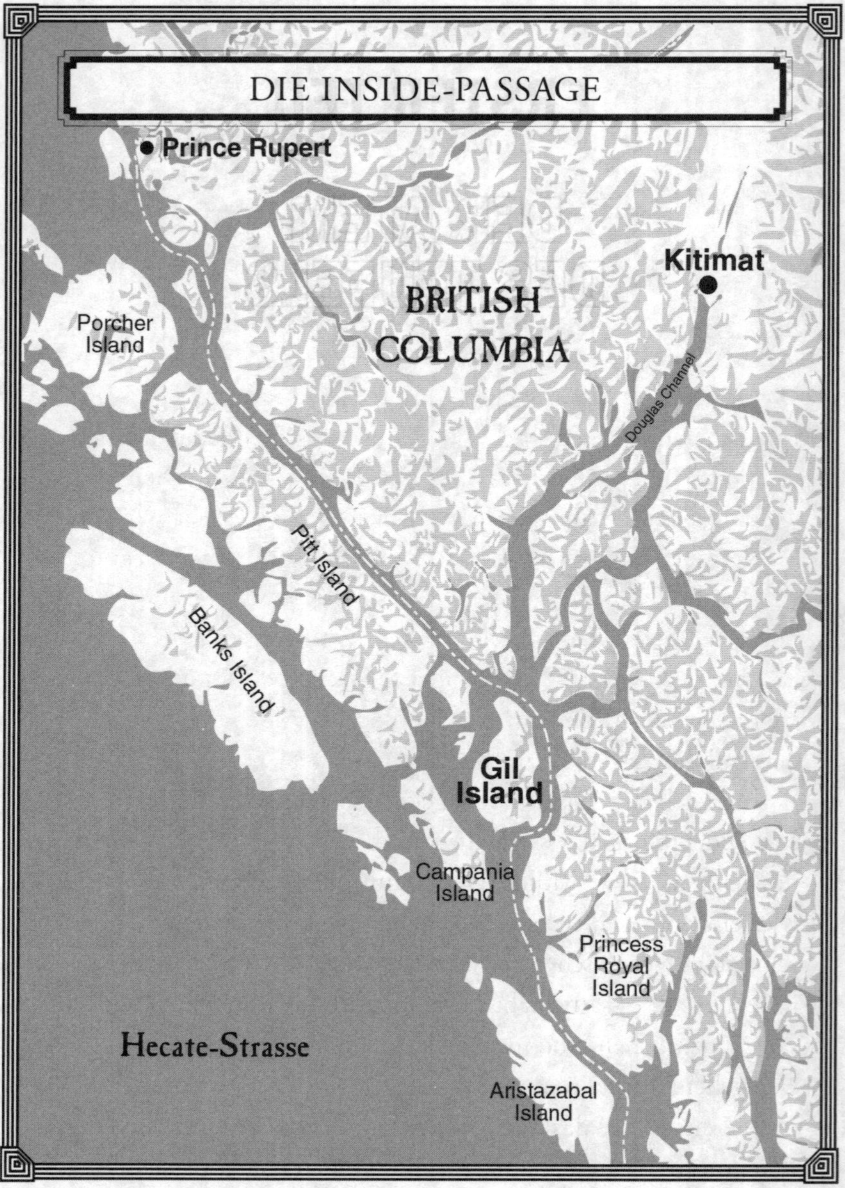
DIE INSIDE-PASSAGE
Prince Rupert
Kitimat
BRITISH COLUMBIA
Porcher Island
Douglas Channel
Pitt Island
Banks Island
Gil Island
Campania Island
Princess Royal Island
Hecate-Strasse
Aristazabal Island

1

APRIL 2011
INSIDE-PASSAGE
BRITISH COLUMBIA

Der achtzehn Meter lange Trawler sah aus, wie jedes Fischerboot aussehen sollte – was aber nur selten vorkam. Die Netze waren ordentlich auf den Rollen verstaut, an Deck lag keinerlei Krempel herum. Der stählerne Rumpf und die Aufbauten wirkten weder rostig noch rußverschmiert. Selbst die abgewetzten Fender waren regelmäßig abgeschrubbt worden. Die *Ventura* mochte zwar nicht das einträglichste Fischerboot in den nördlichen Gewässern von British Columbia sein, doch sie war auf jeden Fall das am besten gepflegte.

Ihr tadelloser Zustand spiegelte den Charakter ihres Besitzers wider, eines gewissenhaften und schwer arbeitenden Mannes namens Steve Miller. Der Mann entsprach ebenso wenig wie sein Boot den typischen Vorstellungen, die man von einem selbstständigen Fischer hat. Er war Notarzt in Indianapolis gewesen, bis er es sattgehabt hatte, verstümmelte Unfallopfer zusammenzuflicken, und in seine kleine Heimatstadt an der nordwestlichen Pazifikküste zurückgekehrt war, um etwas anderes zu probieren. Da er das Wasser liebte und über ein ansehnliches Bankkonto verfügte, kam ihm die Fischerei ganz passend vor. Als er jetzt sein Boot durch den frühmorgendlichen Nieselregen steuerte, grinste er zufrieden übers ganze Gesicht.

Ein junger Mann mit zottigen schwarzen Haaren steckte den Kopf ins Ruderhaus und wandte sich an Miller.

»Wo beißen sie heute, Skipper?«, fragte er.

Miller blickte durch die Windschutzscheibe, dann hielt er die Nase in die Luft und schnupperte.

»Tja, Bucky, ich würd sagen, eindeutig an der Westküste von Gil Island«, versetzte er grinsend. »Nimm lieber noch 'ne Mütze Schlaf. Wir holen sie noch früh genug ein.«

»Klar, Boss. In zwanzig Minuten so?«

»Ich würd sagen, eher achtzehn.« Er lächelte und warf einen Blick auf eine Seekarte, die neben ihm lag, drehte das Ruderrad um ein paar Grad und richtete den Bug auf eine schmale Lücke zwischen zwei grünen Küstenstreifen aus, die vor ihnen lagen. Sie durchquerten die Inside-Passage, einen Meeresstreifen, der sich von Vancouver bis Juneau erstreckt. Dieser gewundene Wasserweg, der durch vorgelagerte, mit Kiefern bestandene Inseln geschützt ist, erinnert ein bisschen an die malerische Fjordlandschaft Norwegens.

Nur gelegentlich sieht man hier ein kommerzielles oder ein Fischerboot mit Touristen, die auf Lachs oder Heilbutt gehen, ansonsten verkehren hauptsächlich Kreuzfahrtschiffe auf dem Weg nach Alaska. Wie die meisten selbstständigen Fischer war Miller hinter dem Rotlachs her, den er mit Ringwadennetzen in den nahe gelegenen Buchten und im Ozean fing. Er war zufrieden, wenn er mit seinem Fang die eigenen Kosten decken konnte, wusste er doch, dass in diesen Gewässern nur wenige mit der Fischerei reich wurden. Doch trotz seiner begrenzten Erfahrung holte er dank einer guten Planung und seiner Begeisterung einen kleinen Gewinn heraus. Er trank einen Schluck Kaffee aus seiner Tasse und warf einen Blick auf das frontbündige Radarsichtgerät. Als er mehrere Meilen weiter nördlich zwei Schiffe entdeckte, ließ er das Rad los und verließ das Ruderhaus, um zum dritten Mal an diesem Tag die Netze zu überprüfen.

Nachdem er sich davon überzeugt hatte, dass keine Löcher in den Maschen waren, kehrte er ans Ruder zurück.

Bucky stand an der Reling und rauchte lieber eine Zigarette, als sich auf die Koje zu hauen. Er zog an seiner Marlboro, nickte Miller zu und blickte dann zum Himmel auf. Eine allgegenwärtige Wolkendecke trieb über ihnen dahin, war aber zu dünn, als dass mehr als ein leichter Nieselregen daraus fiel. Bucky spähte über die Hecate-Straße auf die grünen Inseln im Westen. Backbord voraus bemerkte er eine ungewöhnlich dichte Wolke, die sich über den Wasserspiegel wälzte. Der Nebel war in diesen Gewässern zwar ein alltäglicher Begleiter, aber dieser Dunst sah merkwürdig aus. Er war weiß, heller als eine gewöhnliche Nebelbank, und er wirkte schwerer. Bucky nahm einen tiefen Zug von seiner Zigarette, stieß den Rauch aus und begab sich zum Ruderhaus.

Miller hatte die weiße Wolke bereits bemerkt und richtete ein Fernglas auf den Dunst.

»Haben Sie das auch gesehen, Boss? Eine seltsam aussehende Wolke, nicht wahr?«, meinte Bucky.

»So ist es. Ich sehe rundum nirgendwo ein anderes Schiff, das sie ausgestoßen haben könnte«, erwiderte Miller, während er den Horizont absuchte. »Vielleicht ist es eine Art Rauch oder Auspuffgas, das von Gil rübergetrieben wurde.«

»Jo, vielleicht ist auch die Fischräucherei von jemandem hochgegangen«, erwiderte der Matrose breit grinsend und zeigte seine schiefen Zähne.

Miller legte das Fernglas hin und ergriff das Ruder. Ihr Weg rund um Gil Island führte mitten durch die Wolke. Nervös schlug Miller mit den Knöcheln an das abgegriffene hölzerne Rad, machte aber keinerlei Anstalten, den Kurs zu ändern.

Als sich das Boot dem Rand der Wolke näherte, starrte Miller auf das Wasser und runzelte die Stirn. Die Farbe des Wassers veränderte sich, von Grün zu Braun, dann zu Kupferrot.

Etliche tote Lachse tauchten in der roten Brühe auf, die silbernen Bäuche nach oben gekehrt. Dann tuckerte das Fischerboot in den Dunst hinein.

Die Männer im Ruderhaus spürten sofort, wie die Temperatur umschlug, so als wäre eine kalte, nasse Decke über sie geworfen worden. Miller nahm einen starken, sauren Geschmack wahr, plötzlich fühlte sich sein Schlund feucht an. Ein seltsames Kribbeln zog ihm durch den Kopf, und es kam ihm so vor, als werde auf einmal seine Brust eingeschnürt. Als er Luft holte, gaben seine Beine nach. Er sah Sterne vor den Augen. Er wurde von seinem Schmerz abgelenkt, als der zweite Matrose mit einem Schrei ins Ruderhaus stürzte.

»Käpt'n … ich ersticke«, japste der Mann, ein rotgesichtiger Bursche mit langen Koteletten. Seine Augen traten aus den Höhlen, das Gesicht war dunkelblau verfärbt. Miller trat einen Schritt auf ihn zu, aber der Mann fiel schon bewusstlos zu Boden.

Das Ruderhaus drehte sich vor Millers Augen, als er voller Verzweiflung zum Funkgerät stürzte. Nur verschwommen nahm er wahr, dass auch Bucky am Boden lag. Miller hielt sich am Funkgerät fest, während sich seine Brust immer enger zusammenschnürte, ergriff das Mikrofon und warf dabei ein paar Karten und Stifte herunter. Er führte das Mikro zum Mund und versuchte einen Notruf abzusetzen, brachte aber kein Wort heraus. Er sank auf die Knie, hatte das Gefühl, sein Leib werde auf einem Amboss zermalmt. Das eiserne Band um seine Brust straffte sich, bis ihm allmählich schwarz vor Augen wurde. Er zwang sich, bei Bewusstsein zu bleiben, spürte aber, wie er allmählich ins Bodenlose glitt. Miller kämpfte noch verzweifelt, dann gab er ein letztes, tiefes Keuchen von sich, als die eisige Hand des Todes winkte und er sich gehen ließ.

2

»Fang ist eingeholt«, rief Summer Pitt in Richtung Ruderhaus. »Bring uns zum nächsten magischen Punkt.«

Die große, schlanke Ozeanografin stand in einer türkisfarbenen Regenjacke am offenen Achterdeck des Forschungsbootes und holte eine Propylenschnur ein, die um die Rolle einer zweckentfremdeten Angelrute gewickelt war. An dieser Schnur hing ihr kostbarer Fang, der jetzt unter dem Spitzenring im Wind pendelte. Es war kein Fisch, sondern eine graue Plastikröhre, eine sogenannte Niskinflasche, die zur Entnahme von Meerwasserproben aus unterschiedlicher Tiefe diente. Vorsichtig ergriff Summer die Flasche und ging zum Ruderhaus, als der Innenbordmotor plötzlich laut aufheulte und das Boot mit einem Mal einen solchen Satz nach vorn machte, dass sie beinahe zu Fall gekommen wäre.

»Vorsichtig mit dem Gas«, rief sie und trat durch die Tür.

Ihr Bruder, der am Ruderrad saß, drehte sich um und lachte.

»Ich wollte dich bloß auf Zack halten«, erwiderte Dirk Pitt. »Du hast ausgesehen, als wolltest du eine besoffene Ballerina nachahmen.«

Dieser Kommentar wurmte Summer zunächst noch mehr. Dann erkannte sie aber, dass es ein Witz sein sollte, und lachte ebenfalls.

»Wundere dich nicht, wenn du heute Abend einen Eimer voller nasser Muscheln in deiner Koje findest«, sagte sie.

»Solange sie vorher in Cajunsoße gekocht sind«, erwiderte er. Dirk nahm das Gas etwas zurück und blickte dann auf eine digitale Seekarte auf einem Monitor neben ihm.

»Das war übrigens Probe 17-F«, sagte er.

Summer goss die Probe in ein Reagenzglas und schrieb den

Ort der Entnahme auf ein vorgedrucktes Etikett. Dann stellte sie die Phiole in einen mit Schaumstoff ausgepolsterten Koffer, der Dutzende anderer Meerwasserproben enthielt. Ursprünglich hatten sie nur den Zustand des Planktons entlang der Küste von Südalaska untersuchen sollen, doch ihr Einsatzgebiet war ausgeweitet worden, als man beim kanadischen Ministerium für Fischerei und Meeresschutz von ihrem Projekt Wind bekam und anfragte, ob sie ihre Forschungsarbeiten bis nach Vancouver ausdehnen könnten. Denn auf der Inside-Passage verkehrten nicht nur Kreuzfahrtschiffe, sondern sie war auch eine wichtige Wanderroute für Buckel-, Grau- und andere Wale, denen das besondere Augenmerk der Meeresbiologen galt. Das mikroskopische Plankton wiederum nahm eine Schlüsselrolle in der Nahrungskette ein, da es den Krill anlockte, von dem sich die Bartenwale hauptsächlich ernährten. Dirk und Summer, die sich darüber im Klaren waren, wie wichtig eine umfassende ökologische Bestandsaufnahme der gesamten Region war, hatten von ihren Vorgesetzten bei der National Underwater & Marine Agency die Erlaubnis zur Erweiterung ihres Projekts eingeholt.

»Wie weit ist es bis zur nächsten Entnahmestelle?«, fragte Summer, setzte sich auf einen hölzernen Stuhl und betrachtete die vorbeirollenden Wellen.

Erneut warf Dirk einen Blick auf den Computermonitor und deutete auf ein kleines schwarzes Dreieck oben am Bildschirm. Ein HYPACK-Softwareprogramm markierte die bisherigen Entnahmestellen und steckte eine Route zum nächsten Untersuchungspunkt ab.

»Wir haben noch rund acht Meilen vor uns. Jede Menge Zeit, um einen Happen zu essen, bevor wir da sind.« Er öffnete eine Kühlbox und holte ein Schinkensandwich und ein Root Beer heraus, dann korrigierte er kurz das Rad, um das Boot auf Kurs zu halten.

Das vierzehn Meter lange Aluminiumarbeitsboot schoss wie

ein Pfeil über das ruhige Wasser der Passage. Wie alle Forschungsschiffe der National Underwater & Marine Agency war es türkis gestrichen und mit Kaltwassertauchausrüstung und allerlei Geräten zur Untersuchung der Meere ausgerüstet, darunter war auch ein ROV, ein ferngesteuertes Unterwasserfahrzeug für Videoaufnahmen. Der Komfort an Bord war zwar minimal, aber das Boot eignete sich wunderbar für die Erforschung und Untersuchung von Küstengewässern.

Dirk zog das Ruderrad nach Steuerbord, um einem weiß glänzenden Kreuzfahrtschiff der Princess Lines, das ihnen entgegenkam, weiträumig auszuweichen. Eine Handvoll Touristen auf dem Oberdeck winkte ihnen zu, worauf er den Arm aus dem Seitenfenster streckte und zurückwinkte.

»Kommt mir so vor, als ob jede Stunde eines durchfährt«, stellte Summer fest.

»In den Sommermonaten verkehren tagtäglich mehr als dreißig Schiffe in der Passage, sodass es fast wie auf dem Jersey-Turnpike zugeht.«

»Du hast doch den Jersey-Turnpike noch nie zu Gesicht bekommen.«

Dirk schüttelte den Kopf. »Na schön. Dann kommt es einem eben so vor wie auf dem Interstate H-1 in Honolulu zur Stoßzeit.«

Die Geschwister waren auf Hawaii aufgewachsen, wo sie beide ihre Leidenschaft für die See entdeckt hatten. Ihre – alleinerziehende – Mutter hatte sich schon frühzeitig für Meeresbiologie interessiert und beide Kinder bereits in jungen Jahren ermuntert, tauchen zu lernen. Als zweieiige Zwillinge, die sowohl sportlich als auch abenteuerlustig waren, hatten Dirk und Summer einen Großteil ihrer Jugend auf oder in der Nähe des Wassers verbracht. Ihr Interesse an der See und allem, was damit verbunden war, setzte sich auf dem College fort, wo beide Meereskunde studierten. Irgendwie landeten sie dabei an den entgegengesetzten Küsten – Summer studierte am Scripps Institution in San Diego Ozeanografie, und Dirk machte am New York Maritime College seinen Abschluss in Meerestechnologie.

Erst am Sterbebett ihrer Mutter erfuhren sie, wer ihr Vater war, worauf es zu einer rührenden Familienzusammenführung kam. Mittlerweile hatten sie eine enge Beziehung zu dem Mann, der den gleichen Vornamen wie Dirk hatte und die National Underwater & Marine Agency leitete. Jetzt arbeiteten sie unter seiner Anleitung in der Abteilung für Spezialprojekte der NUMA. Es war ein Traumjob, der es ihnen ermöglichte, gemeinsam um die Welt zu reisen, die Ozeane zu erkunden und einige der zahllosen Geheimnisse der Tiefe zu enträtseln.

Dirk nahm das Gas zurück, als sie ein Fischerboot passierten, das in Richtung Norden fuhr. Eine Viertelmeile später schob er die Regler wieder hoch. Als sie sich ihrem Bestimmungsort näherten, stellte er den Motor ab und ließ das Boot zur Entnahmestelle treiben. Summer ging zum Heck und hängte eine leere Niskinflasche an die Angelschnur, als ganz in der Nähe zwei Weißflankenschweinswale auftauchten und das Boot neugierig beäugten.

»Pass auf Flipper auf, wenn du das Ding da auswirfst«, sagte Dirk, als er aufs Deck kam. »Einen Schweinswal zu treffen bringt Unglück.«

»Und was ist, wenn man seinen Bruder trifft?«

»Das ist noch viel schlimmer.« Er lächelte, als die Meeressäuger wieder abtauchten. Als er das Wasser ringsum nach ihnen absuchte, fiel ihm das Fischerboot wieder auf. Es hatte seinen Kurs geändert und war jetzt in Richtung Süden unterwegs. Dirk bemerkte, dass es im Kreis fuhr und demnächst auf ihr Boot zuhalten würde.

»Mach lieber schnell, Summer. Ich glaube, der Typ achtet nicht darauf, wohin er fährt.«

Summer blickte zu dem nahenden Boot, dann warf sie die

Sammelflasche über die Bordwand. Das beschwerte Gerät sank rasch in die Tiefe, während sie gut fünf Meter Schnur abspulte. Als sich die Schnur spannte, schlug Summer die Rute an, worauf die Flasche umkippte und sich mit Wasser füllte. Während sie die Flasche wieder einholte, blickte sie zu dem Fischerboot. Es war nur noch knapp dreißig Meter entfernt, fuhr nach wie vor in einem weiten Bogen und richtete den Bug allmählich auf das NUMA-Boot.

Dirk war bereits ins Ruderhaus zurückgekehrt und drückte auf einen Knopf an der Lüfterhutze. Ein lautes Tuten drang aus zwei trompetenförmigen Lufthörnern am Bug und hallte über das Wasser, doch das Fischerboot reagierte nicht. Es hielt nach wie vor in weitem Bogen auf das Forschungsboot zu.

Rasch warf Dirk den Motor an und schob die Gasregler nach vorn, während Summer ihre Probe einholte. Mit einem jähen Ruck schoss das Boot ein paar Meter nach Backbord, dann wurde es langsamer, als sich der Trawler dicht an ihm vorbeischob.

»Sieht so aus, als ob niemand im Ruderhaus ist«, rief Summer. Sie sah, wie Dirk das Mikrofon des Funkgerätes einhängte.

»Über Funk meldet sich niemand«, bestätigte er mit einem Nicken. »Summer, komm her und übernimm das Ruder.«

Summer stürmte ins Ruderhaus und verstaute die Wasserprobe, dann rutschte sie auf den Sitz des Steuermanns.

»Willst du an Bord gehen?«, fragte sie ihren Bruder.

»Ja. Sieh zu, dass du dich seiner Geschwindigkeit anpasst, dann bringst du uns längsseits.«

Summer steuerte in das Kielwasser des Fischerbootes und verfolgte es, bevor sie längsseits ging. Sie bemerkte, dass der Trawler immer weitere Kreise zog, dann blickte sie erschrocken auf, als ihr klar wurde, wohin er fuhr. Durch den weiten Bogen und die auflaufende Flut hielt er genau auf Gil Island zu. In wenigen

Minuten würde sich das Boot an der felsigen Küste der Insel den Rumpf aufreißen.

»Mach lieber schnell«, brüllte sie ihrem Bruder zu. »Es landet gleich auf den Felsen.«

Dirk nickte und bedeutete ihr mit der Hand, sie solle das Boot näher heranbringen. Er war zum Bug gerannt und über die niedrige Reling geklettert. Summer fuhr einen Moment geradeaus, bis sie ein Gefühl für die Geschwindigkeit und den Wenderadius des anderen Bootes bekam, dann steuerte sie näher heran. Als sie nur noch einen halben Meter von dem Trawler entfernt waren, sprang Dirk und landete neben einer Netzrolle an Deck. Summer steuerte sofort weg, dann folgte sie dem Fischerboot mit ein paar Metern Abstand.

Dirk lief an den Netzen vorbei und stürmte zum Ruderhaus des Fischerbootes, wo ihn ein grässlicher Anblick erwartete. Drei Männer lagen mir schmerzverzerrten Gesichtern am Boden. Einer von ihnen starrte ihn mit glasigen, weit aufgerissenen Augen an und hatte einen Stift in der erstarrten Hand. An der gräulich blassen Hautfarbe erkannte er, dass die Männer tot waren, aber er tastete trotzdem nach ihrem Puls. Zu seiner Verwunderung stellte er fest, dass die Leichen unversehrt waren, weder bluteten noch offene Wunden aufwiesen. Als er keinerlei Lebenszeichen erkennen konnte, übernahm er mit grimmigem Blick das Ruder, brachte das Boot auf geraden Kurs und forderte Summer über Funk auf, ihm zu folgen. Sobald er das anfängliche Frösteln überwunden hatte, steuerte er das Boot zum nächsten Hafen und fragte sich, was die Männer, die zu seinen Füßen lagen, getötet haben mochte.

3

Der Wachposten des Weißen Hauses, der am Eingang an der Pennsylvania Avenue stand, starrte verwundert auf den Mann, der den Fußweg entlang auf ihn zukam. Er war klein, lief aber mir forschen Schritten, hatte die Brust herausgedrückt, das Kinn hochgereckt und strahlte etwas Gebieterisches aus. Mit seinen feuerroten Haaren und dem entsprechenden Kinnbart erinnerte er den Wachposten an einen Bantamhahn, der vor dem Hühnerstall auf- und abschreitet. Aber es war weder das Äußere noch die Haltung, die dem Posten besonders auffielen. Es war viel eher die kalte Zigarre, die der Mann zwischen die Lippen geklemmt hatte.

»Charlie … ist das nicht der VP?«, fragte er seinen Kollegen im Schilderhaus. Doch dieser war gerade am Telefon und hörte ihn nicht. Mittlerweile war der Mann an dem kleinen Eingang neben dem Wachhaus angekommen.

»Guten Abend«, sagte er mit energischem Tonfall. »Ich habe um acht Uhr einen Termin beim Präsidenten.«

»Darf ich Ihren Ausweis sehen?«, fragte der Wachmann nervös.

»Ich schleppe doch diesen Unsinn nicht mit mir rum«, erwiderte der Mann unwirsch. Er blieb stehen und nahm die Zigarre aus dem Mund. »Ich heiße Sandecker.«

»Ja, Sir. Aber trotzdem brauche ich Ihren Ausweis«, erwiderte der Wachmann, der jetzt rot anlief.

Blinzelnd musterte Sandecker den Wachposten, dann wurde er versöhnlicher. »Mir ist klar, dass Sie nur Ihre Pflicht tun, mein Junge. Warum rufen Sie nicht Stabschef Meade an und sagen ihm, dass ich an der Pforte bin?«

Bevor der verwirrte Wachmann etwas erwidern konnte, steckte sein Kollege den Kopf aus dem Schilderhaus.

»Guten Abend, Mr. Vizepräsident. Wieder eine späte Besprechung mit dem Präsidenten?«, fragte er.

»Guten Abend, Charlie«, erwiderte Sandecker. »Ja, leider ist das die einzige Zeit, in der wir ungestört miteinander reden können.«

»Warum gehen Sie nicht rein?«, sagte Charlie.

Sandecker trat einen Schritt vor, dann blieb er stehen. »Wie ich sehe, haben Sie einen neuen Kollegen«, sagte er und wandte sich an den verwunderten Wachmann, der ihn aufgehalten hatte. Dann streckte der Vizepräsident den Arm aus und schüttelte ihm die Hand.

»Machen Sie weiter gute Arbeit, mein Junge«, sagte er, wandte sich dann ab und schlenderte über die Auffahrt zum Weißen Haus.

Obwohl er den Großteil seines Berufslebens in der Hauptstadt verbracht hatte, hielt James Sandecker nicht viel von dem Protokoll, das in Washington üblich war. Als Admiral a. D. war Sandecker innerhalb des Stadtrings für seine direkte Art, mit der viele Jahre die National Underwater & Marine Agency geleitet hatte, wohlbekannt. Er war zunächst erschrocken gewesen, als ihn der Präsident gebeten hatte, seinen gewählten Stellvertreter zu ersetzen, der im Amt gestorben war. Obwohl er für Politik nichts übrighatte, war sich Sandecker darüber im Klaren, dass er sich in einer solchen Position stärker für die Umwelt und die geliebten Meere einsetzen konnte, daher hatte er das Angebot bereitwillig angenommen.

Als Vizepräsident versuchte Sandecker nach besten Kräften, den Fallen aus dem Weg zu gehen, die das Amt so mit sich brachte. Wiederholt trieb er seine Personenschützer vom Secret Service zur Verzweiflung, weil er sie einfach wegschickte, wenn ihm danach zumute war. Er war ein Fitnessfanatiker, den man die Mall oft allein entlangjoggen sah. Er arbeitete lieber in einem Büro im Eisenhower Executive Office Building als einen ganz ähnlichen Raum im Westflügel des Weißen Hauses zu nutzen, weil er es vorzog, den Dunstkreis der Politik zu meiden, der die Regierung umgab. Selbst bei schlechtem Wetter spazierte er die Pennsylvania Avenue entlang, wenn er zu Besprechungen ins Weiße Haus musste, da er lieber an der frischen Luft war, als durch den unterirdischen Tunnel zu laufen, der die beiden Gebäude miteinander verband. Und er war dafür bekannt, dass er bei schönem Wetter zu Fuß zu den Kongresssitzungen auf dem Capitol Hill ging und ein ums andere Mal die Agenten des Secret Service abhängte, die mit ihm mithalten sollten.

Nachdem er einen weiteren Kontrollpunkt am Eingang zum Westflügel passiert hatte, wurde Sandecker von einem Mitarbeiter des Weißen Hauses zum Oval Office geleitet. Nachdem man ihn durch den Nordwesteingang geführt hatte, betrat er allein den mit blauem Teppichboden ausgelegten Raum und nahm gegenüber vom Präsidenten an dessen Schreibtisch Platz. Erst als er saß, schaute er sich den Präsidenten genauer an und wäre beinahe zusammengezuckt.

Präsident Garner Ward sah grauenhaft aus. Der beliebte Unabhängige aus Montana, der sowohl vom Charakter als auch vom Aussehen her eine gewisse Ähnlichkeit mit Teddy Roosevelt hatte, machte den Eindruck, als hätte er seit einer Woche nicht mehr geschlafen. Er hatte dicke Tränensäcke unter den roten Augen, sein Gesicht wirkte grau und missmutig. Er starrte Sandecker mit einer grimmigen Miene an, die für den normalerweise so gut gelaunten Regierungschef ganz untypisch war.

»Garner, du hast wieder bis spät in die Nacht gearbeitet«, sagte Sandecker mit besorgtem Tonfall.

»Lässt sich nicht ändern«, erwiderte der Präsident mit müder Stimme. »Wir sind im Augenblick in einer höllischen Lage.«

»Ich habe in den Nachrichten gesehen, dass der Benzinpreis auf zehn Dollar pro Gallone gestiegen ist. Der letzte Ölschock hat uns ziemlich schwer getroffen.«

Das Land sah sich mit einem weiteren unerwarteten Anstieg der Ölpreise konfrontiert. Der Iran hatte unlängst mit einem völligen Ausfuhrstopp auf die Sanktionen des Westens reagiert. Noch schlimmer aber war für die USA, dass auch der launische Präsident von Venezuela sämtliche Ölausfuhren hatte einstellen lassen. Dadurch waren nicht nur die Preise für Öl und Benzin hochgeschossen, sondern es kam landesweit bereits zu ersten Engpässen.

»Das Schlimmste kommt erst noch«, erwiderte der Präsident. Er schob Sandecker einen Brief zu.

»Der ist vom kanadischen Premierminister«, fuhr Ward fort. »Aufgrund eines vom Parlament verabschiedeten Gesetzes zur Reduzierung der Kohlendioxidemissionen ordnet die kanadische Regierung die Schließung eines Großteils der Betriebe an, die die Athabasca-Ölsande verarbeiten. Der Premierminister bedauert, uns mitteilen zu müssen, dass sämtliche Ölexporte in die USA gestoppt werden, bis man das Problem mit dem Ausstoß des Treibhausgases gelöst hat.«

Sandecker las den Brief und schüttelte dann bedächtig den Kopf. »Aus diesem Sand werden fast fünfzehn Prozent unserer Ölimporte gewonnen. Für die Wirtschaft wird das ein verheerender Schlag sein.«

Den jüngsten Preisanstieg hatte das ganze Land bereits schmerzhaft zu spüren bekommen. Im Nordosten waren Hunderte von Menschen bei einem winterlichen Kälteeinbruch gestorben, als die Heizölvorräte zur Neige gingen. Fluglinien, Speditionen und andere Transportunternehmen waren an den Rand des Bankrotts gedrängt worden, aber auch in anderen Industriezweigen hatte man bereits Tausende von Arbeitern freigestellt. Die ganze Wirtschaft drohte zusammenzubrechen, während in der breiten Öffentlichkeit der Unmut über eine Regierung zunahm, die nur wenig tun konnte, um die Kräfte von Angebot und Nachfrage zu beeinflussen.

»Es hat keinen Sinn, wütend auf die Kanadier zu werden«, sagte der Präsident. »Den Abbau am Athabasca zu unterbinden ist angesichts der zunehmenden globalen Erwärmung, die wir ständig vor Augen geführt bekommen, eher eine noble Geste.«

Sandecker nickte. »Ich habe gerade einen Bericht der NUMA über die Ozeantemperaturen erhalten. Die Meere wärmen sich wesentlich schneller auf als vorausgesagt, und gleichzeitig steigt der Meeresspiegel. Allem Anschein nach lässt sich das Abschmelzen der polaren Eiskappen nicht aufhalten. Der Anstieg des Meeresspiegels wird zu einem weltweiten Aufruhr führen, wie wir ihn uns nicht mal vorstellen können.«

»Als ob wir nicht schon genug Probleme hätten«, murmelte der Präsident. »Und nicht nur das, wir stehen vor möglicherweise verheerenden wirtschaftlichen Einbrüchen. Die weltweite Antikohlekampagne findet immer mehr Unterstützung. Viele Länder erwägen einen Boykott amerikanischer und chinesischer Waren, wenn wir nicht aufhören, Kohle zu verbrennen.«

»Das Problem ist nur«, warf Sandecker ein, »dass die mit Kohle befeuerten Kraftwerke die schlimmsten Verursacher von Treibhausgasemissionen sind – aber sie liefern auch die Hälfte unseres Stroms. Und wir haben die größten Kohlereserven der Welt. Es ist ein furchtbares Dilemma.«

»Ich bin mir nicht sicher, ob es unser Land übersteht, wenn es tatsächlich zu einem internationalen Boykott kommen sollte«, erwiderte der Präsident mit leiser Stimme. Der erschöpfte Regierungschef lehnte sich zurück und rieb sich die Augen. »Ich fürchte, wir sind an einem kritischen Punkt angelangt, Jim, sowohl was die Wirtschaft als auch die Umwelt angeht. Uns droht eine Katastrophe, wenn wir nicht die richtigen Schritte einleiten.«

Der Druck nahm zu, und Sandecker sah, dass die Situation bei der Gesundheit des Präsidenten ihren Tribut forderte. »Wir müssen ein paar harte Entscheidungen treffen«, erwiderte Sandecker. Und da ihm der Mann, den er als guten Freund betrachtete, leidtat, fügte er hinzu: »Du kannst nicht alles allein lösen, Garner.«

Die müden Augen des Präsidenten funkelten mit einem Mal wütend auf. »Vielleicht nicht. Aber ich sollte es auch nicht versuchen müssen. Wir haben das seit einem Jahrzehnt kommen sehen, doch niemand war bereit zu handeln. Die früheren Regierungen haben die Ölindustrie aufgepäppelt und die Erforschung von erneuerbaren Energien mit Kleingeld abgespeist. Das Gleiche gilt für die globale Erwärmung. Der Kongress war so sehr mit dem Schutz der Kohleindustrie beschäftigt, dass man den ganzen Planeten vor die Hunde gehen ließ. Jeder wusste, dass die Abhängigkeit unserer Wirtschaft von ausländischem Öl eines Tages auf uns zurückfallen würde, und jetzt ist es soweit.«

»Über die Kurzsichtigkeit unserer Vorgänger müssen wir gar nicht debattieren«, pflichtete Sandecker bei. »Washington war nie für seinen Mut bekannt. Aber wir sind es dem amerikanischen Volk schuldig, alles in unserer Macht Stehende zu tun, die Fehler der Vergangenheit zu korrigieren.«

»Das amerikanische Volk«, erwiderte der Präsident gequält. »Was soll ich den Leuten denn sagen? Tut mir leid, aber wir haben den Kopf in den Sand gesteckt? Tut mir leid, uns drohen jetzt Treibstoffknappheit, Hyperinflation, steigende Arbeitslosigkeit und eine schwere Wirtschaftskrise? Tut mir leid, aber alle Welt will, dass wir keine Kohle mehr verbrennen, deshalb werden auch noch die Lichter ausgehen?«

Der Präsident sank in seinem Stuhl zusammen und starrte gedankenverloren die Wand an.

»Ich kann ihnen kein Wunder bieten«, sagte er.

Eine ganze Weile herrschte Schweigen, bis Sander leise das Wort ergriff. »Du musst auch kein Wunder anbieten, sondern ihnen nur erklären, dass alle werden Opfer bringen müssen. Es wird zwar eine bittere Pille sein, aber wir müssen Standhaftigkeit zeigen und unsere Energieversorgung vom Öl unabhängig machen. Die Öffentlichkeit ist flexibel, wenn es darauf ankommt. Leg die Karten auf den Tisch, Garner, dann stehen die Leute zu uns und akzeptieren die Opfer, die ihnen bevorstehen.«

»Vielleicht«, erwiderte der Präsident mit bedrücktem Ton. »Aber werden sie auch zu uns stehen, wenn ihnen klar wird, dass es möglicherweise zu spät ist?«

4

Elizabeth Finlay ging ans Schlafzimmerfenster und blickte zum Himmel. Ein leichter Nieselregen fiel, wie schon den ganzen Tag über, und es sah keineswegs so aus, als würde er aufhören. Sie drehte sich um und blickte auf das Wasser von Victoria Harbor, das an den Deich hinter ihrem Haus schwappte. Das Wasser im Hafen wirkte ruhig, doch ab und zu trieb der leichte Wind weiße Schaumkronen auf die Wellen. Schöner kann es für einen Frühlingssegeltörn im pazifischen Nordwesten kaum sein, dachte sie.

Sie zog einen dicken Pulli und eine wettergegerbte gelbe Regenjacke an und stieg die Treppe ihres weitläufigen Hauses hinab, das an der Küste lag. Es war von ihrem verstorbenen Mann in den 1990er-Jahren gebaut worden und hatte eine Vielzahl breiter Fenster, durch die man über das Hafenbecken hinweg einen herrlichen Blick auf das Stadtzentrum von Victoria hatte. T. J. Finlay hatte es so geplant, als ständige Erinnerung an die Stadt, die er liebte. Finlay, ein überlebensgroßer Mensch, hatte die hiesige Politik dominiert. Als Erbe eines großen Vermögens der Canadian Pacific Railway war er in jungen Jahren in die Politik gegangen und wurde zu einem beliebten und langjährigen Abgeordneten des Großraums Victoria. Dann war er unerwartet einem Herzanfall erlegen, wäre aber begeistert gewesen, wenn er gewusst hätte, dass seine Frau, mit der er fünfunddreißig Jahre verheiratet war, seinen Parlamentssitz mühelos gewonnen hatte.

Elizabeth Finlay, eine zierliche, aber abenteuerlustige Frau, stammte aus einer alten kanadischen Siedlerfamilie und war sehr stolz auf ihre Herkunft. Über die ihrer Meinung nach nicht gerechtfertigten auswärtigen Einflüsse auf Kanada war sie beunruhigt und setzte sich immer wieder für härtere Einwanderungsbedingungen und strengere Regeln für ausländische Eigentumsrechte und Investitionen ein. Ein ums andere Mal legte sie sich mit der Geschäftswelt an, wurde für ihren Mut, ihre Direktheit und Ehrlichkeit aber weithin bewundert.

Sie trat aus der Hintertür, ging über einen gepflegten Rasen und stieg die Treppe zu einem wuchtigen hölzernen Anlegesteg hinab, der sich in die Bucht erstreckte. Ein ausgelassener schwarzer Labrador folgte ihr auf den Fersen und wedelte fröhlich mit dem Schwanz. Am Steg lag eine schnittige, zwanzig Meter lange Motoryacht vertäut. Obwohl sie fast zwanzig Jahre alt war, funkelte sie dank einwandfreier Pflege wie neu. Der Yacht gegenüber lag ein kleines, nur knapp fünf Meter langes hölzernes Wayfarer-Segelboot mit hellgelbem Rumpf. Das alte Regattaboot wirkte ebenso wie die Yacht tadellos gewartet und sah mit seinen auf Hochglanz polierten Messingbeschlägen und Holzleisten wie neu aus.

Als er ihre Schritte auf den Holzplanken hörte, stieg ein schlanker, grauhaariger Mann von der Yacht und begrüßte Finlay.

»Guten Morgen, Mrs. Finlay. Wollen Sie mit der *Columbia Express* auslaufen?«, fragte er und deutete auf die Yacht.

»Nein, Edward, heute habe ich Lust zu segeln. Dabei bekomme ich den Kopf leichter frei – von der Politik in Ottawa.«

»Hervorragend«, erwiderte er und half ihr und dem Hund ins Boot. Er löste die Vertäuleinen an Bug und Heck und schob das Boot vom Anleger weg, während Finley das Großsegel setzte.

»Passen Sie auf Frachter auf«, sagte der Hausverwalter. »Heute scheint ziemlich viel Verkehr zu sein.«

»Danke, Edward. Bis zum Mittag bin ich zurück.«

Der Wind füllte rasch das Großsegel, und Finlay konnte ohne den Außenbordmotor in den Hafen segeln. Als das offene Hafenbecken vor ihr lag, kreuzte sie auf, ging auf Südostkurs und steuerte an einer Fähre nach Seattle vorbei. Sie saß in dem kleinen Cockpit, schnallte den Sicherheitsgurt um und blickte sich dann um. Links von ihr fiel die malerische Küste von Vancouver Island zurück, deren spitzgiebelige, um die Jahrhundertwende errichtete Gebäude wie eine Reihe von Puppenhäusern wirkten. Weit voraus zog sich ein steter Strom von Frachtern, die teils Vancouver, teils Seattle anliefen, durch die Juan-de-Fuca-Straße. Ein paar andere unverwüstliche Segel- und Fischerboote tummelten sich im Sund, aber die weite Wasserfläche bot den anderen Schiffen viel freien Seeraum. Finlay betrachtete ein kleines, vorbeiröhrendes Motorboot, dessen Insasse ihr freundlich zuwinkte, bevor er vor ihr davonrauschte.

Sie lehnte sich zurück, atmete die Salzluft genüsslich ein und schlug den Kragen gegen die aufspritzende Gischt hoch, dann segelte sie auf eine kleine Inselgruppe östlich von Victoria zu und ließ dem Wayfarer ebenso wie ihren Gedanken freien Lauf. Vor zwanzig Jahren waren sie und T. J. in einem viel größeren Boot über den Pazifik gesegelt, und als sie in abgelegenen Seegebieten unterwegs gewesen waren, hatte sie festgestellt, dass ihr die Einsamkeit guttat. Sie war stets der Meinung gewesen, dass ein Segelboot ein bemerkenswertes Therapiemittel war. Schon nach ein paar Minuten auf dem Wasser fiel der tägliche Stress von ihr ab, und sie wurde ruhiger. Im Scherz pflegte sie oft zu sagen, dass das Land mehr Segelboote und weniger Psychologen bräuchte.

Das kleine Boot schoss durch die kabbeliger werdende Dünung, als Finley die offene Bucht durchquerte. Sie näherte sich Discovery Island, kreuzte dann nach Südosten auf und segelte in eine geschützte Bucht der grünen Insel, die nur eine Meile lang war. Eine Schule Orcas tauchte ganz in der Nähe auf, und Finley verfolgte sie mehrere Minuten lang, bis sie wieder abtauchten. Sie kreuzte erneut in Richtung Insel auf und sah, dass sich bis auf das Motorboot, das sie vorhin überholt hatte, weit und breit keine anderen Schiffe auf dem Wasser befanden. Allem Anschein nach zog das Motorboot vor ihr weite Kreise. Finlay schüttelte unwirsch den Kopf, als sie den Lärm des großen Außenbordmotors hörte.

Plötzlich blieb das Motorboot kurz vor ihr stehen, und Finlay sah, dass der Insasse mit einer Angelrute herumhantierte. Sie zog das Ruder herum und kreuzte nach Backbord auf, um ihn ablandig zu passieren. Als sie mit ein paar Metern Abstand an ihm vorbeisegelte, hörte sie plötzlich ein lautes Klatschen, gefolgt von einem Hilferuf.

Finlay drehte sich um und sah, dass der Mann im Wasser lag und mit den Armen wild um sich schlug, ein Zeichen, dass er nicht schwimmen konnte. Außerdem wurde er offenbar von seiner schweren Jacke unter Wasser gezogen, dann kämpfte er sich mühsam wieder nach oben. Finlay riss die Ruderpinne herum und erwischte einen jähen Windstoß, der das Großsegel blähte und das Boot zu dem in Seenot geratenen Mann hintrieb. Als sie näher kam, holte sie rasch die Segel ein, ließ sich ein Stück treiben und steuerte das Boot neben den um sich schlagenden Mann.

Finlay sah, dass er ziemlich stämmig war, kurze Haare und ein wettergegerbtes Gesicht hatte. Trotz seiner offenkundigen Panik schaute er seine Retterin mit einem durchdringenden Blick an, der ganz und gar nicht ängstlich wirkte. Er wandte den Kopf und schaute unwirsch zu dem schwarzen Labrador, der an der Reling des Segelbootes stand und ununterbrochen bellte.

Finlay wusste, dass sie nicht mit einem Ertrinkenden kämpfen sollte, deshalb suchte sie das Deck nach einem Bootshaken ab. Als sie aber keinen sah, rollte sie rasch die Vertäuleine am Heck des Segelbootes auf und warf sie dem Mann mit viel Geschick zu. Er konnte sich das Seil gerade noch um den Arm schlingen, bevor er aber wieder im Wasser versank. Finlay stemmte ein Bein ans Dollbord und zog mit aller Kraft an der Leine. Kurz hinter dem Heck tauchte der Mann keuchend und nach Luft schnappend wieder auf.

»Ganz ruhig«, rief Finlay ihm zu. »Wir holen Sie schon raus.« Sie zog ihn näher, dann schlang sie die Leine um eine Klampe.

Der Mann beruhigte sich und zog sich schwer atmend zum Heck.

»Können Sie mir an Bord helfen?«, krächzte er und streckte den Arm hoch.

Ohne lange zu überlegen, beugte sich Finlay vornüber und ergriff die kräftige Hand des Mannes. Bevor sie sich abstemmen und ziehen konnte, wurde sie mit einem jähen Ruck nach vorn gerissen. Der Mann hatte sie am Handgelenk gepackt, sich zurückgeworfen und gleichzeitig mit den Füßen am Heck abgestoßen. Die etwas ältere Frau verlor das Gleichgewicht, flog über die Reling und landete ebenfalls im Wasser.

Im ersten Augenblick war Elizabeth Finlay noch verwundert, aber das eisige Wasser brachte sie rasch zur Besinnung. Sie keuchte auf, dann orientierte sie sich schnell und stieß nach oben. Doch sie kam nicht von der Stelle.

Der Ertrinkende hatte ihr Handgelenk losgelassen, packte sie jetzt aber am Oberarm. Zu Finlays Entsetzen wurde sie immer tiefer unter Wasser gezogen. Nur ihr Sicherheitsgurt, der bis zum Anschlag gespannt war, bewahrte sie davor, in der Tiefe zu versinken. Während sie um ihr Leben kämpfte, blickte sie durch einen Schleier aus aufsteigenden Luftblasen auf ihren Angreifer. Zu ihrem Entsetzen sah sie, dass das Mundstück eines

Atemreglers, aus dem ein steter Blasenstrom drang, zwischen seinen Lippen klemmte. Sie riss sich los, wollte ihn wegstoßen und spürte etwas Schwammiges unter seiner Kleidung.

Ein Trockentauchanzug. Nun begriff sie die grauenhafte Wahrheit. Dieser Mann wollte sie umbringen.

Angst und Panik erfassten sie, dann kam der Adrenalinstoß, und die zähe kleine Frau trat und schlug um ihr Leben. Ihr Ellbogen traf das Gesicht des Mannes und riss ihm den Atemregler aus dem Mund. Er ließ sie einen Moment lang los, woraufhin sie verzweifelt nach oben stieß. Doch kurz bevor sie auftauchte, streckte er die andere Hand aus und bekam ihren Knöchel zu fassen. Damit war ihr Schicksal besiegelt.

Obwohl sie das Gefühl hatte, ihr zerspringe die Lunge, kämpfte Finlay noch eine Minute lang voller Verzweiflung, dann wurde ihr allmählich schwarz vor Augen. Trotz allen Entsetzens machte sie sich Sorgen um ihren Labrador, dessen gedämpftes Bellen auch unter Wasser noch zu hören war. Dann erschlaffte sie allmählich, als ihr Gehirn nicht mehr mit Sauerstoff versorgt wurde, konnte den Atem nicht länger anhalten und schnappte unwillkürlich nach Luft, sodass ihr das kalte Wasser in die Lunge drang. Mit einem krampfhaften Würgen und einem letzten wilden Schlagen der Arme hauchte sie ihr Leben aus.

Ihr Angreifer hielt den schlaffen Leichnam noch zwei Minuten unter Wasser fest, dann tauchte er vorsichtig neben dem Segelboot auf. Als er kein weiteres Schiff in der Nähe sah, schwamm er zu dem Motorboot und zog sich an der Bordwand hoch. Er streifte seinen weiten Mantel ab, unter dem eine Pressluftflasche und ein Bleigurt zum Vorschein kamen, den er rasch abnahm. Nun schälte er sich aus dem Trockentauchanzug, zog frische Kleidung an, warf den Außenborder an und raste am Segelboot vorbei. Der Labrador an Bord der Jolle bellte unterdessen wie verrückt, als er seine Herrin leblos vom Heck wegtreiben sah.

Der Mann warf dem Hund noch einen mitleidlosen Blick zu, dann wandte er sich vom Tatort ab und steuerte seelenruhig in Richtung Victoria.

5

Die Ankunft der *Ventura* in ihrem Heimathafen Kitimat erregte augenblicklich Aufsehen. Die meisten der elftausend Einwohner der kleinen Stadt kannten die toten Fischer als Nachbarn oder Freunde. Nur wenige Minuten, nachdem Dirk mit dem Boot am Kai der Royal Canadian Mounted Police angelegt hatte, sprach sich die Kunde unter den Einheimischen herum. Freunde und Verwandte strömten zum Anlegesteg, wo sie von einem bulligen Mountie hinter eine provisorische Barrikade gedrängt wurden.

Sobald sie das NUMA-Boot hinter dem Trawler vertäut hatte, stieß Summer zu ihrem Bruder und zog prompt die neugierigen Blicke der Schaulustigen auf sich. Ein Krankenwagen fuhr rückwärts an den Anlegesteg, worauf die drei Leichen auf Tragen gebettet und zugedeckt wurden. Unterdessen berichteten Dirk und Summer in einem schmuddligen Schuppen für Anglerzubehör von ihrer grausigen Entdeckung.

»Alle drei waren tot, als Sie an Bord gingen?«

Der monotone Tonfall des vernehmenden Polizisten passte zu seiner Miene. Der Polizeichef von Kitimat schaute Dirk und Summer mit ausdrucksloser Miene und starrem Blick an. Dirk hatte sofort erfasst, dass der Inspektor ein frustrierter Ordnungshüter war, dessen Job seinen Ehrgeiz nicht befriedigen konnte.

»Ja«, erwiderte Dirk. »Ich habe zuerst nach dem Puls getastet, aber anhand der Hautfarbe und der Körpertemperatur war mir klar, dass sie schon seit einer Weile tot gewesen sein mussten, als ich an Bord kam.«

»Haben Sie die Leichen von der Stelle bewegt?«

»Nein. Ich habe bloß ein paar Decken darüber gebreitet, als wir in der Nähe des Hafens waren. Ich hatte den Eindruck, dass sie an Ort und Stelle gestorben sind.«

Der Polizeichef nickte teilnahmslos. »Haben Sie vorher irgendwelche Notrufe über Funk gehört? Und waren andere Schiffe in der Gegend?«

»Wir haben keine Funkrufe empfangen«, erwiderte Summer. »Das einzige andere Schiff, das mir aufgefallen ist, war ein Kreuzfahrtschiff, das die Passage herunterkam. Es befand sich aber noch mehrere Meilen nördlich von uns, als wir die *Ventura* gefunden haben«, fügte Dirk hinzu.

Der Polizeichef starrte sie eine Minute lang an, dann schloss er das kleine Notizbuch, in dem er mitgeschrieben hatte. »Was ist Ihrer Meinung nach passiert?«, fragte er und zog zum ersten Mal die Augenbrauen hoch.

»Das müssen die Pathologen feststellen«, sagte Dirk, »aber wenn ich raten müsste, würde ich sagen, sie sind an einer Kohlenmonoxidvergiftung gestorben. Vielleicht hat der Auspuff unter dem Ruderhaus so geleckt, dass sich Dämpfe drin angesammelt haben.«

»Sie wurden alle im Ruderhaus gefunden, daher wäre das durchaus möglich«, sagte der Polizeichef nickend. »Spüren Sie irgendwelche Nachwirkungen?«

»Mir fehlt nichts. Ich habe aber vorsichtshalber sämtliche Fenster geöffnet.«

»Können Sie mir sonst noch etwas sagen, das weiterhelfen könnte?«

Dirk blickte einen Moment lang auf, dann nickte er. »Im Fußraum steht eine seltsame Nachricht.«

Wieder zog der Polizeichef die Brauen hoch. »Zeigen Sie sie mir.«

Dirk führte ihn und Summer auf die *Ventura* und ins Ruderhaus. Er trat neben das Rad und deutete mit dem Fuß unter das Ruder. Der Polizeichef kniete sich hin und sah sich die Sache genauer an, war aber sichtlich beunruhigt, dass ihm bei der ersten Besichtigung des Tatorts etwas entgangen sein sollte. Ein paar Zentimeter über dem Boden waren ein paar dünne Buchstaben mit Bleistift auf die Wandverkleidung gekritzelt. Genau dort, wo ein am Boden liegender Sterbender eine letzte Nachricht hinterlassen hätte.

Der Inspektor zückte eine Taschenlampe und richtete sie auf die Stelle. Mit zittriger Hand hatte dort jemand MATTES W geschrieben, mit einer Lücke zwischen dem S und dem W. Der Polizeichef streckte die Hand aus und hob einen gelben Stift auf, der an die Wand gerollt war.

»Die Buchstaben stehen in Reichweite des toten Kapitäns«, sagte Dirk. »Vielleicht ist er zu schnell umgekippt und konnte nicht mehr ans Funkgerät gehen.«

Der Polizeichef schnaubte, war immer noch ungehalten darüber, dass er etwas übersehen hatte. »Das muss nichts zu bedeuten haben. Könnte schon vorher da gewesen sein.« Er drehte sich um und starrte Dirk und Summer an. »Was haben Sie in der Hecate-Straße gemacht?«, fragte er.

»Wir sind bei der National Underwater and Marine Agency und haben den Zustand des Phytoplanktons in der Inside-Passage untersucht«, erklärte Summer. »Auf Bitte des kanadischen Fischereiministeriums entnehmen wir zwischen Juneau und Vancouver Wasserproben.«

Der Inspektor blickte zu dem NUMA-Boot, dann nickte er. »Ich muss Sie bitten, ein, zwei Tage hier in Kitimat zu bleiben, bis unsere ersten Ermittlungen abgeschlossen sind. Sie können Ihr Boot hier liegen lassen. Das ist ein städtischer Anleger. Ein, zwei Querstraßen weiter gibt es ein Motel, falls Sie eins brauchen. Können Sie morgen Nachmittag gegen drei bei meiner Dienststelle vorbeikommen? Ich schicke Ihnen einen Wagen.«

»Wir helfen Ihnen gern weiter«, erwiderte Dirk kühl, der etwas ungehalten war, weil man sie wie Verdächtige behandelte.

Als die Vernehmung vorüber war, sprangen Dirk und Summer auf den Kai und gingen zu ihrem Boot. Sie blickten auf, als ein Glasfaserboot, das fast genauso wie ihres aussah, auf den Anleger zuhielt. Der Steuermann fuhr viel zu schnell, sodass der Bug hart an den Kai stieß, nachdem der Motor abgestellt war. Ein hoch aufgeschossener Mann in einem Flanellhemd stürmte aus dem Ruderhaus, schnappte sich die Vertäuleine am Bug und sprang auf den Anleger. Er schlang die Leine um einen Poller hinter dem NUMA-Boot und stapfte mit seinen schweren Stiefeln über den Kai. Summer fielen seine markanten Züge auf, als er näher kam, aber anhand seiner großen, dunklen Augen erkannte sie auch, dass er ein anständiger Kerl war.

»Seid ihr die Leute, die die *Ventura* gefunden haben?«, fragte er und schaute Dirk und Summer mit stechendem Blick an. Seine Stimme klang angenehm, der Tonfall gepflegt, was Summer seltsam fand, da es ganz und gar nicht zu seinem Aussehen passte.

»Ja«, erwiderte Dirk. »Ich habe sie in den Hafen gebracht.«

Der Mann nickte kurz, dann stürmte er davon und nahm sich den Polizeiinspektor vor. Summer sah, wie der Mann den Mountie aufgeregt ansprach, worauf beide die Stimme hoben.

»Das war nicht gerade der freundlichste Empfang«, murmelte Dirk, als er an Bord des NUMA-Bootes ging. »Benimmt sich hier jeder wie ein Grizzlybär?«

»Ich nehme an, wir haben zu viel Aufregung in das verschlafene kleine Kitimat gebracht«, erwiderte Summer.

Sie sicherten ihr Boot, holten ihre Wasserproben und gingen dann in die Stadt, die sie schließlich doch nicht so verschlafen fanden. Im Gegenteil, Kitimat erlebte gerade einen kleinen Boom, was unter anderem an dem Hafen lag, der sich südwestlich vom Stadtzentrum befand. Firmen aus aller Herren Länder waren auf die Frachtkapazitäten aufmerksam geworden und verwandelten die Stadt in den geschäftigsten Hafen nördlich von Vancouver. Außerdem hatte eine alteingesessene Aluminiumhütte eine Milliarde Dollar in den Ausbau ihres Betriebes investiert, und auch die Holzindustrie und der Tourismus verzeichneten weiterhin hohe Zuwachsraten.

Sie fanden ein Postamt und schickten ihre Wasserproben per Express an ein NUMA-Labor in Seattle, dann nahmen sie ein spätes Abendessen zu sich. Auf dem Rückweg zu ihrem Motel machten sie einen Umweg zum Kai, um ein paar Sachen von ihrem Boot zu holen. Als Summer im Ruderhaus stand, ertappte sie sich dabei, dass sie zur *Ventura* starrte, die vor ihnen vertäut war. Die Polizei hatte ihre Untersuchung beendet, und das Boot war jetzt verlassen, strahlte aber immer noch etwas Unheimliches aus. Dirk kam aus dem Unterdeck und bemerkte den versonnenen Blick seiner Schwester.

»Wir können sie nicht zurückholen«, sagte er. »Es war ein langer Tag. Lass uns ins Motel gehen und uns in die Kiste hauen.«

»Ich habe gerade über die Nachricht im Fußraum nachgedacht. Was wollte uns der Kapitän sagen? Ich frage mich, ob es eine Art Warnung sein sollte.«

»Sie sind schnell gestorben. Wir wissen nicht mal, ob es eine letzte Nachricht gewesen ist.«

Summer dachte erneut an das Gekritzel und schüttelte den Kopf. Es bedeutete mehr, als es den Anschein hatte, dessen war sie sich sicher. Ansonsten aber hatte sie keine Ahnung. Doch irgendwie, sagte sie sich, werde ich schon dahinterkommen.

6

Die Ausstattung dieses Restaurants wird niemals im *Architectural Digest* abgebildet werden, dachte Dirk, aber der Räucherlachs mit Eiern verdient mit Sicherheit fünf Sterne. Er grinste dem Elchkopf zu, der hinter Summer an der Wand hing, während er einen weiteren Happen von seinem Frühstück kaute. Der Elch war nur einer von einem guten Dutzend ausgestopfter Tierköpfe an der Wand. Und alle schienen sie Summer mit ihren harten Glasaugen anzustarren.

»Bei all diesen totgefahrenen Tieren könnte man glatt zum Vegetarier werden.« Summer verzog das Gesicht und betrachtete kopfschüttelnd einen Grizzly mit gefletschten Zähnen.

»Der Präparator von Kitimat muss der reichste Mann der Stadt sein«, erwiderte Dirk.

»Vermutlich gehört ihm das Motel.«

Sie tranken einen Schluck Kaffee, als sich die Tür öffnete und ein hoch aufgeschossener Mann das Restaurant betrat. Er lief sofort auf ihren Tisch zu, und als er näher kam, erkannten Dirk und Summer, dass es sich um den aufgeregten Herrn handelte, dem sie gestern am Kai begegnet waren.

»Darf ich mich zu Ihnen setzen?«, fragte er höflich.

»Bitte«, sagte Dirk und schob einen Stuhl zurück. Er bot dem Fremden die Hand zum Gruß. »Ich bin Dirk Pitt. Das ist meine Schwester Summer.«

Der Mann zog kurz die Augenbrauen hoch, als er einen Blick auf Summer warf.

»Freut mich, Sie kennenzulernen«, sagte er und schüttelte ihnen die Hand. »Mein Name ist Trevor Miller. Mein älterer Bruder Steven war der Kapitän der *Ventura*.«

»Wir bedauern das, was gestern geschehen ist«, erwiderte

Summer. Am Blick des Mannes erkannte sie, dass er über den Verlust seines Bruders zutiefst erschüttert war.

»Er war ein anständiger Mann«, sagte Trevor und ließ den Blick in die Ferne schweifen. Dann schaute er Summer an und grinste verlegen. »Ich möchte mich für mein barsches Verhalten gestern entschuldigen. Ich hatte gerade über Seefunk vom Tod meines Bruders erfahren und war ein bisschen durcheinander und außer mir.«

»Das ist doch nur natürlich«, sagte Summer. »Ich glaube, wir waren alle ein bisschen durcheinander.«

Auf Trevors Frage hin berichtete Summer, dass sie in der Hecate-Straße Wasserproben entnommen hatten, als sie das Fischerboot entdeckten.

»Fischt Ihr Bruder schon lange in diesen Gewässern?«, fragte Dirk.

»Nein, erst seit zwei, drei Jahren. Ursprünglich war er Arzt, hat aber seine Praxis verkauft und ist leidenschaftlicher Fischer geworden. Hatte auch ein ganz gutes Auskommen trotz aller Einschränkungen, die man der kommerziellen Fischerei heutzutage auferlegt, um die Bestände zu schützen.«

»Ein seltsamer Berufswechsel«, stellte Summer fest.

»Wir sind auf dem Wasser aufgewachsen. Unser Vater war Ingenieur bei einem hiesigen Bergwerk und ein begeisterter Angler. Wir sind viel gereist, hatten aber immer ein Boot. Steve wollte bei jeder Gelegenheit, die sich bot, aufs Wasser. Er hat sogar schon auf der Schule auf einem Trawler angeheuert.«

»Sein Boot hat er jedenfalls gut in Schuss gehalten«, sagte Dirk. »Ich hab noch nie so ein gepflegtes Fischerboot gesehen.«

»Die *Ventura* sei der Stolz des Nordwestens, hat er im Scherz oft gesagt. Steve war ein Perfektionist. Er hat darauf geachtet, dass sein Boot in tadellosem Zustand blieb und die Ausrüstung immer bestens gewartet war. Deswegen ist das Ganze ja auch so beunruhigend.« Versonnen blickte er aus dem Fenster. Dann wandte er sich an Dirk und fragte: »Waren sie alle tot, als Sie sie gefunden haben?«

»Leider ja. Als wir das Boot entdeckt haben, fuhr es planlos im Kreis, ohne dass jemand am Ruder war.«

»Die *Ventura* wäre auf den Felsen von Gil Island gelandet, wenn Dirk nicht an Bord gesprungen wäre«, fügte Summer hinzu.

»Gut, dass Sie das gemacht haben«, sagte Trevor. »Die Autopsie hat ergeben, dass die Männer erstickt sind. Die Polizei geht davon aus, dass eine Kohlenmonoxidvergiftung zu ihrem Tod geführt hat. Aber ich habe mir die *Ventura* vorgenommen und konnte kein Loch im Auspuff finden.«

»Die Maschine ist weit hinter dem Ruderhaus, was die Sache nur noch unwahrscheinlicher macht. Vielleicht gab es gar kein Loch, und es war nur ein Zusammenwirken von Wind und Fahrbedingungen, was dazu führte, dass sich im Ruderhaus Auspuffgase sammeln konnten«, wandte Dirk ein. »Ich finde es nur seltsam, dass drei Menschen so schnell umgekippt sind.«

»So ungewöhnlich ist das gar nicht«, sagte Summer. »Vor einigen Jahren stand man auch vor einem Rätsel, als eine ganze Reihe von Urlaubern ertrank, die auf Hausbooten am Lake Powell wohnten. Zu guter Letzt fand man heraus, dass sich Auspuffgase am Heck der Hausboote sammelten und die Schwimmer im Wasser einschläferten.«

»Steve war immer so vorsichtig«, erklärte Miller.

»Einem unsichtbaren Killer kann man leicht zum Opfer fallen«, sagte Dirk.

Trevor, dem das Gespräch sichtlich zusetzte, wurde immer blasser. Summer goss ihm eine Tasse Kaffee ein und versuchte, die Unterhaltung in eine andere Richtung zu lenken.

»Wenn wir Ihnen irgendwie helfen können, sagen Sie uns bitte Bescheid«, sagte sie und schaute ihn mit ihren grauen Augen besorgt an.

»Danke, dass Sie versucht haben, meinem Bruder und seinen Leuten zu helfen, und dass Sie die *Ventura* gerettet haben. Meine Familie ist Ihnen dafür sehr dankbar.« Trevor zögerte kurz, dann fügte er hinzu: »Um einen Gefallen möchte ich Sie noch bitten. Könnten Sie mich vielleicht zu der Stelle bringen, wo Sie sie gefunden haben?«

»Das ist über fünfzig Meilen von hier entfernt«, sagte Dirk.

»Wir können mein Boot nehmen. Es läuft fünfundzwanzig Knoten. Ich möchte bloß sehen, wo er unterwegs war.«

Summer warf einen Blick auf die Uhr, die unter einem grinsenden Berglöwen hing. »Wir müssen erst um drei beim Polizeiinspektor sein«, sagte sie zu ihrem Bruder. »Wir könnten rasch raus- und wieder zurückfahren.«

»Ich muss noch das ROV checken und nachsehen, ob sich das Labor in Seattle gemeldet hat«, erwiderte Dirk. »Wir wär's, wenn du mit Mr. Miller rausfährst und ich den Inspektor übernehme, falls ihr zu spät zurückkehrt.«

»Nennen Sie mich doch Trevor. Und ich werde Sie rechtzeitig zurückbringen«, sagte Trevor, als wollte er ihren Vater um Erlaubnis bitten, sie mitnehmen zu dürfen. Zu ihrer Überraschung spürte sie, dass sie leicht errötete.

»Halt mir unter der grellen Verhörlampe einen Platz frei«, sagte sie zu ihrem Bruder und stand auf. »Wir sehen uns um drei.«

7

Trevor half Summer an Bord seines Bootes, dann warf er die Leinen los. Als das Arbeitsboot vom Kai ablegte, beugte sie sich über die Bordwand und bemerkte das auf den Rumpf gemalte

Logo NATURAL RESOURCES CANADA. Sobald das Boot die Hafenanlagen hinter sich hatte und durch den Douglas Channel fuhr, ging Summer ins Ruderhaus und setzte sich auf eine Bank neben dem Sitz des Steuermanns.

»Was machen Sie für das Ministerium für Natur- und Bodenschätze?«, fragte sie.

»Ich bin Küstenökologe für den Forstdienst des Ministeriums«, erwiderte er und steuerte um einen Holzfrachter herum, der in der Mitte des Kanals gen Süden tuckerte. »Hauptsächlich beschäftige ich mich aber mit industriellen Anliegen in der nördlichen Küstenregion von British Columbia. Ich habe das Glück, in Kitimat stationiert zu sein, da mit der laufenden Hafenerweiterung jede Menge Arbeit anfällt.« Er wandte sich zu Summer um und lächelte. »Harmloses Zeug, verglichen mit dem, was Sie und Ihr Bruder für die NUMA machen, nehme ich an.«

»Planktonproben in der Inside-Passage zu entnehmen, ist auch nicht gerade aufregend«, erwiderte sie.

»Die Auswertungen Ihrer Proben würden mich interessieren. Wir haben Berichte erhalten, wonach es in einigen Gebieten hier in der Gegend zu einem konzentrierten Fischsterben kam, aber ich konnte diese Vorgänge bislang noch nicht dokumentieren.«

»Ich freue mich sehr, mit einem Kollegen vom Fach arbeiten zu können.«

Das Boot schoss mit hoher Geschwindigkeit durch den gewundenen Kanal und glitt mühelos auf dem ruhigen Wasser dahin. Grüne Landzungen mit dichten Kiefernwäldern ragten in den Sund – eine Reihe idyllischer Hindernisse. Summer, die ihre Fahrt auf einer Seekarte verfolgte, wies Trevor an, das Gas zurückzunehmen, als sie in die Hauptfahrrinne der Hecate-Straße kamen. Ein kurzer Schauer prasselte auf sie nieder und tauchte die Umgebung in graues Zwielicht. Als sie sich Gil Island näherten, zog der Regen ab, und die Sicht lag wieder bei einer bis zwei Meilen. Summer, die vom Radar aufblickte und den Horizont betrachtete, sah, dass sich rundum nirgendwo ein anderes Schiff befand.

»Hier, lassen Sie mich steuern«, sagte sie und legte eine Hand aufs Ruderrad. Trevor warf ihr einen unwilligen Blick zu, dann stand er aber auf und trat zur Seite. Summer hielt mit dem Boot auf die Insel zu, fuhr langsamer und steuerte es dann nach Norden.

»Hier in etwa waren wir, als wir die *Ventura* bemerkt haben, die rund eine Meile entfernt aus Nordwesten kam. Sie fuhr in einem weiten Bogen und hielt querab auf uns zu. Hätte uns gerammt, wenn wir nicht ausgewichen wären.«

Trevor starrte aus dem Fenster und versuchte sich das Ganze vorzustellen.

»Ich hatte gerade eine Wasserprobe entnommen. Wir sahen, dass niemand am Ruder war, und auf unsere Funksprüche hat keiner reagiert. Ich bin längsseits gegangen, sodass Dirk an Bord springen konnte. So haben wir Ihren Bruder gefunden«, sagte sie.

Trevor nickte, ging dann zum Achterdeck und blickte übers Wasser. Ein leichter Nieselregen setzte wieder ein, und nach kurzer Zeit waren seine Haare klatschnass. Summer ließ ihn mehrere Minuten lang allein mit seinen Gedanken, dann ging sie zu ihm und nahm seine Hand.

»Es tut mir sehr leid«, sagte sie leise.

Er drückte ihre Hand, starrte aber weiter in die Ferne. Mit einem Mal kniff er die Augen zusammen, so als sehe er ganz in der Nähe irgendetwas. Ein paar Dutzend Meter vor dem Bug war eine weiße Wolke auf dem Wasser aufgetaucht. Der Dunst breitete sich rasch aus und trieb auf das Boot zu.

»Sehr weiß für eine Nebelbank«, sagte Summer verwundert. Sie nahm einen stechend scharfen Geruch wahr, als der Nebel näher kam.

Die Wolke hüllte gerade den Bug ein, als der Nieselregen in einen heftigen Schauer überging. Trevor und Summer huschten ins Ruderhaus, als die ersten schweren Tropfen auf das Boot pladderten. Durch das Fenster sahen sie, wie sich der Nebel unter dem grauen Guss auflöste.

»Das war merkwürdig«, stellte Summer fest, als Trevor den Motor anwarf. Er steuerte das Boot in Richtung Kitimat und wollte gerade Vollgas geben, als er eine Reihe toter Fische bemerkte, die am Boot vorbeitrieben.

»Teufelsatem«, sagte er leise.

»Teufels … was?«

»Teufelsatem«, wiederholt er und wandte sich mit beunruhigtem Blick an Summer. »Ein eingeborener Haisla, der vor ein paar Wochen hier fischen war, wurde tot an einer der Inseln angetrieben. Die Behörden sagten, er wäre ertrunken oder von einem Schiff überfahren worden, das ihn im Nebel nicht gesehen hatte. Vielleicht hatte er auch einen Herzanfall, ich weiß es wirklich nicht.« Der Regen draußen hatte nachgelassen, aber Trevor achtete weiter auf den Kurs des Bootes.

»Erzählen Sie weiter«, hakte Summer nach.

»Ich habe nicht groß drüber nachgedacht. Aber vor ein paar Tagen hat mein Bruder das Skiff des Mannes entdeckt, als er hier in der Gegend fischen war, und mich gebeten, es der Familie zurückzugeben. Der Mann hat in dem Dorf Kitamaat gewohnt, einer Haisla-Siedlung. Ich hatte für die Ortschaft ein paar Wasseruntersuchungen angestellt, daher war ich mit einer Reihe von Bewohnern befreundet. Als ich mich mit der Familie traf, hat der Onkel des Toten ständig gerufen, ihn hätte der Atem des Teufels getötet.«

»Was hat er damit gemeint?«

»Er hat gesagt, der Teufel sei gekommen und habe seinen tödlichen weißen Atem ausgestoßen, der ihn und alles, was in seiner Nähe war, umgebracht habe.«

»Das Fischsterben, von dem berichtet wurde?«

Trevor drehte sich um und grinste Summer schief an. »Ich bin mir ziemlich sicher, dass der alte Knabe betrunken war, als er mir das erzählt hat. Außerdem kommen in den Erzählungen der Haisla jede Menge übernatürliche Begebenheiten vor.«

»Das klingt nach einer Altweibergeschichte«, pflichtete Summer bei.

Doch trotz ihrer Worte lief es ihr eiskalt über den Rücken. Schweigend brachten sie die restliche Strecke hinter sich, dachten über die Worte des Eingeborenen nach und überlegten, wie sie zu dem passten, was sie gesehen hatten.

Sie waren nur noch ein paar Meilen von Kitimat entfernt, als ein Firmenhubschrauber im Tiefflug über ihr Boot knatterte und auf eine Landzunge am Nordufer des Kanals zuhielt, wo sich inmitten der Bäume eine Industrieanlage befand. Ein hölzerner Pier ragte in den Sund hinein, an dem mehrere kleine Boote und eine große Luxusyacht lagen. Auf einer angrenzenden, mit Gras bestandenen Lichtung war ein großes Partyzelt aufgeschlagen.

»Eine private Jagdhütte für die Reichen und Mächtigen?«, fragte Summer und deutete mit dem Kopf dorthin.

»Nein, nichts Glamouröses. Es ist eine Fabrik zur Kohlendioxid-Sequestrierung, eine von Terra Green Industries gebaute Pilotanlage. Ich war am Genehmigungsverfahren und an der Beaufsichtigung der Bauarbeiten beteiligt.«

»Ich weiß, worum es bei der Kohlenstoffdioxid-Sequestrierung geht. Industrielle Kohlendioxidgase werden gespeichert und verflüssigt und dann tief in die Erde oder unter den Meeresboden gepumpt. Meiner Meinung nach eine ziemlich kostenintensive Methode, um Schadstoffe aus der Luft fernzuhalten.«

»Zum Ziel der Begrenzung von Treibhausgasemissionen ist das eine begehrte Technologie. Kanada geht besonders streng gegen die Freisetzung von Kohlendioxid vor. Die Unternehmen können heute Handel mit Emissionsrechten treiben, aber die Kosten sind viel höher als erwartet. Vor allem Bergwerks- und Stromerzeugungsunternehmen suchen verzweifelt nach billigeren Alternativen. Goyette rechnet damit, viel Geld mit seiner Sequestrierungs-Technologie zu verdienen, wenn er das Verfahren ausweiten darf.«

»Mitchell Goyette, der Umweltmagnat?«

»Ja, ihm gehört Terra Green. Goyette ist für viele Kanadier eine Art Heldenfigur. Er hat im ganzen Land Dämme, Windparks und Solarkraftwerke gebaut und wirbt für die Entwicklung von Wasserstoff-Brennstoffzellen.«

»Ich weiß, dass er sich für den Bau von Offshorewindparks zur Erzeugung sauberer Energie entlang der Atlantikküste einsetzt. Aber ich muss schon sagen, die Yacht dort sieht nicht gerade so aus, als würde sie mit Wasserstoff betrieben werden«, sagte Summer und deutete auf die in Italien gebaute Luxusyacht.

»Nein, er führt keineswegs das genügsame Leben eines echten Grünen. Durch die Umweltbewegung ist er zum Milliardär geworden, aber das wirft ihm niemand vor. Manche sagen, er glaube nicht mal an die Bewegung, sie wäre für ihn nur ein Mittel, um Geld zu verdienen.«

»Offenbar ist es ihm aber gelungen«, sagte sie, während sie noch immer die Yacht betrachtete. »Warum hat er hier eine Sequestrierungsanlage gebaut?«

»Aus einem einzigen Grund: Athabasca. Um aus den in der Provinz Alberta abgebauten Athabasca-Ölsanden Rohöl zu gewinnen, ist ein gewaltiger Energieaufwand nötig. Das neue Treibhausgasabkommen wird die Gewinnung zum Erliegen bringen, wenn man keine Möglichkeit findet, das CO_2-Problem zu lösen. Auftritt Mitchell Goyette. Die Ölfirmen waren bereits mit dem Bau einer kleinen Pipeline von den Ölfeldern nach Kitimat beschäftigt. Goyette hat sie dazu überredet, eine zusätzliche Pipeline zur Beförderung des verflüssigten Kohlendioxids zu bauen.«

»Wir haben zwei kleine Öltanker im Kanal gesehen«, sagte Summer.

»Wir wehrten uns mit aller Kraft gegen die Pipeline, weil wir befürchteten, dass Öl austreten könnte. Aber die wirtschaftlichen Interessen haben sich durchgesetzt. Unterdessen hat Goyette die Regierung davon überzeugt, dass ein Standort an der Küste für seine Anlage wichtig wäre, und er hat vom Ministerium für Natur- und Bodenschätze sogar Land dafür bekommen.«

»Eine Schande, dass es ein derart unberührter Ort sein musste.«

»Im Ministerium gab es viel Widerstand, aber letzten Endes hat der Minister für Natur- und Bodenschätze alles abgesegnet. Ich habe übrigens erfahren, dass er bei der großen offiziellen Eröffnung heute einer der Gäste ist.«

»Und Sie sind nicht dabei?«, fragte Summer.

»Meine Einladung muss auf der Post verlorengegangen sein. Nein, Moment mal, der Hund hat sie gefressen.« Er lachte. Es war das erste Mal, dass sie Trevor bei besserer Laune erlebte, und sofort fiel ihr sein freundlicher Blick auf.

Sie liefen in Kitimat ein, wo Trevor das Boot an seinen Liegeplatz hinter dem NUMA-Fahrzeug steuerte. Sie sahen Dirk im Ruderhaus sitzen und an einem Laptop tippen. Er klappte den Computer zu, kam mit finsterer Mine heraus, als Summer und Trevor ihr Boot vertäuten, und lief dann zu ihnen.

»Vor drei zurück, und wir haben sogar noch Zeit«, begrüßte ihn Summer, während sie einen Blick auf ihre Armbanduhr warf.

»Ich glaube, der Besuch beim Polizeichef ist die geringste unserer Sorgen«, erwiderte Dirk. »Ich habe vom Labor gerade die Untersuchungsergebnisse der Wasserproben bekommen, die wir gestern nach Seattle geschickt haben.«

»Warum bist du so schlecht gelaunt?«

Dirk reichte Summer einen Ausdruck, dann blickte er über den Douglas Channel hinweg. »Das Wasser vor Kitimat, so sauber es wirkt, droht alles umzubringen, was darin schwimmt.«

8

Mit zufriedenem, sogar selbstgefälligem Blick leerte Mitchell Goyette das mit edlem Krug Clos du Mesnil gefüllte Champagnerglas. Er stellte gerade die leere Sektflöte auf einen Cocktailtisch, als der Rotorabwind des Helikopters über das Zelt strich.

»Entschuldigen Sie mich, meine Herren«, sagte er mit tiefer Stimme. »Das dürfte der Premierminister sein.« Er löste sich aus einer kleinen Gruppe von Provinzpolitikern, verließ das Zelt und trat zum nahen Landeplatz hinüber.

Goyette, ein großer und imposanter Mann, besaß so gepflegte Manieren, dass er beinahe aalglatt wirkte. Mit seinen großen Augen, den zurückgegelten schwarzen Haaren und dem ständigen Grinsen erinnerte er an einen wilden Keiler. Doch er bewegte sich auf eine fließende, fast anmutige Art, die über eine unterschwellige Arroganz hinwegtäuschte. Denn er war ein eingebildeter Mann, der seinen Reichtum durch Klugheit, Täuschung und Einschüchterung angesammelt hatte.

Zwar war Goyette nicht buchstäblich vom Tellerwäscher zum Millionär aufgestiegen, doch hatte er mit einem geerbten Stück Land ein Vermögen verdient, als ein Stromerzeugungsunternehmen einen Teil des Grundstücks für den Bau eines Wasserkraftwerks benötigte. Goyette war so schlau, einen bestimmten

Prozentsatz der Einkünfte für den Strom auszuhandeln, der auf seinem Land erzeugt wurde. Denn er sah zu Recht den unstillbaren Energiebedarf der aufstrebenden Stadt Vancouver voraus. Anschließend tätigte er eine Investition nach der anderen, kaufte Mineralienabbau- und Abholzungsrechte und baute eigene Wasserkraftwerke. Mit einem aufwendigen Werbefeldzug verwies er auf seine Beteiligungen an alternativen Energieerzeugungsunternehmen und stellte sich als einen Mann des Volkes dar, um sich in eine bessere Position für seine Verhandlungen mit der Regierung zu bringen. Da sein gesamtes Vermögen im Privatbesitz war, wussten nur wenige Menschen, dass er auch in großem Umfang in Gas-, Kohle- und Ölvorkommen investiert hatte und sein sorgfältig kultiviertes Image nichts als Lug und Trug war.

Goyette betrachtete den Sikorsky S-76, der kurz über dem breiten, runden Landeplatz schwebte und dann aufsetzte. Die beiden Turbinen wurden abgestellt, dann stieg der Kopilot aus und öffnete die Seitentür für die Passagiere. Ein kleiner Mann mit silbern glänzenden Haaren kam heraus und ging, gefolgt von zwei Begleitern, mit gesenktem Kopf unter den wirbelnden Rotorblättern hindurch.

»Herr Premierminister, willkommen in Kitimat und unserer neuen Terra-Green-Anlage«, begrüßte ihn Goyette mit breitem Lächeln. »Wie war Ihr Flug?«

»Das ist ein eleganter Vogel. Ich bin nur froh, dass der Regen aufgehört hat, so konnten wir den Ausblick genießen.« Der kanadische Premierminister, ein gepflegter Mann namens Barrett, schüttelte Goyette die Hand. »Schön, Sie wiederzusehen, Mitch. Und danke fürs Abholen. Mir war gar nicht klar, dass Sie auch eines meiner Kabinettsmitglieder entführt haben.«

Er deutete auf einen bedrückt wirkenden Mann mit hoher Stirn, der aus dem Helikopter stieg und auf sie zukam.

»Minister Jameson hatte einen maßgeblichen Anteil an der

Genehmigung unserer Anlage hier«, erwiderte Goyette strahlend. »Willkommen in einem fertigen Bauwerk«, fügte er hinzu und wandte sich an Jameson.

Der Minister für Natur- und Bodenschätze wirkte ganz und gar nicht begeistert. Mit gezwungenem Grinsen erwiderte er: »Ich freue mich, dass die Anlage betriebsbereit ist.«

»Die erste von vielen, dank Ihrer Unterstützung«, sagte Goyette und zwinkerte dem Premierminister zu.

»Ja, Ihr oberster Planungsdirektor hat uns mitgeteilt, dass Sie bereits mit den Erschließungsarbeiten für eine weitere Anlage in New Brunswick begonnen haben.« Barrett deutete zum Helikopter.

»Mein oberster Planungsdirektor?«, fragte Goyette verwundert. Er blickte zu dem Hubschrauber hinüber. Ein weiterer Mann kam aus der Seitentür und reckte die Arme hoch. Er kniff kurz die Augen zusammen, als ein Sonnenstrahl durch die Wolken drang, und strich sich dann mit einer Hand durch die kurz geschnittenen Haare. Der maßgeschneiderte blaue Anzug, den er trug, konnte seine muskulöse Gestalt nicht verbergen, passte aber zu einer Führungskraft. Goyette musste sich regelrecht dazu zwingen, nicht den Mund aufzusperren, als der Mann auf ihn zukam.

»Mr. Goyette« – er grinste selbstbewusst –, »ich habe die unterschriftsreifen Papiere für unseren Grundstücksverkauf in Vancouver dabei.« Er tippte an einen ledernen Aktenkoffer, den er unter den Arm geklemmt hatte.

»Ausgezeichnet«, antwortete Goyette, der sich wieder gefasst hatte, nachdem er beim Anblick seines gedungenen Killers kurz überrascht gewesen war. »Warten Sie im Büro des Betriebsleiters. Wir kümmern uns gleich darum.«

Goyette drehte sich um und begleitete den Premierminister in das weiße Zelt, wo zu den Klängen eines Streichquartetts Wein und Hors d'œuvres serviert wurden, bevor er die Würdenträger zum Eingang seiner Sequestrierungsanlage geleitete. Ein vergnügt wirkender Mann, den ein Schild an seiner Brust als Betriebsleiter auswies, nahm die Gruppe in seine Obhut und führte sie kurz durch das Werk. Sie liefen durch zwei große Pumpstationen, dann begaben sie sich ins Freie, wo der Betriebsleiter auf mehrere riesige Tanks deutete, die teilweise hinter Kiefern verborgen waren.

»Das Kohlendioxid wird in flüssiger Form von Alberta hierher gepumpt und in den Tanks aufgefangen«, erklärte der Betriebsleiter. »Anschließend wird es in den Erdboden unter uns gepumpt. Hier wurde ein achthundert Meter tiefes Loch gegraben, das durch eine dicke Deckschicht führt, bis es auf poröses Sedimentgestein stößt, das mit Sole gefüllt ist. Das sind ideale geologische Bedingungen für das Einlagern von CO2, das unter diesen Umständen nicht an die Oberfläche gelangen kann.«

»Was würde passieren, wenn es hier zu einem Erdbeben käme?«, fragte der Premierminister.

»Wir sind mindestens zwanzig Meilen von der nächsten Verwerfungslinie entfernt, daher ist es unwahrscheinlich, dass es hier ein schweres Erdbeben gibt. Und angesichts der Tiefe, in der wir das Gas einlagern, besteht so gut wie keine Gefahr, dass durch geologische Ereignisse unabsichtlich etwas freigesetzt wird.«

»Und wie viel Kohlendioxid von den Athabasca-Raffinerien wird hier sequestriert?«

»Nur ein Bruchteil leider. Wir brauchen mehr Anlagen, um den ganzen Ausstoß von den Ölsandfeldern einzulagern, damit sie auf Hochbetrieb arbeiten können.«

Goyette nutzte die Fragen zu einer Werbung in eigener Sache. »Wie Sie wissen, musste die Ölproduktion in Alberta aufgrund der strengen Emissionsschutzauflagen stark zurückgefahren werden. Bei den Kohlekraftwerken im Osten sieht es genauso unerfreulich aus. Die wirtschaftlichen Auswirkungen auf unser Land werden gewaltig sein. Aber hier sehen Sie die Lösung vor sich.

Wir haben bereits weitere Standorte in der Region erkundet, die für Sequestrierungsanlagen geeignet sind. Wir benötigen lediglich Ihre Unterstützung, damit wir vorankommen.«

»Möglicherweise, aber ich bin mir nicht sicher, ob mir die Vorstellung zusagt, die Küste von British Columbia als Auffangbecken für die Schadstoffe von Alberta zu nutzen«, sagte der Premierminister kühl. Er stammte aus Vancouver und war nach wie vor stolz auf seine Heimatprovinz.

»Vergessen Sie die Steuern nicht, die British Columbia für jede Tonne Kohlendioxid erhält, das über seine Grenze transportiert wird. Und ein Teil davon landet auch in den Kassen der Bundesregierung. Tatsache ist doch, dass dies ein sicheres Einkommen für die Provinz darstellt. Außerdem haben Sie vielleicht unsere Hafenanlagen bemerkt.« Goyette deutete auf ein riesiges Gebäude, das auf der anderen Seite des Geländes unmittelbar an einer kleinen Bucht stand. »Wir haben dort einen über hundertfünfzig Meter langen Kai, an dem Tanker mit flüssigem CO_2 anlegen können. Wir erhalten bereits Transporte und werden zeigen, dass wir Kohlenstoffabfälle von der Industrie in Vancouver, aber auch von Holz- und Bergwerksunternehmen entlang der ganzen Küste verarbeiten können. Lassen Sie uns ähnliche Anlagen im ganzen Land bauen, dann werden wir einen Großteil des Kohlendioxids beseitigen, das in unserem Land anfällt. Und wenn wir die neuen Anlagen an der Küste bauen, können wir auch amerikanisches und chinesisches Kohlendioxid einlagern und einen hübschen Gewinn herausschlagen.«

Die Augen des Politikers funkelten bei der Aussicht auf weitere Einnahmen, die in die Kassen der Regierung fließen würden.

»Die Technologie ist absolut sicher?«, fragte er.

»Wir haben es hier nicht mit Atommüll zu tun, Sir. Diese Anlage ist ein Pilotprojekt, das mittlerweile seit mehreren Wochen störungsfrei arbeitet. Herr Premierminister, Sie haben nichts dabei zu verlieren. Ich baue und betreibe die Werke und sorge für ihre Sicherheit. Die Regierung muss mich nur machen lassen und ihren Anteil einstreichen.«

»Und für Sie bleibt auch noch eine Menge übrig?«

»Ich komme zurecht«, erwiderte Goyette und meckerte wie eine Hyäne. »Ich brauche von Ihnen und dem Minister für Natur- und Bodenschätze lediglich die Genehmigungen für weitere Standorte und den Pipelinebau. Und das sollte doch kein Problem sein, nicht wahr, Minister Jameson.«

Jameson schaute Goyette mit beflissenem Blick an. »Ich meine, unsere vertrauensvolle Beziehung kann kaum etwas beeinträchtigen«, erwiderte er.

»Sehr gut«, sagte Barrett. »Schicken Sie mir Ihre Entwürfe, dann lege ich sie meinen Beratern vor. Nun, ist noch etwas von dem guten Champagner da?«

Als die Gruppe zum Erfrischungszelt zurückkehrte, nahm Goyette den Minister für Natur- und Bodenschätze unauffällig beiseite.

»Ich hoffe doch, Sie haben den BMW erhalten?«, fragte Goyette mit einem Haifischgrinsen.

»Ein großzügiges Geschenk, von dem meine Frau hell begeistert ist. Mir wäre allerdings in Zukunft eine etwas weniger auffällige Aufmerksamkeit lieber.«

»Nur keine Sorge. Die Spende für Ihr Offshoretreuhandkonto wurde bereits angewiesen.«

Jameson ging nicht darauf ein. »Was soll dieser Unsinn mit dem Bau neuer Anlagen entlang der Küste? Wir wissen doch, dass die geologischen Bedingungen hier bestenfalls grenzwertig sind. Die Aufnahmekapazität der sogenannten wasserführenden Schicht unter diesem Werk wird in ein paar Monaten erschöpft sein.«

»Dieses Werk wird endlos betrieben werden«, belehrte ihn Goyette. »Das Kapazitätsproblem haben wir gelöst. Solange Sie mir das gleiche geologische Begutachtungsteam wie vorher schicken, gibt es keinerlei Schwierigkeiten mit unseren Ausbauplänen an der Küste. Der Chefgeologe war sehr aufgeschlossen dafür, seine Befunde für einen geringen Betrag zu revidieren.«

Jameson verzog das Gesicht, als er erfuhr, dass die Korruption in seinem Ministerium offenbar gang und gäbe war und nicht nur er sich die Hände schmutzig machte. Er konnte sich nicht mehr genau an den Tag erinnern, als er aufgewacht war und ihm klar wurde, dass Goyette ihn am Wickel hatte. Das lag mehrere Jahre zurück. Die beiden Männer hatten sich bei einem Eishockeyspiel getroffen, als Jameson zum ersten Mal für einen Sitz im Parlament kandidierte. In Goyette hatte er einen vermeintlich reichen Wohltäter gefunden, der seine progressive Sicht auf das Land teilte. Als Jameson aufstieg, nahmen auch die Wahlkampfspenden zu, und irgendwann hatte er törichterweise eine Grenze überschritten. Aus den Wahlkampfspenden wurden Flüge mit Privatjets, kostenlose Urlaube und am Ende regelrechte Schmiergeldzahlungen. Da er ehrgeizig war und eine Frau und vier Kinder hatte, die er mit seinem schmalen Einkommen im öffentlichen Dienst unterhalten musste, nahm er das Bargeld blindlings an und redete sich ein, dass die politischen Ziele, die er für Goyette durchsetzte, alles rechtfertigten. Erst als er zum Minister für Natur- und Bodenschätze ernannt wurde, erkannte er Goyettes Kehrseite. Der Umweltguru, den er gegenüber der Öffentlichkeit herauskehrte, war nur eine geschickt konstruierte Fassade, so fand er heraus, hinter der sich Goyettes wahres Wesen als geldgieriger Größenwahnsinniger verbarg. Für jeden Windpark, den er mit großem öffentlichen Trara bauen ließ, betrieb er ein halbes Dutzend Kohlebergwerke, deren Besitzverhältnisse durch angebliche Unternehmenssubventionen getarnt waren. Ob gefälschte Abbaurechte, zurechtfrisierte Gutachten über Auswirkungen auf die Umwelt oder offizielle Fördermittel an Goyettes Gesellschaften, alles wurde vom Minister durchgesetzt und bewilligt. Im Gegenzug flossen stets großzügige Schmiergelder. Jameson hatte sich ein schickes Haus in Rockcliffe Park gekauft, einer noblen Wohngegend von Ottawa, und so viel Bargeld auf der Bank angehäuft, dass er seine Kinder auf die besten Schulen schicken konnte. Doch er hatte nie vorgehabt, die Sache so weit kommen zu lassen. Jetzt wurde ihm klar, dass es kein Entrinnen mehr gab.

»Ich weiß nicht, inwieweit ich diese Sache unterstützen kann«, erklärte er Goyette mit müdem Tonfall.

»Sie werden mir alle Unterstützung zukommen lassen, die ich brauche«, zischte Goyette, dessen Blick mit einem Mal eiskalt geworden war. »Es sei denn, Sie wollen den Rest Ihrer Tage in Kingston einsitzen.«

Jameson sank förmlich in sich zusammen und fand sich unter einem matten Nicken mit den Tatsachen ab.

Sobald er Jameson zur Räson gebracht und sich von dessen Willfährigkeit überzeugt hatte, wurden Goyettes Züge wieder gelöster, und er winkte zum Zelt hin.

»Kommen Sie, Kopf hoch«, sagte er. »Lassen Sie uns zum Premierminister gehen und mit ihm auf die Reichtümer anstoßen, die er uns bescheren wird.«

9

Clay Zak hatte die Füße auf dem Schreibtisch des Betriebsleiters liegen und las ein Buch über die Geschichte des Wilden Westens. Er warf einen Blick aus dem Panoramafenster, als die Glasscheiben unter dem Rotorengeräusch des abfliegenden Hubschraubers klirrten. Kurz darauf kam Goyette herein, dessen Miene von seiner mühsam unterdrückten Verärgerung kündete.

»Ja, ja, mein oberster Planungsdirektor«, stellte Goyette fest. »Sieht so aus, als ob Sie Ihren Abflug verpasst haben.«

»Es war ein ziemlich unbequemer Flug«, erwiderte Zak, während er das Buch in seinen Aktenkoffer legte. »Überfüllt mit all diesen Politikern an Bord. Sie sollten sich wirklich einen Eurocopter EC-155 zulegen. Ist viel schneller. Sie müssten nicht so viel Zeit für Gespräche mit den Prostituierten aufwenden. Übrigens, dieser Minister für Natur- und Bodenschätze, der kann Sie überhaupt nicht leiden.«

Ohne auf die Bemerkung einzugehen, ließ sich Goyette auf einem Ledersessel vor dem Schreibtisch nieder. »Der Premierminister wurde gerade von Elizabeth Finlays Tod verständigt. Er wurde als Bootsunfall gemeldet.«

»Ja, sie ist über Bord gefallen und ertrunken. Man sollte doch meinen, dass eine Frau mit ihren Mitteln schwimmen kann.« Er lächelte.

»Haben Sie keine Spuren hinterlassen?«, fragte Goyette mit gedämpfter Stimme.

Zak machte eine gequälte Miene. »Sie wissen doch, dass ich genau deswegen nicht billig bin. Solange ihr Hund nicht sprechen kann, wird es keinen Grund zu der Annahme geben, dass es etwas anderes als ein tragischer Unglücksfall war.«

Er lehnte sich zurück und blickte zur Decke. »Wenn Elizabeth Finlay weg ist, wird auch der Widerstand gegen Erdgas- und Ölexporte nach China aufhören.« Zak beugte sich vor und hakte bei Goyette nach. »Wie viel hätte Sie diese Gesetzesvorlage bei der Ausbeutung des Melville-Gasfeldes gekostet?«

Goyette sah dem Killer in die Augen, konnte dessen Blick aber nicht deuten. Das wettergegerbte, leicht längliche Gesicht des Mannes zeigte keinerlei Gefühlsregung. Es war ein perfektes Pokerface. Die dunklen Augen bieten keinen Einblick in seine Seele, falls er überhaupt eine hat, dachte Goyette. Einen Söldner anzuheuern war ein Spiel mit dem Feuer, aber Zak war offenbar ein diskreter Profi. Und sein Einsatz zahlte sich durch enorme Gewinne aus.

»Es ist ein nicht unbedeutender Betrag«, erwiderte er schließlich.

»Was uns zu meiner Vergütung bringt.«

»Sie werden wie vereinbart bezahlt. Die Hälfte jetzt, die andere Hälfte, sobald die Ermittlungen abgeschlossen sind. Das Geld wird wie schon zuvor auf Ihr Konto auf den Cayman-Inseln überwiesen.«

»Die erste von vielen Anlaufstellen.« Zak lächelte. »Wird womöglich Zeit, dass ich nach meinem kleinen Gelege sehe und mir ein paar Wochen Urlaub in der Karibik gönne.«

»Meiner Meinung nach könnte es nicht schlecht sein, wenn Sie Kanada für eine Weile verlassen.« Goyette zögerte. Er wusste nicht recht, ob er weitermachen sollte. Der Mann leistete gute Arbeit, das musste er zugeben, und stets verwischte er seine Spuren. »Ich habe noch einen weiteren Auftrag für Sie«, sagte er schließlich. »Eine Kleinigkeit. In den Staaten. Und er erfordert keine körperliche Arbeit.«

»Worum geht es?«, fragte Zak. Bislang hatte er noch keine Bitte abgelehnt. Goyette war seiner Ansicht nach zwar ein Kretin, aber er musste doch zugeben, dass der Mann gut zahlte. Äußerst gut.

Goyette reichte ihm einen Ordner. »Sie können den Text während des Fluges lesen. Am Tor wartet ein Fahrer, der Sie zum Flughafen bringt.«

»Soll ich per Linie fliegen? Sie brauchen einen neuen Finanzdirektor, wenn das so weitergeht.«

Zak stand auf und schritt aus dem Büro, als gehörte ihm der ganze Laden, während Goyette bloß dasaß und den Kopf schüttelte.

10

Lisa Lane rieb sich die müden Augen und musterte einmal mehr das Periodensystem der Elemente, die gleiche Tabelle, die beim Chemieunterricht in fast sämtlichen höheren Schulen im ganzen Land hing. Die Biochemikerin hatte die bekannten Elemente längst auswendig gelernt und konnte sie wahrscheinlich samt Ordnungszahlen und Symbolen vor- und rückwärts aufsagen, wenn man es von ihr verlangte. Jetzt blickte sie auf die Tabelle und hoffte auf eine Anregung, irgendetwas, das sie zu einer neuen Idee anregte.

Sie suchte nach einem zuverlässigen Katalysator, mit dem man ein Sauerstoffmolekül von einem Kohlenstoffmolekül trennen konnte. Als sie das Periodensystem überflog, hielt sie beim fünfundvierzigsten Element inne, Rhodium, Symbol Rh. Lanes Computermodell deutete darauf hin, dass es sich bei diesem Katalysator wahrscheinlich um eine Metallverbindung handelte. Rhodium hatte sich bislang als das vielversprechendste Element erwiesen, aber es zeigte keinerlei Wirkung und darüber hinaus war es ein immens teures Metall. Ihr Projekt im Forschungslabor für Umweltschutz und neue Technologien an der George Washington University war als »ergebnisoffene Ideenstudie« bezeichnet worden, und vielleicht blieb es das auch. Doch der Nutzen, den ein Durchbruch mit sich bringen würde, wäre schlichtweg gewaltig. Es musste eine Lösung geben.

Während sie auf das Kästchen mit dem Zeichen für Rhodium starrte, bemerkte sie, dass das Element, das vorher in der Tabelle stand, als Symbol Ru hatte. Geistesabwesend schlang sie eine Locke ihres braunen Haars um den Finger und sprach den Namen laut aus. »Ruthenium.« Als Übergangsmetall aus der Platingruppe war es ein Element, das sie bislang noch nicht hatte ausprobieren können.

»Bob«, rief sie einem drahtigen Mann in einem Laborkittel zu, der ganz in der Nähe an einem Computer saß, »haben wir die Rutheniumprobe schon erhalten, die ich angefordert habe?«

Bob Hamilton wandte sich von seinem Computer ab und verdrehte die Augen. »Ruthenium. Das Zeug ist schwerer zu kriegen als ein freier Tag. Ich musste mich an mindestens zwanzig Lieferanten wenden, aber keiner hatte es auf Lager. Zu guter Letzt wurde ich an ein geologisches Labor in Ontario verwiesen, das über eine begrenzte Menge verfügte. Es hat mehr als deine Rhodiumprobe gekostet, deshalb habe ich nur zwei Unzen bestellt. Lass mich mal im Lager nachsehen, ob es schon gekommen ist.«

Er verließ das Labor und ging den Gang entlang zu einem kleinen Lagerraum, in dem besondere Materialien unter Verschluss gehalten wurden. Ein wissenschaftlicher Assistent, der hinter einem vergitterten Fenster saß, holte ein kleines Kästchen und schob es über den Schalter. Bob kehrte ins Labor zurück und stellte den Behälter auf Lisas Schreibtisch.

»Du hast Glück. Die Probe ist gestern eingetroffen.«

Lisa öffnete das Kästchen und fand mehrere kleine Splitter eines matten Metalls, die in einem Plastikbehältnis lagen. Sie nahm eines heraus, legte es auf einen Objektträger und untersuchte es unter dem Mikroskop. In der Vergrößerung ähnelte der kleine Metallsplitter einem rauen, fusseligen Schneeball. Sie maß die Masse der Probe und schob sie in das geschlossene Fach eines großen grauen Kastens, der mit einem Massenspektrometer verbunden war. Insgesamt vier Computer und mehrere Tanks mit unter Hochdruck stehendem Gas waren an das Gerät angeschlossen. Lisa setzte sich an eines der Keyboards und gab eine Reihe von Befehlen ein, die das Testprogramm einleiteten.

»Wird das dein Freifahrtschein zum Nobelpreis?«, fragte Bob.

»Wenn es klappt, wäre mir eine Eintrittskarte zu den Redskins lieber.«

Sie warf einen Blick zur Wanduhr und fragte: »Willst du Mittagspause machen? Bis die ersten Ergebnisse vorliegen, dauert es noch mindestens eine Stunde.«

»Einverstanden«, erwiderte Bob, der seinen Laborkittel abstreifte und sie zur Tür begleitete.

Nachdem sie in der Kantine ein Truthahnsandwich zu sich genommen hatte, kehrte Lisa ins Labor zurück. Kurz darauf schob Bob den Kopf um den Türrahmen und schaute sie verwundert und mit großen Augen an.

»Lisa, du solltest dir das besser mal ansehen«, stieß er aus.

Lisa folgte ihm rasch ins Labor, und einen Moment lang stockte ihr das Herz, als sie Bob zum Massenspektrometer gehen sah. Er deutete auf einen der Computermonitore, auf dem eine Reihe von Ziffern neben einem blinkenden Balkendiagramm über den Bildschirm lief.

»Du hast vergessen, die Rhodiumprobe herauszunehmen, bevor du den neuen Test hochgefahren hast. Aber schau dir die Ergebnisse an. Die Oxalatwerte sprengen jeden Rahmen«, sagte er leise.

Lisa blickte auf den Monitor und fing an zu zittern. Das Messsystem im Massenspektrometer wertete das Ergebnis der künstlich herbeigeführten chemischen Reaktion tabellarisch aus. Das Ruthenium hatte als Katalysator die Molekularbindung des Kohlendioxids gesprengt, sodass sich die Teilchen zu einer Verbindung aus zwei Kohlenstoffanteilen wiedervereint hatten, einem sogenannten Oxalat. Im Gegensatz zu den vorher von ihr verwendeten Katalysatoren waren bei der Verbindung aus Ruthenium und Rhodium keinerlei Abfallprodukte entstanden. Sie war auf ein Ergebnis gestoßen, nach dem Forscher auf der ganzen Welt schon seit Jahren suchten.

»Ich kann es kaum fassen«, murmelte Bob. »Die katalytische Reaktion passt genau.«

Lisa wurde so schwindlig, dass sie sich auf einen Stuhl sinken ließ. Sie überprüfte ein ums andere Mal das Ergebnis, suchte nach Fehlern, fand aber keinen. Zu guter Letzt gestand sie sich ein, dass sie möglicherweise fündig geworden war.

»Ich muss Maxwell Bescheid sagen«, sagte sie. Dr. Horace Maxwell war der Leiter des Forschungslabors für Umweltschutz und neue Technologien an der GWU.

»Maxwell? Bist du verrückt? Er muss in zwei Tagen vor dem Kongress aussagen.«

»Ich weiß. Ich soll ihn begleiten.«

»Na, das ist vielleicht ein Selbstmordkommando«, sagte Bob kopfschüttelnd. »Wenn du ihn jetzt informierst, bringt er es bei seiner Aussage vermutlich vor, um weitere Fördermittel für das Labor zu bekommen.«

»Wäre das denn so schlecht?«

»Ja, nämlich dann, wenn sich das Ergebnis nicht wiederholen lässt. Ein Labortest löst nicht die Rätsel des Universums. Lass uns die Sache noch mal durchgehen und alles genau dokumentieren, bevor wir zu Maxwell gehen. Oder warte wenigstens, bis er seine Aussage hinter sich hat«, drängte Bob.

»Vermutlich hast du Recht. Wir können das Experiment unter unterschiedlichen Vorgehensweisen wiederholen. Das Einzige, was uns einschränkt, ist unser Vorrat an Ruthenium.«

»Das dürfte das geringste unserer Probleme sein«, sagte Bob. Es klang fast wie eine Prophezeiung.

11

Der Jet der Air Canada flog so hoch über Ontario, dass die Landschaft durch die kleinen Fenster der ersten Klasse wie eine grüne Patchworkdecke wirkte. Clay Zak nahm die Aussicht gar nicht wahr, sondern konzentrierte sich auf die wohlgeformten Beine einer jungen Flugbegleiterin, die einen Wagen mit Getränken durch den Gang schob. Sie bemerkte seinen Blick und brachte ihm einen Plastikbecher mit Martini.

»Der letzte, den ich Ihnen servieren kann«, sagte sie mit einem koketten Lächeln. »Wir landen gleich in Toronto.«

»Umso mehr werde ich ihn genießen«, erwiderte er mit einem anzüglichen Grinsen.

Er trug die Uniform eines reisenden Geschäftsmannes, Khakihose und einen blauen Blazer, und sah wie irgendein Verkaufsleiter aus, der zu einer Konferenz unterwegs ist. In Wirklichkeit war er etwas ganz anderes.

Als das einzige Kind einer dem Alkohol verfallenen ledigen Mutter war er in einem heruntergekommenen Viertel von Sudbury, Ontario, aufgewachsen und hatte … nur wenig Erziehung genossen. Mit fünfzehn Jahren war er von der Schule abgegangen und hatte in einem nahen Nickelbergwerk gearbeitet, wo er sich jene Körperkräfte erwarb, über die er auch zwanzig Jahre später noch verfügte. Sein Dasein als Bergmann war jedoch bald beendet, als er seinen ersten Mord beging, bei dem er einem Kollegen einen Pickel aufs Ohr hieb, als dieser ihn wegen seiner Herkunft gehänselt hatte.

Er floh aus Ontario, nahm in Vancouver eine andere Identität an und geriet ins Drogengeschäft. Ein Metamphetaminhändler namens »Der Schwede« nutzte seine Kraft und Brutalität, um ihn als Eintreiber einzusetzen. Es war leicht verdientes

Geld, aber Zak verwendete es mit ungewöhnlichem Scharfsinn. Obwohl er Autodidakt war, las er wie ein Besessener und beschäftigte sich mit Betriebswirtschaft und Vermögensanlagen. Statt sein unrechtmäßig erworbenes Einkommen mit Flittchen zu verpulvern, investierte er es in Aktien und Immobilien. Seine lukrative Dealerkarriere wurde durch einen Hinterhalt jäh beendet.

Nicht die Polizei steckte dahinter, sondern ein Lieferant aus Hongkong, der seine marktbeherrschende Stellung weiter ausbauen wollte. Der Schwede und seine Begleiter wurden bei einem nächtlichen Deal im weitläufigen Stanley Park von Vancouver zusammengeschossen. Zak allerdings konnte dem Kugelhagel entrinnen und verschwand unversehrt in einem Heckenlabyrinth.

Mit seiner Rache ließ er sich Zeit und spähte wochenlang die Luxusyacht aus, die das chinesische Syndikat geleast hatte. Dann nutzte er das Wissen, das er sich im Nickelbergwerk angeeignet hatte, legte einen Sprengsatz mit Zeitzünder und jagte das Boot mit sämtlichen Mitgliedern der Bande aus Hongkong in die Luft. Als er aus einiger Entfernung von einem kleinen Schnellboot aus, den Feuerball beobachtete, sah er, wie ein Mann auf einer daneben liegenden Yacht durch die Druckwelle ins Wasser geschleudert wurde. Da ihm klar war, dass die Behörden vermutlich nur wenig Zeit für die Ermittlungen wegen des Todes eines bekannten Drogendealers aufwenden, aber eine Großfahndung in die Wege leiten würden, wenn eine wohlhabende Persönlichkeit des öffentlichen Lebens umkam, raste er hin und fischte den bewusstlosen Mann aus dem Wasser.

Als Mitchell Goyette Wasser spuckend zu sich kam, war er geradezu überschwänglich dankbar.

»Sie haben mir das Leben gerettet«, keuchte er. »Dafür werde ich mich erkenntlich zeigen.«

»Geben Sie mir lieber einen Job«, sagte Zak.

Zak lachte lauthals, als er Goyette Jahre später an die Geschichte erinnerte. Selbst Goyette gab zu, dass er die Sache lustig fand. Mittlerweile hatte der Mogul die Fähigkeiten des ehemaligen Bergarbeiters schätzen gelernt und beschäftigte ihn als Mann fürs Grobe. Aber Goyette war sich darüber im Klaren, dass Zak ihm nur des Geldes wegen treu ergeben war, daher behielt er ihn stets im Auge. Zak wiederum genoss es, den einsamen Wolf zu spielen. Er hatte Einfluss auf Goyette, und auch wenn er dessen großzügige Entlohnung zu schätzen wusste, machte er sich einen Spaß daraus, seinen reichen und mächtigen Arbeitgeber zu triezen.

Die Maschine landete ein paar Minuten zu früh auf dem Lester B. Pearson International Airport von Toronto. Ohne sich die Wirkung der beiden Martinis, die er auf dem Flug getrunken hatte, anmerken zu lassen, stieg Zak aus dem Jet und suchte den Mietwagenschalter auf. Er nahm die Schlüssel für eine viertürige beige Limousine in Empfang, holte sein Gepäck ab und fuhr dann am Westufer des Ontariosees entlang nach Süden. Nach rund siebzig Meilen auf der Autobahn bog er bei einem Schild mit der Aufschrift NIAGARA ab. Eine Meile unterhalb der berühmten Wasserfälle überquerte er die Rainbow Bridge und reiste, nachdem er dem Mann von der Einwanderungsbehörde einen gefälschten kanadischen Pass vorgelegt hatte, in den Staat New York ein.

Hinter den Fällen wendete er und war schon kurz darauf in Buffalo. Als er am städtischen Flughafen eintraf, hatte er noch jede Menge Zeit, um eine halbleere Boeing 767 nach Washington, D.C., zu erwischen, mit der er wieder unter einem falschen Namen flog, diesmal mit einem gefälschten amerikanischen Ausweis. Die Dämmerung war bereits angebrochen, als die Maschine den Potomac überflog und zur Landung auf dem Reagan National Airport ansetzte. Zak befand sich zum ersten Mal in der Hauptstadt der USA, und dementsprechend beeindruckt war er von den stolzen Bauten, die er sich vom Rücksitz eines

Taxis aus ansah. Während er die roten Blinklichter auf dem Washington Monument betrachtete, fragte er sich, ob der gute George den hoch aufragenden Obelisken für geschmacklos gehalten hätte.

Sobald er im Mayflower Hotel eingecheckt hatte, studierte er den Ordner, den Goyette ihm gegeben hatte, dann fuhr er mit dem Aufzug hinab in die holzgetäfelte Town & Country Lounge im Erdgeschoss. Er suchte sich eine ruhige Sitznische in der Ecke, bestellte einen Martini und warf einen Blick auf seine Uhr. Um Viertel nach sieben kam ein schlanker Mann mit ungepflegtem Bart an seinen Tisch.

»Mr. Jones?«, fragte er und musterte Zak nervös. Zak schenkte dem Mann ein schmales Lächeln.

»Ja. Bitte setzen Sie sich«, erwiderte er.

»Ich bin Hamilton. Bob Hamilton, vom Forschungslabor für Umweltschutz und neue Technologien an der GWU«, sagte der Mann leise. Er starrte Zak einen Moment lang beklommen an, atmete dann tief durch und rutschte nach kurzem Zögern in die Sitznische.

12

Kurz nach der Besprechung mit Sandecker meinte der Präsident erstmals wieder Licht am Ende des Tunnels zu sehen. Ein weiterer Brief des kanadischen Premierministers traf bei ihm ein, der eine mögliche Lösung der sich verschärfenden Krise anbot. In einem abgelegenen Teil der kanadischen Arktis, so schrieb der Premierminister, sei vor einem Jahr ein großes Erdgasfeld entdeckt worden, von dem bislang niemand etwas erfahren habe.

Erste Erkundungen deuteten darauf hin, dass es sich um eines der reichhaltigsten Erdgasvorkommen der Welt handle. Die Privatfirma, die es entdeckt habe, verfüge bereits über eine Tankerflotte, die das Gas in die Vereinigten Staaten transportieren könne.

Das war Balsam für die Seele des Präsidenten, denn genau diese Hilfe hatte er gesucht, um seinen großen Zielen näher zu kommen. In aller Eile wurde ein umfassender Kaufvertrag abgeschlossen, damit das Gas strömen konnte. Zwar lagen die Kosten über dem üblichen Marktpreis, aber dafür versprach das Unternehmen, so viel Gas zu liefern, wie es fördern konnte. Das jedenfalls garantierte der Vorstandsvorsitzende der privaten Erkundungsfirma, ein gewisser Mitchell Goyette.

Ohne sich um die Vorhaltungen seiner wirtschaftlichen und politischen Berater zu kümmern, denen das Ganze zu ungestüm vorkam, reagierte der Präsident unverzüglich auf die Nachricht. In einer landesweiten Fernsehansprache, die aus dem Oval Office übertragen wurde, umriss er der Öffentlichkeit seine ehrgeizigen Pläne.

»Meine amerikanischen Mitbürger, wir leben in einem Augenblick großer Gefahr«, sagte er vor laufenden Kameras. Er, der normalerweise immer so beschwingt wirkte, hatte diesmal eine ernste Miene aufgesetzt. »Unser tägliches Leben ist durch eine Energiekrise gefährdet und unsere Zukunft durch eine Umweltkrise. Die Abhängigkeit von ausländischem Öl zieht verheerende wirtschaftliche Folgen nach sich, die wir alle zu spüren bekommen, und sie fördert zudem den Ausstoß von gefährlichem Treibhausgas. Neue, beunruhigende Hinweise lassen erkennen, dass wir den Kampf gegen die globale Erwärmung verlieren. Zu unserer eigenen Sicherheit und zum Wohle der ganzen Welt erteile ich hiermit die Anweisung, dass die Vereinigten Staaten sich das Ziel setzen sollten, bis zum Jahr 2020 kohlendioxidfrei zu werden. Manche mögen dies für übertrieben oder gar unmöglich halten, doch wir haben keine andere Wahl. Ich fordere heute Abend die Privatwirtschaft, aber auch sämtliche akademischen Einrichtungen sowie unsere Regierungsbehörden dazu auf, die größten Anstrengungen in der Erforschung alternativer Brennstoffe und erneuerbarer Energiequellen zu unternehmen, damit wir unseren Strom- und Treibstoffbedarf decken können. Öl kann und wird nicht der Stoff sein, der unsere Wirtschaft auch zukünftig in Schwung hält. In Kürze wird dem Kongress ein Finanzierungspaket vorgelegt werden, in dem unsere besonderen Investitionen in die Erforschung neuer Technologien dargelegt werden.

Mit den entsprechenden Ressourcen, mit Willen und Entschlossenheit, davon bin ich überzeugt, können wir dieses Ziel gemeinsam erreichen. Dennoch müssen wir heute Opfer bringen, um unsere Emissionen zu reduzieren und unsere Abhängigkeit vom Öl zu vermindern, die unserer Wirtschaft zunehmend die Luft abschnürt. Aufgrund der seit kurzem verfügbaren Erdgasangebote erteile ich hiermit die Anweisungen, unsere sämtlichen mit Kohle und Öl betriebenen Kraftwerke innerhalb von zwei Jahren auf Erdgas umzurüsten. Ich freue mich, heute Abend bekanntgeben zu können, dass sich der chinesische Präsident Zhen bereiterklärt hat, in seinem Land ähnliche Anordnungen zu erteilen. Darüber hinaus werde ich in Kürze Pläne vorlegen, wie unsere Automobilhersteller die Produktion von Erdgas- und Hybridfahrzeugen beschleunigen können, die, wie ich hoffe, auch auf internationaler Ebene aufgegriffen werden.

Wir stehen vor schweren Zeiten, aber mit Ihrer Unterstützung können wir mehr Sicherheit für morgen schaffen. Ich danke Ihnen.«

Als die Kameras abgestellt waren, wandte sich Charles Meade, der Stabschef des Präsidenten, ein kleiner Mann mit dem Ansatz zur Glatze, an Ward.

»Ausgezeichnet, Sir. Meiner Meinung nach war das eine besonders eindrucksvolle Rede, die gewiss einiges bewirken und die Kohlegegner mit ihren Boykottaufrufen beruhigen sollte.«

»Danke, Charlie. Ich glaube, Sie haben Recht«, erwiderte der Präsident. »Sie sollte auch etwas bewirken. Schlimmstenfalls wird sie mich um jede Chance auf eine Wiederwahl bringen«, fügte er mit einem schiefen Grinsen hinzu.

13

In Zimmer 2318 des Rayburn House Office Building tummelten sich ungewöhnlich viele Reporter und Zuschauer. Denn öffentliche Anhörungen des Kongressausschusses für Energie und Umwelt lockten selten mehr als eine Handvoll Besucher an. Doch angesichts der Forderung des Präsidenten, den Ausstoß von Treibhausgasen zu reduzieren, und dem darauf folgenden Aufruhr in den Medien, wurden dem Ausschuss und seiner bereits vorher angesetzten Anhörung verstärkte Aufmerksamkeit zuteil. Sein Thema: ein Zustandsbericht über neue Technologien, mit deren Hilfe die globale Erwärmung bekämpft werden sollte.

Die versammelte Pressemeute und die Zuschauer verstummten, als sich eine Vorzimmertür öffnete und die achtzehn Kongressmitglieder zu ihren Plätzen auf dem Podium gingen. Die letzte Abgeordnete, die hereinkam, war eine attraktive Frau mit zimtroten Haaren. Sie trug ein dunkel-lila Prada-Kostüm, das gut zu ihren violetten Augen passte.

Loren Smith, die engagierte Abgeordnete aus dem siebten Wahlkreis von Colorado, hatte aus ihrer Weiblichkeit nie einen

Hehl gemacht, seit sie vor Jahren in die ehrwürdigen Hallen des Kongresses eingezogen war. Auch mit über vierzig Jahren wirkte sie noch immer schick und elegant, aber ihre Kollegen hatten schon vor langem die Erfahrung gemacht, dass Lorens Schönheit und Modebewusstsein ihrem Können und ihrer Intelligenz keinen Abbruch tat.

Anmutig schritt sie zur Mitte des Podiums und setzte sich neben einen molligen, weißhaarigen Kongressabgeordneten aus Georgia, der dem Ausschuss vorsaß.

»Hiermit eröffne ich diese Anhörung«, rief er mit starkem Südstaatenakzent. »Angesichts des öffentlichen Interesses an dem heutigen Thema verzichte ich auf eine Einführung und bitte unseren ersten Sprecher um seine Aussage.« Er drehte sich um und zwinkerte Loren kurz zu, worauf diese ihn anlächelte. Obwohl sie unterschiedlichen Fraktionen angehörten, waren sie langjährige Kollegen und Freunde – und damit eine Minderheit unter den Kongressmitgliedern, die normalerweise wenig von parteiübergreifender Zusammenarbeit zum Wohle des Landes hielten.

Anschließend berichtete eine Reihe von Industriekapitänen und führenden Akademikern über die jüngsten Fortschritte bei der Entwicklung alternativer Energieformen, bei denen kein Kohlendioxid anfiel. Die einzelnen Sprecher konnten zwar mit vielversprechenden Langzeitaussichten aufwarten, aber eine sofort zur Verfügung stehende technologische Lösung hatte auf Nachfragen von Seiten des Ausschusses hin keiner zu bieten.

»Die Massenherstellung von Wasserstoffzellen ist noch nicht ausgereift«, erklärte ein Fachmann. »Und selbst wenn jeder Mann und jede Frau in diesem Land ein Auto mit Brennstoffzelle fahren wollte, so stünde doch nicht genug Wasserstoff zur Verfügung um auch nur einen Bruchteil davon anzutreiben.«

»Wann sind wir denn so weit?«, fragte ein Abgeordneter aus Missouri.

»In etwa zehn Jahren«, erwiderte der Sachverständige. Auf der Galerie erhob sich leises Gemurmel. Zumal jeder Sprecher das Gleiche sagte. Zwar konnten immer bessere Technologien und Produkte auf den Markt gebracht werden, aber man kam doch nur langsam und schrittweise voran. Ein unmittelbar bevorstehender Durchbruch jedoch, der den Anforderungen des Präsidenten entsprach und das Land wie auch die Welt vor den wirtschaftlichen und klimatischen Schäden einer zunehmenden globalen Erwärmung bewahren konnte, war nicht in Sicht.

Der letzte Sprecher war ein kleiner Mann mit Brille, der das in einem bereits zu Maryland gehörenden Stadtrandgebiet angesiedelte Forschungslabor für Umweltschutz und neue Technologien an der GWU leitete. Loren beugte sich vor und lächelte, als sie Lisa Lane erkannte, die neben Dr. Horace Maxwell Platz nahm. Nach einer kurzen Einleitung des Labordirektors ging Loren zur Befragung über.

»Dr. Maxwell, Ihr Labor ist die Speerspitze bei der Erforschung alternativer Treibstoffe. Können Sie uns mitteilen, welche technologischen Fortschritte wir in nächster Zeit von Ihrer Arbeit erwarten dürfen?«

Maxwell nickte, bevor er mit krächzender Stimme das Wort ergriff. »Wir haben mehrere herausragende Forschungsprogramme auf dem Gebiet der Solarenergiegewinnung, bei Biotreibstoffen und der Wasserstoffsynthese laufen. Aber um Ihre Frage zu beantworten: Uns steht leider kein Verfahren zur Verfügung, das in unmittelbarer Zukunft zur Serienreife entwickelt werden könnte und den strengen Anforderungen des Präsidenten entspräche.«

Loren bemerkte, dass sich Lisa bei Maxwells letztem Satz auf die Unterlippe biss. Anschließend waren die anderen Abgeordneten an der Reihe, die Maxwell noch eine Stunde lang ausfragten, aber mittlerweile war klar geworden, dass mit keiner nennenswerten Erkenntnis zu rechnen war. Der Präsident hatte sich weit vorgewagt, als er die klügsten Köpfe in Industrie und Forschung aufgefordert hatte, die Energiefrage zu lösen, aber er musste einen Rückschlag einstecken.

Als die Anhörung vertagt wurde und die Reporter hinausstürmten, um ihre Berichte durchzugeben, stieg Loren vom Podium, bedankte sich bei Dr. Maxwell und begrüßte dann Lisa.

»Hi, Zimmergenossin.« Sie lächelte und schloss ihre alte Mitbewohnerin aus dem College in die Arme. »Ich dachte, du wärst am Brookhaven National Laboratory in New York.«

»Nein, ich bin vor ein paar Monaten dort weggegangen, um bei Dr. Maxwells Projekt mitzumachen. Er hat mehr Mittel für ergebnisoffene Forschungen.« Sie grinste. »Ich wollte dich anrufen, seit ich wieder in Washington bin, aber ich war einfach immer überlastet.«

»Kann ich mir vorstellen. Seit der Ansprache des Präsidenten ist die Arbeit in eurem Labor ganz plötzlich höchst wichtig.«

Lisas Miene wurde ernst, und sie trat einen Schritt näher an Loren heran. »Ich würde gern über meine persönlichen Forschungen mit dir reden«, sagte sie leise.

»Ginge das beim Essen heute Abend? Mein Mann holt mich in einer halben Stunde ab. Wäre schön, wenn du dich anschließen würdest.«

Lisa dachte einen Moment lang nach. »Aber gern. Ich sage nur Dr. Maxwell Bescheid, dass ich heute Abend allein nach Hause gehe. Meinst du, dein Mann könnte mich fahren?«

Loren lachte. »Ein hübsches Mädchen mitzunehmen ist eine seiner Lieblingsbeschäftigungen.«

Loren und Lisa standen an der Nordtreppe des Rayburn Building, als eine Reihe vom Großraum- und Mercedeslimousinen die für Würdenträger vorbehaltene Fahrspur entlangrollten und die reicheren Kongressabgeordneten samt den nicht von ihrer Seite weichenden Lobbyisten abholten. Lisa wurde einen Moment lang vom Mehrheitsführer des Kongresses abgelenkt und hätte um ein Haar die Ankunft eines flotten alten Cabriolets verpasst, das an der Bordsteinkante hielt und mit seinem hochgezogenen Kotflügel beinahe ihren Oberschenkel streifte. Sie riss die Augen auf, als ein markig wirkender Mann mit schwarzen Haaren und leuchtend grünen Augen aus dem Wagen stieg, Loren umarmte und sie leidenschaftlich küsste.

»Lisa«, sagte Loren, als sie den Mann leicht betreten weggeschoben hatte, »das ist mein Mann, Dirk Pitt.«

Pitt sah Lisas verwunderten Blick und lächelte freundlich, als er ihr die Hand schüttelte. »Keine Sorge«, sagte er lachend. »Ich falle nur über Frauen her, die dem Kongress angehören.«

Lisa spürte, wie sie leicht errötete. Sie sah ein abenteuerlustiges Funkeln in seinen Augen, das durch seine Freundlichkeit etwas gedämpft wurde.

»Ich habe Lisa zum Essen eingeladen«, erklärte Loren.

»Schön, dass Sie mitkommen. Ich hoffe nur, Sie haben nichts gegen ein bisschen Wind«, sagte Pitt und nickte zum Auto hin.

»Das ist ja vielleicht eine Karre«, stieß Lisa aus. »Wie heißt sie denn?«

»Ein 1932er Auburn Speedster. Ich bin erst gestern Abend mit den Bremsen fertig geworden und dachte, es würde vielleicht Spaß machen, damit auszufahren.«

Lisa blickte auf den schnittigen Wagen, der cremefarben und blau lackiert war. Der offene Innenraum bot nur Platz für zwei, einen Rücksitz gab es nicht. Stattdessen verjüngte sich die Karosserie zur hinteren Stoßhange hin wie zu einer Art spitzem Bootsheck.

»Ich glaube, da passen wir nicht alle rein«, klagte sie.

»Doch, wenn jemand nichts dagegen hat, hinten mitzufahren«, erwiderte Pitt. Er ging zum Heck und drückte auf das glänzende Blech, woraufhin sich ein verborgener Sitz aufklappte, der Platz für eine Person bot.

»O je, ich wollte schon immer mal auf einem Notsitz mitfahren«, sagte Lisa. Ohne zu zögern stieg sie auf das Trittbrett und sprang in das enge Abteil.

»Mein Großvater hat mir oft erzählt, wie er während der Weltwirtschaftskrise immer auf dem Notsitz vom Packard seines Vaters mitfahren durfte«, erklärte sie.

»Nirgendwo sieht man mehr von der Welt«, versetzte Pitt scherzhaft und zwinkerte ihr zu, bevor er Loren auf den Vordersitz half.

Sie schlängelten sich durch den Berufsverkehr entlang der Mall und über die George Mason Bridge und hielten sich dann in Richtung Süden nach Virginia. Die Monumentalbauten der Stadt wurden hinter ihnen kleiner, der Verkehr dünner, und Pitt drückte das Gaspedal durch. Mit seinem starken, ruhig laufenden Zwölfzylindermotor unter der Haube fuhr der schnittige Auburn binnen kürzester Zeit schneller als erlaubt. Als der Wagen beschleunigte, grinste Lisa, winkte den entgegenkommenden Autos wie ein kleines Mädchen zu und genoss den Fahrtwind, der an ihren Haaren zauste. Vorn legte Loren die Hand auf Pitts Knie und lächelte ihren Mann an, der allem Anschein nach immer irgendwo ein Abenteuer fand.

Pitt fuhr an Mount Vernon vorbei und bog dann vom Highway ab. An einer unscheinbaren Kreuzung stieß er auf einen Feldweg, der sich zwischen Bäumen hindurchschlängelte und bei einem kleinen Restaurant am Potomac endete. Kaum hatte Pitt den Auburn geparkt und den Motor abgestellt, als ihm auch schon der Duft des Old Bay Seasoning in die Nase stieg.

»Hier gibt's die besten Krabben weit und breit, sehr pikant«, versprach er.

Das Restaurant war ein altes, am Flussufer errichtetes Haus, das zu einem Café umgebaut und schlicht eingerichtet, aber sehr gemütlich war. Sie wurden gerade zu einem Tisch mit Blick auf den Potomac gebracht, als eine Schar Einheimischer hereinkam.

»Loren hat mir erzählt, dass Sie Biochemikerin an der GWU sind«, sagte Pitt zu Lisa, nachdem er eine Runde Bier und Krabben bestellt hatte.

»Ja, ich gehöre zu einer Umweltstudiengruppe, die sich mit der globalen Erwärmung befasst«, erwiderte sie.

»Falls Sie sich mal langweilen sollten, kann die NUMA Sie mit einem wichtigen Meeresforschungsprojekt betrauen«, bot er lächelnd an. »Wir haben ein großes Team, das die Auswirkungen der Erwärmung und Übersäuerung der Ozeane untersucht. Ich war gerade bei einer Projektbesprechung mit einer Gruppe, die sich mit der Kohlendioxidsättigung der Ozeane und der Möglichkeit, absorbiertes CO_2 in der Tiefsee einzulagern, befasst.«

»Da sich fast alle auf die Atmosphäre konzentrieren, freut es mich, dass auch jemand auf die Meere achtet. Klingt so, als gäbe es da Parallelen zu meiner Arbeit. Ich bin mit einem Projekt zur Reduzierung des Kohlendioxids in der Luft befasst. Ich würde gern die Ergebnisse Ihres Teams sehen.«

»Bislang liegt nur ein erster Bericht vor, aber vielleicht finden Sie ihn ja ganz nützlich. Ich schicke Ihnen eine Kopie. Oder noch besser, ich bringe ihn morgen bei Ihnen vorbei. Ich muss auch bei den Abgeordneten antreten«, fügte er hinzu und verdrehte die Augen in Richtung Loren.

»Alle Regierungsbehörden müssen Rechenschaft über ihren Jahresetat ablegen«, erwiderte Loren. »Vor allem diejenigen, die von ehemaligen Piraten geleitet werden.«

Sie lachte, umarmte Pitt und wandte sich dann an ihre Freundin. »Lisa, ich hatte den Eindruck, dass du nach der heutigen Anhörung unbedingt über deine Forschungen sprechen wolltest. Erzähl mir mehr davon.«

Lisa trank einen kräftigen Schluck Bier, dann schaute sie Loren vertrauensvoll an.

»Ich habe bislang nur mit meinem Assistenten darüber gesprochen, aber ich glaube, wir sind auf eine wichtige Entdeckung gestoßen.« Sie sprach leise, als habe sie Angst, die Gäste an den Nachbartischen könnten etwas hören.

»Erzähl weiter«, drängte Loren und beugte sich zu Lisa hin.

»Bei meinen Forschungsarbeiten geht es um die molekulare Beeinflussung von Kohlenwasserstoffen. Wir haben einen wichtigen Katalysator gefunden, der meiner Meinung nach eine künstliche Photosynthese in großem Maßstab zulässt.«

»Meinst du, wie bei Pflanzen? Licht in Energie umwandeln?«

»Ja, kannst du dich noch an deinen Botanikunterricht erinnern? Nur zur Sicherheit … Nimm die Pflanze da drüben«, sagte sie und deutete auf einen großen Schwertfarn, der in einem Topf am Fenster hing. »Er nimmt Sonnenlicht auf, Wasser aus dem Erdreich und Kohlendioxid aus der Luft, um Kohlenwasserstoffe herzustellen, den Brennstoff, den er zum Wachsen braucht. Das einzige Abfallprodukt ist Sauerstoff, den wir alle zum Überleben brauchen. Das ist der Grundzyklus der Photosynthese.«

»Doch der eigentliche Vorgang ist so kompliziert, dass ihn noch kein Wissenschaftler nachstellen konnte«, sagte Pitt, der zusehends gespannter wurde.

Lisa saß schweigend da, als die Bedienung kam, einen braunen Pergamentpapierbogen auf dem Tisch ausbreitete und dann einen Haufen dampfender Blaukrabben vor ihnen hinkippte. Als sich alle drei mit einem Holzhammer über die pikanten Krabben hermachten, fuhr sie fort.

»Im Allgemeinen haben Sie Recht. Teilabläufe der Photosynthese ließen sich zwar nachstellen, aber bei weitem nicht so effizient wie in der Natur. Es ist äußerst kompliziert. Deswegen konzentrieren sich Hunderte von Wissenschaftlern, die weltweit mit künstlicher Photosynthese befasst sind, auf die einzelnen Bausteine des Vorgangs.«

»Dich eingeschlossen?«, fragte Loren.

»Mich eingeschlossen. Unser Labor hat sich auf diejenige Fähigkeit der Pflanzen konzentriert, Wassermoleküle in ihre einzelnen Bestandteile zu zerlegen. Wenn wir diesen Vorgang nachstellen können, und eines Tages werden wir so weit sein, dann stehen uns unbegrenzte Mengen an billigem Wasserstoff als Treibstoff zur Verfügung.«

»Dein Projekt zielt aber eigentlich in eine andere Richtung?«, fragte Loren.

»Ich habe mich auf eine Photosystem I genannte Reaktion konzentriert und auf das Aufspalten von Kohlendioxidmolekülen, das dabei auftritt.«

»Was sind dabei die größten Schwierigkeiten?«, fragte Pitt.

Lisa nahm sich eine zweite Krabbe und saugte das Fleisch aus den Scheren.

»Die sind übrigens köstlich. Das Grundproblem war die Entwicklung wirkungsvoller Mittel, mit der sich die chemische Aufspaltung auslösen lässt. In der Natur übernimmt das Chlorophyll diese Aufgabe, aber im Labor zerfällt es zu rasch. Deshalb habe ich nach einem künstlichen Katalysator gesucht, der die Kohlendioxidmoleküle aufspalten könnte.«

Lisa legte ihre Krabbe hin und fuhr mit leiser Stimme fort. »Dabei habe ich eine Lösung gefunden. Genau genommen bin ich sogar bloß darüber gestolpert. Ich habe versehentlich eine Rhodiumprobe in der Testkammer liegen lassen und Ruthenium hinzugefügt, ein anderes Element. Unter Laserbeschuss kam es sofort zu einer Dimerisation der CO_2-Moleküle in Oxalate.«

Loren wischte sich den Krabbensaft von den Händen und trank einen Schluck Bier. »Mir dreht sich allmählich der Kopf von all der Chemie«, beschwerte sie sich.

»Bist du dir sicher, dass es nicht vom Bier und den Gewürzen kommt?«, fragte Pitt grinsend.

»Tut mir leid«, sagte Lisa. »Die meisten meiner Freunde sind Biochemiker, daher vergesse ich manchmal, den verbalen Laborkittel auszuziehen.«

»Loren versteht mehr von Politik als von Wissenschaft«, scherzte Pitt. »Haben Sie sich auf den Ausgang Ihres Experiments bezogen?«

»Mit anderen Worten, durch die katalytische Reaktion wurde das Kohlendioxid zu einer einfachen Verbindung. Bei weiterer Verarbeitung bekommen wir einen auf Kohlenstoff basierenden Treibstoff, wie zum Beispiel Äthanol. Aber die entscheidende Reaktion war die Aufspaltung des Kohlendioxids.«

Von dem Krabbenhaufen war nur noch eine Unmasse geknackter Scheren und leerer Panzer übrig geblieben. Die Bedienung, eine Frau mittleren Alters, räumte den Abfall gekonnt weg und kehrte kurz darauf mit Kaffee und Limettenkuchen zurück.

»Entschuldige, aber ich bin mir nicht sicher, ob ich verstanden habe, was du damit sagen willst«, bemerkte Loren zwischen zwei Bissen.

Lisa schaute durchs Fenster auf zwei blinkende Lichter auf der anderen Seite des Flusses.

»Ich bin davon überzeugt, dass man meinen Katalysator zur Konstruktion eines Gerätes für künstliche Photosynthese in großem Maßstab verwenden kann.«

»Ließe sich das auf industrielle Größenordnungen ausbauen?«, fragte Pitt.

Lisa nickte. »Ich bin mir da ganz sicher. Man braucht dazu lediglich Licht, Rhodium und Ruthenium.«

Loren schüttelte den Kopf. »Du willst also sagen, dass wir eine Anlage konstruieren können, die Kohlendioxid in eine harmlose Substanz umwandeln kann? Und dieser Vorgang lässt sich auch in Kraftwerken und anderen industriellen Dreckschleudern anwenden.«

»Ja, so sieht es aus. Aber es geht noch weiter.«

»Was meinst du damit?«

»Man könnte *Hunderte* von Anlagen bauen. Was die Reduzierung von Kohlendioxid angeht, wäre es so, als ob man einen ganzen Kiefernwald in eine Kiste packt.«

»Sie sprechen also von der Reduzierung des in der Atmosphäre vorhandenen Kohlendioxids«, stellte Pitt fest.

Wieder nickte Lisa und schürzte leicht die Lippen.

Loren ergriff Lisas Hand und drückte sie. »Dann … hast du also wirklich ein Mittel gegen die globale Erwärmung entdeckt.« Sie flüsterte beinahe.

Lisa blickte verlegen auf ihren Kuchen und nickte. »Der Vorgang klappt zuverlässig. Noch muss zwar daran gearbeitet werden, aber ich kann keinen Grund erkennen, weshalb wir nicht in ein paar Monaten große Anlagen zur künstlichen Photosynthese konstruieren und bauen könnten. Alles, was dazu nötig ist, sind Geld und Unterstützung vonseiten der Politik«, sagte sie und blickte Loren an.

Loren war zu verblüfft, um ihr Dessert zu essen. »Aber was war dann mit der heutigen Anhörung?«, sagte sie. »Wieso hat Dr. Maxwell nichts davon erwähnt?«

Lisa betrachtete den Farn. »Ich habe es ihm noch nicht gesagt«, erwiderte sie leise. »Ich habe die Entdeckung erst vor ein paar Tagen gemacht. Ehrlich gesagt, ich war auch ein bisschen überwältigt von dem Ergebnis. Mein wissenschaftlicher Assistent hat mich dazu überredet, Dr. Maxwell vor der Anhörung nichts davon mitzuteilen, bis wir unserer Sache ganz sicher sind. Wir haben beide ein bisschen Angst vor dem möglichen Ansturm der Medien.«

»Da könnten Sie Recht haben«, pflichtete Pitt bei.

Lisa schüttelte den Kopf. »Wir haben das Experiment mindestens ein Dutzend Mal wiederholt. Ich habe nicht den geringsten Zweifel, dass der Katalysator funktioniert.«

»Dann wird es höchste Zeit, etwas zu unternehmen«, warf Loren ein. »Sag Maxwell morgen Bescheid, dann kann ich ihm bei der Anhörung eine scheinbar harmlose Frage stellen. Anschließend sehe ich zu, dass wir mit dem Präsidenten sprechen.«

»Mit dem Präsidenten?« Lisa errötete.

»Unbedingt. Bis ein Finanzierungsgesetz erlassen ist, brauchen wir eine Regierungsanweisung, um die Konstruktion umgehend in die Wege leiten zu können. Der Präsident weiß doch über das Kohlendioxidproblem Bescheid. Wenn eine Lösung greifbar ist, wird er sofort aktiv werden.«

Lisa, die von den möglichen Folgen ihrer Entdeckung schon jetzt überwältigt war, schwieg eine Weile. Schließlich nickte sie. »Du hast natürlich Recht. Ich mache es. Morgen.«

Pitt übernahm die Rechnung, dann gingen sie alle drei zum Auto. Sie fuhren nahezu schweigend nach Hause, jeder war mit dem Ausmaß von Lisas Entdeckung beschäftigt. Als Pitt vor Lisas Stadthaus in Alexandria hielt, sprang Loren aus dem Wagen und umarmte ihre alte Freundin.

»Ich bin ja so stolz auf dich«, sagte sie. »Wir haben uns früher immer darüber lustig gemacht, wie wir die Welt verändern wollen. Jetzt können wir es wirklich tun.« Sie lächelte.

»Danke, dass du mir Mut gemacht hast, die Sache voranzutreiben«, erwiderte Lisa. »Gute Nacht, Dirk«, sagte sie und winkte Pitt zu.

»Dass Sie es nicht vergessen! Ich komme morgen früh mit dem Bericht über den Kohlendioxidgehalt der Ozeane zu Ihnen.«

Als Loren wieder eingestiegen war, legte Pitt den ersten Gang ein und fuhr los.

»Nach Georgetown oder zum Hangar?«, fragte er Loren.

Sie kuschelte sich an ihn. »Heute Abend zum Hangar.«

Pitt lächelte, als er den Auburn in Richtung Reagan National Airport steuerte. Obwohl sie verheiratet waren, hatten sie nach wie vor getrennte Wohnungen. Loren hatte ihr schickes Stadthaus in Georgetown behalten, brachte aber den Großteil ihrer Freizeit in Pitts ausgefallener Unterkunft zu.

Am Flughafen angekommen, fuhr er auf einer staubigen Nebenstraße zu einem dunklen, abgelegenen Teil des Geländes.

Nachdem sie ein Tor im Elektrozaun passiert hatten, hielt er vor einem schummrig beleuchteten Hangar. Pitt gab den Sicherheitscode in eine Fernbedienung ein und sah zu, wie eine Seitentür des Hangars aufglitt. Eine Reihe von Deckenleuchten ging an und tauchte den Innenraum, der an ein Verkehrsmuseum erinnerte, in gleißendes Licht. Dutzende auf Hochglanz polierte alte Autos waren in der Mitte des Raumes aufgereiht. An der einen Wand stand ein mächtiger Pullmanwagen auf einem im Boden eingelassenen Gleisstück. Die rostige Badewanne mit dem seitlich angeschraubten Außenbordmotor hingegen und das verwitterte und windschiefe Boot mit den Schwimmkörpern, die sich in der Nähe befanden, schienen nicht recht zu den anderen Sammlerstücken zu passen. Als Pitt in den Hangar stieß, fielen die Scheinwerfer des Auburn auf zwei Flugzeuge, die im hinteren Teil des Gebäudes standen. Das eine war eine Ford Tri-Motor, das andere eine schnittige Messerschmitt 262, ein Düsenjäger aus dem Zweiten Weltkrieg. Die Flugzeuge waren ebenso wie viele Autos in dieser Sammlung Erinnerungsstücke an frühere Abenteuer. Selbst die Badewanne und das Boot kündeten von Gefahren, verlorenen Liebsten und den Unwägbarkeiten des Lebens, weshalb Pitt sie auch aufgehoben hatte.

Pitt parkte den Auburn neben einem 1921er Rolls-Royce Silver Ghost, der gerade restauriert wurde, und stellte den Motor ab. Als sich das Hangartor hinter ihnen schloss, wandte sich Loren an Pitt und fragte: »Was meine Wähler wohl von mir halten würden, wenn sie wüssten, dass ich in einem aufgelassenen Flugzeughangar wohne?«

»Vermutlich hätten sie Mitleid mit dir und würden dir höhere Wahlkampfspenden zukommen lassen«, erwiderte Pitt lachend.

Er nahm sie an der Hand und führte sie über eine Wendeltreppe in ein Loft, das sich in einem Teil des Gebäudes befand. Loren hatte ihre Rechte als Ehefrau geltend gemacht und Pitt gezwungen, die Küche umzubauen und der Wohnung ein weiteres Zimmer hinzuzufügen, das sie als Gymnastikraum und Büro benutzte. Aber sie wusste, dass sie die Bullaugen aus Messing, die Seestücke und anderen nautischen Gegenstände, die der Unterkunft eine ausgesprochen männliche Atmosphäre verliehen, nicht anrühren durfte.

»Meinst du wirklich, dass man mit Lisas Entdeckung die globale Erwärmung rückgängig machen kann?«, fragte Loren, während sie zwei Gläser Pinot noir aus einer Flasche mit der Aufschrift Sea Smoke Botella eingoss.

»Wenn genug Mittel dafür bereitgestellt werden, kann das durchaus möglich sein. Natürlich ist es vom Labor bis zur Produktionsreife noch ein großer Schritt und auch weit schwieriger, als die Leute oft meinen. Aber wenn schon eine funktionsfähige Konstruktion vorliegt, ist das Schwierigste bereits erledigt.«

Loren ging durch das Zimmer und reichte Pitt ein Glas. »Wenn die Bombe erst mal hochgegangen ist, wird es ziemlich hektisch werden«, sagte sie. Sie befürchtete schon jetzt, dass sie dann kaum mehr Zeit für sich haben würden.

Pitt legte ihr den Arm um die Taille und zog sie an sich. »Das stimmt«, sagte er und lächelte sie schmachtend an. »Aber wir haben ja noch diese eine Nacht heute, bevor die Wölfe ihr Geheul anstimmen.«

14

Nachdem er Loren am Bahnhof der Airport Metrorail abgesetzt hatte, von wo aus sie die U-Bahn zum Kapitol nahm, fuhr Pitt zur NUMA-Zentrale, einem hohen Glasbau unmittelbar am Ufer des Potomac. Er besorgte sich eine Kopie des Untersuchungsberichts über die Kohlendioxidabsorption der Ozeane, kehrte zum Auburn zurück und bog auf die Massachusetts Avenue in Richtung Nordwesten ein. Es war ein herrlicher Frühlingstag in der Hauptstadt. Bis zur drückenden Hitze und Schwüle der Sommermonate, wenn alle daran erinnert wurden, dass die Stadt auf sumpfigem Boden gebaut war, würde es noch etliche Wochen dauern. Trotzdem war es an diesem warmen Morgen angenehm, mit einem Cabriolet zu fahren. Auch wenn er wusste, dass er in seinem Hangar sicherer aufgehoben wäre, konnte Pitt der Versuchung nicht widerstehen, den offenen Auburn noch einmal zu fahren. Der alte Wagen war erstaunlich wendig, und die anderen Fahrer um ihn herum ließen ihm genügend Platz, während sie den schnittigen Oldtimer begafften.

Pitt war ebenso anachronistisch, wie er seinen Zeitgenossen vorkam. Er liebte alte Flugzeuge und Autos so sehr, als wäre er in einem anderen Leben mit ihnen aufgewachsen. Sie hatten auf ihn fast die gleiche Anziehungskraft wie das Meer und die Geheimnisse der Tiefe. Er strahlte eine stete Rastlosigkeit aus, so als treibe ihn fortwährend die Wanderlust um. Vielleicht war es sein Sinn für Geschichte, der ihn aus der Masse heraushob und ihn Probleme der Gegenwart lösen ließ, indem er die Antworten darauf in der Vergangenheit fand.

An einer ruhigen Nebenstraße außerhalb von Rock Creek Park, nicht weit von der libanesischen Botschaft entfernt, stieß Pitt auf das Forschungslabor für Umweltschutz und neue Technologien der GWU. Er fand einen Parkplatz vor dem zweistöckigen Ziegelbau, klemmte sich seinen Bericht unter den Arm und lief zum Eingang. Der Wachmann im Foyer gab ihm einen Gästesticker und erklärte ihm, wie er zu Lisas Büro im ersten Stock kam.

Pitt trat zum Aufzug und wartete, bis ein Hausmeister in einem grauen Overall einen Müllwagen aus dem Fahrstuhl geschoben hatte. Es war ein breitschultriger Mann mit dunklen Augen, der Pitt einen stechenden Blick zuwarf und dann gut gelaunt lächelte, als er an ihm vorbeiging. Pitt drückte auf den Knopf zum zweiten Stock und wartete, als die Aufzugskabine von den Trossen nach oben gezogen wurde. Er hörte ein gedämpftes *Ding*, als sich der Fahrstuhl dem zweiten Stock näherte. Aber bevor die Tür aufglitt, wurde er von einer gewaltigen Erschütterung zu Boden geworfen.

Der Explosionsherd war gut dreißig Meter entfernt, doch das ganze Gebäude wurde wie von einem Erdbeben erschüttert. Pitt spürte, wie der Aufzug durchgerüttelt wurde und in Schwingungen geriet, dann fiel der Strom aus, und es wurde dunkel in der Kabine. Er rieb sich eine Beule an seinem Hinterkopf, zog sich dann vorsichtig hoch und tastete nach den Knöpfen. Keiner funktionierte. Dann schob er die Hand über die Tür, drückte die Fingerspitze in den Spalt in der Mitte und wuchtete die innere Tür auf. Die Außentür lag gut dreißig Zentimeter über dem Boden der Fahrstuhlkabine. Pitt streckte die Arme aus, stemmte die Außentür auf und kletterte in den zweiten Stock, wo ihn das reinste Chaos erwartete.

Eine Alarmanlage schellte ohrenbetäubend und übertönte die Schreie, die aus allen Richtungen zu ihm drangen. Eine dicke Staubwolke hing in der Luft, die ihm einen Moment lang den Atem nahm, dann sah Pitt durch den rauchigen Dunst eine Schar Menschen, die sich zum nächsten Treppenhaus durchschlugen. Zwar war die Explosion nicht stark genug gewesen, um das Gebäude an sich zu beschädigen, aber den breiten Korridor vor ihm schien es am schlimmsten getroffen zu haben. Dort waren zahllose Fenster und einige Innenwände zerstört worden. Während er das Gedränge im Flur betrachtete, wurde ihm klar, dass sich Lisas Büro genau an der Stelle befinden musste, wo irgendetwas hochgegangen war.

Er lief den Gang entlang und machte einer Gruppe hustender

Wissenschaftler Platz. Glas knirschte unter seinen Füßen, als er an einem zerbrochenen Fenster vorbeikam. Eine blasse Frau, die an der Hand blutete, torkelte aus einem Büro, worauf Pitt stehen blieb und ihr half, einen Schal um die Wunde zu winkeln.

»Wo ist Lisa Lanes Büro?«, fragte er.

Die Frau deutete auf ein klaffendes Loch auf der linken Seite des Korridors, dann schlurfte sie zum Treppenhaus.

Pitt ging zu dem schartigen Loch, das sich dort auftat, wo einst die Tür gewesen war, und trat in den dahinter liegenden Raum. Noch immer hing eine dichte weiße Rauchwolke in der Luft, die langsam durch die zertrümmerten Überreste eines Panoramafensters mit Blick auf die Straße abzog. Er hörte die Sirenen der Feuerwehrwagen näher kommen.

Das Labor war ein einziges Chaos aus verschmorter Elektronik, Geräten und Trümmern. Pitt bemerkte einen alten Bunsenbrenner, der durch die Wucht der Detonation in die Wand getrieben worden war. Die rauchenden Überreste und zerfetzten Wände bestätigten seine Befürchtungen. Die Explosion hatte sich genau in Lisas Labor ereignet. Die Wände standen noch, und die Möbel waren nicht zerstört, folglich war die Detonation nicht allzu heftig gewesen. Pitt nahm an, dass es im übrigen Gebäude keine Opfer gegeben hatte, aber die Menschen, die in diesem Labor gewesen waren, hatten vermutlich weniger Glück gehabt.

Pitt suchte den Raum ab und rief Lisas Namen, während er sich einen Weg durch die Trümmer bahnte. Er hätte sie beinahe übersehen, wenn ihm nicht im letzten Moment ein staubbedeckter Schuh aufgefallen wäre, der unter einer herausgerissenen Schranktür hervorragte. Er zog sie rasch beiseite, und darunter kam Lisa zum Vorschein, die zusammengerollt am Boden lag. Ihr linker Unterschenkel stand in einem unnatürlichen Winkel ab, ihre Bluse war mit Blut getränkt. Aber sie öffnete die Augen, blickte teilnahmslos zu ihm auf und zwinkerte ihm dann bestätigend zu.

»Hat man Ihnen nicht beigebracht, dass Sie nicht mit Chemikalien experimentieren sollen, die hochgehen können?«, sagte Pitt mit gezwungenem Lächeln.

Er strich mit der Hand über ihre blutige Schulter, bis er auf eine große Glasscherbe stieß, die aus ihrer Bluse ragte. Sie steckte offenbar nicht fest, deshalb riss er sie mit einem jähen Ruck heraus und drückte dann mit der Hand auf die Stelle, um die Blutung zu stillen. Lisa verzog kurz das Gesicht, dann fiel sie in Ohnmacht.

Pitt tastete mit der freien Hand nach ihrem Puls, bis ein Feuerwehrmann mit einer Axt in den Raum gestürmt kam.

»Ich brauche einen Sanitäter«, rief Pitt.

Der Feuerwehrmann warf Pitt einen verwunderten Blick zu, dann ging er an sein Funkgerät. Ein paar Minuten später tauchte ein Trupp Sanitäter auf, die sich sofort um die Verletzte kümmerten. Pitt folgte ihnen, als sie Lisa auf einer Trage zu einem unten stehenden Krankenwagen brachten.

»Ihr Puls ist schwach, aber ich glaube, sie kommt durch«, teilte einer der Notärzte Pitt mit, bevor der Wagen zum Georgetown University Hospital davonraste.

Als sich Pitt durch eine Schar Feuerwehrleute und Schaulustige drängte, hielt ihn plötzlich ein junger Sanitäter fest.

»Sir, setzen Sie sich lieber hin und lassen Sie mich das mal ansehen«, sagte er aufgeregt und deutete mit dem Kopf auf Pitts Arm. Pitt schaute hin und sah, dass sein Ärmel rot getränkt war.

»Keine Sorge«, sagte er achselzuckend. »Das ist nicht mein Blut.«

Er ging zum Straßenrand und blieb dann bestürzt stehen. Der Auburn war mit Glasscherben übersät und von vorn bis hinten voller Beulen und Kratzer. Ein Stück von einem Aktenschrank hatte sich durch den Kühlergrill und offenbar in den Kühler gebohrt, denn unter dem Wagen sammelte sich eine Pfütze aus Kühlflüssigkeit. Ein Mörtelbrocken war im Innenraum gelandet und hatte die Ledersitze aufgeschlitzt. Pitt blickte nach oben und schüttelte dann den Kopf, als ihm klar wurde, dass er ausgerechnet unter Lisas Büro geparkt hatte.

Er setzte sich aufs Trittbrett, um sich zu sammeln, und betrachtete das Chaos rundum. Sirenen heulten, während Dutzende zerzauster Laborbediensteter benommen herumliefen. Noch immer stieg Rauch aus dem Gebäude auf, obwohl es glücklicherweise nicht in Brand geraten war. Während er sich all dies ansah, hatte Pitt das eigenartige Gefühl, dass die Explosion kein Unfall war. Er dachte an Lisa, während er den demolierten Auburn musterte, und mit einem Mal packte ihn die Wut.

Clay Zak, der auf der anderen Straßenseite hinter einer Reihe von Hecken stand, schaute sich das Chaos voller Genugtuung an. Als der Krankenwagen mit Lisa davonraste und sich der Rauch allmählich verzog, lief er ein paar Blocks weiter und bog in eine Seitenstraße ab, in der sein Mietwagen stand. Er zog den Reißverschluss seines grauen Overalls auf und warf ihn in eine Mülltonne, stieg in sein Auto und fuhr vorsichtig zum Reagan International Airport.

15

Der Nebel hing tief über dem Wasser rund um Kitimat, als sich im Osten die ersten grauen Streifen der Dämmerung über den Himmel zogen. Das leise Grollen eines Lastwagens, der durch die Straßen der Stadt rollte, drang in der morgendlichen Stille über das Wasser.

Im Ruderhaus des NUMA-Arbeitsbootes stellte Dirk eine Tasse mit heißem Kaffee ab und ließ den Motor an. Der Innenborddiesel sprang sofort an und tuckerte leise in der feuchten Luft. Dirk warf einen Blick aus dem Fenster und sah eine hoch aufgeschossene Gestalt am Kai näher kommen.

»Dein Verehrer ist rechtzeitig gekommen«, sagte er laut.

Summer stieg vom Anleger hoch, warf ihrem Bruder einen verächtlichen Blick zu und begab sich aufs Achterdeck. Trevor kam mit einem schweren Koffer unter dem Arm zu ihr.

»Guten Morgen«, rief Summer. »Hat es geklappt?«

Trevor reichte Summer den Koffer und kam an Bord. Er warf Summer einen bewundernden Blick zu, dann nickte er.

»Zu unserem Glück verfügt die Stadt über ein Schwimmbecken mit olympischen Maßen. Der Bademeister, der für die Instandhaltung des Beckens zuständig ist, war bereit, sein Zubehör zum Überprüfen der Wasserqualität mit uns zu teilen, wenn wir ihm einen Kasten Bier spendieren.«

»Wissenschaft hat eben ihren Preis«, sagte Dirk, der den Kopf aus der Tür des Ruderhauses steckte.

»Die Ergebnisse werden natürlich nicht mit den Messdaten des NUMA-Computers mithalten können, aber damit können wir zumindest den pH-Wert feststellen.«

»Und wir können die Sache einkreisen. Wenn der pH-Wert niedrig ist, wissen wir, dass der Säuregrad zugenommen hat. Und ein höherer Säuregrad kann von einem erhöhten Kohlendioxidgehalt im Wasser herrühren«, sagte Summer.

Sie klappte den Koffer auf, in dem sich ein handelsübliches Gerät zur Untersuchung der Wasserqualität und eine Reihe Plastikreagenzgläser befanden. »Wir müssen in erster Linie feststellen, ob die hohen Säuregrade, die man im Labor gemessen hat, noch immer vorhanden sind. Mit diesem Ding da sollte das möglich sein.«

Die Ergebnisse der Laboruntersuchungen in Seattle waren erschreckend. Der pH-Wert mehrerer Wasserproben, die sie nahe der Mündung des Douglas Channel entnommen hatten, waren hundert Mal niedriger als die in allen anderen Proben entlang der Inside-Passage. Am schlimmsten stand es um die zuletzt entnommene Probe, kurz bevor das NUMA-Boot um ein Haar von der *Ventura* gerammt worden war. Laut den Untersuchungsergebnissen war das Wasser so sauer, dass man es fast als Batteriesäure verwenden könnte.

»Besten Dank, dass ihr dageblieben seid«, sagte Trevor, als Summer die Leinen los warf und Dirk das Boot in die Fahrrinne steuerte. »Das ist offenbar nur ein örtlich begrenztes Problem.«

»Wasser kennt keine Grenzen. Wenn es durch irgendwelche äußeren Einwirkungen zu Umweltschäden kommt, müssen wir uns darum kümmern und die Sache untersuchen«, erwiderte Dirk.

Summer blickte Trevor an und sah, dass er zutiefst besorgt war. Ohne dass er es aussprechen musste, erkannte sie, dass er offenbar meinte, zwischen diesen Untersuchungsergebnissen und dem Tod seines Bruders könnte ein Zusammenhang bestehen.

»Wir haben gestern mit dem Polizeiinspektor gesprochen«, sagte Summer leise. »Zum Tod Ihres Bruders hatte er uns nichts Neues zu sagen.«

»Ja«, erwiderte Trevor mit kühlem Unterton. »Er hat den Fall abgeschlossen und das Ganze als Unfalltod zu den Akten gelegt. Behauptet, im Ruderhaus hätten sich Auspuffgase angesammelt, die alle getötet hätten. Natürlich gibt's dafür keinerlei Beweise …«, sagte er und ließ den Satz verklingen.

Summer dachte an die seltsame Wolke, die sie über dem Wasser gesehen hatten, und an die unheimliche Geschichte der Haisla vom Atem des Teufels. »Ich glaube es auch nicht«, sagte sie.

»Ich weiß nicht, was wirklich passiert ist. Vielleicht hilft uns das hier weiter«, sagte er und blickte auf die Probengläschen.

Dirk fuhr das Boot zwei Stunden lang mit Höchstgeschwindigkeit, bis sie in der Hecate-Straße waren. Mithilfe des Satellitennavigationssystems steuerte er genau zu der Stelle, an der sie die letzte Probe entnommen hatten, und stellte den Motor ab. Summer warf eine Niskinflasche über die Bordwand, holte ein Glas Meerwasser ein und gab die Probe in das Untersuchungsgerät.

»Der pH-Wert liegt bei etwa sechs Komma vier. Nicht annähernd so extrem wie vor zwei Tagen, aber immer noch weit unter normalen Meerwasserwerten.«

»Niedrig genug, um sich verheerend aufs Phytoplankton auszuwirken, was letztlich zum Zusammenbruch der Nahrungskette führen wird«, stellte Dirk fest.

Summer blickte auf Gil Island mit seiner heiteren Schönheit und betrachtete die umliegenden Buchten der Passage, dann schüttelte sie den Kopf. »Schwer zu erklären, was in einer so unberührten Gegend einen derart hohen Säuregehalt verursacht«, sagte sie.

»Vielleicht hat ein durchfahrender Frachter Bilgenwasser abgelassen oder Giftmüll entsorgt«, wandte Dirk ein.

Trevor schüttelte den Kopf. »Nicht sehr wahrscheinlich. Die Handelsschiffe verkehren im Allgemeinen auf der anderen Seite von Gil. Hier fahren normalerweise nur Fischerboote und Fähren durch. Und natürlich gelegentlich auch ein Kreuzfahrtschiff nach Alaska.«

»Dann müssen wir weitere Proben entnehmen, bis wir den Ausgangspunkt bestimmen können«, sagte Summer, die das erste Gläschen schon beschriftete und die Niskinflasche für den nächsten Einsatz vorbereitete.

In den nächsten Stunden steuerte Dirk das Boot in immer größeren Kreisen, während Summer und Trevor Dutzende von Wasserproben entnahmen. Zu ihrem Leidwesen wies keine von ihnen auch nur annähernd so niedrige pH-Werte auf, wie man sie im Labor in Seattle gemessen hatte. Als sie das Boot am späten Nachmittag eine Weile treiben ließen und etwas aßen, druckte Dirk eine Tabelle aus und zeigte sie den anderen.

»Wir haben von der Stelle aus, an der wir die erste Probe entnommen haben, immer weitere Kreise gezogen, bis zu einem Radius von acht Meilen. Wie ihr seht, haben wir am Anfang die niedrigsten Werte gemessen. Alles, was wir weiter südlich entnommen haben, weist normale pH-Werte auf. Aber nördlich vom Ausgangspunkt sieht es ganz anders aus. Wir stellen in einem Gebiet, das in etwa einem spitzwinkligen Dreieck gleicht, deutlich niedrigere pH-Werte fest.«

»Das deckt sich mit den vorherrschenden Strömungen«, bemerkte Trevor. »Es könnte sich um ein einmaliges Einleiten von Schadstoffen handeln.«

»Vielleicht ist es ein natürliches Phänomen«, meinte Summer. »Ein Mineral aus einem Unterwasservulkan, das einen hohen Säuregehalt verursacht.«

»Da wir jetzt wissen, wo wir suchen müssen, werden wir eine Erklärung finden«, sagte Dirk.

»Das begreife ich nicht«, sagte Trevor mit verständnisloser Miene.

»Die NUMA-Technologie wird es richten«, erwiderte Summer. »Wir haben ein Sidescan-Sonar und ein ROV an Bord. Wenn sich am Meeresgrund irgendetwas befindet, werden wir es auf die eine oder andere Art entdecken.«

»Aber das muss noch einen Tag warten«, sagte Dirk und wies darauf hin, wie spät es war. Er warf den Motor an, nahm mit dem Forschungsboot Kurs auf Kitimat und beschleunigte auf fünfundzwanzig Knoten. Sie näherten sich gerade der Stadt, als Dirk einen Flüssiggastanker bemerkte, der an einem überdachten Kai vor einer kleinen Bucht lag. Er stieß einen leisen Pfiff aus.

»Kaum zu glauben, dass sie mit diesen Dingern hier ein- und auslaufen«, sagte er.

»Der löscht vermutlich bei Mitchell Goyettes Kohlenstoff-Sequestrierungsanlage seine Ladung«, erwiderte Summer. Als sie und Trevor Dirk den Zweck der Anlage erklärten, nahm er das Gas zurück und steuerte auf den vertäuten Tanker zu.

»Was hast du vor?«, fragte Summer.

»Kohlenstoff-Sequestrierung. Kohlendioxid und Säuregehalt passen zusammen wie Erdnussbutter und Marmelade – das hast du selber gesagt«, erwiderte er. »Vielleicht hat es etwas mit dem Tanker zu tun.«

»Der Tanker bringt CO_2, das er an der Anlage löscht. Ein einlaufendes Schiff könnte durch ein Leck einen Teil seiner Ladung in der Passage verloren haben«, sagte Trevor. »Allerdings müsste dieser spezielle Tanker letzte Nacht oder heute am frühen Morgen angekommen sein.«

»Trevor hat Recht«, warf Summer ein. »Gestern war der Tanker noch nicht da, und vorher haben wir ihn im Kanal auch nicht gesehen.« Sie musterte den Pier der Anlage, der sich in den Kanal erstreckte, und bemerkte, dass Goyettes Luxusyacht und die anderen Boote nicht mehr da waren.

»Kann nichts schaden, wenn wir ein paar Proben entnehmen, um uns davon zu überzeugen, dass hier alles mit rechten Dingen zugeht«, konterte Dirk.

Ein paar Sekunden später kam ein Schnellboot aus dem überdachten Kai geröhrt und hielt direkt auf das NUMA-Boot zu. Dirk beachtete es nicht und blieb mit unverminderter Geschwindigkeit auf Kurs.

»Irgendjemand ist da hellwach«, murmelte er. »Wir sind noch nicht mal bis auf eine Meile rangekommen. Die reagieren ein bisschen empfindlich, nicht wahr?«

Er sah, wie das Schnellboot abdrehte, als es näher kam, einen engen Kreis zog und sich dann längsseits neben das Forschungsboot legte. Drei Männer waren an Bord, die unverfängliche braune Wachschutzuniformen trugen. Doch die HK416-Sturmgewehre von Heckler & Koch, die die drei auf dem Schoß liegen hatten, waren alles andere als harmlos.

»Sie nähern sich einem Gewässer, das in Privatbesitz ist«, brüllte einer der Männer durch ein Megaphon. »Drehen Sie unverzüglich ab.« Einer seiner Begleiter, ein stämmiger Inuit mit Bürstenschnitt, winkte mit seinem Gewehr in Richtung Ruderhaus des NUMA-Bootes, um die Worte zu unterstreichen.

»Ich will bloß in der Bucht fischen«, rief Dirk zurück und deutete auf die Fahrrinne, die zum Kai führte. »An der Einmündung ist eine tiefe Stelle, an der es vor Silberlachsen nur so wimmelt.«

»Kein Fischfang«, plärrte es aus dem Megaphon. Der Typ mit dem Bürstenschnitt stand auf und richtete sein Gewehr kurz auf Dirk, dann bedeutete er ihm mit dem Lauf, dass er abdrehen solle. Dirk zog das Ruder lässig nach Steuerbord, winkte dem Schnellboot freundlich zu und tat so, als sei ihm die Drohung völlig gleichgültig. Als das Boot abdrehte, beugte sich Summer wie selbstverständlich über das Dollbord des Achterdecks und entnahm eine Wasserprobe.

»Was sollen diese starken Sicherheitsvorkehrungen?«, fragte Dirk Trevor, als sie die letzten paar Meilen nach Kitimat zurücklegten.

»Sie behaupten, sie wollen die technischen Einrichtungen auf ihrem Grund und Boden schützen, aber wer weiß? Das Unternehmen hat von Anfang an paranoide Anwandlungen an den Tag gelegt. Sie haben eigene Bauarbeiter mitgebracht und lassen die Anlage nur von ihren eigenen Leuten betreiben. Es sind hauptsächlich Tlingit, aber nicht aus dieser Gegend. Ich habe bislang noch nicht gehört, dass auch nur ein einziger Einheimischer dort eingestellt wurde. Dazu kommt, dass das Personal seine eigenen Unterkünfte auf dem Gelände hat. Sie lassen sich nie in der Stadt blicken.«

»Sind Sie mal in der Anlage gewesen?«

»Nein«, erwiderte Trevor. »Ich war nur vor der Inbetriebnahme damit befasst, als ich meine Gutachten über die Auswirkungen auf die Umwelt und dergleichen mehr abgefasst habe. Ich habe die Pläne überprüft und das Grundstück während der Bauarbeiten begangen, wurde hinterher aber nie wieder eingeladen, nachdem sie sämtliche Baugenehmigungen erhalten hatten. Als die Anlage den Betrieb aufnahm, habe ich ein paar Mal angefragt, ob ich sie besichtigen kann, aber ich habe von meinen Vorgesetzten nicht den Rückhalt bekommen, um weiter darauf zu drängen.«

»Ein einflussreicher Typ wie Mitchell Goyette kann an den richtigen Stellen eine Menge Angst schüren«, stellte Dirk fest.

»Da haben Sie Recht. Es gibt Gerüchte, wonach der Kauf des Baugrundes durch allerlei Zwangsmaßnahmen zustande kam. Die Baugenehmigung samt der Unbedenklichkeitserklärung, was die Umweltbelastung angeht, wurde im Handumdrehen erteilt, was hier in der Gegend nahezu unglaublich ist. Irgendwie und irgendwo wurden da ein paar Räder geschmiert.«

Summer unterbrach das Gespräch, als sie ins Ruderhaus kam und ein Reagenzglas mit Wasser hochhielt. »Der Säuregehalt ist normal, zumindest eine Meile von der Anlage entfernt.«

»Zu weit allerdings, als dass wir mit letzter Sicherheit eine Aussage machen könnten«, sagte Trevor und warf einen nachdenklichen Blick auf die Anlage.

Dirk wirkte ebenfalls versonnen. Er hielt sich gern an die Regeln, ließ sich aber so gut wie keine Einschüchterungsmanöver bieten. Summer sagte oft scherzhaft, er sei eine Art umgänglicher Clark Kent, der einem Bettler immer Almosen gab oder einer Frau die Tür aufhielt. Aber wenn ihm jemand sagte, er dürfe dies oder jenes nicht tun, konnte er zu einem Tasmanischen Teufel werden. Die Auseinandersetzung mit den Wachschutzmännern hatte ihn in seinem Gefühl für Anstand verletzt, seinen Argwohn geweckt und gleichzeitig seinen Blutdruck steigen lassen. Er wartete, bis das Boot vertäut war und Trevor, mit dem sie sich in einer Stunde zum Essen treffen wollten, zum Abschied noch einmal gewunken hatte. Dann wandte er sich an Summer.

»Ich würde mir diese Sequestrierungsanlage gern mal näher ansehen«, sagte er.

Summer blickte auf das Wasser, auf dem sich mit anbrechender Dämmerung die ersten Lichter von Kitimat spiegelten. Dann gab sie Dirk eine Antwort, die er als letzte erwartet hatte.

»Weißt du, ich glaube, ich auch.«

16

Es war bereits nach 18 Uhr, als Loren und Pitt beim Georgetown University Hospital eintrafen und auf Lisas Zimmer gehen durften. Trotz ihrer Begegnung mit dem Tod wirkte sie erstaunlich robust. Ein dicker Verband bedeckte ihre linke Schulter, das gebrochene Bein war eingegipst und höher gelegt worden. Aufgrund des Blutverlustes war sie zwar etwas blass, aber bei klarem Verstand, und beim Anblick der Besucher lebte sie sichtlich auf.

Loren stürmte auf sie zu und gab ihr einen Kuss auf die Wange, während Pitt eine große Vase mit rosa Lilien neben das Bett stellte.

»Sieht so aus, als ob die guten Leute in Georgetown Sie wieder bestens zusammengeflickt haben«, stellte Pitt grinsend fest.

»Meine Liebe, wie geht es dir?«, fragte Loren und zog sich einen Stuhl ans Bett.

»Den Umständen entsprechend ziemlich gut«, erwiderte Lisa mit einem gezwungenen Lächeln. »Ich spüre zwar trotz der

Schmerzmittel mein tobendes Bein, aber die Ärzte haben mir gesagt, dass es tadellos verheilen wird. Du musst mich nur daran erinnern, dass ich meine Aerobicstunden in den nächsten paar Wochen absage.«

Mit ernstem Blick wandte sie sich an Pitt. »Man hat mir seit meiner Einlieferung sechs Einheiten roter Blutkörperchen gegeben. Der Arzt sagte, ich hätte Glück gehabt. Wenn Sie mich nicht rechtzeitig gefunden hätten, wäre ich verblutet. Danke, dass Sie mir das Leben gerettet haben.«

Pitt zwinkerte ihr zu. »Sie sind viel zu wichtig, als dass wir Sie verlieren dürfen«, sagte er abwinkend.

»Es war ein Wunder«, sagte Loren. »Dirk hat mir erzählt, wie verwüstet das Labor war. Schon erstaunlich, dass in dem Gebäude niemand ums Leben kam.«

»Dr. Maxwell hat vorhin vorbeigeschaut. Er hat versprochen, mir ein neues Labor einzurichten.« Sie lächelte. »Auch wenn er ein bisschen enttäuscht war, weil ich nicht wusste, was passiert ist.«

»Du weißt nicht, was die Explosion ausgelöst hat?«, fragte Loren.

»Nein. Ich dachte, im Büro nebenan wäre irgendwas hochgegangen.«

»Anhand der Schäden, die ich gesehen habe, hatte ich den Eindruck, dass sich die Explosion in dem Zimmer ereignet hat, in dem ich Sie gefunden habe«, sagte Pitt.

»Ja, das hat mir Dr. Maxwell auch gesagt. Ich bin mir nicht sicher, ob er mir geglaubt hat, als ich ihm erklärte, dass sich in meinem Labor nichts befand, das eine derart heftige Explosion hätte auslösen können.«

»Es war ein ziemlich starker Knall«, pflichtete ihr Pitt bei.

Lisa nickte. »Ich habe hier gesessen und mir jedes Element und Gerät im Labor vorgestellt. Sämtliche Materialien, mit denen ich gearbeitet habe, sind inaktiv. Wir haben eine Reihe von

Gastanks für die Experimente, aber Dr. Maxwell hat darauf hingewiesen, dass alle intakt waren. Die Geräte sind harmlos. Mir fällt einfach nichts ein, das so explosiv hätte sein können, um diese Sache zu verursachen.«

»Mach dir keine Vorwürfe«, sagte Loren. »Vielleicht lag es an irgendetwas im Gebäude, einer alten Gasleitung oder so was Ähnlichem.«

Sie wurden von einer streng dreinblickenden Schwester unterbrochen, die hereinkam, Lisas Bett hochklappte und ein Essenstablett vor ihr hinstellte.

»Ich glaube, wir sollten uns lieber wieder auf den Weg machen, damit Sie die Köstlichkeiten des Krankenhauses genießen können«, sagte Pitt.

»Mit den Krabben von gestern Abend lässt es sich sicher nicht vergleichen«, sagte Lisa mit einem gequälten Lachen. Dann runzelte sie die Stirn. »Übrigens hat Dr. Maxwell erwähnt, dass ein altes Auto, das vor dem Gebäude stand, durch die Explosion beschädigt wurde. Der Auburn?«

Pitt nickte zerknirscht. »Leider ja«, sagte er. »Aber keine Sorge. Dem geht's genau wie Ihnen. Alles lässt sich reparieren.«

Jemand klopfte an die Tür, dann kam ein schlanker Mann mit einem zottigen Bart herein.

»Bob«, begrüßte ihn Lisa. »Schön, dass du kommst. Das sind Freunde von mir«, sagte sie und machte ihren Laborassistenten Bob Hamilton mit Loren und Pitt bekannt.

»Ich kann immer noch nicht fassen, dass du ohne einen Kratzer davongekommen bist«, zog Lisa ihn auf.

»Glücklicherweise habe ich gerade in der Kantine zu Mittag gegessen, als das Labor explodierte«, sagte er und warf Loren und Pitt einen unsicheren Blick zu.

»Großes Glück«, betonte Loren. »Wissen Sie ebenso wenig wie Lisa, was passiert sein könnte?«

»Ich habe keine Ahnung. Vielleicht war ein Druckbehälter

undicht und hat sich entzündet, aber ich glaube, es muss eher irgendwas am Gebäude gewesen sein. Ein Unfall, egal, wodurch, und jetzt ist Lisas Forschungsprojekt zerstört.«

»Stimmt das?«, fragte Pitt.

»Sämtliche Computer, in denen die Daten gespeichert waren, sind hinüber«, erwiderte Bob.

»Wir sollten das wieder in Ordnung bringen können, sobald ich zurück im Labor bin … falls ich noch ein Labor habe«, sagte Lisa.

»Ich werde dafür sorgen, dass der Präsident der GWU sicherstellt, dass keine Gefahr mehr besteht, wenn du dieses Gebäude wieder betrittst«, sagte Loren.

Sie wandte sich an Bob. »Wir wollten gerade gehen. Hat mich sehr gefreut, Sie kennenzulernen.« Dann beugte sie sich vor und küsste Lisa noch einmal. »Pass auf dich auf, mein Schatz. Ich komme morgen wieder vorbei.«

»Was für eine schreckliche Sache«, sagte Loren zu Pitt, als sie das Zimmer verlassen hatten und den hell erleuchteten Korridor zu den Aufzügen entlanggingen. »Ich bin so froh, dass alles wieder gut werden wird.«

Als Pitt lediglich mit einem kurzen Nicken antwortete, schaute sie in seine grünen Augen. Sie wirkten, als wäre er in Gedanken ganz woanders. Es war ein Blick, den sie schon oft gesehen hatte, und zwar immer dann, wenn Pitt auf der Suche nach einem Schiffswrack war oder das Geheimnis irgendwelcher uralten Dokumente enträtseln wollte.

»Wo bist du?«, fragte sie ihn schließlich.

»Beim Essen«, erwiderte er.

»Beim Essen?«

»Wann essen die Leute normalerweise zu Mittag?«, fragte er.

Sie warf ihm einen seltsamen Blick zu. »Zwischen halb zwölf und eins, nehme ich an.«

»Ich habe das Gebäude kurz vor der Explosion betreten. Das

war um Viertel nach zehn, und unser Freund Bob war bereits beim Mittagessen«, sagte er mit skeptischem Unterton. »Außerdem bin ich mir ziemlich sicher, dass ich ihn auf der anderen Straßenseite stehen sah, wo er wie ein Schaulustiger dem Krankenwagen hinterhergeblickt hat, der Lisa wegbrachte. Er wirkte gar nicht so, als ob er sich Sorgen gemacht hat, dass seine Kollegin tot sein könnte.«

»Vermutlich war er schockiert. Du wahrscheinlich ebenfalls. Und vielleicht ist er ein Typ, der um fünf Uhr morgens zur Arbeit geht und um zehn Hunger hat.« Sie warf ihm einen skeptischen Blick zu. »Du musst dir schon was Besseres einfallen lassen«, fügte sie hinzu und schüttelte den Kopf.

»Vermutlich hast du Recht«, sagte er und ergriff ihre Hand, als sie das Krankenhaus verließen. »Wer bin ich schon, dass ich mich mit einer Politikerin streiten sollte!«

17

Arthur Jameson räumte gerade seinen Mahagonischreibtisch auf, als ein Berater an die offene Tür klopfte und hereinkam. Das im zwanzigsten Stock des Sir William Logan Building gelegene, geräumige, aber konservativ ausgestattete Büro des Ministers für Natur- und Bodenschätze bot eine herrliche Aussicht auf Ottawa, und der Berater warf unwillkürlich einen Blick aus dem Fenster, als er zum Schreibtisch des Ministers ging. Jameson, der auf einem Sessel mit hoher Lehne saß, wandte sich von dem Berater ab und blickte zu einer alten Großvateruhr, die in diesem Augenblick vier Uhr schlug. Schon als er dessen Schritte gehört hatte, hatte er jede Hoffnung verloren, der Bürokratie zeitig entrinnen zu können.

»Ja, Steven«, sagte der Minister zu dem etwa zwanzig Jahre alten Berater, der ein bisschen wie Jim Carrey aussah. »Womit wollen Sie mir das Wochenende verderben?«

»Keine Sorge, Sir, keinerlei Umweltkatastrophen.« Der Berater lächelte. »Nur ein kurzer Bericht von der Forstverwaltung der pazifischen Wälder in British Columbia. Ich dachte, Sie sollten vielleicht mal einen kurzen Blick darauf werfen. Einer unserer Ökologen im Außendienst hat ungewöhnlich hohe Säurewerte in den Gewässern vor Kitimat gemeldet.«

»Kitimat, sagen Sie?«, fragte der Minister, der mit einem Mal hochfuhr.

»Ja. Sie haben doch gerade die Kohlendioxidentsorgungsanlage besucht, nicht wahr?«

Jameson nickte, nahm sich den Ordner vor und überflog den Bericht. Er wurde sichtlich gelöster, als er eine kleine Karte des Gebiets musterte. »Die Werte wurden rund sechzig Meilen von Kitimat entfernt gemessen, in der Inside-Passage. In der Gegend gibt es keinerlei Industrieanlagen. Vermutlich ist beim Entnehmen der Proben ein Fehler unterlaufen. Sie wissen doch, dass wir ständig fehlerhafte Berichte bekommen«, sagte er mit beschwichtigendem Blick. Ruhig schloss er den Ordner wieder und schob ihn desinteressiert beiseite.

»Sollten wir nicht die Dienststelle in B.C. anrufen und das Wasser noch mal untersuchen lassen?«

Jameson atmete bedächtig aus. »Ja, das könnte ratsam sein«, sagte er leise. »Rufen Sie doch am Montag dort an und verlangen Sie eine weitere Untersuchung. Es hat keinen Sinn, sich aufzuregen, solange diese Werte nicht bestätigt werden.«

Der Berater nickte, blieb aber wie angewurzelt vor dem Schreibtisch stehen. James bedachte ihn mit einem väterlichen Blick.

»Warum verschwinden Sie nicht, Steven? Gehen Sie und führen Sie Ihre Verlobte zum Essen aus. Ich habe gehört, dass es da so ein großartiges neues Bistro gibt, das erst vor kurzem am Flussufer eröffnet hat.«

»Dafür zahlen Sie mir nicht genug«, sagte der Berater grinsend. »Aber was den frühen Abgang angeht, da nehme ich Sie beim Wort. Ein schönes Wochenende, Sir. Wir sehen uns am Montag.«

Jameson blickte dem Berater hinterher, als er das Büro verließ, und wartete, bis dessen Schritte im Flur verklangen. Dann griff er zu dem Ordner und las den Bericht durch. Die Säurewerte schienen zwar in keinerlei Zusammenhang mit Goyettes Anlage zu stehen, doch hatte er das leise Gefühl, dass dem vielleicht dennoch nicht so war. Ich stecke schon zu tief drin, als dass ich mich jetzt mit Goyette anlegen könnte, dachte er, als sich sein Selbsterhaltungstrieb durchsetzte. Er griff zum Telefon, tippte aus dem Gedächtnis eine Nummer und mahlte ungeduldig mit den Zähnen, als es am anderen Ende drei Mal klingelte. Schließlich meldete sich eine freundliche, aber energische Frauenstimme.

»Terra Green Industries. Kann ich Ihnen behilflich sein?«

»Minister Jameson«, erwiderte er brüsk. »Ich möchte Mitchell Goyette sprechen.«

18

Dirk und Summer schoben ihr Boot lautlos vom Anleger weg und ließen es in den Hafen treiben. Als die Strömung sie außer Sichtweite des Kais getragen hatte, warf Dirk den Motor an und steuerte langsam durch den Kanal. Der Himmel hatte teilweise aufgeklart, sodass zur Mitternachtsstunde wenigstens ein paar

Sterne auf das Wasser schienen. Vom Tuckern des Motors einmal abgesehen, war der Lärm, der aus einer Hafenkneipe drang, das einzige Geräusch weit und breit, während sie sich allmählich von der Stadt entfernten.

Dirk hielt das Boot in der Mitte des Kanals und folgte dem Mastlicht eines Anglerbootes in der Ferne, dessen Insassen zeitig ausgelaufen waren und auf kapitale Silberlachse gehen wollten. Als die Lichter von Kitimat zurückgefallen waren, fuhren sie mehrere Meilen durch die Dunkelheit, bis sie eine breite Kanalbiegung umsteuern mussten. Vor ihnen, dort, wo sich die Lichter der Sequestrierungsanlage von Terra Green spiegelten, glitzerte das Wasser wie auf Hochglanz poliertes Chrom.

Als das Boot weitertuckerte, sah Dirk, dass die ganze Anlage von gleißenden Strahlern ausgeleuchtet wurde, sodass die Kiefern aberwitzige Schatten warfen. Nur der mächtige überdachte Kai, in dessen Schatten der Flüssiggastanker lag, blieb von den Lichtern verschont.

Summer griff zu einem Nachtglas und suchte den Küstenstreifen ab, als sie in sicherem Abstand vorbeifuhren.

»Im Westen nichts Neues«, sagte sie. »Ich konnte nur einen kurzen Blick unter das große Dach werfen, habe aber keinerlei Lebenszeichen am Kai oder am Schiff selbst gesehen.«

»Um diese Zeit können hier nicht mehr als zwei Gorillas sein, die wahrscheinlich in einer Bude hocken und auf die Videomonitore glotzen.«

»Wollen wir hoffen, dass sie sich stattdessen im Fernsehen Wrestling anschauen, damit wir unsere Proben entnehmen und wieder abhauen können.«

Dirk hielt das Boot auf steter Fahrt, bis sie die Anlage zwei Meilen hinter sich gelassen hatten und außer Sicht waren. Dann drehte er das Ruderrad nach Steuerbord, lotste das Boot dicht unter die Küste und schaltete die Positionslichter aus. Die Sicht war durch den Lichtschein der vereinzelten Sterne zwar so gut, dass er den von Bäumen gesäumten Küstenstreifen erkennen konnte, aber er nahm trotzdem das Gas zurück und ließ das Odom-Echolot nicht aus den Augen. Summer stand neben ihm, suchte das Wasser mit dem Nachtglas nach Hindernissen ab und flüsterte ihrem Bruder Kursänderungen zu.

Fast im Leerlauf schlichen sie sich bis auf rund tausend Meter an die Anlage von Terra Green heran, blieben aber stets außer Sicht. Eine kleine Bucht bot ihnen die letzte Deckung vor dem im Schein der Strahler gleißenden Wasser. Summer ließ leise den Anker ab, dann stellte Dirk den Motor ab. Bis auf das Rascheln der Kiefern im leichten Wind war es geradezu unheimlich still. Dann drehte der Wind und trug das Surren der Pumpen und das Summen der Stromgeneratoren zu ihnen, die das Tuckern ihres Motors übertönten. Dirk warf einen Blick auf seine Doxa-Taucheruhr, bevor er ebenso wie Summer in einen dunklen Trockentauchanzug stieg.

»Wir haben gleich stilles Wasser«, sagte er leise. »Dadurch können wir beim Anpirschen zwar ein bisschen Gegenströmung bekommen, aber auf dem Rückweg gibt sie uns dafür Schub.«

Er hatte das alles am Abend berechnet, weil er sich darüber im Klaren war, dass sie bei der Rückkehr zum Boot nicht gegen die Strömung ankämpfen wollten. Aber wahrscheinlich hätte das gar keine Rolle gespielt. Sowohl Dirk als auch Summer waren ausgezeichnete Schwimmer, die häufig an Marathonwettkämpfen im offenen Mehr teilnahmen, wenn sie an wärmere Gewässer kamen.

Summer rückte die Schulterriemen ihres Stabilizing-Jackets zurecht, an dem eine Pressluftflasche angebracht war, dann schnallte sie einen kleinen Taucherbeutel um, der mehrere leere Reagenzgläser enthielt. Sie warteten, bis Dirk sein Tauchgerät angelegt hatte, bevor sie ihre Flossen anzog.

»Ein mitternächtliches Bad im herrlichen Nordpazifik«, sagte sie und blickte zu den Sternen auf. »Das klingt so romantisch.«

»An einem Bad in fünf Grad kaltem Wasser ist aber überhaupt nichts romantisch«, erwiderte Dirk, dann klemmte er sich einen Schnorchel zwischen die Zähne.

Mit einem stummen Nicken glitten sie beide über die Bordwand und ins eisige Wasser. Nachdem sie ihren Auftrieb austariert hatten, orientierten sie sich und schwammen dann aus der Bucht und auf die Anlage zu. Sie hielten sich so dicht unter der Oberfläche, dass ihre Köpfe durch das Wasser schnitten wie zwei Alligatoren auf Beutejagd. Da sie ihre Pressluft sparen wollten, atmeten sie mithilfe der Schnorchel und sogen die frische Nachtluft durch die Silikonröhren.

Die Strömung war etwas stärker, als Dirk erwartet hatte, was am Kitimat River lag, der weiter oben in den Kanal mündete. Sie kamen trotzdem gut voran, aber durch die Anstrengung wurde ihnen so warm, dass Dirk trotz des eisigen Wassers in seinem Trockentauchanzug ins Schwitzen geriet.

Sie waren noch etwa eine halbe Meile von der Fabrik entfernt, als Dirk spürte, wie ihn Summer an die Schulter tippte, woraufhin er sich umdrehte und sah, dass sie zur Küste deutete. Im Schatten einer von Kiefern bestandenen Anhöhe erkannte er ein dicht am Land vertäutes Boot. Es war ebenso abgedunkelt wie ihr eigenes Boot, sodass er im schummrigen Licht nicht feststellen konnte, wie groß es sein mochte.

Dirk nickte Summer zu und drang tiefer in den Kanal vor, achtete aber darauf, dass sie genügend Abstand zu dem Boot hielten. Sie schwammen mit gemäßigtem Tempo weiter, bis sie nur noch zweihundert Meter von der Anlage entfernt waren. Als sie eine kurze Pause einlegten, versuchte sich Dirk ein Bild von dem Gelände zu machen, das im Licht der gleißenden Strahler lag.

Neben der überdachten Kaianlage erstreckte sich ein großes, L-förmiges Gebäude über das Grundstück. Das Surren der Pumpen und Generatoren drang aus diesem Bau, in dem vermutlich das flüssige Kohlendioxid verarbeitet wurde. Ein paar Meter entfernt, unmittelbar neben dem Hubschrauberlandeplatz, stand ein Gebäude, das, den Fenstern nach zu urteilen, offenbar Büros enthielt. Dirk nahm an, dass sich die Unterkünfte der Arbeiter weiter oben an der Straße befanden, in Richtung Kitimat. Rechts von ihnen ragte ein stabiler Pier, an dem ein Boot lag, in den Kanal. Es war das dunkle Schnellboot, das sie am späten Nachmittag weggejagt hatte.

Summer schwamm neben ihn und griff in ihren Taucherbeutel. Sie ließ sich treiben, öffnete ein leeres Reagenzglas und entnahm eine Wasserprobe.

»Ich habe unterwegs auch schon zwei entnommen«, flüsterte sie. »Wenn wir rund um den Kai noch ein, zwei weitere kriegen, sollten wir genügend haben.«

»Nächster Halt«, erwiderte er. »Lass uns ab hier unter Wasser vorrücken.«

Dirk orientierte sich anhand des Kompasses an seinem Handgelenk, klemmte sich das Mundstück seines Atemreglers zwischen die Zähne und ließ einen Schwall Luft aus seinem Stabilizing-Jacket ab. Während er tiefer sank, schwamm er mit behutsamen Flossenschlägen auf die mächtige, überdachte Kaianlage zu. Der Wellblechbau war relativ schmal, nur ein paar Meter breiter als das Schiff, das dort vertäut lag, aber länger als ein Fußballplatz, sodass dort ein neunzig Meter langer Tanker mühelos anlegen konnte.

Das erleuchtete Zifferblatt des Kompasses war in dem pechschwarzen Wasser kaum zu sehen, als Dirk dem im Voraus angepeilten Kurs folgte. Als sie sich der Einfahrt zum Kai näherten, wurde das Wasser durch den Schein der Lichter an Land zusehends heller. Er schwamm weiter, bis die dunklen Umrisse des Tankerrumpfs vor ihm aufragten, dann stieg er langsam auf und tauchte fast unmittelbar unter dem Heck des Schiffes auf. Rasch suchte er den Kai ab, stellte aber fest, dass er um diese Zeit menschenleer war. Er zog die Kopfhaube vom einen Ohr weg und horchte auf Stimmen, doch das Dröhnen aus dem Pumpenhaus übertönte jedes Geräusch. Mit ein paar vorsichtigen Flossenschlägen entfernte er sich wieder von der Bordwand und sah sich das Schiff genauer an.

Aus Dirks Sicht war es zwar ein großes Schiff, aber für einen Flüssiggastanker trotzdem ziemlich klein. Es hatte stromlinienförmige Aufbauten und konnte in zwei waagerechten Tanks unter Deck zweieinhalbtausend Kubikmeter Flüssiggas befördern. Eigens für Transporte in Küstennähe konstruiert, wirkte es im Vergleich mit den hochseetauglichen Tankern, die fünfzig Mal so viel Flüssiggas befördern konnten, winzig.

Das Schiff war etwa zehn bis zwölf Jahre alt, schätzte Dirk anhand des Zustands der Schweißnähte, aber gut in Schuss. Er wusste nicht, welche Umbauten vorgenommen worden waren, damit es flüssiges Kohlendioxid befördern konnte, aber allzu aufwändig dürften sie nicht gewesen sein. CO_2 hatte zwar eine etwas höhere Dichte als Erdgas, dafür waren aber nicht so extreme Temperatur- und Druckverhältnisse nötig, damit es flüssig blieb. Er blickte zu dem Namen auf, *Chichuyaa*, der in goldenen Lettern am Heckspiegel prangte, und erkannte anhand der darunter aufgemalten weißen Buchstaben, dass sein Heimathafen Panama City war.

Ein paar Meter entfernt stiegen Luftblasen empor, dann tauchte Summers Kopf auf. Sie warf einen Blick zum Schiff und zur Kaianlage, nickte dann ihrem Bruder zu, holte ein Reagenzglas heraus und entnahm eine Wasserprobe. Als sie fertig war, deutete Dirk zum Bug und tauchte unter. Summer tat es ihm gleich und folgte ihrem Bruder, als er nach vorne schwamm. Sie hielten sich an den dunklen Umriss des Rumpfes, arbeiteten sich mit leichten Flossenschlägen weiter nach vorne und tauchten lautlos am Bug auf. Dirk musterte die Freibordmarke des Tankers, die etwas weiter oben auf den Rumpf gemalt war, und stellte fest, dass das Schiff nahezu voll beladen war.

Summer betrachtete eine Reihe von Rohren, die sich wie dicke Tentakel von einer Pumpstation am Kai zum Schiff erstreckten. Diese sogenannten »Chicksan-Arme« schwankten und bebten unter dem hindurchströmenden flüssigen Kohlendioxid. Feine weiße Rauchfäden drangen aus dem Dach des Pumpengebäudes – Kondensationsdämpfe des gekühlten und unter Druck stehenden Gases. Summer griff in ihren Taucherbeutel, holte das letzte leere Reagenzglas heraus und fragte sich, ob das Wasser in der Umgebung mit Schadstoffen verseucht war, während sie die Probe entnahm. Sobald sie das Glas verstaut und den Beutel wieder zugezogen hatte, schwamm sie zu ihrem Bruder, der sich neben den Kai hatte treiben lassen.

Als sie näher kam, deutete Dirk zur Einfahrt der Kaianlage und flüsterte: »Nichts wie weg.«

Summer nickte und wollte schon kehrtmachen, dann zögerte sie aber plötzlich. Sie hatte den Blick auf die Chicksan-Arme über Dirks Kopf gerichtet. Sie warf ihm einen fragenden Blick zu, hob einen Finger und deutete auf die Rohre. Dirk legte den Kopf zurück und sah sich die Rohre an, konnte aber nichts Ungewöhnliches erkennen.

»Was ist?«, flüsterte er.

»Irgendwas mit der Bewegung der Rohre…«, erwiderte sie und starrte darauf. »Ich glaube, das Kohlendioxid wird ins Schiff hineingepumpt.«

Dirk blickte auf die Arme, die sich in einem bestimmten Rhythmus bewegten. Aber man konnte nicht erkennen, in welche Richtung das flüssige Gas strömte. Er schaute seine Schwester an und nickte. Mit ihren intuitiven Eingebungen, die sie ab und zu hatte, lag sie für gewöhnlich ganz richtig, und das genügte ihm, um der Sache auf den Grund zu gehen.

»Meinst du, das hat was zu bedeuten?«, fragte Summer, während sie am Bug emporblickte.

»Schwer zu sagen«, erwiderte Dirk leise. »Aber es wäre doch unsinnig, Kohlendioxid in das Schiff zu pumpen. Vielleicht führt eine Flüssiggaspipeline vom Athabasca hierher.«

»Trevor sagt, es gibt nur eine kleine Pipeline für Öl und CO_2.«

»Ist dir aufgefallen, dass das Schiff heute Morgen höher im Wasser lag?«

»Kann ich nicht sagen«, erwiderte Summer. »Aber es müsste jetzt viel höher liegen, wenn es so lange Gas gelöscht hat.«

Dirk blickte am Schiffsrumpf empor. »Ich weiß nicht viel über Flüssiggastanker, aber meiner Meinung nach wird das Gas, das befördert werden soll, vom Kai aus aufs Schiff gepumpt, während das Schiff seinerseits Pumpen an Bord hat, mit denen die Ladung gelöscht wird. Dem Geräusch nach ist die Pumpstation am Kai in Betrieb.«

»Die könnte das Gas auch zur vorübergehenden Lagerung in unterirdische Tanks pumpen.«

»Stimmt. Aber es ist so laut, dass man nicht hören kann, ob die Schiffspumpen laufen.« Mit ein paar Flossenschlägen entfernte er sich vom Kai, dann hob er den Kopf und blickte sich um. Der Kai und die sichtbaren Teile des Schiffes waren nach wie vor menschenleer. Dirk streifte Pressluftflasche und Bleigurt ab und hängte sie an eine Klampe.

»Du willst doch nicht etwa an Bord gehen?«, flüsterte Summer in einem Tonfall, der klang, als hielte sie ihren Bruder für verrückt.

Dirks weiße Zähne leuchteten auf, als er grinste. »Wie sollen wir das Rätsel denn sonst lösen, mein lieber Watson?«

Summer wusste, dass es sie den letzten Nerv kosten würde, wenn sie im Wasser auf ihren Bruder wartete, daher hängte sie ihre Tauchausrüstung widerwillig neben seine und kletterte auf den Kai. »Danke, Sherlock«, murmelte sie vor sich hin, als sie ihm lautlos zum Schiff folgte.

19

Die Bewegung war auf dem Monitor kaum zu erkennen. Eigentlich hätte sie der zu den *Aleuten* gehörende Wachmann übersehen müssen. Doch bei einem zufälligen Blick auf die Reihe der Monitore bemerkte er auf einer der Videoaufnahmen, dass sich das Wasser am Heck des Tankers leicht kräuselte. Also schaltete der Wachmann die unter dem Dach angebrachte Kamera sofort auf Zoom um und erfasste etwas Dunkles im Wasser, kurz bevor es untertauchte. Höchstwahrscheinlich eine verirrte Robbe, vermutete der Wachmann, aber das bot ihm eine gute Ausrede, um eine kurze Pause von dem öden Dienst in der Wachschutzstation einzulegen.

Er griff zum Funkgerät und rief die Wache an Bord der *Chichuyaa* an.

»Hier ist der Werkschutz. Die Videokamera hat an eurem Heck einen Gegenstand im Wasser erfasst. Ich gehe mit dem Motorboot mal längsseits und schau mir die Sache an.«

»Roger, Werkschutz«, antwortete eine verschlafen klingende Stimme. »Wir lassen die Lichter für euch an.«

Der Wachmann schlüpfte in eine Jacke und nahm eine Taschenlampe mit, dann blieb er vor dem Waffenschrank stehen. Er musterte ein schwarzes H&K-Sturmgewehr, dann überlegte er es sich aber anders und schob stattdessen eine automatische Glock in sein Holster.

»Um diese Zeit sollte man lieber nicht auf Robben schießen«, murmelte er vor sich hin, als er zum Pier ging.

Der Flüssiggastanker gab eine Vielzahl metallischer Laute von sich, als das gekühlte Gas durch die Rohre strömte. Dirk ging davon aus, dass das Beladen oder Löschen nur von ein paar Arbeitern überwacht wurde, die sich entweder im Inneren des Schiffes oder im Pumpenhaus aufhielten. Am Kai wirkte es ziemlich schummrig, aber das Schiff war in ein helles Licht getaucht, sodass sich ihnen dort kaum Deckung bot. Dirk nahm jedoch an, dass sie nur ein, zwei Minuten brauchen würden, um sich an Bord zu stehlen und festzustellen, ob die Schiffspumpen in Betrieb waren.

Sie schlichen den Kai entlang zu einer mittschiffs angebrachten Gangway. Ihre nassen Trockentauchanzüge quatschten beim Gehen, aber sie machten sich nicht die Mühe, ihre Schritte zu dämpfen. Das Surren und Pochen der nahen Pumpstation war lauter denn je und übertönte alle anderen Geräusche, allerdings auch das Tuckern des Motorbootes, das auf den überdachten Kai zuhielt.

Der Wachmann steuerte das kleine Boot ohne Lichter in die Kaianlage. Ein paar Minuten lang hielt er sich unter dem Heck auf, ohne etwas zu entdecken, dann fuhr er am Rumpf des Tankers entlang nach vorn. Er passierte den Bug und wollte bereits kehrtmachen, als sein Blick auf die Tauchgeräte fiel, die an der Kaimauer hingen. Sofort stellte er den Motor ab und ließ sich zum Kai treiben, vertäute das Boot und untersuchte die Ausrüstung.

Summer, die aus dem Augenwinkel eine Bewegung wahrnahm, als sie die Gangway betreten wollte, sah ihn zuerst. Dirk war bereits ein paar Schritte vor ihr.

»Wir haben Gesellschaft«, flüsterte sie und deutete mit dem Kopf in Richtung des Wachmanns.

Dirk warf einen kurzen Blick auf den Wachmann, der ihnen den Rücken zukehrte. »Lass uns an Bord gehen. Auf dem Schiff können wir ihn abhängen, falls er uns entdeckt.«

Er duckte sich und rannte mit langen Schritten die Gangway hinauf. Summer lief ebenfalls los, blieb aber ein paar Schritte hinter ihm. Vom Standort des Wachmanns aus waren sie jetzt deutlich zu sehen, und sie rechneten auch damit, dass er jeden Moment einen Schrei ausstoßen und sie auffordern würde, stehen zu bleiben. Aber nichts tat sich. Doch als Pitt nur noch einen Schritt von der Öffnung in der Reling entfernt war, fiel ein matter Schatten aufs Deck, und im nächsten Augenblick flog etwas Dunkles, Verschwommenes auf ihn zu. Zu spät erkannte Dirk, dass es sich um einen Schlagstock handelte, der seitlich auf sein Gesicht zukam. Er versuchte, sich mitten im Lauf zu ducken, konnte dem Hieb aber nicht mehr ausweichen. Die hölzerne Keule traf ihn mit voller Wucht am Schädeldach. Obwohl die Kopfhaube des Trockentauchanzuges den sonst tödlichen Schlag etwas dämpfte, hatte er sofort Sterne vor den Augen und seine Beine gaben nach. Er verlor das Gleichgewicht, torkelte zur Seite und stieß mit der Hüfte an das Geländer der Gangway. Aber er hatte so viel Schwung, dass er darüber kippte und kopfüber nach unten stürzte.

Er sah kurz Summer, die die Arme nach ihm ausstreckte, ihn aber nicht mehr zu fassen bekam. Sie riss den Mund zu einem kurzen Schrei auf, doch er konnte ihre Stimme nicht hören. Im nächsten Moment war sie verschwunden – und er stürzte ins Leere.

Es schien Ewigkeiten zu dauern, bis er aufprallte. Als er schließlich auf dem Wasser aufschlug, spürte er zu seiner Überraschung keinerlei Schmerzen. Er nahm nur den kalten Geruch der Dunkelheit wahr, ehe alles schwarz wurde.

20

Der Schatten oben an der Gangway glitt ins Licht, und dahinter kam ein Ochse von einem Mann zum Vorschein, dessen dichter, ungepflegter Bart bis auf die Brust hing. Er glotzte Summer mit funkelnden Augen an und verzog den Mund zu einem leichten Grinsen, als er mit dem Schlagstock lässig in ihre Richtung winkte.

Summer erstarrte, wich dann aber unwillkürlich zurück, während ihre Blicke fortwährend von dem Brutalo zu dem trüben Wasser unter ihr wanderten. Dirk war mit voller Wucht da unten aufgeschlagen und bislang noch nicht wieder aufgetaucht. Sie spürte, wie die Rampe unter ihren Füßen erbebte, drehte sich um und sah, dass der Mann auf sie zugerannt kam. Der Wachschutzmann von den Aleuten, der eine Uniform trug und sauber rasiert war, kam ihr weniger gefährlich vor als der Unmensch auf dem Schiff. Rasch ging Summer einen Schritt auf ihn zu.

»Mein Bruder ist im Wasser. Er ertrinkt«, rief sie und wollte an dem Wachmann vorbeistürmen. Im nächsten Moment hatte er seine Glock aus dem Hüftholster gezogen und richtete sie auf Summers Bauch.

»Sie haben unbefugt Privatgrund betreten«, erwiderte er mit monotoner Stimme, die nicht so klang, als würde er Gnade walten lassen. »Sie werden festgehalten, bis wir uns morgen früh mit einem Vertreter der Firma in Verbindung setzen können.«

»Lass sie von mir in Gewahrsam nehmen«, rief der brutale Typ auf dem Schiff. »Ich zeig ihr, was unbefugtes Eindringen bedeutet.« Er lachte so schallend, dass ihr seine Speicheltropfen ins Gesicht flogen.

»Das ist eine Sache des Werkschutzes, Johnson«, sagte der Wachmann, der den Posten an Bord des Schiffes abfällig musterte.

»Der Motor unseres Bootes ist ausgegangen. Wir wollten bloß Hilfe holen«, flehte Summer. »Mein Bruder …«

Sie blickte über das Geländer der Gangway und erschauderte. Das Wasser da unten war wieder spiegelglatt, und Dirk war nirgendwo zu sehen.

Der Wachmann bedeutete Summer mit der Pistole, sie solle die Gangway hinablaufen. Er folgte ihr, drehte sich dann um.

»Fisch den Mann aus dem Wasser, wenn du ihn findest«, knurrte er Johnson an. »Wenn er noch am Leben ist, bringst du ihn zur Wachstation.« Er warf dem anderen einen scharfen Blick zu, dann fügte er hinzu: »Und wenn dir deine eigene Haut lieb ist, solltest du lieber beten, dass er noch lebt.«

Der Ochse schnaubte auf und trabte widerwillig hinter ihnen die Gangway herab. Als sie den Kai entlangliefen, versuchte Summer vergeblich, Dirk im Wasser zu entdecken. Und der Wachmann ging nicht auf ihre Bitten ein, weiter nach ihm Ausschau zu halten. Als sie unter den Lampen hindurchgingen, sah sie seinen kalten Blick, der ihr zu denken gab. Er mochte vielleicht nicht so ein Sadist wie der Posten auf dem Schiff sein, aber sie traute auch ihm durchaus zu, dass er auf eine unbotmäßige Gefangene schoss. Mit einem Mal verlor Summer jeden Mut, sie trabte mit gesenktem Kopf weiter, kam sich völlig hilflos vor. Dabei vermutete sie, dass Dirk das Bewusstsein verloren hatte, als er auf dem Wasser aufgeschlagen war. Mehrere Minuten waren inzwischen vergangen, und allmählich wurde ihr die bittere Realität bewusst. Er war fort, und sie konnte nicht das Geringste dagegen tun.

Johnson blieb am Fuß der Gangway stehen und blickte aufs Wasser. Dirk war nirgendwo zu sehen. Der stämmige Mann musterte die Kaiwand, bemerkte aber keinerlei Spuren, die darauf hindeuteten, dass er sich an Land gezogen hatte. Und am Schiff entlang hätte er nicht schwimmen können, ohne entdeckt zu werden. Irgendwo da unten, das wusste er, lag dieser Mann, und mittlerweile war er tot. Der Posten starrte ein letztes Mal von der Gangway aufs Wasser, dann trottete er wieder aufs Schiff und verfluchte den Wachmann.

In drei Metern Tiefe trieb Dirk besinnungslos dahin, war aber alles andere als tot. Nach dem Sturz war er zwar kurz wieder zu Bewusstsein gekommen, in der Dunkelheit aber heillos verloren gewesen. Einen Moment lang konnte er den schwarzen Schleier, der ihn umfing, zerreißen und sogar vage etwas wahrnehmen, spürte, dass er sich mühelos durchs Wasser bewegte. Dann wurde ihm irgendetwas zwischen die Lippen geklemmt, und im nächsten Moment hatte er das Gefühl, als stoße ihm jemand einen Gartenschlauch in den Mund. Kurz darauf senkte sich der Vorhang wieder, und er trieb in die ruhige Dunkelheit davon.

Ein Hämmern an seiner Schläfe holte ihn ein zweites Mal zurück. Er spürte einen Schlag am Rücken und an den Beinen, dann kam es ihm so vor, als würde er in einen Schrank gestopft. Er hörte, wie jemand seinen Namen sagte, aber die übrigen Worte blieben unverständlich. Die Stimme verstummte, dann entfernten sich Schritte. Mit aller Macht versuchte er, ein Auge zu öffnen, aber sie waren wie zugeklebt. Seine Kopfschmerzen kehrten zurück und wurden immer heftiger, bis sie vor seinen geschlossenen Augen zu Sternenbildern zerbarsten. Und dann wurden die Lichter, die Geräusche und der Schmerz einmal mehr von einer wohltuenden Dunkelheit getilgt.

21

Summer wurde vom Kai aus an dem langen Gebäude vorbeigeführt, in dem sich die Pumpstation befand. Die unerwartete Brutalität, mit der man ihren Bruder niedergeschlagen hatte, hatte ihr zunächst einen Schock versetzt, aber jetzt war sie wieder bereit, die bangen Gefühle zu unterdrücken und logisch zu denken. Was konnte in dieser Fabrik so wichtig sein, dass es ein solches Verhalten rechtfertigte? Wurde hier tatsächlich Kohlendioxid in den Tanker gepumpt? Sie warf einen kurzen Blick zu dem Wachmann, der ein paar Schritte hinter ihr war und die Pistole gezogen hatte. Selbst die gedungenen Wachschutzmänner taten so, als handle es sich um eine streng geheime Einrichtung.

Das Surren der Pumpen wurde leiser, als sie an dem Hauptgebäude vorbei waren und über offenes Gelände gingen. Kurz vor dem Verwaltungsgebäude und der angrenzenden Wachstation hörte Summer auf der linken Seite ein Rascheln im Gebüsch. Sie dachte an den ausgestopften Grizzlybären in dem Café und wich rasch ein paar Schritte nach rechts aus, weg von dem Geräusch. Der verwunderte Wachmann fuhr herum und wollte Summer wieder mit der Waffe in Schach halten, während er gleichzeitig den Kopf in Richtung Gebüsch neigte. Das Rascheln verstummte, als der Wachmann näher trat, dann richtete sich hinter dem Busch plötzlich ein Mann auf und holte mit dem Arm aus. Der Wachmann riss seine Waffe herum und wollte feuern, aber irgendetwas peitschte ihm aus der Hand des anderen entgegen und traf ihn, ehe er abdrücken konnte, seitlich am Gesicht. Summer drehte sich um und sah gerade noch einen Bleigurt, wie ihn Taucher tragen, zu Boden fallen. Der Wachmann war ebenfalls hart aufgeschlagen, hatte sich aber wieder auf ein Knie aufgerappelt. Benommen und blutend richtete er die Pistole auf die Schattengestalt und drückte ab.

Hätte Summer ihn nicht mit der Fußspitze an der Kinnlade getroffen, dann hätte die Kugel vielleicht sogar ihr Ziel gefunden. Aber ein harter Tritt an den Mund legte den Mann flach und ließ ihn den Schuss verreißen. Bewusstlos kippte er um, die Waffe entglitt seiner Hand.

»Diese Beine sind ja gefährlicher, als ich dachte«, ertönte eine bekannte Stimme.

Summer blickte zum Gebüsch und sah Trevor Miller mit einem schiefen Lächeln herauskommen. Wie Summer trug auch er einen Trockentauchanzug und wirkte leicht außer Atem.

»Trevor«, stieß sie erschrocken aus. »Weshalb sind Sie hier?«

»Aus dem gleichen Grund wie ihr. Kommen Sie, wir müssen weg.« Er nahm die Waffe des Wachmanns und schleuderte sie ins Gebüsch, dann ergriff er ihre Hand und rannte mit ihr in Richtung Kai. Summer sah ein Licht in dem Gebäude angehen, als sie neben Trevor losrannte.

Sie hielten nicht inne, bis sie am Kai waren, wo sie sofort zu der Stelle liefen, an der das Boot des Wachmanns vertäut war. Erst jetzt blieb Summer stehen und blickte auf das Wasser, während Trevor die daneben hängenden Tauchgeräte einsammelte und ins Boot warf.

»Dirk ist ins Wasser gefallen«, stieß Summer keuchend aus und deutete auf die Gangway.

»Ich weiß«, erwiderte Trevor. Er nickte zum Boot hin, dann trat er einen Schritt beiseite.

Auf der Sitzbank am Heck lag Dirk, groggy und benommen, und blickte mit glasigen Augen zu ihr auf. Mühsam hob er den Kopf ein Stück und zwinkerte seiner Schwester zu. Summer sprang ins Boot und sank ebenso erleichtert wie überrascht neben ihm in die Knie.

»Wie bist du aus dem Wasser gekommen?«, fragte sie und musterte einen eingetrockneten Blutfaden an seiner Schläfe.

Dirk hob kraftlos den Arm und deutete auf Trevor, der die Leinen löste und ins Boot sprang.

»Keine Zeit für Platitüden, fürchte ich«, sagte Trevor mit einem kurzen Lächeln. Dann warf er den Motor an, gab Vollgas und steuerte das Boot zur anderen Seite des Tankers und aus der überdachten Kaianlage. Ohne einen Blick zurückzuwerfen hielt er mit Höchstgeschwindigkeit auf den Kanal zu.

Summer untersuchte im Sternenlicht Dirks Wunde und entdeckte oben am Schädel eine fette Beule, die noch immer nass vor Blut war. Die Kopfhaube seines Tauchanzugs hatte ihn vor einem Loch im Kopf bewahrt, vielleicht sogar vor Schlimmerem.

»Ich habe vergessen, meinen Schutzhelm aufzusetzen«, murmelte er und bemühte sich nach Kräften darum, den Blick auf Summer zu richten.

»Du hast so einen Dickkopf, der kann gar nicht kaputtgehen«, sagte sie und lachte vor Erleichterung laut auf.

Das Boot pflügte dicht an der Küste entlang durch die Dunkelheit, bis Trevor plötzlich das Gas wegnahm. Das dunkle Boot, das Summer vorhin gesehen hatte, ragte vor ihnen auf, und jetzt erst erkannte sie, dass es Trevors Dienstboot war. Trevor ging mit dem Außenborder längsseits und half Dirk und Summer an Bord, dann ließ er das Boot des Wachmanns abtreiben. Er lichtete rasch den Anker und tuckerte den Kanal hinab. Als sie außer Sichtweite der Anlage waren, steuerte er zur anderen Seite des Kanals, wendete und fuhr langsam in Richtung Kitimat.

Als sie die Anlage von Terra Green passierten, sahen sie etliche Suchscheinwerfer, deren Strahlen kreuz und quer über das Gelände huschten. Aber offenbar war kein Alarm ausgelöst worden. Das Boot stahl sich ungesehen an den Kai von Kitimat, wo Trevor den Motor abstellte und es vertäute. Dirk, der auf dem Achterdeck saß, fühlte sich wieder halbwegs fit, von einer leichten Benommenheit und dem hämmernden Schädel einmal abgesehen. Er schüttelte Trevor die Hand, als ihm der Ökologe an Land half.

»Danke fürs Rausfischen. Wenn du nicht gewesen wärst, hätte mir da unten der ganz tiefe Schlaf geblüht.«

»Reines Glück. Ich wollte gerade am Kai entlangschwimmen, als ich das Boot gehört habe. Eigentlich wollte ich mich unter der Gangway im Wasser verstecken, als der Wachmann an Land ging. Mir war nicht mal klar, dass du das warst, bis ich Summers Stimme hörte, kurz nachdem du über Bord gegangen warst.

Du bist unmittelbar vor mir im Wasser gelandet. Als du dich nicht bewegt hast, habe ich dir sofort meinen Atemregler in den Mund gerammt. Unter Wasser zu bleiben, bis wir außer Sicht waren, ist das Schwerste dabei gewesen.«

»Öffentlich Bedienstete, die unbefugt Privatgrund betreten, sollten sich was schämen«, sagte Summer grinsend.

»Das ist nur eure Schuld«, erwiderte Trevor. »Ihr habt ständig davon geredet, wie wichtig diese Wasserproben sind, daher dachte ich, wir müssten rausfinden, ob irgendeine Verbindung zu der Anlage besteht.« Er reichte Summer einen Taucherbeutel, der etliche Reagenzgläser mit Wasser enthielt.

»Hoffentlich decken die sich mit meinen«, erwiderte Summer und zeigte ihm ihre Proben. »Ich kann sie natürlich erst untersuchen, wenn wir unser Boot wiederhaben.«

»Millers Taxiservice hat immer geöffnet. Ich habe zwar morgen früh eine Bergwerksbesichtigung, kann euch aber nachmittags hinbringen.«

»Das wäre großartig. Danke, Trevor. Vielleicht sollten wir beim nächsten Mal etwas enger zusammenarbeiten«, sagte Summer mit einem betörenden Lächeln.

Trevors Augen leuchteten auf.

»Von mir aus gern.«

22

Zahllose Eisbrocken, die in der Abenddämmerung wie ausgefranste Marshmallows in einer See aus heißer Schokolade wirkten, wogten im Wasser des Lancastersunds. Vor der Devon-Insel, die sich düster im Hintergrund abzeichnete, kroch ein schwarzer

Koloss am Horizont entlang und zog eine schwarze Rauchfahne hinter sich her.

»Entfernung zwölf Kilometer. Es fährt einen Kurs, der unseren Bug genau kreuzt.« Der Rudergänger, ein rothaariger Fähnrich mit Segelohren, blickte vom Radarsichtgerät zum Kapitän des Schiffes und wartete auf eine Antwort.

Captain Dick Weber senkte das Fernglas, ohne das andere Schiff aus den Augen zu lassen.

»Halten Sie uns auf Kreuzkurs, zumindest bis wir eine Identifizierung haben«, erwiderte er, ohne sich umzudrehen.

Der Rudergänger zog das Rad eine halbe Umdrehung herum, dann betrachtete er wieder den Radarbildschirm. Das vierundzwanzig Meter lange Patrouillenboot der kanadischen Küstenwache pflügte langsam durch die arktischen Gewässer und näherte sich dem entgegenkommenden Schiff. Die eigens für die Überwachung der östlichen Zufahrten zur Nordwestpassage konstruierte *Harp* war erst seit ein paar Tagen auf Station. Obwohl das winterliche Eis auch dieses Jahr wieder frühzeitig aufbrach, war dies das erste Handelsschiff, das das Patrouillenboot in den zu dieser Jahreszeit frostigen Gewässern sah. In ein, zwei Monaten würde ein steter Strom von mächtigen Tankern in Begleitung von Eisbrechern auf der Nordroute verkehren.

Noch vor ein paar Jahren wäre der bloße Gedanke, die Schifffahrt durch die Nordwestpassage zu überwachen, lächerlich gewesen. Seit den ersten Vorstößen des Menschen in die Arktis waren große Teile des Nordpolarmeeres das ganze Jahr über zugefroren gewesen, von ein paar Sommertagen einmal abgesehen. Nur ein paar abgehärtete Entdecker und gelegentlich auch ein Eisbrecher wagten sich durch die blockierte Passage. Aber die globale Erwärmung hatte alles verändert, und jetzt war die Passage jedes Jahr monatelang befahrbar.

Wissenschaftler schätzen, dass das arktische Eis in den letzten dreißig Jahren um rund hunderttausend Quadratkilometer geschrumpft ist. Dieses rapide Abschmelzen ist zu einem Großteil auf die sogenannte Eis-Albedo-Rückkoppelung zurückzuführen. In gefrorenem Zustand reflektiert das arktische Eis rund fünfzig Prozent der einfallenden Sonnenstrahlung. Das eisfreie Meerwasser hingegen absorbiert etwa vierundneunzig Prozent dieser Strahlung und reflektiert nur etwa sechs Prozent. Diese Erwärmungsspirale ist dafür verantwortlich, dass die Temperaturen in der Arktis doppelt so schnell steigen wie im globalen Durchschnitt.

Während er zusah, wie der Bug seines Patrouillenbootes durch das Treibeis schnitt, verfluchte er insgeheim all das, was ihm die globale Klimaveränderung angetan hatte. Er war von Quebec und dem bequemen Dienst am Sankt-Lorenz-Strom hierher versetzt worden und kommandierte jetzt ein Schiff, das an einem der abgelegensten Orte dieses Planeten eingesetzt war. Und die Aufgabe, die er hier hatte, war seiner Meinung nach eher etwas für einen Zollinspektor als für einen Kapitän.

Doch Weber konnte seinen Vorgesetzten kaum einen Vorwurf machen, befolgten sie doch bloß eine Anordnung des säbelrasselnden kanadischen Premierministers. Als die seit jeher gefrorenen Abschnitte der Nordwestpassage auftauten, hatte der Premierminister nachdrücklich erklärt, dass die Passage kanadisches Hoheitsgewässer sei, und Mittel für den Bau eines arktischen Hochseehafens in Nanisivik bewilligt. Kurz darauf versprach er den Bau einer Flotte militärischer Eisbrecher und die Einrichtung neuer arktischer Stützpunkte. Die umtriebige Lobbyarbeit zwielichtiger Interessengruppen bewegte das Parlament dazu, den Premierminister zu unterstützen, als er strenge Beschränkungen für ausländische Schiffe erließ, die die Passage befahren wollten.

Von Gesetzes wegen mussten sämtliche nicht-kanadischen Schiffe, die durch die Passage wollten, die Küstenwache von ihrem vorgesehenen Kurs verständigen, eine Passagegebühr bezahlen, die etwa so hoch war wie bei der Durchfahrt des Panamakanals, und sich von einem kanadischen Eisbrecher durch die engeren Abschnitte dieses Seeweges begleiten lassen. Ein paar Länder, darunter Russland, Dänemark und die Vereinigten Staaten, widersetzten sich den kanadischen Ansprüchen und ermutigten ihre Reeder zum Befahren dieser Gewässer. Andere Industrieländer jedoch fügten sich im Namen der Wirtschaft. Handelsschiffe, die zwischen Europa und Ostasien verkehrten, konnten die Fahrtrouten ihrer Schiffe um Tausende von Meilen abkürzen, wenn sie nicht mehr den Panamakanal passieren mussten. Und bei Schiffen, die zu groß für den Panamakanal waren und bislang um Kap Horn fahren mussten, waren die Einsparungen noch weitaus höher. Da die Frachtkosten für einen durchschnittlichen Container dadurch um rund tausend Dollar sanken, sahen große und kleine Handelsflotten in der Passage durch die Arktis rasch eine lukrative Ausweichstrecke.

Als die Eisschmelze schneller voranschritt, als die Wissenschaftler vorausgesagt hatten, fingen die ersten Reedereien damit an, die Fahrt durch diese eisigen Gewässer auszuprobieren. Noch immer blockierten den Großteil des Jahres über dicke Eisschichten ganze Abschnitte der Route, aber in heißen Sommern war die Passage regelmäßig eisfrei geworden. Zudem unterstützten starke Eisbrecher die ehrgeizigen Handelsflotten, die den Seeweg von April bis September befahren wollten. Und mittlerweile war absehbar, dass die Nordwestpassage in ein, zwei Jahrzehnten eine ganzjährig befahrbare Schifffahrtsroute sein würde.

Während er auf das nahende schwarze Handelsschiff starrte, wünschte sich Weber, die Passage wäre wieder zugefroren. Aber wenigstens ist der Kahn da mal was anderes als die Eisberge, die wir ständig anglotzen müssen, dachte er.

»Vier Kilometer und immer noch auf Annäherungskurs«, meldete der Rudergänger.

Weber wandte sich an den schlaksigen Funker, der in einer Ecke der kleinen Brücke saß.

»Hopkins, verlangen Sie eine Identifikation und Auskunft über die Fracht«, befahl er.

Der Funker rief das Schiff an, erhielt aber keine Antwort. Er überprüfte das Funkgerät, danach setzte er seinen Spruch noch einige Male ab.

»Die melden sich nicht, Sir«, sagte er schließlich mit verständnisloser Miene. Dieses Verhalten widersprach jeglicher Erfahrung, die er bislang gemacht hatte, denn normalerweise waren die Besatzungen auf ihrer einsamen Fahrt durchs Nordpolarmeer jederzeit zu einer ausgiebigen Plauderei bereit.

»Versuchen Sie's weiter«, befahl Weber. »Wir sind schon so nahe, dass wir sie fast auf Sicht identifizieren können.«

»Noch zwei Kilometer«, bestätigte der Rudergänger.

Weber richtete erneut sein Fernglas auf das Schiff und musterte es. Es war ein verhältnismäßig kleines Containerschiff, das nicht mehr als hundertzwanzig Meter maß. Es wirkte ziemlich neu, hatte aber seltsamerweise nur ein paar Container auf dem Oberdeck. Ähnliche Schiffe hatten, wie er wusste, oftmals sechs, sieben Lagen Container übereinandergestapelt. Neugierig geworden, betrachtete er die Freibordmarke und stellte fest, dass sie relativ hoch über dem Wasser lag. Er hob das Glas und blickte zur abgedunkelten Brücke, dann zur Mastspitze hinter den Aufbauten. Zu seinem Erstaunen sah er dort das Sternenbanner in der steifen Brise wehen.

»Ein Amerikaner«, murmelte er. Die Nationalität überraschte ihn, denn eigentlich boykottierten amerikanische Schiffe die Passage auf Drängen ihrer Regierung hin. Weber richtete das Glas auf den Bug des Schiffes und konnte im schwindenden Abendlicht gerade noch den Namen ATLANTA erkennen, der dort in weißen Lettern prangte.

»Es heißt *Atlanta*«, sagte er zu Hopkins. Der Funker nickte und versuchte, das Schiff unter seinem Namen zu erreichen, aber er erhielt nach wie vor keine Antwort.

Weber hängte das Fernglas an einen Eisenhaken, nahm einen Ordner vom Kartentisch, schlug ihn auf und suchte auf einem Computerausdruck nach dem Namen *Atlanta*. Denn alle nichtkanadischen Schiffe, die die Nordwestpassage befahren wollten, mussten die Küstenwache sechsundneunzig Stunden vorher verständigen. Weber überzeugte sich davon, dass die Akte per Satellitenverbindung noch an diesem Tag auf den neuesten Stand gebracht worden war, fand aber trotzdem keinen Hinweis auf die *Atlanta*.

»Bringen Sie uns auf ihren Backbordbug. Hopkins, teilen Sie ihnen mit, dass sie sich in kanadischen Hoheitsgewässern befinden, und befehlen Sie ihnen, die Maschinen zu stoppen und sich einer Inspektion zu unterziehen.«

Während Hopkins die Mitteilung absetzte, änderte der Rudergänger den Kurs des Schiffes, dann warf er einen Blick auf das Radarsichtgerät.

»Vor uns wird der Sund enger«, meldete er. »Ungefähr drei Kilometer Backbord voraus liegt Packeis.«

Weber nickte, ohne den Blick von der *Atlanta* abzuwenden. Das Handelsschiff machte erstaunlich schnelle Fahrt, mehr als fünfzehn Knoten, schätzte er. Als sich das Boot der Küstenwache näher schob, stellte Weber erneut fest, dass das Schiff sehr hoch im Wasser lag. Warum sollte ein nur leicht beladenes Schiff die Fahrt durch die Passage versuchen?, fragte er sich.

»Ein Kilometer bis Abfangpunkt«, sagte der Rudergänger.

»Auf Kurs bleiben. Bringen Sie uns bis auf hundert Meter heran«, befahl der Kapitän.

Das schwarze Handelsschiff nahm das Patrouillenboot der Küstenwache nicht wahr, so jedenfalls kam es den Kanadiern vor. Hätten sie genauer auf den Radarbildschirm geachtet, dann wäre ihnen aufgefallen, dass das amerikanische Schiff sowohl beschleunigte als auch den Kurs leicht änderte.

»Warum reagieren die nicht«, murmelte der Rudergänger, der Hopkins' vergebliche Funkrufe allmählich leid war.

»Wir werden sie schon auf uns aufmerksam machen«, sagte Weber. Der Kapitän ging zum Fahr- und Kommandostand und drückte auf einen Knopf, der das Typhon betätigte. Zwei lange, tiefe Sirenentöne hallten über das Wasser, dann warteten die Männer auf der Brücke schweigend auf eine Reaktion. Aber wieder tat sich nichts.

Mehr konnte Weber kaum unternehmen. Im Gegensatz zu den Vereinigten Staaten war die kanadische Küstenwache eine zivile Organisation. Die Besatzung der *Harp* hatte weder eine militärische Ausbildung, noch war das Schiff bewaffnet.

Der Rudergänger musterte das Radarsichtgerät und meldete: »Keine Fahrtminderung. Ich glaube sogar, die werden schneller. Sir, wir kommen ans Packeis.« Weber fand, dass sein Tonfall dringlicher klang. Als er sich auf das Handelsschiff konzentrierte, hatte der Rudergänger das Packeis nicht im Auge behalten, das sich jetzt querab an Backbord befand. An Steuerbord war das unter Volldampf laufende Handelsschiff nurmehr ein paar Dutzend Meter entfernt und fast auf gleicher Höhe mit dem Patrouillenboot.

Weber blickte zur hohen Brücke der *Atlanta* auf und fragte sich, was für ein Dummkopf dieses Schiff wohl kommandierte. Dann bemerkte er, dass der Bug des Frachters plötzlich auf sein Boot zuschwenkte, und ihm wurde klar, dass dies kein Spiel war.

»Ruder hart Backbord«, schrie er.

Dass das Handelsschiff auf sie zuhalten würde, war das Letzte, was irgendwer erwartet hatte, aber im nächsten Moment schon ragte der große Frachter über der *Harp* auf. Das Patrouillenboot, dessen Besatzung sich wie ein Käfer unter dem erhobenen Fuß eines Elefanten vorkam, versuchte verzweifelt, dem verheerenden Rammstoß zu entrinnen. Hektisch reagierte der Rudergänger auf Webers Befehl, riss das Rad eine volle Umdrehung herum und betete darum, dass sie an dem größeren Schiff vorbeikamen. Doch die *Atlanta* war zu nah.

Mit einem dumpfen Schlag prallte die Seitenwand des Frachters auf die *Harp*. Doch beim Aufprall wurde nur das Heck getroffen, da das Patrouillenboot schon fast abgedreht hatte. Dennoch brachte der Stoß die *Harp* schwer ins Krängen, und als eine große Welle über sie hinwegrollte, wäre sie fast gekentert. Der geplagten Besatzung kam es wie eine halbe Ewigkeit vor, bis sich das Küstenwachboot allmählich wieder aufrichtete und von der Bordwand des Handelsschiffes entfernte. Doch die Gefahr war noch nicht vorüber. Ohne dass es die Besatzung wusste, war bei dem Zusammenprall das Ruder abgerissen, und da die Schraube auf vollen Touren lief, hielt das Patrouillenboot nun geradewegs auf das nahe Packeis zu. Die *Harp* bohrte sich mehrere Meter tief in das dicke Eis, dann wurde sie mit einem Mal so jäh gestoppt, dass es die Besatzung nach vorn schleuderte.

Weber, der auf der Brücke zu Boden gegangen war, stand auf, half, die Maschine abzustellen, und versuchte dann, rasch den Zustand von Schiff und Besatzung einzuschätzen. Die Männer waren mit etlichen Schrammen und Blutergüssen davongekommen, stellte er fest, aber um das Patrouillenboot war es weit weniger gut bestellt. Neben dem verlorenen Ruder war auch der Bug eingedrückt und der Außenrumpf beschädigt. Mindestens vier Tage musste die *Harp* im Eis liegen bleiben, bis ein Schlepper eintraf, der sie zur Reparatur in den Hafen bringen konnte.

Weber wischte einen Blutfaden weg, der aus einem Riss an seiner Wange rann, trat auf die Brückennock und blickte gen Westen. Einen Moment lang sah er noch die Positionslichter des Handelsschiffes, dann verschwand der große Frachter in einer düsteren Nebelbank, die sich über den Horizont erstreckte. Kopfschüttelnd blickte Weber hinter dem Schiff her.

»Du unverschämter Mistkerl«, murmelte er. »Dafür wirst du büßen.«

Webers Worte sollten sich als müßig erweisen. Eine rasch aufziehende Sturmfront südlich der Baffininsel verhinderte den Start einer Aufklärungsmaschine vom Typ CP-140 Aurora des Canadian Air Command, die von der Küstenwache angefordert worden war. Als das Flugzeug schließlich von seinem Stützpunkt in Greenwood, Nova Scotia, aufsteigen konnte und über dem Lancastersund eintraf, waren mehr als sechs Stunden verstrichen. Weiter westlich, auf Höhe der Prince-of-Wales-Insel, blockierte ein anderer Kutter der Küstenwache die Passage und wartete auf den aggressiven Frachter. Doch das große schwarze Schiff tauchte nicht auf.

Drei Tage lang suchten die kanadische Küstenwache wie auch die Luftwaffe sämtliche Seewege rund um den Lancastersund nach dem fremden Schiff ab. Jeder Schifffahrtsweg in Richtung Westen wurde mehrmals erkundet. Doch das amerikanische Handelsschiff war nirgendwo zu sehen. Verwirrt brachen die kanadischen Streitkräfte die Suche ab, während Weber und seine Besatzung sich fragten, wie der Frachter einfach im arktischen Eis hatte verschwinden können.

23

Dr. Kevin Bue blickte in den dunkler werdenden Himmel im Westen und verzog das Gesicht. Noch vor einer Stunde hatte die Sonne geschienen, kein Windzug hatte sich geregt, und das Quecksilber im Thermometer stand bei sechs Grad minus. Aber dann war das Barometer mit einem Mal gefallen, und gleichzeitig war ein scharfer Westwind aufgekommen. Rund vierhundert Meter entfernt brandete jetzt das graue, kabbelige Wasser des Nordpolarmeers an die schartige Kante des Packeises und brach sich in hoch aufspritzenden Gischtwolken.

Er zog die Kapuze seines Parkas fester, wandte sich vom beißenden Wind ab und betrachtete die Unterkunft, in der er sich seit ein paar Wochen aufhielt. Das Eisforschungslabor Nr. 7 würde im Reiseführer nicht allzu viele Sterne für Luxus und Komfort bekommen. Das Camp bestand aus einem halben Dutzend Fertigbauten, die mit gen Süden gerichteten Eingängen im Halbkreis dicht nebeneinander standen. Auf der einen Seite lagen sich die drei Schlafquartiere, daneben der größte Bau, in dem sich die Kombüse, die Messe und der Gemeinschaftsraum befanden. Das gedrungene Gebäude genau gegenüber beherbergte ein Labor und den Funkraum, und daneben stand ein mit Schnee bedeckter Lagerschuppen.

Das Forschungslabor war eins von mehreren Eiscamps, die das kanadische Ministerium für Fischereiwesen und Meereskunde eingerichtet hatte, um die Drift des arktischen Packeises zu verfolgen und zu untersuchen. Eisforschungslabor 7 war vor einem Jahr aufgebaut worden, hatte sich unterdessen fast zweihundert Meilen weiterbewegt und wanderte auf einem mächtigen Panzer aus Polareis in südlicher Richtung durch die Beaufortsee. Mittlerweile war das Camp, das am Rande des Schelfeises stand, nurmehr hundertfünfzig Meilen von der nordamerikanischen Küste und dem kanadischen Yukon-Territorium entfernt. Allerdings war dem Lager nur noch ein kurzes Leben beschieden, denn mit dem nahenden Sommer würde das Eis genau dort aufbrechen, wo sich das Camp derzeit befand. Bei den täglichen Messungen des Eises unter ihren Füßen hatten sie festgestellt, dass das anfangs rund einen Meter dicke Eis bereits stetig schmolz und nur noch knapp vierzig Zentimeter dick war. Bue schätzte, dass er und sein aus vier Männern bestehendes Team noch etwa zwei Wochen Zeit hatten, bevor sie das Camp abbauen und auf die Evakuierung durch eine mit Skikufen ausgerüstete Twin Otter warten mussten.

Der Ozeanograf trottete durch den knöcheltiefen Schnee zur Funkerhütte. Im steten Rascheln der Eiskristalle, die der Wind über den Boden fegte, hörte er das Jaulen eines Dieselmotors, der ein ums andere Mal hochgejagt wurde. Er blickte an den Bauten des Camps vorbei und sah einen gelben Frontlader hin und her fahren und mit seiner Schaufel den angewehten Schnee zu hohen Haufen auftürmen. Das Fahrzeug hielt die hundertfünfzig Meter lange Rollbahn auf dem Eis sauber, die sich hinter dem Camp erstreckte. Die primitive Landebahn war die Verbindung des Lagers zur Außenwelt, denn auf ihr setzte die Twin Otter auf, die jede Woche Lebensmittel und andere Vorräte brachte. Deshalb sorgte Bue dafür, dass sie stets in Schuss gehalten wurde.

Ohne den herumkurvenden Frontlader weiter zu beachten, ging Bue in die Hütte, in der sich Labor und Funkraum befanden, und schüttelte an der Innentür den Schnee von seinen Schuhen, bevor er das Hauptgebäude betrat. Er lief an mehreren schmalen Nischen vorbei, die voller wissenschaftlicher Zeitschriften und Geräte lagen, und begab sich dann in ein kaum mehr als kleiderkammergroßes Kabuff, das die Satellitenfunkstation beherbergte. Ein Mann mit funkelnden Augen, rotblonden Haaren und einem fröhlichen Grinsen blickte vom Funkgerät auf. Scott Case war ein ausgezeichneter Physiker, der sich auf die Untersuchung der Sonnenstrahlung an den Polen spezialisiert hatte. Wie jeder andere im Camp aber hatte er mehrere Funktionen inne und war unter anderem auch für den Kontakt zur Außenwelt zuständig.

»Die Atmosphäre spielt mal wieder mit unseren Funksignalen verrückt«, sagte er zu Bue. »Der Satellitenempfang ist gleich null, und bei unserem anderen Sender sieht's auch nicht viel besser aus.«

»Durch den aufziehenden Sturm wird es sich bestimmt nicht verändern«, erwiderte Bue. »Weiß Tuktoyaktuk überhaupt, dass wir sie zu erreichen versuchen?«

Case schüttelte den Kopf. »Kann ich nicht mit Bestimmtheit sagen, aber ich habe keine Rückrufe empfangen.«

Das Röhren des Frontladers, der unmittelbar neben dem Gebäude eine Ladung Eis zusammenschob, hallte von den dünnen Wänden wider.

»Lässt du vorsichtshalber den Flugplatz sauber halten?«, fragte er Bue.

»Tuktoyaktuk wollte uns heute Vorräte bringen. Vielleicht wissen sie nicht, dass wir in etwa einer Stunde mitten in einem Blizzard mit orkanartigen Winden stecken. Versuch's weiter, Scott. Sieh zu, dass du den heutigen Flug abblasen kannst. Die Piloten werden's uns danken.«

Bevor Case wieder auf Sendung gehen konnte, knisterte es im Lautsprecher des Funkgerätes. In dem statischen Hintergrundrauschen meldete sich eine befehlsgewohnte Stimme.

»Eisforschungslabor 7, Eisforschungslabor 7, hier ist NUMA-Forschungsschiff *Narwhal*. Hört ihr uns, over?«

Bue war vor Case am Mikrofon und antwortete sofort. »*Narwhal*, hier ist Dr. Kevin Bue von Eisforschungslabor 7. Sprechen Sie bitte.«

»Dr. Bue, wir wollten euch nicht belauschen, aber wir haben eure wiederholten Funksprüche an die Küstenwache in Tuktoyaktuk gehört, und wir haben ein paar unbeantwortete Funksprüche von Tuktoyaktuk empfangen. Klingt so, als ob ihr wegen des Wetters keine Verbindung miteinander bekommt. Können wir euch helfen und eine Nachricht weiterleiten?«

»Dafür wären wir euch sehr dankbar.« Bue ließ das amerikanische Schiff eine Nachricht nach Tuktoyaktuk senden, dass man die Versorgungsmaschine wegen des schlechten Wetters vierundzwanzig Stunden zurückhalten sollte. Ein paar Minuten später funkte die *Narwhal* die Bestätigung aus Tuktoyaktuk.

»Unseren besten Dank«, funkte Bue. »Das erspart ein paar armen Fliegern einen ruppigen Trip.«

»Keine Ursache. Wo liegt euer Camp übrigens?«

Bue funkte die letzte Position des driftenden Lagers, worauf das Schiff seine eigene durchgab.

»Seid ihr in der richtigen Verfassung, um den aufziehenden Sturm abzuwettern? Sieht so aus, als ob das ein ganz übler wird«, funkte die *Narwhal.*

»Bislang haben wir alles überstanden, was uns die gute Hexe des Nordens vorgesetzt hat, aber trotzdem besten Dank«, antwortete Bue.

»Viel Glück, Eislabor 7. *Narwhal* Ende.«

Erleichtert legte Bue das Mikrofon hin.

»Wer sagt denn, dass die Amerikaner in der Arktis nichts verloren haben?«, sagte er zu Case, schlüpfte dann in seinen Parka und verließ das Gebäude.

Fünfunddreißig Meilen weiter südwestlich las Kapitän Bill Stenseth mit besorgter Miene den Wetterbericht. Stenseth, ein imposanter Mann mit skandinavischen Zügen und gebaut wie ein Abwehrrecke der National Football League, hatte schon in sämtlichen Ozeanen der Welt Stürme abgewettert. Doch ein unverhoffter Püster im eisigen Nordpolarmeer machte auch den erfahrenen Kapitän der *Narwhal* nervös.

»Der letzten Vorhersage zufolge scheint der Wind ein bisschen aufzufrischen«, sagte er, ohne von dem Blatt aufzublicken. »Ich glaube sogar, wir kriegen einen ziemlich heftigen Sturm. Möchte nicht in der Haut von diesen armen Kerlen stecken, die da draußen auf dem Eis hocken«, fügte er hinzu und deutete auf das Funkgerät.

Rudi Gunn, der neben Stenseth auf der Brücke des Schiffes stand, unterdrückte ein gequältes Grinsen. Mitten durch einen heftigen arktischen Sturm zu fahren, würde alles andere als angenehm werden. Ich würde gern mit der Besatzung des Camps tauschen, die den Sturm wahrscheinlich in einer warmen Hütte aussitzt und Binokel spielt, dachte Gunn. Dass Stenseth lieber auf dem Wasser gegen die Elemente kämpfte, kennzeichnete ihn als lebenslangen Seemann, der sich an Land nie ganz wohlfühlte.

Gunn teilte diese Vorliebe nicht. Er hatte zwar die Marineakademie in Annapolis besucht und mehrere Jahre auf See zugebracht, aber jetzt saß er öfter am Schreibtisch. Als stellvertretenden Direktor der National Underwater & Marine Agency traf man ihn für gewöhnlich in der Zentrale in Washington, D.C., an. Er war klein und drahtig, trug eine Hornbrille und war rein äußerlich das glatte Gegenteil von Stenseth. Doch auch er liebte das Abenteuer und die Herausforderungen, die die Erforschung der Meere mit sich brachte, und war häufig zur Stelle, wenn es galt, ein neues Schiff oder die modernste Unterwassertechnologie erstmals auf See zu erproben.

»Die Eisbären tun mir mehr leid«, sagte Gunn. »Wie lange dauert es, bis der Sturm da ist?«

Stenseth warf einen Blick auf die zusehends zahlreicher werdenden Gischtkappen auf den Wellen, die an den Bug des Schiffes brandeten. »Etwa eine Stunde. Ich schlage vor, dass wir die *Bloodhound* innerhalb der nächsten dreißig Minuten einholen und sichern.«

»Die wollen bestimmt nicht so bald in den Zwinger zurückkehren. Ich geh runter in den Einsatzraum und sag Bescheid. Käpt'n, verständigen Sie mich bitte, wenn sich das Wetter schneller verschlechtert als vorhergesagt.«

Stenseth nickte, als Gunn die Brücke verließ und nach achtern ging. Das sechzig Meter lange Forschungsschiff rollte und stampfte durch die immer höher gehende See, und Rudi musste sich mehrmals an einem Handlauf festhalten. Als er sich dem Heck näherte, blickte er in den großen Moon Pool hinab, der aus dem Schiffsrumpf geschweißt worden war. Das Wasser schwappte bereits hin und her und ergoss sich auf das umliegende Deck. Er stieg einen Niedergang hinab und trat durch eine Tür mit der Aufschrift LABOR, hinter der sich ein großer Raum befand. Am anderen Ende war ein abgeteilter Bereich mit zahlreichen, an der Wand angebrachten Videomonitoren. Dort saßen zwei Techniker, die sämtliches Datenmaterial vom Meeresgrund empfingen und aufzeichneten.

»Sind sie noch am Boden?«, fragte Gunn einen der Techniker.

»Ja«, erwiderte der Mann. »Sie sind etwa zwei Meilen westlich von uns. Sind genau genommen gerade in kanadische Hoheitsgewässer eingedrungen.«

»Haben Sie Funkkontakt?«

Der Mann nickte und reichte Gunn seine Kopfhörer mit dem angeschlossenen Mikrofon.

»*Bloodhound*, hier ist *Narwhal*. Hier oben verschlechtert sich das Wetter rapide. Ich bitte euch, die Erkundung abzubrechen und aufzutauchen.«

Auf Gunns Funkspruch folgte eine lange Pause, dann kam eine von statischem Rauschen durchsetzte Antwort.

»Roger, *Narwhal*«, meldete sich eine raue Stimme mit breitem texanischem Akzent. »Brechen Erkundung in dreißig Minuten ab. *Bloodhound*, over und Ende.«

Gunn wollte noch etwas erwidern, ließ es dann aber lieber sein. Es ist sinnlos, mit den beiden Dickköpfen am anderen Ende zu streiten, dachte er. Er nahm das Headset ab und schüttelte schweigend den Kopf, dann ließ er sich auf einen Stuhl mit hoher Lehne sinken und wartete darauf, dass die nächste halbe Stunde verging.

24

Wie der Hund, nach dem sie genannt war, suchte die *Bloodhound* mit ihrer starren, voller Elektronik steckenden Schnauze in sechshundert Metern Tiefe den Meeresboden der Beaufortsee ab. Das Tauchboot mit seinem Titaniumrumpf war eigens für die Untersuchung von hydrothermalen Tiefseequellen gebaut worden. Diese Unterwassergeysire, die überhitztes Wasser aus der Erdkruste speien, bilden eigene Biotope und sind damit eine Schatztruhe für Forscher, die hier eine höchst ungewöhnliche Flora und Fauna vorfinden. Für die Männer in dem NUMA-Tauchboot waren jedoch die Mineralien, die sich in der Umgebung der hydrothermalen Spalten abgelagert hatten, von größerem Interesse. Denn durch das Aufeinandertreffen des mineralreichen, über 400 Grad heißen Quellwassers mit dem zwei Grad kalten Meerwasser werden allerlei kostbare Mineralien ausgefällt, darunter Mangan, Eisen und sogar Gold. Dank der Fortschritte bei der für den Unterwasserabbau nötigen Technologie wurden hydrothermale Spaltenfelder zu möglicherweise bedeutsamen Rohstoffvorkommen.

»Wassertemperatur ist wieder um einen Grad gestiegen. Der olle Schlot muss irgendwo hier unten sein«, nölte Jack Dahlgren mit tiefer Stimme.

Der muskulöse Ingenieur für Meerestechnologie saß auf dem Kopilotensitz des Tauchbootes und achtete mit stahlblauen Augen auf einen Computermonitor. Er kratzte sich den buschigen Cowboyschnurrbart und blickte durch das Plexiglassichtfenster auf den tristen, gesichtslosen Meeresboden, der von einem halben Dutzend starker Scheinwerfer hell erleuchtet wurde. Nichts an dieser Tiefseelandschaft deutete darauf hin, dass es irgendwo in der Nähe eine hydrothermale Quelle gab.

»Womöglich sind wir hinter Hirngespinsten her«, erwiderte der Pilot. »Oder werden verarscht, wie du sagen würdest«, fügte er hinzu und warf Dahlgren einen scharfen Blick zu.

Al Giordino grinste den wesentlich jüngeren Texaner an und verlor fast die kalte Zigarre, die in seinem Mundwinkel klemmte. Der kleine, stämmige Italiener mit den baumstammdicken Armen fühlte sich auf dem Pilotensitz wie zu Hause. Nachdem er bei der NUMA jahrelang in der Abteilung für Spezialprojekte tätig gewesen war und so gut wie alles gesteuert hatte, vom Blimp bis zum Bathyscaph, leitete er jetzt deren Abteilung für Unterwassertechnologie. Für Giordino waren der Bau und die Erprobung von Prototypen wie der *Bloodhound* eher eine Leidenschaft als ein Job.

Er und Dahlgren suchten bereits seit zwei Wochen den arktischen Meeresgrund nach Thermalquellen ab. Anhand von früheren bathymetrischen Studien hatten sie es auf Gebiete mit Grabenbrüchen und Erhöhungen abgesehen, die auf vulkanische Tätigkeit hindeuteten und damit möglicherweise aktive Thermalquellen beherbergten. Bislang war die Suche erfolglos gewesen, was auf die Männer, die unbedingt die Fähigkeiten des Tauchbootes erproben wollten, entmutigend wirkte.

Dahlgren warf einen Blick auf seine Uhr, ohne auf Giordinos Bemerkung einzugehen.

»Seit Rudis Rückruf sind zwanzig Minuten vergangen. Inzwischen ist er wahrscheinlich schon ein Nervenbündel. Wir sollten allmählich vielleicht mal den Knopf nach oben drücken, sonst erwarten uns dort gleich zwei Unwetter.«

»Rudi ist nicht mit sich im Reinen, solange er nicht über irgendwas meckern kann«, erwiderte Giordino. »Aber ich glaube, wir sollten die Wettergötter nicht herausfordern.« Er drehte den Steuergriff nach links und zog das dicht über dem Meeresboden schwebende Tauchboot gen Westen. Sie hatten schon mehrere hundert Meter zurückgelegt, als der Grund mit einer Reihe von

Felsbrocken übersät war. Dann wurden die Brocken größer, und Giordino bemerkte, dass der Boden allmählich anstieg. Dahlgren griff zu einer bathymetrischen Karte und versuchte, ihre Position festzustellen.

»Hier in der Gegend scheint irgendwo ein Tiefseeberg zu sein. Aus irgendeinem Grund hat er für die seismischen Jungs nicht allzu vielversprechend ausgesehen.«

»Wahrscheinlich, weil sie zu lange in einem klimatisierten Büro gesessen haben.«

Dahlgren legte die Karte beiseite, warf einen Blick auf den Computermonitor und fuhr mit einem Mal hoch.

»Verdammt! Die Wassertemperatur ist um zehn Grad gestiegen.«

Ein leichtes Grinsen breitete sich auf Giordinos Gesicht aus, als er sah, dass die Felsen am Meeresboden größer und dichter wurden.

»Die Geologie des Meeresbodens verändert sich ebenfalls«, sagte er. »Das Profil könnte gut zu einem *Raucher* passen. Mal sehen, ob wir ihn über die Wassertemperatur aufspüren können.«

Er steuerte das Tauchboot anhand von Dahlgrens Angaben zur Wassertemperatur, die zusehends stieg, bis sie schließlich auf eine jähe Erhebung am Meeresgrund stießen. Ein hoher Berg aus Felsbrocken versperrte ihnen den Weg, worauf Giordino das Tauchboot wie ein Flugzeug hochzog, bis sie den höchsten Punkt überwunden hatten. Beim Abstieg auf der anderen Seite bot sich ihnen plötzlich ein völlig anderer Anblick. Die graue, triste Mondlandschaft verwandelte sich in eine kunterbunt schillernde Oase. Gelbe Mollusken, rote Röhrenwürmer und goldene Seespinnen tummelten sich am Meeresboden, ein blauer Tintenfisch schoss am Sichtfenster vorbei, gefolgt von einem Schwarm silbrig geschuppter Arktischer Dorsche. Von einem Moment zum anderen waren sie aus einer trostlosen, schwarz-weißen Welt in ein in sämtlichen Regenbogenfarben leuchtendes Biotop geraten, in dem es vor Leben nur so wimmelte.

»Jetzt weiß ich, wie Dorothy zumute war, als sie in Oz gelandet ist«, murmelte Dahlgren.

»Wie sieht's jetzt mit der Wassertemperatur aus?«

»Sie steht bei zwoundzwanzig Grad und steigt weiter. Glückwunsch, Boss, du hast dir gerade eine Thermalquelle gekauft.«

Giordino nickte befriedigt. »Markier unsere Position. Danach probieren wir mal den Mineralienschnüffler, bevor ...«

Plötzlich knisterte es im Funkgerät, als über zwei Unterwassertransponder Verbindung mit ihnen aufgenommen wurde. »*Narwhal* an *Bloodhound*... *Narwhal* an *Bloodhound*«, unterbrach ihn eine angespannt klingende Stimme. »Bitte sofort aufsteigen. Seegang liegt bei drei Meter und wird rasch höher. Ich wiederhole, ihr werdet angewiesen, sofort aufzusteigen.«

»... bevor Rudi uns heimruft«, sagte Dahlgren und brachte Giordinos Satz zu Ende.

Giordino grinste. »Schon mal bemerkt, dass Rudis Stimme zwei Oktaven höher wird, wenn er nervös ist?«

»Als ich beim letzten Mal drauf geachtet habe, hat er gerade meine Gehaltsüberweisung unterschrieben«, warnte Dahlgren.

»Ich nehme an, wir wollen den Lack an unserem neuen Baby nicht zerkratzen. Lass uns erst noch schnell ein paar Gesteinsproben schnappen, dann können wir auftauchen.«

Dahlgren funkte Gunn eine Antwort und griff dann zur Steuerkonsole für einen Gelenkarm, der in Ruhestellung senkrecht an der Außenhülle des Tauchboots angebracht war. Giordino lotste die *Bloodhound* zu einer Reihe etwa pampelmusengroßer Brocken, bis der mit Sensoren gespickte Bug über dem Gestein schwebte. Dahlgren, der den Edelstahlarm wie einen Besen bediente, fegte mehrere Steine in einen unter der elektronischen Schnauze angebrachten Korb, worauf der Bordcomputer binnen kürzester Zeit die Dichte sowie die magnetischen Eigenschaften der Proben untersuchte.

»Eine vulkanische Verbindung, offenbar Pyroxene. Ich erkenne Mangan- und Eisenkonzentrationen. Außerdem werden Nickel, Platin und Kupfersulfide angezeigt«, berichtete Dahlgren, während er die Computerangaben studierte.

»Das ist ja ein ziemlich hochoktaniger Auftakt. Schenk dir die Auswertung. Wir lassen die Proben von den Jungs im Labor knacken, dann werden wir sehen, wie genau unsere Sensoren sind. Sobald der Sturm vorbei ist, nehmen wir uns die Stelle noch mal gründlich vor.«

»Die sieht gut aus.«

»Ich bin immer noch ein bisschen enttäuscht, mein westtexanischer Freund«, erwiderte Giordino kopfschüttelnd.

»Kein Gold?«

»Kein Gold. Ich glaube, mehr als deine Goldplomben bring ich nicht nach oben mit.«

Zu Dahlgrens Leidwesen hallte Giordinos Gelächter bis kurz vor dem Auftauchen von den Innenwänden des Tauchboots wider.

25

Winde, die fast Orkanstärke erreichten, peitschten dreieinhalb Meter hohe Wellen auf der Beaufortsee auf, als die *Bloodhound* im Moon Pool der *Narwhal* auftauchte, die sich stampfend und rollend durch den immer höheren Seegang kämpfte, sodass das Wasser im Pool übers Deck schwappte. Zweimal schlug das Tauchboot seitlich an die gepolsterte Wand, bevor die Hebetrossen eingehakt und das Unterwasserfahrzeug herausgehievt werden konnte. Giordino und Dahlgren stiegen aus der *Bloodhound*, holten rasch ihre Gesteinsproben und flüchteten dann vor den Elementen in die Einsatzzentrale. Gunn erwartete sie stehend und mit missbilligender Miene.

»Das ist ein zehn Millionen Dollar teures Tauchboot, das ihr fast wie eine Bierdose zerdrückt hättet«, sagte er und warf Giordino einen funkelnden Blick zu. »Du weißt doch, dass wir bei solchen Witterungsbedingungen nicht ausbringen oder einholen.«

Wie zu seiner Bestätigung erbebte plötzlich die Schraubenwelle unter ihren Füßen, als das Schiff mit voller Wucht in ein tiefes Wellental eintauchte.

»Nur die Ruhe, Rudi«, versetzte Giordino strahlend, dann warf er Gunn einen der tropfnassen Steinbrocken zu. Der stellvertretende Direktor der NUMA fing ihn unbeholfen auf und verschmierte sich dabei das Hemd mit Seewasser und Schlick.

»Seid ihr auf der Spur?«, fragte er und zog die Augenbrauen hoch, als er den Steinbrocken musterte.

»Noch viel besser«, schaltete sich Dahlgren ein. »Wir haben ein paar thermale Abweichungen erschnüffelt, und Al hat uns genau zu dem *Raucher* hin gesteuert. Ein schöner langer Grabenbruch, aus dem jede Menge heiße Suppe mit Knödeln quillt.«

Gunns Miene wurde freundlicher. »Ihr solltet auch besser was gefunden haben, wenn ihr schon zu spät auftaucht.« Er sah wie ein Kind in einem Süßwarenladen aus. »Habt ihr Hinweise auf ein Mineralienfeld gesehen?«

»Allem Anschein nach ist es ein großes«, erwiderte Giordino nickend. »Wir haben nur einen Teil davon gesehen, aber offenbar sind die Sachen weit verstreut.«

»Und die elektronischen Sensoren? Wie hat die *Bloodhound* funktioniert?«

»Sie hat geheult wie ein Kojote bei Vollmond«, erwiderte

Dahlgren. »Die Sensoren haben mehr als dreizehn unterschiedliche Elemente festgestellt.«

»Das Labor muss erst überprüfen, wie genau die *Bloodhound* gearbeitet hat«, fügte Giordino hinzu. »Den Sensoren zufolge ist der nasse Stein, den du in der Hand hast, voller Mangan und Eisen.«

»Der Meeresboden ist mit so viel Zeug zugemüllt, dass du tausend *Bloodhounds* kaufen kannst, Rudi«, sagte Dahlgren.

»Haben die Sensoren irgendwelches Gold angezeigt?«, fragte Gunn.

Giordino verdrehte die Augen, dann machte er sich bereit, die Einsatzzentrale zu verlassen.

»Alle denken, ich wäre Midas«, grummelte er, bevor er verschwand.

26

Das Sturmtief, das in Richtung Südosten über die Beaufortsee zog, war zwar nicht allzu ausgedehnt, dafür aber umso heftiger, wie der Hieb eines Schwergewichtlers, der mit voller Kraft zuschlägt. Starke Böen mit bis zu einhundert Stundenkilometern trieben den Schnee waagerecht vor sich her, ließen die Flocken zu harten Kristallen gefrieren und wirbelten weiße Schleier über das Eis, sodass man kaum die Hand vor den Augen sah. Lebensfeindlich war die Arktis auch zuvor schon gewesen, aber jetzt zeigte sie ihre ganze Brutalität.

Kevin Bue hörte, wie die tragenden Teile der Messe unter dem fauchenden Wind knarrten und ächzten, und fragte sich, wie standfest die Konstruktion sein mochte. Er trank den letzten

Rest Kaffee aus seiner Tasse und versuchte, eine Fachzeitschrift zu lesen, die vor ihm auf dem Tisch lag. Obwohl er im Laufe seiner Dienstzeit in der Arktis schon zahlreiche Stürme erlebt hatte, fand er ihre Wildheit nach wie vor beunruhigend. Während die übrige Mannschaft seelenruhig ihrer Arbeit nachging, konnte er sich kaum konzentrieren, wenn es so klang, als würde das ganze Camp weggeblasen werden.

Ein korpulenter Koch namens Benson, der nebenbei auch noch als Zimmermann tätig war, setzte sich Bue gegenüber an den Tisch und trank einen Schluck aus seiner dampfenden Kaffeetasse.

»Pfeift nicht schlecht, was?«, sagte er und grinste durch seinen dichten schwarzen Bart.

»Klingt, als ob wir jeden Augenblick weggerissen werden«, erwiderte Bue und warf einen Blick auf das hin und her schwankende Dach.

»Tja, wenn ja, kann ich bloß hoffen, dass wir irgendwo landen, wo es warm ist und die Getränke kalt besser schmecken«, erwiderte er und gönnte sich einen Schluck Kaffee. Er warf einen Blick auf Bues leere Tasse, nahm sie und stand auf.

»Komm, ich schenke dir nach.«

Benson ging zu einer großen, silbernen Thermoskanne und füllte die Tasse. Er wollte gerade zurück zu Bue gehen, blieb aber plötzlich stehen und machte ein verdutztes Gesicht. Im Fauchen des Windes meinte er, ein tiefes mechanisches Mahlen zu hören. Doch das war es nicht, was ihn beunruhigte. Es lag vielmehr an dem lauten Knacken, das damit einherging und ihn unwillkürlich zusammenzucken ließ.

Bue warf einen Blick zu Benson, dann hörte er das Geräusch ebenfalls. Es kam rasch auf sie zu, und Bue meinte, irgendwo draußen im Camp auch einen Schrei zu hören. Dann ging um sie herum die Welt unter.

Mit einem ohrenbetäubenden Knirschen verschwand die

ganze hintere Wand der Messe, und in dem Loch tauchte ein gewaltiger grauer Keil auf. Das hoch aufragende Ding pflügte durch den Raum und hinterließ eine zehn Meter breite Spur der Verwüstung. Das von den tragenden Teilen gerissene Dach wurde von einer Bö erfasst und flog davon, gleichzeitig strömte eisige Luft ins Innere. Voller Entsetzen sah Bue, wie Benson von dem Eis und der Gischt verschlungen wurde, die die graue Masse emporschleuderte. Eben noch hatte der Koch mit einer Tasse Kaffee in der Hand dagestanden, und im nächsten Augenblick war er weg.

Der Boden unter Bues Füßen wölbte sich so, dass er samt dem Tisch zur Tür geschleudert wurde. Mühsam rappelte er sich auf und starrte auf den grauen Koloss, der vor ihm auftauchte. Es war ein Schiff, stellte er fassungslos fest, das mitten durch das Camp und das dünne Eis pflügte, auf dem es stand.

Im wirbelnden Schnee hatte es etwas Gespenstisches an sich, aber er konnte eine große weiße 54 erkennen, die auf den Bug gemalt war. Als sich der Koloss mit einem tiefen Grollen an ihm vorbeischob, bemerkte Bue eine große amerikanische Flagge, die an der Mastspitze wehte, bevor das Schiff in einer weißen Wolke verschwand. Er torkelte unwillkürlich darauf zu und rief nach Benson, bis er um ein Haar in dem schwarzen Wassergraben gelandet wäre, den das Schiff hinterlassen hatte.

Sobald er sich vom ersten Schreck erholt hatte, zog Bue benommen seinen Parka an, der zusammengeknüllt am Boden lag, und trat durch die Überreste der Eingangstür nach draußen. Während er sich durch den Wind kämpfte und versuchte, sich einen Eindruck vom Zustand des Lagers zu verschaffen, bemerkte er, dass der Boden unter seinen Füßen seltsam schwankte. Er ging ein paar Meter nach rechts und stieß auf eine jähe Bruchkante im Eis, neben der sich dunkles Wasser erstreckte, das mit umhertreibenden weißen Eisbrocken übersät war. Die drei Schlafbaracken die hier gestanden hatten, waren verschwunden.

Bue rutschte das Herz in die Hose, wusste er doch, dass einer seiner Männer dienstfrei hatte und kurz zuvor noch in seiner Unterkunft geschlafen haben musste. Damit waren noch zwei Mann übrig – Case, der Funker, und Quinlon, der für die Wartungsarbeiten zuständig war.

Bue drehte sich zum Labor um und sah in der Ferne die blauen Wände des Gebäudes, das offenbar noch stand. Er versuchte, sich zu ihm durchzuschlagen, stieß auf einen weiteren Riss im Eis, der ihm den Weg zum Labor versperrte, und wäre auch hier beinahe ins Wasser gefallen. Wider besseres Wissen holte er Anlauf, sprang über den einen Meter breiten Spalt und schlug auf der anderen Seite hart auf dem Eis auf. Mit schierer Willenskraft rappelte er sich wieder auf und kämpfte sich durch den Wind zur Tür. Er verschnaufte kurz, stürmte dann hinein und erstarrte.

Das Labor war von dem Schiff ebenso verwüstet worden wie die Messe. Von der Einrichtung waren kaum mehr als ein paar Trümmer übrig geblieben, die wenige Schritte vor ihm im Wasser trieben. Aber wie durch ein Wunder hatte der Funkraum den Rammstoß überstanden; er war zwar vom Hauptgebäude abgetrennt worden, stand aber noch. Durch den pfeifenden Wind hörte Bue, wie Case um Hilfe rief.

Er trat näher und sah Case an seinem Schreibtisch sitzen und verzweifelt in das Mikrofon des Funkgerätes sprechen. Es war jedoch vergeblich, denn der Lagerschuppen, in dem die Stromgeneratoren des Camps standen, war zuerst von dem Schiff versenkt worden. Im ganzen Camp gab es keinen Strom mehr, und zwar schon seit mehreren Minuten.

Bue legte Case die Hand auf die Schulter, worauf der Funker das Mikro wegschob und ihm einen bangen Blick zuwarf. Plötzlich ertönte unter ihnen ein Knacken, und der Boden bebte.

»Es ist das Eis!«, schrie Bue. »Nichts wie raus hier.«

Er zog Case hoch. Die beiden Männer stürmten aus dem

Funkraum und über das Eis, dessen lautes Knacken sie zu verfolgen schien. Sie sprangen über eine niedrige Schneewehe, drehten sich um und sahen gerade noch, wie das Eis rund um Labor und Funkraum zersprang, als berste ein Spiegel. Die weiße Fläche zersplitterte in zahlreiche Eisbrocken, die rasch weiter zerfielen, sodass die Überreste des Gebäudes im Wasser versanken. In knapp zwei Minuten war das ganze Camp vor Bues Augen verschwunden.

Während die beiden Männer fassungslos auf das Bild der Verwüstung starrten, das sich ihnen bot, meinte Bue, im heulenden Wind einen Mann schreien zu hören. Er lauschte und versuchte, durch den wirbelnden Schnee auch etwas zu erkennen. Dann sah er dort, wo der Funkraum gestanden hatte, eine Gestalt im Wasser treiben, die mit den Armen um sich schlug.

»Das ist Quinlon«, rief Case, der den Mann ebenfalls entdeckt hatte. Case stürmte zu dem Mechaniker, der um sein Leben kämpfte.

Quinlon drohte den Kampf gegen das eisige Wasser zu verlieren. Mit seinem Parka und den schweren Stiefeln wäre er schon längst versunken, wenn er sich nicht an einem treibenden Eisbrocken festgehalten hätte. Aber durch den Kälteschock war er so gelähmt, dass er sich nicht mehr selbst herausziehen konnte, sondern nur noch mit letzter Kraft zu Bue und Case ruderte.

Die beiden Männer rannten zum Rand der Eisfläche, streckten die Hände nach Quinlon aus und griffen verzweifelt nach seinen Armen. Sie zogen ihn näher und versuchten, ihn aus dem Wasser zu holen, aber mit seinen vollgesogenen Stiefeln und dem klatschnassen Parka war er zu schwer und rutschte ein ums andere Mal zurück. Als ihnen klar wurde, dass sie es auf diese Weise nicht schaffen würden, brachten sie ihn in die Horizontale und zerrten und wälzten ihn über die Kante aufs Trockene.

»Wir müssen ihn aus dem Wind schaffen«, sagte Bue und

schaute sich nach einem Unterschlupf um. Doch sämtliche Gebäude des Lagers waren verschwunden, bis auf einen Überrest des Lagerschuppens, der auf einem autogroßen Eisbrocken trieb.

»Die Schneehaufen bei der Landebahn«, rief Case und deutete durch die wirbelnden Flocken.

Der Großteil des Flugplatzes war zwar ebenfalls verschwunden, aber trotzdem hatte Case Recht. Denn Quinlon hatte beim Freischaufeln der Piste etliche hohe Schneehaufen aufgetürmt, und einer davon ragte knapp fünfzig Meter vor ihnen auf.

Sie packten Quinton an beiden Armen und schleppten ihn wie einen Kartoffelsack über das Eis. Sie wussten, dass der Mann dem Tode nahe war, und wenn er noch eine geringe Überlebenschance haben sollte, mussten sie ihn schleunigst vor dem mörderischen Wind schützen. Trotz der bitteren Kälte schleiften sie Quinlon zur Ostseite eines drei Meter hohen Schneehaufens, der halbwegs Schutz vor dem Sturm bot.

Rasch zogen sie Quinlons nasse Kleidung aus, die bereits steif gefroren war, dann rieben sie ihn von Kopf bis Fuß mit Schnee ab, bis er einigermaßen trocken war, und wickelten Kopf und Körper in ihre Parkas ein. Quinlon war blau angelaufen und zitterte am ganzen Leib, aber er war bei Bewusstsein, was wiederum hieß, dass er eine Überlebenschance hatte. Case fing an, ein Loch in den Schneehaufen zu graben, und Bue folgte seinem Beispiel. Sie schoben Quinlon hinein, dann krochen sie neben ihn und drückten sich aneinander, um sich gegenseitig zu wärmen.

Als Bue aus ihrer notdürftigen Höhle herausspähte, sah er, dass sich ein immer breiter werdender Streifen Wasser zwischen ihrem Unterschlupf und dem Packeis auftat. Sie befanden sich jetzt also auf einer abgebrochenen Eisscholle, die langsam in die Beaufortsee hinaustrieb. Aber alle paar Minuten hörte der Wissenschaftler ein donnerndes Knacken, als ihr eisiges Floß in immer kleinere Teile zerbarst, und ihm wurde klar, dass auch ihre letzte Zuflucht zertrümmert werden würde und sie alle drei im Meer versinken würden, wenn ihr eisiges Floß in das vom Sturm aufgewühlte Wasser geriet.

Und da von ihrer Notlage wahrscheinlich niemand etwas wusste, bestand auch kaum Hoffnung, dass sie gerettet wurden. Während er bibbernd in der furchtbaren Kälte saß, dachte Bue über das graue Schiff nach, das so plötzlich und ohne jeden Grund ihr Camp zerstört hatte. Doch sosehr er sich auch bemühte, er konnte diese brutale Tat nicht begreifen. Er schüttelte den Kopf, um das gespenstische Bild des grässlichen Kolosses loszuwerden, warf seinen Kameraden einen bedrückten Blick zu und wartete schweigend darauf, dass der Tod sie heimsuchte.

27

Der Notruf war so leise, dass er kaum zu verstehen war, und ein zweiter ging nicht ein. Ein ums andere Mal versuchte der Funker der *Narwhal*, sich die Meldung bestätigen zu lassen, aber niemand reagierte.

Kapitän Stenseth las die handschriftliche Notiz seines Funkers, schüttelte den Kopf und las sie dann noch einmal.

»Mayday, Mayday. Hier Eislabor 7. Das Camp bricht auseinander …«, las er laut vor. »Ist das alles, was Sie haben?«, fragte er, und seine Augen funkelten.

Der Funker nickte stumm. Stenseth wandte sich ab und trat neben den Rudergänger.

»Volle Kraft voraus«, befahl er. »Ruder Backbord, gehen Sie auf Kurs null-eins-fünf.« Er wandte sich an den Ersten Offizier. »Stecken Sie einen Kurs zur letzten gemeldeten Position des Eislabors ab. Und holen Sie drei zusätzliche Ausguckposten auf die Brücke.«

Im nächsten Augenblick baute er sich hinter dem Funker auf.

»Verständigen Sie die kanadische und die amerikanische Küstenwache von dem Notruf und teilen Sie ihnen mit, dass wir darauf reagieren. Funken Sie alle Schiffe an, falls welche in der Nähe sind. Danach rufen Sie Gunn und Giordino auf die Brücke.«

»Sir, die Küstenwachstation befindet sich in Kanada, in Tuktoyaktuk. Das ist über zweihundert Meilen entfernt.«

Stenseth blickte auf den wirbelnden Schnee, der an die Brückenverglasung geweht wurde, und sah die Bewohner des Eiscamps vor seinem inneren Auge. »Ich nehme an, das heißt, dass der einzige Schutzengel, der sie retten kann, türkisfarbene Flügel hat.«

Die *Narwhal* hatte eine Höchstgeschwindigkeit von dreiundzwanzig Knoten, aber selbst bei voller Fahrt schaffte sie in dieser sturmgepeitschten See allenfalls zwölf Knoten. Zumal der Sturm jetzt seinen Höhepunkt erreichte und mit einer Windgeschwindigkeit von fast hundertzwanzig Stundenkilometern über sie hinwegfegte. Das Meer kochte und brodelte und warf über drei Meter hohe Wellen auf, in denen das Schiff wie ein Korken stampfte und rollte. Nervös überwachte der Rudergänger den Autopilot, war jederzeit darauf gefasst, dass das Gerät in Folge der ständigen Korrekturen, die nötig waren, um das Schiff auf Nordostkurs zu halten, ausfallen könnte.

Kurz darauf kamen Gunn und Giordino zu Stenseth auf die Brücke und lasen den Notruf des Eiscamps.

»Ein bisschen früh für einen derart verheerenden Eisbruch«, sagte Gunn und rieb sich das Kinn. »Das driftende Eis kann zwar binnen kurzer Zeit aufreißen, aber normalerweise wird man doch zumindest vorgewarnt.«

»Vielleicht wurden sie überrascht, als ein Teil des Lagers weggebrochen ist. Zum Beispiel ihre Funkanlage oder die Stromgeneratoren«, meinte Stenseth.

»Hoffen wir, dass es nichts Schlimmeres ist«, erwiderte Gunn und blickte in den Mahlstrom hinaus. »Wenn sie sich vor dem Sturm schützen können, sollten sie noch eine Weile durchhalten.«

»Es gibt noch eine andere Möglichkeit«, warf Giordino leise ein. »Vielleicht stand das Eiscamp zu nahe an der See. Durch die Wucht des Sturms könnte die Packeiskante abgerissen sein, woraufhin das Camp auseinandergebrochen ist.«

Die beiden anderen Männer nickten grimmig, wussten sie doch, dass die Überlebenschancen nur gering waren, wenn dies der Fall war.

»Wie sieht's mit dem Sturm aus?«, fragte Gunn.

»Noch etwa sechs bis acht Stunden, ehe er nachlässt. Wir müssen abwarten, bis wir einen Suchtrupp auf dem Eis absetzen können, fürchte ich«, erwiderte Stenseth.

»Sir«, schaltete sich der Rudergänger ein, »wir sehen große Eisstücke im Wasser.«

Stenseth blickte auf und sah Backbord voraus einen hausgroßen Eisberg vorbeitreiben.

»Alle Maschinen ein Drittel zurück. Wie weit sind wir noch von dem Eiscamp entfernt?«

»Knapp achtzehn Meilen, Sir.«

Stenseth ging zu dem großen Radarsichtgerät und stellte das Radar auf einen Suchradius von zwanzig Meilen ein. Eine dünne Zackenlinie zog sich nahe dem oberen Rand über den Bildschirm. Der Kapitän deutete auf eine dicht darunter liegende Stelle, wo ein konzentrischer Kreis eine Entfernung von zwanzig Meilen anzeigte.

»Das ist die Position, die uns die Jungs vom Camp durchgegeben haben«, sagte er mit ernstem Tonfall.

»Wenn ihr Campingplatz nicht schon vorher nah am Wasser war, dann ist er's jetzt auf jeden Fall«, stellte Giordino fest.

Blinzelnd musterte Gunn das Radarsichtgerät, dann deutete er auf einen verschwommenen Punkt am Rand des Bildschirms.

»Da ist ein Schiff in der Nähe«, sagte er.

Stenseth warf einen Blick darauf und sah, dass das Schiff in Richtung Südosten fuhr. Er befahl dem Funker, das Schiff anzupreien, aber er bekam keine Antwort.

»Vielleicht ein illegaler Walfänger«, meinte der Kapitän. »Ab und zu schleichen sich die Japaner in die Beaufortsee, um Belugawale zu jagen.«

»Bei diesem Seegang sind die wahrscheinlich zu sehr damit beschäftigt, sich festzuhalten, als dass sie ans Funkgerät gehen können«, sagte Giordino.

Das unbekannte Schiff war rasch vergessen, als sie sich dem Packeis näherten und damit der gemeldeten Position des Camps, denn immer größere Eisbrocken trieben vor der *Narwhal* im Wasser. Inzwischen war die gesamte Besatzung von dem Rettungsmanöver verständigt worden: Über ein Dutzend Wissenschaftler gesellten sich zu den Seeleuten ans Oberdeck und trotzten gemeinsam mit ihnen den Elementen. In Schlechtwetterkleidung säumten sie die Reling des bedrohlich stampfenden Schiffes und suchten die See nach ihren kanadischen Kollegen ab.

Die *Narwhal* erreichte die Position, die von den Bewohnern des Camps durchgegeben worden war, und Stenseth brachte sie bis auf dreißig Meter an die geschlossene Eisdecke heran. Langsam fuhr das Forschungsschiff an der schrundigen Kante entlang und wich zahlreichen Eisbergen aus, die dort gerade erst abgebrochen waren. Der Kapitän ließ sämtliche Lichter an Bord einschalten und ein ums andere Mal die ohrenbetäubende Kahlenberg-Schiffssirene betätigen, um ein Notrufsignal auszusenden. Der Wind flaute ein wenig ab, sodass man trotz des wirbelnden Schnees hin und wieder etwas erkennen konnte, und aller Augen suchten das Packeis und das mit Eisschollen übersäte Wasser nach Spuren des Camps oder seiner Bewohner ab. Doch nirgendwo war auch nur das Geringste zu sehen, als sie über die gemeldete Position trieben. Wenn hier mal irgendetwas gewesen war, dann lag es jetzt sechshundert Meter unter dem grauen Wasser.

28

Kevin Bue hatte mit ansehen müssen, wie ihre letzte Zufluchtsstätte dahingeschmolzen war – von der einst schlachtschiffgroßen Eisscholle war jetzt nur noch ein kleines Haus übrig. Die fortwährend anbrandenden Brecher zerrten und schabten an dem Eisberg, der in immer kleinere Teile zersprang, die anschließend wieder zertrümmert und zermahlen wurden. Und umso kleiner ihr eisiges Floß wurde, desto wilder wurde die Fahrt, als sie immer weiter in die Beaufortsee hinaustrieben. Der schrumpfende Eisberg schlingerte und schwankte im brodelnden Seegang, und ein ums andere Mal schwappten die Wogen über die tiefer gelegenen Stellen. Bue, der vor Kälte schlotterte, stellte fest, dass er jetzt auch noch seekrank wurde.

Doch wenn er sich die beiden neben ihm ansah, konnte er sich kaum beklagen. Quinlon war so unterkühlt, dass er jeden Moment das Bewusstsein verlieren mochte, und Case ging es offenbar ähnlich. Der Funker hockte eingerollt da und starrte mit glasigen Augen ins Leere. Bue hatte mehrmals versucht, mit ihm ins Gespräch zu kommen, doch mehr als einen müden Blick hatte er ihm nicht entlocken können.

Bue dachte daran, Quinlon die Parkas auszuziehen, damit er und Case es etwas wärmer hatten, überlegte es sich aber anders.

Quinlon war zwar so gut wie tot, aber ihre Aussichten waren auch nicht viel besser. Bue starrte auf das aufgewühlte graue Wasser, das ihr eisiges Floß umgab, und überlegte, ob er sich ins Meer stürzen sollte. Es wäre wenigstens ein schnelles Ende. Er verwarf den Gedanken jedoch, als er zu dem Schluss kam, dass es zu viel Kraft kosten würde, die zehn Schritte bis zur Kante zu gehen.

Eine große Welle schaukelte das Eisfloß durch, und gleichzeitig hörte er ein jähes Knacken unter seinen Füßen. Mit einem Mal tauchte ein Riss unter seinem aus dem Schnee gegrabenen Sitzplatz auf, der sich rasch durch den ganzen Berg zog. Bei der nächsten anbrandenden Woge brach ein ganzes Stück unter ihm weg und verschwand in der dunklen See. Bue hielt sich instinktiv an der glatten Wand des Schneehaufens fest und setzte einen Fuß auf den schmalen Sims, auf dem Quinlon lag. Case, der auf der anderen Seite saß, rührte keinen Finger, als Bue sich verzweifelt am Eis festklammerte und nur ein paar Handbreit über dem Wasser hing.

Bue, dessen Herz nun wie wild schlug, grub die Finger in die Eiswand und zog sich langsam auf den verbliebenen Schneehaufen hinauf. Ihre Zuflucht war mittlerweile auf die Ausmaße eines Kleinbusses geschrumpft und trieb heftig schaukelnd durch die raue See. Mühsam hielt sich Bue auf dem schwankenden Hügel fest, der jeden Moment umkippen und die drei Männer ins eisige Wasser und den sicheren Tod schleudern konnte. Er wusste, dass es jetzt nur noch eine Frage von Minuten sein konnte, bis ihre wilde Fahrt zu Ende ging.

Dann sah er durch den vom Wind gepeitschten Schnee ein helles Licht, das wie die Sonne nach einem Regenguss aufstrahlte. Es blendete ihn, und er kniff die Augen zu. Als er sie wieder öffnete, war das Licht verschwunden. Er sah nur noch das trockene weiße Eis, das ihm der scharfe Wind ins Gesicht trieb. Er bemühte sich, das Licht wieder zu entdecken, aber im pfeifenden Sturm war weit und breit nichts zu sehen. Langsam schloss er die Augen und sackte in sich zusammen, als seine letzten Kräfte schwanden.

29

Jack Dahlgren, der einen hellgelben Mustang-Survivalanzug trug, hatte bereits ein betanktes Zodiac an der Winde über dem Dollbord hängen, als von der Brücke der Befehl zum Ausbringen kam. Er stieg in das Boot und überzeugte sich davon, dass eine tragbare Satellitennavigationsanlage und ein Funkgerät in einem wasserdichten Behälter verstaut waren. Dann warf er den Motor an und wartete auf die gedrungene Gestalt, die über das Deck angerannt kam.

Giordino hatte keine Zeit, einen Schutzanzug anzulegen; er schnappte sich kurzerhand einen Parka auf der Brücke und stürmte zu dem Zodiac hinab. Als Giordino hereinsprang, winkte Dahlgren einem bereitstehenden Besatzungsmitglied mit hochgerecktem Daumen zu, worauf dieser das Schlauchboot rasch zu Wasser ließ. Dahlgren wartete einen Augenblick, bis Giordino den Zughaken gelöst hatte, dann jagte er den Motor hoch. Das kleine Schlauchboot schoss halb über, halb durch eine hoch anrollende Welle und schleuderte eisige Gischt auf. Giordino duckte sich unter dem jähen Wasserschwall, dann deutete er zum Bug der *Narwhal*.

»Wir nehmen uns den kleinen Eisberg vor, der etwa hundert Meter Backbord voraus treibt«, rief er. »Vor uns ist eine große Eisscholle, du musst also hart beidrehen«, fügte er hinzu und deutete nach links.

Dahlgren konnte im blendenden Schnee lediglich eine undeutliche weiße Masse erkennen, die unmittelbar vor ihnen lag. Er nahm eine kurze Kompasspeilung vor und zog das Zodiac nach Backbord, bis die Eisscholle nur noch ein paar Meter vor ihnen aufragte. Dann drehte er scharf bei, raste an deren Rand entlang und nahm das Gas etwas zurück, als er seiner Meinung nach auf der anderen Seite war.

Die *Narwhal* war hinter ihnen nicht mehr zu sehen, und vor ihnen stampfte ein gutes Dutzend kleiner Eisberge im schweren Seegang. Der tosende Wind fegte Schneepartikel von der Eisscholle, sodass sie kaum fünfzehn Meter Sicht hatten. Giordino saß am Bug, suchte die See ab – wie ein Adler auf der Lauer nach Beute – und zeigte Dahlgren den Kurs an, den er steuern sollte. Sie fuhren zwischen koffergroßen Eisbrocken und größeren Bergen hindurch, die im Wasser schaukelten und aneinanderkrachten, wichen ein ums andere Mal kleineren Schollen aus, bis Giordino mit einem Mal hektisch auf einen höher aufragenden Eisbrocken deutete.

»Das ist er«, brüllte er.

Dahlgren gab Vollgas und raste auf den treibenden Eisblock zu, der in seinen Augen wie alle anderen auch aussah. Nur dass auf dem hier ein dunkler Fleck war. Als das Zodiac näher kam, erkannte Dahlgren, dass es sich um einen menschlichen Körper handelte, der auf der Spitze lag. Rasch zog er einen Bogen um den Berg und hielt Ausschau nach einem Landeplatz, aber das Eis fiel rundum steil ins Meer ab. Auf der anderen Seite angekommen, bemerkte er zwei weitere Männer, die in einem primitiven Loch nur wenige Handbreit über dem Wasser steckten.

»Ramm ihn unterhalb vom Sims«, brüllte Giordino.

Dahlgren nickte, dann rief er: »Halt dich fest.«

Er zog das Zodiac herum, um mehr Schwung zu bekommen, dann hielt er mit Vollgas geradewegs auf den Berg zu. Der Bug des Schlauchbootes schlitterte über eine niedrige Eisleiste und prallte dann knapp unter den beiden halberfrorenen Männern gegen den Schneehaufen. Dahlgren und Giordino wären um ein Haar herausgeschleudert worden, als das Boot jählings zum Stehen kam.

Giordino stand rasch auf, wischte sich den Schnee von Kopf und Schultern und lächelte Case an, der ihn teilnahmslos anstarrte.

»In fünf Minuten gibt's heiße Hühnerbrühe, meine Freunde«, sagte Giordino, der Quinlon wie eine Puppe hochhob und ihn zwischen zwei Sitzbänke legte. Dann packte er Case am Arm und half dem kraftlosen Mann, ins Zodiac zu kriechen. Unterdessen holte Dahlgren zwei trockene Decken aus dem Staufach und warf sie über die beiden Männer.

»Kommst du an den andern ran?«, fragte Dahlgren.

Giordino blickte zu dem schaukelnden Schneeberg auf, der ihn um knapp zwei Meter überragte.

»Ja, aber lass den Motor laufen. Ich glaube, der Eiswürfel pfeift aus dem letzten Loch.«

Er stieg aus dem Schlauchboot, trat ein Loch in den harten Schnee, bis er mit dem Fuß Halt fand und kletterte los. Gleichzeitig hieb er mit der Faust auf die harte Kruste ein, klammerte sich fest und vertiefte die so entstandenen Rillen beim weiteren Aufstieg mit den Füßen. Der Eisberg schaukelte und schwankte im Seegang, und mehrmals dachte er, er würde ins Wasser stürzen. Er kletterte, so schnell er konnte, schob den Kopf über die Erhebung und sah Bue bäuchlings auf dem Kamm liegen. Giordino packte ihn kurzerhand am Oberkörper und zog die schlaffe Gestalt zu sich, bis er sie auf die Schulter laden konnte. Dann schlang er einen Arm um die steifen Beine des Mannes und machte sich an den Abstieg.

Bue war so schlaff, dass Giordino sich vorkam, als schleppe er einen Sack Kartoffeln. Doch der kräftige Italiener verschwendete keine Zeit, kletterte rasch ein paar Stufen hinab, stieß sich dann von der Schneewand ab und ließ sich in den Gummirumpf des Zodiac fallen. Sobald er Bue zu den anderen Männern gelegt hatte, sprang Giordino wieder aus dem Boot und stemmte sich gegen den Bug des Zodiac. Er grub die kurzen, aber stämmigen Beine in den Schnee, schob das Boot vom Eisberg und sprang hinein, als Dahlgren den Motor hochjagte und im Rückwärtsgang davonschoss.

Dahlgren hatte kaum gewendet, als sich eine mächtige Welle vor ihnen auftürmte. Giordino streckte den Arm aus und hielt die am Boden liegenden Männer fest, als die Woge gegen den Bug brandete und sie mit eisiger Gischt eindeckte, während der Bug des Zodiacs nach oben stieg, bis das kleine Boot fast senkrecht stand. Dann rollte die Welle unter ihnen hindurch und ließ sie in das nachfolgende Tal krachen. Aber Dahlgren steuerte bereits auf eine zweite, kaum weniger heftige Woge zu, die er ebenfalls ausritt.

Sobald das Zodiac die zweite Welle überwunden hatte, warfen Dahlgren und Giordino einen Blick zurück und sahen, wie die beiden Brecher an den Eisberg brandeten. Die erste warf den hoch aufragenden Eisbrocken beinahe um, und ehe er sich wieder aufrichten konnte, schlug die zweite zu und zertrümmerte ihn. Als die Welle über ihn hinweggerollt war, trieben nur noch ein paar größere Eisbrocken im Wasser.

Wären sie nicht rechtzeitig gekommen, so wären Bue, Case und Quinlon von den beiden Brechern in die eisige See gerissen worden und binnen weniger Minuten gestorben.

30

Die drei Kanadier, die alle mehr oder weniger stark unterkühlt waren, blieben am Leben, bis das von den Wellen durchgeprügelte Zodiac eingeholt und auf das Deck der *Narwhal* abgelassen wurde. Die Rückfahrt war nicht so einfach gewesen, wie sie dachten, denn der Sturm störte die Satellitensignale, sodass ihr GPS-Gerät unbrauchbar war. Deshalb orientierte sich Dahlgren anhand seiner Kompasspeilung und steuerte in die Richtung, in der das Schiff in etwa liegen musste. Die große Eisscholle war mittlerweile davongetrieben, sodass sie ungehindert durch den hohen Seegang rasen konnten. Dann hörte Giordino das laute Heulen der Schiffssirene, und kurz darauf tauchte die hell erleuchtete *Narwhal* im wirbelnden Schneegestöber auf.

Ein dick vermummter Rudi Gunn stand daneben, als das Zodiac an Deck landete, und sorgte dafür, dass die geretteten Männer unverzüglich ins Schiffslazarett gebracht wurden. Bue und Case kamen nach kurzer Zeit wieder zu sich, aber Quinlon war noch mehrere Stunden lang bewusstlos, während sich der Schiffsarzt fieberhaft darum bemühte, ihn warm zu halten. Zweimal setzte Quinlons Herz aus, worauf er hektisch wiederbelebt wurde, bis seine Körpertemperatur allmählich auf über dreißig Grad stieg und sein Blutdruck stabil wurde.

Sobald Giordino und Dahlgren ihre vereiste Kleidung abgelegt und trockene Sachen angezogen hatten, begaben sie sich zu Gunn auf die Brücke.

»Wissen wir, ob da draußen noch andere Überlebende sind?«, fragte Gunn die beiden Männer.

Dahlgren schüttelte den Kopf. »Das habe ich den Mann, der bei Bewusstsein war, auch schon gefragt. Er hat gesagt, in dem Eiscamp seien zwar noch zwei weitere Männer gewesen, war aber davon überzeugt, dass beide umgekommen sind, als das Schiff durch das Lager gepflügt ist.«

»Ein Schiff?«

»Nicht bloß irgendein Schiff.« Dahlgren nickte grimmig. »Ein Kriegsschiff der amerikanischen Marine. Ist durch das Eis gedonnert und hat die ganze Anlage verwüstet.«

»Das ist doch unmöglich«, erwiderte Gunn.

»Ich gebe bloß wieder, was der Mann gesagt hat.«

Gunn starrte ihn wortlos an. »Wir suchen trotzdem weiter«, sagte er schließlich leise. Dann betrachtete er die beiden Männer anerkennend und fügte hinzu: »Das war eine heldenhafte Rettungsaktion unter grauenhaften Bedingungen.«

»Ich hätte mit diesen Jungs nicht tauschen wollen«, warf Giordino ein. »Aber Dahlgren und ein Held? Das will ich mal erleben«, fügte er lachend hinzu.

»Auf diese Bemerkung hin hätte ich gute Lust, meine Flasche Jack Daniel's nicht mit dir zu teilen«, versetzte Dahlgren.

Giordino legte den Arm um den Texaner und verließ mit ihm die Brücke.

»Bloß einen Schuss, mein Freund, dann seh ich zu, dass du den Yukon kriegst.«

Noch zwei Stunden lang suchte die *Narwhal* die umliegenden Gewässer ab, stieß aber nur auf die zertrümmerten Überreste eines blauen Vordachs. Widerwillig blies Gunn die Suche ab, als der Großteil der vom Packeis abgebrochenen Brocken davongetrieben war.

»Prudhoe Bay ist besser ausgestattet, aber Tuktoyaktuk liegt rund fünfzig Meilen näher. Dort gibt's auch einen Flugplatz«, sagte Stenseth, der eine Karte von der nordamerikanischen Küste musterte.

»Zu Letzterem haben wir freiere Fahrt«, erwiderte Gunn, der dem Kapitän über die Schulter blickte. »Vermutlich sollten wir sie so schnell wie möglich an Land bringen. Wir nehmen Tuktoyaktuk.«

Die Stadt lag an einem kargen Landstrich der nordkanadischen Küste, unmittelbar östlich der Grenze zu Alaska. Diese hügelige, felsige Gegend weit nördlich des Polarkreises und der Baumgrenze war den Großteil des Jahres über mit Schnee bedeckt.

Vierzehn Stunden lang pflügte die *Narwhal* durch die rauen Gewässer, während sich der Frühlingssturm endgültig austobte. Aber noch immer türmten sich in der Beaufortsee hohe Wogen, als sich das NUMA-Schiff in den Schutz der Kugmallit Bay bei der Stadt Tuktoyaktuk schob. Ein Patrouillenboot der kanadischen Polizei lotste das Schiff zum Industriepier der Stadt, wo es an einem freien Liegeplatz erwartet wurde. Binnen weniger Minuten wurden die verletzten Wissenschaftler in zwei Kleinbusse geladen, zur Klinik gebracht und gründlich untersucht. Nachdem man sie für transportfähig erklärt hatte, wurden sie per Flugzeug nach Yellowknife befördert.

Erst am nächsten Tag, als die drei mit einem Regierungsjet in Calgary eintrafen, wurde in den Nachrichten ausführlich über ihr Martyrium berichtet. Sofort stürzten sich sämtliche großen Zeitungen und Fernsehsender auf die Geschichte. Bues Augenzeugenbericht von der Zerstörung des Lagers durch ein amerikanisches Kriegsschiff, das die Bewohner anschließend ihrem Schicksal überließ, berührte einen wunden Punkt bei den Kanadiern, die das Großmachtgehabe ihres südlichen Nachbarn ohnehin satthatten.

Der Unmut der kanadischen Regierung nahm weiter zu. Die Küstenwache und die Vertreter des Militärs, die sich bereits durch den Zwischenfall mit der *Atlanta* provoziert fühlten, machten aus ihrer Wut keinen Hehl mehr. Der nationalistisch eingestellte Premierminister, dessen Beliebtheitsgrad zurzeit im Sinken begriffen war, nutzte den Vorfall sofort zu seinem politischen Nutzen. Die geretteten Wissenschaftler Bue, Case und Quinlon wurden als Gäste im Wohnsitz des Premierministers am Sussex Drive in

Ottawa gefeiert und dann vor die Fernsehkameras geführt, wo sie einmal mehr die Zerstörung des Eiscamps durch die Amerikaner schilderten. Der Premierminister, der seine Verärgerung offen kundtat, ging sogar so weit, dass er den Zwischenfall als eine barbarische, feindselige Tat bezeichnete.

»Kanada ist nicht mehr gewillt, seine Souveränität durch ausländische Missetäter verletzen zu lassen«, schrie er in die Mikrofone der Kamerateams. Von einem aufgebrachten Parlament unterstützt, beorderte er zusätzliche Marinestreitkräfte in die Arktis und drohte, die Grenze zu schließen sowie die Öl- und Gasexporte einzustellen. »Unser großes kanadisches Volk lässt sich nicht tyrannisieren. Wenn zum Schutz unserer Souveränität ein Krieg erforderlich ist, dann sei dem so«, rief er mit hochrotem Gesicht.

Über Nacht stieg der Beliebtheitsgrad des Premierministers wieder. Angesichts der Reaktion der Öffentlichkeit schlugen auch seine Parteigänger heftige antiamerikanische Töne an. Die Geschichte der Überlebenden des Eiscamps verselbstständigte sich unter dem Einfluss der Medien und eines auf seine eigenen Interessen bedachten Staatsoberhauptes. Man walzte sie zu einer ruhmreichen Geschichte von unschuldigen Opfern und ihrem heldenhaften Überleben aus. Doch irgendwie wurde dabei unterschlagen, welche Rolle die NUMA bei der wagemutigen Rettung der Überlebenden gespielt hatte.

31

»Jim, haben Sie einen Moment Zeit?«

Vizepräsident James Sandecker, der einen Korridor im Weißen Haus entlangging, drehte sich gerade um und stellte fest, dass ihm der kanadische Botschafter von hinten etwas zugerufen hatte. Botschafter John Davis, ein vornehm wirkender Mann mit buschigen, silbernen Augenbrauen, kam mit missmutiger Miene auf ihn zu.

»Guten Morgen, John«, begrüßte ihn Sandecker. »Was führt Sie so früh am Tag in diese Breiten?«

»Schön, Sie zu sehen, Jim«, erwiderte Davis, dessen Miene sich etwas aufhellte. »Ich musste euren Präsidenten leider von der Empörung meines Landes wegen dieser Geschichte in der Nordwestpassage in Kenntnis setzen.«

»Ich bin gerade zu einer Besprechung mit dem Präsidenten unterwegs, bei der es um dieses Thema geht. Eine traurige Geschichte, diese Sache mit dem Eiscamp, aber man hat mir mitgeteilt, dass wir gar keine Kriegsschiffe in der Gegend haben.«

»Trotzdem ist es eine heikle Angelegenheit. Die Hardliner in unserer Regierung blasen das Ganze über alle Maßen auf.« Er senkte die Stimme, bis er nur noch flüsterte. »Selbst der Premierminister rasselt wegen dieser Sache mit dem Säbel, wenn ich auch weiß, dass er das nur zu seinem eigenen politischen Nutzen tut. Ich befürchte nur, dass irgendeine törichte Eskalation zu weiterem Ungemach führen könnte.« Der düstere Blick aus den grauen Augen des Botschafters verriet Sandecker, dass diese Befürchtung durchaus begründet war.

»Keine Sorge, John, die kühleren Köpfe werden sich durchsetzen. Es steht zu viel auf dem Spiel, als dass wir diese Sache ausarten lassen dürfen.«

Davis nickte müde. »Hoffentlich haben Sie Recht. Hören Sie, Jim, ich möchte mich auf diesem Wege bei Ihrem NUMA-Schiff und seiner Besatzung bedanken. Die Presse hat das vielleicht übersehen, aber sie haben eine bemerkenswerte Rettungstat vollbracht.«

»Ich werde den Dank weitergeben. Bestellen Sie Maggie beste Grüße, und lassen Sie uns demnächst mal wieder segeln gehen.«

»Aber gern. Alles Gute, Jim.«

Ein Mitarbeiter des Weißen Hauses forderte Sandecker auf, ins Oval Office zu kommen, und führte ihn durch den Nordwesteingang hinein. Wie Sandecker feststellte, saßen der Stabschef des Präsidenten, die nationale Sicherheitsberaterin und der Verteidigungsminister um den runden Tisch. Der Präsident stand an einem kleineren Tisch daneben und schenkte sich aus einer alten silbernen Kanne eine Tasse Kaffee ein.

»Darf ich dir auch eine Tasse bringen, Jim?«, fragte Ward. Der Präsident hatte noch immer dunkle Ringe unter den Augen, wirkte aber frischer als bei Sandeckers letztem Besuch.

»Klar, Garner. Ich trinke ihn schwarz.«

Die anderen Regierungsvertreter wirkten entgeistert darüber, dass Sandecker den Präsidenten beim Vornamen anredete, aber das war ihm gleich. Und Ward ebenfalls. Der Präsident reichte Sandecker seinen Kaffee, dann nahm er auf einem goldenen Ohrensessel Platz.

»Du hast dir das Feuerwerk entgehen lassen, Jim«, sagte der Präsident. »Der kanadische Botschafter hat mir wegen dieser beiden Zwischenfälle in der Arktis gerade die Hölle heißgemacht.«

Sandecker nickte. »Ich bin ihm schon auf dem Flur begegnet. Sie nehmen die Sache anscheinend ziemlich ernst.«

»Die Kanadier sind aufgebracht, weil wir Wasser von den Großen Seen ableiten wollen, um die Bewässerungsanlagen unserer Farmen im Mittelwesten zu speisen«, sagte Stabschef Meade. »Außerdem ist es kein Geheimnis, dass die Umfragewerte des Premierministers im Keller sind, und das vor den Parlamentswahlen im Herbst.«

»Wir haben Gründe zu der Annahme, dass es auch darum geht, unsere Erdölunternehmen von der kanadischen Arktis fernzuhalten«, fügte die nationale Sicherheitsberaterin hinzu, eine Blondine namens Moss. »Die Kanadier achten sehr auf die Absicherung ihrer arktischen Öl- und Gasvorkommen, die zusehends bedeutender werden.«

»Angesichts unserer derzeitigen Lage ist es ein denkbar ungünstiger Zeitpunkt, uns die kalte Schulter zu zeigen«, sagte Meade.

»Sie meinen, ein ungünstiger Zeitpunkt *für uns*«, stellte Sandecker fest.

»Da hast du Recht, Jim«, erwiderte der Präsident. »Die Kanadier haben zurzeit sicher ein paar gute Karten in der Hand.«

»Die sie bereits ausspielen«, sagte Moss. »Der Botschafter hat uns mitgeteilt, dass Premierminister Barrett vorhabe, allen unter amerikanischer Flagge fahrenden Schiffen die Benutzung der Seewege in der kanadischen Arktis zu verbieten. Jeder Verstoß wird als Eindringen in die kanadischen Hoheitsgewässer betrachtet und mit den entsprechenden militärischen Gegenmaßnahmen geahndet.«

»Für Fingerspitzengefühl ist der Premierminister nicht zu haben«, bemerkte der Präsident.

»Er ging so weit, den Botschafter andeuten zu lassen, dass die Lieferungen von Öl, Erdgas und mittels Wasserkraft gewonnenem Strom an die USA reduziert werden könnten«, sagte Meade an Sandecker gewandt.

»Die kämpfen mit harten Bandagen«, sagte Sandecker. »Wir beziehen derzeit neunzig Prozent unserer Erdgasimporte aus Kanada. Und ich weiß, dass du bei der Lösung unserer Energieprobleme auf die neuen Vorkommen am Melvillesund hoffst«, fügte er an den Präsidenten gewandt hinzu.

»Wir können es uns nicht leisten, diese Gasimporte zu gefährden«, sagte der Präsident. »Sie sind im Zusammenhang einer Überwindung der Ölkrise und einer Stabilisierung der Wirtschaft äußerst wichtig.«

»Mit seinem Verhalten und vor allem mit dem Herausstreichen der kanadischen Souveränität will der Premierminister Werbung in eigener Sache machen und etwas gegen seine sinkende Popularität unternehmen«, stellte Moss fest. »Er hat schon vor ein paar Jahren die kommerziellen Möglichkeiten der Nordwestpassage aufgegriffen und Kanadas Besitzansprüche darauf untermauert. Das passt gut zu seinem jetzigen Appell an die Traditionalisten des Landes.«

»Durch diese arktischen Rohstoffvorkommen hat er eine Menge Macht«, warf Meade ein.

»Die Russen erheben die gleichen Ansprüche«, sagte Sandecker. »Das Seerechtsübereinkommen der Vereinten Nationen hat dem Aufbau weiterer arktischer Imperien aufgrund territorialer Ansprüche auf den Kontinentalschelf Tür und Tor geöffnet. Wir haben bei diesem Bestreben, unsere Landesgrenzen auszuweiten, ebenso mitgemacht wie die Kanadier, die Russen, die Dänen und die Norweger.«

»Das stimmt«, erwiderte Moss. »Aber unsere möglichen Ansprüche betreffen im Grunde genommen keine kanadischen Gewässer. Es ist die Nordwestpassage, die die ganze Hysterie auslöst. Vermutlich, weil sie den Zugang zu diesen arktischen Ressourcen darstellt und zugleich der wichtigste Transportweg dafür ist.«

»Ich habe allerdings den Eindruck, dass die Kanadier einen durchaus berechtigten Grund haben, die Passage als einen Teil ihrer Hoheitsgewässer zu bezeichnen«, sagte der Präsident.

Der Verteidigungsminister fuhr hoch. Er war wie Sandecker ein ehemaliger Marinemann und hatte eine große Ölfirma geleitet, bevor er in den öffentlichen Dienst gegangen war.

»Mr. President«, sagte er mit tiefer Stimme, »die Vereinigten Staaten haben seit je den Standpunkt vertreten, dass die Nordwestpassage einen internationalen Schifffahrtsweg darstellt. Im Seerechtsübereinkommen, so möchte ich hinzufügen, wird aber auch das Recht auf freie Durchfahrt durch Wasserwege verlangt, die als internationale Schifffahrtswege gelten.«

»Wenn wir davon ausgehen, dass wir Kanada freundschaftlich verbunden sind, warum kümmert es uns dann überhaupt, ob sie die Passage als Hoheitsgewässer beanspruchen?«, fragte der Präsident.

»Weil damit die bisherigen Gepflogenheiten untergraben werden würden, wie sie in der Malakkastraße, der Straße von Gibraltar und im Bab el-Mandeb im Roten Meer gelten«, trug Moss vor. »Diese Wasserwege stehen Handelsschiffen sämtlicher Länder offen, um von der freien Durchfahrt für die Schiffe unserer Marine noch nicht einmal zu sprechen.«

»Den Bosporus und die Dardanellen wollen wir gar nicht erst erwähnen«, fügte Sandecker hinzu.

»In der Tat«, erwiderte Moss. »Wenn wir es bei der Nordwestpassage anders hielten, könnte das die Malaysier rechtlich in die Lage versetzen, den Verkehr durch die Malakkastraße zu überwachen. Es wäre ein zu riskantes Unterfangen.«

»Vergessen Sie die U-Bootflotte nicht«, warf Sandecker ein. »Wir können uns nicht einfach aus der Arktis zurückziehen. Sie ist ein wichtiges Einsatzgebiet.«

»Jim hat völlig Recht«, sagte der Verteidigungsminister. »Wir spielen da oben mit einem russischen Delta ab und zu immer noch Fangen, und jetzt müssen wir uns auch noch Gedanken wegen der Chinesen machen. Die haben gerade eine neue Klasse ballistischer Raketen erprobt, die von U-Booten aus abgeschossen werden und eine Reichweite von bis zu fünftausend Meilen haben. Da ist es nur sinnvoll, wenn sie es den Russen gleichtun und ihre U-Boote unter dem Eis verstecken, um die Erstschlagfähigkeit zu wahren. Mr. President, die Arktis wird auch künftig ein wichtiges Einsatzgebiet zum Zweck unserer Landesverteidigung sein. Wir dürfen nicht zulassen, dass Seewege gesperrt werden, die sich in der Nähe unserer Landesgrenzen befinden.«

Schweigend ging der Präsident zum Ostfenster und blickte auf den Rosengarten. »Ich nehme an, wir können uns nicht einfach zurückziehen. Aber wir müssen das Misstrauen auch nicht weiter schüren. Lassen Sie uns das angekündigte Verbot unsererseits freiwillig für neunzig Tage einhalten. Ich möchte, dass in diesem Zeitraum kein unter amerikanischer Flagge fahrendes Schiff, die U-Boote eingeschlossen, in die Gewässer der kanadischen Arktis vordringt. Das sollte allen Beteiligten die nötige Zeit verschaffen, um sich wieder zu entspannen. Danach lasse ich vom Außenministerium eine Zusammenkunft mit Premierminister Barrett vorbereiten, bei dem man sich vielleicht auf vernünftige nachbarschaftliche Beziehungen einigen kann.«

»Ein ausgezeichneter Vorschlag«, räumte Meade ein. »Ich werde den Außenminister sofort anrufen.«

»Mr. President, da wäre noch etwas anderes«, sagte der Verteidigungsminister. »Ich würde gern ein paar Gegenschlagsmöglichkeiten in Planung geben, falls dies durch den weiteren Verlauf der Ereignisse erforderlich werden sollte.«

»Guter Gott«, rief der Präsident. »Es handelt sich hier um Kanada.«

Niemand sagte etwas, während der Präsident den Verteidigungsminister anfunkelte. »Tun Sie, was Sie tun müssen. Wie ich Sie kenne, haben Sie wahrscheinlich schon einen vollständigen Einmarschplan ausarbeiten lassen.«

Der Verteidigungsminister saß mit versteinerter Miene da, ohne die Vorhaltung des Präsidenten zu dementieren.

»Meiner Meinung nach sollten wir uns darauf konzentrieren festzustellen, wer die Kanadier in Unruhe versetzt und warum«, schaltete sich Sandecker ein. »Was genau wissen wir über die beiden zur Debatte stehenden Vorfälle.«

»Leider nur sehr wenig, da sich beide in abgelegenen Gegenden ereigneten«, erwiderte Moss. »Der erste Zwischenfall ging von einem unter amerikanischer Flagge fahrenden Handelsschiff aus, das einen Kutter der kanadischen Küstenwache rammte. Wir haben von den Kanadiern lediglich erfahren, dass es sich um ein kleines Containerschiff namens *Atlanta* handelte. Die Kanadier dachten, sie könnten sie weiter westlich in der Passage, bei der Somerset-Insel, abfangen, aber das Schiff ist nie wieder aufgetaucht. Sie meinen, dass es möglicherweise gesunken ist, aber unsere Analytiker halten es für möglich, dass es eher in den Atlantik zurückgekehrt sein kann, ohne gesehen zu werden. Im Schiffsregister sind ein Dutzend Schiffe namens *Atlanta* verzeichnet, aber nur eines kommt vom Aussehen und der Größe her infrage. Es liegt seit drei Wochen in Mobile, Alabama, im Trockendock.«

»Vielleicht haben die Kanadier Recht, und es ist aufgrund der Schäden, die es sich bei dem Rammen zugezogen hat, gesunken«, sagte der Präsident. »Ansonsten müssen wir davon ausgehen, dass ein Irrtum bei der Identifikation vorliegt.«

»Schon seltsam, dass es die Passage befahren wollte und dann einfach verschwunden ist«, stellte Sandecker fest. »Was ist eigentlich mit dem Eiscamp in der Beaufortsee? Man hat mir mitgeteilt, dass keines unserer Schiffe in der Nähe war.«

»Ganz recht«, erwiderte Moss. »Die drei Überlebenden des Eiscamps behaupten, sie hätten ein graues Kriegsschiff unter amerikanischer Flagge gesehen, das durch das Lager pflügte. Einer der Männer erkannte die Nummer 54 am Bug des Schiffes. Zufällig ist FFG-54 derzeit auf Station in der Beaufortsee.«

»Eine unserer Fregatten?«

»Ja, die *Ford* aus Everett, Washington. Sie sollte zum Zeitpunkt des Zwischenfalls allerdings ein U-Bootmanöver bei Point Barrow unterstützen, aber das ist über dreihundert Meilen entfernt. Abgesehen davon ist die *Ford* nicht für den Einsatz im Eis geeignet, daher könnte sie gar nicht durch das dicke Packeis pflügen, auf dem sich das Camp befand.«

»Ein weiterer Irrtum bei der Identifikation?«, fragte der Präsident.

»Genaues weiß keiner. Aber so viel Verkehr herrscht in der

Gegend nicht, außerdem tobte zum fraglichen Zeitpunkt ein schwerer Sturm, sodass die Sichtverhältnisse sehr schlecht waren.«

»Wie sieht's mit Satellitenaufnahmen aus?«, fragte Sandecker.

Moss blätterte in einem Ordner, dann entnahm sie ihm einen Bericht.

»Die Satellitenüberwachung dieser Region erfolgt aus ersichtlichen Gründen eher sporadisch. Leider liegen uns über einen Zeitraum von zwölf Stunden vor und nach dem Zwischenfall keinerlei Aufnahmen vor.«

»Wissen wir mit absoluter Sicherheit, dass es nicht die *Ford* war? Könnte das Schiff einen Fehler begangen haben?«, hakte der Präsident nach.

»Nein, Sir«, erwiderte der Verteidigungsminister. »Ich habe vom Pazifikkommando die Positionsmeldungen überprüfen lassen. Die *Ford* befand sich nicht einmal in der Nähe des Eiscamps.«

»Haben wir die entsprechende Auskunft an die Kanadier weitergeleitet?«

»Der Generalstabschef der kanadischen Streitkräfte hat die Unterlagen eingesehen und räumt unter der Hand ein, dass die *Ford* höchstwahrscheinlich nicht verantwortlich war«, erwiderte der Verteidigungsminister. »Aber offen gestanden trauen die Politiker unseren Auskünften nicht. Und angesichts des Nutzens, den sie aus diesem Zwischenfall schlagen konnten, haben sie keinen Grund, jetzt zurückzurudern.«

»Finden Sie diese Schiffe, dann finden wir auch eine Möglichkeit, wie wir aus diesem Schlamassel herauskommen«, stellte der Präsident fest.

Seine Berater schwiegen, wussten sie doch ganz genau, dass die Gelegenheit dazu bereits verstrichen war. Ohne einen direkten Zugang zur kanadischen Arktis bestand nicht einmal die Hoffnung, dass man irgendetwas unternehmen konnte.

»Wir werden tun, was wir können«, versprach der Verteidigungsminister.

Der Stabschef notierte sich die Zeit, dann geleitete er alle Anwesenden aus dem Oval Office, um die nächste Besprechung des Präsidenten vorzubereiten. Als die anderen gegangen waren, trat Ward ans Fenster und blickte auf den Rosengarten.

»Krieg mit Kanada«, murmelte er vor sich hin. »Na, das wäre ja mal ganz was Neues.«

32

Mitchell Goyette blickte aus dem rundum verglasten Büro auf dem Oberdeck seiner Yacht und betrachtete ein Wasserflugzeug, das im Hafen zum Start ansetzte. Die kleine Maschine schwang sich rasch in die Luft, drehte in Richtung Süden ab und umflog die hohen Gebäude, die den Hafen von Vancouver säumten. Der Magnat trank einen Schluck Martini, dann wandte er sich dem dicken Vertragswerk zu, das auf seinem Schreibtisch lag.

»Sind die Bedingungen akzeptabel?«, fragte er.

Der kleine Mann mit den schwarzen Haaren und der dicken Brille, der Goyette gegenübersaß, nickte.

»Die Rechtsabteilung hat alles überprüft und keine Beanstandungen gegen die Änderungen vorgebracht. Die Chinesen waren mit der ersten Probefracht sehr zufrieden und wollen unbedingt weiter beliefert werden.«

»Ohne Preisänderungen und Mengenbeschränkungen?«

»Nein, Sir. Sie haben sich bereiterklärt, pro Jahr fünf Millionen Tonnen Athabasca-Rohbitumen und so viel Erdgas vom Melvillesund abzunehmen, wie wir liefern können, beides zu

Preisen, die zehn Prozent über dem Spotmarkt liegen, vorausgesetzt wir sind mit der langfristigen Laufzeit einverstanden.« Goyette lehnte sich zurück und lächelte. »Unsere hochseetüchtigen Leichter haben bewiesen, dass sie beides in großem Umfang transportieren können. Nächste Woche trifft die fünfte Lieferung unserer Flüssiggastransporter ein. Die ständigen Einnahmen, die wir von den Chinesen beziehen werden, bringen uns ein gutes Stück weiter.«

»Die Gasfunde am Melvillesund versprechen, ziemlich große Gewinne zu bringen. Laut unseren Prognosen können wir mit jeder Fracht nach China Nettoeinnahmen von nahezu fünf Millionen Dollar erzielen. Wenn die Regierung den Verkauf von Erdgas an China nicht einschränkt, sind wir gut positioniert und können deren zunehmenden Energiebedarf nutzen.«

»Durch den Unfalltod der Abgeordneten Finlay müssen wir uns darum allem Anschein nach keine Sorgen mehr machen«, erwiderte Goyette mit einem wissenden Grinsen.

»Da in Folge der Auflagen zur Verminderung des Kohlendioxidausstoßes die Raffinierung der Athabasca-Ölsande zurückgefahren wird, ist der Handel mit den Chinesen auch für Ihre Unternehmen in Alberta lukrativ. Sie werden natürlich mit den Lieferungen von Melville-Erdgas an die Amerikaner in Verzug geraten, zu denen Sie sich gerade vertraglich verpflichtet haben.«

»Die Chinesen zahlen mir zehn Prozent mehr.«

»Der Präsident hat sich darauf verlassen, dass er mit dem von uns gelieferten Erdgas die Energiekrise überwinden kann«, sagte der Anwalt mit warnendem Unterton.

»Ja, und ich soll ihnen mit meinen Vorkommen am Melvillesund helfen«, sagte Goyette lachend. »Aber wir werden den Druck ein bisschen erhöhen.« Seine Augen funkelten mit einem Mal auf. »Lassen wir sie noch ein bisschen im eigenen Saft schmoren, bis sie richtig verzweifelt sind. Dann werden sie nach meiner Pfeife tanzen und meine Preise bezahlen, um über die

Runden zu kommen. Wir lassen von unseren Tankern Gas zu ihnen bringen und auf der Rückfahrt Kohlendioxidabfälle abtransportieren, und für beides verlangen wir Höchstpreise. Natürlich machen wir das erst, nachdem sie einen deutlichen Ausbau unserer Leichterflotte finanziert haben. Denen bleibt gar nichts anderes übrig, als sich darauf einzulassen.« Er verzog den Mund zu einem breiten Grinsen.

»Wegen der politischen Unruhen mache ich mir trotzdem Sorgen. Es gibt Gerüchte über antiamerikanische Verordnungen, die zu weit gehen und sich auf unsere Geschäfte mit China auswirken könnten. Einige fanatische Parlamentsmitglieder sind angeblich bereit, den Amerikanern den Krieg zu erklären.«

»Ich habe keinen Einfluss auf die Dummheit der Politiker. Es war wichtig, die Amerikaner von der Arktis fernzuhalten, solange wir unsere Abbaurechte für Gas, Öl und Mineralien dort ausweiten. Mit dem Fund am Melvillesund hatten wir Glück, aber bislang funktioniert unsere Strategie offenbar ganz gut.«

»Die Geophysiker stehen kurz davor, die entsprechenden Gebiete abzustecken, die rund um das Gasfeld am Melvillesund liegen, dazu noch ein paar andere vielversprechende Standorte. Ich hoffe nur, dass uns der Minister für Natur- und Bodenschätze weiterhin entgegenkommt.«

»Machen Sie sich wegen Minister Jameson keine Gedanken. Er wird alles tun, worum ich ihn bitte. Übrigens, wie lauten die neuesten Nachrichten, was die *Alberta* betrifft?«

»Sie ist ohne jeden Zwischenfall in New York eingetroffen, hat Fracht geladen und befindet sich derzeit auf dem Weg nach Indien. Offenbar hat niemand Verdacht geschöpft.«

»Gut. Lassen Sie sie nach Indonesien fahren und neu streichen, bevor sie nach Vancouver zurückkehrt.«

»Ich werde es veranlassen«, erwiderte der Anwalt.

Goyette lehnte sich zurück und trank einen Schluck. »Haben Sie Marcy gesehen?«

Marcy, eine von einer Handvoll ehemaliger Stripperinnen, die bei Goyette in Lohn und Brot standen, spazierte für gewöhnlich in sehr freizügiger Kleidung auf dem Boot umher. Der Berater schüttelte den Kopf und fasste die Frage als einen Hinweis auf, dass es Zeit war zu gehen.

»Ich teile den Chinesen mit, alles sei unter Dach und Fach«, sagte er, nahm den von Goyette unterzeichneten Vertrag und verließ raschen Schrittes das Büro.

Goyette leerte sein Martiniglas, griff dann zum Schiffstelefon und wollte in seiner Kabine anrufen, als ihn eine vertraute Stimme erstarren ließ.

»Noch einen Drink, Mitchell?«

Goyette drehte sich um und sah Clay Zak, der zwei Martinis in Händen hielt, auf der anderen Seite seines Büros stehen. Er trug eine dunkle Hose, einen graubraunen Rollkragenpulli und war in dem in Erdfarben gehaltenen Büro kaum zu erkennen. Lässig kam er näher, stellte ein Glas vor Goyette hin und nahm dann ihm gegenüber Platz.

»Mitchell Goyette, der König der Arktis, was? Ich muss schon sagen, ich habe Fotos von Ihren hochseetüchtigen Leichtern gesehen und bin ziemlich beeindruckt. Ein hervorragendes Beispiel für hohe Schiffsbaukunst.«

»Sie wurden speziell für diesen Zweck konstruiert«, sagte Goyette, als er die Sprache wiedergefunden hatte. Seine Miene war nach wie vor ungehalten, und er nahm sich vor, ein paar Takte mit seinen Wachleuten zu reden. »Voll beladen können sie gefahrlos durch einen Hurrikan der zweiten Kategorie fahren.«

»Eindrucksvoll«, erwiderte Zak und trank einen weiteren Schluck Martini. »Aber ich nehme an, die Umweltschützer wären enttäuscht, wenn sie wüssten, dass Sie in unberührter Landschaft Bodenschätze abbauen wollen, um mit den Chinesen Geschäfte zu machen.«

»Ich hatte Sie nicht so früh zurück erwartet«, erwiderte

Goyette, ohne auf die Bemerkung einzugehen. »Ist Ihr Projekt in den Vereinigten Staaten erfolgreich verlaufen?«

»In der Tat. Sie hatten Recht, als Sie sich für die Arbeit dieses Labors interessierten. Ich hatte mit Ihrem Maulwurf in dieser Forschungsstätte ein bemerkenswertes Gespräch über künstliche Photosynthese.«

Zak beschrieb Lisa Lanes Arbeit und ihre jüngste Entdeckung in allen Einzelheiten. Goyettes Wut auf Zak ließ allmählich nach, als ihm das ganze Ausmaß von Lanes wissenschaftlichem Durchbruch klar wurde. Er blickte wieder aus dem Fenster.

»Klingt so, als könnten sie für industrielle Bedürfnisse geeignete Anlagen zur Umwandlung von Kohlendioxid bauen, und zwar in beliebiger Zahl«, sagte er. »Trotzdem dürfte es noch Jahre oder Jahrzehnte dauern, bis sie so weit sind.«

Zak schüttelte den Kopf. »Ich bin kein Wissenschaftler, aber nach Aussage unseres Jungen, der daran mitwirkt, ist das nicht der Fall. Er behauptet, der eigentliche Arbeitsvorgang erfordert nur geringe Kapitalmittel. Er ließ durchklingen, dass man innerhalb von fünf Jahren rund um die Großstädte und die wichtigsten Niederlassungen der emissionsverursachenden Industrie Hunderte dieser Anlagen bauen könnte.«

»Aber Sie haben diese Möglichkeit zunichtegemacht?«, fragte Goyette und schaute Zak mit bohrendem Blick an.

Der Killer lächelte. »Keine Toten, erinnern Sie sich? Das Labor und sämtliche Forschungsunterlagen sind hinüber, wie Sie verlangt haben. Aber die Leiterin des Forschungsprojektes ist noch am Leben, und sie kennt die Funktionsweise. Meiner Meinung nach wäre es gut möglich, dass inzwischen noch viel mehr Leute darüber Bescheid wissen.«

Goyette starrte Zak unverwandt an und fragte sich, ob es ein Fehler gewesen war, den Killer diesmal an die Kandare zu nehmen.

»Ihr Maulwurf verhökert das Erfolgsrezept vermutlich an einen Konkurrenten, während wir hier miteinander reden«, fuhr Zak fort.

»Dann wird er nicht mehr lange leben«, erwiderte Goyette. Seine Nasenflügel blähten sich, und er schüttelte den Kopf. »Das könnte für den weiteren Ausbau meiner Kohlendioxid-Sequestrierung das Ende bedeuten. Schlimmer noch, damit könnten die Athabasca-Raffinerien den Betrieb wieder aufnehmen und sogar ausbauen. Das wiederum würde den Preis für Athabasca-Bitumen abstürzen und meinen Vertrag mit den Chinesen hinfällig werden lassen. Ich werde das nicht zulassen!«

Zak lachte über Goyettes Wutausbruch, aus dem die pure Habgier sprach. Er griff in seine Hosentasche, holte einen kleinen, runden Stein heraus und warf ihn über den Schreibtisch. Instinktiv fing ihn Goyette in Brusthöhe auf.

»Mitchell, Mitchell, Mitchell … Sie haben noch immer nicht die ganze Tragweite der Sache begriffen. Wo bleibt der große Umweltschützer, der grüne König, der beste Freund der Ökofreaks?«

»Was plappern Sie da?«

»Sie haben es in der Hand. Ein Mineral namens Ruthenium. Auch bekannt als Katalysator zur künstlichen Photosynthese. Das ist der Schlüssel in dieser ganzen Sache.«

Schweigend betrachtete Goyette den Stein.

»Fahren sie fort«, sagte er barsch.

»Es ist seltener als Gold. Es gibt nur ein paar Stellen auf der Erde, wo das Zeug jemals abgebaut wurde, und diese Abbaustätten sind hinüber. Die Probe stammt aus einem geologischen Lagerhaus in Ontario, und das ist möglicherweise die letzte Quelle, die dieses Zeug überhaupt liefern kann. Ohne Ruthenium gibt es keine künstliche Photosynthese, und damit ist Ihr Problem gelöst. Ich will damit nicht sagen, dass es sich machen lässt, aber derjenige, der über einen entsprechenden Vorrat an Ruthenium verfügt, hat auch ein Mittel gegen die globale Erwärmung in der Hand. Glauben Sie nicht, dass Ihre grünen Freunde Sie vergöttern würden?«

Es war genau das richtige Rezept, um Goyette in seiner Habgier und seinem Machtstreben zu reizen. Zak sah förmlich die Dollarzeichen in seinen Augen aufleuchten, als er sich die Möglichkeiten, die sich ihm damit boten, durch den Kopf gehen ließ.

»Ja.« Goyette nickte begehrlich. »Ja, wir werden den Markt daraufhin erkunden. Ich setze sofort ein paar Leute auf dieses Zeug an.«

Er betrachtete Zak und fragte: »Sie scheinen ja eine Art Bluthund zu sein. Was halten Sie davon, diesem Lagerhaus in Ontario einen Besuch abzustatten und herauszufinden, woher dieses Ruthenium stammt und wie viel davon noch vorrätig ist?«

»Vorausgesetzt, Terra Green kann einen planmäßigen Flug bieten«, erwiderte Zak lächelnd.

»Sie können den Firmenjet nehmen«, knurrte Goyette. »Aber vorher müssen Sie sich noch um eine andere Kleinigkeit kümmern. Anscheinend gibt es in Kitimat ein bisschen Ärger.«

»Kitimat. In das nicht irgendwo in der Nähe von Prince Rupert?«

Goyette nickte und reichte Zak das Fax, das er vom Minister für Natur- und Bodenschätze erhalten hatte. Zak las das Blatt, nickte und trank seinen Martini aus.

»Ich werde mich auf dem Weg nach Ontario darum kümmern«, sagte er, steckte das Fax in die Hosentasche und stand auf. Er ging zur Tür, dann drehte er sich aber noch einmal um.

»Was Ihren Maulwurf in dem Forschungslabor angeht, diesen Bob Hamilton – vielleicht sollten Sie ihm eine ordentliche Prämie für die Hinweise zahlen, die er Ihnen geliefert hat. Sie könnten damit irgendwann gutes Geld verdienen.«

»Vermutlich«, schnaubte Goyette, dann schloss er die Augen

und verzog das Gesicht. »Könnten Sie das nächste Mal bitte anklopfen?«, sagte er.

Als er die Augen wieder aufschlug, war Zak schon längst weg.

33

Die wahrhaft unverwüstlichen Mitglieder des Potomac Yacht Clubs hatten das strahlend schöne Wetter an diesem Sonntagmorgen bereits genutzt und waren mit ihren Booten auf den Fluss hinausgesegelt, als Pitt um neun Uhr den Hauptanlegesteg betrat. Ein übergewichtiger Mann, der eine leere Gasflasche schleppte und in der schwülen Morgenluft heftig schwitzte, kam auf Pitt zugetrottet.

»Entschuldigen Sie«, sagte Pitt, »können Sie mir sagen, wo die *Roberta Ann* liegt?«

Der Fette strahlte, als er den Namen hörte. »Das ist Dan Martins Boot. Sie finden ihn am hintersten Anleger, der dritte oder vierte Liegeplatz. Bestellen Sie ihm, dass Tony seinen Elektrobohrer zurückhaben will.«

Pitt dankte dem Mann und ging zum letzten Anlegesteg, wo er die *Roberta Ann* sofort entdeckte. Sie war ein prachtvolles Segelboot, knapp zwölf Meter lang, in den Dreißigerjahren des vorigen Jahrhunderts aus gefirnisstem Teak und Mahagoni gebaut, das mit einer Unmasse von Messingbeschlägen prunkte, die in der Sonne funkelten. Sie befand sich in tadellosem Zustand und kündete von der Romantik eines anderen Zeitalters. Während er die schnittigen Linien bewunderte, konnte sich Pitt bildlich vorstellen, wie Clark Gable und Carole Lombard darauf im Sternenlicht und mit einer Kiste Champagner an Bord nach

Santa Catalina segelten. Der Eindruck wurde von einer Reihe von Flüchen zerstört, die vom Heck her zu ihm drangen. Pitt ging hin und sah einen Mann, der über die Luke gebeugt war, unter der sich der Hilfsmotor befand.

»Darf ich an Bord kommen?«, rief er.

Der Mann fuhr hoch, und seine unwirsche Miene wurde freundlicher, als er Pitt sah.

»Dirk Pitt. Was für eine freudige Überraschung. Willst du dich über meine Segelkünste lustig machen?«

»Ganz im Gegenteil. Deine *Roberta Ann* ist doch in tadellosem Zustand«, sagte Pitt, stieg an Bord und schüttelte Dan Martin die Hand. Martin, ein tougher Bostoner mit dichten braunen Haaren, schaute Pitt aus elfenblauen Augen an, die vor Heiterkeit funkelten.

»Ich versuche, sie für die Regatta um den Präsidentencup am nächsten Wochenende fertig zu machen, aber der Hilfsmotor treibt mich zum Wahnsinn. Neuer Vergaser, neue Kabel, neue Benzinpumpe, aber trotzdem will er nicht anspringen.«

Pitt beugte sich über die Luke und musterte den Vierzylindermotor.

»Sieht aus wie der Motor eines alten American Austin«, sagte er und meinte damit einen Kleinwagen, der in den Zwanziger- und Dreißigerjahren des vorigen Jahrhunderts gebaut wurde.

»Nicht schlecht. Genau genommen ist es der Motor eines American Bantam. Der zweite Besitzer war Autohändler und hat American Bantams verkauft. Offenbar hat er den ursprünglichen Motor rausgerissen und den Bantam eingebaut. Er ist gut gelaufen, bis ich auf die Idee kam, ihn überholen zu lassen.«

»Ist doch immer so.«

»Darf ich dir ein Bier bringen«, bot Martin an und wischte sich die ölverschmierten Hände an einem Lappen ab.

»Ein bisschen zu früh für mich«, erwiderte Pitt kopfschüttelnd.

Martin öffnete eine in der Nähe stehende Kühlbox und kramte darin herum, bis er eine Flasche Sam Adams fand. Er hebelte den Kronkorken ab, lehnte sich an die Reling und gönnte sich einen tiefen Zug.

»Ich nehme aber an, du bist nicht nur hergekommen, um über Boote zu reden«, sagte er.

»Nein, das ist einfach eine Zugabe«, sagte Pitt grinsend. »Genau genommen, Dan, habe ich mich gefragt, was du über die Explosion im Forschungslabor der George Washington University weißt.«

»Da mich der Direktor der NUMA nicht in meinem Büro anruft, nehme ich an, es handelt sich um eine inoffizielle Anfrage?«

»Völlig inoffiziell«, erwiderte Pitt nickend.

»Weshalb interessiert dich das?« Martin blickte auf seine Bierdose und musterte das Etikett.

»Lisa Lane, die Wissenschaftlerin, deren Labor explodiert ist, ist eine gute Freundin meiner Frau. Ich wollte gerade ins Gebäude gehen und ihr einen Bericht bringen, als der Laden hochgegangen ist.«

»Erstaunlich, dass niemand getötet wurde«, erwiderte Martin. »Aber offenbar war es keine allzu heftige Explosion.«

»Arbeiten deine Leute daran?«

Martin nickte. »Als die Polizei von Washington keine Ursache feststellen konnte, haben sie es als möglichen Terroranschlag bezeichnet und uns hinzugezogen. Wir haben vor ein paar Tagen drei Agenten vorbeigeschickt.«

Dan Martin war Leiter der für inländischen Terror zuständigen Einheit innerhalb der Antiterrorabteilung der Bundespolizei. Wie Pitt hatte auch Martin eine Schwäche für alte Autos und Boote, und er hatte sich mit ihm angefreundet, nachdem er vor ein paar Jahren bei einer Oldtimerparade gegen ihn angetreten war.

»Niemand glaubt also, dass es sich um einen Unfall handelt?«, fragte Pitt.

»Wir können noch nichts Eindeutiges sagen, aber es sieht so aus. Die Ermittler der Polizei haben erst nach einer defekten Gasleitung gesucht, aber das Epizentrum der Explosion war zu weit entfernt von der nächsten Gasleitung. Die Gasleitung des Gebäudes wurde bei der Explosion nicht mal in Mitleidenschaft gezogen, sonst wäre der Schaden viel größer.«

»Das scheint mir darauf hinzudeuten, dass es sich um einen Sprengsatz gehandelt hat, wenn nicht irgendwas im Labor hochgegangen ist.«

Martin nickte. »Man hat mir gesagt, dass sich dort Sauerstoff- und Kohlendioxidflaschen befanden, daher besteht diese Möglichkeit. Aber meine Agenten haben Proben von sämtlichen Rückständen mitgenommen, und wenn wir die untersuchen, müssten wir erfahren, ob fremde Materialien dabei sind, die im Labor nichts zu suchen hatten. Ich rechne damit, dass ich die Ergebnisse morgen auf meinem Schreibtisch habe.«

»Miss Lane nimmt offenbar nicht an, dass die Explosion durch irgendetwas verursacht wurde, das sie ins Labor mitgenommen hat. Weißt du, auf welchem Gebiet sie forscht?«

»Irgendwas Biochemisches, bei dem es um Treibhausgas geht, hat man mir gesagt.«

Pitt erklärte Lisas Versuch, eine künstliche Photosynthese zu ermöglichen und ihre bahnbrechende Entdeckung unmittelbar vor der Explosion.

»Meinst du denn, es könnte ein Zusammenhang mit ihrer Forschungsarbeit bestehen?«, fragte Martin, der sein Bier austrank und die leere Dose in die Kühlbox warf.

»Ich habe keine Beweise, nur einen Verdacht. Du wirst mehr wissen, wenn du feststellst, dass es sich um einen Sprengsatz gehandelt hat.«

»Irgendwelche Verdächtigen?«

Pitt schüttelte den Kopf. »Lane fiel auch niemand ein, der infrage kommen könnte, als ich sie danach gefragt habe.«

»Wenn wir tatsächlich einen Unfall ausschließen können, werden wir Hintergrundermittlungen anstellen und zusehen, ob es nicht irgendwelche persönlichen Motive geben könnte. Aber ich würde auch eine Industriesabotage nicht ausschließen. Vielleicht sind irgendwelche Klagen gegen die GWU anhängig, die uns einen Hinweis geben, wonach wir suchen müssen.«

»Eine Möglichkeit solltet ihr vielleicht überprüfen: Lanes Assistenten, einen gewisser Bob Hamilton. Ich habe auch hier keine Beweise, aber es kam mir seltsam vor, dass er nicht in der Nähe war, als das Labor in die Luft geflogen ist.«

Martin schaute Pitt an und sah etwas in dessen Blick, das ihn beunruhigte. Er kannte Pitt gut genug, um sich darüber im Klaren zu sein, dass er sich nicht mit bloßen Ahnungen oder Hirngespinsten abgab. Wenn er eine Vermutung hatte, dann konnte man sich für gewöhnlich darauf verlassen, dass auch irgendetwas dran war.

»Ich lasse ihn überprüfen«, versprach Martin. »Hast du sonst noch irgendwas auf dem Herzen?«

Pitt nickte und lächelte verschmitzt. »Einen Montagefehler«, sagte er und stieg in den kleinen Motorraum. Dort nahm er den Verteilerdeckel, drehte ihn einmal um hundertachtzig Grad, setzte ihn dann wieder auf und klemmte ihn fest.

»Probier's jetzt mal«, sagte er zu Martin.

Der FBI-Mann ging zum Cockpit des Segelbootes und drückte auf den Anlasserknopf. Der kleine Motor hustete zweimal, dann sprang er aber an und tuckerte wie eine Nähmaschine auf Anabolika. Martin ließ ihn ein paar Minuten lang warm laufen, dann stellte er ihn mit betretener Miene wieder ab.

»Tony will übrigens seinen Bohrer zurückhaben«, erwähnte Pitt noch, als er aufstand und sich zum Gehen anschickte.

Martin lächelte. »Schön, dass du vorbeigeschaut hast, Dirk. Ich sag dir Bescheid, wenn unser Labor irgendwas findet.«

»Ich danke dir. Viel Glück bei der Regatta.«

Als Pitt auf den Anlegesteg stieg, fiel Martin noch etwas ein, und er rief ihm hinterher.

»Ich habe gehört, dass du mit dem Restaurieren deines Auburn fertig bist und damit in der Stadt rumrast. Ich würde ihn gern mal fahren sehen.«

Pitt zog eine gequälte Miene und schüttelte den Kopf. »Ein übles Gerücht, fürchte ich«, sagte er, drehte sich um und ging weg.

34

Das Ergebnis der forensischen Untersuchung der Rückstände, die man im Labor der GWU gefunden hatte, landete am nächsten Morgen um zehn Uhr auf Martins Schreibtisch. Nachdem er sich mit dem Agenten, der die Ermittlungen leitete, beraten hatte, griff Martin zum Telefon und rief Pitt an.

»Dirk, ich habe gerade den vorläufigen Untersuchungsbericht unseres Labors zu den Rückständen am Explosionsherd erhalten. Allerdings kann ich dir leider keine Kopie überlassen.«

»Ich verstehe«, erwiderte Pitt. »Kannst du mir einen groben Überblick geben.«

»Du hattest völlig Recht. Unsere Labortechniker sind sich so gut wie sicher, dass es sich um einen Sprengsatz handelte. Sie haben im ganzen Raum Spuren von Nitroglyzerin gefunden.«

»Ist das nicht der explosive Bestandteil von Dynamit?«

»Ja, so wird es gelagert, in den bekannten Dynamitstäben.

Kein Hightech, aber es ist ein starker Sprengstoff, der einen üblen Rums auslösen kann.«

»Mir war gar nicht klar, dass das Zeug noch hergestellt wird.«

»In der Industrie besteht nach wie vor eine starke Nachfrage danach, vor allem im Bergbau.«

»Gibt es nicht irgendeine Möglichkeit, die Herkunft festzustellen?«

»Es existieren nur eine Handvoll Hersteller, und alle verwenden eine etwas andere Zusammensetzung, daher liegen in der Tat eindeutige Erkennungsmöglichkeiten vor. Das Labor hat die Spuren bereits einem Hersteller in Kanada zuordnen können.«

»Das grenzt die Sache etwas ein.«

»Stimmt, aber möglicherweise ist das auch eine Sackgasse. Wir schicken ein paar Agenten rauf, die in der Firma vorsprechen und die Verkaufsunterlagen einsehen werden, aber ich würde mir da keine allzu großen Hoffnungen machen. Könnte sein, dass der Sprengstoff einem Bergbaukunden gestohlen wurde, der nicht mal bemerkt hat, dass das Zeug fehlt. Ich hoffe bloß, dass das nicht der Anfang einer ganzen Serie von Bombenanschlägen ist.«

»Ich wette dagegen«, sagte Pitt. »Ich glaube, dass man es ganz gezielt auf Lanes Forschungen abgesehen hatte.«

»Vermutlich hast du Recht. Man hat noch etwas gefunden, das deine Vermutung stützt. Unsere Sprengstoffspezialisten haben festgestellt, dass sich das Nitroglyzerin in einem Pappkarton befand. Da dabei keine Splitter herumfliegen wie bei einer Rohrbombe, die leicht jemanden töten oder verstümmeln können, hat sich unser Bombenleger also etwas zurückgehalten. Ich habe den Eindruck, dass bei der Explosion niemand umkommen *sollte*, mit Sicherheit aber wollte er kein Blutbad anrichten.«

»Wie gnädig«, erwiderte Pitt. »Doch ich nehme an, eure Arbeit hat erst angefangen.«

»Ja, aufgrund der Untersuchungsergebnisse werden wir umfassende Ermittlungen anstellen. Wir reden mit jedem, der sich in dem Gebäude aufgehalten hat. Dann können wir nur hoffen, dass jemand irgendetwas oder irgendjemanden gesehen hat, das oder der dort nicht hingehörte, und das wird uns weitere Hinweise liefern.« Martin wusste, dass Sprengstoffanschläge sehr mühsame Ermittlungen nach sich zogen und oft nur schwer aufzuklären waren.

»Danke für die Information, Dan, und viel Glück. Falls ich irgendwas erfahre, sag ich dir Bescheid.«

Pitt legte auf und ging den Flur entlang zu einer Besprechung wegen der Hurrikan-Warnbojen, die die NUMA im Golf von Mexiko ausgebracht hatte. Anschließend sagte er alle Nachmittagstermine ab und verließ die Zentrale. Die Explosion im Labor der GWU ließ ihm keine Ruhe, und sosehr er es auch versuchte, er wurde das Gefühl doch nicht los, dass hier etwas Ernstes im Gang war.

Er fuhr zum Georgetown University Hospital und hoffte, dass Lisa noch nicht entlassen worden war. Sie lag in ihrem Zimmer im ersten Stock und hatte einen untersetzten Mann in einem dreiteiligen Anzug bei sich. Der Mann stand von einem Stuhl in der Ecke auf und musterte Pitt mit funkelndem Blick, sobald er eintrat.

»Ist schon gut, Agent Bishop«, sagte Lisa vom Bett aus. »Das ist Dirk Pitt, ein Freund von mir.«

Der FBI-Agent nickte, ohne eine Gemütsregung zu zeigen, verließ dann das Zimmer und stellte sich auf den Flur.

»Können Sie das fassen?«, sagte Lisa, nachdem sie Pitt begrüßt hatte. »Das FBI hat mich den ganzen Tag lang ausgefragt, und jetzt wollen sie mich nicht mal mehr allein lassen.«

»Die müssen eine Schwäche für hübsche Biochemikerinnen haben«, erwiderte Pitt mit einem freundlichen Grinsen. Insgeheim war er aber dankbar für die Bewachung, außerdem bestätigte sie ihm, dass Martin die Sache ernst nahm.

Lane errötete bei der Bemerkung. »Loren hat vor kurzem angerufen, aber sie hat nichts davon gesagt, dass Sie vorbeikommen.«

»Ich habe mir etwas Sorgen um Sie gemacht, als ich von den Ermittlungen des FBI erfahren habe«, sagte er.

Er bemerkte, dass Lisa im Großen und Ganzen schon wieder besser aussah. Sie hatte etwas Farbe bekommen, die Augen waren klar und die Stimme kräftig. Aber das Gipsbein und die Schulterschlinge deuteten darauf hin, dass es noch eine Weile dauern dürfte, bis sie wieder Twister spielen konnte.

»Was ist eigentlich los? Man hat mir nicht das Geringste verraten«, sagte sie und warf ihm einen flehentlichen Blick zu.

»Man nimmt an, dass möglicherweise ein Sprengsatz hochgegangen ist.«

»Ich dachte mir schon, dass Sie darauf hinauswollten«, sagte sie flüsternd. »Ich kann nur nicht glauben, dass es stimmen soll.«

»Offenbar hat man in Ihrem Labor Sprengstoffrückstände gefunden. Ich weiß, dass das schwer nachzuvollziehen ist. Haben Sie irgendwelche Feinde, persönlich oder beruflich, die Ihnen Übles wollen?«

»Ich bin das alles mit den FBI-Agenten heute Morgen schon durchgegangen«, sagte sie kopfschüttelnd. »Ich kenne keine Menschenseele, die sich so etwas auch nur vorstellen könnte. Und ich weiß, dass das auch für Bob gilt.«

»Wäre es möglich, dass der Sprengstoff einfach so in Ihr Labor gebracht wurde, vielleicht von einem Verrückten, der Zoff mit der Universität hat?«

»Das ist jedenfalls das Einzige, was auch mir einfällt. Aber Bob und ich schließen das Labor immer ab, wenn niemand drin ist.«

»Es gibt noch eine andere Möglichkeit«, warf Pitt ein. »Meinen Sie, ein Konkurrent könnte sich durch die Ergebnisse Ihrer Forschung bedroht vorkommen?«

Lisa dachte einen Moment lang über die Frage nach. »Möglich wäre es vermutlich. Ich habe Arbeiten veröffentlicht, die sich auf meine Forschungen im Allgemeinen bezogen haben, und sie haben weitreichende Auswirkungen. Aber Tatsache ist, dass nur Sie, Loren und Bob etwas von meinem Durchbruch mit dem Katalysator wussten. Niemand anders hat davon erfahren. Es scheint mir kaum vorstellbar zu sein, dass jemand so schnell reagieren kann, falls man tatsächlich etwas von der Entdeckung erfahren haben sollte.«

Pitt schwieg, als Lisa einen Moment lang aus dem Fenster blickte.

»Ich bin der Meinung, dass eine funktionierende künstliche Photosynthese nur Nutzen bringt. Ich meine, wem könnte durch eine Reduzierung von Treibhausgasen Schaden entstehen?«

»Wenn Sie das beantworten können, haben wir einen Verdächtigen«, sagte Pitt. Er betrachtete den Rollstuhl, der auf der anderen Seite des Betts stand. »Wann lässt man Sie hier raus?«

»Der Arzt sagt, höchstwahrscheinlich morgen Nachmittag. Meinetwegen kann es nicht schnell genug gehen. Ich möchte wieder arbeiten und meine Entdeckung publizieren.«

»Können Sie denn das Versuchsergebnis darstellen?«, fragte Pitt.

»Im Prinzip ist alles noch da oben«, sagte sie und tippte sich mit dem Finger an den Kopf. »Ich muss mir allerdings ein paar Laborgeräte borgen, um ein paar Sachen noch mal zu dokumentieren. Vorausgesetzt natürlich, dass die Bergbaugenossenschaft von Ontario eine weitere Rutheniumprobe liefern kann.«

»Beziehen Sie das Mineral von dort?«

»Ja. Es ist sehr teuer. Das Zeug wird möglicherweise noch mein Untergang.«

»Sie sollten jetzt doch auch etwas mehr Forschungsgelder bekommen können, würde ich meinen.«

»Es geht nicht nur um die Kosten des Rutheniums, es muss auch erhältlich sein. Bob sagt, es sei fast unmöglich, welches zu finden.«

Pitt dachte einen Moment lang nach, dann lächelte er Lisa an.

»Keine Sorge, alles wird klappen. Ich sollte Sie nicht mehr länger bei Ihrer Genesung stören. Rufen Sie jederzeit an, wenn Sie jemanden brauchen, der Ihren Rollstuhl schiebt.«

»Danke, Dirk. Sie und Loren waren so lieb zu mir. Sobald ich wieder laufen kann, lade ich Sie beide zum Essen ein.«

»Ich kann's kaum erwarten.«

Pitt ging zu seinem Auto und stellte fest, dass es kurz vor halb sechs war. Auf eine leise Ahnung hin rief er Loren an und erklärte ihr, dass er sich verspäten werde, dann kehrte er zum NUMA-Gebäude zurück, fuhr mit dem Aufzug in den zehnten Stock und begab sich in die Computerzentrale. Dort befand sich eine eindrucksvolle Reihe modernster Rechner und Speicherkapazitäten, die eine weltweit unübertroffene Menge an Daten über sämtliche Ozeane verarbeiteten und verwalteten, darunter Angaben zu Strömungsverhältnissen, Gezeiten und Witterungsbedingungen aus jedem größeren Gewässer rund um den Globus, wo sie von Bojen ermittelt und über Satelliten in Echtzeit in die Zentrale gesendet wurden. Außerdem waren in den Computern Unmassen von Forschungsmaterial über Ozeanografie und Meeresbiologie erfasst, sodass man jederzeit Zugang zu den neuesten Forschungsergebnissen hatte.

Pitt sah einen Mann mit Pferdeschwanz an einer großen Konsole sitzen und mit einer attraktiven Frau streiten, die ein paar Schritte vor ihm stand. Hiram Yeager war der Schöpfer der Computerzentrale der NUMA und ein ausgewiesener Experte in Sachen Datenverarbeitung. Trotz seiner ausgefallenen Kleidung, eines kunterbunten T-Shirts, Jeans und Cowboystiefel, war er ein hingebungsvoller Familienvater, der seine beiden halbwüchsigen Töchter abgöttisch liebte. Pitt wusste, das Yeager immer das Frühstück für seine Frau und die Töchter machte, sich nachmittags des Öfteren zu Fußballspielen und Konzertveranstaltungen davonstahl und die verlorene Zeit abends nachholte.

Als Pitt zu ihm ging, bewunderte er wie immer die Frau, mit der sich Yeager stritt, war sie doch ein Hologramm, das bemerkenswert lebensecht wirkte. Yeager hatte die holographische Frauengestalt, die seiner Frau nachempfunden war und liebevoll Max genannt wurde, höchstpersönlich als Computerinterface entworfen, über das er Zugang zu seinem großen Netzwerk hatte.

»Mr. Pitt, können Sie Hiram bitte aufklären«, sagte Max, die sich an Pitt wandte. »Er will mir nicht glauben, dass die Handtasche einer Frau zu ihren Schuhen passen sollte.«

»Wenn Sie es sagen. Ihnen vertraue ich doch immer«, erwiderte Pitt mit einem Nicken.

»Danke. Da hast du es«, sagte sie und wandte sich wieder an Yeager.

»Ist ja gut«, erwiderte Yeager und hob die Hände. »Du bist mir eine schöne Hilfe auf der Suche nach einem Geburtstagsgeschenk für meine Frau.«

Yeager drehte sich zu Pitt um. »Ich hätte sie niemals so programmieren dürfen, dass sie sich auch noch wie meine Frau streiten kann«, sagte er kopfschüttelnd.

Pitt setzte sich zu ihm. »Du wolltest sie doch so lebensecht wie nur möglich haben«, gab er lachend zurück.

»Willst du noch etwas anderes mit mir bereden als Damenmode?«, fragte er.

»Eigentlich möchte ich, dass mir Max bei ein paar mineralogischen Fragen hilft.«

»Ein sehr willkommener Themenwechsel«, erwiderte Max, die Yeager einen hochnäsigen Blick zuwarf. »Ich helfe Ihnen mit Vergnügen, Direktor. Was möchten Sie denn wissen?«

»Zunächst mal: Was können Sie mir über das Mineral Ruthenium sagen?«

Max schloss für einen Moment die Augen, dann legte sie los. »Ruthenium ist ein silbrig-weißes Übergangsmetall aus der Platingruppe, das wegen seiner Härte bekannt ist. Es ist das fünfundvierzigste Element und trägt das Symbol Ru. Der Name stammt vom lateinischen Wort *rus*, aus dem sich auch Russland ableitet. Ein russischer Pharmazeut und Chemiker namens Karl Ernst Claus entdeckte es im Jahr 1844.«

»Wozu wird dieses Mineral gebraucht oder hauptsächlich verwendet?«, fragte Pitt.

»Seine Eigenschaften als Härtemittel, vor allem in Verbindung mit anderen Elementen wie zum Beispiel Titan, wurden in der Industrie sehr geschätzt. Durch Engpässe bei der Beschaffung kam es in jüngster Zeit allerdings zu starken Preissteigerungen, durch die Hersteller gezwungen waren, auf andere Stoffe umzusteigen.«

»Wie teuer kann es sein?«, fragte Yeager.

»Es ist eines der seltensten Mineralien, die man auf der Erde findet. Die jüngsten Spotmarktpreise lagen bei über zwölftausend Dollar pro Unze.«

»Wow«, rief Yeager. »Das ist ja zehnmal so teuer wie Gold. Ich wünschte, ich hätte eine Rutheniummine.«

»Hiram regt uns da zu einer guten Frage an«, sagte Pitt. »Wo wird das Zeug abgebaut?«

Max runzelte einen Moment lang die Stirn, während ihre Computerprozessoren die Dateien durchforsteten.

»Das Angebot ist derzeit sehr unsicher. Im letzten Jahrhundert kam Ruthenium überwiegend aus dem Ural und aus Südafrika. In einem einzigen Bergwerk in Bushveld, Südafrika, wurden annähernd zehn Tonnen pro Jahr abgebaut, aber der Ertrag erreichte in den 1970er-Jahren seinen Höhepunkt und sank bis zum Jahr 2000 auf annähernd null. Trotz der Preissteigerung hat man die Produktion nicht wieder aufgenommen.«

»Mit anderen Worten, die Minen sind erschöpft«, warf Pitt ein.

»Ja, ganz recht. In dieser Region wurden seit über vierzig Jahren keine bedeutenden Vorkommen mehr gefunden.«

»Bleiben immer noch die Russen übrig«, sagte Yeager.

Max schüttelte den Kopf. »Das russische Ruthenium kam aus zwei benachbarten Minen im Wissimtal. Die Produktion erreichte in den 1950er-Jahren ihren Höhepunkt. Vor mehreren Jahren wurden beide Bergwerke durch einen schweren Erdrutsch verschüttet. Danach gaben die Russen diese Standorte auf und ließen verlauten, dass es viele Jahre dauern würde, bis man die Minen wieder in Betrieb nehmen könne.«

»Kein Wunder, dass der Preis so hoch ist«, sagte Yeager. »Warum interessierst du dich so für das Mineral, Dirk?«

Pitt berichtete von Lisa Lanes Entdeckung im Zusammenhang mit der künstlichen Photosynthese, von der Rolle, die Ruthenium dabei als Katalysator spielte, und er erzählte Yeager von der Explosion im Labor. Yeager stieß einen leisen Pfiff aus, als ihm die Auswirkungen klar wurden.

»Damit dürfte ein nichtsahnender Minenbesitzer zu einem reichen Mann werden«, sagte er.

»Nur, wenn das Zeug gefunden wird«, erwiderte Pitt. »Was mich zu der Frage bringt, Max: Wo könnte ich eine größere Menge Ruthenium kaufen?«

Max blickte zur Decke. »Mal sehen … es gibt ein, zwei auf wertvolle Rohstoffe spezialisierte Makler an der Wall Street, die Ihnen zu Investitionszwecken etwas verkaufen würden, aber die verfügbaren Mengen sind nur gering. Ich finde lediglich eine kleine Platinmine in Südamerika, die es als ein Nebenprodukt verkauft, das aber weiterverarbeitet werden muss. Die derzeit bekannten Vorräte scheinen eher dürftig zu sein. Die einzige andere bekannte Quelle ist die Bergbaugenossenschaft von Ontario, die eine begrenzte Menge hochwertigen Rutheniums auflistet, das in Troyunzen verfügbar ist.«

»Von dieser Genossenschaft hat Lisa ihre Probe bezogen«, stellte Pitt fest. »Was können Sie mir sonst noch dazu sagen?«

»Die Bergbaugenossenschaft vertritt selbstständige Bergwerksbetreiber aus ganz Kanada und fungiert als Großhändler für geschürfte Erze. Die Zentrale befindet sich in der Stadt Blind River in Ontario.«

»Danke, Max. Sie sind wie immer eine große Hilfe gewesen«, sagte Pitt. Anfangs war ihm nicht ganz wohl dabei gewesen, mit einem per Computer generierten Hologramm zu sprechen, doch das hatte er schon vor langem überwunden, und mittlerweile hatte er ebenso wie Yeager fast das Gefühl, dass Max eine reale Person war.

»Ist mir stets ein Vergnügen«, erwiderte Max mit einem Nicken. Dann wandte sie sich an Yeager und mahnte ihn: »Vergiss nicht meinen Rat bezüglich deiner Frau.«

»Wiedersehen, Max«, erwiderte Yeager und tippte per Keyboard einen Befehl. Im nächsten Moment war Max verschwunden. Yeager wandte sich an Pitt.

»Ein Jammer, dass die Entdeckung deiner Freundin womöglich umsonst war, wenn kein Ruthenium verfügbar ist.«

»Da derart viel davon abhängt, wird sich schon eine Quelle finden lassen«, sagte Pitt voller Zuversicht.

»Wenn dich deine Ahnung, was die Explosion in dem Labor angeht, nicht trügt, dann weiß auch noch jemand anders, wie selten das Metall ist.«

Pitt nickte. »Genau das befürchte ich. Wenn man bereit ist, jemanden umzubringen, um weitere Forschungen zu verhindern, dann ist man vermutlich auch bereit, um der Marktherrschaft willen die verbliebenen Vorräte in seinen Besitz zu bringen.«

»Wie willst du also weiter vorgehen?«

»Das gibt's nur eine Möglichkeit«, sagte er. »Die Bergbaugenossenschaft von Ontario. Mal sehen, wie viel Ruthenium sich tatsächlich auf dem Planeten findet.«

ZWEITER TEIL

SCHWARZES KOBLUNA

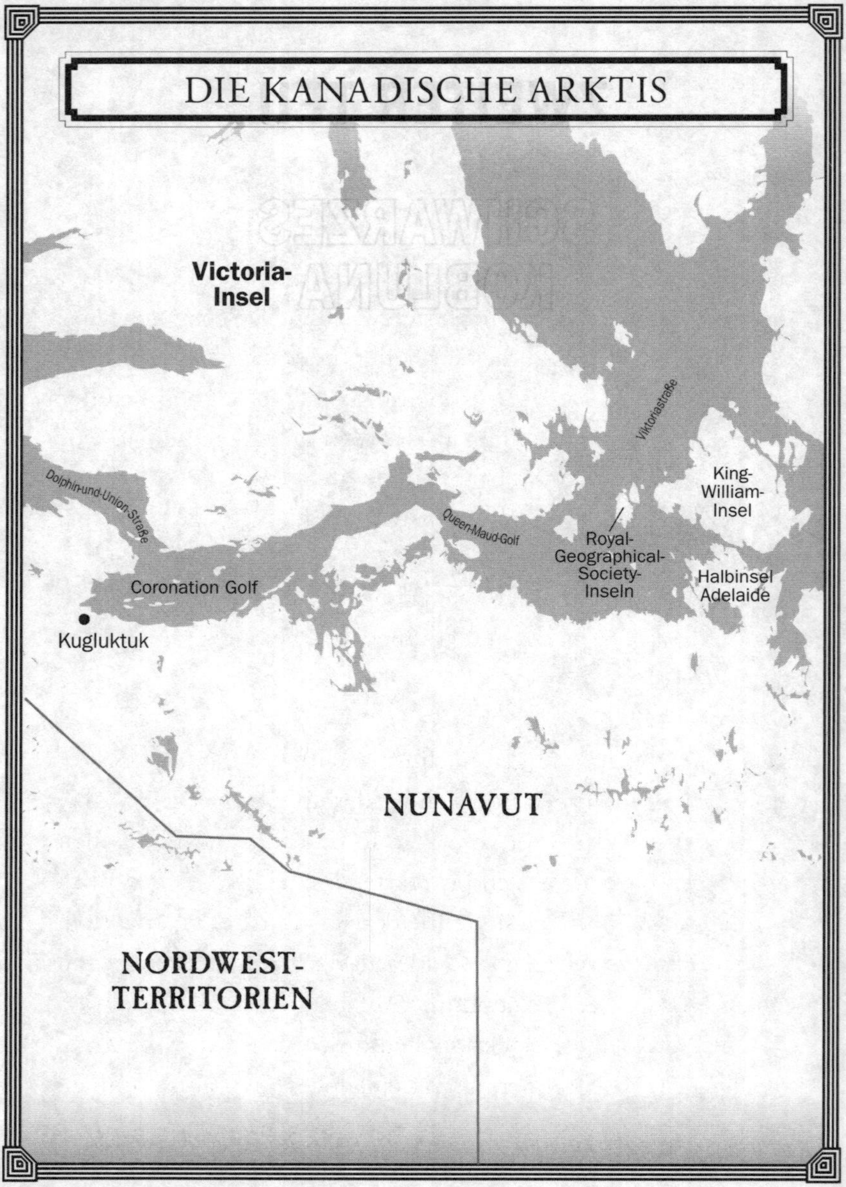
DIE KANADISCHE ARKTIS
Victoria-
Insel
Viktoriastraße
King-
William-
Insel
Dolphin-und-Union-Straße
Queen-Maud-Golf
Royal-
Geographical-
Society-
Inseln
Halbinsel
Adelaide
Coronation Golf
Kugluktuk
NUNAVUT
NORDWEST-
TERRITORIEN

35

Summer wartete am Anlegesteg, als sie Trevors Boot entdeckte, das durchs Hafenbecken tuckerte. Sie trug einen eng anliegenden, safrangelben Pulli, der ihre offen über die Schultern hängenden roten Haare gut zur Geltung brachte. Der Blick ihrer grauen Augen wurde sanfter, als das Boot näher kam und Trevor sich aus dem Ruderhaus beugte und winkte.

»Fährst du in meine Richtung, Seemann?«, fragte sie grinsend.

»Eigentlich nicht, jetzt aber schon«, erwiderte er mit einem beifälligen Blick. Er reichte Summer die Hand, als sie ins Boot stieg.

»Wo ist Dirk?«, fragte er.

»Er hatte heute Morgen noch Kopfschmerzen, deshalb hat er ein Aspirin genommen und sich wieder ins Bett gelegt.«

Trevor stieß das Boot vom Pier ab und fuhr am städtischen Kai vorbei, bevor er in den Hafen steuerte. Hätte er einen Blick auf den kleinen, unbefestigten Parkplatz am Anleger geworfen, so wäre ihm ein elegant gekleideter Mann aufgefallen, der in einem braunen Jeep saß und ihre Abfahrt beobachtete.

»Hast du deine Inspektion heute Morgen hinter dich gebracht?«, fragte Summer, als sie ein hoch mit Baumstämmen beladenes Schiff passierten.

»Ja. Die Aluminiumhütte will den Hof, über den die Lieferungen eingehen, etwas ausbauen. Und bei einer solchen Maßnahme ist ein Gutachten über mögliche Auswirkungen auf die

Umwelt obligatorisch.« Er blickte Summer mit einem schiefen Grinsen an. »Ich war ganz erleichtert, dass mich heute Morgen nicht die Polizei an meinem Boot erwartet hat.«

»Ich bezweifle, dass dich in der Anlage von Terra Green jemand gesehen hat. Höchstwahrscheinlich hängt man ein Fahndungsplakat von Dirk und mir am Postamt von Kitimat auf«, erwiderte sie mit einem etwas gezwungenen Lachen.

»Ich bin mir sicher, dass die Wachleute der Anlage keine Anzeige bei der Polizei erstatten werden. Immerhin müssen sie davon ausgehen, dass sie für Dirks Tod verantwortlich sind.«

»Es sei denn, eine Überwachungskamera hat dich dabei gefilmt, wie du ihn aus dem Wasser gezogen hast.«

»In diesem Fall stecken wir alle ein bisschen in der Bredouille.« Er drehte sich um und warf Summer einen besorgten Blick zu. »Vielleicht wäre es besser, wenn ihr euch in der Stadt etwas bedeckt hieltet. Eine große, hinreißende Rothaarige fällt in Kitimat auf.«

Statt zu erröten trat Summer einen Schritt näher und schaute Trevor in die Augen. Er ließ das Ruderrad des Bootes los, legte ihr die Arme um die Taille und zog sie an sich. Dann erwiderte er ihren Blick und küsste sie lange und leidenschaftlich.

»Ich möchte nicht, dass dir etwas passiert«, flüsterte er.

Der Steuermann eines kleinen Frachters, der in Gegenrichtung an ihnen vorbeifuhr, sah die Umarmung und betätigte die Schiffssirene. Trevor hob eine Hand, winkte dem Frachter lässig zu und übernahm wieder das Ruder, ließ die andere aber um Summers schmaler Taille, während er den Douglas Channel hinabfuhr.

Das türkisfarbene NUMA-Boot lag noch immer dort, wo sie es zurückgelassen hatten, und Summer brachte es rasch in Gang. Auf dem Rückweg nach Kitimat lieferten sich die beiden Boote ein spielerisches Wettrennen, umfuhren die Anlage von Terra Green in weitem Bogen und ohne jeden Zwischenfall. Sie hatten gerade am städtischen Kai angelegt, als Dirk den Pier entlanggeschlendert kam. Er ging langsam und trug eine Baseballkappe über dem Verband um seinen Schädel.

»Was macht der Kopf?«, fragte Trevor.

»Dem geht's besser«, erwiderte Dirk. »Fühlt sich nicht mehr an, als ob er zerspringt, sondern nur noch, als würde er mit einem Vorschlaghammer bearbeitet werden. Die Glocken schlagen aber noch immer laut und deutlich.«

Summer vertäute das NUMA-Boot und trat dann mit einem dicken Koffer zu den beiden Männern.

»Bist du bereit zu arbeiten?«, fragte sie.

»Die Wasserproben«, sagte Trevor.

»Ja, die Wasserproben«, erwiderte sie und hob den Koffer mit dem Wasseruntersuchungsgerät der Stadt Kitimat.

Sie stieg an Bord von Trevors Boot und half die Wasserproben einzusammeln, die er in der Nacht zuvor entnommen hatte. Dirk und Trevor setzten sich auf die Bordwand, als Summer den Koffer öffnete und den Säuregehalt der Proben überprüfte.

»Der pH-Wert liegt bei 8,1«, sagte sie nach der Untersuchung der ersten Probe. »Der Säuregehalt liegt nur knapp über dem Wert der umliegenden Gewässer.«

Sie untersuchte erst ihre sämtlichen Wasserproben, dann die von Trevor. Die Ergebnisse waren nahezu gleich. Als sie das letzte Reagenzglas überprüft hatte, blickte sie bedröppelt auf.

»Der pH-Wert liegt wieder bei 8,1. Seltsam, aber das Wasser rund um die Anlage von Terra Green weist keinen abnormalen Säuregehalt auf.«

»Das war's dann mit unserer Theorie, dass die Anlage Kohlendioxid ablässt«, sagte Trevor.

»Einen goldenen Stern für Mitchell Goyette«, sagte Dirk sarkastisch.

»Ich frage mich bloß, was es mit dem Tanker auf sich hat«, sagte Summer.

Trevor warf ihr einen verständnislosen Blick zu.

»Wir wurden abgelenkt und konnten es nicht beweisen, aber Dirk und ich waren der Meinung, dass der Tanker CO_2 aufnimmt, statt es zu löschen.«

»Das ergibt keinen Sinn, es sei denn, die transportieren es zu einer anderen Sequestrierungsanlage. Oder entsorgen es auf See.«

»Bevor wir den Tanker um die halbe Welt verfolgen, sollten wir uns meiner Meinung nach noch mal an der Stelle umsehen, wo wir den extremen Säuregehalt im Wasser gemessen haben«, sagte Summer. »Und das ist die Hecate-Straße. Wir haben die nötige Ausrüstung für eine Untersuchung«, fügte sie hinzu und deutete auf das NUMA-Boot.

»Richtig«, pflichtete Dirk bei. »Wir sollten uns den Meeresboden bei Gil ansehen. Dort muss eine Erklärung zu finden sein.«

»Könnt ihr bleiben und die Sache untersuchen?«, fragte Trevor mit hoffnungsvollem Unterton.

Dirk schaute Summer an. »Ich habe einen Anruf aus Seattle bekommen. Sie brauchen das Boot bis Ende der Woche für einen Auftrag im Puget-Sund. Wir können noch zwei Tage bleiben, dann müssen wir uns aber auf die Socken machen.«

»Damit haben wir genügend Zeit, um einen Gutteil der Gegend rund um Gil zu untersuchen«, sagte Summer. »Wir sollten morgen in aller Frühe aufbrechen. Kommst du mit, Trevor?« Jetzt war sie diejenige, die ihm einen hoffnungsvollen Blick zuwarf.

»So was lasse ich mir doch nicht entgehen«, erwiderte er fröhlich.

Als sie den Pier gemeinsam verließen, fuhr der braune Jeep mit dem Aufkleber einer Mietwagenfirma langsam auf der angrenzenden Straße vorbei. Der Fahrer hielt kurz an einer Stelle, an der er freie Sicht auf den städtischen Kai und den Hafen hatte. Clay Zak, der am Steuer saß, musterte durch die Windschutzscheibe die beiden Boote, die dort hintereinander vertäut waren. Dann nickte er kurz und fuhr langsam weiter.

36

Als Trevor am nächsten Morgen gegen sieben Uhr zum Kai kam, legten Dirk und Summer bereits das Sonargerät am Achterdeck bereit. Er nutzte die Gelegenheit und gab Summer einen raschen Kuss, solange Dirk damit beschäftigt war, eine Zugtrosse aufzurollen, dann zog er eine kleine Kühlbox an Bord.

»Ich hoffe doch, dass alle Räucherlachs zum Mittagessen vertragen«, sagte er.

»Ich würde sagen, das ist weit besser als Dirks Erdnussbutter und Dillgurken«, erwiderte Summer.

»Du brauchst dir keine Sorgen zu machen, dass er schlecht wird«, versetzte Dirk. Er ging ins Ruderhaus, ließ den Bootsmotor an und kehrte dann aufs Achterdeck zurück.

»Ich muss noch tanken, bevor wir auslaufen«, teilte er mit.

»Hinter der Biegung befindet sich ein Treibstoffpier«, erwiderte Trevor. »Dort ist das Benzin ein bisschen billiger als im städtischen Yachthafen.« Er dachte einen Moment lang nach. »Ich habe auch nicht mehr allzu viel Sprit. Fahr mir einfach hinterher, dann können wir mein Boot auf dem Weg zum Kanal dort liegen lassen.«

Dirk nickte, woraufhin Trevor auf den Kai sprang und zu seinem Boot schlenderte. Er schloss die Tür zum Ruderhaus auf, ließ dann den Diesel an und horchte auf das tiefe Tuckern im Leerlauf. Als er auf die Benzinuhr schaute, bemerkte er eine Sonnenbrille auf dem Armaturenbrett, die Summer vergessen hatte. Er blickte hoch und sah, wie sie die Vertäuleinen des NUMA-Bootes gerade löste, schnappte sich die Brille, sprang vom Boot und rannte den Kai entlang.

»Willst du die hübschen grauen Augen nicht schützen?«, fragte er.

Summer warf die Bugleine an Bord, blickte dann auf und sah Trevor mit ihrer Sonnenbrille in der ausgestreckten Hand dastehen. Sie schaute einen Moment lang zum Himmel und betrachtete die dichte Wolkendecke, bevor sie mit ihm auf Blickkontakt ging.

»Ein bisschen übertrieben für heute, aber danke, dass du sie nicht einfach … geklaut hast.«

Sie streckte die Hand aus und nahm die Sonnenbrille, als plötzlich ein heftiger Knall hinter ihnen ertönte. Im nächsten Moment wurden sie von einer gewaltigen Druckwelle erfasst, die sie zu Boden warf, und ein Splitterregen pfiff über ihre Köpfe hinweg. Trevor fiel auf Summer und beschützte sie vor den Trümmern, wurde dabei aber selbst von etlichen kleineren Holz- und Glasfaserstücken am Rücken getroffen.

Ein auf fünf Minuten Verzögerung eingestellter Zeitzünder, der an vier Dynamitstangen angebracht und an den Zündschalter von Trevors Boot angeschlossen war, hatte das Inferno verursacht. Die Explosion riss das ganze Heck des kanadischen Bootes ab und legte das Ruderhaus flach. Rasch versank das Heck, doch der beschädigte Bug hielt sich störrisch über Wasser und ragte, von der Vertäuleine gehalten, immer steiler auf.

Dirk stand im Ruderhaus seines Bootes, als die Bombe hochging, und wurde darum nicht von herumfliegenden Trümmern erwischt. Er stürmte sofort auf den Kai und zu Summer, der Trevor gerade aufhalf. Auch sie war unverletzt geblieben. Trevor hatte weniger Glück. Sein Rücken war voller Blut, das von einem großen Splitter tropfte, der in seiner Schulter steckte, und er humpelte, nachdem ihn ein Stück Holz am Bein getroffen hatte. Ohne auf seine Verletzungen zu achten, hinkte er zu den rauchenden Überresten des Bootes. Summer und Dirk untersuchten sich kurz gegenseitig, um sicherzugehen, dass sie nichts abbekommen hatten, dann sprang Dirk an Bord, schnappte sich den erstbesten Feuerlöscher und richtete ihn auf die kokelnden Trümmerhaufen, die noch mehr Schaden anzurichten drohten.

Summer holte ein Handtuch und stürmte zu Trevor, der die Hand auf die Risswunde an seiner Schulter drückte und mit ausdrucksloser Miene auf sein zerstörtes Boot blickte. Als eine Polizeisirene näher kam, drehte sich Trevor um und schaute Summer mit einem Blick an, aus dem Schmerz und Wut zugleich sprachen.

»Das muss Terra Green gewesen sein«, murmelte er. »Ich frage mich, ob die auch meinen Bruder umgebracht haben.«

In einem Coffee-Shop, zwei Meilen entfernt, blickte Clay Zak aus dem Fenster und bewunderte die Wolke aus Feuer und Qualm, die in einiger Entfernung vom Wasser aus aufstieg. Er trank seinen Espresso aus, aß sein Plunderhörnchen, ließ ein üppiges Trinkgeld auf dem Tisch liegen und ging dann zu seinem braunen Jeep, der ein Stück weiter oben stand.

»Smoke on the Water«, murmelte er laut und summte das Eröffnungsriff von Deep Purple, bevor er in den Wagen stieg. Ohne einen weiteren Gedanken auf den Sprengstoffanschlag zu verschwenden, fuhr er zum Flugplatz außerhalb der Stadt, wo Mitchell Goyettes Privatjet auf dem Vorfeld auf ihn wartete.

37

Der Firmenjet drehte eine Schleife über dem Flugplatz und wartete, bis eine kleine Maschine gestartet war und die Bahn geräumt hatte, ehe er vom Tower die Landeerlaubnis bekam. Die im gleichen Türkiston wie die Schiffe bemalte Hawker 750 der NUMA setzte weich auf, rollte zu einem Ziegelbau und blieb neben einer wesentlich größeren Gulfstream G650 stehen. Die Rumpftür wurde geöffnet, und Pitt stieg aus und streifte sein Sakko über, denn die Luft war empfindlich kühl. Er ging zum Terminalgebäude, wo er von einem massigen Mann begrüßt wurde, der hinter einem Schalter stand.

»Willkommen in Elliot Lake. Kommt nicht allzu häufig vor, dass wir zwei Jets an einem Tag haben«, sagte er in freundlich kernigem Tonfall.

»Ein bisschen kurz für Linienmaschinen?«, fragte Pitt.

»Unsere Start- und Landebahn ist nur knapp vierzehnhundert Meter lang, aber wir wollen sie nächstes Jahr ausbauen. Darf ich Ihnen einen Mietwagen geben?«

Pitt nickte, worauf er die Schlüssel für ein blaues Ford-SUV erhielt und wenig später das Terminal verließ. Er breitete eine Karte auf der Motorhaube des Wagens aus und musterte die unbekannte Umgebung. Elliot Lake war eine Kleinstadt nahe der Nordostküste des Huronsees, rund zweihundertsiebenundfünfzig Meilen nördlich von Detroit im Bezirk Algoma der kanadischen Provinz Ontario gelegen. Ringsum erstreckte sich die kanadische Wildnis, eine malerische Landschaft mit zerklüfteten Bergen, gewundenen Flussläufen und tiefen Seen. Pitt fand auf der Karte den Flugplatz, der ein paar Meilen südlich der Stadt inmitten dichter Wälder lag. Er fuhr mit dem Finger einen einsamen Highway entlang, der sich in Richtung Süden durch die Berge zog und zum Ufer des Huronsees und dem Trans-Canada-Highway führte. Etwa fünfzehn Meilen weiter westlich befand sich Pitts Ziel, eine alte Holzfäller- und Bergwerksstadt namens Blind River.

Es war eine atemberaubend schöne Strecke, die in zahllosen Kurven und Windungen an mehreren Bergseen und einem Wildwasser vorbeiführte, das steil zu Tal stürzte. Erst als er zum Huronsee und der Stadt Blind River kam, wurde das Terrain wieder flacher. Langsam fuhr er durch die kleine Ortschaft, bewunderte die malerischen Holzhäuser, die größtenteils noch aus den Dreißigerjahren des vergangenen Jahrhunderts stammten, bis er die Stadtgrenze hinter sich gelassen hatte und ein langes stählernes Lagerhaus entdeckte, das neben einem mit allerlei Erz- und Steinhaufen übersäten Feld stand. Eine große Flagge mit dem Ahornblatt wehte über einem verwitterten Schild mit der Aufschrift BERGBAUGENOSSENSCHAFT ONTARIO – LAGER. Pitt bog ab und parkte gerade neben dem Eingang ein, als ein breitschultriger Mann in einem braunen Anzug die Treppe herunterkam und in eine nagelneue weiße Limousine stieg. Pitt bemerkte, dass ihn der Mann durch seine dunkle Sonnenbrille anstarrte, als er aus seinem Mietwagen stieg und das Gebäude betrat.

Der staubige Innenraum erinnerte ihn an ein Bergbaumuseum. Rostige Erzloren und Pickel standen in den Ecken und Winkeln herum, die hohen Regale entlang der Wände quollen vor Fachzeitschriften und alten Fotos über. Hinter einem breiten hölzernen Schalter stand ein wuchtiger alter Banksafe, der, wie Pitt vermutete, die wertvollen Mineralien enthielt.

Hinter dem Schalter saß ein älterer Mann, der ebenso eingestaubt wirkte wie die ganze Halle. Er hatte einen rundlichen Kopf, und die grauen Haare, die Augen und der Schnurrbart passten zu dem verblichenen Flanellhemd, das er unter zwei gestreiften Hosenträgern trug. Er blickte Pitt durch seine Gleitsichtbrille an, die hoch auf seiner Nase saß.

»Guten Morgen«, sagte Pitt und stellte sich vor. Er sah ein auf Hochglanz poliertes Blechgefäß, das einer großen Schnapsflasche ähnelte, und meinte: »Einen schönen alten Ölkanister haben Sie hier.«

Die Augen des alten Mannes leuchteten auf, als ihm klar wurde, dass Pitt nicht nur ein Tourist war, der sich nach dem Weg erkundigen wollte.

»Jo, habe früher die Öllampen der Bergarbeiter damit aufgefüllt. Kamen aus den Bruce-Minen, ganz in der Nähe. Mein Großvater hat in der Kupfermine gearbeitet, bis sie 1921 dichtgemacht hat«, sagte er mit pfeifender Stimme.

»Gibt's viel Kupfer hier in den Bergen?«, fragte Pitt.

»Nicht mehr genug. Die meisten Kupfer- und Goldminen wurden vor Jahrzehnten geschlossen. Haben seinerzeit eine Menge Schürfer angelockt, aber reich geworden sind nicht allzu viele«, erwiderte er kopfschüttelnd. Dann sah er Pitt in die Augen und fragte: »Was kann ich für Sie tun?«

»Ich möchte wissen, ob Sie Ruthenium auf Lager haben.«

»Ruthenium?«, fragte er und warf Pitt einen sonderbaren Blick zu. »Gehören Sie zu dem breitschultrigen Kerl, der grade hier war?«

»Nein«, erwiderte Pitt. Er musste an das seltsame Verhalten des Mannes in dem braunen Anzug denken, der ihm irgendwie bekannt vorgekommen war.

»Das ist ja merkwürdig«, sagte der Mann und musterte Pitt argwöhnisch. »Der andere Kerl war vom Ministerium für Natur- und Bodenschätze in Ottawa. Er wollte wissen, wie viel und woher wir unser Ruthenium haben. Komisch, das war das einzige Mineral, das ihn interessiert hat, und jetzt kommen Sie rein und erkundigen sich nach dem gleichen Zeug.«

»Hat er Ihnen seinen Namen genannt?«

»John Booth, hat er, glaube ich, gesagt. Ein komischer Kauz, hab ich mir gedacht. Nun, und worum geht's Ihnen, Mr. Pitt.«

Pitt erklärte ganz allgemein, woran Lisa Lane forschte und welche Rolle Ruthenium bei ihrer Arbeit spielte. Er erwähnte nichts von der Bedeutung ihrer neuesten Entdeckung oder der Explosion im Labor.

»Ja, ich entsinne mich, dass ich dem Labor vor ein, zwei Wochen eine Probe geschickt habe. Ruthenium wird nicht allzu oft verlangt, allenfalls von ein paar Forschungslabors und auch ab und zu von einem Hightech-Unternehmen. Da die Preise verrückt spielen, können es sich nicht viele Leute leisten, damit zu arbeiten. Natürlich hat uns dieser Preisanstieg einen hübschen Gewinn eingebracht, wenn wir eine Bestellung kriegen.« Er lächelte und zwinkerte Pitt zu. »Ich wünschte bloß, wir hätten eine Quelle, um unseren Vorrat aufzustocken.«

»Sie haben keinen Lieferanten?«

»Ach herrje, nein, seit Jahren nicht mehr. Ich nehme an, mein Vorrat wird bald alle sein. Wir haben es immer von einer Platinmine im Osten von Ontario bekommen, aber das Erz, das sie jetzt dort rausholen, enthält nicht mehr genug. Nein, wie ich schon Mr. Booth gesagt habe, der Großteil unseres Ruthenium stammt von den Inuit.«

»Haben die es oben im Norden abgebaut?«, fragte Pitt.

»Offenbar. Ich habe für Mr. Booth die Einkaufsunterlagen rausgeholt«, sagte er und deutete auf ein in Leder gebundenes Geschäftsbuch, das am anderen Ende des Schalters lag. »Das Zeug wurde vor über hundert Jahren angeschafft. Im Hauptbuch wird Genaueres darüber berichtet. Die Inuit haben es ›Schwarzes Kobluna‹ oder so ähnlich genannt. Wir haben es immer als Adelaide-Probe bezeichnet, da die Inuit aus einem Lager auf der arktischen Halbinsel Adelaide kamen.«

»Das ist also alles, was in Kanada an Ruthenium vorrätig ist?«

»Soweit ich weiß. Aber niemand weiß, ob es dort, wo die Inuit es herhaben, noch mehr davon gibt. Es ist so lange her. Angeblich hatten die Inuit wegen irgendeines Fluchs Angst, auf die Insel zurückzukehren, von der sie es hatten. Es soll irgendwas mit bösen Geistern zu tun gehabt haben, dass man am Herkunftsort von Tod und Wahnsinn heimgesucht wird oder ähnlicher Quatsch. Eine dieser großen Geschichten aus dem Norden, nehme ich an.«

»Ich habe die Erfahrung gemacht, dass Legenden häufig einen Kern Wahrheit enthalten«, erwiderte Pitt. »Haben Sie was dagegen, wenn ich mal einen Blick in das Buch werfe?«

»Ganz und gar nicht.« Der alte Geologe trottete zum anderen Ende des Schalters, kehrte mit dem Buch zurück und blätterte es im Laufen durch. Plötzlich runzelte er die Stirn und lief rot an.

»Santa María«, zischte er. »Er hat den Bericht rausgerissen, vor meinen Augen. Da drin war eine von Hand gezeichnete Karte von der Mine. Jetzt ist sie weg.«

Der Alte knallte das Buch auf den Schalter und warf einen wütenden Blick zur Tür. Pitt sah, wo die beiden Seiten feinsäuberlich aus dem Buch gerissen worden waren.

»Ich wage zu behaupten, dass Mr. Booth nicht der ist, der er vorgegeben hat zu sein«, sagte Pitt.

»Ich hätte Verdacht schöpfen müssen, als er nicht gewusst hat, was ’ne Waschrinne ist«, grummelte der Mann. »Ich weiß nicht, warum er unsere Unterlagen ruinieren musste. Er hätte doch um eine Kopie bitten können.«

Pitt kannte den Grund. Mr. Booth wollte nicht, dass irgendjemand erfuhr, woher die Inuit das Ruthenium hatten. Er drehte das Hauptbuch herum und las die noch teilweise vorhandene Eintragung vor den fehlenden Seiten.

22. Oktober 1917. Horace Tucker von der Churchill Trading Company schickte folgende nicht verhüttete Erzmengen:

5 Tonnen Kupfererz

12 Tonnen Bleierz

2 Tonnen Zink

¼ Tonne Ruthenium (Adelaide, »Schwarzes Kobluna«)

Herkunft und Prüfergebnis werdend nachfolgend aufgeführt.

»War das die einzige Fracht, die Sie von den Inuit erhalten haben?«, fragte Pitt.

Der Alte nickte. »Das war sie. Die fehlenden Seiten deuten darauf hin, dass das Mineral schon Jahrzehnte vorher eingegangen ist. Der Handelsposten in Churchill konnte keinen Markt für das Zeug finden, bis Tucker eine Probelieferung zusammen mit ein paar Mineralien aus einer Mine in Manitoba gekauft hat.«

»Besteht die Möglichkeit, dass die Unterlagen der Churchill Trading Company noch existieren?«

»Das bezweifle ich. Die haben um das Jahr 1960 den Betrieb eingestellt. Ich bin Tucker vor ein paar Jahren in Winnipeg begegnet, kurz vor seinem Tod. Soweit ich mich erinnern kann, hat er mir erzählt, dass der alte, aus Holz gebaute Handelsposten in Churchill niedergebrannt ist. Ich könnte mir vorstellen, dass auch die Unterlagen bei dem Brand vernichtet wurden.«

»Dann ist hier Endstation, nehme ich an. Tut mir leid, dass man Ihnen Ihre Unterlagen gestohlen hat, aber ich danke Ihnen, dass Sie mir alles mitgeteilt haben, was Sie wissen.«

»Einen Moment«, erwiderte der Mann. Er ging zu dem alten Safe und öffnete die Tür, kramte in einem Holzbehälter herum, der darin stand, drehte sich um und warf Pitt etwas zu. Es war ein kleiner, glatter, silbrig-weißer Stein.

»Schwarzes Kobluna?«, fragte er.

»Eine Probe auf Kosten des Hauses, damit Sie wissen, worüber wir geredet haben.«

Pitt beugte sich über den Schalter, schüttelte dem Geologen die Hand und bedankte sich.

»Noch eins«, sagte der Alte, als Pitt zur Tür ging. »Wenn Sie diesem Booth über den Weg laufen, dann sagen Sie ihm, dass ich mit dem Pickel auf ihn losgehe, wenn er mir noch mal unter die Augen kommt.«

Der Nachmittag war noch kühler geworden, denn mittlerweile kündigte eine dichte Wolkendecke eine aufziehende Schlechtwetterfront an, und Pitt wartete ungeduldig darauf, dass die Autoheizung endlich warm lief, als er vom Parkplatz der Genossenschaft losfuhr. Nachdem er in einem Café in Blind River rasch etwas gegessen hatte, fuhr er auf der kurvigen Bergstraße in Richtung Flugplatz und dachte über die Geschichte mit dem Ruthenium der Inuit nach. Das Erz musste aus der Arktis stammen, vermutlich aus der Nähe des Inuitlagers auf Adelaide. Wie hatten die Inuit mit ihren einfachen technischen Möglichkeiten das Ruthenium abgebaut? Gab es dort noch größere Vorkommen? Und wer war John Booth, und warum interessierte er sich für das Erz der Inuit?

Zu keiner dieser Fragen fiel ihm eine Antwort ein, während er seinen Mietwagen durch die malerische Berglandschaft steuerte, bis er abbremsen musste, als er auf ein langsameres Wohnmobil auffuhr. Als sie zu einem geraden Straßenstück kamen, zog der Fahrer seinen Camper nach rechts und winkte Pitt vorbei. Pitt trat das Gaspedal durch und raste an dem Wohnmobil vorbei, das, wie er bemerkte, ein Nummernschild aus Colorado hatte.

Ein Stück weiter vorn kam eine Serpentine, in der die zweispurige Trasse hoch über einem tosenden Wildwasser aus der steilen Felswand gehauen worden war. Von der engen Kurve aus konnte Pitt das etwa eine Meile voraus liegende Straßenstück sehen, das weit unter ihm fast genau in Gegenrichtung verlief. Er warf einen kurzen Blick auf die weiße Limousine, die auf einem Parkplatz stand, das gleiche Fahrzeug, in das John Booth vor der Genossenschaft gestiegen war. Dann kam die nächste Serpentine, und Pitt verlor den Wagen wieder aus den Augen.

Nach der engen S-Kurve führte die Straße ein kurzes Stück geradeaus. Links von Pitt fiel die Felswand senkrecht zu dem Wildwasser ab, das gut hundert Meter unter ihm rauschte. Als Pitt auf der Geraden Gas gab, hörte er einen leisen Knall, so als ob irgendwo in der Ferne ein Silvesterböller hochgegangen wäre. Er blickte sich kurz um, ohne dass ihm etwas auffiel, dann ertönte ein tiefes Grollen. Er nahm aus dem Augenwinkel eine Bewegung war, blickte auf und sah über sich einen hausgroßen Felsblock, der aus der Wand gebrochen war und rund dreißig Meter vor ihm in Richtung Straße stürzte.

Pitt trat sofort das Bremspedal durch, bis es aufs Bodenblech stieß. Die Reifen jaulten und kreischten, aber dank des Antiblockiersystems geriet der Wagen nicht außer Kontrolle. Im gleichen Moment, als er darauf wartete, dass der Wagen zum Stehen kam, bemerkte er, dass ein ganzer Erdrutsch auf ihn niederging und hinter dem großen Brocken die halbe Bergwand abgebrochen war. Ihm wurde sofort klar, dass er nur *eine* Überlebenschance hatte.

Immerhin verhinderte er durch sein schnelles Bremsmanöver, dass er den gewaltigen Felsbrocken rammte, der kaum mehr als fünf Meter vor ihm auf den Asphalt schlug und in etliche kleinere Teile zersprang. Der Großteil davon durchbrach die Leitplanke und stürzte in den Fluss hinab. Ein paar große Brocken blieben auf der Straße liegen, wo sie bald von den abrutschenden Gesteinsmassen verschüttet werden sollten.

Pitts Auto schlitterte gegen einen dieser Brocken, ein abgeplattetes Granitstück, das ihn sofort abbremste, zwar Stoßstange und Kühlergrill eindrückte, aber weder tragende Teile noch den Antrieb beschädigte. Pitt spürte lediglich einen heftigen Schlag, doch der reichte, um den Airbag auszulösen, der sich vor seiner Brust aufblähte, als das Fahrzeug zurückgeschleudert wurde.

Doch Pitt hatte schnell reagiert und war dem Airbag zuvorgekommen. Er hatte bereits den Rückwärtsgang des automatischen Getriebes eingelegt und das Gaspedal durchgetreten, als er ihn traf.

Qualmend drehten die Hinterreifen durch, ehe sie auf dem Asphalt griffen und der Wagen zurückschoss. Pitt umklammerte das Lenkrad und versuchte das Auto, das durch die jähe Rückwärtsfahrt ins Schlingern geriet, halbwegs in der Spur zu halten, während das Getriebe unter seinen Füßen kreischte, weil der Rückwärtsgang für eine Fahrt mit Vollgas und die dementsprechend hohen Drehzahlen nicht ausgelegt war. Pitt warf einen kurzen Blick nach oben und sah, dass die Fels- und Schuttmassen dicht über ihm waren und in breiter Front auch hinter ihm herunterdonnerten. Ihm war sofort klar, dass er ihnen nicht entrinnen konnte.

Dann brach die abrutschende Felswand wenige Meter vor ihm wie eine schiefergraue Flutwelle über die Straße herein. Einen Moment lang sah es so aus, als würde das immer schneller werdende Auto der Steinlawine entkommen, doch dann prallten etliche Felsbrocken hinter ihm auf die Straße, und er konnte sich nur noch festhalten, als der Wagen scheppernd und krachend in Schotter und Gesteinstrümmer geriet.

Das Auto schrappte über einen großen Brocken, der die Hinterachse und ein Rad abriss, das im Abgrund verschwand. Dann prallte eine zweite Gesteinslawine auf die Beifahrerseite, hob das Fahrzeug an und warf es um, sodass Pitt erst gegen die Sitzlehne und dann nach links geschleudert wurde, wo ihn prompt der Seitenairbag traf. Im nächsten Moment landete das Auto auf dem Dach, und er wurde ein weiteres Mal herumgerissen und prallte trotz des Airbags ans Seitenfenster. Er hatte das Gefühl, als ginge ein Kanonenschlag in seinem Ohr los, als der Wagen über die Straße schlitterte, gegen irgendetwas prallte und jäh zum Stehen kam, dann hörte er rundum nur noch rauschenden

Schotter und meinte, jeden Moment die Besinnung zu verlieren. Er nahm noch vage etwas Warmes, Feuchtes im Gesicht wahr, als er im Sitz zusammensackte. Im nächsten Moment verschwamm alles vor seinen Augen, er spürte gar nichts mehr und versank in einem schwarzen Loch.

38

Pitt wusste, dass er am Leben war, weil er das Gefühl hatte, jemand malträtiere seinen Schädel mit einem Vorschlaghammer. Dann schaltete sich sein Gehörsinn wieder ein, und er nahm ein rhythmisches Kratzen ganz in der Nähe wahr. Er bewegte die Finger, stieß auf Widerstand, überzeugte sich aber davon, dass sie noch immer um das Lenkrad des Mietwagens geschlungen waren. Zwar konnte er die Beine frei bewegen, aber Kopf, Brust und Arme fühlten sich wie eingeklemmt an. Benebelt wie er war, stellte er mit einem Mal fest, dass er kaum atmen konnte, und versuchte sich zu befreien, kam sich aber wie eine mit Binden umwickelte Mumie vor. Langsam schlug er die Augen auf, die sich wie zugeklebt anfühlten. Doch er sah nur Schwärze.

Der Druck auf seine Lunge wurde stärker, worauf er noch stärker dagegen ankämpfte und schließlich eine Hand und einen Unterarm freibekam. Dann hörte er eine Stimme und ein hektisches Scharren, bis etwas über sein Gesicht kratzte und er von einem jähen Licht geblendet wurde. Tief atmete er die staubige Luft ein und blinzelte durch den dichten Dunst, der ihn umgab. Ein braunes Augenpaar, das einem hell- und dunkelbraun gescheckten Dackel gehörte, starrte ihn an, aber noch mehr verwirrte Pitt, dass der Hund offenbar auf dem Kopf stand. Dann kam er näher, beschnupperte Pitts Gesicht und leckte ihm die Nase ab.

»Aus dem Weg, Mauser, er lebt noch«, ertönte eine Männerstimme.

Ein kräftiges Händepaar tauchte auf und schaufelte noch mehr Erde und Schotter weg, die Pitts Kopf und Oberkörper unter sich begraben hatten. Dann bekam er endlich die Arme frei, worauf er seinem Retter dabei half, ihn weiter herauszugraben. Er hob die Hand, wischte sich mit dem Ärmel das verklebte Blut und den Staub aus den Augen und blickte sich dann um. Als er den unangenehmen Druck des Sicherheitsgurtes über der Brust spürte, wurde ihm schließlich klar, dass er kopfüber im Sitz hing. Die beiden Hände griffen jetzt in den Wagen und lösten den Gurt, worauf Pitt am Dachhimmel des Autos landete. Er kratzte am Fenster auf der Fahrerseite, aber die Hände zerrten ihn zur offenen Beifahrertür.

»Dorthin wollen Sie ganz bestimmt nicht, Mister. Dort geht's tief runter.«

Pitt gehorchte und kroch zur Beifahrertür, wo ihm sein Retter beim Aussteigen half und ihn auf die Beine zog. Das Hämmern in seinem Kopf ließ nach, sobald er aufrecht stand, aber noch immer rann ihm Blut über die Wange. Dann schaute er das beschädigte Fahrzeug an und schüttelte den Kopf, als er sah, wie viel Glück er gehabt hatte.

Die abrutschenden Gesteins- und Schottermassen hatten das zerbeulte Auto umgekippt, aufs Dach geworfen und quer über die Straße bis an den Rand des steilen Abgrunds geschoben, unter dem der Fluss dahinrauschte. Vermutlich wäre der Wagen abgestürzt und hätte Pitt mit in den Tod gerissen, wenn er nicht gegen ein fest im Boden zementiertes Verkehrszeichen geprallt wäre, das sich unmittelbar hinter dem vorderen Kotflügel ins Blech gebohrt hatte und ihn festhielt, während sich ringsum tonnenweise loses Gestein in die Tiefe ergoss. Die Straße selbst war auf gut fünfzig Meter Länge von Erde und Felsbrocken verschüttet.

»Sie müssen ein anständiges Leben führen, sonst wären Sie über die Kante geflogen«, hörte Pitt seinen Retter sagen.

Er drehte sich um und sah einen kräftigen älteren Mann mit weißen Haaren und Bart vor sich, der ihn mit freundlichen Augen betrachtete.

»Meine anständige Lebensweise hat mich garantiert nicht gerettet«, erwiderte Pitt. »Danke, dass Sie mich rausgezogen haben. Ich wäre da drin erstickt, wenn Sie mich nicht frei gegraben hätten.«

»Nicht der Rede wert. Warum kommen Sie nicht mit in meinen Camper und lassen sich verpflastern?«, sagte der Mann und deutete auf ein Wohnmobil, das ein paar Meter entfernt auf der Straße stand. Es war das gleiche Fahrzeug, das Pitt kurz zuvor überholt hatte.

Pitt nickte und folgte dem Mann und dem braun gescheckten Dackel, als sie durch die offene Seitentür in das Wohnmobil stiegen. Erstaunt stellte Pitt fest, dass der Innenraum mit Teakholz getäfelt war, an dem auf Hochglanz polierte Messingbeschläge glänzten, sodass er wie die Luxuskabine eines Segelbootes wirkte. An der einen Wand bemerkte er ein Bücherregal voller Nachschlagewerke über Bergbau und Geologie.

»Sie können sich schon mal waschen, während ich meinen Verbandskasten suche«, sagte der Mann.

Pitt säuberte sich in einem Porzellanbecken Hände und Gesicht, als ein Wagen der Royal Canadian Mounted Police mit eingeschalteten Blinklichtern angerast kam. Der Alte ging hinaus und sprach mit den Polizisten, kam dann ein paar Minuten später wieder zurück und half Pitt beim Verbinden der Platzwunde, die sich über seine linke Schläfe zog.

»Die Mounties sagen, ein paar Meilen entfernt ist ein Straßenbautrupp zugange. Die können in kurzer Zeit einen Frontlader herschaffen, der in ein oder zwei Stunden zumindest eine Fahrspur frei geräumt haben sollte. Die wollen eine Aussage von Ihnen, sobald Sie sich dazu in der Lage fühlen.«

»Danke, dass Sie sie hingehalten haben, bis ich mich wieder halbwegs orientieren kann.«

»Entschuldigen Sie, dass ich nicht früher gefragt habe, aber Sie brauchen bestimmt was zu trinken. Was darf ich Ihnen bringen?«

»Für einen Tequila würde ich sterben, wenn Sie welchen haben«, erwiderte Pitt und ließ sich auf einen kleinen Ledersessel sinken. Sofort sprang der Dackel auf seinen Schoß und stupste ihn an, bis er ihn hinter den Ohren kraulte.

»Sie haben Glück«, sagte der Mann und holte eine bauchige Flasche mit Don-Julio-Tequila aus einem Wandschrank. Er stellte die Flasche auf den Kopf und sagte: »Ein paar Schluck sind noch drin.«

»Ich habe heute schon zum zweiten Mal Glück. Das ist ein feiner Tequila«, bemerkte Pitt, als er das Etikett des teuren, aus blauer Agave gebrannten Schnapses sah.

»Mauser und ich legen Wert auf gepflegtes Reisen«, sagte der Mann grinsend und goss Pitt und sich selber zwei kräftige Portionen ein.

Pitt ließ die warme Flüssigkeit durch den Schlund rinnen und genoss den reifen, ausgeprägten Geschmack. Er spürte, wie sein Kopf augenblicklich klarer wurde.

»Das war vielleicht eine tolle Rutschpartie«, sagte der Mann. »Gut, dass Sie nicht ein paar Meter weiter unten waren.«

»Ich habe es kommen sehen und wollte noch zurück, habe es aber nicht mehr ganz geschafft.«

»Ich weiß nicht, was für ein Trottel über einer nicht abgesperrten Straße eine Sprengung vornimmt«, sagte er, »aber ich kann nur hoffen, dass der Scheißkerl geschnappt wird.«

»Eine Sprengung?«, fragte Pitt, der dabei plötzlich an die weiße

Limousine denken musste, die weiter oben auf dem Rastplatz gestanden hatte.

»Ich habe den Knall gehört und eine weiße Rauchwolke bemerkt, bevor die Felsbrocken ins Rutschen gerieten. Ich hab's den Mounties auch erzählt, aber die sagen, hier sind nirgendwo Sprengtrupps zugange.«

»Sie glauben also nicht, dass sich nur ein großer Brocken gelöst und das übrige Zeug mitgerissen hat?«

Der Mann kniete sich hin und zog eine breite Schublade unterhalb des Bücherregals auf. Er wühlte unter einer dicken Decke herum und holte einen kleinen Holzkasten mit der Aufschrift DYNO NOBEL heraus. Pitt kannte den Namen der Firma, die ein Tochterunternehmen von Alfred Nobel war, dem Erfinder des Dynamits. Der Mann klappte den Deckel auf und zeigte Pitt eine Reihe zwanzig Zentimeter langer gelber Stangen, die darin verstaut waren.

»Ich sprenge ab und zu selber ein bisschen, wenn ich eine vielversprechende Erzader untersuche.«

»Sind Sie Prospektor?«, fragte Pitt und nickte zu den Geologiebüchern hin.

»Das ist eher ein Hobby als ein Beruf«, erwiderte der Mann. »Ich suche bloß nach wertvollen Sachen. Ich würde nie irgendwo sprengen, wo Menschen vorbeikommen können, aber genau das ist hier wahrscheinlich passiert. Irgendein Trottel hat oben am Berg irgendwas Glänzendes gefunden und wollte sich die Sache genauer ansehen. Ich möchte die Rechnung fürs Straßenräumen nicht bezahlen, die er vorgesetzt bekommt, wenn er erwischt wird.«

Pitt nickte schweigend, nahm aber nicht an, dass die Sprengung von einem arglosen Prospektor ausgelöst worden war.

»Was führt Sie in diese Gegend?«, fragte er den Alten.

»Silber«, erwiderte der Prospektor, hielt die Tequilaflasche hoch und goss Pitt einen zweiten Schuss ein. »Oben in der Nähe von

Algoma Mills war früher eine Silbermine, bevor hier alle verrückt nach Uran wurden. Ich denke mir, wenn man in der Gegend einmal fündig geworden ist, dann müsste es für einen kleinen Fisch wie mich noch ein paar andere Stellen geben.« Er schüttelte den Kopf, dann grinste er. »Bislang hat sich meine Vermutung noch nicht bestätigt.«

Pitt lächelte und kippte sich den Tequila hinter die Binde. Er wandte sich an den Prospektor und fragte: »Was wissen Sie über das Mineral Ruthenium?«

Der Prospektor rieb sich einen Augenblick lang das Kinn. »Tja, das gehört zur Gruppe der Platinmetalle, kommt in den hiesigen Lagerstätten aber nicht vor. Ich weiß, dass der Preis in den Himmel geschossen ist, daher sind vermutlich mehr Leute als früher auf der Suche nach dem Zeug, aber ich bin nie auf welches gestoßen. Meines Wissens auch niemand, den ich kenne. Soweit ich mich erinnere, gibt's nur ein paar Stellen auf der Welt, wo es abgebaut wird. Ansonsten kann ich Ihnen nur noch sagen, dass einige Leute dachten, es hätte was mit der alten Pretoria Lunatic Mill zu tun.«

»Die Geschichte kenne ich nicht«, sagte Pitt.

»Eine alte Bergarbeiterstory aus Südafrika. Ich habe davon gelesen, als ich ein paar Recherchen über Diamanten angestellt habe. Offenbar wurde um die Jahrhundertwende in der Nähe von Pretoria, Südafrika, eine kleine Weberei gebaut. Nachdem sie etwa ein Jahr in Betrieb war, hat man festgestellt, dass die Arbeiter plemplem wurden. Es wurde so schlimm, dass die Fabrik geschlossen werden musste. Diese Anfälle von Wahnsinn hatten vermutlich was mit den Chemikalien zu tun, die man eingesetzt hat, aber man ist nicht dahintergekommen, was genau es gewesen ist. Später hat man festgestellt, dass die Fabrik in der Nähe einer Platinmine mit reichhaltigen Rutheniumvorkommen errichtet wurde, und dass Rutheniumerz, das damals nicht viel wert war, in großen Haufen neben dem Werk gelagert wurde. Zumindest ein

Historiker war der Meinung, dass dieses ungewöhnliche Metall irgendwas mit diesem irrsinnigen Verhalten zu tun hatte.«

»Eine interessante Geschichte«, sagte Pitt, der an das Gespräch in der Genossenschaft denken musste. »Haben Sie vielleicht zufällig gehört, ob die Inuit früher oben im Norden Bergbau betrieben haben?«

»Kann ich nicht sagen. Natürlich gilt die Arktis heutzutage als Schlaraffenland in Sachen Rohstoffe. Diamanten in den Nordwest-Territorien, Kohle auf der Insel Ellesmere und natürlich überall vielversprechende Öl- und Erdgasfelder.«

Sie wurden von einem Polizisten unterbrochen, der den Kopf durch die Tür steckte und Pitt bat, wegen der Schäden an seinem Mietwagen einen Unfallbericht auszufüllen. Kurz darauf traf der Straßenbautrupp ein und machte sich ans Räumen der Straße. Die Gesteinsbrocken und der Schotter waren rasch beiseitegeschoben, sodass schon nach kurzer Zeit wieder eine Fahrspur durch die verschüttete Strecke führte.

»Könnte ich vielleicht mit Ihnen zum Flugplatz von Elliot Lake fahren?«, fragte Pitt den alten Prospektor.

»Ich will in die Region Sudbury, daher ist das kein großer Umweg. Setzen Sie sich einfach vorne rein«, erwiderte er und rutschte ans Steuer.

Der große Camper zwängte sich mit knapper Not zwischen dem Geröll hindurch, bis sie den Erdrutsch hinter sich gelassen hatten und wieder auf freier Strecke waren. Die beiden Männer unterhielten sich über Geschichte und Bergbau, bis das Wohnmobil vor dem kleinen Flugplatzgebäude anhielt.

»Da wären wir, Mister, äh …«

»Pitt. Dirk Pitt.«

»Mein Name ist Clive Cussler. Eine angenehme Reise, Mr. Pitt.«

Pitt schüttelte dem alten Prospektor die Hand, dann gab er dem Dackel einen Klaps und stieg aus dem Camper.

»Ich bin Ihnen sehr zu Dank verpflichtet«, sagte Pitt und sah den Prospektor an, der ihm merkwürdig bekannt vorkam. »Viel Glück bei der Suche nach einer fetten Silberader.«

Pitt betrat das Gebäude und ging zum Empfangsmanager des Terminals, der ihm mit offenem Mund entgegenblickte. Pitt sah aus, als wäre er gerade von einem Bus überfahren worden. Haare und Kleidung waren mit Staub verklebt, um den Kopf hatte er einen blutigen Verband geschlungen. Als Pitt ihm berichtete, dass der Mietwagen oben auf der Bergstraße auf dem Dach lag und voller Steine war, hätte der Mann fast einen Anfall bekommen.

Während er einen nicht enden wollenden Stapel Versicherungsformulare ausfüllte, warf Pitt einen Blick aus dem Fenster und bemerkte, dass die Gulfstream nicht mehr auf dem Vorfeld stand.

»Wann ist der Mann mit dem Privatjet abgeflogen?«, fragte er den Manager.

»Ach, vor etwa ein, zwei Stunden. Der hat sich nicht viel länger aufgehalten als Sie.«

»Ich glaube, ich habe ihn in der Stadt gesehen. Ein ziemlich kräftig gebauter Typ in einem braunen Anzug?«

»Ja, das war er.«

»Darf ich fragen, wohin er wollte?«

»Ihr seid alle beide ziemlich neugierig. Er hat nämlich auch gefragt, wer Sie sind«, sagte er, griff zu einem Klemmbrett und fuhr mit dem Finger über die dort aufgelisteten Starts und Landungen. Wie beiläufig beugte sich Pitt über die Schulter des Managers und sah die Kennnummer der Maschine, C-FTGI, die er sich sofort merkte.

»Ich kann Ihnen zwar nicht sagen, wer an Bord ist, aber die Maschine ist nach Vancouver unterwegs, mit einer Zwischenlandung in Regina, Saskatchewan, zum Auftanken.«

»Kommt sie häufig nach Elliot Lake?«

»Nein, ich habe sie vorher sogar noch nie gesehen.« Der Manager deutete mit dem Kopf auf einen kleinen Raum in der einen Ecke des Terminals. »Trinken Sie doch in der Lounge eine Tasse Kaffee, dann sag ich der Besatzung Ihres Flugzeugs Bescheid, dass Sie hier sind.«

Pitt war einverstanden und begab sich in die Lounge, wo er sich aus einer fleckigen Glaskanne eine Tasse Kaffee eingoss. Auf einem in der Ecke angebrachten Fernseher lief eine Rodeoübertragung aus Calgary. Doch Pitt verschwendete keinen Blick auf die Broncoreiter, sondern dachte über die merkwürdigen Ereignisse der letzten Tage nach. Er war auf eine spontane Eingebung hin zu der Bergbaugenossenschaft gefahren, aber seine Ahnung hatte ihn nicht getrogen. Größere Rutheniumvorkommen zu finden, war von globaler Bedeutung, und jemand anders war ebenfalls auf der Suche danach. Er dachte an John Booth, den gut gekleideten Mann in der weißen Limousine. Irgendwie hatte er das Gefühl gehabt, ihm schon mal begegnet zu sein, aber er kannte niemanden in Vancouver, der mit einem Firmenjet flog.

Der Terminalmanager kam in die Lounge und goss sich eine Tasse Kaffee ein, bevor er sich an Pitt wandte.

»Ihre Besatzung ist auf dem Weg zur Maschine. Ich habe ihnen gesagt, dass Sie gleich kommen.«

Während er sprach, riss er ein Zuckertütchen auf und wollte es in seinen Kaffee kippen. Das Tütchen riss durch, und die weißen Kristalle ergossen sich auf den Teppichboden.

»Mist«, ächzte er und warf die leere Packung beiseite. »Tja, da hat der Hausmeister heute Abend was zu tun«, murmelte er und starrte auf die Schweinerei.

Pitt starrte ebenfalls darauf, aber er reagierte ganz anders. Seine Augen leuchteten mit einem Mal auf, und ein verschmitztes Grinsen umspielte seinen Mund.

»Ein kleiner Lapsus zum Glück«, sagte er zu dem Manager,

der ihn verständnislos anschaute. »Danke für Ihre Hilfe. Ich muss noch ein paar Anrufe erledigen, dann komme ich raus.«

Als er ein paar Minuten später über das Vorfeld lief, wirkte sein Gang trotz der schmerzenden Knochen beinahe beschwingt, und die Kopfschmerzen waren verschwunden. Umso verschmitzter grinste er.

39

»Minister Jameson, Mitchell Goyette ist am Apparat«, sagte die grauhaarige Sekretärin, die den Kopf durch Jamesons Bürotür steckte.

Jameson, der am Schreibtisch saß, nickte und wartete, bis seine Sekretärin die Tür wieder geschlossen hatte, bevor er den Hörer abnahm.

»Arthur, wie läuft es in unserer schönen Hauptstadt?«, begrüßte ihn Goyette mit gespielter Freundlichkeit.

»In Ottawa herrscht warmes Frühlingswetter, das gut zu dem im Augenblick so hitzigen Hurrapatriotismus im Parlament passt.«

»Wird auch höchste Zeit, dass Kanadas Bodenschätze nur den Kanadiern zugutekommen«, schnaubte Goyette.

»Ja, damit wir sie an die Chinesen verkaufen können«, erwiderte der Minister trocken.

Goyette wurde prompt ernsthaft. »Im Polarmeer südöstlich der Victoria-Insel ragen ein paar kleine Felsen aus dem Meer, die sogenannten Royal-Geographical-Society-Inseln. Ich brauche sämtliche Schürfrechte für diese Gegend«, sagte er, als bäte er um eine Tasse Kaffee.

»Lassen Sie mich mal nachsehen«, erwiderte Jameson und holte einen Stapel Karten aus seiner Schreibtischschublade. Er fand eine mit »Viktoriastraße« gekennzeichnete Karte, die mit nummerierten Rasterlinien versehen war und ging damit zu einem Computer. Er gab die entsprechenden Koordinaten ein und bekam Zugang zu den Dateien, in denen das Ministerium die gewährten Explorations- und Förderrechte gespeichert hatte. Innerhalb weniger Minuten hatte er eine Antwort für Goyette parat.

»Leider liegt bereits eine Fördergenehmigung vor, die sich auf etwa dreißig Prozent der Inseln bezieht, hauptsächlich im südlichen Teil. Der Vertrag läuft über zehn Jahre, aber die Vertragspartner treten erst ins zweite Betriebsjahr ein. Die Rechte befinden sich in der Hand von Kingfisher Holdings, einem Tochterunternehmen der Mid-America Mining Company in Butte, Montana. Sie haben ein kleines Bergwerk angelegt und fördern zurzeit geringe Mengen Zink, aber offenbar nur in den Sommermonaten.«

»Eine amerikanische Firma hat die Rechte?«

»Ja, aber über eine kanadische Mantelgesellschaft. Vom Gesetz her ist das durchaus zulässig, vorausgesetzt man zahlt die erforderlichen Sicherheitsrücklagen und hält alle anderen Auflagen des Vertrages ein.«

»Ich möchte, dass die Rechte widerrufen und an eins meiner Unternehmen vergeben werden«, sagte Goyette, als wäre dies das Selbstverständlichste auf der Welt.

Jameson schüttelte den Kopf. »Dazu müsste ein Verstoß gegen die Vergabeauflagen vorliegen, zum Beispiel Umweltschäden oder Unregelmäßigkeiten bei den Lizenzgebühren. Einseitig lässt sich das nicht machen, Mitchell, ohne dass sich die Regierung eine gesalzene Klage einhandelt.«

»Wie komme ich dann an die Rechte?«, schnaubte er.

»Mid-America hält derzeit alle Auflagen ein, jedenfalls anhand des letzten Inspektionsberichtes, daher könnten Sie lediglich versuchen, ihnen die Rechte abzukaufen. Aber die würden Sie zweifellos über den Tisch ziehen.« Er dachte einen Moment lang nach. »Es könnte allerdings noch eine andere Möglichkeit geben.«

»Und welche?«, hakte Goyette ungeduldig nach.

»Im Vertrag ist eine Klausel für den Fall der Landesverteidigung enthalten. Sollten diese Misshelligkeiten mit den Vereinigten Staaten eskalieren, besteht die Möglichkeit, die Vergabe zu annullieren. Im Falle eines Krieges, einer Auseinandersetzung oder bei Abbruch der Beziehungen zwischen den betreffenden Staaten können wir aufgrund dieser Klausel alle in ausländischem Besitz befindlichen Abbaurechte widerrufen. Nicht allzu aussichtsreich natürlich, aber man kann nie wissen. Weshalb interessieren Sie sich für die Inseln?«

»Wegen etwas, das so wertvoll ist wie Gold«, erwiderte Goyette leise. Dann wurde er wieder so dreist wie zuvor. »Bereiten Sie alles Nähere für mich vor, damit ich ein Angebot für die Rechte abgeben kann. Ich werde mir schon etwas einfallen lassen, damit diese Mid-America Company sie rausrückt.«

»Na schön«, erwiderte James und biss die Zähne zusammen. »Ich warte auf Ihre Rückmeldung.«

»Das ist noch nicht alles. Wie Sie wissen, weist der Standort am Melvillesund außerordentlich reiche Vorkommen an Erdgas auf, aber ich besitze nur die Förderrechte für ein kleines Stück des Feldes. Ich bräuchte sie also für das gesamte Gebiet.«

Eine Weile herrschte Schweigen, bis Jameson schließlich murmelte: »Ich bin mir nicht sicher, ob das möglich ist.«

»Nichts ist unmöglich, jedenfalls wenn der Preis stimmt«, versetzte Goyette lachend. »Sie werden feststellen, dass der Großteil der Fördergebiete in Regionen liegt, die vorher von Eis bedeckt waren – und für die sich niemand interessiert hat. Bis jetzt jedenfalls.«

»Genau das ist das Problem. Es heißt, dass von Melville aus bereits große Mengen abtransportiert werden. Bei uns gehen Dutzende von Anträgen auf Explorationserlaubnis für diese Gegend ein.«

»Tja, dann reagieren Sie eben nicht darauf. Das Melville-Gasfeld wird Milliarden von Dollar wert sein, und die gedenke ich mir nicht entgehen zu lassen«, versetzte er. »Ich schicke Ihnen in Kürze mehrere Karten. Darin sind die von mir gewünschten Explorationsgebiete verzeichnet, die einen großen Teil des Melvillesunds und noch einige andere Polargebiete umfassen. Ich habe vor, meine Explorationstätigkeit in der Arktis erheblich auszuweiten, und dazu brauche ich Erkundungsrechte für das ganze Gebiet. Dort sind unglaubliche Gewinne zu erzielen, und Sie werden entsprechend dafür belohnt werden, also vermasseln Sie's nicht. Wiederhören, Arthur.«

Jameson hörte ein Klicken, dann war die Verbindung unterbrochen. Der Minister für Natur- und Bodenschätze saß einen Moment lang wie erstarrt da, bis ihn mit einem Mal die Wut packte und er den Hörer auf die Gabel knallte.

Zweitausend Meilen weiter westlich schaltete Goyette den Lautsprecher seiner Telefonanlage ab und lehnte sich zurück. Er blickte auf und schaute Clay Zak, der ihm am Schreibtisch gegenübersaß, in die Augen.

»Immer wieder legt man mir Steine in den Weg«, ärgerte er sich. »Und jetzt erklären Sie mir noch mal, warum dieses Ruthenium so verdammt wichtig ist.«

»Das ist ganz einfach«, erwiderte Zak. »Wenn Sie ein Monopol für Ruthenium haben, haben Sie die bislang einzige Möglichkeit in der Hand, die globale Erwärmung aufzuhalten. Was Sie mit dem Mineral anstellen wollen, ist eine Frage des Geldes … und des Egos, nehme ich an.«

»Ich bin ganz Ohr«, schnaubte Goyette.

»Angenommen, Sie haben Zugriff auf die größten Vorkommen, dann müssen Sie sich entscheiden. Mitchell Goyette, der Umweltschützer, kann den Planeten retten und dabei ein paar Dollar verdienen, wenn er den weltweiten Aufbau von Anlagen zur künstlichen Photosynthese vorantreibt.«

»Aber es besteht doch ein großes Risiko, was die Nachfrage angeht«, wandte Goyette ein. »Wir wissen nicht, wie viel Ruthenium letztlich benötigt wird, daher könnte der Profit gewaltig oder gering sein. Ich habe einen großen Teil meines Vermögens auf die Erschließung und Kontrolle der Nordwestpassage gesetzt. Ich habe viel Geld in die Förderung von Erdgas und die infrastrukturellen Maßnahmen für den Abbau von Ölsanden investiert, damit ich die Rohstoffe mit meiner eismeertauglichen Flotte durch die Passage verfrachten kann. Ich habe langfristige Exportverträge mit den Chinesen abgeschlossen, und demnächst werden die Amerikaner auf Knien zu mir gerutscht kommen. Ich rechne mit großartigen Geschäften bei der Kohlendioxid-Sequestrierung. Wenn die globale Erwärmung reduziert oder sogar gestoppt wird, könnte es passieren, dass das Eis wieder weiter vordringt, was meiner Geschäftsstrategie zuwiderlaufen würde.«

»In diesem Fall, so nehme ich an, können wir uns an Mitchell Goyette, den überzeugten Kapitalisten wenden, der selbst mit verbundenen Augen noch jede Möglichkeit erkennt, wie man Profite macht, und sich durch nichts davon abhalten lässt, sein Wirtschaftsimperium weiter auszubauen.«

»Sie schmeicheln mir«, erwiderte Goyette spöttisch. »Aber Sie haben mir die Entscheidung leichtgemacht. Ich kann es mir nicht leisten, dass die Nordwestpassage wieder zufriert. Nur wegen der Schmelze in jüngster Zeit konnte ich die Gasfelder am Melvillesund in meine Hand bringen und ein Transportmonopol in dieser Region durchsetzen. In zehn, fünfzehn Jahren vielleicht, wenn die Ölsande und die Gasvorkommen zur Neige gehen, kann ich den Planeten retten. Bis dahin ist das Ruthenium möglicherweise noch um ein Vielfaches mehr wert.«

»So spricht ein wahrer Kapitalist.«

Goyette griff zu zwei dünnen Papierblättern, die auf seinem Schreibtisch lagen. Es waren die Einträge aus dem Hauptbuch der Bergbaugenossenschaft, die Zak gestohlen hatte.

»Die Herkunft dieser Rutheniumfunde scheint mir nach wie vor ziemlich unklar zu sein«, sagte er, während er die Seiten las. »Ein Händler hat das Erz 1917 von einem Inuit gekauft, dessen Großvater das Zeug rund siebzig Jahre vorher erworben hatte. Der Großvater stammte aus Adelaide, behauptete aber, das Ruthenium käme von den Royal-Geographical-Society-Inseln. Dazu kommt noch, dass er es Schwarzes Kobluna nannte und gesagt hat, der Herkunftsort wäre von bösen Geistern verflucht. Von einer wissenschaftlich fundierten Grundlage kann man da wohl kaum sprechen.« Er blickte Zak an, als sei er sich nicht recht darüber im Klaren, ob die ganze Sache nicht nur ein Trick seines gedungenen Killers war.

Zak schaute ihn unverwandt an. »Möglicherweise ist es gewagt. Aber das Ruthenium der Inuit muss irgendwo herkommen, immerhin ist es vor hundertsechzig Jahren mitten in der Arktis aufgetaucht. In den Aufzeichnungen ist eine Karte enthalten, die genau zeigt, wo es herkommt. Die Inuit verfügten seinerzeit weder über Frontlader noch über Kipplaster, folglich muss das Zeug mehr oder weniger offen herumgelegen haben. Dort wird es also noch mehr geben. Die Mid-America Company hat sich zwar in der Gegend niedergelassen, aber die suchen nach Zink, und zwar auf der gegenüberliegenden Seite der Insel. Ja, Mitchell, möglicherweise ist es ein gewagtes Unterfangen. Aber es könnte riesige Gewinne einbringen, wenn es dort Ruthenium gibt, und es könnte Sie Unsummen kosten, wenn Ihnen jemand zuvorkäme.«

»Sind wir nicht die Einzigen, die etwas von den Vorkommen der Inuit wissen?«

Zak blinzelte kurz und kniff den Mund zusammen.

»Es besteht die Möglichkeit, dass dieser Dirk Pitt die Spur aufgenommen hat«, sagte er.

»Pitt?«, fragte Goyette kopfschüttelnd. Der Name sagte ihm nichts.

»Er ist Direktor der National Underwater and Marine Agency, das ist eine amerikanische Meeresforschungsbehörde. Ich bin ihm in dem Forschungslabor in Washington kurz über den Weg gelaufen und habe noch bemerkt, dass er bei der Laborleiterin nach der Explosion gleich Erste Hilfe geleistet hat. Bei der Bergbaugenossenschaft in Ontario ist er dann auch wieder aufgetaucht, kurz nachdem ich diese Einträge an mich genommen hatte. Ich habe versucht, ihn auf der Rückfahrt in einen Unfall zu verwickeln, aber ein alter Mann hat ihm geholfen. Pitt weiß offensichtlich um die Bedeutung des Rutheniums für das Auslösen einer künstlichen Photosynthese.«

»Er könnte immerhin auch hinter Ihnen her sein«, sagte Goyette, über dessen Stirn sich in diesem Augenblick eine tiefe Falte zog.

»Damit werde ich mühelos fertig«, sagte Zak.

»Es ist vielleicht nicht ratsam, einen bekannten Regierungsvertreter in die Luft zu jagen. Von den Staaten aus kann er nichts unternehmen. Ich lasse ihn beschatten, nur um sicherzugehen, dass er dort bleibt. Außerdem müssen Sie sich in die Arktis begeben und die Royal-Geographical-Society-Inseln erkunden. Nehmen Sie einen Trupp Sicherheitsleute mit. Außerdem schicke ich Ihnen meine besten Geologen. Anschließend lassen Sie sich etwas einfallen, wie wir Mid-America aus dem Geschäft drängen können. Ich möchte, dass Sie das Ruthenium finden. Bringen Sie es in Ihren Besitz, egal, was es kostet. Alles.«

»Das ist der Mitchell Goyette, wie ich ihn kenne und schätze«, sagte Zak mit einem schiefen Grinsen. »Wir haben noch nicht über meinen Anteil gesprochen.«

»Im Moment sind das alles noch Luftschlösser. Zehn Prozent Gewinnanteil wären mehr als großzügig.«

»Ich dachte eher an fünfzig Prozent.«

»Das ist absurd. Ich komme für sämtliche Kosten auf. Fünfzehn Prozent.«

»Zwanzig müssen es schon sein.«

Goyette knirschte mit den Zähnen. »Verlassen Sie mein Boot. Und viel Spaß in der Kälte.«

40

Trotz Lorens Bitten, er solle im Bett bleiben und sich ausruhen, stand Pitt am nächsten Morgen in aller Frühe auf und zog sich für die Arbeit an. Seine Knochen taten ihm mehr weh als am Tag zuvor, und er bewegte sich langsam, bis seine Gelenke wieder geschmeidiger wurden. Er überlegte, ob er einen Tequila mit Orangensaft trinken sollte, um die Schmerzen zu betäuben, ließ es dann aber lieber sein. Die Verletzungen werden mir noch eine Zeit lang zu schaffen machen, dachte er und verfluchte das Alter und den Tribut, den es von ihm forderte.

Loren rief ihn ins Badezimmer, wo sie die Schramme an seinem Kopf säuberte und einen frischen Verband anlegte.

»Wenigstens wird sie von deinen Haaren verdeckt«, sagte sie und strich mit dem Finger über die diversen Narben an Pitts Brust und Rücken. Die zahlreichen Begegnungen mit dem Tod hatten ihre Spuren hinterlassen, sowohl körperlich als auch seelisch.

»Ein Glückstreffer am Kopf«, frotzelte er.

»Vielleicht hat er dich ja endlich mal zur Besinnung gebracht«, erwiderte sie und schlang die Arme um ihn. Pitt hatte Loren zwar von den Ereignissen in Ontario erzählt, aber mit keinem Wort erwähnt, dass der Erdrutsch kein Zufall gewesen war. Sie reckte sich und küsste ihn behutsam auf den Kopf, dann erinnerte sie ihn daran, dass er versprochen hatte, sie später zum Mittagessen auszuführen.

»Ich hole dich um zwölf ab«, sagte er.

Um acht war er in seinem Büro und nahm an zwei Besprechungen über bevorstehende Forschungsprojekte teil, bevor er Dan Martin anrief. Der FBI-Direktor klang sichtlich aufgeregt, als Pitt sich meldete.

»Dirk, dein Tipp gestern war gut. Du hattest Recht, der Hausmeisterdienst im Labor der George Washington University ist abends im Einsatz. Wir haben uns das Überwachungsvideo des Labors angesehen und eine gute Aufnahme von deinem merkwürdigen Hausmeister gefunden. Er passt genau auf die Beschreibung.«

Als er in der Flughafenlounge in Elliot Lake gesessen hatte, war Pitt endlich eingefallen, weshalb ihm der Mann, dem er bei der Bergbaugenossenschaft begegnet war, so bekannt vorkam. Er und der Hausmeister, der ihm beim Betreten des Labors entgegengekommen war, waren nämlich ein und dieselbe Person.

»Habt ihr ihn identifizieren können?«, fragte Pitt.

»Nachdem wir die Bestätigung hatten, dass er nicht zum Wartungspersonal und Hausmeisterdienst gehört, haben wir sein Foto über die Datenbank des Heimatschutzministeriums laufen lassen. Nicht gerade hehre Wissenschaft, aber wir sind auf eine mögliche Trefferliste gestoßen, vor allem aber auf eine bestimmte Person, die zu der Beschreibung passt. Auf dieser Seite der Grenze nennt er sich Robert Ford und stammt angeblich aus

Buffalo, New York. Wir haben bereits festgestellt, dass die angegebene Adresse ebenso falsch ist wie der Name.«

Pitt wiederholte den Namen Robert Ford, dann dachte er über den Decknamen nach, den er in Blind River benutzt hatte: John Booth. Das kann kein Zufall sein, dachte er. John Wilkes Booth war der Mann, der Präsident Lincoln erschossen hatte, und Robert Ford hatte Jesse James umgebracht.

»Er hat was für berühmte Killer übrig«, meinte Pitt.

»Könnte sein, dass er im gleichen Gewerbe tätig ist. Wir haben unsere Unterlagen mit denen der kanadischen Behörden abgeglichen, und die meinen, sie haben ihn unter dem Namen Clay Zak erfasst.«

»Wollen sie ihn aufgreifen?«

»Das würden sie sicher tun, wenn sie wüssten, wo er steckt. Er gilt als Verdächtiger in einem Mordfall, der sich vor zwanzig Jahren in einem kanadischen Nickelbergwerk zugetragen hat. Seither ist sein Verbleib unbekannt.«

»Ein Nickelbergwerk? Könnte etwas damit zu tun haben, dass er Dynamit verwendet.«

»Wir gehen dem im Augenblick noch nach. Die Kanadier können ihn möglicherweise nicht ausfindig machen, aber wenn er wieder einen Fuß in dieses Land setzt, haben wir gute Chancen, ihn zu erwischen.«

»Gute Arbeit, Dan. Du hast in kurzer Zeit eine ganze Menge erreicht.«

»Reines Glück, weil du dich an die Begegnung erinnert hast. Da ist noch was, das du vielleicht erfahren solltest. Lisa Lanes Assistent, dieser Bob Hamilton. Wir haben eine richterliche Vollmacht zur Überprüfung seiner Finanzen erhalten. Allem Anschein nach wurden von einer Offshore-Firma gerade fünfzigtausend Dollar auf sein Bankkonto überwiesen.«

»Ich hatte doch gleich den Verdacht, dass mit dem irgendwas nicht stimmt.«

»Wir bohren noch ein bisschen weiter nach, und am Wochenende vernehmen wir ihn dann. Mal sehen, ob er etwas mit der Sache zu tun hat, aber meiner Meinung nach sieht es im Moment recht vielversprechend aus.«

»Freut mich, dass die Ermittlungen vorankommen. Danke für deinen Einsatz.«

»Ich danke dir, Dirk. Du hast uns in diesem Fall auf die Sprünge geholfen.«

Pitt fragte sich, wie es mit seinen Nachforschungen voranging, während er die Treppe zur Computerzentrale im zehnten Stock hinabstieg. Als er eintrat, saß Yeager an seiner Konsole und unterhielt sich wieder mit Max, die vor einem großen Bildschirm stand, auf dem eine Weltkarte mit Dutzenden von blinkenden Lichtpunkten zu sehen war, die über sämtliche Ozeane verstreut waren. Jedes Licht stand für eine Boje, die Informationen über See- und Wetterverhältnisse per Satellit in die Zentrale übertrug.

»Schwierigkeiten mit dem Bojensystem?«, fragte Pitt, als er neben Yeager Platz nahm.

»Wir hatten Verbindungsprobleme mit einer Reihe von Segmenten«, erwiderte Yeager. »Ich lasse Max gerade ein paar Softwaretests vornehmen, um festzustellen, woran es liegt.«

»Wenn die neueste Software ordentlich erprobt worden wäre, bevor sie in Betrieb genommen wurde, hätten wir das Problem nicht«, warf Max ein. Sie wandte sich an Pitt, wünschte ihm einen guten Morgen und betrachtete dann seinen Verband. »Was ist mit Ihrem Kopf passiert?«

»Ich hatte einen leichten Unfall auf einer Gebirgsstraße«, erwiderte er.

»Wir sind deinem Hinweis bezüglich der Kennnummer des Jets nachgegangen, die du telefonisch durchgegeben hast«, sagte Yeager.

»Das kann warten. Die Schaltung der Bojen ist wichtiger.«

»Ich kann mühelos beides zugleich erledigen«, wandte Max leicht indigniert ein.

»Sie nimmt einen Probelauf vor, der etwa zwanzig Minuten dauert«, erklärte Yeager. »Wir können sie beschäftigen, bis die Ergebnisse eingehen.«

Er wandte sich an seine Holographie und sagte: »Max, ruf die Daten zu dem Gulfstream-Jet ab.«

»Bei dem Flugzeug handelt es sich um einen neuen Gulfstream G650, einen Jet für achtzehn Passagiere, Baujahr 2009. Den Dateien der kanadischen Luftfahrtbehörde zufolge ist die Kennnummer C-FTGI auf die Firma Terra Green Industries in Vancouver, British Columbia, eingetragen. Terra Green ist ein Privatunternehmen unter Leitung eines gewissen Mitchell Goyette.«

»Daher das TGI in der Nummer«, sagte Yeager. »Wenigstens gibt er nicht mit den Initialen seines Namens an, wie so viele dieser unverschämt reichen Jetbesitzer.«

»Goyette«, sagte Pitt versonnen. »Ist der nicht ein großes Tier in der grünen Industrie?«

»In seinem Besitz befinden sich Windparks, Geothermal- und Wasserkraftwerke sowie eine Reihe von Sonnenkollektorfeldern«, meldete Max.

»Privatbesitz ist für gewöhnlich undurchsichtig«, sagte Yeager, »deshalb haben wir ein bisschen nachgebohrt. Haben über zwei Dutzend weitere Unternehmen gefunden, die über mehrere Ecken zu Terra Green gehören. Wie sich herausstellte, befasst sich eine Reihe dieser Unternehmen mit der Exploration von Gas-, Öl- und Mineralienvorkommen in der Provinz Alberta, hauptsächlich in der Athabasca-Region.«

»Dann ist Terra Green offenbar doch gar nicht so grün«, warf Pitt ein.

»Es kommt noch schlimmer. Ein weiteres Tochterunternehmen hält die Förderrechte für ein unlängst entdecktes Gasfeld am Melvillesund. Es könnte wertvoller sein als Goyettes sämtliche anderen Unternehmen zusammen. Außerdem sind wir auf eine interessante Verbindung zur NUMA gestoßen. Anscheinend hat Terra Green bei einer Werft im Mississippi-Delta mehrere große Eisbrecher und eine Reihe größerer Leichter zum Transport von Flüssiggas und anderen Frachten in Auftrag gegeben. Es handelt sich um die gleiche Werft, die unser letztes Forschungsschiff gebaut hat, dessen Stapellauf sich zum Teil wegen der Arbeit für Terra Green verzögert hatte.«

»Ja, die Lowden-Werft in New Orleans«, erwiderte Pitt. »Ich habe einen dieser Leichter im Trockendock gesehen. Ein mächtiges Gerät. Ich frage mich, was sie damit transportieren wollen.«

»Ich habe bislang noch nicht versucht, diese Schiffe zu orten, aber wenn Sie wollen, kann ich es tun«, sagte Max.

Pitt schüttelte den Kopf. »Ist wahrscheinlich nicht weiter wichtig. Max, können Sie feststellen, ob Terra Green Forschungen im Zusammenhang mit künstlicher Photosynthese oder anderen Maßnahmen zur Reduzierung von Treibhausgasemissionen anstellt?«

Max stand reglos da, während sie ihre Dateien nach veröffentlichten Forschungsberichten und Nachrichten durchsuchte.

»Ich finde keine Verweise auf Terra Green und künstliche Photosynthese. Sie haben eine relativ kleine Forschungseinrichtung, die sich mit Solarenergie befasst und eine Arbeit über die Kohlenstoff-Sequestrierung veröffentlicht hat. Das Unternehmen hat in Kitimat, British Columbia, gerade eine Anlage zur CO2-Sequestrierung eröffnet. Man weiß, dass die Firma mit der kanadischen Regierung Gespräche über den Bau einer unbekannten Zahl weiterer Sequestrierungsanlagen im ganzen Land führt.«

»Kitimat? Ich habe eben eine E-Mail von Summer erhalten, die mir von dort geschrieben hat«, sagte Yeager.

»Ja, die Kinder haben offenbar auf der Fahrt durch die Inside Passage ein paar Tage dort Station gemacht, um die Alkalität des Meerwassers in der Gegend zu messen«, sagte Pitt.

»Meinst du, die Sequestrierungsanlagen könnten ein Grund sein, Lisa Lanes Forschungen zu hintertreiben?«, fragte Yeager.

»Weiß ich nicht, aber möglich wäre es. Goyette ist eindeutig hinter dem Ruthenium her.« Er berichtete von seinem Besuch bei der Bergbaugenossenschaft und der zufälligen Begegnung mit dem Mann, den er im Labor der GWU gesehen hatte. Er holte seine Notizen heraus und trug Yeager den Teil der Eintragung im Hauptbuch vor, den er gelesen hatte.

»Max, als wir das letzte Mal miteinander gesprochen haben, haben Sie darauf hingewiesen, dass derzeit so gut wie kein Ruthenium abgebaut wird«, sagte er.

»Ganz recht, nur eine kleine Menge minderwertiges Erz, das in einem Bergwerk in Bolivien gefördert wird.«

»Das Hauptbuch der Bergbaugenossenschaft ist nicht mehr vollständig. Haben Sie irgendwelche Daten, die auf mögliche Vorkommen in der Arktis hindeuten?«

Max stand einen Moment lang reglos da, dann schüttelte sie den Kopf. »Nein, Sir. In den Berichten, die größtenteils aus den Sechzigerjahren des letzten Jahrhunderts stammen, finde ich keinerlei Hinweise auf Erkundungen oder Förderrechte.«

Pitt las seine Notizen durch, dann sagte er: »Ich habe einen Bericht aus dem Jahr 1917, demzufolge Inuit von der Halbinsel Adelaide rund sechzig Jahre zuvor in den Besitz von Ruthenium gelangten, das sie als Schwarzes Kobluna bezeichneten. Sagt Ihnen das irgendwas, Max?«

»Tut mir leid, Sir, ich finde trotzdem keine entsprechenden Verweise auf einen Abbau«, erwiderte sie leicht verlegen.

»Mich redet sie nie mit Sir an«, murmelte Yeager.

Ohne Yeager auch nur eines Blickes zu würdigen, fuhr Max mit ihren Ausführungen für Pitt fort.

»Die Halbinsel Adelaide liegt an der Nordküste des kanadischen Territoriums Nunavut, genau südlich der King-William-Insel. Die Halbinsel gilt als größtenteils unbesiedelt, aber zu bestimmten Jahreszeiten halten sich dort kleine Gruppen nomadisch lebender Inuit auf.«

»Max, was bedeutet der Begriff ›Schwarzes Kobluna‹?«, fragte Yeager.

Max zögerte einen Moment, während sie sich Zugang zur linguistischen Datenbank der Stanford University verschaffte. Dann wandte sie sich mit verwunderter Miene an Yeager und Pitt.

»Es ist eine in sich widersprüchliche Bezeichnung«, sagte sie.

»Erklär das bitte«, sagte Yeager.

»*Kobluna* ist die Inuit-Bezeichnung für ›weißer Mann‹. Folglich lautet die Übersetzung des gesamten Begriffs ›schwarzer weißer Mann‹.«

»In der Tat widersprüchlich«, sagte Yeager. »Vielleicht bezeichnen sie damit einen schwarz gekleideten Weißen oder umgekehrt.«

»Möglich«, sagte Pitt. »Aber das ist ein abgelegener Teil der Arktis. Ich bin mir nicht sicher, ob zu der Zeit überhaupt irgendein Weißer oder Schwarzer einen Fuß in diese Gegend gesetzt hat. Nicht wahr, Max?«

»Es stimmt beinahe. Die erste Erkundung und Kartographierung der kanadischen Polarregion erfolgte im Zuge der von den Briten angeregten Suche nach einer Nordwestpassage zum Pazifischen Ozean. Ein großer Teil der westlichen und östlichen kanadischen Polargebiete war bis zur Mitte des neunzehnten Jahrhunderts kartographisch gut erfasst. Die dazwischen liegenden Regionen, darunter eine Reihe von Passagen um die Halbinsel Adelaide, waren in der Tat zuletzt an der Reihe.«

Pitt warf einen Blick auf die Notizen, die er sich bei der Bergbaugenossenschaft gemacht hatte. »Die Aufzeichnung deutet darauf hin, dass die Inuit um das Jahr 1849 an das Ruthenium gekommen sind.«

»Den historischen Unterlagen zufolge erkundete eine Expedition im Auftrag der Hudson Bay Company zwischen 1837 und 1839 in dieser Gegend einen Teil der nordamerikanischen Küste.«

»Das ist ein bisschen zu früh«, stellte Yeager fest.

»Die nächsten bekannten Vorstöße wurden von John Rae im Jahr 1851 im Zuge seiner Suche nach Überlebenden der Franklin-Expedition unternommen. Man weiß, dass er sich entlang der Südostküste der Victoria-Insel gehalten hat, die immer noch etwa hundert Meilen von der Halbinsel Adelaide entfernt ist. Erst 1859 drang man wieder in diese Gegend vor. Diesmal war es Francis McClintock, der ebenfalls auf der Suche nach Franklin die nördlich der Halbinsel Adelaide gelegene King-William-Insel erreichte.«

»Das ist ein bisschen spät«, sagte Yeager.

»Aber da wäre noch Franklin«, sagte Pitt, der sein Gedächtnis bemühte. »Wann hat er diese Gewässer befahren, und wo ist er verschollen?«

»Die Franklin-Expedition brach 1845 von England aus auf. Sie überwinterte im ersten Jahr auf der Beechey-Insel und hielt sich dann in Richtung Süden, bevor sie vor der King-William-Insel im Eis eingeschlossen wurde. Im Frühjahr 1848 wurden die Schiffe aufgegeben, und irgendwann später kam die gesamte Besatzung an Land ums Leben.«

Pitt merkte sich die Daten und dankte Max für ihre Auskünfte. Die holographische Frau nickte, wandte sich dann ab und widmete sich wieder ihrer Software-Überprüfung.

»Wenn Franklins Männer ihre Schiffe im Jahr 1848 nördlich der Halbinsel aufgegeben haben, dann ist kaum anzunehmen, dass sie irgendwelche Mineralien mit sich geschleppt haben«, stellte Yeager fest.

»Möglicherweise haben sich die Inuit ja im Datum geirrt«, erwiderte Pitt. »Andererseits sollte man Max' Hinweis in Betracht ziehen, dass die Halbinsel Adelaide eine Anlaufstelle nomadisierender Inuit ist. Nur weil die Inuit ab und zu dort gelagert haben, muss das noch lange nicht heißen, dass sie dort auch in den Besitz des Minerals gelangt sind.«

»Guter Einwand. Meinst du, da besteht ein Zusammenhang zur Franklin-Expedition?«

Pitt nickte bedächtig. »Das könnte unser einziger Anhaltspunkt sein«, sagte er.

»Aber du hast doch gehört, was Max gesagt hat. Die gesamte Besatzung ist umgekommen. Damit ist meiner Meinung nach jede Hoffnung hinüber, dass wir dort eine Antwort finden.«

»Hoffnung besteht immer«, sagte Pitt, dessen Augen auffunkelten. Er warf einen Blick auf seine Uhr und stand dann auf. »Genau genommen, Hiram, rechne ich damit, dass ich noch heute Nachmittag auf den richtigen Weg komme.«

41

Pitt besorgte sich einen NUMA-Jeep, holte Loren am Kapitol ab und fuhr dann quer durch das Stadtzentrum von Washington.

»Hast du Zeit für ein Mittagessen?«, fragte er, als sie vor einer roten Ampel standen.

»Du hast Glück, ich hab heute keine Sitzungstermine mehr. Ich muss nur noch einen Gesetzesentwurf überprüfen. Warum, was hast du vor?«

»Einen Abstecher nach Georgetown.«

»Zu meiner Eigentumswohnung, auf ein kleines nachmittägliches Vergnügen?«, fragte sie und warf ihm einen koketten Blick zu.

»Ein verlockender Vorschlag«, erwiderte er und drückte ihre Hand. »Aber ich fürchte, wir haben eher eine Verabredung zum Essen, die ich nicht absagen kann.«

Die Straßen waren vom Nachmittagsverkehr verstopft, bis Pitt endlich auf die M Street abbiegen konnte, die ins Herz von Georgetown führte.

»Wie geht es Lisa?«, fragte er.

»Sie wird heute aus dem Krankenhaus entlassen und kann es kaum erwarten, sich wieder an die Arbeit zu machen. Ich setze eine Besprechung mit dem Amt für Wissenschaft und Technologie im Weißen Haus an, sobald sie ihre Entdeckung dokumentieren und beschreiben kann. Das könnte allerdings noch ein paar Wochen dauern. Lisa war ein bisschen bestürzt, als sie mich heute Morgen anrief – ihr Assistent hat offenbar eine neue Stelle in einem anderen Staat angenommen, hat einfach gekündigt, ohne ihr Bescheid zu geben.«

»Bob Hamilton?«

»Ja, so heißt er. Derjenige, dem du nicht traust.«

»Er sollte Ende der Woche mit dem FBI sprechen. Irgendwas sagt mir, dass er diesen Job nicht so schnell antreten wird.«

»Das Ganze fing so vielversprechend an, und jetzt ist es ein einziges Chaos. Ich habe einen vertraulichen Bericht des Energieministeriums gesehen, in dem weitaus schlimmere Auswirkungen der globalen Erwärmung auf die Umwelt und die Wirtschaft vorausgesagt werden, als irgendjemand zugeben will. Die neuesten Untersuchungen deuten darauf hin, dass die Treibhausgase in der Atmosphäre in einem erschreckenden Ausmaß zunehmen. Meinst du, man findet schnell genug Rutheniumvorkommen, damit man Anlagen zur künstlichen Photosynthese bauen kann?«

»Uns liegt lediglich ein lückenhafter Bericht über ein längst vergessenes Vorkommen vor. Möglicherweise ist es erschöpft, aber wir müssen es erst mal aufspüren.«

Pitt fuhr durch eine Reihe idyllischer Wohnstraßen, die von Häusern aus den Vierzigerjahren des 19. Jahrhunderts gesäumt wurden. Er fand einen Parkplatz hinter einer mächtigen Eiche, worauf sie zu einem kleineren Gebäude gingen, das einst die Remise des angrenzenden Herrenhauses gewesen war. Pitt betätigte den Messingtürklopfer, und kurz darauf wurde die Haustür aufgerissen, hinter der ein riesiger Mann in einem roten Satinsmoking auftauchte.

»Dirk! Loren! Da seid ihr ja«, rief St. Julien Perlmutter mit dröhnender Stimme. Der bärtige Koloss, der fast dreieinhalb Zentner auf die Waage brachte, umarmte sie so stürmisch, dass sie das Gefühl hatten, er breche ihnen das Rückgrat, als er sie ins Haus bat.

»Julien, du wirkst ja richtig fit. Hast du abgenommen?«, fragte Loren und tätschelte seinen stattlichen Bauch.

»Um Himmels willen, nein«, rief er. »An dem Tag, an dem ich nichts mehr esse, sterbe ich. Du hingegen siehst noch entzückender aus als sonst.«

»Beschränke dich mit deiner Gier lieber aufs Essen«, sagte Pitt mit einem bedrohlichen Grinsen.

Perlmutter beugte sich an Lorens Ohr. »Sag mir einfach Bescheid, wenn du das Zusammenleben mit diesem abenteuerlustigen alten Esel satthast«, sagte er so laut, dass Pitt alles hören konnte. Dann richtete er sich auf wie ein Bär und trottete durch das Zimmer.

»Kommt ins Esszimmer«, rief er.

Loren und Pitt folgten ihm durch das Wohnzimmer und einen Flur entlang, deren Wände von überquellenden, bis zur Decke reichenden Bücherregalen gesäumt waren. Das ganze Haus war voller Bücher und ähnelte eher einer Bibliothek als einem Wohnquartier. In diesem Gemäuer befand sich die größte

Sammlung marinehistorischer Werke und Fachzeitschriften auf der Welt, und darüber hinaus war Perlmutter, der alle nautischen Archive verwahrte, derer er habhaft werden konnte, ein herausragender Fachmann auf dem Gebiet der Seefahrtsgeschichte.

Er führte sie in ein kleines, aber prächtiges Esszimmer, in dem sich nur wenige Bücherstapel entlang der Wand auftürmten. Sie nahmen an einem schweren Mahagonitisch Platz, dessen Beine in Form von Löwentatzen gedrechselt waren. Der Tisch stammte aus der Kapitänskajüte eines alten Segelschiffes und war eines von vielen antiquarischen Stücken aus den großen Tagen der Seefahrt, die inmitten der zahllosen Bücher standen.

Perlmutter öffnete eine Flasche Pouilly-Fumé und schenkte jedem ein Glas trockenen Weißwein ein.

»Die Flasche *Airag*, die du mir aus der Mongolei geschickt hast, ist leider schon leer«, sagte er zu Pitt. »Wunderbares Zeug.«

»Ich habe jede Menge davon getrunken, als ich dort war. Die Einheimischen trinken es wie Wasser«, erwiderte er. Er konnte sich noch gut an den leichten Bittergeschmack des aus vergorener Stutenmilch hergestellten alkoholischen Getränks erinnern.

Perlmutter kostete den Wein, stellte dann sein Glas ab und klatschte in die Hände.

»Marie«, rief er. »Sie dürfen die Suppe servieren.«

Eine Frau, die eine Schürze umgebunden hatte, kam aus der Küche und trug ein Tablett voller Schalen. Sie war das genaue Gegenteil von Perlmutter, schlank und zierlich, hatte kurze schwarze Haare und kaffeebraune Augen. Wortlos, aber mit einem Lächeln stellte sie vor jeden Anwesenden eine Schale und verschwand wieder in der Küche. Pitt probierte die Suppe und nickte.

»Vichyssoße. Sehr gut.«

Perlmutter beugte sich vor und ergriff flüsternd das Wort. »Marie ist stellvertretende Chefköchin im Citronelle hier in Georgetown. Sie hat eine der besten kulinarischen Schulen in

Paris besucht. Außerdem war ihr Vater Küchenchef im Maxim«, fügte er hinzu und legte die Fingerspitzen begeistert an den Mund. »Sie hat sich bereiterklärt, drei Mal die Woche für mich zu kochen. Das Leben ist schön«, rief er mit donnerndem Bass und lachte, dass die Speckfalten um sein Kinn in Wallung gerieten.

Die drei speisten sautiertes Kalbsbries mit Risotto und Lauchgemüse, gefolgt von einer Mousse aux Chocolat. Hinterher seufzte Pitt zufrieden auf und schob den leeren Teller weg. Loren musste das Handtuch werfen, bevor sie mit ihrem Dessert fertig war.

»Hervorragend, Julien, von Anfang bis Ende. Wenn du die Seefahrtsgeschichte mal satthast, hättest du eine große Zukunft als Gastronom vor dir«, sagte Loren.

»Vielleicht, ja, aber ich glaube, das wäre mit zu viel Arbeit verbunden«, erwiderte Perlmutter lachend. »Außerdem vergeht die Liebe zur See niemals, wie du ja sicher von deinem Gatten weißt.«

»Stimmt. Ich weiß nicht, was ihr beide mit euch anfangen würdet, wenn der Mensch nie zur See gefahren wäre.«

»Ein blasphemischer Gedanke«, rief Perlmutter. »Was mich an etwas erinnert. Dirk, du hast am Telefon gesagt, es ginge um mehr als nur um ein köstliches Essen mit einem guten Freund.«

»Ganz recht, Julien. Ich bin auf der Suche nach einem seltenen Mineral, das um das Jahr 1849 in der Arktis aufgetaucht ist.«

»Klingt spannend. Weshalb interessierst du dich dafür?«

Pitt berichtete kurz von der Bedeutung des Rutheniums und der Geschichte vom Erz der Inuit, die er bei der Bergbaugenossenschaft gehört hatte.

»Die Halbinsel Adelaide, sagst du? Wenn mich mein Gedächtnis nicht trügt, liegt sie südlich der King-William-Insel, mitten in der Nordwestpassage«, sagte Perlmutter und strich sich den dichten grauen Bart. »Und im Jahr 1849 waren Franklin und sein Trupp die einzigen Forscher, die in diese Gegend vorgedrungen sind.«

»Wer war Franklin?«, fragte Loren.

»Sir John Franklin. Ein britischer Marineoffizier und bekannter Polarforscher. Hat als junger Bursche auf der *Bellephoron* gedient und an der Schlacht von Trafalgar teilgenommen, wenn ich mich recht entsinne. Obwohl er mit neunundfünfzig Jahren schon ein bisschen über den Zenit war, ist er mit zwei robusten Schiffen aufgebrochen und wollte versuchen, die sagenumwobene Nordwestpassage zu finden und zu durchfahren. Um ein Haar hätte er es auch geschafft, aber dann blieben seine Schiffe im Eis stecken. Die überlebenden Männer mussten die Schiffe aufgeben und haben versucht, sich zu einem Pelzhandelsposten durchzuschlagen, der hundert Meilen weiter südlich lag. Franklin und sämtliche hundertdreißig Männer, die an der Expedition teilnahmen, kamen letztlich ums Leben, die größte Tragödie in der Geschichte der Polarforschung.«

Perlmutter entschuldigte sich, begab sich in einen seiner Leseräume und kehrte mit etlichen alten Büchern und einem primitiv gebundenen Manuskript zurück. Er blätterte in einem der Bücher, hielt dann inne und las laut vor.

»Da haben wir's. Franklin brach im Mai 1845 mit zwei Schiffen, der *Erebus* und der *Terror,* von der Themsemündung aus auf. Bei der Einfahrt in die Baffin Bay, vor Grönland, wurden sie in diesem Sommer zum letzten Mal gesehen. Da die Mannschaften Proviant für drei Jahre dabeihatten, ging man davon aus, dass sie mindestens ein Jahr im Eis überwintern konnten, ehe sie versuchten, einen Seeweg zum Pazifik zu finden. Oder sie wären mit dem Beweis, dass es keine Passage gab, nach England zurückgekehrt. Stattdessen kamen Franklin und seine Männer in der Arktis um und wurden nie wieder gesehen.«

»Hat niemand nach ihnen gesucht, als sie nach drei Jahren noch immer nicht wieder aufgetaucht waren?«, fragte Loren.

»O ja, meine Liebe! Ende 1847 machte man sich zunehmend Sorgen, als man nichts von ihnen hörte, und im Jahr darauf wurde eine Rettungsaktion unternommen. Dutzende von Expeditionen wurden auf die Suche nach Franklin geschickt und erkundeten sowohl die östliche als auch die westliche Zufahrt der Passage. Franklins Frau, Lady Jane Franklin, finanzierte höchstpersönlich zahlreiche Expeditionen, um ihren Mann zu finden. Erstaunlicherweise wurden erst 1854, neun Jahre nach der Abfahrt aus England, die sterblichen Überreste einiger Besatzungsmitglieder auf der King-William-Insel gefunden, womit sich die schlimmsten Vermutungen bestätigten.«

»Hatten sie irgendwelche Logbücher oder Aufzeichnungen hinterlassen?«, fragte Pitt.

»Nur eins. Eine grässliche Nachricht, die sie in einem Steinhaufen der Insel hinterlegten und die 1859 entdeckt wurde.« Perlmutter fand in einem seiner Bücher eine Fotokopie von dieser Nachricht und reichte sie Loren und Pitt.

»Hier steht, dass Franklin 1847 gestorben ist, aber die Ursache wird nicht angegeben«, sagte Loren.

»Die Nachricht wirft mehr Fragen auf, als dass sie Antworten liefert. Sie hatten den schwersten Teil der Passage beinahe hinter sich, wurden aber vermutlich von einem ausnehmend kurzen Sommer überrascht, und vermutlich sind die Schiffe im Eis geborsten.«

Pitt stieß in dem Buch auf eine Karte, auf der die Gegend, in der Franklin starb, verzeichnet war. Die Stelle, an der seine Schiffe aufgegeben wurden, war nur knapp hundert Meilen von der Halbinsel Adelaide entfernt.

»Das Ruthenium, das in dieser Gegend gefunden wurde, wurde als Schwarzes Kobluna bezeichnet«, sagte Pitt, während er die Karte nach einem geografischen Anhaltspunkt absuchte.

»Kobluna. Das ist ein Inuit-Wort«, sagte Perlmutter und griff zu dem primitiv gebundenen Manuskript. Als er die vergilbten

Seiten aufschlug, sah Loren, dass der ganze Text von Hand geschrieben war.

»Ja«, antwortete Pitt. »Es ist eine Inuit-Bezeichnung für ›weißer Mann‹.«

Perlmutter schlug mit dem Fingerknöchel auf das aufgeschlagene Dokument. »Im Jahr 1860 versuchte ein New Yorker Journalist namens Stuart Leuthner, das Rätsel um die Franklin-Expedition zu lösen. Er reiste in die Arktis und lebte sieben Jahre in einer Siedlung der Inuit, wo er ihre Sprache und ihr Brauchtum erlernte. Er suchte die Gegend um die King-William-Insel ab, fragte jeden Bewohner, den er finden konnte und der möglicherweise Kontakt zu Franklin und seinen Männern gehabt hatte, und kehrte desillusioniert nach New York zurück, ohne die Erklärungen zu finden, die er gesucht hatte. Aus irgendeinem Grund beschloss er, seine Erkenntnisse nicht zu veröffentlichen, ließ seinen Text hier und kehrte in die Arktis zurück. Er nahm eine junge Inuit zur Frau, dann zog er in die Wildnis, um vom Land selbst zu leben. Man hat nie wieder etwas von ihm gehört.«

»Sind das seine Aufzeichnungen über die Zeit, die er bei den Inuit verbracht hat?«, fragte Pitt.

Perlmutter nickte. »Ich konnte sie vor ein paar Jahren bei einer Auktion erstehen und bekam sie sogar für einen vernünftigen Preis.«

»Wundert mich, dass sie nie veröffentlicht wurden«, sagte Loren.

»Dem wäre nicht so, wenn du sie lesen würdest. Sie bestehen zu neunzig Prozent aus Abhandlungen über das Erlegen und Schlachten von Robben, den Bau von Iglus und den Kampf gegen die Langeweile in den dunklen Wintermonaten.«

»Und die anderen zehn Prozent?«, fragte Pitt.

»Schauen wir mal nach«, sagte Perlmutter lächelnd.

Eine Stunde lang blätterte Perlmutter in dem Manuskript

und las hin und wieder Passagen vor, in denen die Inuit Schlittentrupps beschrieben, die sie an den fernen Gestaden der King-William-Insel gesehen hatten, oder von zwei großen Schiffen berichteten, die im Eis gefangen waren. Gegen Ende der Aufzeichnungen befragte Leuthner einen jungen Mann, dessen Geschichte Loren und Pitt fast von ihren Stühlen riss.

Der Bericht stammte von Koo-nik, der dreizehn Jahre alt war, als er 1849 mit seinem Onkel westlich von der King-William-Insel auf Robbenjagd ging. Er und sein Onkel waren auf einen Pingo geklettert, einen durch Frostaufbruch entstandenen Hügel, und dabei auf ein mächtiges Boot gestoßen, das in einer großen Eisscholle festsaß.

»Kobluna«, sagte der Onkel, worauf sie sich auf den Weg zu dem Boot begaben.

Als sie näher kamen, hörten sie lautes Gebrüll und Schreie aus dem Inneren des Schiffes. Ein Mann mit wildem Blick und langen Haaren winkte sie zu sich. Da sie eine frisch erlegte Robbe zum Tauschen hatten, wurden sie sofort auf Deck eingeladen, wo weitere Männer auftauchten, schmutzig und ausgezehrt, die Kleidung mit trockenem Blut verkrustet. Einer der Männer starrte Koo-nik an und plapperte unverständliches Zeug, zwei andere tanzten auf dem Deck herum. Die Besatzung sang ein altes Lied und bezeichnete sich als »Männer der Schwärze«. Die wirken alle wie von bösen Geistern besessen, dachte Koo-nik. Aus lauter Angst klammerte er sich an seinen Onkel, als dieser das Robbenfleisch gegen zwei Messer und ein paar silbrig glänzende Steine eintauschte, die nach Aussage der Koblunas eine einzigartige Wärmekraft besaßen. Die Koblunas versprachen weitere Werkzeuge und silberne Steine, wenn ihnen die Inuit noch mehr Fleisch brachten. Daraufhin brach Koo-nik mit seinem Onkel auf, doch er sah das Boot nie wieder. Er berichtete aber, dass sein Onkel und einige andere Männer ein paar Wochen später eine große Anzahl Robben zu dem Boot brachten und mit vielen Messern und einem Kajak voller Schwarzem Kobluna zurückkehrten.

»Es muss das Ruthenium gewesen sein«, sagte Loren aufgeregt.

»Ja, das Schwarze Kobluna«, pflichtete Pitt bei. »Aber woher hatten es Franklins Männer?«

»Möglicherweise haben sie es bei einer Schlittentour auf einer der Nachbarinseln gefunden, als die Schiffe im Eis festsaßen«, warf Perlmutter ein. »Natürlich hätten sie schon viel früher eine Mine entdeckt haben können, irgendwo zwischen Grönland und der Victoria-Insel, und die sind tausend Meilen voneinander entfernt. Kein allzu guter Anhaltspunkt, fürchte ich.«

»Ich finde das Verhalten der Besatzung sehr seltsam«, stellte Loren fest.

»Ich habe eine ähnliche Geschichte gehört. In Südafrika wurden angeblich Fabrikarbeiter verrückt, weil sie mit Ruthenium in Berührung kamen«, erwiderte Pitt. »Aber Sinn ergibt das nicht, da das Mineral von Natur aus nicht gefährlich ist.«

»Vielleicht lag es bloß an den entsetzlichen Bedingungen, die sie ertragen mussten. Sie haben gefroren und gehungert und saßen in diesen endlos langen, dunklen Wintern in einem engen Schiff fest«, sagte Loren. »So was würde mich auch in den Wahnsinn treiben.«

»Nimm noch Skorbut, Erfrierungen und Lebensmittelvergiftung durch die verdorbenen Vorräte hinzu, die in schlampig mit Blei verlöteten Konservendosen mitgeführt wurden, dann hast du eine Menge Gründe, die einen Mann um den Verstand bringen können«, pflichtete Perlmutter bei.

»Aber das ist nur eins von mehreren ungelösten Rätseln im Zusammenhang mit dieser Expedition«, sagte Pitt.

»Der Bericht scheint die Geschichte des Händlers zu bestätigen, der die Bergbaugenossenschaft beliefert hat«, stellte Perlmutter fest.

»Vielleicht befindet sich des Rätsels Lösung noch immer auf dem Schiff«, wandte Loren ein.

Pitt beschäftigte sich bereits mit demselben Gedanken. Er wusste, dass das eisige Wasser der Arktis erstaunliche Konservierungseigenschaften hatte. Die *Breadalbane*, ein 1843 gebautes hölzernes Schiff, das an einer der Expeditionen zur Rettung Franklins teilgenommen hatte und nahe der Beechey-Insel vom Eis zermalmt worden war, hatte man unlängst mit noch aufrecht stehenden Masten entdeckt. Dass es also in einem Schiff nach wie vor Hinweise auf die Herkunft des Rutheniums geben könnte, war durchaus möglich. Aber auf welchem Schiff, und wo lag es?

»Ein zweites Schiff wurde nicht erwähnt?«, fragte er.

»Nein«, erwiderte Perlmutter. »Und laut der Ortsangabe, die sie liefern, hat sich das Ganze etwas weiter südlich von der Stelle zugetragen, an der Franklins Schiffe aufgegeben wurden.«

»Vielleicht wurden sie durch die Eisdrift voneinander getrennt«, warf Loren ein.

»Durchaus denkbar«, erwiderte Perlmutter. »Leuthner berichtet weiter hinten noch von einem anderen interessanten Detail«, sagte er und blätterte ein paar Seiten weiter. »Ein dritter Trupp Inuit behauptet, man hätte eines der Schiffe sinken sehen, während das andere verschwand. Leuthner wurde nie recht schlau daraus, weshalb die Inuit zwischen beidem unterschieden.«

»Angenommen, es war eins von Franklins Schiffen, dann müsste man wissen, ob es sich um die *Erebus* oder die *Terror* handelte, falls das Mineral nicht auf beide gebracht wurde«, wandte Pitt ein.

»Ich fürchte, Koo-nik hat das Schiff nicht identifiziert. Und beide Schiffe sahen nahezu gleich aus«, sagte Perlmutter.

»Aber er sagte doch, die Besatzung hätte sich vorgestellt«, sagte Loren. »Wie hat er sie genannt, die ›schwarzen Männer‹?«

»Als ›Männer der Schwärze‹ hat er sie bezeichnet«, erwiderte

Perlmutter. »Irgendwie sonderbar. Ich nehme an, sie haben sich so genannt, weil sie so viele dunkle Winter überstanden haben.«

»Vielleicht gibt es auch noch einen anderen Grund«, sagte Pitt, der den Mund zu einem breiten Grinsen verzog. »Wenn sie tatsächlich die Männer der Schwärze waren, dann haben sie uns verraten, auf welchem Schiff sie dienten.«

Loren schaute ihn fragend an, doch Perlmutter war bereits ein Licht aufgegangen.

»Aber natürlich!«, röhrte der schwergewichtige Mann. »Es muss die *Erebus* gewesen sein. Gut gemacht, mein Junge.«

Loren blickte ihren Mann an. »Was ist mir entgangen?«

»Erebus«, erwiderte Pitt. »In der griechischen Mythologie ist Erebos der Gott der Finsternis und zugleich eine Station auf dem Weg in den Hades. Es ist ein Ort ewiger Finsternis oder Schwärze, wenn du so willst.«

»Man könnte durchaus sagen, genau dort sind die Schiffe gelandet«, sagte Perlmutter. Er warf Pitt einen neugierigen Blick zu. »Meinst du, du kannst es finden.«

»Es ist ein ziemlich großes Suchgebiet, aber das könnte die Sache wert sein. Das Einzige, was uns am Erfolg hindern kann ist das Eis, dem auch Franklin zum Opfer fiel.«

»Der Sommer rückt näher, und damit auch die Eisschmelze, sodass die Gewässer in dieser Gegend befahrbar sind. Kannst du rechtzeitig ein Schiff dorthin bringen, um eine Suchaktion durchzuführen?«

»Und vergiss die Kanadier nicht«, warnte Loren. »Möglicherweise lassen sie dich nicht einreisen.«

Pitts Augen funkelten geradezu vor Zuversicht. »Zufällig habe ich ein Schiff ganz in der Nähe und dazu noch einen Mann, der eine Möglichkeit finden wird«, sagte er grinsend.

Perlmutter entdeckte eine staubige Flasche mit altem Portwein und schenkte jedem ein kleines Glas davon ein.

»Viel Erfolg, mein Junge«, sagte er und prostete ihm zu. »Vielleicht kannst du etwas Licht in das Dunkel um die *Erebus* bringen.«

Nachdem sie sich bei Perlmutter für das Essen bedankt hatten und der Marinehistoriker seinerseits versprochen hatte, ihnen Kopien von allem Material zu machen, das er über das Schiff besaß, verließen Loren und Pitt die Remise und gingen zu ihrem Auto. Loren war ungewöhnlich still, als sie einstiegen. Ihr sechster Sinn sagte ihr, dass Gefahr drohte. Sie wusste, dass sie Pitt nicht im Weg stehen durfte, wenn er ein Rätsel lösen wollte, aber es fiel ihr immer schwer, ihn ziehen zu lassen.

»Die Arktis ist gefährlich«, sagte sie schließlich leise. »Ich mache mir Sorgen, wenn du da oben bist.«

»Ich packe lange Unterhosen ein und halte mich von den Eisbergen fern«, sagte er aufmunternd.

»Ich weiß, dass die Sache wichtig ist, aber trotzdem wünschte ich, du müsstest nicht weg.«

Pitt lächelte sie zwar beruhigend an, aber sein Blick wirkte bereits abwesend und zugleich entschlossen. Loren betrachtete ihren Mann und wusste, dass er schon so gut wie dort war.

42

Mitchell Goyette saß am Achterdeck seiner Yacht und las eine Gewinnprognose, als seine Privatsekretärin mit einem sicheren schnurlosen Telefon auftauchte.

»Minister Jameson ist am Apparat«, sagte die reizende Brünette und reichte ihm das Telefon.

Goyette bedachte sie mit einem anzüglichen Grinsen, dann griff er zum Hörer.

»Arthur, gut, dass Sie anrufen. Sagen Sie mal, wie kommen Sie mit den Explorationsrechten in der Arktis voran?«

»Deshalb rufe ich an. Ich habe die Karten mit den von Ihnen gewünschten Explorationsgebieten erhalten. Diese Gebiete umfassen Tausende von Quadratkilometern Land. Ich bin ziemlich erschrocken. Das ist … beispiellos, muss ich sagen.«

»Ja, nun, dort gibt es ein Vermögen zu holen. Aber zunächst das Wesentliche. Wie steht es mit den Schürfrechten für die Royal-Geological-Society-Inseln?«

»Wie Sie ja wissen, besitzt die Mid-America Mining Company einen Teil der Erkundungs- und Förderrechte für die Inseln. Meine Mitarbeiter haben für alle Fälle einen Widerruf ihrer Lizenz aufgesetzt. Falls sie in den nächsten drei Monaten die Förderquoten nicht erfüllen, könnten wir ihnen die Rechte entziehen. Und wenn sich die politische Krise mit den USA weiter verschärft, können wir sogar noch früher aktiv werden.«

»Ich glaube, wir können davon ausgehen, dass sie ihre Sommerquoten nicht erreichen werden«, sagte Goyette.

»Das Entzugsverfahren kann beschleunigt werden, wenn es der Premierminister unterschreibt. Wollen Sie diesen Weg beschreiten?«

»Premierminister Barrett wird mir keine Steine in den Weg legen.« Goyette lachte. »Man könnte sogar sagen, er ist bei diesem Unternehmen ein stiller Teilhaber.«

»Er hat sich in der Öffentlichkeit für den Schutz der arktischen Wildnis eingesetzt«, erinnerte ihn Jameson.

»Er wird alles unterschreiben, was ich will. Nun, was ist mit meinen anderen Rechten?«

»Meine Mitarbeiter haben festgestellt, dass derzeit nur die Rechte für einen kleinen Teil des Melvillesunds vergeben sind. Offenbar sind Sie allen anderen Interessenten zuvorgekommen.«

»Ja, weil ein großer Teil der Gebiete unzugänglich ist. Aber dank dem Temperaturanstieg, meiner Eisbrecherflotte und den

Leichtern kann ich diese Regionen relativ gut ausbeuten, bevor jemand den Fuß in die Tür stellen wird. Mit Ihrer Hilfe natürlich«, fügte er säuerlich hinzu.

»Ich werde Sie bei den Explorationsrechten für das Polarmeer unterstützen, aber bei einem Teil der am Festland gelegenen Gebiete benötigen Sie die Einwilligung des Amtes für indianische und nördliche Angelegenheiten.«

»Wird der Leiter der Behörde vom Premierminister ernannt?«

»Ja, ich glaube schon.«

Goyette lachte erneut. »Dann wird das keine Schwierigkeiten geben. Bis wann kann ich mit der Erteilung der Rechte für die Seegebiete rechnen?«

»Es geht um bedeutende Landabtretungen, die überprüft und bewilligt werden müssen«, sagte Jameson nach kurzem Zögern.

»Nur keine Sorge, Minister. Sie werden in Kürze eine große Überweisung erhalten, und eine weitere, wenn die Rechte erteilt sind. Diejenigen, die mich bei meinen geschäftlichen Unternehmungen unterstützen, vergesse ich nie zu bezahlen.«

»Sehr gut. Ich sehe zu, dass die Dokumente innerhalb der nächsten paar Wochen fertiggestellt werden.«

»So ist es recht. Sie wissen ja, wo Sie mich erreichen können«, sagte Goyette und beendete das Gespräch.

Jameson legte den Hörer auf und blickte über den Schreibtisch seines Büros in Ottawa. Der Leiter der Royal Canadian Mounted Police schaltete ein Aufnahmegerät ab, dann nahm er den Kopfhörer ab, mit dem er mitgehört hatte.

»Mein Gott, er hat den Premierminister ebenfalls belastet«, sagte der Polizeichef kopfschüttelnd.

»Tiefe Taschen korrumpieren einen leicht«, sagte Jameson. »Können Sie mein Immunitätsabkommen bis morgen fertig haben?«

»Ja«, erwiderte der Polizeichef sichtlich erschüttert. »Sie erklären sich zu einer Zeugenaussage bereit, und im Gegenzug wird keine Anklage gegen Sie erhoben. Man erwartet natürlich von Ihnen, dass Sie zurücktreten. Ihre Karriere im Dienste der Öffentlichkeit wird dann aber leider zu Ende sein.«

»Damit kann ich mich abfinden«, erwiderte James mit missmutiger Miene. »Hauptsache, ich muss nicht mehr der Handlanger dieses gierigen Schweinehundes sein.«

»Können Sie damit leben, dass Sie auch den Premierminister zu Fall bringen?«

»Wenn der Premierminister ebenfalls von Goyette geschmiert wird, verdient er nichts anderes.«

Der Polizeichef stand auf und packte das Aufnahmegerät und einen Notizblock in seinen Aktenkoffer.

»Machen Sie nicht so ein entsetztes Gesicht«, sagte Jameson, als er die beunruhigte Miene des Polizeichefs sah. »Sobald die Wahrheit über Goyette herauskommt, werden Sie ein Held sein. Im Grunde genommen gäben Sie sogar einen guten und rechtschaffenen Kandidaten für das Amt des Ministerpräsidenten ab.«

»So viel Ehrgeiz habe ich gar nicht. Mir graut nur vor dem Schaden, den ein Milliardär unserem Justizapparat zufügen wird.«

Als er zur Tür ging, rief ihm Jameson hinterher: »Die Gerechtigkeit wird siegen.«

Der Polizeichef wusste, dass dem nicht so war, und lief weiter, ohne sich noch einmal umzudrehen.

43

Der Teil von Trevors Boot, der aus dem Wasser ragte, qualmte noch immer, als ein Lastkahn von der Aluminiumhütte längsseits ging und das Wrack an Bord hievte. Anschließend tuckerte der Kahn zu einer nahe gelegenen Werft und setzte die vollgelaufene Hulk auf einer Betonfläche ab, wo sie von der Polizei und dem Gutachter der Versicherung untersucht werden sollte. Trevor stöberte in dem angekohlten Rumpf herum, sobald er der Polizei Bericht erstattet hatte und seine Wunden verbunden waren, dann machte er sich auf den Weg zum NUMA-Boot. Dirk winkte ihn an Bord und erkundigte sich nach der Reaktion der Polizei.

»Der Chef will nicht zugeben, dass es ein Sprengsatz war, solange sich sein Brandinspektor die Sache nicht angesehen hat«, sagte Trevor.

»Boote gehen doch nicht einfach in die Luft, und schon gar nicht auf diese Weise«, erwiderte Dirk.

»Er hat gefragt, ob ich jemanden im Verdacht hätte, was ich verneint habe.«

»Du glaubst nicht, dass er dir helfen kann?«, fragte Summer.

»Noch nicht. Es gibt nicht genug Beweise, um mit dem Finger auf jemanden zu deuten.«

»Wir wissen lediglich, dass irgendjemand von der Sequestrierungsanlage dahintersteckt.«

»Dann müssen wir rausfinden, worum es überhaupt geht«, erwiderte Trevor. Er sah Dirk und Summer an. »Ich weiß, dass ihr nicht viel Zeit habt, aber könnt ihr mir trotzdem den Gefallen tun und euch bei Gil Island umsehen, bevor ihr wegmüsst?«

»Unser Boot ist klar, und wir sind bereit«, erklärte Dirk. »Werft die Leinen los, dann brechen wir auf.«

Keiner sagte viel, als sie den Douglas Channel entlangfuhren, aber jeder machte sich Gedanken darüber, in was sie da hineingeraten sein mochten. Als sie die Sequestrierungsanlage passierten, bemerkte Dirk, dass der Flüssiggastanker die überdachte Kaianlage verlassen hatte. Er konnte es kaum abwarten, die Unterwasserwelt bei Gil Island zu erkunden, und schob den Gasregler bis zum Anschlag vor.

Sie waren schon fast im Sund, als Summer aufstand und durch die Ruderhausverglasung nach vorn deutete. Hinter der nächsten Biegung ragte der Flüssiggastanker auf, der langsam den Kanal hinabdampfte.

»Schau mal, wie tief er im Wasser liegt«, sagte Dirk.

»Du hattest Recht, Summer«, sagte Trevor. »Sie hat an der Anlage tatsächlich flüssiges CO_2 geladen. Das begreife ich nicht.«

Das NUMA-Boot zog am Tanker vorbei und war kurz darauf in der offenen Meeresstraße, wo Dirk nach Süden steuerte, bis sie auf Höhe der Nordspitze von Gil Island waren. Er stoppte den Motor, ging zum Heck und ließ das Sidescan-Sonar über die Reling ab, während Summer ein Suchgebiet in das Navigationssystem eingab. Nach wenigen Minuten waren sie wieder unterwegs, fuhren ein ums andere Mal die Straße auf und ab und schleppten das Sonar hinterher.

Die Aufnahmen des Gerätes zeigten einen felsigen Meeresboden, der von der Küste, wo das Wasser etwa fünfzehn Meter tief war, steil auf über sechzig Meter in der Mitte abfiel, sodass Dirk mit der Sonartrosse Jo-Jo spielen und den Aal ein ums andere Mal hochziehen und wieder absenken musste, um ihn der wechselnden Wassertiefe anzupassen.

In der ersten Stunde entdeckten sie kaum etwa Interessantes auf dem eintönigen Meeresboden, der mit Steinen übersät war, zwischen denen ab und zu ein versunkener Baumstamm lag. Trevor, den die Sonarbilder rasch langweilten, hielt nach dem Flüssiggastanker Ausschau. Das große Schiff befand sich mittlerweile auch in der Straße, fuhr im Schneckentempo in Richtung Norden und schob sich dann um die Nordspitze von Gil Island, bis es außer Sicht war.

»Ich würde gern wissen, wohin er unterwegs ist«, sagte Trevor.

»Wenn wir wieder in Seattle sind, sehe ich zu, ob unsere Behörde das feststellen kann«, sagte Summer.

»Ich darf gar nicht daran denken, dass die möglicherweise Kohlendioxid im Meer versenken.«

»Das kann ich mir nicht vorstellen«, erwiderte sie. »Es wäre viel zu gefährlich für die Besatzung, wenn der Wind dreht.«

»Vermutlich hast du Recht. Trotzdem stimmt hier irgendwas nicht.«

Sie wurden unterbrochen, als Dirk aus dem Ruderhaus rief: »Ich habe was.«

Summer und Trevor steckten die Köpfe durch die Tür und blickten auf den Sonarmonitor. Auf dem Bildschirm war ein dünner Strich zu sehen, der seitwärts verlief.

»Könnte ein Rohr sein«, sagte Dirk. »Sieht eindeutig nach Menschenwerk aus. Auf der nächsten Strecke müssten wir mehr davon sehen.«

Sie mussten zehn Minuten warten, nachdem sie vor der Insel gewendet hatten und auf der nächsten Suchstrecke wieder in die Straße vordrangen, bis sie erneut etwas entdeckten. Diesmal zog sich der dünne Strich quer über den Monitor in Richtung Nordwesten.

»Scheint mir zu groß für ein Telefon- oder Telegrafenkabel zu sein«, sagte Summer, während sie den Bildschirm betrachtete.

»Ich kann mir kaum vorstellen, was hier draußen sein könnte«, bemerkte Trevor. »Bis auf ein paar primitive Jäger- und Anglerhütten ist Gil doch unbewohnt.«

»Es muss irgendwo hinführen«, sagte Dirk. »Solange es nicht im Boden vergraben ist, werden wir es rausfinden.«

Sie fuhren das Suchgebiet weiter ab, ohne eine Erklärung zu finden – im Gegenteil, die Sache wurde sogar immer rätselhafter. Bald darauf tauchte eine zweite Linie auf, dann eine dritte, und alle liefen in Richtung Norden aufeinander zu. Nachdem sie ein paar weitere Suchstrecken abgefahren hatten, erreichten sie den Schnittpunkt, zu dem vier weitere Linien führten, sodass er auf den Sonarbildern wie eine riesige Hand wirkte, deren sieben Finger sich etwa fünfzig Meter weit ausfächerten und dann jäh endeten. Zudem führte von hier aus eine zusätzliche, dickere Linie parallel zur Küste in Richtung Norden. Das Sonar konnte sie eine Zeit lang verfolgen, bis sie plötzlich dicht vor der Küste im Sedimentgestein verschwand. Als sie den Endpunkt des Suchgebietes erreicht hatten, stellte Dirk den Motor ab und holte gemeinsam mit Trevor das Sidescan-Sonar ein.

»Es ist fast sieben«, sagte Summer. »Wir müssen innerhalb der nächsten Stunde zurück, wenn wir nicht im Dunkeln durch den Kanal fahren wollen.«

»Wir haben noch jede Menge Zeit für einen kurzen Tauchgang«, erwiderte Dirk. »Ist vielleicht die einzige Möglichkeit, um rauszufinden, was das sein kann.«

Niemand hatte etwas dagegen einzuwenden. Also schlüpfte Dirk in einen Trockentauchanzug, während Summer das Boot über die zuvor markierte Stelle steuerte, an der sich die sieben Linien schnitten.

»Die Wassertiefe beträgt achtundzwanzig Meter«, teilte sie mit. »Aber pass auf, ich sehe auf dem Radar etwa fünfzehn Meilen weiter nördlich ein großes Schiff, das auf uns zuhält.« Sie wandte sich an Trevor. »Hast du nicht gesagt, mitten in der Woche verkehren hier keine Kreuzfahrtschiffe?«

Trevor warf ihr einen verwunderten Blick zu. »Meiner Erfahrung nach ist es auch so. Die halten sich an einen ziemlich festen Fahrplan. Muss irgendein Frachter sein.«

Dirk steckte den Kopf ins Ruderhaus und musterte das Radarsichtgerät. »Ich habe noch genügend Zeit, mir die Sache anzusehen, bevor es zu nahe kommt.«

Summer brachte das Boot in die Strömung, während Trevor zum Bug ging und den Anker auswarf. Unterdessen schnallte Dirk seine Sauerstoffflasche um und stieg über die Bordwand.

Als er im Wasser aufschlug, herrschte fast Stilltide, und erleichtert stellte er fest, dass die Strömung nur gering war. Er schwamm vor bis zum Bug, schlang die Finger um die Ankertrosse und stieß mit ein paar wenigen Flossenschlägen zum Meeresgrund.

Das kalte grüne Wasser schluckte nach und nach das Licht, sodass er die kleine Stirnlampe einschalten musste, die er um die Kopfhaube geschnallt hatte. Im Zwielicht tauchte der braune, mit Seesternen und Seeigeln übersäte steinige Meeresboden auf, und er warf einen Blick auf seinen Tiefenmesser, der knapp über achtundzwanzig Meter anzeigte, bevor er den Auftrieb seines Stabilizing-Jackets anpasste. Dann ließ er die Ankerkette los und schwamm in einem weiten Kreis um sie herum, bis er auf das Objekt stieß, das sie am Sonarbildschirm gesehen hatten.

Es war ein dunkles Metallrohr, das sich über den Meeresboden zog und in der Dunkelheit verschwand. Es hatte einen Durchmesser von rund fünfzehn Zentimetern und war allem Anschein nach erst vor kurzem verlegt worden, denn Dirk sah weder Bewuchs noch Krustentiere, die sich an der glatten Oberfläche festgesetzt hatten. Er schwamm zum Anker zurück, zog ihn über das Rohr und verklemmte ihn zwischen zwei danebenliegenden Steinbrocken. Dann folgte er dem Rohr, das sich allmählich in tieferes Wasser absenkte, bis er zwanzig Meter weiter auf das offene Ende stieß. Rund um die Öffnung hatte sich ein kleiner Krater im Meeresboden gebildet, und Dirk fiel auf, dass in der näheren Umgebung keinerlei Lebewesen zu sehen waren.

Er folgte dem Rohr in entgegengesetzter Richtung und schwamm ins seichter werdende Wasser, bis er zu der Schnittstelle kam. Es waren genau genommen drei paarweise zusammengeschweißte Verbindungsstücke, von denen sechs Rohre nach allen Seiten wegführten. Ein stärkeres, rund fünfundzwanzig Zentimeter dickes Rohr zog sich in Richtung Gil Island. Dirk folgte ihm gut fünfzig Meter weit bis zu einem Verbindungsstück, von dem aus es rechtwinklig in knapp zehn Metern Tiefe nach Norden führte und im Boden eingesunken war, sodass es vom Sonar nicht hatte erfasst werden können. Er schwamm noch mehrere Minuten an ihm entlang, bis er kehrtmachte, da sein Luftvorrat allmählich zur Neige ging. Kurz darauf nahm er ein tiefes Grollen wahr, konnte aber unter Wasser nicht feststellen, aus welcher Richtung es kam. Doch er sah, dass Sand vom Rohr rieselte. Er legte die Hand darauf und spürte ein starkes Vibrieren. Mit einem Mal wurde ihm mulmig zumute, und mit kräftigen Flossenschlägen schwamm er zur Schnittstelle zurück.

Summer, die an Deck des Bootes stand, warf einen Blick auf ihre Uhr und stellte fest, dass sich Dirk seit schon fast dreißig Minuten unter Wasser befand. Sie drehte sich zu Trevor um, der auf der Reling saß und sie mit bewundernden Blicken betrachtete.

»Ich wünschte, wir könnten länger hierbleiben«, sagte sie, als lese sie seine Gedanken.

»Ich auch. Ich habe nachgedacht. Ich muss nach Vancouver, um wegen meines Bootes Bericht zu erstatten und dafür zu sorgen, dass ich ein neues bekomme. Es könnte ein paar Tage dauern, vielleicht sogar länger, bis alles geregelt ist«, sagte er grinsend. »Besteht die Möglichkeit, dass ich dich in Seattle besuchen kann?«

»Ich wäre ganz schön sauer, wenn du es nicht tätest«, erwiderte sie lächelnd. »Mit dem Zug sind es nur drei Stunden.«

Trevor wollte gerade antworten, als er über Summers Schulter hinweg etwas im Wasser bemerkte. Knapp zwanzig Meter vom Boot entfernt stiegen Blasen auf. Er stand auf, um es sich genauer anzusehen, als Summer auf einen weiteren Blasenschwall kurz vor dem Bug deutete. Gemeinsam suchten sie das Wasser ab und sahen rund um das Boot vier weitere Stellen, an denen das Wasser brodelte.

Dann stieg weißer Dunst auf, der rasch dichter wurde, Wolken bildete und sich über dem Meer ausbreitete. Innerhalb von

Sekunden befand sich das Boot inmitten einer weißen Nebelwand, die schnell auf sie zukam.

»Das ist der Atem des Teufels«, sagte Trevor aufgeregt.

44

Mit kräftigen Scherenschlägen schwamm Dirk am Rohr entlang. Trotz der schlechten Sicht spürte er, wie das Wasser aufgewühlt wurde, und ihm wurde klar, dass die Rohre irgendetwas Gefährliches ausstießen. Auf einmal hatte er wieder die *Ventura* und ihre tote Besatzung vor Augen. Er dachte an Summer und Trevor, die da oben waren, und legte sich noch mehr ins Zeug, ohne auf seine stechende Lunge zu achten.

Er kam zur Schnittstelle der Rohre, wandte sich sofort nach links und folgte dem dünneren Rohr, das er zuerst untersucht hatte. Jetzt konnte er das Rauschen der unter Hochdruck ausgestoßenen Blasen hören, als er mit raschen Flossenschlägen am Rohr entlangschwamm, bis er den Anker vor sich sah. Sofort stieß er schräg nach oben und bekam unmittelbar unter dem Bug die Trosse zu fassen.

Als er auftauchte, hatte er das Gefühl, im berüchtigten Londoner Nebel zu sein. Dichter weißer Dunst hing tief über dem Wasser. Mit gesenktem Kopf schwamm er am Rumpf entlang zum Heck und kletterte dann das Fallreep hinauf, das Summer über die Bordwand ausgeworfen hatte. Er stieg hoch, bis er über den Heckspiegel blicken konnte und die weißen Dunstwolken sah, die über das Deck trieben und ihm fast die Sicht auf das nur ein paar Schritte entfernte Ruderhaus nahmen.

Dirk nahm kurz den Atemregler aus dem Mund und rief

nach Summer. Sofort erfüllte ein saurer Geschmack seinen Mund, worauf er sich den Regler wieder zwischen die Zähne schob und einen tiefen Luftzug aus der Flasche nahm. Er blieb ein paar Sekunden auf der Leiter stehen und horchte, dann ließ er sich wieder ins Wasser fallen.

Er hatte einfach darum keine Antwort erhalten, so wurde ihm klar, weil niemand mehr auf dem Boot war.

Trevor, der sich knapp zweihundert Meter weiter westlich drei Meter unter Wasser befand, dachte, er müsste sterben. Er konnte kaum glauben, wie schnell ihm das eisige Wasser jegliche Kraft und beinahe auch jeden Lebenswillen raubte. Wenn Summers strahlend graue Augen nicht gewesen wären, die ihn mit beschwörendem Blick ansahen, hätte er aufgegeben.

Es waren atemberaubende Augen, das musste er zugeben, als sie ihm den Atemregler in den Mund schob, damit er Luft holen konnte. Er hatte fast das Gefühl, sie spende ihm mit ihren Blicken Wärme. Er atmete tief durch, gab den Regler zurück und merkte mit einem Mal, wie sich sein Wahrnehmungsvermögen trübte. Er versuchte, sich auf seine müder werdenden Beine zu konzentrierten, wollte sie noch kräftiger bewegen und erinnerte sich daran, dass sie sich zur Küste durchschlagen mussten.

Es war ein schneller Entschluss gewesen, der ihnen das Leben gerettet hatte. Als die sich ausbreitende Kohlendioxidwolke das ganze Boot umgeben hatte, mussten sie Zuflucht im Wasser suchen. Summer hatte kurz überlegt, ob sie die Ankertrosse kappen und durch den Dunst rasen sollte, aber wenn der Motor nicht sofort angesprungen wäre, waren sie dem Tod geweiht gewesen. Außerdem musste sie auch an Dirk denken. Wenn er unter dem Heck auftauchen sollte, während sie gerade losfuhren, könnte er von der Schraube zerfetzt werden. Womöglich hatte er ohnehin keine große Überlebenschance, aber vielleicht konnte er dem Gas mit dem verbliebenen Pressluftvorrat doch entrinnen.

»Wir müssen ins Wasser«, rief sie, als die Wolke näher kam. Trevor sah, wie sie zu einer einsatzbereiten Pressluftflasche lief, die an der Bordwand lehnte.

»Zieh deinen Trockentauchanzug an. Ich nehme die Flasche«, sagte er.

Knapp eine Minute, bevor das Boot in Dampfschwaden gehüllt war, war Summer in ihren Anzug geschlüpft und hatte sich eine Tauchbrille geschnappt, während Trevor in aller Eile den Tank umschnallte. Sie hatte kaum noch Zeit, ihr Stabilizing-Jacket anzulegen, als das Kohlendioxid über das Deck waberte. Sie fielen eher über die Bordwand, als dass sie sprangen, landeten mit einem lauten Aufklatschen im kalten Wasser und tauchten unter der tödlichen Wolke weg.

Trevor, der nicht gegen die Kälte geschützt war, hatte beim Eintauchen das Gefühl, als träfe ihn ein Stromschlag, doch sein Körper schüttete so viel Adrenalin aus, dass er nicht erstarrte. Sie hielten einander fest, reichten sich abwechselnd den Atemregler und bewegten sich mit unbeholfenen Beinschlägen voran. Nach einiger Zeit aber fanden sie ihren Rhythmus und näherten sich allmählich der Insel.

Doch schon bald machte Trevor die Kälte zu schaffen. Zunächst nahm er die Auswirkungen kaum wahr, aber Summer merkte, dass seine Beine langsamer wurden und seine Lippen und Ohren sich blau verfärbten. Sie wusste, dass er Gefahr lief, sich zu unterkühlen. Sie trat mit den Beinen noch schneller aus, wollte nicht, dass sie ihren Schwung verloren, kämpfte sich noch weitere zwanzig, dreißig Meter voran und spürte dabei, wie er immer schwerer wurde. Sie blickte nach unten, hoffte, dass der Meeresboden anstieg, aber sie konnte lediglich ein paar Armlängen weit durch das trübe Wasser blicken. Sie hatte keine Ahnung, wie weit sie noch von der Insel entfernt waren, oder ob sie nicht sogar im Kreis geschwommen waren. Sie musste jetzt auftauchen, auch wenn es riskant war.

Also nahm sie einen tiefen Atemzug aus der Pressluftflasche, steckte Trevor den Regulator dann wieder in den Mund, stieß nach oben und zog ihn mit sich. Kaum war sie aufgetaucht, drehte sie sich nach allen Seiten um und versuchte, sich zu orientieren. Ihre Befürchtungen erwiesen sich als unbegründet. Sie waren den dichten Kohlendioxidwolken entkommen – zumindest vorübergehend – , die ein ganzes Stück entfernt zum Himmel aufstiegen. In der entgegengesetzten Richtung ragten knapp vierhundert Meter entfernt die grünen Hügel von Gil Island auf. Sie waren nicht direkt darauf zugeschwommen, hatten sich aber immerhin der Küste genähert.

Summer atmete ein paar Mal tief durch, ohne Schaden zu nehmen, griff dann unter Trevors Arm und blies das Stabilizing-Jacket auf. Die Weste blähte sich und hob Trevors Oberkörper aus dem Wasser. Sie schaute ihn an, worauf er ihr zuzwinkerte, aber sein Blick war stumpf und teilnahmslos. Sie griff hinten an das Jacket, schwamm mit kräftigen Beinschlägen in Richtung Küste und zog ihn hinter sich her, während er kaum noch die Füße bewegen konnte.

Die Insel schien nicht näher zu kommen, und allmählich wurde auch Summer müde, auf der zudem die Sorge um Trevor lastete. Sie versuchte, nicht zur Küste zu blicken und sich stattdessen ganz aufs Schwimmen zu konzentrieren, doch dabei spürte sie erst recht, wie schwer ihre Beine wurden. Verzweifelt versuchte sie, ihr Tempo zu halten, als ihr mit einem Mal Trevors Stabilizing-Jacket entglitt und er an ihr vorbeitrieb. Im ersten Moment war sie erschrocken, ließ ihn los und sah, dass er seine Gliedmaßen noch immer nicht bewegte. Dann tauchte neben Trevors Brust ein Kopf auf.

Dirk drehte sich zu Summer um, dann spie er das Mundstück seines Atemreglers aus.

»Er muss halb erfroren sein. Hat er Gas eingeatmet?«, fragte er.

»Nein, das kommt nur von der Kälte. Wir müssen ihn an Land bringen. Wie hast du uns gefunden?«

»Ich habe gesehen, dass auf dem Boot eine Pressluftflasche fehlte, und dachte mir, dass ihr euch zur Insel durchschlagen wollt. Ich bin ein bisschen weiter südlich aufgetaucht – und da habe ich euch entdeckt.«

Ohne ein weiteres Wort zu wechseln, schwammen sie so schnell sie konnten auf die Insel zu. Jetzt, da Dirk bei ihr war, schöpfte Summer frischen Mut und legte sich wieder mit aller Kraft ins Zeug. Gemeinsam schleppten sie Trevor durch das Wasser, und kurz darauf zerrten sie ihn über einen schmalen, steinigen Strand, wo sich Trevor, der am ganzen Körper zitterte, zwar aus eigener Kraft aufsetzte, aber nur teilnahmslos ins Leere starrte.

»Wir müssen ihm die nassen Sachen ausziehen. Ich überlasse ihm meinen Trockentauchanzug«, sagte Dirk.

Summer nickte, dann deutete sie den Strand entlang. Knapp hundert Meter weiter stand ein kleiner Holzbau unmittelbar am Wasser.

»Sieht aus wie eine Anglerhütte. Schau sie dir doch mal an, während ich ihn ausziehe.«

»Okay«, sagte Dirk und legte Pressluftflasche und Bleigurt ab. »Aber genieß es nicht zu sehr«, frotzelte er, drehte sich um und lief den Strand entlang.

Er verschwendete keine Zeit, wusste er doch, dass Trevor in Lebensgefahr schwebte. In seinem Trockentauchanzug rannte er über den steinigen Untergrund und war kurz darauf bei dem Gebäude. Summer hatte Recht, es war eine kleine Anglerhütte, ein einfaches Blockhaus, kaum größer als eine Garage, das von den Mitgliedern eines hiesigen Anglerclubs für Übernachtungen genutzt wurde. Dirk sah ein zweihundert Liter fassendes Ölfass an der Außenwand stehen, daneben war ein Klafter Brennholz gestapelt. Er ging zur Tür, trat sie auf und fand ein Feldbett, einen Herd und einen Räucherofen für Fische vor. Dann entdeckte er eine Streichholzschachtel und einen kleinen Stapel trockenes Anmachholz, zündete im Herd ein Feuer an und stürmte wieder den Strand entlang.

Trevor saß mit nacktem Oberkörper auf einem Baumstamm. Summer zog ihm gerade die Hose aus, als er wieder zu ihnen stieß. Dirk half ihm auf die Beine und schleppte ihn gemeinsam mit Summer zur Hütte. Auf dem Weg dorthin blickten beide immer wieder aufs Meer. Die weißen Kohlendioxidwolken stiegen noch immer vom Wasser auf, als wäre dort ein Vulkan ausgebrochen, türmten sich fast zwanzig Meter hoch und erstreckten sich über die ganze Wasserstraße. Sie bemerkten, dass das Wasser einen rötlichen Ton angenommen hatte, und sahen Dutzende toter Fische im Meer treiben.

»Das muss der Flüssiggastanker gewesen sein«, sagte Dirk. »Vermutlich pumpen sie das Zeug von einem Anlegeplatz auf der anderen Seite der Insel ab.«

»Aber warum machen sie das am helllichten Tag?«

»Weil sie wissen, dass wir hier sind«, sagte er leise und mit einem wütenden Unterton.

Sie legten Trevor auf das Feldbett in der Hütte, wo Summer eine alte Wolldecke über ihn breitete, während Dirk von draußen Brennholz holte. Der Ofen wärmte die kleine Hütte bereits, und Dirk legte weitere Holzkloben nach, bis das Feuer hoch aufloderte. Er wollte gerade Nachschub holen, als in der Ferne der tiefe Ton einer Schiffssirene ertönte und von den Hügeln der Insel widerhallte.

Dirk und Summer stürmten nach draußen und blickten entsetzt in die Meeresstraße. Zwei Meilen weiter nördlich kam ein großes Kreuzfahrtschiff aus Alaska die Inside-Passage herab und hielt genau auf die Nebelbank aus tödlichem Kohlendioxid zu.

45

Das französische Kreuzfahrtschiff *Dauphine* sollte eigentlich noch eine Woche lang die Küste von Alaska entlangschippern, bevor es in seinen Heimathafen Vancouver zurückkehrte. Doch unterwegs waren fast dreihundert Passagiere an einem Magen-Darm-Infekt erkrankt. Also hatte sich der Kapitän entschlossen, den Törn abzubrechen, da seiner Ansicht nach viele dieser Leute ins Krankenhaus mussten.

Mit rund 290 Metern Länge war die *Dauphine* sowohl das längste als auch das neueste Kreuzfahrtschiff, das in der Inside-Passage verkehrte. Es verfügte über drei beheizte Swimmingpools, acht Restaurants und eine riesige, rundum verglaste Aussichtslounge über der Brücke und bot seinen 2100 Passagieren höchsten Luxus und Komfort.

Dirk und Summer, die am Strand von Gil Island standen und zu dem leuchtend weißen Dampfer hinblickten, sahen nur ein Todesschiff. Noch immer drang aus den sechs Rohren giftiges Kohlendioxid, und die Dunstwolke hatte sich mittlerweile fast einen Kilometer weit ausgebreitet. Der leichte Westwind wehte das Gas von der Insel weg, trieb es dafür aber weiter in die Meeresstraße. Die *Dauphine* würde fast fünf Minuten brauchen, bis sie die Wolke passiert hatte, und in dieser Zeit konnte das schwere Kohlendioxid in die Lüftungsschächte und Klimaanlagen eindringen und sich im ganzen Schiff ausbreiten, den Sauerstoff verdrängen und Tod und Verderben über Passagiere und Besatzung bringen.

»Da müssen Tausende von Menschen an Bord sein«, stellte Summer fest. »Wir müssen sie warnen.«

»Vielleicht ist in der Hütte ein Funkgerät«, sagte Dirk.

Sie stürmten in die Fischerhütte und wühlten in sämtlichen

Ecken und Winkeln herum, ohne auf Trevors Gemurmel zu achten. Aber es gab kein Funkgerät. Als sie wieder hinausgingen, blickte Dirk auf die weiße Gaswolke und versuchte ihr Boot zu entdecken, doch es lag noch immer mitten in dem tödlichen Dunst.

»Wie viel Luft hast du noch in deiner Flasche?«, fragte er Summer. »Ich kann versuchen, zum Boot zu schwimmen und sie per Schiffsfunk zu erreichen, aber meine Pressluftflasche ist leer.«

»Nein, das kannst du nicht«, versetzte Summer kopfschüttelnd. »Meine Flasche ist auch fast leer, weil wir beide daraus geatmet haben. Du kommst niemals lebend zum Boot. Ich lass dich nicht weg.«

Dirk ging auf die Bitte seiner Schwester ein, wusste er doch, dass er tatsächlich so gut wie keine Überlebenschance hätte. Verzweifelt sah er sich um und suchte nach irgendetwas, mit dem sie das Schiff warnen konnten. Dann bemerkte er das große Ölfass neben der Hütte. Er rannte zu der verrußten Tonne, legte die Hände um den Deckel und drückte ihn nach oben. Zunächst rührte er sich nicht, dann aber löste er sich doch mit einem Schmatzen, das ihm verriet, dass das Fass fast voll war. Er schraubte die oberste Dose auf, steckte den Finger hinein und roch daran.

»Benzin«, sagte er, als Summer zu ihm kam. »Ein Reservedepot, damit die Angler ihre Boote auftanken können.«

»Wir können ein Signalfeuer anzünden«, schlug Summer vor.

»Ja«, sagte Dirk mit einem bedächtigen Nicken. »Vielleicht auch noch was Auffälligeres.«

Der Kapitän der *Dauphine* war zufällig auf der Brücke, um sich nach der Wettervorhersage zu erkundigen, als sich der Erste Offizier an ihn wandte.

»Käpt'n, unmittelbar vor uns scheint sich ein Hindernis im Wasser zu befinden.«

Der Kapitän las den Wetterbericht zu Ende, dann begab er sich zum Ersten, der durch ein starkes Fernglas schaute. Da es in der Inside-Passage viele Wale und Delfine gab und gelegentlich auch Baumstämme im Wasser trieben, die ein Holzfrachter verloren hatte, musste man hier stets mit Hindernissen rechnen. Für das große Schiff allerdings, das einfach hindurchpflügte, als wären es Zahnstocher, stellten sie keine Gefahr dar.

»Eine halbe Meile voraus, Sir«, sagte der Erste und reichte ihm das Glas.

Der Kapitän setzte das Fernglas an und betrachtete dann die weiße Wolke, die genau auf ihrem Kurs lag. Unmittelbar vor der Nebelbank lag irgendetwas, das einen schwarzen und einen blauen Höcker hatte, tief im Wasser. Der Kapitän musterte es fast eine Minute lang und stellte das Glas schärfer.

»Dort ist ein Mensch im Wasser«, stieß er aus. »Scheint ein Taucher zu sein. Rudergänger, gehen Sie auf fünf Knoten herunter und bereiten Sie sich auf eine Kursänderung vor.«

Er gab dem Ersten das Glas zurück und ging zu einem Farbmonitor mit einer Seekarte von der Passage, auf der ihr Kurs abgebildet war. Er las die Tiefenangaben und stellte zufrieden fest, dass sie auf der östlichen Seite der Straße genug Wasser unter dem Kiel hatten und die Durchfahrt wagen konnten. Er wollte dem Rudergänger gerade die Kursänderung mitteilen, als sich der Erste wieder meldete.

»Sir, ich glaube, Sie sollten sich das lieber noch mal ansehen. Da drüben auf der Insel ist jemand und versucht, uns Zeichen zu geben.«

Der Kapitän ließ sich ein zweites Mal das Glas geben und spähte nach vorn. Das Schiff war jetzt so nahe, dass er Dirk, der neben einem Y-förmigen Baumstamm schwamm, in seinem blauen Trockentauchanzug deutlich erkennen konnte. In die

Astgabel des Stammes war ein großes Ölfass geklemmt. Er sah, wie Dirk zur Küste winkte, sich dann von dem Stamm abstieß und untertauchte. Der Kapitän richtete das Glas auf die Insel und sah Summer, die bis zur Brust im Wasser stand. Sie hielt ein Holzstück über ihren Kopf, das offenbar brannte. Er meinte seinen Augen nicht zu trauen, als sie den brennenden Kloben in Richtung des treibenden Stammes warf. Sobald er auf dem Wasser aufschlug, züngelten dort Flammen auf und bildeten einen schmalen Feuerstreifen, der sich auf den Stamm zuschlängelte und das Treibholz erfasste. Es dauerte nur ein paar Sekunden, bis sich das Benzin in dem Fass entzündete und in einem Feuerball hochging, der das zerfetzte Fass quer durchs Wasser schleuderte. Äußerst erstaunt starrte der Kapitän auf die Flammen, dann reagierte er endlich.

»Volle Kraft zurück! Volle Kraft zurück!«, schrie er und fuchtelte aufgeregt mit den Armen herum. »Danach will ich mit der Küstenwache sprechen.«

46

Dirk tauchte zwanzig Meter von dem brennenden Benzin entfernt auf und schwamm lässig auf das Kreuzfahrtschiff zu, hob ab und zu einen Arm und schlug damit aufs Wasser – das Notsignal der Taucher. Ein ums andere Mal warf er einen Blick zu der Kohlendioxidwolke, die hinter ihm noch immer über dem Meer dräute. Er hörte laute Rufe von der Küste her, schaute hin und sah Summer, die dem Schiff zuwinkte, dass es die Maschinen stoppen sollte.

Er blickte wieder nach Norden auf das mächtige Schiff, das

nach wie vor auf ihn zuhielt. Er fragte sich, ob auf der Brücke jemand wach sein mochte und sein Feuerwerk gesehen hatte. Sicherheitshalber machte er kehrt und schwamm ein paar Züge in Richtung Insel, hörte dann aber von weitem das Heulen der Alarmsirene an Bord und bemerkte, wie das Wasser am Heck des Schiffes brodelte. Dirk wurde nun klar, dass man sein Signal gesehen hatte und der Kapitän die Maschinen rückwärts laufen ließ. Doch er fragte sich, ob es nicht bereits zu spät war.

Die *Dauphine* glitt weiter auf die Giftwolke zu und wurde allem Anschein nach auch nicht langsamer. Dirk legte sich noch mehr ins Zeug, um dem bedrohlich näher kommenden Bug zu entgehen, der immer höher aufragte und nur wenige Meter von ihm entfernt durchs Wasser schnitt. Fast hatte er schon jede Hoffnung aufgegeben, dass der Dampfer noch rechtzeitig zum Stehen käme, als er mit einem Mal bemerkte, dass er weniger Fahrt machte. Doch noch immer schob sich der Bug auf die ersterbenden Flammen zu. Dann aber setzte die *Dauphine* quälend langsam zurück, fuhr hundert Meter in Richtung Norden und blieb schließlich liegen.

Ein kleines, orangefarbenes Beiboot war bereits ausgebracht worden, raste jetzt auf Dirk zu und hielt neben ihm, worauf sich zwei der Insassen über die Bordwand beugten und ihn grob an Bord zerrten. Ein finster dreinblickender Mann, der am Heck saß, musterte ihn.

»Was für ein Dummkopf sind Sie? Von Greenpeace?«, fragte er mit starkem französischen Akzent.

Dirk deutete auf die weiße Dunstwand im Süden.

»Wenn Sie da reinfahren, sind Sie tot. Sie sind ein Dummkopf, wenn Sie meine Warnung nicht beachten.«

Er hielt inne und starrte den Mann an. Der Franzose, der mit einem Mal nervös und unsicher wurde, schwieg.

»Auf der Insel ist ein Verletzter, der dringend in ärztliche Behandlung muss«, fuhr Dirk fort und deutete auf die Anglerhütte.

Ohne dass ein weiteres Wort gesprochen wurde, raste das Boot auf die Küste zu, wo Dirk von Bord sprang und zu der Hütte rannte, in der es mittlerweile glühend heiß war. Summer saß jetzt neben Trevor auf dem Feldbett, hatte den Arm um ihn gelegt und redete mit ihm. Seine Augen wirkten lebhafter, aber er murmelte noch immer benommen vor sich hin. Die Besatzung des Beibootes half, ihn an Bord zu tragen, worauf sie wieder Kurs auf die *Dauphine* nahmen.

Sobald Trevor mit dem Boot an Bord gehievt worden war, begleitete ihn Summer auf die Krankenstation des Schiffes, während Dirk zur Brücke gebracht wurde. Der Kapitän des Schiffes, ein kleiner Mann mit schütter werdendem Haar, musterte Dirk abfällig von oben bis unten.

»Wer sind Sie und warum haben Sie da vor uns ein Feuer entzündet?«, fragte er unwirsch.

»Mein Name ist Pitt, ich bin von der National Underwater and Marine Agency. Sie dürfen nicht weiter in die Straße fahren, sonst bringen Sie alle Leute um, die sich an Bord befinden. Der weiße Nebel da vorn ist eine Wolke aus tödlichem Kohlendioxid, die von einem Tanker freigesetzt wurde. Wir mussten unser Boot aufgeben und zur Insel schwimmen. Meine Schwester und ein weiterer Mann sind mit knapper Not dem Tod entronnen.«

Als der Erste Offizier, der ganz in der Nähe stand, das hörte, schüttelte er den Kopf und kicherte.

»Was für eine absurde Geschichte«, sagte er so laut zu einem anderen Besatzungsmitglied, dass Dirk es hören konnte.

Ohne ihn zu beachten, blieb Dirk weiter vor dem Kapitän stehen.

»Was ich gesagt habe, entspricht den Tatsachen. Wenn Sie den Tod von Tausenden Passagieren riskieren wollen, dann fahren Sie weiter. Aber setzen Sie uns vorher an Land ab.«

Der Kapitän betrachtete Dirks Gesicht, als suchte er nach

Anzeichen von Wahnsinn, sah aber nur dessen entschlossene Miene. Ein Besatzungsmitglied, das am Radarsichtgerät stand, riss sie aus ihrer Anspannung.

»Sir, in der Nebelbank liegt ein Boot, etwa eine halbe Meile Steuerbord voraus.«

Der Kapitän nahm den Hinweis zur Kenntnis, dann wandte er sich wieder an Dirk.

»Na schön, wir werden den Kurs ändern und nicht weiter in die Straße vordringen. Die Küstenwache ist bereits zu uns unterwegs. Wenn Ihre Aussage nicht stimmt, Mr. Pitt, werden Sie strafrechtlich belangt werden.«

Kurz darauf näherte sich Rotorengeräusch, und ein in Prince Rupert stationierter orange-weißer Hubschrauber der kanadischen Küstenwache tauchte an Backbord auf.

»Käpt'n, teilen Sie dem Piloten bitte mit, dass er nicht in oder über die Wolke fliegen soll. Vielleicht wäre es auch ganz nützlich, wenn er die Nordwestküste von Gil umfliegt«, sagte Dirk.

Der Kapitän hielt sich an den Rat und erklärte dem Piloten die Lage. Der Helikopter drehte ab und verschwand für zwanzig Minuten, kehrte dann zum Kreuzfahrtschiff zurück und meldete sich über Funk.

»*Dauphine*, wir können bestätigen, dass ein Flüssiggastanker an einem schwimmenden Terminal vor der Nordküste von Gil liegt. Möglicherweise haben Sie mit Ihrer Vermutung Recht, dass er illegal Gas abgelassen hat. Wir setzen Warnmeldungen an sämtliche Küstenwachstationen und die Polizei ab. Ich rate Ihnen, den Kurs zu ändern und Gil westlich zu passieren.«

Der Kapitän dankte dem Piloten der Küstenwache und steckte dann den neuen Kurs ab. Kurz darauf kam er wieder zu Dirk zurück.

»Allem Anschein nach haben Sie mein Schiff vor einer großen Katastrophe bewahrt, Mr. Pitt. Ich entschuldige mich dafür, dass wir Ihnen nicht gleich geglaubt haben, und möchte mich für die Warnung bedanken. Sagen Sie mir Bescheid, wenn ich irgendetwas für Sie tun kann.«

Dirk dachte kurz nach, dann sagte er: »Tja, Käpt'n, irgendwann würde ich mein Boot gern wiederhaben.«

Dirk und Summer blieb nichts anderes übrig, als an Bord der *Dauphine* zu bleiben, bis sie tags darauf spätabends in Vancouver anlegte. Trevor war mittlerweile wieder auf den Beinen, wurde aber über Nacht zur Beobachtung ins Krankenhaus gebracht. Dirk und Summer besuchten ihn, bevor sie mit dem Zug nach Seattle fuhren.

»Bist du wieder aufgetaut?«, fragte Summer, als sie Trevor unter einem Berg Decken im Krankenzimmer liegen sah.

»Ja, und jetzt wollen sie mich bei lebendigem Leib kochen«, erwiderte er, froh darüber, sie zu sehen. »Beim nächsten Mal krieg *ich* den Trockentauchanzug.«

»Einverstanden«, sagte sie lachend.

»Hat man den Flüssiggastanker erwischt?«, fragte er und wurde mit einem Mal ernst.

»Auf der *Dauphine* hat man gesehen, wie er Kurs auf die offene See nahm, als wir Gil umfuhren. Offenbar hat er die Flucht ergriffen, als man den Hubschrauber bemerkt hat. Glücklicherweise hat der Pilot der Küstenwache die Videokamera laufen lassen und ihn an dem schwimmenden Terminal gefilmt.«

»Damit sollte man das Schiff zu einer von Goyettes Firmen zurückverfolgen können«, fügte Dirk hinzu. »Aber dem wird schon was einfallen, wie er jede Schuld von sich weisen kann.«

»Genau das hat meinen Bruder also umgebracht«, sagte Trevor mit finsterer Miene. »Und uns hätten sie auch fast erwischt.«

»Hat dir Summer schon erzählt, dass sie die Nachricht entziffert hat, die dein Bruder auf der *Ventura* hinterlassen hatte?«, sagte Dirk.

»Nein«, erwiderte er, setzte sich auf und schaute Summer an.

»Ich habe immer wieder darüber nachgedacht, seit wir die *Ventura* gefunden haben«, sagte sie. »Letzte Nacht auf dem Schiff bin ich draufgekommen. Er wollte uns mitteilen, dass sie in mattes Wetter geraten sind.«

»Der Begriff sagt mir nichts«, sagte Trevor.

»Er stammt aus den Anfängen des Bergbaus, als die Steiger Kanarienvögel in die Stollen mitnahmen, die sie im Falle einer Erstickungsgefahr durch Grubengase warnen sollten. Ich bin auf den Begriff gestoßen, als ich mal ein altes, vollgelaufenes Bergwerk erkunden wollte, das angeblich präkolumbische Artefakte enthalten sollte. Dein Bruder war Arzt, daher dürfte er ihn gekannt haben. Ich glaube, er wollte diese Nachricht schreiben, um andere zu warnen.«

»Hast du das noch jemand anderem erzählt?«, fragte Trevor.

»Nein«, erwiderte Summer. »Ich dachte mir, dass du vielleicht ein paar Takte mit dem Polizeichef von Kitimat reden möchtest, wenn du zurückkehrst.«

Trevor nickte, wandte sich dann aber mit geistesabwesendem Blick von Summer ab.

»Wir müssen den Zug erwischen«, sagte Dirk und warf einen Blick zur Wanduhr. »Lass uns demnächst mal in wärmerem Wasser tauchen«, sagte er zu Trevor und schüttelte ihm die Hand.

Summer drängte sich dazwischen und gab ihm einen innigen Kuss. »Und denk dran, nach Seattle sind es nur hundert Meilen.«

»Ja«, sagte Trevor lächelnd. »Und ich habe keine Ahnung, wie lange ich in Vancouver bleiben und mich um ein neues Boot kümmern muss.«

»Wahrscheinlich ist er längst wieder am Ruder, bevor wir unseres wiedersehen«, maulte Dirk beim Hinausgehen.

Doch er sollte sich irren. Zwei Tage nach ihrer Rückkehr in die NUMA-Außenstelle in Seattle fuhr dort ein Tieflader mit ihrem Boot vor, das sie vor Gil Island zurückgelassen hatten. Es war vollgetankt, und auf dem Sitz des Rudergängers stand eine Flasche mit teurem französischem Burgunder.

47

Auf Anweisung des Präsidenten drang die *Polar Dawn*, ein Kutter der US-Küstenwache, unmittelbar nördlich des Yukon unverfroren in kanadische Hoheitsgewässer ein. Als sie in östlicher Richtung durch das kabbelige Wasser der Beaufortsee pflügte, starrte Kapitän Edwin Murdock erleichtert von der Brücke aus nach vorn. Nirgendwo war eine kanadische Flottille zu sehen, die ihn stellen wollte, wie es ein paar Leute an Bord befürchtet hatten.

Ihr Einsatz hatte vor mehreren Monaten ganz harmlos begonnen, als man ihnen den Auftrag erteilte, mittels seismischer Messungen die Ausdehnung des Packeises entlang der Nordwestpassage zu erfassen. Das war allerdings lange vor den Zwischenfällen mit der *Atlanta* und dem Eisforschungslabor 7 gewesen. Der Präsident, der den Unmut der Kanadier nicht noch weiter erregen wollte, hatte die Fahrt ursprünglich unterbinden wollen, doch der Verteidigungsminister hatte ihn davon überzeugt, dass sie den Einsatz durchziehen sollten, und darauf verwiesen, dass die Kanadier ihn anstandslos bewilligt hatten. Es könnte sonst Jahre dauern, so beteuerte er, bis die USA in der Lage wären zu zeigen, dass sie die von Kanada beanspruchten Hoheitsgewässer nicht akzeptierten, ohne den nördlichen Nachbarn allzu sehr zu provozieren.

»Der Himmel ist frei, das Radarsichtgerät leer, Seegang ein

bis anderthalb Meter«, sagte der Erste Offizier der *Polar Dawn*, ein zaundürrer Afroamerikaner namens Wilkes. »Ideale Bedingungen für eine Fahrt durch die Passage.«

»Hoffentlich bleibt es in den nächsten sechs Tagen auch so«, erwiderte Murdock. Er blickte durch die Brückenverglasung und bemerkte an Steuerbord ein Funkeln am Himmel. »Ist unser fliegender Geleitschutz noch da?«, fragte er.

»Ich glaube, die behalten uns auf den ersten fünfzig Meilen in kanadischen Gewässern im Auge«, erwiderte Wilkes, der sich auf die P-3 Orion bezog, eine Aufklärungsmaschine der Navy, die gerade über ihnen kreiste. »Danach sind wir auf uns allein gestellt.«

Niemand rechnete damit, dass die Kanadier etwas gegen sie unternahmen, aber die Offiziere und die Besatzung des Schiffes wussten durchaus um die hitzigen Reden, die in den letzten zwei Wochen in Ottawa geschwungen worden waren. Die Mehrzahl hielt das für die bloße Phrasendrescherei einiger Politiker, die auf Stimmenfang aus waren. Jedenfalls hofften sie das.

Die *Polar Dawn* pflügte am Rand des Packeises, von dem gelegentlich Schollen jedweder Größe abbrachen, in Richtung Osten durch die Beaufortsee und zog dabei einen schlittenförmigen seismischen Sensor hinter sich her, der im Vorbeifahren die Dicke und Dichte des Eises aufzeichnete.

Um diese Jahreszeit herrschte in diesen Gewässern kaum Verkehr, wenn man von dem einen oder anderen Fischkutter oder einem Schiff mit Ölsuchern einmal absah. Nachdem sie die erste kurze Polarnacht ohne Zwischenfälle überstanden hatten, wurde Murdock allmählich ruhiger. Die Besatzung ging unterdessen ihren diversen Aufgaben nach, die sie während der fast dreiwöchigen Fahrt nach New York erledigen mussten.

Je weiter sie nach Osten kamen, desto mehr drang das Eis in Richtung Festland vor, bis die Fahrrinne im Amundsen Golf, südlich der Banks-Insel, nur mehr knapp dreißig Meilen breit war. Als sie bereits fünfhundert Meilen von Alaska entfernt waren, wunderte sich Murdock langsam, dass sie noch immer keinem kanadischen Patrouillenboot begegnet waren. Man hatte ihn darauf hingewiesen, dass zwei Kutter der kanadischen Küstenwache den Amundsen Golf regelmäßig absuchten und jeden in Richtung Osten fahrenden Frachter abfingen, der die Gebühr für die Passage nicht bezahlt hatte.

»Die Victoria-Insel kommt in Sicht«, meldete Wilkes.

Alle Mann auf der Brücke hielten Ausschau nach der mit Tundragras überwucherten Insel, die im grauen Dunst kaum zu erkennen war. Das riesige Eiland, größer als der US-Bundesstaat Kansas, war mit seiner vierhundert Meilen langen Küste dem nordamerikanischen Festland vorgelagert. Die Fahrrinne vor der *Polar Dawn* wurde noch schmaler, als der Kutter in die Dolphin-und-Union-Straße vordrang, die nach zwei Booten benannt war, die Franklin bei einer früheren Polarexpedition eingesetzt hatte, bis das von beiden Seiten vordringende Eis nur noch einen zehn Meilen breiten Wasserstreifen frei ließ. Notfalls konnte die *Polar Dawn* auch durch das meterdicke Eis pflügen, aber Murdock achtete darauf, dass der Kutter in der durch das warme Frühlingswetter entstandenen offenen Passage blieb.

Die *Polar Dawn* hatte weitere hundert Meilen in der zusehends enger werdenden Wasserstraße zurückgelegt, als die zweite Polarnacht in arktischen Gewässern anbrach. Kaum hatte sich Murdock nach einem späten Abendessen wieder auf die Brücke begeben, da meldete der Radarbeobachter erst einen, dann einen zweiten Kontakt.

»Beide bewegen sich im Augenblick nicht von der Stelle«, sagte er. »Der eine liegt nördlich, der andere unmittelbar südlich davon. Auf unserem derzeitigen Kurs fahren wir genau zwischen den beiden durch.«

»Das dürften die Patrouillenboote sein«, sagte Murdock leise.

Als sie sich den beiden Booten näherten, tauchte auf dem

Radarsichtgerät gut zehn Meilen voraus ein weiteres, größeres Schiff auf. Zunächst rührte sich keines der Patrouillenboote von der Stelle, als die *Polar Dawn* sie passierte, doch als Murdock zum Radarsichtgerät ging und dem Beobachter über die Schulter blickte, sah er, dass die beiden Boote ihre Position nun verließen und sich langsam hinter sein Schiff setzten.

»Sieht so aus, als ob wir möglicherweise Ärger kriegen, wenn wir über Los gehen und unsere zweihundert Dollar kassieren«, sagte er zu Wilkes.

»Noch halten sie Funkstille«, stellte der Erste fest. »Vielleicht langweilen sie sich bloß.«

Mittlerweile lag eine dunstige Dämmerung über der Wasserstraße und tauchte die ferne Küste der Victoria-Insel in ein dunkles Lila. Murdock versuchte, das Schiff mit dem Fernglas auszumachen, konnte aber nur die grauen Umrisse erkennen. Er ließ den Kurs leicht ändern, damit sie das Schiff an Backbord passierten und möglichst viel Manövrierraum hatten. Doch dazu kam es nicht mehr.

Im schwindenden Tageslicht hatten sie sich dem größeren Schiff bis auf zwei Meilen genähert, als auf dem grauen Schemen ein orangefarbenes Licht aufblitzte. Die Männer auf der Brücke der *Polar Dawn* hörten ein leises Heulen, dann sahen sie vierhundert Meter an Steuerbord voraus eine gut zehn Meter hohe Wassersäule aufspritzen.

»Die haben eine Granate auf uns abgeschossen«, stieß Wilkes erschrocken aus.

Im nächsten Moment drang ein Knistern aus dem Funkgerät.

»*Polar Dawn, Polar Dawn*, hier ist das kanadische Kriegsschiff *Manitoba*. Sie sind in unsere Hoheitsgewässer eingedrungen. Drehen Sie bitte bei und bereiten Sie sich auf ein Prisenkommando vor.«

Murdock griff zum Mikrofon. »*Manitoba*, hier spricht der Kapitän der *Polar Dawn*. Unsere Route wurde dem Außenministerium in Ottawa mitgeteilt. Ich bitte um Erlaubnis zur Weiterfahrt.«

Murdock mahlte mit den Zähnen, während er auf die Antwort wartete. Er hatte den strengen Befehl, unter keinen Umständen eine Auseinandersetzung zu provozieren. Aber man hatte ihm auch versichert, dass die *Polar Dawn* nicht aufgehalten werden würde. Doch jetzt wurde er von der *Manitoba* beschossen, einem nagelneuen kanadischen Kreuzer, der eigens für den Einsatz in der Arktis gebaut worden war. Die *Polar Dawn* hingegen war zwar genau genommen ein Kriegsschiff, aber weder bewaffnet noch besonders schnell. Einen modernen Kreuzer konnte sie mit Sicherheit nicht abhängen, zumal die beiden Patrouillenboote hinter ihr jeden Fluchtweg versperrten.

Auf Murdocks Funkspruch hin meldete sich zunächst niemand, dann leuchtete auf dem Deck der *Manitoba* ein weiterer orangefarbener Lichtblitz auf. Diesmal schlug die Granate aus der 12cm-Kanone des Kriegsschiffes nur knapp fünfzig Meter vor dem Kutter der Küstenwache im Wasser auf, sodass die Druckwelle der Explosion im ganzen Schiff zu spüren war. Wieder knisterte das Funkgerät.

»*Polar Dawn*, hier *Manitoba*«, meldete sich eine freundliche Stimme, die ganz und gar nicht zu der Situation passte. »Ich muss darauf bestehen, dass Sie beidrehen und uns an Bord kommen lassen. Ich habe den Befehl, Sie zu versenken, wenn Sie nicht gehorchen. Over.«

Murdock wartete nicht auf den nächsten orangefarbenen Lichtblitz auf der *Manitoba*.

»Maschinen stoppen«, befahl er dem Rudergänger.

Mit schleppender Stimme teilte er der *Manitoba* mit, dass er beidrehen werde. Dann ließ er den Funker eine verschlüsselte Nachricht an das regionale Hauptquartier der Küstenwache in Juneau absetzen, in der er ihre Lage erklärte. Anschließend wartete er schweigend auf das kanadische Enterkommando und fragte sich, ob dies das Ende seiner Karriere als Seemann war.

Wenige Minuten später ging ein schwer bewaffneter Trupp kanadischer Special Forces längsseits und begab sich sofort an Bord der *Polar Dawn*. Wilkes, der Erste Offizier, nahm das Enterkommando in Empfang und geleitete es zur Brücke. Der Führer des Trupps, ein kleiner, hohlwangiger Mann, salutierte vor Murdock.

»Lieutenant Carpenter, Einsatzgruppe zwei der Special Forces«, sagte er. »Ich habe den Befehl, das Kommando über Ihr Schiff zu übernehmen und es nach Kugluktuk zu bringen.«

»Und was ist mit der Besatzung?«, fragte Murdock.

»Darüber wird auf höherer Ebene entschieden.«

Murdock trat einen Schritt näher und blickte auf den kleineren Lieutenant herab. »Kann ein Soldat des Heeres ein neunzig Meter langes Schiff steuern?«, fragte er skeptisch.

»Ich war früher bei der Handelsmarine.« Carpenter lächelte. »Habe seit meinem zwölften Lebensjahr auf dem Schlepper meines Vaters ausgeholfen und Lastkähne voller Kohle den Sankt-Lorenz-Strom hinaufgeschoben.«

Murdock verzog lediglich das Gesicht. »Sie können das Ruder übernehmen«, sagte er schließlich und trat beiseite.

Carpenter machte seine Sache gut. Gekonnt steuerte er die *Polar Dawn* durch die Wasserstraße und den westlichen Teil des Coronation Golfs, bis sie acht Stunden später in den kleinen Hafen von Kugluktuk einlief. Eine Abteilung der Royal Canadian Mountain Police war am Industriekai angetreten, als das Schiff anlegte und vertäut wurde. Die *Manitoba*, die die *Polar Dawn* auf dem Weg zum Hafen beschattet hatte, betätigte draußen in der Bucht die Schiffssirene, machte dann kehrt und nahm wieder Kurs auf den Golf.

Die Besatzung der *Polar Dawn* wurde zusammengetrieben

und zu einem ehemaligen Fischlagerhaus gebracht, von dessen verwitterten Außenwänden die Farbe abblätterte. Drinnen hatte man für die gefangen gesetzte Besatzung in aller Eile mehrere Reihen provisorischer Feldbetten aufgeschlagen. Darben mussten die Männer allerdings nicht. Ihre Bewacher versorgten sie mit warmem Essen, kaltem Bier sowie Büchern und Videos zur Unterhaltung. Murdock nutzte die Gelegenheit und wandte sich an den verantwortlichen Polizisten, einen hoch aufgeschossenen Mann mit eisblauen Augen.

»Wie lange werden wir hier eingesperrt?«, fragte der Kapitän.

»Das weiß ich selbst nicht. Ich kann Ihnen lediglich mitteilen, dass unsere Regierung eine Entschuldigung und Wiedergutmachung für die Zerstörung des Eiscamps in der Beaufortsee verlangt sowie ein Zugeständnis, dass die Nordwestpassage von Rechts wegen ein Teil der kanadischen Hoheitsgewässer ist. Alles Weitere hängt von Ihrer Regierung ab. Ihre Männer werden rücksichtsvoll behandelt, aber ich muss Sie vor jedem Fluchtversuch warnen. Wir haben die Erlaubnis, notfalls Gewalt anzuwenden.«

Murdock nickte und verkniff sich ein Lächeln. Er wusste, dass die Forderung in Washington auf taube Ohren stoßen würde.

48

Pitt war gerade in Calgary aus der Linienmaschine gestiegen, als die Nachricht über die *Polar Dawn* von den Medien verbreitet wurde. Sofort drängten sich Menschentrauben um die Fernseher am Flughafen und versuchten, die Auswirkungen dieses Vorfalls zu erfassen. Pitt blieb stehen und sah kurz zu, wie ein politischer

Kommentator eine Aussetzung sämtlicher Öl-, Gas- und Stromlieferungen an die USA forderte, bis man dort Kanadas Ansprüche auf die Nordwestpassage anerkannte. Dann suchte sich Pitt eine ruhige Ecke in der Nähe eines menschenleeren Flugsteiges und wählte die Dienstnummer des Vizepräsidenten. Eine Sekretärin stellte ihn sofort durch, worauf sich James Sandecker mit gereiztem Unterton meldete.

»Machen Sie's kurz, Dirk. Ich habe wegen dieser Sache mit Kanada alle Hände voll zu tun«, knurrte er ohne jede Vorrede.

»Ich habe die Nachricht hier in Calgary gerade gehört«, erwiderte Pitt.

»Das ist weit entfernt von Washington. Was machen Sie in Calgary?«

»Ich warte auf einen Flug nach Yellowknife. Von da aus geht's mit einer Zubringermaschine weiter nach Tuktoyaktuk. Die *Narwhal* liegt immer noch dort im Hafen, seit sie die Überlebenden des kanadischen Eislabors aufgenommen hat.«

»Damit hat der ganze Schlamassel angefangen. Ich würde den Witzbold, der das Camp ruiniert hat, gern in die Finger kriegen. Unterdessen sollten Sie zusehen, dass das Schiff schleunigst die kanadischen Hoheitsgewässer verlässt, und dann nach Washington zurückkehren.«

»Rudi ist auf dem Rückweg nach Washington, mit der Anweisung, sämtliche Forschungsprojekte der NUMA rund um Kanada einzustellen und unsere Schiffe unverzüglich in neutrale Gewässer zu bringen. Ich habe hier einen Spezialauftrag zu erledigen, den ich persönlich zu Ende bringen muss.«

»Hat das irgendwas mit dem Forschungsprojekt zu tun, wegen dem mir Ihre hübsche Frau in den Ohren liegt?«

Gepriesen sei Loren, dachte Pitt. Sie hat sich bereits an den Alten gewandt.

»Ja. Wir müssen rausfinden, woher das Erz stammt, Admiral.«

Am anderen Ende herrschte Schweigen, aber Pitt hörte Papiere rascheln.

»Loren kann erstklassige Vorlagen schreiben«, schnaubte Sandecker schließlich. »Ich hätte sie gern in meinem Beraterstab, falls sie den Kongress mal satthaben sollte.«

»Ich fürchte, ihre Wähler lassen sie nicht gehen.«

»Dieses Ruthenium … haut das wirklich hin?«

»Ja, es ist eindeutig bewiesen. Außerdem ist noch jemand anders dahinter her, was eine weitere Bestätigung für den hohen Wert ist.«

»Wenn sich diese künstliche Photosynthese damit machen lässt, ist es unschätzbar wertvoll. Ich kann Ihnen gar nicht sagen, wie schlimm es wegen der Energiekrise um die Wirtschaft steht. Und die Anordnung des Präsidenten, die Kohlendioxidemissionen zu reduzieren, bringt uns noch mehr in die Bredouille. Wenn wir keinen Ausweg finden, droht uns der völlige Zusammenbruch.«

»Wir müssen das Mineral finden, das könnte unsere einzige Chance sein«, erwiderte Pitt.

»In Lorens Begleitbrief steht, dass dieses Erz möglicherweise in einem Zusammenhang mit der missglückten Franklin-Expedition steht.«

»Es gibt ein paar Hinweise, die darauf hindeuten. Allem Anschein nach ist das die einzige brauchbare Spur, die zu kurzfristig verfügbaren Vorkommen führt.«

»Und Sie wollen danach suchen?«

»Ja.«

»Sie haben sich einen denkbar schlechten Zeitpunkt dafür ausgesucht, Dirk.«

»Lässt sich nicht ändern. Man muss es versuchen, es ist zu wichtig. Und wir dürfen nicht zu spät kommen. Ich wollte nur wissen, wie es mit der *Polar Dawn* weitergeht.«

»Sind Sie an einem sicheren Anschluss?«

»Nein.«

Sandecker zögerte. »Die Hühner wollen ein paar Eier legen, aber der Hahn marschiert noch im Stall herum.«

»Wann gibt es Frühstück?«

»Bald. Sehr bald.«

Pitt wusste, dass Sandecker die Generalität im Pentagon wegen der Adlerabzeichen an ihren Mützen oft als Hühner bezeichnete. Die Mitteilung war also klar. Der Verteidigungsminister drängte auf eine militärische Erwiderung, doch der Präsident war noch unentschlossen. Doch in Kürze würde eine Entscheidung getroffen werden.

»Die Forderung der Kanadier wird mit dem gebührenden Ernst behandelt«, fuhr Sandecker fort. »Sie müssen Ihr Schiff rausholen und nach Alaska rüberschaffen, vorausgesetzt, die Kanadier lassen Sie überhaupt auslaufen. Bauen Sie keinen Mist, Dirk. Ich kann Ihnen in kanadischen Hoheitsgewässern keinerlei Unterstützung zukommen lassen. Diese Sache ist wahrscheinlich in ein paar Wochen ausgestanden, dann können Sie Ihre Suche wieder aufnehmen.«

Aus ein paar Wochen konnten leicht Monate werden, und dann wäre der arktische Sommer auch schon vorbei. Und wenn es zu einem frühzeitigen Kälteeinbruch kam, musste die Suchaktion rund um die King-William-Insel bis zum Tauwetter im kommenden Frühjahr aufgeschoben werden.

»Sie haben Recht, Admiral. Ich übernehme die *Narwhal* und bringe sie in ruhigere Gewässer.«

»Tun Sie das, Dirk. Und sputen Sie sich.«

Pitt beendete das Gespräch. Er hatte keineswegs vor, die *Narwhal* nach Alaska zu bringen. Aber das konnte er nicht sagen, da sein Telefon möglicherweise abgehört wurde. Außerdem hatte er Sandecker nicht belogen. Wenn er mit der *Narwhal* durch die Passage fuhr, würde er sie tatsächlich in ruhigere Gewässer, als es die Beaufortsee war, bringen.

In seinem Büro in Washington legte Sandecker den Hörer auf und schüttelte den Kopf. Er kannte Pitt fast wie einen Sohn und wusste, dass er gar nicht daran dachte, die *Narwhal* nach Alaska zu bringen.

49

Die weißen Punkte trieben am dunklen Nachthimmel dahin und wurden immer größer, als sie sich der Erde näherten. Erst als sie nur noch in dreißig Metern Höhe waren, wurde klar, wie schnell sie herunterkamen. Ein paar Sekunden später landeten sie mit einem dumpfen Schlag auf dem mit Eis bedeckten Boden. Zuerst schlugen drei große Holzkisten auf, die mattweiß gestrichen waren, damit sie in dieser Umgebung nicht auffielen. Danach folgten menschliche Gestalten, zehn insgesamt, die sich abrollten, sobald sie den Boden berührten. Unverzüglich lösten die Männer die Gurte, legten die Fallschirme zusammen und vergruben alles im Eis.

Der nicht allzu starke Wind hatte die Männer über eine halbe Meile weit auseinandergetrieben, aber innerhalb weniger Minuten hatten sie sich bei einer der Kisten gesammelt. Obwohl es eine mondlose Nacht war, hatten sie dank des klaren Sternenhimmels über hundert Meter Sicht. Rasch traten die Männer vor ihrem Kommandeur an, einem tief gebräunten Mann namens Rick Roman. Roman trug ebenso wie seine Männer einen weißen Tarnanzug mit dazu passendem Helm samt Nachtsichtgerät. In seinem Hüftholster steckte ein automatischer 45er Colt.

»Ausgezeichneter Absprung, Männer. Wir haben nur noch

wenige Stunden Dunkelheit vor uns, daher sollten wir uns gleich an die Arbeit machen. Der Grüne Trupp übernimmt die Rollbahn, der Blaue Trupp die Zodiacs und den Lagerbau. Bewegung.«

Die Männer, Angehörige der Delta Force, einer Eliteeinheit der US-Army, nahmen sich sofort die Kisten vor und packten deren Inhalt aus. Zwei enthielten jeweils ein aufblasbares Zodiac sowie Biwakausrüstung für kalte Witterungsverhältnisse. In der dritten Kiste befanden sich zwei Bobcats, kompakte Frontlader, die per Batterie betrieben wurden. Außerdem war ein kleinerer Behälter mit zusätzlichen Waffen, Munition, Essensrationen und einer Sanitätsausrüstung darin verstaut.

»Sergeant Bojorquez, würden Sie mich bitte begleiten?«, rief Roman.

Ein bulliger Mann mit schwarzen Augen und vorzeitig ergrautem Haar ließ die Wand einer Kiste fallen und lief zu Roman, woraufhin der Captain auf eine Anhöhe zuging, die sich auf der einen Seite der Landezone weitläufig erstreckte.

»Schöne klare Nacht, Sir«, sagte Bojorquez.

»Klar und kalt wie ein Pinguinarsch«, erwiderte Roman und verzog angesichts der Temperatur, die bei gut zwölf Grad minus lag, das Gesicht. Er hatte seine Jugend in Hawaii verbracht und sich trotz jahrelanger Ausbildung in der Arktis noch immer nicht an die kalte Witterung gewöhnt.

»Könnte schlimmer sein«, sagte Bojorquez und zeigte seine strahlend weißen Zähne. »Wenigstens schneit's nicht.«

Sie stiegen zu der Anhöhe hinauf, über etliche Firnstreifen, die unter ihren Stiefeln knirschten. Oben angekommen spähten sie den sanft abfallenden Hang auf der gegenüberliegenden Seite hinab, der mit welligem Eis bedeckt war. Eine Meile weiter entfernt kräuselte sich das tintenschwarze Wasser des Coronation Golf, und zwei Meilen dahinter funkelten die Lichter von Kugluktuk. Roman und seine Männer, die aus einer tief fliegenden C-130 von der Eielson Air Force Base abgesprungen waren, sollten im Zuge eines vom Präsidenten höchstpersönlich genehmigten Einsatzes die Besatzung der *Polar Dawn* befreien und fortbringen.

»Wie schätzen Sie die Lage ein?«, fragte Roman, während er die Lichter der kleinen Stadt musterte.

Der Sergeant war Ende zwanzig und hatte in Somalia und im Irak gedient, bevor er bei den Delta Forces landete. Wie die meisten Mitglieder der Arktiseinheit war er mehrmals in der wilden Bergwelt von Afghanistan eingesetzt worden.

»Die Satellitenaufklärung scheint recht genau zu sein. Das Plateau ist nicht allzu sehr zerklüftet«, sagte er und deutete nach hinten, in Richtung der Landezone. »Wir bekommen eine anständige Rollbahn hin, kein Problem.«

Er blickte hinab zum Golf und hob einen Arm. »Die Strecke zum Wasser ist ein bisschen länger, als mir lieb ist.«

»Darüber mache ich mir auch Gedanken«, erwiderte Roman. »Die Nacht ist kurz. Meiner Meinung nach sollten wir jede Minute Dunkelheit nutzen, um die Boote zum Wasser zu bringen.«

»Meinetwegen können wir noch heute Nacht loslegen, Captain.«

Roman blickte auf seine Uhr, dann nickte er. »Schafft die Zodiacs bis Tagesanbruch so weit wie möglich runter und versteckt sie. Wir können uns heute Nacht ruhig noch ein bisschen ins Zeug legen, da wir morgen einen langen Ruhetag haben werden.«

Im Schutz der Dunkelheit bahnte sich ein kleiner Trupp einen Weg über das Eis. Unterdessen legten die Männer des Grünen Trupps eine Rollbahn an, auf der zwei CV-22 Ospreys landen konnten, die sie herausholen sollten. Genau aus diesem Grund war die Landezone auch ausgewählt worden – sie befand sich auf einem flachen Plateau, das nicht eingesehen werden konnte, aber in der Nähe von Kugluktuk lag. Die Ospreys konnten mit ihrem Kipprotor zwar senkrecht starten und landen, aber aus Sicherheitsgründen und wegen des unbeständigen Wetters in der Arktis sollten sie laut Befehl von oben auf herkömmliche Art und Weise eingesetzt werden. Daher vermaßen die Soldaten eine schmale, rund hundertfünfzig Meter lange Piste, markierten sie und machten sich dann mit den Minibulldozern an die Arbeit. Die lautlos laufenden Maschinen schaufelten Schnee beiseite und ebneten das Eis ein, bis die primitive Landebahn allmählich Form annahm.

Neben der Rollbahn hackte der Blaue Trupp unterdessen eine Mulde in das Eis, in deren Schutz er ein halbes Dutzend weißer Zelte aufstellte, die ihnen als Unterschlupf dienten. Sobald das Lager fertig war, bliesen die Soldaten die beiden Zodiacs auf, die jeweils zwanzig Mann befördern konnten. Dann wurden die Boote auf Aluminiumkufen gestellt, auf denen sie über das Eis transportiert werden konnten.

Roman und Bojorquez halfen den vier Männern des Blauen Trupps, während sie die beiden Boote über das Eis schoben. Der Himmel im Süden wurde bereits hell, als sie sich oben auf der Anhöhe befanden. Roman blieb stehen und ruhte sich kurz aus, während er das Licht eines Schiffes betrachtete, das in der Ferne durch den Golf in Richtung Kugluktuk fuhr. Dann drängte er die Männer weiterzumarschieren, den Hang hinunter. Trotz des abschüssigen Geländes stellten sie fest, dass das Eis hier unebener und zerklüfteter war, sodass sie nur mühsam vorankamen. Immer wieder blieben die vorderen Kufen in schmalen Rissen und Sprüngen hängen und mussten unter Aufbietung aller Kräfte herausgezogen werden.

Sie hatten mit den Schlauchbooten gerade mal eine halbe Meile zurückgelegt, als der goldene Feuerball der Sonne am südöstlichen Horizont aufging. Die Männer legten sich ins Zeug und versuchten, schneller voranzukommen, wussten sie doch, dass ihr Einsatz zu scheitern drohte, wenn man sie vorzeitig entdeckte. Roman gab sein Vorhaben jedoch auf, die Boote beim ersten Tageslicht zu verstecken, und trieb seinen Trupp weiter an.

Eine ganze Stunde dauerte es, bis die erschöpften Männer endlich beim Coronation Golf waren, wo Roman die Boote umkippen und mit einer Schicht aus Schnee und Eis bedecken ließ. In aller Eile machten sie sich auf den Rückweg zum Lager, wo ihre Kameraden mittlerweile mit dem Bau der Landebahn fertig waren. Roman überzeugte sich rasch davon, dass alles in Ordnung war, dann zog er sich zufrieden in sein Zelt zurück. Die Vorbereitungen für den Einsatz waren einwandfrei vonstattengegangen. Wenn der lange arktische Tag zur Neige ging, würden sie zum Losschlagen bereit sein.

50

Die De Havilland Twin Otter setzte hart auf der eisigen Landebahn auf und rollte dann zu einem kleinen, viereckigen Gebäude, auf dem mit verblichener Farbe TUKTOYAKTUK stand. Als die beiden Propeller der Maschine zum Stillstand kamen, rannte ein Mann vom Flughafenpersonal, der einen orangefarbenen Overall trug, zur Seitentür und öffnete sie, worauf ein Schwall kalter Luft ins Innere drang. Pitt wartete hinten in der Maschine, bis die anderen Passagiere, hauptsächlich Angestellte von Ölfirmen, ihre dicken Jacken angezogen hatten und die Treppe hinabstiegen. Als er das Flugzeug verließ, schlug ihm ein eisiger Wind entgegen, der auf der Haut brannte, als herrschten etliche Minusgrade.

Als er so schnell wie möglich das Terminalgebäude aufsuchen

wollte, wurde er beinahe von einem rostigen Pick-up überfahren, der quer über die Landebahn preschte und vor der Tür klappernd zum Stehen kam. Ein gedrungener Mann sprang heraus, der von Kopf bis Fuß in mehrere Lagen Schlechtwetterkleidung eingemummt war und dadurch fast wie ein Nadelkissen aussah.

»Ist das die Mumie von Tutanchamun oder mein Direktor für Unterwassertechnologie?«, fragte Pitt, als ihm der Mann den Weg versperrte.

Der Mann zog einen Schal weg, unter dem das strahlende Gesicht von Al Giordino zum Vorschein kam.

»Ich bin es, dein tropensüchtiger technischer Direktor«, erwiderte er. »Spring in den geheizten Streitwagen, bevor wir beide zu Eissäulen erstarren.«

Pitt schnappte sich sein Gepäck von einem Karren, der es zum Terminal bringen wollte, und warf es auf die offene Ladefläche des Pick-ups. Eine unscheinbare Frau mit kurzen Haaren starrte vom Terminal aus auf die beiden Männer. Als sie in den Pick-up stiegen, ging sie zu einem Münztelefon und meldete ein R-Gespräch nach Vancouver an.

Giordino legte den Gang ein, hielt kurz die in Handschuhen steckenden Hände vor die Lüftung und trat dann aufs Gaspedal. »Die Schiffsbesatzung hat abgestimmt«, sagte er. »Wenn dieser Auftrag vorbei ist, schuldest du uns einen Kältezuschlag und eine Woche Urlaub auf Bora-Bora.«

»Das begreif ich nicht«, erwiderte Pitt lächelnd. »Die langen Sommertage in der Arktis sind für ihre milden Temperaturen doch bekannt.«

»Es ist aber noch kein Sommer. Gestern hatten wir allerhöchstens zehn Grad minus, und die nächste Kaltfront zieht schon auf. Was mich an etwas erinnert. Ist Rudi unserem Winterwunderland entronnen?«

»Ja. Wir haben uns unterwegs verpasst, aber er hat angerufen und mir Bescheid gesagt, dass er es sich in der warmen NUMA-Zentrale gemütlich gemacht hat.«

»Wahrscheinlich trinkt er am Ufer des Potomac ein paar Mai Tais, bloß um mich zu ärgern.« Der Flugplatz befand sich am Rand der kleinen Stadt, und Giordino musste nur ein paar Blocks weit fahren, bis sie zum Hafen kamen. Das an der öden Küste der Nordwest-Territorien gelegene Tuktoyaktuk war ursprünglich eine Siedlung der Inuvialuit, die zu einem Zentrum der Öl- und Gasexploration in der Region geworden war.

Der türkise Rumpf der *Narwhal* kam in Sicht, aber Giordino fuhr am Schiff vorbei und stellte den Pick-up neben einem Gebäude mit der Aufschrift HAFENMEISTEREI ab. Er brachte die Schlüssel für den geliehenen Wagen hinein, dann half er Pitt beim Gepäcktragen. Kapitän Stenseth und Jack Dahlgren erwarteten Pitt bereits, als er sich an Bord des NUMA-Schiffes begab.

»Hat Loren dir endlich ein Nudelholz über den Schädel gezogen?«, fragte Dahlgren, als er Pitts Verband bemerkte.

»Noch nicht. Das kommt bloß von einem Fahrfehler meinerseits«, antwortete er, ohne sich näher darüber auszulassen.

Die Männer setzten sich in eine kleine Lounge neben der Kombüse, wo an alle heißer Kaffee ausgeteilt wurde. Dann berichtete Dahlgren Pitt kurz von der Entdeckung der hydrothermalen Quelle, woraufhin Stenseth die Rettung der überlebenden Forscher des kanadischen Eislabors schilderte.

»Wer ist nach Meinung der Leute hier dafür verantwortlich?«, fragte Pitt.

»Da die Beschreibung der Überlebenden auf unsere Fregatte zutrifft, die *Ford*, denken alle, es war die Navy. Uns hat man aber mitgeteilt, dass sie zu dem Zeitpunkt dreihundert Meilen entfernt war«, sagte Giordino.

»Offenbar bedenkt keiner, dass im Augenblick nur ein paar Eisbrecher hier oben unterwegs sind«, warf Stenseth ein. »Wenn es kein Frachter war, der Kopf und Kragen riskiert hat oder vom Kurs abgekommen ist, kommen nur wenige Übeltäter infrage.«

»Der einzige amerikanische Eisbrecher in diesen Gewässern ist die *Polar Dawn*«, sagte Giordino.

»Die kannst du jetzt zu den kanadischen Eisbrechern zählen«, sagte Dahlgren kopfschüttelnd.

»Sie passt sowieso nicht zur Beschreibung«, sagte Stenseth. »Damit bleiben nur eine Handvoll Kriegsschiffe übrig, dazu die Geleitschiffe für die Frachter zum Athabasca oder ein ausländischer Eisbrecher, möglicherweise ein Däne oder Russe.«

»Meint ihr, es war ein kanadisches Kriegsschiff, das das Lager aus Versehen gerammt hat, sodass man die Sache vertuschen will?«, fragte Pitt.

»Einer der Wissenschaftler, Bue heißt er, schwört, dass er eine amerikanische Flagge gesehen hat. Außerdem hatte das Schiff die gleiche Nummer am Rumpf wie die *Ford*«, sagte Dahlgren.

»Das haut einfach nicht hin«, warf Giordino ein. Das kanadische Militär würde doch keines seiner Schiffe als amerikanische Fregatte ausgeben, nur um einen Konflikt anzuzetteln.«

»Was ist mit diesen Geleitschiffen zum Athabasca?«, fragte Pitt.

»In Kanada muss von Gesetztes wegen jedes Handelsschiff auf der Fahrt durch die vereisten Teile der Nordwestpassage von einem Eisbrecher begleitet werden«, sagte Stenseth. »Ein Privatunternehmen, die Athabasca Shipping, übernimmt diese Aufgabe. Die haben eine ganze Reihe großer Eisbrecher, die gleichzeitig ihre hochseetüchtigen Leichter schleppen. Wir haben vor ein paar Wochen in der Beringstraße so einen Schleppzug mit riesigen Flüssiggasleichtern gesehen.«

Pitts Augen funkelten auf. Er öffnete einen Aktenkoffer und holte ein Foto von einem mächtigen Leichter heraus, der in einer Werft in New Orleans gebaut wurde, und reichte Stenseth das Bild.

»So ähnlich wie der hier?«, fragte er.

Stenseth schaute sich das Foto an und nickte. »Ja, das ist eindeutig der gleiche Bautyp. So große Leichter sieht man nicht allzu oft. Was ist damit los?«

Pitt berichtete von seiner Suche nach dem Ruthenium, von der Spur, die in die Arktis führte und von Mitchell Goyette, der im Hintergrund möglicherweise die Fäden zog. Er holte ein paar Unterlagen heraus, die Yeager ihm geliefert hatte und die bestätigten, dass die Athabasca Shipping Company im Besitz von einem von Goyettes Unternehmen war.

»Wenn Goyette Gas und Öl aus der Arktis abtransportiert, dann ist er nicht der große Umweltschützer, als der er sich darstellt, sondern schlichtweg ein Schwindler«, stellte Giordino fest.

»Ein Hafenarbeiter, den ich in einer Bar kennengelernt habe, hat mir erzählt, dass jemand den Chinesen große Mengen Ölsande, beziehungsweise Bitumen, aus Kugluktuk liefert«, sagte Dahlgren. »Er hat gesagt, sie umgehen die Auflagen der Regierung, die wegen der Treibhausgasemissionen die Schließung von Raffinerien in Alberta verfügt hat.«

»Ich würde auf Goyettes Leichter wetten«, sagte Pitt. »Vielleicht sind es sogar seine Ölsande.«

»Ich habe den Eindruck, dass Goyette möglicherweise ein starkes Interesse an dem Rutheniumvorkommen hat«, sagte Stenseth. »Wie wollen Sie ihm zuvorkommen?«

»Indem ich ein hundertfünfundachtzig Jahre altes Schiff finde«, erwiderte Pitt. Dann berichtete er von Perlmutters Entdeckungen und den Hinweisen, die darauf hindeuteten, dass das Mineral von der *Erebus* stammte, einem der Schiffe der Franklin-Expedition.

»Wir wissen, dass die Schiffe ursprünglich nordwestlich der King-William-Insel aufgegeben wurden. Den Berichten der Inuit zufolge haben sie die *Erebus* aber weiter südlich gesehen, daher wäre es möglich, dass das Schiff durch das driftende Packeis weiter südlich getrieben wurde, ehe es sank.«

Stenseth entschuldigte sich und ging auf die Brücke, als Dahlgren Pitt fragte, was er denn zu finden hoffte.

»Wenn das Eis die Schiffe nicht völlig zermalmt hat, besteht durchaus die Chance, dass sie intakt und aufgrund des eisigen Wassers sogar gut erhalten sind.«

Stenseth kehrte mit einem Stapel Karten und Fotos zurück. Er breitete eine Seekarte von den Gewässern um die King-William-Insel aus, dann zog er ein aus großer Höhe aufgenommenes Foto von der gleichen Region heraus.

»Eine Satellitenaufnahme von der Viktoriastraße. Wir haben die aktuellen Daten über die ganze Passage. Einige Bereiche nördlich von hier sind noch vereist, aber die Gewässer rund um die King-William-Insel sind aufgrund des frühen Tauwetters in diesem Jahr bereits offen.« Er legte das Foto auf den Tisch. »In der Gegend, in der Franklin vor hundertfünfundsechzig Jahren im Eis stecken blieb, sind die Gewässer grundsätzlich befahrbar. Ein paar Eisschollen treiben zwar noch rum, aber das sollte die Suche nicht weiter behindern.«

Pitt nickte zufrieden, aber Dahlgren schüttelte den Kopf.

»Vergessen wir da nicht eine wichtige Kleinigkeit?«, fragte er. »Die Kanadier haben uns aus ihren Gewässern verbannt. Wir durften nur deshalb so lange in Tuktoyaktuk bleiben, weil wir so getan haben, als hätten wir Schwierigkeiten mit dem Ruder.«

»Mit Ihrer Ankunft hat sich dieses Problem aber erledigt«, sagte Stenseth mit einem verschmitzten Lächeln zu Pitt.

Pitt wandte sich an Giordino. »Al, ich glaube, du hast einen taktischen Vorschlag, der sich auf Jacks Bedenken bezieht.«

»Tja, wie Jack bestätigen kann, haben wir die Gelegenheit genutzt und uns mit den paar Leutchen von der kanadischen Küstenwache angefreundet, die in Tuk stationiert sind«, sagte Giordino, der die Kurzform für den Inuitnamen der Stadt benutzte, wie sie unter den Einheimischen üblich war. »Das hat mich zwar eine ganze Stange Kohle in den hiesigen Bars und Jack ein paar schwere Kater gekostet, aber ich glaube, wir haben das recht gut hingekriegt.«

Er schlug eine der Karten des Kapitäns auf, auf der der westliche Teil der Passage zu sehen war, und fuhr mit dem Finger die Küste entlang.

»Hier ist Kap Bathurst, etwa zweihundert Meilen östlich von uns. Die Kanadier haben dort eine Radarstation, mit der sie den ganzen Verkehr in Richtung Osten überwachen. Sie können per Funk Kugluktuk verständigen, wo zwei Schiffe stationiert sind, oder sich hier in Tuk melden, wo ein kleiner Kutter liegt. Zu unserem Glück haben die Kanadier den Großteil ihrer Patrouillenboote am anderen Ende der Passage, wo sie alle Schiffe abfangen, die aus der Baffin Bay kommen.«

»Meines Wissens können wir unsere Forschungsschiffe nicht unsichtbar machen«, wandte Pitt ein.

»Das ist auch nicht nötig«, fuhr Giordino fort. »Wie es das Glück will, liegt ein koreanischer Frachter hier im Hafen, der Schwierigkeiten mit der Maschine hat. Der Hafenmeister hat mir erzählt, dass sie den Schaden behoben haben und noch heute auslaufen wollen. Das Schiff hat Ersatzteile für Ölbohrtürme geladen, die es nach Kugluktuk bringen soll, daher fährt es ohne Eisbrechergeleit.«

»Du meinst, wir sollen uns da dranhängen?«, fragte Pitt.

»Genau. Wenn wir uns beim Passieren von Bathurst genau an Backbord von ihm halten, erfasst man uns vielleicht nicht.«

»Was ist mit den kanadischen Patrouillenbooten?«, fragte Dahlgren.

»Der in Tuk stationierte Kutter ist heute Morgen in den Hafen gekommen, daher sticht er wahrscheinlich nicht gleich wieder in See«, sagte Giordino. Damit bleiben die beiden Boote in Kugluktuk übrig. »Ich gehe jede Wette ein, dass eins schon wahrscheinlich in der Nähe der *Polar Dawn* rumhängt. Damit hätten wir nur noch ein Boot, an dem wir uns vorbeischleichen müssen.«

»Ich würde sagen, das Risiko sollten wir eingehen«, sagte Pitt. »Was ist mit der Luftüberwachung? Können wir uns darauf verlassen, dass die kanadische Luftwaffe die Passage nicht ab und zu überfliegt?«, fragte Dahlgren.

Stenseth zog ein weiteres Blatt Papier aus seinem Stapel. »Mutter Natur kommt uns zu Hilfe. Der Wetterbericht für die nächste Woche ist ziemlich trostlos. Wenn wir heute auslaufen, geraten wir wahrscheinlich in ein langsam ziehendes Tiefdruckgebiet, das sich noch eine ganze Weile in dieser Gegend hält.«

»Stürmisches Wetter«, sagte Giordino. »Damit dürfte klar sein, dass keine Flugzeuge am Himmel sind.«

Pitt blickte in die Runde und betrachtete die anderen voller Zuversicht. Auf diese Männer konnte er sich auch in schwierigen Zeiten hundertprozentig verlassen.

»Dann ist es also beschlossen«, sagte er. »Wir geben dem Frachter zwei Stunden Vorsprung, dann laufen wir ebenfalls aus. Wir tun so, als ob wir in Richtung Alaska fahren. Sobald wir auf See sind, machen wir kehrt und hängen uns weit vor Bathurst an den Frachter.«

»Dürfte nicht weiter schwer sein«, sagte Stenseth. »Wir machen mindestens acht bis zehn Knoten mehr als der.«

»Noch eins«, sagte Pitt. »Solange die Politiker die Sache mit der *Polar Dawn* nicht geregelt haben, sind wir auf uns allein gestellt. Und es besteht durchaus die Möglichkeit, dass es uns genauso geht. Deshalb möchte ich nur eine Notbesatzung an Bord haben, ausschließlich Freiwillige. Sämtliche Wissenschaftler und alle entbehrlichen Besatzungsmitglieder gehen hier so unauffällig wie möglich von Bord. Wir müssen Zimmer für sie reservieren und Flüge buchen. Wenn jemand fragt, sagen wir, es seien Angestellte von Ölfirmen, die versetzt wurden.«

»Ich kümmere mich darum«, sagte Stenseth.

Pitt stellte seine Kaffeetasse ab, blickte über den Tisch hinweg und stellte plötzlich fest, dass ihm nicht ganz wohl zumute war. An der gegenüberliegenden Wand hing ein Bild von einem Segelschiff aus dem 19. Jahrhundert, das in einen schrecklichen Sturm geraten war, der die Segel zerfetzt und einen Teil der Masten weggerissen hatte. Unmittelbar vor ihm ragten schartige Felsen aus dem Meer auf, bereit, das Schiff zu verschlingen.

Stürmisches Wetter, in der Tat, dachte er.

51

Dicker schwarzer Rauch quoll aus dem Schornstein des Frachters, als die Leinen losgeworfen wurden und das Schiff langsam vom Kai ablegte. Bill Stenseth, der auf der Brücke der *Narwhal* stand, sah zu, wie der Koreaner aus dem kleinen Hafen von Tuktoyaktuk dampfte und Kurs auf die Beaufortsee nahm. Dann griff er zu einem Bordtelefon und wählte die Nummer einer Kabine unter Deck.

»Pitt hier«, kam nach dem ersten Klingeln die Antwort.

»Der koreanische Frachter ist auf dem Weg.«

»Wie sieht's mit unserer Besatzung aus?«

»Alle entbehrlichen Leute sind von Bord. Ich glaube, wir haben jedes Hotel in der Stadt in Beschlag genommen. Es gibt natürlich nur zwei. Außerdem haben wir dafür gesorgt, dass alle nach Whitehorse fliegen können. Von dort aus sollten sie mühelos nach Alaska oder sogar nach Vancouver kommen. Wir haben insgesamt nur noch vierzehn Mann an Bord.«

»Das sind nicht viele. Wann können wir auslaufen?«

»Ich schlage vor, dass wir in etwa zwei Stunden ablegen, damit wir keinen Verdacht erregen.«

»Ich nehme an, dann müssen wir unsere Gastgeber davon verständigen, dass wir heimfahren«, sagte Pitt.

»Das hatte ich mir auch als Nächstes vorgenommen«, meldete Stenseth.

Der Kapitän legte auf, suchte Giordino und ging mit ihm zur Station der kanadischen Küstenwache. Deren Kommandeur schien sich weniger für Stenseths bevorstehenden Aufbruch zu interessieren, bedauerte aber sichtlich, dass er künftig auf Giordinos Großzügigkeit in der hiesigen Hafenbar verzichten musste. Offenbar traute der Kommandeur der Küstenwache dem Forschungsschiff keinerlei Arglist zu, denn er verabschiedete sich, ohne darauf zu bestehen, die *Narwhal* aus kanadischen Hoheitsgewässern zu geleiten.

»Da Sie sich so auf Völkerverständigung verstehen, sollten Sie sich vielleicht beim diplomatischen Korps bewerben«, sagte Stenseth scherzhaft zu Giordino.

»Da hätte aber meine Leber was dagegen«, erwiderte Giordino.

Die beiden Männer schauten bei der Hafenmeisterei vorbei, wo Stenseth die Liegegebühr bezahlte. Als sie das Büro verließen, trafen sie auf Pitt, der mit einem dreieckigen Paket unter dem Arm aus einer Eisenwarenhandlung kam.

»Hat uns an Bord irgendwas gefehlt?«, fragte Stenseth.

»Nein«, erwiderte Pitt grinsend. »Das ist bloß eine weitere Vorsichtsmaßnahme für später, wenn wir auf See sind.«

Der Himmel war dunkel und bedrohlich geworden, als die *Narwhal* zwei Stunden später die Leinen schlippte und langsam aus dem Hafen lief. Ein kleines Fischerboot kam ihnen entgegen, das vor der aufziehenden Schlechtwetterfront Schutz suchte. Pitt winkte ihm von der Brücke aus zu, während er das schwarz gestrichene Boot und seine beherzte Besatzung bewunderte, die ihren Lebensunterhalt in der rauen Beaufortsee verdiente.

Fast zwei Meter hohe Wellen rollten ihnen entgegen, als die Küste der Nordwest-Territorien hinter ihnen zurückfiel. Zudem hatte leichtes Schneetreiben eingesetzt, das die Sicht auf knapp eine Meile einschränkte. Das schlechte Wetter kam der *Narwhal* nur gelegen, die binnen kurzer Zeit ihren Kurs in Richtung Osten änderte. Der koreanische Frachter hatte mittlerweile zwar fünfundzwanzig Meilen Vorsprung, aber das schnelle Forschungsschiff schloss rasch zu ihm auf. Nach wenigen Stunden tauchten die Umrisse des Frachters am Rand des Radarsichtgeräts der *Narwhal* auf. Kapitän Stenseth brachte das NUMA-Schiff bis auf drei Meilen an den Frachter heran, dann ließ er die Maschinen drosseln, bis sie genauso viel Fahrt machten wie der Koreaner, und hängte sich wie ein Tender an einer Lokomotive an ihn, während er die zerklüftete kanadische Küste entlangdampfte.

Fünfundsechzig Meilen voraus ragte Kap Bathurst wie ein gebogener Daumen in die Beaufortsee, ein idealer Standort, um den gesamten Schifffahrtsverkehr zu überwachen, der von Westen in den Amundsen Golf einlief. Bis zur nördlich davon gelegenen Banks-Insel waren es zwar noch gut hundert Meilen, aber das Packeis war bis auf dreißig Meilen zu dem Kap vorgedrungen, und da die kleine Küstenwachstation ein Radargerät mit einer Reichweite von fünfzig Meilen hatte, konnte sie mühelos jedes Schiff erfassen, das durch das offene Wasser fuhr.

Während Pitt und Stenseth das näher rückende Kap auf der Karte betrachteten, kam Dahlgren mit einem Laptop und einer Reihe Kabel auf die Brücke. Er stolperte über eine Segeltuchtasche, die an der Wand stand, und ließ seine Kabel fallen, nicht aber den Laptop.

»Wer hat hier seine Wäsche rumliegen lassen?«, fluchte er.

Dann bemerkte er, dass die Tasche eine Reihe von Gesteinsproben enthielt, und hob einen kleinen Stein auf, der herausgefallen war.

»Das ist zufällig *eure* Wäsche«, sagte Stenseth. »Das sind die Gesteinproben, die Sie und Al von der hydrothermalen Quelle mitgebracht haben. Rudi sollte sie zur Untersuchung nach Washington mitnehmen, hat sie aber auf der Brücke liegen lassen.«

»Der gute alte Rudi«, versetzte Dahlgren lachend. »Er kann aus einer Dose Hundefutter eine Atombombe basteln, vergisst aber, morgens seine Schuhe zuzubinden.«

Dahlgren steckte den Stein in die Hosentasche, hob die Kabel hoch und trat dann ans Ruder. Ohne weiteren Kommentar öffnete er ein Paneel am Fahr- und Kommandostand des Schiffes und stöpselte die Kabel ein.

»Nicht gerade der beste Zeitpunkt, um unser Navigationssystem neu zu formatieren«, wandte Stenseth ein.

»Ich borge mir bloß ein paar Daten für ein Computerspiel«, erwiderte Dahlgren, stand dann auf und schaltete seinen Computer ein.

»Ich glaube nicht, dass wir auf der Brücke irgendwelche Spiele brauchen«, sagte Stenseth, der zusehends unruhiger wurde.

»Ach, ich glaube, das hier wird euch gefallen«, erwiderte er und gab rasch eine Reihe von Befehlen ein. »Ich nenne es Schattenfahrer.«

Auf dem Bildschirm des Laptops tauchten mit einem Mal zwei nebeneinander fahrende Boote auf. Ein schräger grauer Strahl fiel von der oberen Ecke des Monitors herab und beleuchtete den Großteil des Bildschirms, mit Ausnahme eines sich bewegenden Schattens hinter dem oberen Boot.

»Ein kleines Softwareprogramm, das ich gerade mithilfe unseres GPS-Systems und des Radargeräts geschrieben habe. Dieser graue Lichtstrahl ist von Bathurst auf uns gerichtet und ahmt den Radar der Station nach.«

»Und dadurch sollen wir von dem Radargerät nicht erfasst werden?«, fragte Pitt.

»Ganz genau. Wegen des sich ändernden Winkels zur Radarstation müssen wir unsere Position hinter dem Frachter ständig anpassen, um dem Signal zu entwischen. Wir können nicht einfach daneben herfahren, sonst werden wir vom Rand her erfasst. Wenn uns der Rudergänger in dem hier angezeigten Schatten hält, haben wir verdammt gute Chancen, Bathurst wie der Unsichtbare zu passieren.«

Stenseth musterte den Computer, dann wandte er sich an den Rudergänger. »Machen wir eine Probe aufs Exempel, bevor wir in Reichweite kommen. Maschinen ein Drittel Fahrt voraus. Setzen Sie uns hundert Meter backbord neben den Frachter, dann passen Sie die Geschwindigkeit an.«

»Und ich soll Schattenfahrer spielen?«, fragte der Rudergänger grinsend.

»Wenn das gelingt, kriegen Sie von mir einen Sechserpack, Jack«, sagte der Kapitän.

Die *Narwhal* legte einen Zahn zu, bis die Positionslichter des Frachters dicht voraus aufleuchteten. Dann steuerte der Rudergänger das NUMA-Schiff nach backbord und schloss weiter auf.

»Eine Sache macht mir Sorgen«, sagte Stenseth, während er den rostigen Frachter musterte. »Wenn wir uns für längere Zeit neben ihn setzen, könnte uns der Kapitän anfunken. Und ich bin davon überzeugt, dass unsere kanadischen Freunde in Bathurst auch Ohren haben.«

»Meine Vorsichtsmaßnahme«, murmelte Pitt. »Hätte ich fast vergessen.«

Er ging in seine Kabine und kehrte ein paar Minuten später mit dem dreieckigen Paket zurück, das er in Tuktoyaktuk gekauft hatte.

»Versuchen Sie's mal damit«, sagte er und reichte Stenseth das

Paket. Der Kapitän riss es auf und rollte die zusammengefaltete kanadische Flagge auf, die sich darin befand.

»Wollen Sie's wirklich auf Ärger anlegen?«, sagte Stenseth und musterte die Flagge unsicher.

»Die ist nur für den Frachter gedacht. Die sollen ruhig denken, wir gehörten zur kanadischen Eispatrouille. Dann stellen sie uns wahrscheinlich keine Fragen, wenn wir uns ein paar Stunden an ihre Flanke hängen.«

Stenseth schaute von Pitt zu Dahlgren hinüber, dann schüttelte er den Kopf. »Erinnert mich dran, dass ich mich nie auf die falsche Seite begebe, wenn es zu einer Auseinandersetzung mit euch zweien kommt.«

Dann befahl er, die Flagge am Mast aufzuziehen.

Als die Fahne mit dem Ahornblatt im steifen Westwind knatterte, setzte sich die *Narwhal* neben den koreanischen Frachter und passte sich dessen Tempo an. Gemeinsam fuhren sie durch die kurze Nacht und in die triste graue Dämmerung. Pitt und Stenseth hielten auf der Brücke Wache und lösten den Rudergänger ab, während Giordino jede Stunde mit ein paar Tassen starkem Kaffee auftauchte. Das Forschungsschiff bei rauer See im Radarschatten des Frachters zu halten, war ziemlich anstrengend, denn der Koreaner war zwar gut dreißig Meter länger als das NUMA-Schiff, aber durch den Abstand zwischen beiden Schiffen wurde der Schattenpfad schmaler. Umso hilfreicher war Dahlgrens Computerprogramm, weshalb Stenseth das versprochene Bier jede Stunde, die sie unentdeckt blieben, weiter aufstockte.

Die beiden Schiffe befanden sich genau nördlich von Bathurst, als plötzlich ein Funkspruch einging, der die Männer auf der Brücke erstarren ließ.

»Küstenwachstation Bathurst ruft Schiff auf Position 70.8590 Nord, 128.4082 West. Bitte identifizieren Sie sich und geben Sie Ihren Bestimmungshafen an.«

Alle hielten die Luft an, als das koreanische Schiff seinen Namen und den Zielhafen Kugluktuk durchgab. Nachdem die Küstenwache die Durchsage bestätigt hatte, beteten alle schweigend, kein zweiter Funkspruch möge eingehen. Fünf Minuten vergingen, dann zehn, und das Funkgerät blieb noch immer stumm. Als zwanzig Minuten verstrichen waren, wurde die Besatzung allmählich gelöster. Drei Stunden fuhren sie noch neben dem Frachter her, ehe sie außer Reichweite der Radarstation waren. Als die *Narwhal* zu einer Landzunge im Amundsen Golf kam, hinter der sie von Bathurst nicht mehr gesehen werden konnte, ließ der Kapitän die Geschwindigkeit auf zwanzig Knoten erhöhen, worauf sich das Schiff an dem langsamen Frachter vorbeischob.

Der koreanische Kapitän betrachtete das türkise Schiff mit der flatternden Ahornblattflagge, während es vorbeifuhr. Als er sein Fernglas auf die Brücke der *Narwhal* richtete, sah er zu seinem Erstaunen, dass ihm die Besatzung dort lachend zuwinkte. Verwundert zuckte der Kapitän die Achseln. »Zu lange in der Arktis«, murmelte er vor sich hin, dann widmete er sich wieder seiner Aufgabe und steckte den Kurs nach Kugluktuk ab.

»Gut gemacht, Käpt'n«, sagte Pitt.

»Ich nehme an, jetzt gibt's kein Zurück mehr«, erwiderte Stenseth.

»Wann erreichen wir in etwa die King-William-Insel?«, fragte Giordino.

»Wir haben noch knapp über fünfhundert Meilen vor uns, bei diesem Seegang also etwa vierundzwanzig Stunden, vorausgesetzt, das lausige Wetter bleibt uns erhalten. Und wenn wir auf keine Patrouillenboote stoßen.«

»Das ist das geringste Ihrer Probleme, Käpt'n«, sagte Pitt.

Stenseth warf ihm einen fragenden Blick zu. »Ist dem so?«, fragte er.

»Ja«, erwiderte Pitt grinsend. »Ich würde nämlich gern wissen, wo Sie in der Arktis zwei Kästen Lone-Star-Bier hernehmen wollen.«

52

Kugluktuk, das früher nach einem Fluss, an dem es liegt, Coppermine hieß, ist ein kleiner Handelsposten am Coronation Golf. An der Nordküste des kanadischen Territoriums Nunavut gelegen, ist sie eine von nur einer Handvoll von Hafenstädten nördlich des Polarkreises.

Der Hochseehafen war es denn auch, den Mitchell Goyette an Kugluktuk so verlockend fand, denn nirgendwo sonst gab es Kaianlagen, die so nahe an den Athabasca-Ölsandfeldern in der Provinz Alberta lagen. Deshalb hatte Goyette auch viel Geld investiert, um ein Terminal für den Export seines nicht raffinierten Bitumens zu bauen. Er hatte für wenig Geld eine kaum benutzte Eisenbahnlinie vom Athabasca nach Yellowknife erworben und dann deren Verlängerung nach Norden, bis Kugluktuk finanziert. Jetzt rollten, von speziell zum Schneeräumen konstruierten Lokomotiven gezogen, lange Reihen von Tankwagen über diese Trasse, die bei jeder Fahrt fünfundzwanzigtausend Barrel Bitumen beförderten. In Kugluktuk wurde das wertvolle Schweröl dann auf Goyettes mächtige Leichter verladen und quer über den Pazifik nach China transportiert, wo ein ordentlicher Profit damit zu machen war.

Da der nächste Eisenbahntransport erst in einigen Tagen fällig war, herrschte am Endbahnhof von Goyettes Athabasca Shipping Company im Augenblick eine gespenstische Stille. Der Eisbrecher *Otok* und ein an dessen Heck vertäuter Leichter lagen am Kai. Zwei weitere, hoch im Wasser liegende Leichter ankerten draußen in der Bucht. Nur das rhythmische Pumpen einer Treibstoffverbindung, über die die Tanks des Eisbrechers mit Diesel gefüllt wurden, deutete darauf hin, dass Boot und Hafenanlage nicht völlig verlassen waren.

Im Inneren des Schiffes indessen, wo die Besatzung erste Vorbereitungen zum Auslaufen traf, herrschte hektisches Treiben. Clay Zak, der in der Offiziersmesse saß, ließ den Bourbon über dem zerstoßenen Eis in seinem Glas kreisen, während er eine große Karte von den Royal-Geographical-Society-Inseln betrachtete. Ihm gegenüber saß der Kapitän der *Otok*, ein Mann mit feistem Gesicht und kurz geschorenen grauen Haaren.

»Wir sind bald mit dem Tanken fertig«, sagte der Kapitän mit schleppender Stimme.

»Ich habe keine Lust, länger als notwendig in Kugluktuk zu bleiben«, erwiderte Zak. »Wir laufen bei Tagesanbruch aus. Allem Anschein nach sind es rund sechshundert Kilometer bis zu den Royal-Geographical-Society-Inseln«, sagte er und blickte von der Karte auf.

Der Kapitän nickte. »Nach den Berichten ist die See bis zur King-William-Insel und dahinter eisfrei – und wir haben ein schnelles Schiff.«

Zak trank einen Schluck Bourbon. Er hatte die Reise in die Arktis in aller Eile und ohne genauen Plan angetreten, was ihm ganz und gar nicht behagte. Aber allzu viel konnte nicht schiefgehen. Er würde ein Team von Goyettes Geologen an der Nordküste der Hauptinsel absetzen und dort nach Ruthenium suchen lassen, während er sich den Bergbaubetrieb der Mid-America im Süden ansehen wollte. Notfalls würde er Mid-America mithilfe eines Trupps von Sicherheitsspezialisten ausschalten, die er ebenso mit an Bord genommen hatte wie eine Ladung Sprengstoff, die ausreichte, um die halbe Insel in die Luft zu jagen.

Plötzlich wurde die Tür zur Offiziersmesse aufgerissen, und ein Mann in schwarzem Kampfanzug und Parka lief raschen Schrittes auf Zak zu. Er hatte ein Sturmgewehr über der Schulter hängen und ein schweres Nachtfernglas in der Hand.

»Sir, zwei Gummiboote sind aus der Bucht gekommen und haben hinter dem Leichter am Kai angelegt. Ich habe insgesamt sieben Männer gezählt«, stieß er leicht atemlos aus.

Zak warf einen Blick auf das Fernglas des Mannes und schaute dann zur Uhr, auf der es halb ein Uhr nachts war.

»Waren sie bewaffnet?«, fragte er.

»Ja, Sir. Sie sind an der Verladeanlage vorbei zum öffentlichen Kai vorgerückt, wo ich sie aus den Augen verloren habe.«

»Die haben es auf die *Polar Dawn* abgesehen«, sagte der Kapitän aufgeregt. »Das müssen Amerikaner sein.«

Die *Polar Dawn* war nur ein paar hundert Schritte entfernt vertäut. Zak hatte die Einheimischen bemerkt, die sich um den amerikanischen Kutter drängten, als er in Kugluktuk eingetroffen war. Auch er hatte sich das festgesetzte Schiff angesehen, auf dem es von Polizisten und Posten der Marine nur so wimmelte. Von sieben Männern konnte es auf keinen Fall geentert werden.

»Nein, die sind wegen der Besatzung hier«, sagte Zak, ohne zu wissen, dass die Besatzung des Schiffes in dem alten Fischlager festgehalten wurde, nur einen Steinwurf entfernt. Ein verschlagenes Lächeln breitete sich auf seinem Gesicht aus. »Ist doch sehr nett von ihnen, dass sie vorbeischauen. Ich glaube, die können uns dabei helfen, die Mid-America Mining Company loszuwerden.«

»Das begreife ich nicht«, sagte der Kapitän.

»Dann begreifen Sie vielleicht Folgendes«, sagte Zak und stand auf. »Die Pläne wurden geändert. Wir laufen innerhalb einer Stunde aus.«

Dann verließ er, gefolgt von dem Söldner, grußlos den Raum.

53

Rick Roman ging hinter zwei leeren Ölfässern in Deckung und warf einen Blick auf seine Uhr. Das Leuchtzifferblatt zeigte 12:45 an. Sie waren dem Zeitplan um zwanzig Minuten voraus. Jetzt zahlt es sich aus, dass wir die Zodiacs noch gestern Nacht zum Wasser geschleppt haben, dachte er. Dadurch konnten sie die ganze Befreiungsaktion im Schutz der Dunkelheit durchführen.

Bislang war der Einsatz bestens gelaufen. Mit einem aus sechs Mann bestehenden Trupp war er kurz vor Mitternacht in den Zodiacs aufgebrochen, unmittelbar nachdem die Sonne am Horizont verschwunden war. Die von Elektromotoren angetriebenen Schlauchboote hatten den Golf lautlos bis zur Mündung des Coppermine River überquert und am Kai der Athabasca Shipping Company angelegt. Die Satellitenfotos, die Roman bei sich hatte, hatten ihm gezeigt, dass der Kai zweiundsiebzig Stunden zuvor verlassen worden war. Jetzt lag dort ein großer Schlepper, an dem ein noch größerer Leichter hing, aber auf beiden Schiffen befand sich offenbar keine Menschenseele. Ein Stück weiter unten am Kai sah er die *Polar Dawn*, die von den Hafenlaternen hell erleuchtet wurde. Selbst zu so später Stunde waren noch Wachposten an Deck, die ständig auf und ab gingen, um sich warm zu halten.

Roman wandte sich einem verwitterten weißen Gebäude zu, das knapp dreißig Meter vor ihm stand. Nach den Berichten der Nachrichtendienste wurde dort die Besatzung des Kutters der Küstenwache festgehalten. Dem einsamen Polizisten nach zu urteilen, der unter der Tür stand, waren die Aussichten nach wie vor gut. Roman war davon ausgegangen, dass die Männer nicht allzu streng bewacht wurden, und er hatte Recht behalten. Die raue Umgebung der Stadt genügte, um jeden von einem Fluchtversuch abzuschrecken, zumal die Grenze nach Alaska sechshundertfünfzig Meilen entfernt war.

Plötzlich meldete sich eine leise Stimme über den Kopfhörer seines Headsets.

»Die Guppys sind im Teich. Ich wiederhole, die Guppys sind im Teich.«

Es war Bojorquez, der ihm mitteilte, dass er die Gefangenen durch ein kleines Fenster an der Seitenwand des baufälligen Gebäudes gesehen hatte.

»Alle in Stellung?«, flüsterte Roman in sein Mikrofon.

»Mutt ist in Stellung«, erwiderte Bojorquez.

»Jeff ist in Stellung«, meldete sich eine zweite Stimme.

Wieder warf Roman einen Blick auf seine Uhr. Die Rettungsmaschinen würden in neunzig Minuten auf der Eispiste landen. Jede Menge Zeit, um die Besatzung der *Polar Dawn* über die Bucht und zur Landebahn zu bringen. Vielleicht sogar zu viel Zeit.

Er blickte ein letztes Mal den Kai auf und ab, ohne irgendwo ein Lebenszeichen zu sehen. Dann holte er tief Luft und erteilte per Funk seine Befehle.

»In neunzig Sekunden legen wir los.«

Anschließend lehnte er sich zurück und betete darum, dass ihnen das Glück weiter hold bleiben möge.

Kapitän Murdock saß auf einem Betonblock und rauchte eine Zigarette, als er plötzlich weiter hinten im Gebäude einen lauten Schlag hörte. Der Großteil seiner Besatzung lag in den Feldbetten und nutzte die wenigen Stunden Dunkelheit. Eine Handvoll Männer, die wie er nicht schlafen konnten, drängten sich in der einen Ecke und sahen sich an einem kleinen Fernseher einen Film an. Einer der Männer, ein kanadischer Polizist, der die Gefangenen in dem Gebäude beaufsichtigte und lediglich ein Funkgerät hatte, stand auf und ging zum Kapitän.

»Haben Sie auch was gehört?«, fragte er.

Murdock nickte. »Klang, als ob ein Eisbrocken vom Dach gefallen ist.«

Der Polizist drehte sich um und wollte zu einem Lagerraum auf der Rückseite des Gebäudes gehen, als sich zwei Männer lautlos aus dem Schatten lösten. Die beiden Männer der Delta Force hatten ihre Schneeanzüge gegen schwarze Jacken, Kampfhosen und kugelsichere Westen eingetauscht. Dazu trug jeder einen Kevlarhelm mit heruntergeklapptem Sichtvisier und Headset. Einer der Männer war mit einem M4-Karabiner bewaffnet, den er auf Murdock und den Polizisten richtete, während der andere eine kastenförmige Pistole angelegt hatte.

Der Polizist griff sofort zu seinem Funkgerät, aber bevor er es zum Mund führen konnte, feuerte der Mann mit der Pistole seine Waffe ab. Murdock bemerkte, dass die Waffe nicht knallte, sondern nur ein leises Ploppen von sich gab. Es war eine sogenannte Stun-Gun, die statt Kugeln zwei kleine Pfeile verschoss, die jeweils an einem dünnen Draht hingen. Als der Polizist getroffen wurde, versetzte ihm die Waffe einen Stromschlag von fünfzigtausend Volt, der auf der Stelle seine Muskeln lähmte.

Der Polizist erstarrte, ließ sein Funkgerät fallen und ging dann zu Boden. Kaum war er aufgeschlagen, als der Soldat, der auf ihn geschossen hatte, zu ihm stürmte, seine Unterarme und Beine mit Plastikhandschellen fesselte und ihm ein Stück Klebeband über den Mund pappte.

»Guter Schuss, Mike«, sagte der andere Elitesoldat, der einen Schritt vortrat und den Raum absuchte. »Sind Sie Murdock?«, fragte er den Kapitän.

»Ja«, stieß Murdock aus, noch immer erschrocken.

»Ich bin Sergeant Bojorquez. Wir nehmen Sie und Ihre Besatzung auf eine kurze Bootsfahrt mit. Wecken Sie bitte Ihre Männer und sorgen Sie dafür, dass sie sich schnell und lautlos anziehen.«

»Ja, klar. Danke, Sergeant.«

Murdock suchte seinen Ersten Offizier, dann weckten sie leise ihre Männer auf. Plötzlich flog die Vordertür des Gebäudes auf, und zwei weitere Soldaten der Delta Force kamen hereingestürmt und schleppten den schlaffen Körper eines weiteren Polizisten hinter sich her. Zwei Pfeile einer Stun-Gun ragten aus seinen Beinen, auf die die Soldaten gezielt hatten, weil der Oberkörper durch einen dicken Parka geschützt war. Ebenso wie sein Kollege wurde er im Handumdrehen gefesselt und geknebelt.

Murdock brauchte nur knapp fünf Minuten, um seine verwunderte Besatzung zu wecken und um sich zu scharen. Ein paar Männer rissen gleich Witze darüber, dass sie Moosehead gegen Budweiser tauschen und endlich wieder amerikanisches Fernsehen haben wollten. Aber die meisten spürten doch, dass ihnen eine gefährliche Flucht bevorstand, und waren schweigsam.

Draußen vor dem Gebäude war Roman unterdessen auf Beobachtungsposten und behielt den Kai im Auge. Allem Anschein nach hatte aber bislang noch niemand Alarm geschlagen, und die kanadische Miliz an Bord der *Polar Dawn* ahnte offenbar nichts von der bevorstehenden Flucht.

Nachdem ihm Bojorquez über Funk gemeldet hatte, dass alle bereit seien, gab Roman unverzüglich den Befehl zum Aufbruch. In Dreier- und Vierergruppen stahlen sich die Männer hinten aus dem Gebäude und wurden im Schatten zum Kai und den dort vertäuten Zodiacs geführt. Die beiden Boote füllten sich rasch, doch Roman blieb weiter auf Posten. Bojorquez funkte ihm, dass er mit der letzten Gruppe unterwegs sei.

Roman wartete, bis er Bojorquez entdeckte, der über das Gelände der Athabasca Shipping vorrückte, dann blickte er ein letztes Mal den Kai entlang. Noch immer war in dieser bitterkalten Nacht keine Menschenseele zu sehen, und in der Ferne hörte er nur das leise Tuckern der Pumpen und Generatoren. Roman stand auf und lief lautlos zu den Booten, überzeugt davon, dass der Einsatz gelingen werde. Die Besatzung der *Polar Dawn* herauszuholen, ohne dass die Kanadier alarmiert wurden, war der heikelste Teil des Unternehmens, und das hatten sie offenbar geschafft. Jetzt mussten sie sich nur noch zur Landebahn durchschlagen und auf die Ankunft der Flugzeuge warten.

Er schob sich an dem dunklen Leichter vorbei und sah, wie Bojorquez mit den letzten Männern der Küstenwache in eins der Boote stieg. Insgesamt sechsunddreißig Besatzungsmitglieder dienten auf der *Polar Dawn*, und mit einem kurzen Abzählen überzeugte er sich davon, dass tatsächlich alle dabei waren. Sobald die Zodiacs losgebunden waren, kletterte er so schnell wie möglich die Leiter hinab und sprang in eins der Boote.

»Bringen Sie uns weg«, flüsterte er dem Soldaten zu, der den Elektromotor bediente.

»Ich rate euch zu bleiben, wo ihr seid«, ertönte hoch über ihm eine laute Stimme.

Noch während die Worte über das Wasser hallten, leuchtete am Heck des Leichters eine Reihe Halogenscheinwerfer auf, deren grelle Strahlen Roman einen Moment lang blendeten. Instinktiv riss er seine Waffe hoch und wollte schon abdrücken, ließ es aber sein, als er Bojorquez rufen hörte: »Nicht schießen, nicht schießen!«

Sobald sich seine Augen an das grelle Licht gewöhnt hatten, blickte Roman auf und sah sechs Männer, die sich über die Bordwand des Leichters beugten und automatische Waffen auf die beiden Boote gerichtet hatten. Widerwillig senkte Roman sein Gewehr, und seine Männer taten es ihm gleich. Er schaute zu dem großen Mann hinauf, der vom Leichter zu ihm herablächelte.

»Das war sehr klug«, sagte Clay Zak. »Warum lassen Sie Ihre Männer nicht wieder zum Kai hochklettern, damit wir uns miteinander bekanntmachen können?«

Roman blickte von Zak zu den automatischen Waffen, die dessen Männer auf ihn gerichtet hatten, und nickte. Stinksauer darüber, dass sie im letzten Moment in einen Hinterhalt geraten waren, stand er auf und warf seinen Häschern einen wütenden Blick zu. Dann spie er verächtlich in den Wind und stieg aus dem Boot.

54

Sergeant Mike Tipton spähte durch das Nachtglas und suchte von der vereisten Anhöhe aus die Küste des Coronation Golf ab. Das Okular war so kalt, dass seine Stirn schon taub war, doch er hielt unverwandt Ausschau und hoffte, dass sich da unten bald etwas regte. Erst als ein anderer Mann zu ihm auf die Anhöhe kroch, senkte er das Glas wieder.

»Irgendein Zeichen vom Captain?«, fragte der Soldat, ein junger Corporal, dessen Gesicht hinter einer Kälteschutzmaske verborgen blieb.

Tipton schüttelte den Kopf, dann warf er einen Blick auf seine Uhr. »Sie verspäten sich, und unsere Flugzeuge müssten in zwanzig Minuten kommen.«

»Soll ich die Funkstille brechen und zusehen, ob ich sie erreiche?«

»Nur zu. Stell fest, was los ist und wann sie hier sein werden. Wir können die Vögel nicht zu lange am Boden lassen.«

Er stand auf und drehte sich zu der improvisierten Landebahn um. »Ich bereite die Lichter vor.«

Tipton, der den Funkspruch nicht mithören wollte, ging weg. Er wusste intuitiv, dass irgendetwas schiefgegangen sein musste. Roman war frühzeitig aufgebrochen. Er hätte schon vor fast einer Stunde mit der Besatzung der *Polar Dawn* zurückkehren müssen. Und jetzt sollten sie wenigstens in Sicht sein. Roman war ein guter Kommandeur, dessen Männer bestens ausgebildet waren. Irgendetwas musste da furchtbar schiefgegangen sein.

Bei der Landebahn angekommen, schaltete Tipton zwei batteriebetriebene blaue Lichter ein. Dann ging er zum anderen Ende der primitiven Piste und aktivierte ein weiteres Lichterpaar. Anschließend begab er sich zum Lager, wo er den Corporal vorfand, der den Einsatztrupp vergeblich über Funk zu erreichen versuchte, während ein anderer Soldat weiter Ausschau hielt.

»Ich bekomme keine Antwort«, meldete der Corporal.

»Versuch's weiter, bis die Maschinen gelandet sind.« Tipton wandte sich an die beiden Männer. »Wir haben unsere Befehle. Wir setzen uns ab, egal, ob der Trupp hier ist oder nicht.«

Tipton trat näher zu dem Soldaten, der Ausschau hielt und in seinem dicken weißen Parka kaum von dem Corporal zu unterscheiden war.

»Johnson, fordern Sie die Piloten auf, fünf Minuten zu warten. Ich gehe auf die Anhöhe und halte weiter Ausschau nach dem Captain. Aber dass ihr nicht ohne mich abhaut«, knurrte er.

»Ja, Sergeant.«

Eine Minute später drang ein leises Summen durch die eisige Nachtluft. Das Geräusch wurde lauter und schwoll zum unverkennbaren Dröhnen eines Flugzeuges an, dem ein zweites folgte. Die beiden Ospreys flogen ohne Positionslichter und waren am schwarzen Himmel nicht zu sehen. Die eigens für Langstreckeneinsätze modifizierten Maschinen waren auf einem Flugplatz in Eagle, Alaska, gestartet, der unmittelbar hinter der Grenze zum Yukon-Territorium lag, und hatten die siebenhundert Meilen lange Strecke im Tiefflug über die Tundra zurückgelegt, ohne dass sie in dieser abgelegenen kanadischen Region irgendjemand entdeckt hatte.

Tipton erreichte die Anhöhe und warf einen Blick zurück zur Landebahn, wo gerade die erste Maschine einschwebte. Die Piloten der Osprey warteten, bis sie nur noch fünfzehn Meter über dem Boden waren, bevor sie die Landescheinwerfer einschalteten, dann setzten sie kurz hinter den blauen Lichtern auf, jagten die Motoren hoch und rollten zum anderen Ende der Landebahn, wo sie rasch in einem engen Bogen wendeten. Im nächsten Augenblick kam die zweite Osprey herunter, rollte holpernd über die unebene Piste und stellte sich hinter die wieder startbereite erste Maschine.

Tipton wandte sich dem Golf zu und suchte die Küste mit seinem Nachtglas ab.

»Roman, wo bist du?«, zischte er, wütend darüber, dass die Truppe nicht auftauchte.

Aber nirgendwo waren die Gummiboote oder die Männer zu sehen, die damit weggefahren waren. Nur die weite See und eine menschenleere Eisfläche erstreckten sich vor dem Glas. Geduldig wartete er noch fünf Minuten, dann zehn, doch es blieb vergeblich. Der Einsatztrupp kam nicht zurück.

Er hörte die Motoren des einen Flugzeugs aufheulen und riss sich von seinem eisigen Posten los. Unbeholfen rannte er mit seiner Schutzkleidung den Hang hinab und stürmte zur offenen Seitentür der ersten Maschine. Er sprang hinein und handelte sich prompt einen finsteren Blick des Piloten ein, der die Gasregler sofort nach vorn schob. Tipton schleppte sich zu einem freien Sitz neben dem Corporal, als die Osprey holpernd über die Landebahn rollte und abhob.

»Keine Spur?«, schrie ihm der Corporal im Motorenlärm zu.

Tipton schüttelte den Kopf, während er ein ums andere Mal an den Spruch »niemand wird zurückgelassen« dachte. Dann wandte er sich vom Corporal ab und starrte stumpf aus dem kleinen Fenster.

Die Osprey und ihre dichtauf folgende Begleitmaschine flogen über den Coronation Golf hinaus, um Höhe zu gewinnen, dann drehten sie in Richtung Westen ab und nahmen Kurs auf Alaska. Tipton blickte geistesabwesend auf die Lichter eines in Richtung Osten dampfenden Schiffes hinab. Im ersten Dämmerlicht erkannte er, dass es ein Eisbrecher war, der einen großen Leichter schleppte.

»Wo sind sie?«, murmelte Tipton vor sich hin, dann schloss er die Augen und zwang sich zu schlafen.

55

Tipton konnte nicht wissen, dass er auf seine Kameraden von der Delta Force hinabgeblickt hatte. Ebenso wenig ahnte er, dass es ihnen dort unten kaum besser erging, als wenn sie in ein mittelalterliches Verlies geworfen worden wären.

Zaks Sicherheitsteam hatte den Elitesoldaten sämtliche Waffen und Funkgeräte abgenommen und sie dann zusammen mit der Besatzung der *Polar Dawn* an Bord des Leichters getrieben. Dort wurden die Amerikaner mit vorgehaltener Waffe gezwungen, in einen engen Stauraum am Bug des Schiffes zu steigen. Nachdem der letzte Gefangene die Stahlleiter hinuntergeklettert war, warf Roman einen Blick zurück und sah, wie zwei Männer die Zodiacs an Bord hievten und auf dem Achterdeck festzurrten.

Die einzige Verpflegung, die man ihnen zukommen ließ, zwei Flaschen mit gefrorenem Wasser, wurde in den Raum geworfen, bevor der schwere Lukendeckel zuknallte. Der Arretierhebel wurde umgelegt, dann war Kettengerassel zu hören, als man ihn sicherte. Die Männer, die schweigend in dem eiskalten, pechschwarzen Raum standen, hatten das Gefühl, dass ihnen Unheil drohte.

Dann ging eine Stiftlampe an, gefolgt von einer zweiten. Roman fand seine in einer Brusttasche, schaltete sie ein und war dankbar dafür, dass ihm etwas Nützliches zur Verfügung stand, das nicht konfisziert worden war.

Die diversen Strahlen huschten durch den Raum und erfassten die bangen Gesichter der fünfundvierzig anderen Männer. Roman bemerkte, dass ihr Gelass nicht groß war. Neben der Luke, durch die sie herabgestiegen waren, befand sich in der hinteren Wand ein weiterer Durchgang, der offen war. In der einen Ecke waren zwei aufgerollte Vertäuleinen übereinandergestapelt, und die eine Wand wurde von einem Haufen Reifen gesäumt. Die schmutzigen, abgefahrenen Reifen dienten offenbar als Fender und wurden vor dem Anlegen des Leichters über die Bordwand ausgebracht. Während er seine Bestandsaufnahme machte, hörte Roman, wie die starken Dieselmaschinen des Eisbrechers angeworfen wurden und mit tiefem Grollen im Leerlauf vor sich hintuckerten.

Roman richtete den Strahl seiner Stiftlampe auf die Besatzung der *Polar Dawn*. »Ist der Kapitän da?«, fragte er.

Ein vornehm wirkender Mann mit grauem Kinnbart trat vor. »Ich bin Murdock, ehemals Kapitän der *Polar Dawn*.«

Roman stellte sich vor und zitierte seine Einsatzbefehle. Murdock fiel ihm ins Wort.

»Captain, uns zu retten, war eine große Leistung. Aber entschuldigen Sie, wenn ich mich nicht dafür bedanke, dass Sie uns aus den Händen der kanadischen Polizei befreit haben«, sagte er trocken und deutete in das dunkle Gelass.

»Wir waren nicht darauf gefasst, dass sich Außenstehende

einmischen könnten«, erwiderte Roman. »Wissen Sie, wer diese Leute sind?«

»Die gleiche Frage könnte ich Ihnen stellen«, erwiderte Murdock. »Ich weiß lediglich, dass ein Privatunternehmen diese Eisbrecher im Auftrag der kanadischen Regierung zum Geleit von Handelsschiffen betreibt. Offenbar gehören dieser Firma auch die Leichter. Aber ich habe keine Ahnung, warum bewaffnete Sicherheitskräfte an Bord sind und weshalb man uns als Geiseln genommen hat.«

Roman war nicht minder erstaunt. Bei der Einsatzbesprechung hatten die Leute vom Nachrichtendienst lediglich darauf hingewiesen, dass ihm vonseiten der kanadischen Marine und der Mounted Police Gefahr drohen könnte. Er verstand das Ganze einfach nicht.

Die Männer hörten, wie die Maschinen des Eisbrechers höher drehten, dann spürten sie einen leichten Ruck, als das Schiff ablegte und den Leichter hinter sich herschleppte. Sobald das Schiff den Hafen verlassen hatte, steigerte sich die Drehzahl erneut, und die eingesperrten Männer spürten, wie der Leichter stampfend und rollend durch das kabbelige Wasser des Coronation Golf pflügte.

»Kapitän, haben Sie irgendeine Ahnung, wohin man uns bringen könnte?«, fragte Roman.

Murdock zuckte die Achseln. »Wir sind ziemlich weit entfernt von allem, was man halbwegs als Zivilisation bezeichnen könnte. Ich glaube nicht, dass sie die kanadischen Hoheitsgewässer verlassen werden, aber trotzdem könnte es eine lange, kalte Fahrt werden.«

Roman hörte ein lautes Schnauben auf der anderen Seite des Raums, gefolgt von mehreren Tritten, und richtete seine Lampe auf die Leiter, über die sie herabgestiegen waren. Auf einer der oberen Sprossen stand Sergeant Bojorquez, der mit dem Lukendeckel kämpfte, sich mit aller Kraft gegen den Arretierhebel warf und dann einen Schwall Flüche ausstieß. Als er den Lichtstrahl bemerkte, richtete er sich auf und drehte sich zu Roman um.

»Die Luke lässt sich nicht öffnen, Sir. Der Hebel auf der Außenseite ist mit einer Kette gesichert. Wir bräuchten ein Schweißgerät, um sie aufzukriegen.«

»Danke, Sergeant.« Roman wandte sich an Murdock. »Gibt es einen anderen Ausweg?«

Murdock deutete auf die offene Tür an der hinteren Wand.

»Die führt bestimmt zu einer Leiter in Frachtraum Nummer eins. Dieser Kahn hat vier Frachträume, jeder so groß, dass ein Wolkenkratzer reinpasst. Vermutlich gibt es einen Gang, der vom einen zum anderen führt. Dann muss man über eine Leiter runtersteigen und über eine andere auf der gegenüberliegenden Seite wieder hoch.«

»Was ist mit den großen Lukendeckeln? Kann man die aufbrechen?«

»Niemals, nicht ohne einen Kran. Vermutlich wiegt jede um die drei Tonnen. Meiner Meinung nach haben wir bloß am Heck eine Chance. Wahrscheinlich gibt es dort einen ähnlichen Raum, von dem aus man aufs Oberdeck gelangt.« Er schaute Roman mit entschlossenem Blick an. »Aber mit einer Stiftlampe könnte die Suche eine Zeit lang dauern.«

»Bojorquez«, rief Roman. Kurz darauf tauchte der Sergeant neben ihm auf.

»Begleiten Sie den Kapitän nach hinten«, befahl Roman. »Sehen Sie zu, dass Sie einen Weg aus diesem Rattenloch finden.«

»Ja, Sir«, erwiderte Bojorquez. Dann zwinkerte er seinem Vorgesetzten zu und fragte: »Bekomme ich dafür einen Streifen?«

Roman grinste. »Mindestens einen. Und jetzt ab mit Ihnen.«

Die Männer schienen alle neue Hoffnung zu fassen, Roman eingeschlossen. Aber dann erinnerte er sich an Murdocks Bemerkung über die lange Fahrt, und ihm wurde klar, dass ihnen unter arktischen Bedingungen ein harter Kampf ums Überleben bevorstand. Er lief im Raum hin und her und überlegte, wie er verhindern konnte, dass sie alle erfroren.

56

Unterdessen saß Clay Zak auf einem bequemen Lehnstuhl auf der behaglich warmen Brücke der *Otok* und betrachtete die Eisschollen, die im Wasser vorbeitrieben. Er war sich darüber im Klaren, dass es gefährlich war, die Amerikaner gefangen zu nehmen, aber er hatte spontan gehandelt, als er sie auf den Leichter bringen und mitnehmen ließ. Er war sich noch immer nicht ganz sicher, was er mit ihnen anstellen sollte, war aber davon überzeugt, dass er einen glücklichen Fang gemacht hatte. Die Besatzung der *Polar Dawn* war ihm regelrecht in den Schoß gefallen und mit ihr die Möglichkeit, die Streitigkeiten zwischen Kanada und den USA weiter zu schüren. Die kanadische Regierung würde kochen, weil sie glaubte, die Besatzung der *Polar Dawn* wäre durch einen amerikanischen Militäreinsatz unter Verletzung der Landesgrenzen entkommen. Zak lachte beim bloßen Gedanken daran, denn ihm war klar, dass der kanadische Premierminister in absehbarer Zeit nicht mehr zulassen würde, dass auch nur ein einziger Amerikaner den Fuß in die Arktis setzte.

Das war mehr, als sich Goyette hatte erhoffen können. Der Unternehmer hatte ihm erklärt, dass der Weg zu den Schätzen der Arktis offenstünde, weil mit der zunehmenden globalen Erwärmung die Hindernisse wegschmelzen würden, die bislang den Zugang verwehrten. Goyette war mit dem Erdgasfeld im

Melvillesund bereits ein großer Fund gelungen, aber er wollte auch an das Öl kommen. Schätzungen zufolge befanden sich rund fünfundzwanzig Prozent der weltweiten Ölvorkommen unter der Arktis. Durch das rasche Abschmelzen des Eispanzers konnte es jetzt von den Leuten, die den nötigen Weitblick hatten, gefördert werden.

Derjenige, der sich die Rechte zuerst sicherte, könnte sich damit eine goldene Nase verdienen, hatte Goyette gesagt. Die großen amerikanischen Öl- und Bergbauunternehmen hatten ihren Einfluss in diese Gegend bereits ausgedehnt. Goyette hatte keine Chance, mit ihnen mitzuhalten. Aber wenn sie von der Bildfläche verschwanden, sah die Sache ganz anders aus. Dann konnte Goyette große Brocken der arktischen Rohstoffressourcen in seinen Besitz bringen und als Quasi-Monopolist Milliarden damit verdienen.

Das brächte weit mehr als das Ruthenium, dachte Zak. Aber möglicherweise wollte er doppelt absahnen. Dass er das Mineral finden würde, ohne von irgendjemandem daran gehindert zu werden, war so gut wie sicher. Doch er konnte auch dafür sorgen, dass die amerikanischen Konkurrenten von weiteren Explorationen ausgeschlossen wurden. Dann würde Goyette noch tiefer in seiner Schuld stehen.

Mit zufriedener Miene blickte Zak auf das vorbeitreibende Eis und wartete darauf, dass die Royal-Geographical-Society-Inseln in Sicht kamen.

DRITTER TEIL

VERFOLGUNGSJAGD IM NORDEN

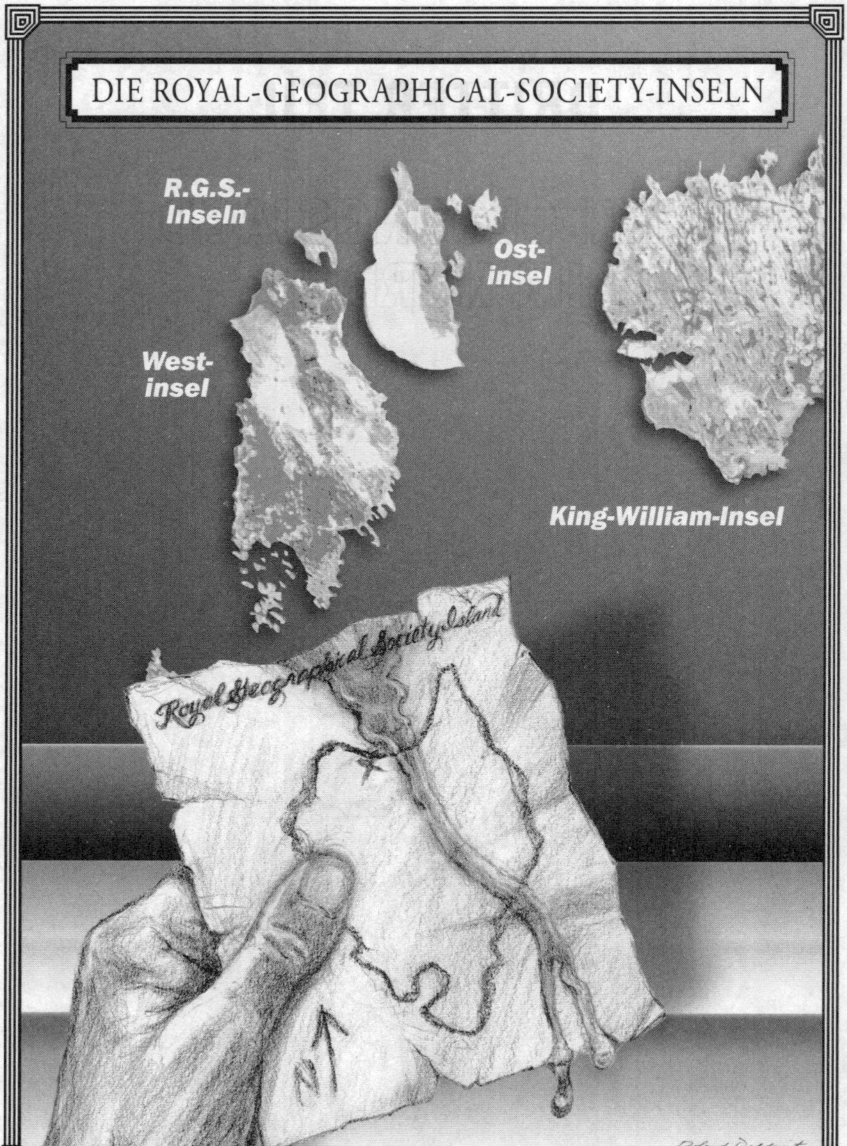
DIE ROYAL-GEOGRAPHICAL-SOCIETY-INSELN
R.G.S.-
Inseln
Ost-
insel
West-
insel
King-William-Insel
Royal Geographical Society Island

57

Im Hochsommer sieht die Inselwelt der kanadischen Arktis ein paar Wochen lang wie eine gescheckte Wüstenei aus. Denn wenn Schnee und Eis weichen, tritt die ganze karge Schönheit dieser Landschaft zutage, die sonst unter dem Dauerfrost verborgen bleibt. Goldene, rote und lila Streifen durchziehen das felsige, baumlose Terrain, Flechten und eine erstaunliche Vielzahl von Blumen leuchten im Schein der Sonne. Hasen, Moschusochsen und zahllose Vögel erfüllen die trostlose Weite der Polargebiete mit Leben. Es ist eine wahrlich üppige Flora und Fauna, die in den hellen Sommermonaten hier gedeiht, nur um in den langen, dunklen Wintertagen wieder zu verschwinden.

In den übrigen Monaten wirken die Inseln wie eine Ansammlung unwirtlicher Hügel, gesäumt von Küsten, die mit Steinen übersät sind – eine gottverlassene, öde Landschaft, die die Menschen seit Jahrhunderten wie ein Magnet angezogen hat, manche auf der Suche nach Ruhm, andere auf der Suche nach sich selbst. Als Pitt von der Brücke der *Narwhal* aus einen Streifen Packeis an der zerklüfteten Küste der Victoria-Insel betrachtete, kam es ihm so vor, als sei dies einer der einsamsten Orte, die er je gesehen hatte.

Er ging zum Kartentisch, wo Giordino in eine große Karte der Viktoriastraße vertieft war. Der stämmige Italiener deutete auf die offene See östlich der Victoria-Insel.

»Wir sind nur noch knapp fünfzig Meilen von der King-William-Insel entfernt«, sagte er. »Wo sollen wir deiner Meinung nach mit der Suche anfangen?«

Pitt zog einen Hocker an den Tisch, setzte sich und musterte die Karte. Die birnenförmige King-William-Insel lag genau östlich von ihnen. Er nahm einen Stift und zeichnete fünfzehn Meilen nordwestlich der Nordspitze der Insel ein X ein.

»Dort wurden die *Erebus* und die *Terror* offiziell aufgegeben«, sagte er.

Giordino fiel auf, dass Pitt seltsam desinteressiert klang.

»Aber du glaubst nicht, dass sie dort gesunken sind?«, fragte er.

»Nein«, erwiderte Pitt. »Der Bericht der Inuit, der allerdings ziemlich ungenau ist, scheint darauf hinzudeuten, dass sich die *Erebus* weiter südlich befand. Vor meiner Abreise aus Washington habe ich von ein paar Leuten von der klimatologischen Abteilung einige Modelle für mich errechnen lassen. Sie haben versucht, die Witterungsbedingungen im April 1848 nachzustellen, als die Schiffe aufgegeben wurden, um etwas über die Entwicklung des Meereises sagen zu können.«

»Die Schiffe sind also nicht einfach an der Stelle mit dem X gesunken, als das Eis schmolz?«

»Möglich wäre es, aber wahrscheinlich ist es kaum.« Pitt deutete auf einen großen Meeresabschnitt nördlich der King-William-Insel, den sogenannten Larsensund.

»Im Winter treibt das Packeis von Nordosten den Larsensund herab. Wenn es im Sommer 1848 nicht geschmolzen ist, was die Klimatologen vermuten, dann müssten die Schiffe im Winter 1849 nach Süden geschoben worden sein. Möglicherweise waren sogar ein paar Überlebende wieder an Bord gegangen – und wir wissen das nur nicht. Aber dies würde sich mit dem Bericht der Inuit decken.«

»Na klasse, ein bewegliches Ziel«, sagte Giordino. »Mit einem kleinen Suchgebiet ist es da nicht getan.«

Pitt fuhr mit dem Finger an der Westküste der King-William-Insel entlang und hielt an einer Reihe von Inseln inne, die zwanzig Meilen vor deren Südwestküste lagen.

»Ich nehme an, dass diese Inseln, die Royal-Geographical-Society-Inseln, das südwärts driftende Packeis wie eine Art Bollwerk aufgehalten haben. Vermutlich ist es nach links und rechts abgedrängt worden und hat sich an der Nordküste aufgetürmt.«

»Von deinem X aus ist es ein ziemlich direkter Weg dorthin«, stellte Giordino fest.

»Das ist nur eine Vermutung. Ich habe keine Ahnung, wie weit sich die Schiffe tatsächlich von der Stelle bewegt haben, bevor sie im Eis versunken sind. Ich würde gern mit einem zehn Meilen großen Suchgebiet oberhalb dieser Inseln anfangen, und dann weiter nördlich gehen, wenn wir nichts finden.«

»Klingt nicht schlecht«, pflichtete Giordino bei. »Wollen wir hoffen, dass sie in einem Stück gesunken sind, damit wir ein schönes Sonarbild bekommen.« Er blickte auf seine Uhr. »Ich wecke lieber Jack und lasse das AUV vorbereiten, bevor wir vor Ort sind. Wir haben zwei an Bord, können also auch zwei Suchgebiete gleichzeitig abfahren.«

Während Pitt die Koordinaten für zwei aneinandergrenzende Suchgebiete absteckte, bereiteten Giordino und Dahlgren die AUVs zum Ausbringen vor. Die Abkürzung stand für Autonomous Underwater Vehicle, autonome Tauchroboter, die im Gegensatz zu ferngesteuerten Unterwasserfahrzeugen, sogenannten ROVs, völlig selbstständig arbeiten, also unabhängig von Trägerschiff und Kabel. Die torpedoförmigen AUVs verfügten über ein Sonargerät und andere Sensoren, mit denen sie den Meeresgrund elektronisch abtasten konnten. Wenn sie für das systematische Absuchen eines bestimmten Gebietes programmiert sind, fahren sie mit fast zehn Knoten ein paar Meter über dem Grund entlang und weichen eigenständig allen Hindernissen aus.

Als sie unmittelbar nördlich der Royal-Geographical-Society-Inseln zum ersten von Pitt abgesteckten Suchgebiet kamen, ließ Kapitän Stenseth die Maschinen der *Narwhal* langsamer laufen. Dann wurde ein schwimmender Transponder am Heck ausgebracht, worauf das Schiff zur entgegengesetzten Ecke des Gebietes fuhr, wo eine zweite Boje zu Wasser gelassen wurde. Die mit GPS-Satelliten verbundenen Transponder lieferten die entsprechenden Navigationsdaten, damit die AUVs auf Kurs blieben.

Anschließend half Pitt Giordino und Dahlgren am Achterdeck des Schiffes beim Herunterladen der Suchstrecken in den Rechner des ersten AUV, dann wurde der lange gelbe Aal über die Bordwand abgelassen. Sobald sich die kleine Schiffsschraube drehte, wurde das Gerät ausgeklinkt, schoss los und verschwand im dunklen, kabbeligen Wasser, wo er von den Transpondern zum Startpunkt gelotst wurde, dann das Suchgebiet ein ums andere Mal auf und ab fuhr und mit seiner Elektronik den Meeresboden abtastete.

Als der erste Tauchroboter ausgebracht war, steuerte Stenseth das Schiff nach Norden, zum zweiten Suchgebiet, wo die ganze Aktion wiederholt wurde. Sobald das zweite AUV ausgeklinkt war, flüchteten Pitt, Giordino und Dahlgren vor dem schneidenden Wind in die Einsatzzentrale. Dort hatte ein Techniker auf einem in die Decke eingelassenen Bildschirm unterdessen die beiden Suchgebiete samt Darstellungen der AUVs und der Transponder aufgerufen. Pitt streifte seinen Parka ab, während er die Zahlenreihen betrachtete, die am Rand des Bildschirms abliefen.

»Beide AUVs sind auf Einsatztiefe und funktionieren«, sagte er. »Gut gemacht, meine Herren.«

»Jetzt können wir nichts mehr tun«, erwiderte Giordino. »Sieht so aus, als ob die Aale etwa zwölf Stunden fürs Absuchen brauchen, bevor sie wieder auftauchen.«

»Wenn wir sie wieder an Bord haben, dürfte es nicht allzu lange dauern, bis wir die Daten runtergeladen und die Batterien ausgewechselt haben. Dann können wir sie auf die nächsten beiden Suchgebiete loslassen«, stellte Dahlgren fest.

Giordino zog die Augenbrauen hoch, und Pitt warf ihm einen vernichtenden Blick zu.

»Was hab ich denn gesagt?«, fragte er verwundert.

»Auf diesem Schiff«, versetzte Pitt mit einem schmalen Grinsen, »gehen wir davon aus, dass es beim ersten Mal klappt.«

58

Sechzig Meilen weiter westlich pflügte die *Otok* auf direktem Kurs zu den Royal-Geographical-Society-Inseln durch das vom Wind gepeitschte Wasser. Im Ruderhaus betrachtete Zak mit der Lupe eine Satellitenaufnahme des Archipels. Die beiden größten Inseln der Kette, die Westinsel und die Ostinsel, waren durch eine Wasserstraße voneinander getrennt. Das Bergwerk von Mid-America befand sich an der Südküste der Westinsel, am Queen-Maud-Golf. Zak erkannte auf dem Foto zwei Gebäude, einen langen Pier und eine große Grube, in der offenbar im Tagebau Erz geschürft wurde.

»Eine Nachricht ist für Sie eingegangen.«

Der unrasierte Kapitän der *Otok* überreichte Zak ein zusammengefaltetes Blatt Papier. Zak klappte es auf und las.

Pitt am Samstagmorgen aus D.C. in Tuktoyaktuk eingetroffen. Ging an Bord von NUMA-Forschungsschiff Narwhal. Ausgelaufen um 1600, vermutlich mit Ziel Alaska. MG.

»Alaska«, sagte er laut. »Woanders können sie nicht mehr hin.«

»Ist alles in Ordnung?«

»Unsere Konkurrenten strengen sich nicht richtig an.«

»Wo wollen wir die Inseln anlaufen?«, fragte der Kapitän und blickte Zak über die Schulter.

»An der Südostküste der Westinsel. Wir nehmen uns erst den Bergbaubetrieb vor, legen am Pier an und sehen zu, ob jemand da ist. Es ist noch ziemlich früh, daher haben sie möglicherweise noch gar nicht mit dem Sommerbetrieb angefangen.«

»Vielleicht können wir unsere Gefangenen dort absetzen.«

Zak blickte aus dem hinteren Fenster und betrachtete den Leichter, der in der kabbeligen See hinter ihnen herstampfte.

»Nein«, erwiderte er nach kurzem Nachdenken. »Die sollten es da, wo sie sind, ganz gemütlich haben.«

Als *gemütlich* hätte es Rick Roman kaum bezeichnet. Aber unter den gegebenen Umständen hatten sie das Beste aus der Situation gemacht.

In ihrem eisigen stählernen Verlies konnten sie sich nicht warm halten, aber der herumliegende Müll war ihre Rettung. Roman ließ die Männer im Schein seiner Taschenlampe den Reifenberg in Angriff nehmen. Zunächst wurde eine Schicht Gummi über das Deck gelegt, dann bauten sie Wände auf, sodass ein kleinerer Raum entstand, in den dennoch alle hineinpassten. Anschließend wurden die Vertäuleinen um die Reifen geschlungen, damit eine weitere Isolationsschicht entstand und zugleich ein Polster, auf dem die Männer liegen konnten. Dann schmiegten sich alle so eng aneinander, dass durch ihre Körperwärme die Temperatur in dem engen Raum allmählich anstieg. Nach einigen Stunden richtete Roman den Lampenstrahl auf eine Wasserflasche und sah, dass die obersten fünf, sechs Zentimeter Eis getaut waren. Ihre isolierte Kammer hatte sich auf über null Grad aufgewärmt, stellte er zufrieden fest.

Aber das war auch das Einzige, was ihn seit einiger Zeit halbwegs zufriedenstellte. Als Murdock und Bojorquez nach über einstündiger Inspektion des Leichters zurückgekehrt waren, hatten sie nur schlechte Nachrichten mitgebracht. Murdock hatte hinter ihrem Raum keinen Ausgang gefunden, von den riesigen

Frachträumen einmal abgesehen. Aber die mächtigen Lukendeckel, mit denen sie verschlossen waren, wirkten wie fest geschweißt und ließen sich nicht bewegen.

»Ich habe das hier gefunden«, sagte Bojorquez und hielt einen kleinen Zimmermannshammer mit Holzgriff fest. »Offenbar hat ihn jemand in den Frachtraum fallen lassen und sich nicht die Mühe gemacht, ihn wieder rauszuholen.«

»Bei diesen Luken würde uns nicht mal ein Vorschlaghammer was nützen«, erwiderte Roman.

Trotzdem machte sich Bojorquez unverzagt mit dem kleinen Werkzeug am Riegel der Luke zu schaffen. Bald darauf wurde das Knarren und Ächzen des stampfenden Leichters von den ständigen Hammerschlägen begleitet. Männer stellten sich an, um es ebenfalls zu versuchen, die meisten aus Langeweile oder weil sie sich aufwärmen wollten. Plötzlich übertönte Murdocks Stimme den Lärm.

»Der Schlepper wird langsamer.«

»Hört auf zu hämmern«, befahl Roman.

Sie hörten, wie die tief dröhnenden Maschinen des Eisbrechers langsamer drehten, und ein paar Minuten später tuckerten sie nur noch im Leerlauf. Dann stieß der Leichter gegen irgendetwas. Die Männer, die schweigend die Ohren spitzten, hofften, aus diesem eisigen Verlies möglichst bald herauszukommen.

59

Die Royal-Geographical-Society-Inseln wirkten wie eine Masse gelb-brauner Hügel, die aus dem kabbeligen schiefergrauen Wasser aufragten. Sie verdankten den Namen ihrem Entdecker

Roald Amundsen, der 1906 mit der *Gjøa* als erster Mensch nach dreijähriger Fahrt die Nordwestpassage bewältigt hatte. Im Laufe des folgenden Jahrhunderts gerieten die Inseln beinahe in Vergessenheit, bis eine unabhängige Explorationsfirma auf der Westinsel Zinkvorkommen fand, die im Tagebau gefördert werden konnten, und die Schürfrechte an Mid-America verkaufte.

Das Lager von Mid-America war an einer breiten Bucht an der zerklüfteten Südküste der Insel errichtet worden, die von zahlreichen Fjorden durchzogen wurde. Eine – naturgegebene – tiefe Fahrrinne ermöglichte selbst großen Schiffen die Einfahrt in die Bucht, vorausgesetzt, das Meereis war über den Sommer geschmolzen. Das Unternehmen hatte dort einen schwimmenden Pier gebaut, der hundert Meter weit ins Wasser hinausragte und jetzt einsam und verlassen zwischen den Eisschollen stand.

Zak ließ den Kapitän den Pier anlaufen, während er mit einem Fernglas die Küste absuchte. Er musterte zwei Fertigbauten, die unter einer Klippe neben einer Schotterpiste standen, die sich ein Stück ins Landesinnere zog. Die Fenster der Gebäude waren dunkel, und vor den Türen hatten sich Schneewehen aufgetürmt. Nachdem er sich davon überzeugt hatte, dass die Anlage noch immer geschlossen war, ließ er die *Otok* am Pier vertäuen.

»Holen Sie die Geologen und bringen Sie sie an Land«, wies er den Kapitän an. »Ich will wissen, was für Mineralien das Erz enthält, das hier abgebaut wird. Und ich möchte etwas über die geologische Beschaffenheit der Gegend erfahren.«

»Ich glaube, die können es kaum erwarten, an Land zu kommen«, sagte der Kapitän, der in der Messe gesehen hatte, dass einige der Geologen seekrank waren.

»Käpt'n, ich habe vor meiner Ankunft ein großes Paket an das Schiff geschickt. Haben Sie die Lieferung in Tuktoyaktuk erhalten?«

»Ja, eine Kiste wurde dort an Bord gebracht. Ich habe sie im vorderen Lagerraum verstauen lassen.«

»Lassen Sie sie jetzt bitte in meine Kabine bringen. Sie enthält ein paar Sachen, die ich an Land brauche«, sagte er.

»Ich kümmere mich gleich darum. Was ist mit den Gefangenen auf dem Leichter. Die sind vermutlich dem Tode nah«, sagte er mit einem Blick auf das digitale Thermometer am Fahr- und Kommandostand, das anzeigte, dass die Außentemperatur bei minus fünfzehn Grad lag.

»Ach ja, unsere froststarren Amerikaner. Mittlerweile hat ihr Verschwinden sicher bei ein paar Leuten für Aufregung gesorgt«, sagte Zak in arrogantem Tonfall. »Werfen Sie ihnen ein paar Decken und was Essbares runter. Es könnte ganz nützlich sein, wenn sie noch eine Weile am Leben bleiben.«

Während die Geologen in Begleitung eines bewaffneten Trupps von Sicherheitsleuten an Land gingen, begab sich Zak in seine Kabine hinunter. Sein Paket, eine mit Blech beschlagene Kiste, an der ein schweres Vorhängeschloss hing, stand auf dem Teppichboden. Darin befand sich eine Reihe von Zündern und Zündschnüren sowie genügend Dynamit, um einen ganzen Häuserblock zu sprengen. Zak suchte ein paar Gegenstände aus und packte sie in eine kleine Tasche, dann verschloss er die Kiste wieder. Er schlüpfte in einen dicken Parka, ging aufs Oberdeck und wollte gerade das Schiff verlassen, als ihn ein Besatzungsmitglied aufhielt.

»Ein Anruf für Sie auf der Brücke. Der Kapitän bittet Sie, sofort zu kommen.«

Zak stieg den Aufgang zur Brücke hinauf, wo der Kapitän in ein sicheres Satellitentelefon sprach.

»Ja, er ist da«, sagte der Kapitän, drehte sich um und reichte Zak das Telefon Die gereizte Stimme von Mitchell Goyette drang aus dem Hörer.

»Zak, der Kapitän hat mir gesagt, dass Sie vor dem Werk von Mid-America angelegt haben.«

»Stimmt genau. Sie haben noch nicht mit dem Sommerbetrieb angefangen, deshalb ist hier keiner. Ich wollte gerade dafür sorgen, dass sie in diesem Jahr nichts mehr abbauen.«

»Ausgezeichnet. Angesichts der aufgeheizten Stimmung in Ottawa bezweifle ich, dass die Amerikaner jemals wieder dorthin zurückkommen.« Dann drang wieder Goyettes Habgier durch. »Zerstören Sie aber keine Infrastruktur, die noch nützlich für mich sein könnte, wenn ich die Anlage zum Notverkaufspreis bekomme«, sagte er schnaubend.

»Ich werde daran denken«, erwiderte Zak.

»Sagen Sie mal, haben Sie etwas über das Ruthenium erfahren?«

»Die Geologen sind gerade zu einer ersten Erkundung rund um das Bergwerk unterwegs. Aber wir sind derzeit im Süden der Insel, und die Karte des Händlers deutet eher darauf hin, dass sich das Vorkommen der Inuit an der Nordküste befand. In ein paar Stunden begeben wir uns dort hin.«

»Sehr gut. Halten Sie mich auf dem Laufenden.«

»Es gibt noch etwas, das Sie wissen sollten«, erwiderte Zak und ließ dann die Bombe hochgehen. »Wir haben die amerikanische Besatzung der *Polar Dawn* gefangen genommen.«

»Sie haben was?«, rief Goyette so laut, dass Zak den Hörer ein Stück von seinem Ohr weghalten musste. Auch nachdem ihm Zak die näheren Umstände der Entführung geschildert hatte, war er noch immer außer sich.

»Kein Wunder, dass die Politiker durchdrehen«, zischte er. »Sie sind auf dem besten Weg, den Dritten Weltkrieg auszulösen.«

»Das garantiert uns, dass die Amerikaner für lange Zeit keinen Zugang mehr zu dieser Region haben werden«, wandte Zak ein.

»Das mag zwar stimmen, aber das nützt mir nichts, wenn ich in einer Gefängniszelle sitze. Regeln Sie diese Sache, und zwar ohne Zwischenfall«, brüllte er. »Wie Sie es machen, ist mir egal, Hauptsache man kommt nicht dahinter, dass ich etwas damit zu tun habe.«

Zak legte auf, als er merkte, dass die Verbindung unterbrochen worden war. Nichts als ein fantasieloser Grobian, der durch Rücksichtslosigkeit zum Milliardär geworden ist, dachte er. Dann zog er seinen Parka wieder an und ging an Land.

Ein brauner Ring aus Fels und Schotter säumte die Bucht und ging in eine weiße Eisdecke über, wenn man sich weiter landeinwärts begab. Dazwischen zog sich ein mehrere hundert Meter langer Fahrweg in den Berghang und endete vor einer senkrechten Wand, die eindeutig durch Maschinenkraft entstanden war. Offenbar trug man hier zur Zinngewinnung einfach das Gelände ab, in dem das mineralienreiche Erz leicht zugänglich war. In der Ferne sah Zak ein paar Geologen, die im Abraum der jüngsten Förderung herumstocherten.

Die Bucht war vor den schlimmsten Westwinden geschützt, aber Zak lief trotzdem schnell den Pier entlang, da er sich der Kälte nicht länger als unbedingt nötig aussetzen wollte. Er warf einen abschätzigen Blick auf den Bergbaubetrieb vor ihm, der simpel und technisch wenig anspruchsvoll wirkte. Das größere der beiden Gebäude war allem Anschein nach ein Lagerhaus, in dem der Maschinenpark – Bulldozer, Bagger und ein Lastwagen – untergebracht war, mit dem man das Erdreich der Insel aufgrub und auf ein Förderband lud, das es zu den Schiffen brachte. In dem kleineren Gebäude daneben befanden sich vermutlich die Unterkünfte der Arbeiter und das Büro der Verwaltung.

Zak suchte zuerst das kleinere Gebäude auf und stellte zu seiner Verwunderung fest, dass die Tür verschlossen war. Er zog eine automatische Glock aus der Hosentasche, gab zwei Schüsse auf das Schloss ab und trat die Tür auf. Innen sah es wie in einem weitläufigen Haus aus, mit zwei Schlafzimmern voller Feldbetten, einer überdimensionalen Küche, einem Esszimmer und dem Wohnbereich. Zak ging sofort in die Küche und schaute sich den Herd an, von dem eine Gasleitung in eine Abstellkammer führte, in der eine große Propangasflasche stand. Er kramte in seiner Tasche herum, holte eine Dynamitstange heraus, legte sie neben die Flasche und verband sie mit einer Sprengkapsel und einem Zeitzünder. Er warf einen Blick auf die Uhr und stellte den Zünder auf neunzig Minuten ein, dann verließ er das Gebäude.

Er ging zu dem Lagerhaus und betrachtete es eine Zeit lang von außen, bevor er sich zur Rückseite begab. Über dem Gebäude ragte eine Klippe auf, die mit vereistem Gestein und Felsblöcken übersät war. Mühsam kletterte er zum Kamm hinauf, der sich waagerecht über den Hügel zog. Neben einem autogroßen Brocken trat er ein Loch in den gefrorenen Boden, zog seine Handschuhe aus und schob eine weitere Dynamitstange unter den Fels. Dann brachte er mit steifen Fingern die Zündschnur an der Sprengkapsel an, ging ein paar Meter weiter und schob eine zweite Ladung unter einen ähnlich großen Felsblock.

Er rannte den Hang hinab, kehrte zur Vorderseite des Gebäudes zurück und brachte eine weitere Ladung am Scharnier einer großen Schwingtür an. Nachdem er den Zünder eingestellt hatte, lief er raschen Schrittes zum Pier zurück. Als er sich dem Eisbrecher näherte, sah er den Kapitän von der Brücke zu ihm herabblicken. Zak winkte ihm zu und bedeutete ihm, die Schiffssirene zu betätigen. Kurz darauf hallten zwei ohrenbetäubende Hornstöße von den Hügeln wider – das Zeichen für die Geologen, dass sie zurückkehren sollten.

Zak drehte sich um, sah, dass die Geologen auf den Ruf reagierten, und lief dann zu dem am Ende des Piers liegenden Leichter. Der Kai reichte gerade bis zum Bug des Schiffes, und Zak wartete, bis die Strömung das Schiff an die Dalben drückte, dann sprang er auf die an der Rumpfwand angebrachte Stahlleiter, die aufs Deck führte. Oben angekommen begab er sich nach achtern, vorbei an Frachtraum Nummer 4 zu einem Niedergang. Dort kniete er sich neben die Wand, brachte den verbliebenen Sprengstoff an und verband ihn diesmal mit einem über Funk gesteuerten Zünder. Die Ladung befand sich nicht unterhalb der Wasserlinie, wie er es vorgezogen hätte, aber er wusste, dass sie angesichts des hohen Seegangs trotzdem reichen würde. Ohne sich um die Männer zu scheren, die nur wenige Meter entfernt eingesperrt waren, verließ er mit zufriedenem Gefühl den Leichter. Goyette würde nicht gerade begeistert sein, wenn er ein noch ganz neues Schiff verlor, aber was sollte er schon sagen? Zak hatte die ausdrückliche Anweisung, keine Spuren zu hinterlassen, und den Leichter irgendwo loszuwerden, wo niemand ihn finden konnte, war die ideale Lösung.

Die letzten Geologen und Sicherheitsleute stiegen gerade an Bord des Eisbrechers, als Zak zur Gangway kam. Er begab sich sofort auf die Brücke und war froh, wieder in die Wärme zu kommen.

»Alle Mann sind wieder an Bord«, meldete der Kapitän. »Sind Sie bereit zum Auslaufen, oder wollen Sie erst mit den Geologen sprechen?«

»Die können mir unterwegs Bericht erstatten. Ich möchte mir so schnell wie möglich die Nordküste ansehen.« Er warf einen Blick auf seine Uhr. »Obwohl wir vielleicht das Feuerwerk genießen sollten, bevor wir losdampfen.«

Zwei Minuten später ging die Küche des Unterkunftsgebäudes hoch und riss sämtliche Wände mit ein. Die Propangasflasche, die nahezu voll war, explodierte in einem mächtigen Feuerball aus orangen Flammen: Die Druckwelle brachte die Brückenverglasung zum Klirren. Kurz darauf ging die Ladung am Lagerhaus hoch, riss die Tür heraus und brachte das Dach zum Einsturz. Danach explodierten auch die Sprengsätze auf dem Hügel und lösten eine Fels- und Steinlawine aus, die auf das schwer beschädigte Gebäude niederprasselte. Als sich die dichte Staubwolke wieder gelegt hatte, sah Zak, dass die gesamte Halle unter einer dicken Schicht Steine und Schotter begraben war.

»Sehr wirkungsvoll«, murmelte der Kapitän. »Ich nehme an, jetzt müssen wir uns keine Gedanken mehr um die Anwesenheit der Amerikaner in dieser Gegend machen.«

»Ganz recht«, erwiderte Zak arrogant und selbstsicher.

60

Der Westwind fauchte über die Viktoriastraße und peitschte weiße Schaumkronen auf die Wogen, die über die gelegentlichen Treibeisbrocken hinwegspülten. Das türkisfarbene NUMA-Schiff, das durch das dunkle Wasser pflügte, wirkte wie eine Leuchtbake in einer farblosen Welt. Jetzt, da die Royal-Geographical-Society-Inseln voraus lagen, fuhr das Schiff langsam in das erste von Pitts Suchgebieten.

»Sieht so aus, als umrunde ein Schiff die Nordwestküste«, meldete der Rudergänger mit Blick auf das Radarsichtgerät.

Kapitän Stenseth griff zu einem Fernglas und betrachtete die beiden Punkte am Horizont.

»Vermutlich ein asiatischer Frachter, der mit Geleitschutz durch die Passage will«, sagte er. Er wandte sich an Pitt, der am Kartentisch saß und einen Bauplan von Franklins Schiffen musterte. »Wir nähern uns in Kürze der Endzone. Irgendeine Ahnung, wo Ihr Torpedo auftauchen wird?«

Pitt blickte auf das orangefarbene Zifferblatt seiner Doxa-Taucheruhr. »Er müsste in der nächsten halben Stunde hochkommen.«

Es dauerte zwanzig Minuten länger, bis ein Besatzungsmitglied das gelbe AUV im Wasser treiben sah. Stenseth steuerte das Schiff längsseits, worauf der Tauchroboter rasch an Bord gehievt wurde, wo Giordino die Festplatte mit ihrer Speicherkapazität von einem Terabyte ausbaute und in einen kleinen Betrachtungsraum brachte, in dem ein Computer und eine Projektionsanlage standen.

»Wollen Sie ins Kino?«, fragte Stenseth, als Pitt aufstand und sich reckte.

»Ja, der erste von zwei langen Hauptfilmen fängt gleich an. Behalten Sie die Transponder im Auge?«

Stenseth nickte. »Die holen wir als Nächste ein. Sie sind wegen der südlichen Strömung hier ziemlich weit abgetrieben. Wir werden uns ein bisschen sputen müssen, damit sie nicht auf den Felsen der Insel landen.«

»Ich sage Dahlgren, dass er sich bereithalten soll«, erwiderte Pitt. »Danach schnappen wir uns Aal Nummer zwo.«

Pitt stieg in den abgedunkelten Vorführraum hinab, wo Giordino bereits die per Sonar erfassten Daten über den Bildschirm laufen ließ. Eine goldfarbene Aufnahme des weitgehend flachen, aber mit Felsen übersäten Meeresbodens scrollte über den Monitor.

»Gestochen scharfes Bild«, sagte Pitt, als er sich neben Giordino setzte.

»Wir haben die Frequenz ein bisschen aufgemöbelt, damit wir eine höhere Auflösung bekommen«, erklärte Giordino. Er reichte Pitt eine Schale Popcorn aus der Mikrowelle. »Aber *Casablanca* ist es trotzdem nicht, fürchte ich.«

»Schon okay. Solange wir was finden, das es wert ist, noch mal gespielt zu werden, Sam.«

Die beiden Männer lehnten sich zurück und blickten auf den Bildschirm, an dem ein Streifen Meeresboden nach dem anderen ablief.

61

Das Zodiac preschte durch die kabbelige Dünung, jagte zwischen kleinen Eisbrocken hindurch und warf eisige Gischt empor. Der Steuermann fuhr mit Vollgas, bis er sich einem weiten Stück geschlossener Eisdecke näherte, das sich entlang der Küste erstreckte. Als er eine vom Seewasser abgeschliffene Stelle fand, fuhr er mit dem Schlauchboot hinauf, wo der harte Kiel des Zodiac noch mehrere Meter übers Eis glitt, bis es an einem niedrigen Höcker zum Stehen kam. Zak, der am Heck saß, wartete, bis die Geologen ausgestiegen waren, dann folgte er dem Sicherheitsmann, der ein Gewehr dabeihatte, um neugierige Bären zu verscheuchen.

»Holen Sie uns in genau zwei Stunden eine Meile weiter unten ab«, befahl Zak dem Steuermann und deutete in Richtung Westen. Dann half er ihm, das Zodiac wieder ins Wasser zu schieben, und schaute ihm hinterher, als das Gummiboot zur *Otok* preschte, die eine halbe Meile entfernt lag.

Zak hätte auch in seiner warmen Kabine bleiben und eine Biografie über Wild Bill Hickok lesen können, die er mitgenommen hatte, aber er befürchtete, dass die Geologen in der Kälte trödelten. Was ihn tatsächlich an Land getrieben hatte, auch wenn er es nicht zugeben wollte, war seine Enttäuschung über ihre Auswertung der Erze in der Grube von Mid-America.

Es überraschte ihn zwar nicht weiter, dass sie reichhaltige Zink- und Eisenvorkommen im Süden der Insel bestätigten, aber er hatte auch erwartet, dass sie zumindest ein paar Rutheniumspuren finden würden. Doch dem war nicht so. Die Geologen hatten in den oberen Gesteinsschichten nicht ein einziges Element aus der Platingruppe nachweisen können.

Das hatte jedoch nichts zu sagen, beruhigte er sich, da er

genau wusste, wo er das Ruthenium finden würde. Er griff in die Tasche seines Parkas und holte die Seiten aus dem Hauptbuch heraus, die er im Lagerhaus der Bergbaugenossenschaft gestohlen hatte. Mit dicken Kohlestrichen war darauf ein rundes Diagramm gezeichnet, das eindeutig der Westinsel ähnelte. An der Nordküste war ein kleines X eingezeichnet. Oben auf dem Blatt hatte jemand anders mit einem Federkiel in schnörkeliger Handschrift »Royal-Geographical-Society-Inseln« geschrieben. Auf einer der vorherigen Seiten stand, dass es sich dabei um die Kopie einer Karte handelte, die nach den Angaben der Inuit angefertigt worden war und die Stelle zeigte, wo die Robbenjäger von der Halbinsel Adelaide in den Besitz des Rutheniums gelangt waren, das sie Schwarzes Kobluna nannten.

Zak verglich die Zeichnung mit einer modernen Karte der Inseln und stellte fest, dass sich der markierte Punkt ein Stück westlich von seinem derzeitigen Standort befand.

»Die Mine müsste etwa eine halbe Meile weiter entlang der Küste liegen«, teilte er den Geologen mit, nachdem das Team über das Eis zu einem mit Steinen übersäten Strand marschiert war.

Zak, der das Erz unbedingt selbst entdecken wollte, lief vor den Geologen den Strand entlang. Er hatte das Gefühl, dass die Kälte nachließ, während er sich vorstellte, welche Schätze ihn an dieser Küste erwarteten. Goyette stand bereits in seiner Schuld, weil er die amerikanischen Investoren aus der kanadischen Arktis vertrieben hatte. Das Ruthenium zu finden wäre nun das Sahnehäubchen auf dem Kuchen.

Die zerklüftete Küste war von einer Reihe von vereisten Rinnen und Hügeln durchzogen, die zum Landesinneren hin anstiegen, völlig kahl waren und durch die Flechten und Moose, die hier im Sommer wucherten, so scheckig wie das Fell eines Apfelschimmels wirkten. Die Geologen, die hinter Zak hertrotteten, kamen in der Kälte nur langsam voran und blieben an den Hängen immer wieder stehen, um Gesteinsproben zu sammeln. Als Zak das Zielgebiet erreichte, ohne Hinweise auf eine Mine zu finden, ging er ungeduldig auf und ab, bis die Geologen zu ihm stießen.

»Die Mine müsste hier in der Nähe sein«, rief er. »Sucht das ganze Gebiet sorgfältig ab.«

Als die Geologen ausschwärmten, winkte der Sicherheitsmann Zak zum Rand des Meereises. Er ging hin und sah den verstümmelten Kadaver einer Ringelrobbe zu Füßen des Mannes liegen. Große Brocken Fleisch waren aus dem Leib des Meeressäugers gerissen worden. Der Sicherheitsmann deutete auf den Kopf des Tieres, wo die Haut von breiten Klauen zerfetzt war.

»Solche Spuren hinterlässt nur ein Bär«, sagte der Sicherheitsmann.

»Dem Verwesungszustand nach zu schließen, hat er die Beute erst kürzlich geschlagen«, stellte Zak fest. »Passen Sie gut auf, aber erwähnen Sie gegenüber unseren Wissenschaftlerfreunden nichts davon. Die sind von der Kälte schon genug abgelenkt.«

Der Eisbär tauchte nicht auf, das Ruthenium zu Zaks Bestürzung aber auch nicht. Nachdem sie über eine Stunde gründlich gesucht hatten, schleppten sich die Geologen mit verdutzten Mienen auf Zak zu.

»Die Suchergebnisse decken sich mit denen im Süden der Insel«, sagte einer der Geologen, ein bärtiger Mann mit niedergeschlagenem Blick. »Wir haben ein paar Gesteine untersucht, die Spuren von Eisen, Zink und etwas Blei enthalten. Aber nichts deutet auf Erze hin, die Metalle aus der Platingruppe enthalten, zu der auch Ruthenium gehört. Allerdings müssen wir unsere Proben auf dem Schiff noch gründlich untersuchen, bevor wir ein Vorkommen völlig ausschließen können.«

»Wie sieht's mit Hinweisen auf eine Mine aus?«, fragte Zak.

Die Geologen schauten einander an und schüttelten den Kopf.

»Wenn die Inuit hier vor hundertsechzig Jahren etwas geschürft haben, standen ihnen bestenfalls primitive Werkzeuge zur Verfügung«, sagte der Geologe. »Aber sie müssten Spuren hinterlassen haben. Es sei denn, diese Hinweise befinden sich unter dem Eis, sodass wir sie nicht gesehen haben.«

»Ich verstehe«, sagte Zak mit tonloser Stimme. »Na schön, dann zurück zum Schiff. Ich möchte so bald wie möglich Ihre Untersuchungsergebnisse sehen.«

Als sie über das Packeis zur Abholstelle marschierten, überschlugen sich Zaks Gedanken. Er verstand das einfach nicht. In dem Hauptbuch stand doch, dass das Ruthenium von der Insel stammte. War es denn möglich, dass es nur ein kleines Erzvorkommen gewesen war, das längst erschöpft war? War das Hauptbuch fehlerhaft, oder war das Ganze nur ein Trick? Während er auf das Zodiac wartete, starrte er auf die See hinaus und bemerkte mit einem Mal ein türkisfarbenes Schiff, das auf die Insel zuhielt.

Seine Bestürzung schlug augenblicklich in Wut um.

62

Pitt und Giordino betrachteten bereits seit drei Stunden die Sonarbilder, als das Schiffswrack plötzlich auftauchte. Giordino ließ die Aufnahmen mit doppelter Geschwindigkeit ablaufen, sodass sie mit dem ersten Suchgebiet fast fertig waren. Beide Männer hatten schon glasige Augen vom ständigen Betrachten des Meeresbodens, aber dann schossen sie aus ihren Sitzen hoch, als sie das Wrack sahen. Giordino gab sofort einen Computerbefehl ein, worauf das Bild stehen blieb.

Es war eindeutig der Umriss eines großen Wracks, das aufrecht am Grund lag und nur leicht zur Seite gekippt war. Der Rumpf war allem Anschein nach intakt, wenn man von einem Riss absah, der sich waagerecht über den Bug zog.

»Ein Holzschiff«, stellte Pitt fest und deutete auf drei hohe Masten, die quer über dem Deck und dem Meeresboden lagen. »Sieht so aus, als hätte es einen stumpfen Bug, wie er typisch für Bombarden ist. Und das waren die *Erebus* und die *Terror* ja ursprünglich.«

Giordino vermaß das Wrack mithilfe des Cursors.

»Würden zwounddreißig Meter Länge in etwa passen?«, fragte er.

»Ganz genau«, erwiderte Pitt mit einem müden Lächeln. »Das muss eins von Franklins Schiffen sein.«

Die Tür des Vorführraums wurde aufgerissen, und Dahlgren kam mit einer Festplatte unter dem Arm herein.

»Das zweite AUV ist wieder an Bord, und hier sind die Aufzeichnungen«, erklärte er und reichte Giordino den Speicher. Er warf einen Blick auf den Bildschirm und riss die Augen auf.

»Volltreffer, ihr habt sie schon gefunden. Ein wunderschönes Wrack«, stellte er fest und nickte zu der Aufnahme hin.

»Ein halbes Pärchen«, sagte Pitt.

»Ich mach das Tauchboot klar. Das gibt 'ne schöne Fahrt zum Meeresgrund.«

Pitt und Giordino sahen sich die restlichen Aufnahmen des ersten AUVs an, dann nahmen sie sich die Daten des zweiten Tauchroboters vor, die aber nichts Interessantes enthielten. Das Wrack des Schwesterschiffs musste außerhalb der ersten beiden Suchgebiete liegen. Trotzdem entschied sich Pitt dagegen, die Suche weiter auszudehnen, bevor sie festgestellt hatten, welches Wrack sie gefunden hatten.

Er begab sich mit den Koordinaten des Wracks auf die Brücke, wo Kapitän Stenseth von der Steuerbordbrückennock Ausschau hielt. Knapp zwei Meilen entfernt dampfte der Eisbrecher *Otok* mit einem leeren Leichter im Schlepptau in Richtung Norden.

»Schau an, das sieht doch wie einer der Leichter von Ihrem Freund Goyette aus«, stellte Stenseth fest.

»Zufall?«, fragte Pitt.

»Möglicherweise«, erwiderte Stenseth. »Der Leichter liegt ziemlich hoch, müsste also leer sein. Will wahrscheinlich auf der Ellesmere-Insel Kohle laden und sie durch die Passage nach China bringen.«

Pitt betrachtete das näher kommende Schiff und staunte über die Ausmaße des Leichters. Dann ging er zum Kartentisch und holte das Foto von dem auf einer Werft in New Orleans gebauten Leichter, das Yeager besorgt hatte. Er sah das Bild an und meinte, dass es ein Doppelgänger des Schiffes sein müsste, das an Steuerbord voraus näher kam.

»Die stimmen überein«, stellte Pitt fest.

»Meinen Sie, die melden uns den kanadischen Behörden?«

»Das bezweifle ich. Aber es wäre durchaus möglich, dass sie aus dem gleichen Grund hier sind wie wir.«

Pitt ließ den Eisbrecher nicht aus den Augen, als er nur rund fünfhundert Meter entfernt vorbeidampfte. Niemand meldete sich über Funk zu einem freundlichen Geplauder, kein Laut war zu hören, nur ein leichtes Klatschen, als sie im Kielwasser des Leichters schaukelten. Pitt schaute dem Eisbrecher noch hinterher, als er auf stetem Nordkurs weiterfuhr.

Stenseth wird Recht haben, dachte er. Ein leerer Leichter musste in diesen Gewässern irgendwohin unterwegs sein, wo er Fracht laden konnte, und die Ellesmere-Insel lag ein gutes Stück weiter nördlich. Trotzdem war ihm beim Anblick der beiden Schiffe nicht ganz wohl zumute. Irgendwie ahnte er, dass sie nicht nur zufällig hier auftauchten.

63

»Es heißt *Narwhal.* Ein Kanadier.«

Zak riss dem Kapitän das Fernglas aus der Hand und setzte es selber an. Er musterte das Schiff und las den Namen am Heckspiegel, ließ den Blick dann über das Achterdeck schweifen und entdeckte ein gelbes Tauchboot mit der Aufschrift NUMA. Missmutig stellte er fest, dass über der Brücke eine Flagge mit dem Ahornblatt wehte.

»Ziemlich keck, Mr. Pitt«, murmelte er. »Das ist kein kanadisches Schiff, Käpt'n. Das ist ein amerikanisches Schiff in den Diensten der NUMA.«

»Wie kommt denn ein amerikanisches Forschungsschiff hierher?«

Zak schüttelte den Kopf. »Offenbar mithilfe von Lug und Trug. Ich habe nicht die geringsten Zweifel, dass sie wegen des Rutheniums hier sind. Diese Dummköpfe denken offenbar, es liegt unter Wasser.«

Während sie weiter in Richtung Norden dampften, betrachtete er das zurückfallende Schiff, bis es außer Sicht war.

»Halten Sie unseren Kurs, bis sie uns nicht mehr auf dem Radarschirm haben. Bleiben Sie ein, zwei Stunden außer Sichtweite, dann schleichen wir uns zu einer Stelle zurück, von der aus wir sie beobachten können. Wenn sie sich von der Stelle bewegen, folgen wir ihnen.« Er warf einen Blick auf die Uhr der Brücke. »Ich komme kurz vor Anbruch der Dunkelheit zurück und sage Ihnen, wie wir weiter vorgehen werden.«

Zak stieg einen Niedergang zu seiner Kabine hinab, wo er eine Runde schlafen wollte. Doch er war zu aufgebracht, weil sie nicht fündig geworden waren. Denn mittlerweile waren die Gesteinsproben untersucht worden, die die Geologen an der Nordküste gesammelt hatten, und auch sie enthielten kein Ruthenium. Und jetzt war auch noch das NUMA-Schiff da. Er griff zu einer Flasche Bourbon und goss sich ein Glas ein, verschüttete aber einen Schuss, als das Schiff plötzlich krängte. Ein paar Tropfen landeten auf der Karte der Inuit, die er auf dem Nachttisch liegen hatte. Er griff zu der Karte und hielt sie hoch, sodass ein Rinnsal Bourbon über das Blatt lief und die Insel teilte wie ein brauner Fluss. Zak starrte eine ganze Weile auf die Karte, dann holte er ein Satellitenfoto von der Inselgruppe heraus. Er verglich die Bilder und konnte die Süd- und Westküste zuordnen, nicht aber die Ostküste. Er schob die Karte der Inuit darüber und verglich die Umrisse mit der Satellitenaufnahme von der Ostinsel. Deren Ostküste passte ausgezeichnet, aber damit endeten auch schon die Ähnlichkeiten.

»Du Idiot«, murmelte er. »Du suchst an der falschen Stelle.«

Die Lösung lag vor ihm. Die schmale Wasserstraße, die Ost- und Westinsel voneinander trennte, war vor hundertfünfzig Jahren offenbar zugefroren gewesen. Die Karte der Inuit stellte beide Inseln als eine einzige Landmasse dar. Dadurch befand sich das Rutheniumvorkommen fast zweihundert Meilen weiter östlich, als er geschätzt hatte.

Er setzte sich auf sein Bett und trank den Bourbon, dann legte er sich hin. Noch war nicht alles verloren, denn die Rutheniummine musste ja da sein. Nachdem er durch seine Entdeckung neue Hoffnung gefasst hatte, wandte er sich dringenderen Angelegenheiten zu. Zuerst, dachte er, muss ich mir noch einfallen lassen, was ich mit Pitt und dem NUMA-Schiff mache.

64

Der starke Westwind flaute endlich ab, sodass die See nur noch ein wenig kabbelig war. Dafür zog grauer Nebel auf, der in den Frühlings- und Sommermonaten in dieser Gegend etwas ganz Alltägliches war. Auch das Thermometer stieg um ein paar Grad, was auf dem Schiff prompt zu Witzen über die milde Witterung führte.

Pitt war dankbar dafür, dass sich das Wetter einigermaßen beruhigt hatte, sodass sie das Tauchboot gefahrlos ausbringen konnten. Er stieg durch die Luke der *Bloodhound*, setzte sich auf den Pilotensitz und überprüfte eine Reihe von Stromschaltern. Giordino, der neben ihm auf dem Kopilotensitz Platz genommen hatte, ging die Checkliste durch. Beide Männer trugen nur leichte Pullover und zitterten in der kalten Kabine, die sich aber durch die elektrischen Geräte an Bord bald aufheizen würde.

Pitt blickte auf, als Jack Dahlgren durch die Luke hereinschaute.

»Denkt dran, Jungs, dass sich die Batterien bei der Kälte schneller leeren. Und jetzt haltet euch ran und bringt mir die Schiffsglocke, dann lass ich vielleicht die Lichter für euch an.«

»Wenn du die Lichter anlässt, behältst du eventuell auch deinen Job«, gab Giordino zurück.

Dahlgren lächelte und summte Merle Haggards »Okie from Muskogee«, dann schloss er die Luke. Ein paar Minuten später bediente er die Hebel eines kleinen Krans, hievte das Tauchboot vom Deck und setzte es mitten in dem hell erleuchteten Moon Pool des Schiffes ab. Pitt gab von innen das Zeichen zum Ausklinken, worauf das zigarrenförmige gelbe Tauchboot mit dem Abstieg begann.

Das Meer war an dieser Stelle knapp über dreihundert Meter

tief, und die langsame *Bloodhound* brauchte fast eine Viertelstunde bis zum Grund. Das grau-grüne Wasser draußen vor dem großen Sichtfenster des Tauchboots wurde rasch pechschwarz, aber Pitt wartete, bis sie in zweihundertfünfzig Meter Tiefe waren, ehe er die starken Außenscheinwerfer einschaltete.

Giordino, der sich in der nur langsam wärmer werdenden Kabine die Hände rieb, schaute Pitt mit einer Bitterleidensmiene an.

»Habe ich dir schon gesagt, dass ich gegen Kälte allergisch bin?«, fragte er.

»Mindestens tausend Mal.«

»Das dicke italienische Blut meiner Mama zirkuliert bei diesen eisigen Temperaturen nicht richtig.«

»Meiner Meinung nach liegt das eher an deiner Vorliebe für Zigarren und Peperonipizzas als an deiner Mutter.«

Giordino warf ihm einen dankbaren Blick zu, weil er ihn an etwas erinnert hatte, holte einen kalten Zigarrenstumpen aus seiner Hosentasche und klemmte ihn zwischen die Lippen. Dann griff er zum Abzug eines Sonarbilds vom Wrack und legte ihn auf den Schoß.

»Wie sieht unser Angriffsplan aus, sobald wir vor Ort sind?«

»Ich gehe davon aus, dass wir dreierlei vorhaben«, erwiderte Pitt, der den Tauchgang minutiös durchgeplant hatte. »Zuallererst müssen wir natürlich zusehen, dass wir das Wrack identifizieren. Wir wissen, dass die *Erebus* in irgendeinem Zusammenhang mit dem Ruthenium stand, das die Inuit in ihren Besitz gebracht haben. Wir wissen allerdings nicht, ob das auch für die *Terror* gilt. Wenn es sich bei dem Wrack um die *Terror* handelt, finden wir möglicherweise keinerlei Hinweise an Bord. Womit wir bei Aufgabe Nummer zwei wären, nämlich in den Laderaum einzudringen und festzustellen, ob dort größere Mengen des Minerals lagern. Der dritte Schritt ist am heikelsten. Dazu müssten wir den Mannschaftsraum und die Kapitänskabine durchsuchen und feststellen, ob das Logbuch des Schiffes noch vorhanden ist.«

»Du hast Recht«, pflichtete Giordino bei. »Das Logbuch der *Erebus* wäre der Heilige Gral. Das würde uns mit Sicherheit verraten, wo das Ruthenium gefunden wurde. Wobei wir allenfalls hoffen können, dass es erhalten geblieben ist.«

»Zugegeben, aber unmöglich ist es nicht. Das Logbuch war vermutlich in Leder gebunden und in einer Kiste oder einem Schrank verstaut. In diesem kalten Wasser besteht durchaus die Chance, dass es unversehrt geblieben ist. Danach müssen dann die Konservatoren feststellen, ob es sich erhalten hat und entziffern lässt.«

Giordino warf einen Blick auf den Tiefenmesser. »Wir sind gleich bei zwohundertneunzig Metern.«

»Tariere auf neutrales Schweben«, teilte Pitt mit und regulierte den Ballasttank des Tauchboots. Ihr Abstieg wurde langsamer, als sie die Dreihundertmetermarke passierten, und wenige Minuten später tauchte der flache, steinige Meeresboden unter ihnen auf. Pitt stellte den Antrieb an und steuerte das Boot mehrere Meter über den Grund.

Auf dem zerklüfteten braunen Meeresboden gab es so gut wie kein Leben – eine kalte, öde Welt, nicht viel anders als die Permafrostlandschaft an der Oberfläche. Pitt brachte das Tauchboot in die Strömung und steuerte es in eine Reihe weit ausholender S-Kurven. Die *Narwhal* lag zwar genau über dem Wrack, aber ihm war klar, dass sie beim Abstieg ein ganzes Stück nach Süden abgetrieben worden waren.

Giordino entdeckte das Wrack zuerst und deutete auf einen dunklen Schatten an Steuerbord. Pitt zog die *Bloodhound* scharf nach rechts, bis das imposante Wrack im Schein ihrer Strahler auftauchte.

Vor ihnen lag ein hölzernes Segelschiff aus dem 19. Jahrhundert. Es war eines der bemerkenswertesten Wracks, das Pitt je gesehen hatte. Im eisigen Wasser der Arktis schien das Schiff nahezu vollständig erhalten geblieben zu sein. Es war mit einer dünnen Schlickschicht überzogen, aber offenbar vom Bugspriet bis zum Ruder intakt. Nur die Masten, die sich beim Sinken aus der Verankerung gerissen hatten, lagen quer über dem Deck und ragten über die Bordwand hinaus.

Das alte Schiff, das sich schon seit einer halben Ewigkeit an seinem letzten Liegeplatz befand, wirkte einsam und verloren. Pitt musste bei diesem Anblick an eine Gruft auf einem menschenleeren Friedhof denken. Ihn fröstelte beim Gedanken an die Männer, die mit ihm gefahren waren und es dann aus lauter Verzweiflung hatten aufgeben müssen, nachdem es drei lange Jahre ihr Zuhause gewesen war.

Langsam steuerte Pitt das Tauchboot in einem engen Kreis um das Schiff, während Giordino die am Bug angebrachte Videokamera einschaltete. Die Rumpfplanken wirkten dick und stabil, und an den Stellen, an denen der Schlick dünner war, konnten sie erkennen, dass sogar der Anstrich noch vorhanden war. Als sie das Heck umfuhren, sah Giordino zu seinem Erstaunen die Spitzen einer Schiffsschraube aus dem Sand ragen.

»Hatten sie denn Dampfantrieb?«, fragte er.

»Als Ergänzung zu den Segeln, sobald sie das Packeis erreichten«, bestätigte Pitt. »Beide Schiffe waren mit Dampfmaschinen ausgerüstet, die mit Kohle betrieben wurden und sie durch die dünneren Eisschichten schieben sollten. Außerdem wurden die Schiffe damit geheizt.«

»Kein Wunder, dass Franklin sich zugetraut hat, im Hochsommer die Viktoriastraße zu befahren.«

»Aber bis dahin hatte er bei dieser Expedition womöglich nicht mehr genug Kohle. Manche Leute vermuten nämlich, dass ihnen die Kohle ausgegangen ist und die Schiffe deshalb im Eis stecken blieben.«

Pitt steuerte das Tauchboot zur Backbordseite des Schiffes

und hielt nach den Buchstaben Ausschau, die ihm den Namen verraten würden. Doch zu seiner Enttäuschung entdeckte er lediglich den einzigen schweren Schaden am Rumpf, ein großes Leck unmittelbar unter dem Bugspriet, wo unter dem Druck des Eises die Planken geborsten waren. Die Bruchstelle hatte sich bis zum Oberdeck ausgedehnt, als das ohnehin schon angeschlagene Vorschiff am Meeresboden gelandet war, sodass sich die Deckplanken aufgewölbt hatten. Zudem war ein breiter Abschnitt des Bugs auf beiden Seiten wie ein Akkordeon zusammengedrückt. Langsam steuerte Pitt um den beschädigten Bug herum, während Giordino mit einem Greifarm den Schlick abwischte, ohne aber den Schriftzug zu finden, anhand dessen sich das Schiff identifizieren ließe.

»Ich glaube, das wird eine harte Nuss«, murmelte Pitt.

»Wie so viele Frauen, mit denen ich zusammen war«, versetzte Giordino und verzog das Gesicht. »Ich glaube, wir müssen doch auf Dahlgren und seine Schiffsglocke zurückgreifen.«

Pitt lupfte das Tauchboot über das Oberdeck und steuerte dann zum Heck. Da oben lagen erstaunlicherweise so gut wie keine Trümmer herum, offenbar weil das Schiff winterfest gemacht worden war, bevor es aufgegeben wurde. Das einzige Ungewöhnliche war ein großes Segeltuch, das mittschiffs quer über dem Deck lag. Pitt wusste aus historischen Berichten, dass es sich dabei um den zeltartigen Aufbau handelte, der im Winter auf dem Deck aufgeschlagen wurde, damit sich die Besatzung nicht ständig im engen Schiffsbauch aufhalten musste und etwas Bewegung bekam.

Pitt fuhr weiter nach hinten, wo er auf das große Ruderrad stieß, das noch immer aufrecht stand. Daneben hing eine kleine Glocke, aber trotz eingehender Suche fand er keine Kennzeichnung auf ihr.

»Ich weiß, wo sich die Schiffsglocke befindet«, stellte Pitt fest, während er wieder zum Bug steuerte. Als er über den zerquetschten Planken und den Trümmern schwebte, deutete er nach unten.

»In dem Müllhaufen dort.«

»Muss wohl so sein«, pflichtete Giordino mit einem Nicken bei. »Ist nicht unser Tag. Beziehungsweise unsere Nacht.« Er warf einen Blick auf das Instrumentenbrett vor sich. »Die Batterien reichen noch knapp vier Stunden. Willst du die Glocke suchen oder einen Blick ins Innere werfen?«

»Lass uns Rover ausführen. Der Schaden hat auch einen Vorteil, glaube ich. Dadurch kommen wir leichter ins Innere.«

Pitt dirigierte die *Bloodhound* zu einer freien Stelle an Deck und setzte das Tauchboot vorsichtig auf. Als die Planken nicht nachgaben, stellte er den Antrieb ab.

Unterdessen war Giordino auf dem Kopilotensitz damit beschäftigt, ein anderes Hilfsmittel einzusetzen. Zwischen den Kufen des Tauchbootes hing ein ROV mit Steuerkabel, das etwa so groß wie ein kleiner Koffer war. Mit einer winzigen Videokamera und einer Reihe Scheinwerfer bestückt, konnte es in die hintersten Winkel des Wracks vordringen.

Mithilfe eines Joysticks lotste Giordino den Rover aus der Halterung und auf den offenen Teil des Decks. Pitt klappte einen an der Decke angebrachten Monitor herunter, auf dem Echtzeitaufnahmen von der Videokamera des Geräts zu sehen waren. Giordino, der die Trümmer systematisch absuchte, stieß schließlich auf ein großes Loch im Deck und steuerte das ROV in den Bauch des Schiffes.

Pitt rollte unterdessen eine Querschnittszeichnung der *Erebus* auf und versuchte den jeweiligen Standort des ROV zu bestimmen, während es sich unter dem Oberdeck weiterbewegte. Das Schiff hatte zwei Unterdecks und einen Laderaum, in dem sich die Maschine, der Kessel und die Kohlenvorräte befanden. Die Wohn- und Speiseräume für Besatzung und Offiziere lagen unter dem Oberdeck. Darunter war das Orlopdeck, in dem ausschließlich Proviant, Werkzeuge und Ersatzteile verstaut waren.

»Du müsstest in der Nähe der Kombüse rauskommen«, stellte Pitt fest. »Sie liegt neben den Unterkünften der Besatzung, einem ziemlich großen Raum.«

Giordino steuerte den Rover nach unten, bis das Deck in Sicht kam, dann zog er ihn herum und suchte den Raum ab. Das stehende Wasser im Inneren des Schiffes war erstaunlich klar und bot eine so gute Sicht, dass Pitt und Giordino knapp anderthalb Meter vor dem ROV den großen Kochherd erkennen konnten, der auf einer Schicht von Ziegelsteinen stand. Es war ein wuchtiges Gerät aus Gusseisen und mit sechs großen Kochplatten bestückt, auf denen mehrere schwarze Eisentöpfe unterschiedlichster Größe standen.

»Die Kombüse, wie befohlen«, stellte Giordino fest.

Anschließend steuerte er das ROV nach achtern und suchte die Umgebung langsam ab. Die dünnen Wände rund um die Kombüse waren umgekippt, sodass die Unterkünfte der Besatzung offen lagen. Der Raum war größtenteils trümmerfrei, abgesehen von einer Reihe Holzplatten, die in regelmäßigen Abständen am Boden lagen.

»Tische aus der Messe«, erklärte Pitt, als die Kamera des Rovers auf eine der Platten zoomte. »Sie waren an der Decke aufgehängt, damit die Besatzung Platz für ihre Hängematten hatte, und wurden zu den Mahlzeiten an Seilen runtergelassen. Dann sind sie auf den Boden gefallen, als sich die Stricke zersetzt haben.«

Das ROV drang weiter vor, bis der Raum an einem breiten Schott schmäler wurde.

»Das dürfte der Hauptniedergang sein«, erklärte Pitt. »Wenn du weiter nach achtern steuerst, müssten wir auf die Leiter stoßen, die zum Orlopdeck runterführt. Sie haben es mit einem Deckel verschlossen, damit es von unten nicht zog. Aber mit etwas Glück hat er sich gelöst, als das Schiff gesunken ist.«

Giordino steuerte das ROV um den Niedergang, dann ließ er es jäh anhalten. Die abwärts gekippte Kamera erfasste ein großes, rundes Loch im Deck.

»Hier ist keine Tür«, sagte er.

»Natürlich, wir können auch durch den Mastkragen nach unten«, rief Pitt.

Durch das mit einem Mastkragen abgedichtete Loch im Deck wurde einst einer der drei Masten des Schiffes geführt. Und als die Masten beim Sinken aus ihrer Verankerung gerissen worden waren, entstand ein Durchgang bis zum Kiel des Schiffes.

Der Rover zwängte sich durch die Öffnung, dann fiel sein Licht in das dunkle Orlopdeck. In den nächsten fünfzig Minuten suchte das ROV, von Giordino gesteuert, da unten systematisch sämtliche Winkel nach dem Erz ab. Aber sie fanden lediglich allerlei Werkzeuge, Waffen und die dort verstauten Segel des Schiffes, die sich nie wieder im Wind blähen würden. Der Rover kehrte zum Mastschuh zurück und tauchte dann in den unteren Laderaum ein, stieß aber nur auf ein paar Kohlereste neben dem mächtigen Dampfkessel. Giordino wollte das ROV gerade wieder zum Unterdeck steuern, als das Funkgerät des Tauchboots knisterte.

»*Narwhal* an *Bloodhound*, habt ihr eure Ohren offen?«, meldete sich Dahlgren, der mühelos zu verstehen war.

»Hier *Bloodhound*. Schieß los, Jack«, antwortete Pitt.

»Der Käpt'n lässt euch Bescheid sagen, dass unser Freund mit dem Leichter wieder auf dem Radarsichtgerät aufgetaucht ist. Er liegt offenbar rund zehn Meilen nördlich von uns und rührt sich nicht von der Stelle.«

»Verstanden. Halt uns bitte auf dem Laufenden.«

»Wird gemacht. Habt ihr da unten Glück?«

»Na klar, bloß bis jetzt noch nicht. Wir haben den Rover an der Leine und wollen zusehen, ob wir in die Kapitänskajüte kommen.«

»Wie sieht's mit dem Strom aus?«

Pitt blickte zu eine Reihe von Instrumenten über ihm. »Der reicht noch für weitere neunzig Minuten am Grund, und die brauchen wir wahrscheinlich auch.«

»Roger. Wir halten hier oben Ausschau nach euch. *Narwhal* Ende.«

Pitt starrte in den dunklen Abgrund unter dem Tauchboot und dachte über den Eisbrecher nach. Beobachtete er tatsächlich die *Narwhal*? Seinem Bauch nach zu schließen: mit Sicherheit. Er wäre nicht die erste Begegnung mit Mitchell Goyettes Leuten, das war ihm jetzt klar. Und was war mit Clay Zak? Könnte es sein, dass sich Goyettes Gorilla an Bord des Eisbrechers befand?

Giordino stupste ihn an.

»Bereit, nach achtern zu gehen?«

»Die Uhr läuft«, sagte Pitt leise. »Bringen wir's hinter uns.«

65

Ein dichter, kalter Nebel kroch über die *Otok*, als über der Viktoriastraße die Dämmerung anbrach. Die *Narwhal* war längst außer Sicht, aber Zak suchte sie auf dem Radarbildschirm und entdeckte am oberen Rand einen kleinen Punkt, der dem Forschungsschiff entsprechen musste. Auf der anderen Seite der Brücke ging der Kapitän des Eisbrechers ständig auf und ab und langweilte sich, weil sich das Schiff schon seit zwei Stunden nicht von der Stelle bewegte.

Zak hingegen wirkte ganz und gar nicht gelangweilt. Im Gegenteil, er strahlte eine sonderbare Kraft aus. Er war hellwach, wie im letzten Moment vor einem Mord, wenn seine sämtlichen Sinne geschärft waren. Er hatte zwar schon oft Menschen umgebracht, aber noch nie so viele. Es war eine Probe, bei der er seine Gerissenheit beweisen musste, dachte er immer wieder, und dies brachte sein Blut in Wallung. Er kam sich dabei unbezwingbar vor, bestärkt durch das Wissen, dass er bislang immer die Oberhand behalten hatte.

»Bringen Sie uns bis auf acht Kilometer an die *Narwhal* ran«, wies er den Kapitän schließlich an. »Und machen Sie es schön unauffällig.«

Der Kapitän ging ans Ruder und steuerte den Eisbrecher samt dem Leichter wieder auf südlichen Kurs. Mithilfe der starken Strömung konnte das Schiff fast im Leerlauf fahren und legte die Strecke trotzdem in knapp einer Stunde zurück. Als sie ihre neue Position erreichten, drehte der Kapitän bei.

»Acht Kilometer«, meldete er Zak.

Zak blickte in die Dunkelheit vor der Brückenverglasung und schürzte zufrieden die Lippen.

»Bereiten Sie das Abhängen des Leichters auf meinen Befehl hin vor«, sagte er.

Der Kapitän starrte ihn an, als hätte er den Verstand verloren.

»Sie haben mich verstanden. Wir hängen den Leichter ab.«

»Das ist ein zehn Millionen Dollar teures Schiff. Bei diesem Nebel und der Strömung können wir ihn nie wieder an den Haken nehmen. Er wird sich den Rumpf am Eis aufreißen oder vor einer der Inseln auf Grund laufen. Mr. Goyette wird so oder so meinen Kopf verlangen.«

Zak schüttelte den Kopf und zeigte ein schmales Lächeln. »Er wird nicht weit kommen. Und was Goyette angeht, darf ich Sie an den Brief samt Unterschrift erinnern, den ich Ihnen in Kugluktuk gegeben habe. Darin wird mir die absolute Befehlsgewalt übertragen, solange ich mich an Bord des Schiffes aufhalte. Glauben Sie mir, er wird das für einen geringen Preis halten, wenn damit ein Problem aus der Welt geschafft wird, das ihn Hunderte von Millionen Dollar kosten könnte. Außerdem«, fügte er mit einem tückischen Grinsen hinzu, »kommt für so was nicht ohnehin die Versicherung auf?«

Widerwillig beorderte der Kapitän seine Deckscrew nach achtern, um die Schlepptrossen zu bemannen. Die Männer warteten in der Kälte, während Zak in seine Kabine rannte und mit der Ledertasche auf die Brücke zurückkehrte. Auf Zaks Befehl hin ließ der Kapitän die Maschinen rückwärts laufen und setzte zum Leichter zurück, bis die Schlepptrossen schlaff aufs Wasser hingen. Daraufhin löste die Deckscrew eine Verschlussplatte und hievte die Schlepptrossen von den Heckpollern. Dann sahen die Männer mit finsterer Miene zu, wie die Trossen über das Heck glitten und im schwarzen Wasser verschwanden.

Als auf der Brücke das Zeichen einging, dass alles klar sei, brachte der Kapitän das Schiff wieder in Fahrt und steuerte es auf Zaks Drängen hin auf die Steuerbordseite des Leichters. Im immer dichter werdenden Nebel waren die dunklen Umrisse des Leichters selbst auf wenige Meter Entfernung kaum noch zu sehen. Zak griff in seine Tasche und holte ein Hochfrequenzfunkgerät heraus, dann trat er auf die Brückennock, zog die Antenne aus, schaltete das Gerät ein und drückte auf den roten Sendeknopf.

Das Funksignal erreichte binnen kürzester Zeit den Zünder, der die Sprengkapsel am Heck des Leichters auslöste. Einen Sekundenbruchteil später ging die Dynamitladung hoch.

Die Explosion war weder laut noch spektakulär, nur ein dumpfer Knall, der durch den Rumpf des Leichters hallte, gefolgt von einer Rauchwolke, die vom Achterdeck aufstieg. Zak schaute sich das Ganze ein paar Sekunden lang an, dann kehrte er in die warme Brücke zurück und verstaute den Sender wieder in seiner Tasche.

»Ich möchte das Blut dieser Männer nicht an den Händen haben«, knurrte der Kapitän.

»Aber Sie verstehen das völlig falsch, Käpt'n. Wir haben den Leichter durch einen Unfall verloren.«

Der Kapitän starrte Zak mit verständnisloser Miene an.

»Das ist doch ganz einfach«, fuhr Zak fort. »Sie schreiben in Ihr Logbuch und berichten den Hafenbehörden, dass ein amerikanisches Forschungsschiff im Nebel versehentlich mit unserem Leichter zusammengestoßen ist und beide Schiffe gesunken sind. Wir konnten natürlich mit viel Glück in kürzester Zeit die Schlepptrossen lösen, ohne dass es auf unserer Seite Opfer gab. Leider konnten wir im Wasser keine Überlebenden des NUMA-Schiffes finden.«

»Aber das NUMA-Schiff ist doch gar nicht gesunken«, wandte der Kapitän ein.

»Das«, erwiderte Zak, »wird sich bald ändern.«

66

Für Pitt und Giordino war die letzte Stunde in dreihundert Metern Tiefe ein völliger Reinfall gewesen. Als er den Rover durch das Unterdeck nach achtern steuerte, bemerkte Giordino, dass das ROV jählings zum Stehen kam und sich nicht mehr von der Stelle bewegte. Als er das Strom- und Steuerkabel überprüfte, stellte er fest, dass es sich in irgendwelchen Trümmern am Ende der Kombüse verheddert hatte. Und die Sache wurde noch schlimmer, als die Strahlruder des ROV eine mächtige Schlickwolke aufwirbelten. Er musste zehn Minuten warten, bis er wieder so viel Sicht hatte, dass er das Kabel frei bekam.

Mittlerweile war es in dem Tauchboot regelrecht heiß geworden, und Giordino lief der Schweiß übers Gesicht, als er das ROV durch die Unterkünfte der Besatzung und den Hauptniedergang zum Heck des Schiffes lotste.

»Wo ist bloß der Salon dieses Kahns? Ich glaube, Rover und ich könnten jetzt langsam mal ein Bier gebrauchen«, murmelte er.

»Dazu müsstest du ins Zahlmeisterbüro unter Deck einbrechen, wo der Rum verstaut war. Wenn das die *Erebus* ist, hast du natürlich kein Glück, da Franklin Abstinenzler war.«

»Damit ist alles klar«, sagte Giordino. »Ein weiterer Beweis ist gar nicht nötig. Bei dem Glück, das ich derzeit habe, muss es die *Erebus* sein.«

Obwohl die Zeit, die ihnen noch am Meeresgrund verblieb, langsam ablief, war keiner der beiden Männer bereit aufzugeben. Sie setzten weiter ihr ROV ein, steuerten es den Gang entlang vorbei an den engen Offizierskabinen und stießen schließlich auf einen großen Raum am Heck des Schiffes. Die sogenannte Große Kabine reichte von der einen Rumpfseite bis zur anderen und stellte den einzigen behaglichen Raum dar, der den Männern auf dem Schiff zur Verfügung stand – oder zumindest den Offizieren. Hier befand sich auch eine Bibliothek, dazu gab es Schachspiele, Karten und andere Möglichkeiten, sich die Zeit zu vertreiben. Außerdem lag hier möglicherweise irgendwo das Logbuch. Aber auch in der Großen Kabine gab es keinerlei Hinweise auf die Identität des Schiffes.

Quer über den Boden und um einen umgekippten Tisch herum war ein knietiefer Haufen Bücher verstreut, die beim Sinken das Glas der Regale zu beiden Seiten durchschlagen hatten und wild durcheinandergeworfen worden waren. Langsam steuerte Giordino das ROV kreuz und quer durch die Kabine und erkundete das ganze Chaos.

»Sieht aus wie die Bibliothek von San Francisco nach dem großen Erdbeben«, sagte er.

»Die Schiffsbibliothek enthielt zwölfhundert Bände«, erwiderte Pitt, während er das Durcheinander musterte. »Wenn das Logbuch hier rumliegt, brauchen wir vierzehn Tage Zeit und viel Sitzfleisch, um es zu finden.«

Ein weiterer Funkspruch von Dahlgren unterbrach sie.

»Tut mir leid, wenn ich euch bei der Siesta störe, aber der große Zeiger an der Uhr sagt, dass ihr allmählich an den Aufstieg denken solltet«, sagte er.

»Sind in Kürze unterwegs«, erwiderte Pitt.

»Meinetwegen. Der Kapitän lässt euch ausrichten, dass unser Schatten bis auf vier Meilen rangekommen ist und wieder angehalten hat. Ich glaube, dem Kapitän wäre wohler zumute, wenn ihr an Bord kommt, und zwar pronto.«

»Verstanden. *Bloodhound* Ende.«

Giordino sah zu Pitt hin und bemerkte dessen besorgten Blick.

»Meinst du, dein Freund von der Bergbaugenossenschaft ist an Bord des Eisbrechers?«

»Genau das frage ich mich allmählich«, erwiderte Pitt.

»Nehmen wir uns die Kapitänskajüte vor, und danach machen wir die Biege.«

Die Kapitänskajüte, in der sie das Logbuch vielleicht doch noch zu finden hofften, befand sich auf der anderen Seite der Großen Kabine. Doch die schmale Schiebetür war verschlossen und ließ sich mit dem ROV auch nicht öffnen. Da die Batterien nur noch für knapp eine Stunde Strom hatten und sie zwanzig Minuten bis zum Auftauchen brauchten, blies Pitt kurzerhand die Erkundung ab und sagte Giordino, er solle den Rover zurückholen.

Giordino steuerte das ROV zur Kombüse und von dort aus zu dem Loch im Bug, durch das es in das Schiff eingedrungen war, während die elektrische Spule das Stromkabel automatisch einrollte. Unterdessen schaltete Pitt die Strahldüsen ein, schaute durch das Sichtfenster auf den mit Elektronik vollgestopften Bug des Tauchbootes und wartete auf das ROV.

»Was hat der Mineraliensensor festgestellt?«, fragte er und deutete nach vorn.

»Funktioniert allem Anschein nach wie ein Weltmeister«, erwiderte Giordino, ohne den Blick von dem Monitor an der Decke abzuwenden, während er das ROV durch die Trümmer im Vorschiff lotste. »Wie genau er ist, können wir allerdings erst feststellen, wenn wir unsere Proben in der Zentrale untersuchen lassen.«

Pitt beugte sich zu ihm, schaltete den Sensor ein und betrachtete einen Monitor, auf dem die Ergebnisse der Mineralienprüfung auftauchten. Er war nicht weiter überrascht, als auf dem Bildschirm große Eisenvorkommen in unmittelbarer Nähe sowie Spuren von Kupfer und Zink angezeigt wurden. Das Eisen war nachvollziehbar, da das Schiff voll damit war, angefangen von den Ankern und den Ankerketten bis zu dem Dampfkessel im Frachtraum. Aber die anderen Elemente waren auffällig. Er wartete, bis das ROV aus dem Unterdeck zurückkehrte, betätigte dann die Strahldüsen und zog das Tauchboot hoch. Langsam ließ er die *Bloodhound* über dem beschädigten Teil des Bugs schweben, ohne die Anzeige der Sensoren aus dem Auge zu lassen.

»Wenn du in diesem Kahn Gold findest, entschädigt uns das wenigstens ein bisschen für einen Tauchgang, den wir ansonsten vergessen können«, sagte Giordino.

Pitt zog das Tauchboot über das Trümmerfeld, steuerte eine Stelle nahe der Mitte des Decks an und setzte auf einem stabil wirkenden Teil auf. Giordino hatte das Kabel des ROV inzwischen nahezu eingeholt und wollte es gerade in die Halterung lotsen.

»Moment«, sagte Pitt. »Siehst du das zerbrochene Holzstück, das da etwa drei Meter vor uns aufrecht steht?«

»Ja.«

»Am Fuß ist irgendwas verdeckt, ein Stück nach rechts. Sieh zu, dass du es mit dem ROV freilegen kannst.«

Giordino hatte den Rover binnen weniger Sekunden an Ort und Stelle. Er stellte die Stromzufuhr ab und ließ das ROV auf einen kleinen, mit Schlick überzogenen Trümmerhaufen sinken. Sobald das ROV aufsetzte, drehte er die Strahldüsen voll auf. Der Rover schoss nach oben und wirbelte eine dicke Schlickwolke auf, die von der steten Grundströmung rasch davongetragen wurde. Beide Männer sahen etwas Rundliches, golden Glänzendes inmitten der Trümmer liegen.

»Meine Goldbarren«, witzelte Giordino.

»Etwas viel Besseres, glaube ich«, erwiderte Pitt. Er wartete nicht, bis Giordino das ROV über den Gegenstand lotste, sondern steuerte das Tauchboot dorthin, um sich die Sache aus der Nähe anzusehen. Als sie durch das Sichtfenster hinabschauten, bemerkten sie den unverkennbaren Umriss einer großen Glocke.

»Heiliger Bimbam, wie hast du das denn in dem Matsch gefunden?«, fragte Giordino.

»Mit der Spürnase der *Bloodhound.* Ich habe bemerkt, dass sie kleine Mengen Kupfer und Zink anzeigt, dann fiel mir ein, dass Messing eine Legierung aus beidem ist, und ich dachte mir, es handelt sich entweder um einen Beschlag oder um die Schiffsglocke.«

Sie starrten hinab und stellten fest, dass sie eine Gravur an der Seite hatte, die sie nicht recht erkennen konnten. Pitt setzte ein paar Meter zurück, worauf Giordino das ROV näher heransteuerte.

Die Glocke war verkrustet und noch immer mit Schlick bedeckt, aber auf einer Nahaufnahme der Kamera das Rovers waren zwei Buchstaben zu erkennen: ER.

»Ohne die kann man *Erebus* nicht schreiben«, stellte Giordino fest.

»Blas sie weiter ab«, sagte Pitt.

Während Giordino das ROV herumzog, um die Strahldüsen ein weiteres Mal einzusetzen, überprüfte Pitt ihre Batteriereserven und stellte fest, dass sie nur noch für dreißig Minuten Strom hatten. Sie durften keine Zeit mehr verlieren.

Wieder wirbelte der Rover eine dichte braune Wolke auf. Pitt hatte das Gefühl, als ob es Stunden dauerte, bis das Wasser wieder klarer wurde, doch es waren nur ein paar Sekunden. Giordino lotste das ROV sofort wieder zu der Glocke, woraufhin beide schweigend auf den Monitor blickten, wo langsam die auf der Glocke eingravierten Lettern aus der braunen Brühe auftauchten.

TERROR stand dort.

67

Nachdem sie drei Tage in der eisigen Dunkelheit eingesperrt gewesen waren, wurden die Gefangenen auf dem Leichter vom nächsten Grauen heimgesucht. Roman hatte angeordnet, dass sie die schwächer werdenden Stiftlampen sparsam einsetzen sollten, sodass sich die Männer die meiste Zeit in der Dunkelheit herumtasten mussten. Die anfängliche Wut und Entschlossenheit, einen Fluchtweg zu finden, waren in dem tristen Frachtraum einer tiefen Verzweiflung gewichen. Sie hatten kurz Hoffnung geschöpft, als der Leichter am Pier angelegt hatte und die Luke kurz geöffnet worden war. Wie sich herausstellte, wollten die Wachmänner aber nur kurz nach ihnen sehen. Doch immerhin hatten sie Verpflegung und ein paar Decken heruntergeworfen. Roman fasste das als ein gutes Zeichen auf. Wenn man sie nicht am Leben lassen wollte, würde man ihnen gewiss nichts zu essen geben, dachte er.

Aber jetzt war er sich dessen nicht mehr so sicher. Als Bojorquez ihn geweckt und ihm berichtet hatte, dass die Maschinen des Eisbrechers niedriger drehten, hatte er angenommen, dass sie ihr Ziel erreicht haben mussten. Doch dann riss das rhythmische Ziehen der Schlepptrossen mit einem Mal ab, während sie immer noch von der kabbeligen See durchgeschaukelt wurden. Und jetzt spürte er, dass sie trieben.

Kurz darauf ging Zaks Sprengsatz hoch. Der Explosionsknall hallte wie ein Donnerschlag durch die leeren Frachträume des Leichters. Im nächsten Moment waren die Elitesoldaten und die Besatzung der *Polar Crew* aufgesprungen und fragten sich, was passiert sein mochte.

»Kapitän Murdock«, rief Roman und schaltete seine Stiftlampe ein.

Murdock schlurfte zu ihm und schaute ihn müde an.

»Was war das Ihrer Meinung nach?«, fragte Roman leise.

»Kam von weit hinten. Ich glaube, wir sollten uns das mal ansehen.«

Roman war einverstanden. Als er dann die bangen Blicke der Männer rundum sah, rief er nach Bojorquez.

»Sergeant, machen Sie sich weiter an der Luke zu schaffen. Ich hätte gern noch vor dem Frühstück ein bisschen frische Luft hier drin.«

Kurz darauf schlug der stämmige Sergeant wieder mit seinem kleinen Hammer auf die verschlossene Luke ein. Das Hämmern, so hoffte Roman, würde die Stimmung der Männer ein bisschen heben und zugleich die Geräusche dessen übertönen, was im Achterschiff vor sich ging.

Roman führte Murdock zu der offenen Tür, die nach hinten führte, und richtete den Lichtstrahl in die Dunkelheit. Eine stählerne Leiter führte senkrecht in ein schwarzes Loch hinab.

»Nach Ihnen, Captain«, sagte Murdock.

Roman klemmte sich die Stiftlampe zwischen die Zähne, ergriff die oberste Sprosse und kletterte langsam hinab. Obwohl er keine Höhenangst hatte, war ihm etwas mulmig zumute, als er auf einem stampfenden und rollenden Schiff in eine scheinbar bodenlose schwarze Tiefe hinabstieg.

Er hatte das Gefühl, als dauerte der Abstieg ewig, doch dann erreichte er den Boden von Frachtraum Nummer 1. Er richtete den Lichtstrahl auf den Fuß der Leiter und sah, dass Murdock dicht hinter ihm kam. Der graubärtige Kapitän, ein unverwüstlicher Mann von knapp über sechzig, atmete nicht einmal schwer.

Murdock übernahm die Führung, als sie durch den Frachtraum liefen und ein Rattenpaar aufschreckten, das sich allem Anschein nach sogar in der bitteren Kälte wohlfühlte.

»Ich wollte es im Beisein der Männer nicht laut aussprechen, aber in meinen Ohren klang das wie eine Explosion an Bord«, sagte er.

»Ganz meine Meinung«, erwiderte Roman. »Glauben Sie, die wollen uns versenken?«

»Das werden wir noch früh genug erfahren.«

Die beiden Männer stießen an der gegenüberliegenden Wand auf eine weitere Stahlleiter, kletterten sie empor und kamen zu einem kurzen Gang, der zu Frachtraum Nummer 2 führte. Als sie die nächsten beiden Frachträume durchquert hatten und die Leiter des dritten emporkletterten, hörten sie Wasser plätschern. Am Ende des letzten Gangs richtete Roman den Strahl seiner Lampe in Frachtraum Nummer 4.

Auf der gegenüberliegenden Seite sahen sie ein Rinnsal durch das Schott strömen und in die Tiefe stürzen, wo sich bereits eine große Pfütze gebildet hatte. Die Explosion hatte kein Loch in die Rumpfwand gerissen, aber eine Reihe von Stahlplatten verzogen, sodass die Schweißnähte geplatzt waren, durch die das

Wasser jetzt wie durch ein großes Sieb eindrang. Kopfschüttelnd musterte Murdock die Bescherung.

»Dagegen können wir gar nichts tun«, sagte er. »Selbst wenn wir die nötigen Materialien hätten. Der Schaden ist zu großflächig.«

»Der Wassereinbruch ist aber nicht allzu stark«, sagte Roman, als versuchte er dem Ganzen etwas Gutes abzugewinnen.

»Das wird noch schlimmer werden. Die beschädigten Stellen liegen offenbar knapp über der Wasserlinie, doch bei rauer See schwappt das Wasser rein. Wenn der Frachtraum vollgelaufen ist, wird das Schiff hecklastig, dann dringt noch mehr Wasser ein. Und das Ganze geht noch schneller vonstatten.«

»Aber wir können die Luke am Gang verschließen. Wenn das Wasser nur in diesen Frachtraum eindringt, dürfte uns doch nichts passieren, oder?«, fragte Roman.

Murdock deutete nach oben. Rund drei Meter über ihnen endete die Schottwand. Von dort aus ragten nur noch Stützträger bis zum Oberdeck auf.

»Die Frachträume sind keine wasserdichten Abteilungen«, sagte er. »Wenn der hier vollgelaufen ist, ergießt sich das Wasser in Nummer drei und von dort aus immer weiter nach vorn.«

»Wie viel Wasser hält das Schiff aus?«

»Da es leer ist, sollte es sich mit zwei überfluteten Frachträumen über Wasser halten können. Bei ruhiger See möglicherweise sogar mit drei. Aber sobald das Wasser in Nummer eins eindringt, ist es vorbei.«

Obwohl er Angst vor der Antwort hatte, fragte Roman, wie viel Zeit sie noch hatten.

»Das kann ich nur schätzen«, sagte Murdock leise. »Ich würde sagen, höchstens zwei Stunden.«

Roman richtete den schwächer werdenden Strahl seiner Taschenlampe auf das Wasserrinnsal und verfolgte es bis zum Boden des Frachtraums, wo das Licht von einer zusehends größer werdenden Lache reflektiert wurde – einem Vorboten des Todes.

68

Sobald er sah, dass das Heck leicht schräg lag, ließ Zak die *Otok* von dem Leichter wegsteuern, worauf der sinkende schwarze Rumpf rasch von einer Nebelbank verschluckt wurde, in der sich der Todeskampf des Schiffes fortsetzte, ohne dass ihn jemand verfolgen konnte. Zak wiederum kehrte dem Leichter und seinen zum Untergang verurteilten Insassen kurzerhand den Rücken zu.

»Nehmen Sie Kurs auf das NUMA-Schiff«, befahl er. »Und schalten Sie die Positionslichter aus.«

Der Kapitän nickte, ging ans Ruder und steuerte das bewegungslos liegende Forschungsschiff an, dann ließ er die Maschinen hochfahren, bis der Eisbrecher fast zehn Knoten schnell war. Die Lichter der *Narwhal* waren im Nebel nicht zu sehen, deshalb konnte er sich nur anhand des Radars orientieren, doch das Forschungsschiff rührte sich noch immer nicht von der Stelle, als der Eisbrecher rasch zu ihm aufschloss.

»Käpt'n, wenn wir bis auf drei Kilometer dran sind, gehen Sie auf volle Kraft voraus. Wir kreuzen seinen Bug mit etwa einem Kilometer Abstand, damit sie glauben, wir halten auf die Insel zu, dann machen wir kehrt und rammen es mittschiffs.«

»Ich soll es rammen?«, sagte der Kapitän ungläubig. »Sie werden uns alle umbringen.«

Zak warf ihm einen verständnislosen Blick zu. »Wohl kaum.

Sie wissen doch, dass dieses Schiff über einen anderthalb Meter starken Stahlbug und eine extra starke doppelte Rumpfwand verfügt. Es könnte den Hoover-Damm durchbrechen, ohne einen Kratzer davonzutragen. Wir durchschneiden die *Narwhal* wie ein Stück Butter, vorausgesetzt, Sie halten sich von deren ebenfalls verstärktem Bug fern.«

Der Kapitän musterte Zak mit widerwilligem Respekt. »Sie haben sich mein Schiff genau angesehen«, sagte er schroff. »Ich kann nur hoffen, dass Mr. Goyette die Reparaturkosten von Ihrem Gehalt abzieht und nicht von meinem.«

Zak lachte laut auf. »Mein guter Käpt'n, wenn wir unser Blatt richtig ausspielen, kaufe ich Ihnen persönlich eine eigene Eisbrecherflotte.«

Trotz der Dunkelheit und des tückischen Nebels verfolgte Bill Stenseth jede Bewegung des Eisbrechers. Da sein Radarbeobachter nicht zur Verfügung stand – er zählte zu den vielen Besatzungsmitgliedern, die in Tuktoyaktuk zurückgeblieben waren –, übernahm Stenseth die Aufgabe selbst. Er war wachsam geworden, als er bemerkte, dass mit einem Mal zwei Echoimpulse am Sichtgerät auftauchten. Da er sofort vermutete, dass der Leichter vom Schlepper abgehängt worden war, ließ er die beiden Blips nicht mehr aus den Augen.

Als er dann sah, dass sich der Eisbrecher auf Abfangkurs bis auf drei Meilen genähert hatte, griff er zum Seefunkgerät.

»Hier Forschungsschiff *Narwhal*. An unbekanntes Schiff, das sich aus 69.2955 Nord, 100.1403 West nähert. Wir führen zurzeit eine Unterwassererkundung durch. Bitte halten Sie zwei Kilometer Abstand, over.«

Stenseth wiederholte den Funkspruch, erhielt aber keine Antwort.

»Wann kommt die *Bloodhound* hoch?«, fragte er den Rudergänger.

»Bei Dahlgrens letzter Meldung waren sie noch beim Wrack. Folglich dauert es mindestens zwanzig Minuten.«

Stenseth betrachtete das Radarsichtgerät und stellte fest, dass der Eisbrecher allmählich schneller wurde, während er sich bis auf zwei Meilen näherte. Es sah so aus, als habe er den Kurs leicht geändert, weg vom Bug der *Narwhal*, um sie an Steuerbord zu passieren. Aber Stenseth traute ihm nicht.

»Ein Drittel Kraft voraus«, befahl er dem Rudergänger. »Gehen Sie auf dreihundert Grad.«

Stenseth wusste, dass eine Kollision im Nebel zu den schlimmsten Alpträumen eines Seemanns zählte. Er dachte daran, wie die *Stockholm* die *Andrea Doria* gerammt hatte, und ließ sein Schiff nach Nordwesten fahren, um einen ähnlichen Zusammenstoß zu vermeiden. Zu seiner Erleichterung sah er, dass das andere Schiff auf Südostkurs blieb, sodass der Abstand größer wurde. Doch dieser Eindruck erwies sich rasch als trügerisch.

Als die beiden Schiffe nur noch eine Meile voneinander entfernt waren, beschleunigte der Eisbrecher plötzlich und fuhr binnen kürzester Zeit doppelt so schnell. Das von zwei mächtigen Gasturbinenmaschinen angetriebene Schiff verfügte über gewaltige Kräfte, die es auch benötigte, da es normalerweise eine ganze Reihe schwerer Leichter schleppte. Jetzt aber, da es von keinerlei Ballast behindert wurde, konnte es so schnell wie ein Rennhund werden und pflügte mit über dreißig Knoten durchs Wasser – denn auf Zaks Befehl hin ließ der Kapitän die Maschinen mit voller Drehzahl laufen.

Es dauerte einen Moment, bis Stenseth bemerkte, dass der Eisbrecher noch mehr Fahrt machte. Trotzdem ließ er den Kurs halten, bis er am Radarmonitor sah, dass das Schiff scharf nach Westen drehte.

»Volle Fahrt voraus!«, befahl er nun, während er wie gebannt auf das Radarsichtgerät blickte.

Zu seinem Entsetzen sah er, wie der Eisbrecher in einem

scharfen Bogen auf die *Narwhal* zuhielt. Jetzt gab es keinerlei Zweifel mehr – er hatte eindeutig vor, sein Schiff zu rammen.

Mit seinem Befehl, auf volle Fahrt voraus zu gehen, hatte Stenseth Zaks Versuch, Schiff und Mannschaft unverhofft zu erwischen, zunichtegemacht. Aber der Eisbrecher war aufgrund seiner Geschwindigkeit noch immer im Vorteil. Die *Otok* hatte bis auf vierhundert Meter aufgeschlossen, bevor das Forschungsschiff auf zwanzig Knoten war. Stenseth blickte durch die hintere Brückenverglasung, konnte im dichten Nebel aber nichts erkennen.

»Es kommt schnell auf«, sagte der Rudergänger, als er sah, wie sich das Radarecho des Eisbrechers der Mitte des Sichtgeräts näherte. Stenseth setzte sich davor und verstellte die Reichweite, damit die Anzeige bis auf hundert Meter genau wurde.

»Wir lassen ihn dicht rankommen. Aber sobald er bis auf hundert Meter da ist, gehen Sie hart nach Steuerbord, Kurs Osten. Entlang der Küste der King-William-Insel gibt es noch jede Menge Meereis. Wenn wir nah genug rankommen, verlieren sie uns vielleicht vom Radarschirm.«

Er warf den Blick auf eine Seekarte und stellte fest, dass sie noch mehr als fünfzehn Meilen von der King-William-Insel entfernt waren. Viel zu weit weg, das war ihm klar, aber er hatte nicht allzu viele Möglichkeiten. Wenn sie dem Rammstoß noch ein bisschen länger ausweichen konnten, würden ihre Verfolger die Jagd vielleicht aufgeben. Er stand auf und betrachtete das Radarsichtgerät, bis der Blip hinter ihnen noch näher kam, dann nickte er dem Rudergänger zu.

Das schwere Forschungsschiff ächzte und bebte, als das Ruder herumgerissen wurde und die *Narwhal* jählings den Kurs änderte. Es war ein mörderisches Versteckspiel, doch es schien zu gelingen. Auf dem Radarmonitor sah es so aus, als hätte der Eisbrecher sie eingeholt, aber Stenseth konnte ihn noch immer nicht sehen. Fast eine Minute lang blieb die *Otok* weiter auf westlichem Kurs, bis man auf der Brücke das Manöver der *Narwhal* durchschaute, scharf beidrehen ließ und die Verfolgung weiter in Richtung Osten aufnahm.

Durch Stenseths Reaktion hatte das Schiff kostbare Zeit gewonnen, in der es mehr Fahrt aufnehmen konnte. Zugleich wurde die Besatzung alarmiert und nach oben geholt. Aber es dauerte nicht lange, bis der Eisbrecher erneut aufschloss.

»Diesmal hart nach Backbord«, befahl Stenseth, als die *Otok* wieder bis auf hundert Meter herangekommen war.

Diesmal sah man auf der Brücke des Eisbrechers das Manöver voraus, verschätzte sich aber und drehte nach Steuerbord. Doch binnen kürzester Zeit nahm das Schiff die Verfolgung wieder auf, während Stenseth versuchte, näher an die King-William-Insel heranzukommen. Das schnellere Schiff holte rasch auf, sodass die *Narwhal* erneut ausweichen musste. Stenseth entschloss sich, einmal mehr hart nach Backbord zu gehen. Doch diesmal ließ sich Zak nicht täuschen.

Wie ein hungriger Hai, der aus dunkler Meerestiefe zuschlägt, kam der Eisbrecher plötzlich aus dem Nebel geschossen, hielt auf die Flanke der *Narwhal* zu und bohrte seinen tödlichen Bug unmittelbar hinter dem Moon Pool fast fünf Meter tief in den Rumpf des Forschungsschiffes. Um ein Haar wäre die *Narwhal* gekentert, als sie durch die Wucht des Aufpralls seitlich in die Wogen geschleudert wurde. Eine Wand aus eisiger Gischt ergoss sich über das Deck, dann richtete sich das Schiff mühsam wieder auf.

Auf die Kollision folgte der tausendfache Aufschrei des geschundenen Materials – Stahl schabte über Stahl, hydraulische Leitungen barsten, Rumpfplatten splitterten, Generatoren brannten durch. Als das Werk der Zerstörung seinen Höhepunkt erreichte, kehrte einen Moment lang eine seltsame Stille ein, dann wurde das schrille Kreischen und Jaulen von einem mörderischen Gluckern abgelöst.

Der Eisbrecher setzte zurück, löste sich langsam aus dem klaffenden Loch und riss einen Teil des Achterschiffs der *Narwhal* ab. Der scharfe Bug des Schiffes war plattgedrückt, doch die doppelte Rumpfwand hatte nicht einmal einen Kratzer davongetragen. Die *Otok* blieb noch ein paar Minuten an Ort und Stelle, während Zak und die Besatzung ihr zerstörerisches Werk begutachteten. Dann verschwand das Schiff wie ein todbringendes Gespenst in der Nacht.

Die *Narwhal* war dem Untergang geweiht. Der Maschinenraum lief fast auf der Stelle voll und zog das Heck nach unten. Zwei der Schotten vor dem Moon Pool waren zermalmt, sodass weiteres Wasser in die unteren Decks eindringen konnte. Die *Narwhal* war zwar so robust konstruiert, dass sie bis zu zwei Meter dickes Eis durchpflügen konnte, aber gegen einen Rammstoß in die Rumpfwand war sie gerade nicht gefeit. Binnen weniger Minuten lag das Schiff halb unter Wasser.

Als sich Stenseth wieder aufrappelte, stellte er fest, dass die Brücke zu einer dunklen Höhle geworden war. Sie hatten keinen Strom mehr, und auch der mittschiffs stehende Notstromgenerator war bei der Kollision zerstört worden. Auf dem ganzen Schiff war es ebenso finster wie draußen in der nebligen Nacht.

Der Rudergänger stürmte zu einem Spind im hinteren Teil der Brücke und holte eine Taschenlampe, die dort für Notfälle aufbewahrt wurde.

»Käpt'n, ist mit Ihnen alles in Ordnung?«, fragte er und leuchtete die Brücke ab, bis der Lichtstrahl Stenseth erfasste.

»Mir geht's jedenfalls besser als meinem Schiff«, erwiderte er und rieb sich den schmerzenden Arm. »Kümmern wir uns um die Besatzung. Ich fürchte, wir müssen das Schiff so schnell wie möglich verlassen.«

Die beiden Männer zogen ihre Parkas an und begaben sich aufs Hauptdeck, das sich bereits stark nach achtern neigte. Sie betraten die Messe, die noch von zwei batteriebetriebenen Laternen beleuchtet wurde. Der größte Teil der Rumpfmannschaft des Schiffes hatte sich bereits hier versammelt und empfing sie mit bangen Blicken. Ein gedrungener Mann mit dem Gesicht einer Bulldogge kam auf die beiden Männer zu.

»Käpt'n, der Maschinenraum ist vollkommen überflutet, und ein Teil des Hecks wurde abgerissen«, sagte der Chefmaschinist der *Narwhal.* »Außerdem wurde mir gemeldet, dass wir auch einen Wassereinbruch im vorderen Laderaum haben. Das Leck lässt sich nicht abdichten.«

Stenseth nickte. »Irgendwelche Verletzten?«

Der Maschinist deutete zur Seitenwand der Messe, auf einen Mann mit schmerzverzerrtem Gesicht, dessen linker Arm in einer behelfsmäßigen Schlinge lag.

»Der Koch ist beim Aufprall gestürzt und hat sich den Arm gebrochen. Alle andern sind heil davongekommen.«

»Wird jemand vermisst?«, fragte Stenseth, während er rasch abzählte und feststellte, dass zwei Mann fehlten.

»Dahlgren und Rogers, der Schiffselektriker. Die versuchen gerade, das Beiboot auszubringen.«

Stenseth drehte sich zu den übrigen Männern um. »Ich fürchte, wir müssen das Schiff verlassen. Alle Mann begeben sich sofort an Deck. Wenn wir das Beiboot nicht benutzen können, nehmen wir eins der Rettungsflöße an Backbord. Beeilen wir uns.«

Stenseth führte die Männer aus der Messe, blieb dann kurz stehen und stellte fest, dass das Wasser bereits bis dicht unter den Aufbauten stand. Schnellen Schrittes lief er zu dem vereisten Vorschiff, wo er sich auf dem schrägen Deck kaum aufrecht halten konnte. Auf der anderen Seite sah er ein Licht aufblinken, in dessen Schein zwei Männer eine manuelle Winde betätigten. Ein dreieinhalb Meter langes Skiff hing über ihnen in der Luft, aber wegen der Schräglage des Schiffes bekamen sie das Heck des Bootes nicht über die Bordwand. Einer der Männer fluchte lauthals mit breitem texanischen Akzent.

Stenseth stürmte zu ihnen, worauf sie mithilfe mehrerer Besatzungsmitglieder das Heck des Skiffs über die Reling hievten. Dahlgren legte rasch den Hebel der Winde um, dann ließen sie das Boot vorsichtig zu Wasser. Stenseth ergriff die Bugleine und zog das Boot zwanzig Schritte nach achtern, bis das Wasser an Deck um seine Stiefel leckte. Nun kletterte die Besatzung kurzerhand über die Reling und stieg in das Skiff.

Stenseth zählte die Männer ab, verließ dann nach dem verletzten Koch als letzter Mann das Schiff und begab sich in das enge hölzerne Beiboot, wo er sich einen Platz am Heck suchte. Ein leichter Wind war aufgekommen, der Löcher in den Nebel riss, aber auch die See kabbeliger werden ließ. Rasch trieb das Skiff ein paar Meter von dem sinkenden Schiff weg, blieb aber in der Nähe, sodass alle seine letzten Augenblicke verfolgen konnten.

Sie hatten kaum abgelegt, als sich der Bug des türkisfarbenen Schiffes steil in die Luft erhob, als wollte er sich noch der Schwerkraft widersetzen. Dann aber versank die *Narwhal* mit einem dumpfen Ächzen im schwarzen Wasser, aus dem ein steter Blasenstrom aufstieg, bis sie in der Tiefe verschwunden war.

Stenseth kochte zunächst vor Wut, dann, als er einen Blick auf seine Besatzung warf, war er zutiefst erleichtert. Es war das reinste Wunder, dass bei der Kollision niemand umgekommen war und alle das Schiff sicher verlassen hatten. Der Kapitän erschauderte beim Gedanken an die Zahl der Opfer, die es hätte geben können, wenn Pitt nicht den Großteil der Besatzung sowie sämtliche Wissenschaftler in Tuktoyaktuk zurückgelassen hätte.

»Ich hab die verdammten Steine vergessen.«

Stenseth drehte sich zu dem Mann neben ihm um und erkannte trotz der Dunkelheit, dass Dahlgren an der Ruderpinne saß.

»Von der hydrothermalen Quelle«, fügte er hinzu. »Rudi hat sie auf der Brücke liegen lassen.«

»Seien Sie lieber froh, dass Sie Ihre Haut gerettet haben«, versetzte Stenseth. »Mit dem Beiboot haben Sie gute Arbeit geleistet.«

»Ich wollte nicht in ’nem Gummiboot durchs Polarmeer schaukeln«, erwiderte Dahlgren. Dann senkte er die Stimme und fügte hinzu: »Diese Typen meinen es ernst, was?«

»Todernst, wenn es um Ruthenium geht, fürchte ich.« Er reckte den Kopf und hielt Ausschau nach dem Eisbrecher. Ein leises Grollen in der Ferne verriet ihm, dass sich das Schiff nicht mehr in unmittelbarer Nähe befand.

»Sir, an der äußersten Südostspitze der King-William-Insel ist eine kleine Siedlung namens Gøja Haven«, schaltete sich der Rudergänger ein, der eine Reihe weiter vorn saß. »Knapp über hundert Meilen von hier entfernt. Das ist laut Karte weit und breit der einzige Fleck, der so was Ähnliches wie Zivilisation zu bieten hat.«

»Bis zur King-William-Insel sollte unser Treibstoff reichen. Dann müssen wir zu Fuß weiter«, erwiderte Stenseth. Er wandte sich wieder an Dahlgren und fragte: »Haben Sie Pitt benachrichtigt?«

»Ich hatte ihnen mitgeteilt, dass wir unsere Position über dem Wrack verlassen würden, aber bevor ich sie davon verständigen konnte, dass wir nicht zurückkämen, hatten wir keinen Strom mehr.« Er versuchte, das Zifferblatt seiner Uhr zu erkennen. »Sie müssten demnächst auftauchen.«

»Wir können nur raten, wo. Sie in diesem Nebel zu suchen, ist so gut wie unmöglich, fürchte ich. Wir fahren mal die nähere Umgebung ab, dann müssen wir uns aber zur Küste durchschlagen und Hilfe suchen. Wir dürfen nicht zu lange auf See bleiben, falls der Wind weiter auffrischen sollte.«

Dahlgren nickte grimmig. Pitt und Giordino sind nicht

schlimmer dran als wir, dachte er. Er warf den Motor des Beibootes an, ging auf südlichen Kurs und steuerte das Skiff in eine dunkle Nebelbank.

69

Pitt und Giordino schwebten über der Schiffsglocke, als ihnen Dahlgren über Funk kurz mitgeteilt hatte, dass die *Narwhal* sich entferne. Da sie gerade mit dem Entziffern der Inschrift auf der Glocke beschäftigt waren, hatten sie nicht weiter nachgefragt, was oben los war.

Pitt war etwas erleichtert, dass es sich bei dem Wrack um die *Terror* handelte. So bestand immerhin noch Hoffnung, nachdem sie an Bord kein Ruthenium gefunden hatten. Die Inuit mussten das Erz demnach von der *Erebus* haben, und vielleicht wahrte nur sie das Geheimnis um das begehrte Mineral. Man wusste, dass die beiden Schiffe zugleich aufgegeben wurden, daher waren sie vermutlich nahe beieinander gewesen, als sie gesunken waren. Pitt war davon überzeugt, dass sie auch auf das zweite Schiff stoßen würden, wenn sie mit dem AUV ein größeres Gebiet absuchten.

»*Bloodhound* an *Narwhal*, wir beginnen mit dem Aufstieg«, funkte Giordino. »Wie sieht's bei euch aus?«

»Wir sind im Moment unterwegs. Ich sehe zu, ob ich von der Brücke was Neues erfahre. Sag euch Bescheid, wenn es so weit ist. Over.«

Das war das Letzte, was sie von Dahlgren hören sollten. Aber da sie ihre Zeit am Meeresboden bereits ausgereizt hatten, machten sie sich mehr Gedanken darüber, wie sie Energie sparen konnten, damit sie nach dem Auftauchen noch Strom hatten. Pitt schaltete die Außenlichter und die Sensoren aus, während Giordino alle Computer abstellte, die sie nicht unbedingt brauchten. Als das Tauchboot durch die Dunkelheit nach oben glitt, lehnte sich Giordino zurück, verschränkte die Arme und schloss die Augen.

»Weck mich, wenn wir ein bisschen Eisluft reinlassen können«, murmelte er.

»Ich sorge dafür, dass Jack deine Pantoffeln und eine Zeitung bereithält.«

Pitt warf einen weiteren Blick auf die Stromanzeiger. Sie hatten noch jede Menge Reserven für die Lebenserhaltungssysteme und die Ballastpumpen, mehr aber nicht. Widerwillig schaltete er den Antrieb des Tauchboots aus, wusste er doch, dass sie beim Aufstieg einer starken Strömung ausgesetzt sein würden. Im Moon Pool der *Narwhal* konnten sie auf keinen Fall auftauchen, da sie wahrscheinlich ein, zwei Meilen abgetrieben werden würden. Außerdem wusste er nicht einmal, ob die *Narwhal* überhaupt noch in der Nähe war.

Pitt schaltete ein paar weitere Regler ab, dann starrte er auf den schwarzen Abgrund, der sich unter dem Sichtfenster auftat. Plötzlich drang ein Schrei aus dem Funkgerät.

»*Bloodhound*, wir sind …«

Der Funkspruch riss jäh ab, danach herrschte völliges Schweigen. Giordino fuhr hoch, beugte sich nach vorn und war am Funkgerät, noch ehe er die Augen offen hatte. Doch trotz wiederholter Versuche meldete sich die *Narwhal* nicht.

»Möglicherweise haben wir in einer Thermokline das Signal verloren«, überlegte Giordino.

»Oder die Transponderverbindung wurde unterbrochen, als sie mit hohem Tempo gefahren sind«, entgegnete Pitt.

Beide waren sich darüber im Klaren, dass sie sich nur ein paar Erklärungen zusammenreimten, weil sich keiner eingestehen wollte, dass die *Narwhal* in Schwierigkeiten steckte. Giordino funkte das Schiff weiterhin alle zwei, drei Minuten an, bekam aber keine Antwort. Und keiner von ihnen konnte irgendetwas dagegen unternehmen.

Pitt blickte auf den Tiefenmesser und fragte sich, ob sie am Grund vertäut waren. Seit dem abgerissenen Funkspruch stiegen sie nur noch im Schneckentempo auf, jedenfalls kam es ihm so vor. Er versuchte, den Blick von der Anzeige abzuwenden, wusste er doch, dass sie sich umso langsamer bewegte, je öfter er hinschaute. Daher lehnte er sich zurück, schloss eine Zeit lang die Augen und versuchte sich vorzustellen, in welchen Schwierigkeiten die *Narwhal* stecken könnte, während sich Giordino ein ums andere Mal um Funkkontakt bemühte.

Als er die Augen wieder öffnete, stellte er fest, dass sie nur noch knapp dreißig Meter tief waren, und ein paar Minuten später tauchten sie inmitten eines schäumenden Blasenstroms auf. Pitt schaltete die Außenlichter ein, die lediglich den dichten Nebel rundum erfassten. Das Funkgerät blieb weiter stumm, während sie vom kabbeligen Wasser durchgeschaukelt wurden.

Als sie auf sich allein gestellt in der kalten See trieben, wurde Pitt und Giordino allmählich klar, dass das Allerschlimmste geschehen sein musste. Die *Narwhal* existierte nicht mehr.

70

»Der Rettungstrupp ist verschwunden? Was soll das heißen?«

Die wütende Stimme des Präsidenten hallte von den Wänden des Situation Room wider, der sich im Untergeschoss des Westflügels vom Weißen Haus befand.

»Sir, der Trupp ist zum vereinbarten Zeitpunkt nicht an der Abflugstelle eingetroffen«, antwortete ein Colonel der Army, der von den Generälen im Pentagon als Opferlamm vorgeschickt worden war, mit leiser Stimme. »Die an der Landebahn zurückgebliebene Hilfstruppe wurde vom Einsatzteam nicht verständigt, dass es irgendwelche Schwierigkeiten gab, und konnte planmäßig evakuiert werden.«

»Man hat mir zugesichert, dass es sich um einen Einsatz mit geringem Risiko handelt, der mit neunzigprozentiger Wahrscheinlichkeit gelingt«, sagte der Präsident und warf dem Verteidigungsminister einen funkelnden Blick zu.

Daraufhin herrschte Schweigen, da niemand Lust hatte, den Präsidenten noch mehr aufzubringen.

Vizepräsident Sandecker, der zwei Plätze neben dem Präsidenten saß, verfolgte das Ganze leicht belustigt. Als man ihn zu einer außerplanmäßigen Sitzung des Nationalen Sicherheitsrates gerufen hatte, war er zunächst überrascht gewesen, dass nicht weniger als fünf Generäle links und rechts vom Verteidigungsminister saßen. Ihm war klar, dass das kein gutes Zeichen war. Sandecker mochte den Minister nicht besonders, einen Mann, den er für engstirnig und kriegslüstern hielt. Doch angesichts der Krise, die es zu bewältigen galt, stellte er seine persönlichen Animositäten hintan.

»Colonel, warum erzählen Sie uns nicht, was Sie genau wissen?«, sagte Sandecker, um die Wut des Präsidenten zu zügeln.

Der Colonel schilderte den Einsatz und die nachrichtendienstlichen Erkundungen, die der Befreiungsaktion vorausgegangen waren. »Das Verwirrendste dabei ist, dass es Hinweise gibt, dass der Trupp die Gefangenen befreien konnte. Wir haben Funksprüche der kanadischen Streitkräfte in Tuktoyaktuk abgefangen, die einen Angriff auf das Gebäude, in dem die Besatzung der *Polar Dawn* festgehalten wurden, und die anschließende Befreiung der Männer melden. Uns liegt nichts vor, das darauf hindeutet, dass sie wieder gefangen genommen wurden.«

»Was ist, wenn die Special Forces lediglich aufgehalten wurden?«, fragte Sandecker. »Im Moment sind die Nächte da oben kurz. Vielleicht mussten sie sich eine Zeit lang irgendwo verstecken, bevor sie sie zur Landebahn zurückkehren konnten.«

Der Colonel schüttelte den Kopf. »Wir haben vor ein paar Stunden ein Flugzeug im Schutz der Dunkelheit zu der Stelle zurückgeschickt, an der sie ausgeflogen werden sollten. Die Maschine ist kurz gelandet, aber niemand war da. Außerdem hat niemand auf unsere Funksprüche reagiert.«

»Sie können doch nicht einfach spurlos verschwunden sein«, knurrte der Präsident.

»Wir haben die Aufnahmen unserer Satellitenaufklärung, den Funkverkehr und die Aussagen von Kontaktpersonen am Boden ausgewertet. Ergebnislos«, stellte Julie Moss fest, die nationale Sicherheitsberaterin des Präsidenten. »Daraus lässt sich nur eine Schlussfolgerung ziehen: Sie wurden heimlich wieder gefangen genommen und an einen anderen Ort gebracht. Möglicherweise sind sie zurück auf der *Polar Dawn* oder wurden per Flugzeug weggeschafft.«

»Wie lautet die offizielle Antwort der Kanadier auf unser Ersuchen, Schiff und Besatzung freizugeben?«, fragte Sandecker.

»Wir haben keine Antwort erhalten«, entgegnete Moss. »Unsere Vorstöße auf diplomatischen Kanälen wurden schlichtweg ignoriert, und zugleich geben der Premierminister und das Parlament weiterhin abwegige Behauptungen, in denen man uns imperialistische Umtriebe unterstellt. Aussagen, die so klingen, als kämen sie aus einer Bananenrepublik.«

»Und sie beschränken sich nicht nur auf Worte«, schaltete sich der Verteidigungsminister ein. »Sie haben vor kurzem ihre Häfen geschlossen und ihre Streitkräfte in Alarmzustand versetzt.«

»Das ist richtig«, erklärte Moss. »Die kanadische Küstenwache weist sämtliche unter amerikanischer Flagge fahrenden Schiffe ab, die Vancouver und Quebec anlaufen wollen, sowie alle Frachtkähne nach Toronto. Wir rechnen damit, dass in ein, zwei Tagen auch die Grenzübergänge geschlossen werden.«

»Diese Sache läuft ziemlich aus dem Ruder«, stellte der Präsident fest.

»Es kommt noch schlimmer. Wir haben erfahren, dass die anstehenden Importe aus dem Melvillesund ausgesetzt werden. Zudem haben wir Grund zu der Annahme, dass das dortige Erdgas an die Chinesen geliefert wird. Aber wir wissen nicht, ob dies auf Anweisung der Regierung oder im Auftrag des Unternehmens geschieht, die dieses Gasfeld ausbeutet.«

Der Präsident sank auf seinem Stuhl zusammen und wirkte wie benommen. »Das gefährdet unsere ganze Zukunft«, sagte er leise.

»Sir«, erklärte der Verteidigungsminister, »wie man es auch betrachtet, aber die kanadische Regierung hat uns fälschlicherweise die Schuld am Verlust ihres arktischen Eislabors und der Beschädigung eines ihrer Patrouillenboote gegeben. Man hat gegen das Völkerrecht verstoßen und in internationalen Gewässern ein Schiff der US-Küstenwache gekapert, dessen Besatzung man als Kriegsgefangene behandelt. Das Gleiche ist mit unseren Delta Forces geschehen, sofern man sie und die Schiffsbesatzung nicht getötet hat. Darüber hinaus droht man unserem Land auf dem Energiesektor mit Erpressung. Alle diplomatischen Vorstöße sind gescheitert, Sir. Es wird Zeit, dass wir zu anderen Mitteln greifen.«

»Wir sind ja wohl noch lange nicht auf der Schwelle zu einer militärischen Eskalation«, warf Sandecker ein.

»Da magst du zwar Recht haben, Jim, aber das Leben dieser Männer steht auf dem Spiel«, sagte der Präsident. »Ich möchte, dass wir dem Premierminister eine offizielle Aufforderung zukommen lassen, in der wir verlangen, dass die Besatzung und der Rettungstrupp binnen vierundzwanzig Stunden freigelassen werden. Aber mach es diskret, damit dieser populistische PM das Gesicht wahren kann. Über das Schiff können wir später verhandeln, doch ich fordere, dass diese Männer sofort freikommen. Und außerdem möchte ich, dass wir diese Erdgaslieferungen erhalten.«

»Wie reagieren wir, wenn sie nicht darauf eingehen?«, fragte Moss.

Der Verteidigungsminister meldete sich zu Wort. »Mr. President, wir haben mehrere Möglichkeiten für einen begrenzten Erstschlag ausgearbeitet.«

»Einen ›begrenzten Erstschlag‹ … Was soll das heißen?«, fragte der Präsident.

»Eine begrenzte Kampfhandlung«, fuhr der Verteidigungsminister fort, »bestünde im Einsatz eines minimalen Aufgebots, das erforderlich wäre, um einen Großteil der kanadischen Luft- und Seestreitkräfte mit chirurgischen Schlägen auszuschalten.«

Der Präsident lief rot an. »Ich rede nicht von einem Krieg. Mir geht es lediglich darum, dass sie auf uns eingehen.«

Der Verteidigungsminister machte sofort einen Rückzieher. »Wir könnten uns auch auf ein einzelnes Ziel beschränken«, sagte er leise.

»Was meinst du, Jim?«, fragte der Präsident an Sandecker gewandt.

Der Vizepräsident zeigte eine grimmige Miene, als er eine Mitteilung las und dann hochhob.

»Ich habe soeben von Rudi Gunn, dem stellvertretenden Direktor der NUMA, erfahren, dass deren Forschungsschiff *Narwhal* in der Nordwestpassage vermisst wird. Vor der Victoria-Insel. Das Schiff wurde vermutlich gekapert oder mitsamt der Besatzung versenkt, darunter ist auch Dirk Pitt, der Leiter der NUMA.«

Der Verteidigungsminister wandte sich mit einem selbstgefälligen Grinsen an Sandecker.

»Ich habe den Eindruck«, sagte er spitz, »dass wir die Schwelle, von der Sie vorhin gesprochen haben, damit erreicht haben.«

71

Die Vereinigten Staaten sind schon mindestens ein halbes Dutzend Mal mit Waffengewalt in Kanada eingefallen. Zum blutigsten Einmarsch kam es während des Amerikanischen Revolutionskrieges, als General Richard Montgomery von Fort Ticonderoga aus gen Norden marschierte, Montreal einnahm und dann gegen Quebec zog. Eine zweite Streitmacht, die unter Führung von Benedict Arnold von Maine aus in Kanada einfiel, stieß zu ihm. Am 31. Dezember 1775 griffen die Amerikaner Quebec an und nahmen die Stadt vorübergehend ein, wurden dann aber in einer erbitterten Schlacht von den Briten zurückgeschlagen. Aufgrund von Nachschubschwierigkeiten, fehlenden Verstärkungen sowie durch den Tod von Montgomery, der im Gefecht fiel, blieb den Amerikanern nichts anderes übrig, als den Vorstoß abzubrechen.

Im Laufe des britisch-amerikanischen Krieges von 1812 marschierten die Amerikaner wiederholt in Kanada ein, um die dort stationierten britischen Truppen zu bekämpfen. Die meisten Vorstöße schlugen jedoch fehl. Der beachtlichste Erfolg trug sich im Jahr 1813 zu, als Toronto (damals York genannt) geplündert und das Parlamentsgebäude niedergebrannt wurde. Für diesen Sieg mussten die USA bitter büßen, als die Briten ein Jahr später auf Washington marschierten, sich für dieses Werk der Zerstörung rächten und sämtliche öffentlichen Gebäude in der amerikanischen Hauptstadt in Flammen aufgehen ließen.

In den folgenden Jahren entwickelten sich gutnachbarliche Beziehungen zwischen den 1783 endgültig in die Unabhängigkeit entlassenen Vereinigten Staaten von Amerika und Kanada, das bis 1931 britische Kolonie blieb. Doch das beiderseitige Misstrauen ließ sich nicht gänzlich aus der Welt schaffen. Noch in den Zwanzigerjahren des 20. Jahrhunderts ließ das US-Kriegsministerium strategische Pläne für einen Einmarsch in Kanada im Falle eines Krieges mit Großbritannien ausarbeiten. Im sogenannten »Kriegsplan Rot« war ein Vormarsch auf Winnipeg und Quebec sowie ein Marineangriff auf Halifax vorgesehen. Die Kanadier setzten dem ihrerseits den »Verteidigungsplan Nr. 1« entgegen, in dem eine Invasion in die USA geplant war. Man wollte Überraschungsangriffe auf Albany, New York, Minneapolis, Minnesota, Seattle, Washington und Great Falls, Montana, unternehmen, nämlich in der Hoffnung, Zeit zu gewinnen, bis die britischen Verstärkungen eintrafen.

Im Laufe der Zeit und durch das Aufkommen neuer Technologien hatte sich die Welt seit den 1920er-Jahren erheblich verändert. Großbritannien war nicht mehr die Kolonialmacht, die Kanada unter allen Umständen verteidigen wollte, gleichzeitig herrschte in Folge der militärischen Macht der USA ein strategisches Ungleichgewicht.

Deshalb mochte der Präsident zu diesem Zeitpunkt zwar ungehalten über das Verschwinden der *Narwhal* sein, einen Einmarsch rechtfertigte dies in seinen Augen jedoch nicht. Zumindest noch nicht. Außerdem würde es ohnehin Wochen dauern, um eine Bodenoffensive vorzubereiten, falls sich die Beziehungen weiter verschlechtern sollten. Und er wünschte eine rasche und wirkungsvolle Reaktion binnen vierundzwanzig Stunden.

Die Maßnahmen, auf die man sich geeinigt hatte, wenn die Gefangenen nicht freigelassen werden sollten, waren zwar simpel, aber schmerzhaft. Kriegsschiffe der US-Navy sollten Vancouver im Westen und den Sankt-Lorenz-Strom im Osten blockieren und Kanadas Außenhandel zum Erliegen bringen. Gleichzeitig würden Tarnkappenbomber einen Erstschlag gegen die kanadischen Luftwaffenstützpunkte Cold Lake, Alberta, und Bagotville, Quebec, durchführen. Darüber hinaus sollten sich Einheiten der Special Forces in Bereitschaft halten, um Kanadas große Wasserkraftwerke zu besetzen, falls es zu der vermuteten Unterbrechung der Stromlieferungen kommen sollte. Später wollte man auch noch das Gasfeld am Melvillesund in seinen Besitz bringen.

Die Kanadier könnten nur wenig dagegen ausrichten, hatten der Verteidigungsminister und die Generäle vorgebracht. Wenn man ihnen mit weiteren Luftangriffen drohte, müssten sie die Gefangenen freilassen und sich bereiterklären, die Nordwestpassage wieder zu öffnen. Doch alle waren der Meinung, dass es dazu gar nicht kommen würde, denn zunächst einmal wiese man die Kanadier auf die Folgen hin, sollten sie nicht auf das vierundzwanzigstündige Ultimatum eingehen. Man ging davon aus, dass ihnen gar nichts anderes übrigblieb, als sich zu fügen.

Doch eines hatten die Falken im Pentagon nicht bedacht: Die kanadische Regierung hatte überhaupt keine Ahnung, was aus der Besatzung der *Polar Dawn* geworden war.

72

Eingesperrt in ihren sinkenden eisernen Sarg wäre die Besatzung der *Polar Dawn* froh gewesen, wenn ihr noch vierundzwanzig Stunden geblieben wären. Doch ihr Überleben war nur noch eine Frage von Minuten.

Bislang hatte sich Murdocks Vorhersage als wahr erwiesen. Frachtraum Nummer 4 hatte sich stetig mit Wasser gefüllt, bis es schließlich überlief und in Abteilung Nummer 3 eindrang. Als das Heck des Leichters unter der Last tiefer sank, strömte das Wasser schneller ein, und das Deck der vorderen Abteilung neigte sich bedrohlich, während das Rauschen des Wassers immer lauter wurde.

Ein schwer atmender Mann, einer von Romans Elitekämpfern, der gerade die Leiter des Frachtraums emporgeklettert war, tauchte in der hinteren Luke auf.

»Captain«, keuchte er und suchte mit seiner Stiftlampe den Raum ab, bis er seinen Kommandanten entdeckte, »das Wasser ergießt sich jetzt in Frachtraum Nummer zwo.«

Roman suchte Murdock und zog ihn beiseite. »Wenn der Leichter anfängt unterzugehen«, flüsterte er, »fliegen dann die Lukendeckel über den Frachträumen weg?«

Murdock schüttelte den Kopf, dann warf er ihm einen zögerlichen Blick zu.

»Das Schiff geht mit Sicherheit unter, bevor Frachtraum eins vollgelaufen ist. Das heißt, dass sich dort eine Luftblase bildet, die unter Druck gerät, wenn der Leichter sinkt. Könnte gut möglich sein, dass dadurch der Lukendeckel abplatzt, aber ehe es dazu kommt, sind wir schon in hundertfünfzig Meter Tiefe.«

»Trotzdem besteht die Chance«, sagte Roman leise.

»Und was dann?«, erwiderte Murdock. »In diesen Gewässern überlebt ein Mensch keine zehn Minuten.« Er schüttelte unwillig den Kopf, dann sagte er: »Na schön. Nur zu, machen Sie den Männern ein bisschen Hoffnung. Ich sage Ihnen Bescheid, wenn der Kahn jeden Augenblick untergehen kann, dann dürfen Sie die Männer zur Leiter rufen. Auf diese Weise können sich die Männer wenigstens an etwas klammern, wenn es ins Verderben geht.«

Bojorquez, der sich noch immer an der Einstiegsluke zu schaffen machte, hatte das Gespräch mitgehört, dann hämmerte er weiter an dem Schloss herum. Inzwischen war ihm klar, dass es vergeblich sein würde. Der winzige Hammer vermochte nichts gegen den gehärteten Stahl auszurichten. Stundenlang hatte er schon gehämmert, aber bislang hatte er lediglich eine kleine Kerbe geschlagen. Er konnte noch stunden-, wenn nicht tagelang so weitermachen, ehe er an den Verschluss herankam.

Zwischen den Schlägen warf er einen Blick zu seinen Mitgefangenen. Ausgefroren, hungrig und niedergeschlagen standen sie beieinander, und viele starrten ihn mit einer Mischung aus Hoffnung und Verzweiflung an. Seltsamerweise wirkte kaum einer panisch. Vermutlich waren sie ebenso teilnahmslos geworden wie der kalte Stahl des Leichters und fanden sich mit ihrem Schicksal ab.

73

Das Beiboot der *Narwhal* war gefährlich überladen. Eigentlich war es für zwölf Mann gebaut, aber jetzt saßen vierzehn Besatzungsmitglieder darin, die das Schiff verlassen hatten. Durch das zusätzliche Gewicht hatten sich seine Fahreigenschaften bei rauer See verändert. Und da ständig Wellen an die Bordwand klatschten, dauerte es nicht lange, bis eisiges Wasser am Boden herumschwappte.

Stenseth hatte die Ruderpinne übernommen, nachdem er den eingefrorenen Motor nur mit Mühe und Not hatte anwerfen können. Er wusste, dass sie mit den zwei Fünfzig-Liter-Kanistern Benzin, die sie besaßen, mit knapper Not die King-William-Insel erreichen würden. Aber ihm war mulmig zumute, als ihm klar wurde, dass sie in den Fußstapfen von Franklins dem Tod geweihter Mannschaft marschieren mussten, um nach Gøja Haven zu gelangen.

Der Kapitän achtete darauf, dass das Boot nicht zu viel Wasser fasste, deshalb steuerte er es langsam durch die von Gischtkappen gekrönten Wogen. Noch immer hing dichter Nebel über der See, aber er stellte fest, dass die Schwaden heller wurden, ein Zeichen dafür, dass sich die kurze Polarnacht dem Ende zuneigte. Er ging nicht sofort auf östlichen Kurs in Richtung der King-William-Insel, sondern hielt Wort und suchte noch kurz nach Pitt und Giordino. Da so gut wie keine Sicht herrschte, war ihm klar, dass auch keine allzu großen Aussichten bestanden, das Tauchboot zu finden. Außerdem verfügte das Beiboot über keinen GPS-Empfänger, daher musste sich Stenseth auf einen Kompass verlassen, der durch die Nähe zum Nordpol stark abwich, um zu der Stelle zurückzufinden, an der das Wrack lag.

Der Rudergänger schätzte, dass sie etwa sechs Meilen nordwestlich davon mit dem Eisbrecher kollidiert waren. Daraufhin berechnete Stenseth die ungefähren Strömungsverhältnisse und die Geschwindigkeit des Bootes und steuerte zwanzig Minuten nach Südosten, dann stellte er den Motor ab. Dahlgren und die anderen riefen im Nebel nach Pitt, doch die einzige Antwort, die sie erhielten, war das Klatschen der Wellen an den Rumpf des Beiboots.

Stenseth warf also den Motor wieder an, fuhr weitere zehn Minuten nach Südosten und stellte ihn erneut ab. Auch diesmal antwortete niemand auf ihre Rufe. Stenseth fuhr weiter und wiederholte das Ganze noch einmal. Als die Suche auch diesmal ergebnislos blieb, wandte er sich an die Besatzung.

»Wir dürfen nicht riskieren, dass uns der Treibstoff ausgeht. Wir sollten jetzt nach Osten fahren, zur King-William-Insel, und zusehen, dass wir dort Hilfe finden. Außerdem haben es

Pitt und Giordino im Tauchboot wahrscheinlich weitaus gemütlicher als wir.«

Die Besatzung nickte. Alle hatten zwar große Hochachtung vor Pitt und Giordino, aber ihre Lage war alles andere als ungefährlich. Daher setzten sie ihre Fahrt in Richtung Osten fort, bis der Motor stotterte und stehen blieb, als der Inhalt des ersten Benzinkanisters aufgebraucht war. Stenseth schloss die Treibstoffleitung an den zweiten Kanister an und wollte den Motor gerade wieder anlassen, als der Rudergänger einen lauten Ruf ausstieß.

»Moment!«

Stenseth drehte sich zu dem Mann um. »Ich glaube, ich habe was gehört«, sagte er zum Kapitän, diesmal im Flüsterton.

Im Boot kehrte Stille ein, und kaum einer wagte zu atmen, während alle Mann in die Nacht lauschten. Mehrere Sekunden verstrichen, bevor sie tatsächlich etwas hörten. Ein leises Scheppern in der Ferne, fast wie eine Art Glockenläuten.

»Das sind Pitt und Giordino«, rief Dahlgren. »Sie müssen es sein. Sie klopfen auf dem Rumpf der *Bloodhound* SOS.«

Stenseth warf ihm einen skeptischen Blick zu. Dahlgren musste sich irren. Sie hatten sich viel zu weit von der letzten bekannten Position des Tauchboots entfernt. Aber wer sonst sollte in dieser tristen Polarnacht Signale geben?

Stenseth warf den Motor wieder an, steuerte das Beiboot in weiten Kreisen umher und nahm ab und zu das Gas weg, um feststellen zu können, aus welcher Richtung das Geräusch kam. Nach einiger Zeit meinte er zu hören, dass es lauter wurde, und hielt in Richtung Osten. Der Kapitän fuhr langsam, aber voller Anspannung, da er befürchtete, das Klopfen könnte aufhören, bevor er es richtig anpeilen konnte. Zumal die Morgendämmerung noch immer auf sich warten ließ und dichte Nebelfetzen über das Wasser trieben. Auch wenn sie möglicherweise ganz in der Nähe des Tauchbootes waren, konnten sie es dennoch leicht verlieren, wenn es keinen Ton von sich gab.

Glücklicherweise setzte das Scheppern nicht aus, sondern wurde immer lauter, bis es trotz des tuckernden Außenbordmotors zu hören war. Stenseth änderte den Kurs ein wenig und hielt auf das Geräusch zu, bis es ihm in den Ohren widerhallte. Er steuerte blindlings durch eine Nebelbank und nahm dann mit einem Mal das Gas weg, als plötzlich ein großes schwarzes Schemen vor ihnen aufragte.

Der Leichter wirkte nicht mehr so riesig wie beim letzten Mal, als Stenseth ihn im Schlepptau des Eisbrechers gesehen hatte. Dann sah er auch, warum. Das Schiff sank mit dem Heck, und fast der halbe Rumpf lag bereits unter Wasser, während der Bug schräg hochragte, wie in den letzten Minuten der *Narwhal*. Nachdem er gerade den Untergang seines eigenen Schiffes miterlebt hatte, war ihm klar, dass sich der Leichter nur noch wenige Minuten, wenn nicht Sekunden über Wasser halten würde.

Im ersten Moment waren Stenseth und die Besatzung enttäuscht. Sie hatten gehofft, Pitt und Giordino zu finden. Doch ihre Enttäuschung schlug rasch in Entsetzen um, als ihnen klar wurde, dass der Leichter jeden Moment sinken konnte.

Und dass das Klopfen von jemandem kam, der an Bord eingesperrt war.

74

Dahlgren ließ den Lichtstrahl einer Taschenlampe über das offene Deck des Leichters wandern und suchte nach einer Möglichkeit, ins Innere des Schiffes zu gelangen, sah aber nur feste Stahlwände vor dem vorderen Laderaum.

»Bringen Sie uns an Steuerbord, Käpt'n«, sagte er.

Stenseth fuhr um den hoch aufragenden Bug herum und nahm das Gas zurück, als sich das Beiboot dem vorderen Laderaum näherte. Das rhythmische Klopfen wurde mit einem Mal merklich lauter.

»Dort«, rief Dahlgren, als der Strahl der Taschenlampe auf die Luke zum Stauraum im Bug fiel. Er sah eine Kette, die um den Arretierungshebel geschlungen und an einer Relingsstütze festgezurrt war.

Ohne ein weiteres Wort zu verlieren, steuerte Stenseth das Beiboot längsseits neben den Leichter, bis es gegen die eiserne Reling stieß, die schräg aus dem Wasser ragte. Dahlgren war bereits auf den Beinen, sprang an Deck des Leichters und landete neben dem teilweise überfluteten Lukendeckel von Laderaum Nummer 3.

»Beeilen Sie sich, Jack«, rief Stenseth. »Der hält sich nicht mehr lange über Wasser.«

Er steuerte das Beiboot sofort von dem Leichter weg, da er nicht in den Sog geraten wollte, falls das Schiff plötzlich sinken sollte.

Dahlgren war bereits über das schiefe Deck gesprintet und einen Aufgang hinaufgerannt, der zu dem verriegelten Stauraum führte. Er hieb mit der Hand auf den Lukendeckel und rief: »Ist da jemand?«

Sergeant Bojorquez meldete sich auf der Stelle.

»Ja. Können Sie uns rauslassen?«

»Wird gemacht«, antwortete Dahlgren.

Er musterte kurz die Kette, die von grober Hand um den Arretierhebel des Lukendeckels und die Relingsstütze geschlungen war. Anfangs mochte sie schlaff durchgehangen haben, aber jetzt war die recht straff gespannt, da sich die tragenden Teile des sinkenden Schiffes verzogen haben mussten. Er sah sich im Schein der Taschenlampe beide Enden an, dann wurde ihm klar, dass er an die Schlinge um die Relingsstütze leichter herankam, und konzentrierte sich darauf.

Er riss seine Handschuhe herunter, ergriff die äußeren Kettenglieder und zog mit aller Kraft. Der eisige Stahl schnitt ihm ins Fleisch, aber er ließ nicht locker, atmete tief durch, stemmte sich mit den Beinen ab und zog so fest, dass er sich fast die Finger ausgerenkt hätte. Doch die Kette gab nicht nach.

Unter seinen Füßen geriet das Deck mit einem Mal ins Schlingern, während das Schiff unter der ungleich verteilten Last des in die Frachträume eindringenden Wassers leicht krängte. Er ließ die Kette los, schaute sie sich noch einmal an und versuchte es auf andere Weise. Er beugte sich über die Reling, damit er sie im rechten Winkel in Angriff nehmen konnte, und trat mit beiden Stiefeln auf die Schlinge ein. Jetzt hörte er aus dem Stauraum die panischen Rufe mehrerer Männer, die ihn drängten, er solle sich beeilen. Gleichzeitig brüllten ein paar Besatzungsmitglieder der *Narwhal* vom Boot aus, als wollten sie ihn anfeuern – und irgendwo tief im Bauch des Leichters ertönte ein dumpfes metallisches Ächzen, das ihn noch mehr unter Druck setzte.

Dahlgrens Herz raste, während er mit den Stiefelspitzen auf die Kette eintrat, dann mit dem Absatz auf sie stampfte, fester und immer fester. Voller Wut versuchte er es ein ums andere Mal, als hinge sein Leben davon ab, und er trat weiter zu, bis endlich ein Kettenglied aus der eng geschlungenen Schlaufe glitt.

Jetzt war die Kette so schlaff geworden, dass beim nächsten Tritt noch ein Glied herausrutschte, dann ein weiteres. Dahlgren kniete sich also hin und riss mit seinen tauben Fingern das freie Ende der Kette durch die loser werdende Schlinge, löste sie dann immer mehr von der Relingsstütze, sodass er den Arretierhebel am Lukendeckel bewegen konnte. Er stand auf, zerrte am Hebel und zog dann den Deckel hoch.

Dahlgren, der nicht wusste, was ihn erwartete, fummelte mit seiner Taschenlampe herum, als eine Reihe von schemenhaften Gestalten auf die Luke zukam. Er richtete den Lichtstrahl nach unten und erschrak beim Anblick der sechsundvierzig hageren, ausgefrorenen Männer, die zu ihm aufblickten, als wäre er ihr Retter. Bojorquez, der noch immer seinen Hammer an der Hand hatte, stand unmittelbar unterhalb der Luke.

»Ich weiß zwar nicht, wer Sie sind, aber ich freue mich, Sie zu sehen«, sagte der Sergeant mit einem breiten Lächeln.

»Jack Dahlgren vom NUMA-Forschungsschiff *Narwhal.* Warum kommt ihr nicht raus?«

Die Gefangenen stürmten zur Leiter und torkelten auf das schräge Deck hinaus. Dahlgren sah zu seiner Überraschung, dass mehrere Männer Militäruniformen mit kleinen US-Flaggen an der Schulter trugen. Roman und Murdock waren die Letzten, die das eisige Gelass verließen und mit erleichterter Miene auf Dahlgren zukamen.

»Kapitän Murdock von der *Polar Dawn.* Das ist Captain Roman, der uns in Kugluktuk befreien wollte. Ist Ihr Schiff in der Nähe?«

Dahlgren konnte zunächst kaum glauben, dass er die gefangenen Amerikaner gefunden hatte, doch die Freude darüber wurde ihm durch die Nachricht vergällt, die er überbringen musste.

»Unser Schiff wurde von eurem Schlepper gerammt und versenkt«, sagte er leise.

»Wie sind Sie dann hierhergekommen?«, fragte Roman.

Dahlgren deutete auf das Beiboot, das ein paar Meter neben dem Leichter im Wasser trieb.

»Wir sind mit knapper Not davongekommen. Ich habe euer Klopfen gehört und dachte, es wäre unser Tauchboot.«

Er ließ den Blick über die erschöpften Männer schweifen, die ihn da umringten, und versuchte sich vorzustellen, was sie durchgemacht haben mussten. Doch er wusste gleichzeitig, dass sie dem Tod nur vorübergehend entronnen waren, und kam sich nun wie ihr Henker vor. Er wandte sich an Roman und Murdock und versuchte, ihnen die Lage deutlich zu machen.

»So leid es mir tut, aber wir haben nicht genug Platz, um auch nur einen einzigen Mann aufzunehmen.«

75

Stenseth sah, wie die Wellen über den Lukendeckel von Frachtraum Nummer 2 leckten, sodass jetzt nur noch Frachtraum, Nummer 1 und das Vorschiff über Wasser waren. Er hatte keine Ahnung, warum der Leichter nicht längst gesunken war, aber er wusste, dass er sich nicht mehr lange über Wasser halten würde.

Dann wandte er sich den ausgemergelten Männern zu, die mit flehentlich verzweifelten Mienen an der Reling standen. Er war ebenso erschrocken wie Dahlgren, als er sah, wie viele aus dem Stauraum stiegen, und konnte kaum fassen, dass die Besatzung des Eisbrechers offensichtlich einen Massenmord hatte begehen wollen. Was für ein Tier hatte das Kommando auf dem Schlepper?

Aber er machte sich auch Sorgen um seine Männer. Wenn der Leichter unterging, das wusste er, würde es zu einem hässlichen Gerangel kommen, da die Schiffbrüchigen versuchen würden, an Bord des Beibootes zu gelangen. Er durfte nicht zulassen, dass ihr bereits überladenes Skiff sank, denn dann würden auch seine Männer ein nasses Grab finden. Deshalb achtete er darauf, dass das Beiboot in sicherem Abstand blieb, und fragte sich zugleich, wie er Dahlgren aufnehmen sollte, ohne dass alle anderen mit an Bord kamen.

Er sah, wie Dahlgren mit zwei Männern sprach, worauf einer auf das überflutete Heck des Leichters deutete. Dann trat Dahlgren an die Reling und rief Stenseth zu, dass er näher kommen solle. Der Kapitän steuerte das Beiboot neben den Leichter, dorthin, wo Dahlgren stand, ohne die anderen Männer aus den Augen zu lassen. Doch keiner von ihnen stürmte zu dem Boot, als Dahlgren an Bord ging.

»Käpt'n, steuern Sie bitte zum Heck des Leichters, rund sechzig Meter weiter hinten«, stieß Dahlgren aus.

Stenseth zog das Beiboot herum und fuhr an dem sinkenden Schiff vorbei zu dem im Wasser verschwundenen Heck. Er nahm nicht wahr, dass Dahlgren seine Stiefel abstreifte und sich bis auf die Unterwäsche auszog, bevor er wieder in seinen Parka schlüpfte.

»Sie haben hinten zwei Zodiacs verstaut«, rief er zur Erklärung.

Die werden ihnen nicht viel nützen, dachte Stenseth. Entweder waren sie davongetrieben oder zehn Meter unter Wasser am Deck festgezurrt. Dann bemerkte er, dass Dahlgren am Bug stand und seine Taschenlampe auf irgendetwas richtete, das im Wasser schaukelte.

»Da drüben«, rief er.

Stenseth steuerte das Beiboot zu einer Reihe dunkler Gegenstände, die aussahen wie zwei Paar großer, dunkler Pylonen, die mehrere Meter voneinander entfernt im Wasser schaukelten. Als er näher kam, erkannte Stenseth, dass es sich um die konisch zulaufenden Schwimmkörper zweier Zodiacs handelte. Die beiden Schlauchboote standen senkrecht im Wasser, da ihr Bug mit einer Leine am Deck des Leichters vertäut war.

»Hat irgendjemand ein Messer?«, fragte Dahlgren.

»Jack, Sie können nicht ins Wasser«, versetzte Stenseth, der erst jetzt bemerkte, dass sich Dahlgren wieder ausgezogen hatte. »Sie sterben an Unterkühlung.«

»Ich habe nicht vor, besonders lange baden zu gehen«, erwiderte er grinsend.

Der Chefmaschinist zückte ein Taschenmesser und reichte es Dahlgren.

»Ein bisschen näher bitte, Käpt'n«, sagte Dahlgren und streifte seinen Parka ab.

Stenseth brachte das Beiboot an die Zodiacs heran und nahm das Gas weg. Dahlgren stand am Bug, klappte das Messer auf, holte dann tief Luft und sprang ohne zu zögern über die Bordwand.

Als erfahrener Taucher kannte Dahlgren sämtliche kühlen Meere der Welt, aber nichts hatte ihn auf den Schock vorbereitet, den er erlebte, als er in dem minus zwei Grad kalten Wasser landete. Im ersten Moment hatte er das Gefühl, als stünde seine ganze Haut in Flammen, dann verkrampften sich sämtliche Muskeln, und er stieß unwillkürlich einen Schwall Luft aus. Sein Körper erstarrte und wollte den Befehlen seines Gehirns nicht mehr Folge leisten. Im nächsten Moment packte ihn die Panik, und er musste seine ganze Willenskraft aufbieten, um nicht sofort wieder aufzutauchen, sondern die leblosen Gliedmaßen zu bewegen. Allmählich aber überwand er den Schock und zwang sich zu schwimmen.

Er hatte keine Taschenlampe, doch in dem schwarzen Wasser brauchte er auch keine. Er legte die Hand an den Rumpf des einen Zodiacs und stieß sich mit kräftigen Beinschlägen nach unten, bis er spürte, wie sich der Schwimmkörper nach innen, zum Bug hin krümmte. Er tastete umher, bis er auf die straff gespannte Leine stieß, ergriff sie mit der freien Hand, zog sich an ihr hinab und suchte nach der Stelle, an der beide Zodiacs festgezurrt waren.

Das eisige Wasser lähmte ihn regelrecht, und wieder musste er sich zwingen, noch tiefer zu gehen. Rund fünf Meter unterhalb des Bugs strich seine Hand über eine Klampe am Deck des Leichters, um die die Leinen beider Boote geschlungen waren. Sofort nahm er sich die erste mit dem Messer vor und sägte wie wild daran herum. Doch die Klinge war nicht scharf, sodass er mehrere Sekunden brauchte, bis er sie durchgeschnitten hatte, worauf sie ihm aus der Hand gerissen wurde, als das Zodiac nach oben schoss. Seine Lunge schmerzte vom Luftanhalten, als er die zweite Leine ergriff, während sein ganzer Körper taub wurde und ihm signalisierte, dass er aufgeben sollte. Doch er war jetzt wild entschlossen, dachte nicht daran, klein beizugeben, und säbelte mit aller Kraft, die ihm noch blieb, an der Leine herum.

Sie riss mit einem Surren, das selbst unter Wasser zu hören war, dann schoss auch das zweite Zodiac nach oben, flog in flachem Bogen durch die Luft und landete mit einem lauten Aufklatschen auf dem harten Kiel. Dahlgren bekam davon nicht viel mit, da ihm die Leine schon nach ein, zwei Metern entglitt, doch der Schwung, den er dabei bekam, trieb ihn nach oben, wo er keuchend auftauchte, mit Armen und Beinen um sich schlug, um sich mit seinen steifen Gliedmaßen über Wasser zu halten.

Das Beiboot war augenblicklich bei ihm, worauf ihn drei Armpaare ergriffen und an Bord hievten. Er wurde mit einer alten Decke trocken gerubbelt, dann zog man ihm mehrere Hemden und lange Unterwäsche an, die seine Bordkameraden an ihn abtraten. Als man ihm seinen Parka überstreifte und die Stiefel über seine Füße stülpte, schaute er Stenseth mit weit aufgerissenen Augen an, während er am ganzen Körper zitterte.

»Das ist vielleicht ein kalter Weiher«, stieß er aus. »So was mach ich nicht noch mal.«

Stenseth verlor keine Zeit. Er steuerte das Beiboot zu den Zodiacs, bis man die Bugleinen zu fassen bekam, dann jagte er den Motor hoch und schleppte die Schlauchboote zu dem immer schneller im Wasser versinkenden Bug. Mittlerweile schwappten die Wellen auch über den Lukendeckel von Frachtraum Nummer 1, doch das große Schiff ging noch immer nicht unter.

Die Gefangenen, die sich auf dem Vorschiff drängten, waren unterdessen davon überzeugt, dass die Männer im Beiboot sie dem sicheren Tod überlassen hätten. Doch als der Außenbordmotor plötzlich lauter wurde, spähten sie wieder voller Hoffnung in die Dunkelheit. Im nächsten Augenblick tauchte das Skiff mit den beiden leeren Zodiacs im Schlepptau auf. Ein paar Männer fingen an zu johlen, dann fielen andere ein, bis auf dem ganzen Leichter laute Jubelrufe ertönten.

Stenseth steuerte das Boot zum Vorschiff und nahm das Gas weg, sobald die beiden Zodiacs längsseits lagen. Als die ausgemergelten Männer in aller Eile einstiegen, trat Murdock zum Beiboot.

»Gott segne Sie«, sagte er an die ganze Besatzung gewandt.

»Sie können sich bei dem verfrorenen Texaner bedanken, sobald er nicht mehr zittert«, sagte Stenseth. »Aber unterdessen sollten wir zusehen, dass wir schleunigst von diesem Riesenkahn wegkommen, bevor er uns alle mit in die Tiefe zieht.«

Murdock nickte und stieg in eins der Zodiacs. Die Schlauchboote waren im Nu voll und wurden sofort vom Leichter abgestoßen. Da sie keine Paddel hatten und die Motoren abgesoffen waren, mussten sie vom Beiboot gezogen werden, daher warf ein Besatzungsmitglied der *Narwhal* den Männern im ersten Boot eine Leine zu, woraufhin auch das zweite in Schlepptau genommen wurde.

Die drei Boote trieben ein Stück vom Leichter weg, bevor Stenseth den Außenbordmotor anwarf, dann fuhren sie in Richtung Osten und ließen das dem Untergang geweihte Schiff im Nebel hinter sich. Nahezu lautlos, nur mit einem leichten Gurgeln versank der schwarze Gigant, dessen Frachträume inzwischen bis obenhin vollgelaufen waren, kurz darauf in den Wogen.

76

»Hier oben ist es ja genauso dunkel wie am Meeresboden.«

Giordinos Feststellung nach dem ersten Blick durch das Sichtfenster des Tauchbootes war kaum übertrieben. Kurz zuvor hatte die *Bloodhound* inmitten von brodelndem Schaum und Blasen die Wasseroberfläche durchstoßen. Die beiden Insassen hofften noch, die Lichter der *Narwhal* in der Nähe zu sehen, stattdessen aber befanden sie sich allein auf der kalten, dunklen See, über der dichter Nebel hing.

»Versuch's lieber noch mal über Funk, bevor uns der Saft endgültig ausgeht«, sagte Pitt.

Die Batterien des Tauchbootes waren fast leer, und Pitt wollte die letzten Stromreserven für das Funkgerät sparen. Er griff nach unten und betätigte einen Hebel, mit dem die Ballasttanks geschlossen wurden, dann stellte er die Luftfilteranlage ab, die bei Niedrigspannung kaum funktionierte. Jetzt mussten sie die Luke einen Spalt öffnen, um die frische, aber bitterkalte Luft einzulassen.

Beim Aufstieg hatten sie ein ums andere Mal Funksprüche abgesetzt, doch die schwachen Signale wurden nur von der *Otok* aufgefangen und auf Zaks Befehl nicht beachtet. Die *Narwhal*, davon waren sie jetzt überzeugt, war spurlos verschwunden.

»Immer noch keine Antwort«, sagte Giordino. Er dachte über die Funkstille nach und fragte: »Wie unangenehm könnte dein Freund auf dem Eisbrecher werden, wenn es zu einer Auseinandersetzung mit der *Narwhal* gekommen wäre?«

»Sehr unangenehm«, erwiderte Pitt. »Er hat die Angewohnheit, alle möglichen Sachen in die Luft zu jagen, ohne sich um die Folgen zu scheren. Außerdem will er um jeden Preis an das

Ruthenium kommen. Wenn er an Bord des Eisbrechers sein sollte, dann ist er auch hinter uns her.«

»Ich gehe aber jede Wette ein, dass Stenseth und Dahlgren harte Brocken sind.«

Für Pitt war das nur ein schwacher Trost. Er hatte das Schiff hierher dirigiert und die Besatzung in Gefahr gebracht. Noch ahnte er zwar nicht, was aus der *Narwhal* geworden sein mochte, aber er nahm das Schlimmste an und gab sich selbst die Schuld. Giordino spürte dies und versuchte, ihn auf andere Gedanken zu bringen.

»Wie sieht's mit unserem Antrieb aus?«, fragte er, wusste die Antwort aber bereits.

»Kein Saft mehr«, erwiderte Pitt. »Wir sind jetzt ganz dem Wind und der Strömung ausgeliefert.«

Giordino blickte durch das Sichtfenster. »Ich frage mich, wo wir wohl landen werden.«

»Mit etwas Glück treiben wir zu einer der Royal-Geographical-Society-Inseln hinüber. Aber wenn uns die Strömung vorbeiträgt, können wir da noch 'ne ganze Weile unterwegs sein.«

»Wenn ich gewusst hätte, dass wir auf Kreuzfahrt gehen, hätte ich ein gutes Buch mitgenommen … und lange Unterhosen.«

Beide Männer trugen nur leichte Pullover, da sie nicht damit gerechnet hatten, dass sie etwas Wärmeres brauchen würden. Doch jetzt, da die elektronischen Geräte des Tauchbootes ausgeschaltet waren, wurde es im Inneren binnen kurzer Zeit empfindlich kühl.

»Ich persönlich hätte gern ein Roastbeefsandwich und einen Tequila«, sagte Pitt.

»Fang bloß nicht mit Essen an«, maulte Giordino. Er lehnte sich zurück und verschränkte die Arme, um sich warm zu halten. »Weißt du«, sagte er, »es gibt Tage, da finde ich meinen bequemen Ledersessel in der Zentrale gar nicht so übel.«

Pitt sah ihn mit hochgezogenen Augenbrauen an. »Hast du den Außendienst satt?«

Giordino schnaubte, dann schüttelte er den Kopf. »Nein. Ich weiß, dass ich sofort wieder auf See will, sobald ich den Fuß in das Büro setze. Was ist mit dir?«

Pitt hatte sich schon oft mit dieser Frage befasst. Im Lauf der Jahre hatte er für seine Abenteuer einen hohen Preis bezahlen müssen, sowohl körperlich als auch geistig. Aber er wusste, dass er es nicht anders haben wollte.

»Das Leben ist eine ewige Suche, aber ich habe diese Suche zu meiner Lebensaufgabe gemacht.« Er wandte sich an Giordino und grinste. »Ich glaube, uns muss man mit Gewalt vom Ruder zerren.«

»Es liegt uns im Blut, fürchte ich.«

Da sie keinerlei Einfluss auf ihr Schicksal hatten, lehnte sich Pitt zurück und schloss die Augen. Er dachte ein ums andere Mal an die *Narwhal* und ihre Besatzung, zwischendurch auch an Loren, vor allem aber an einen breitschultrigen Mann mit finsterer Miene. Clay Zak.

77

Das Tauchboot stampfte und rollte durch die kabbelige See, während es mit fast drei Knoten nach Süden getrieben wurde. Allmählich brach die arktische Dämmerung an. Da sie kaum etwas anderes zu tun hatten, als auf das Funkgerät zu achten, ruhten sich die beiden Männer aus, doch aufgrund der sinkenden Innentemperatur wurde es schon nach kurzer Zeit zu ungemütlich zum Schlafen.

Pitt war gerade an der Dachluke beschäftigt, als das Tauchboot mit einem lauten Scharren liegen blieb.

»Land in Sicht«, murmelte Giordino und schlug die schläfrigen Augen auf.

»Beinahe«, erwiderte Pitt, während er durch das Sichtfenster spähte. Ein leichter Wind riss den Nebel auf, sodass eine weiße Eisdecke vor ihnen zu sehen war, die rund dreißig Meter weiter wieder im Dunst verschwand.

»Könnte durchaus sein, dass es auf der anderen Seite von dem Eisfeld Land gibt«, mutmaßte Pitt.

»Treffen wir dort auf einen Stand mit heißem Kaffee?«, fragte Giordino, der sich die Hände rieb, um sie warm zu halten.

»Ja … etwa zweitausend Meilen südlich von hier.« Er schaute Giordino an. »Wir haben zwei Möglichkeiten. Entweder bleiben wir in unserem gemütlichen Titanturm, oder wir sehen zu, dass wir irgendwo Hilfe finden. Die Inuit gehen in dieser Gegend nach wie vor auf Jagd, folglich könnte sich irgendwo in der Nähe eine Siedlung befinden. Wenn das Wetter aufklart, besteht auch die Chance, dass wir ein Schiff anhalten können.« Er blickte auf seine Kleidung. »Leider tragen wir nicht die richtigen Sachen für einen Querfeldeinmarsch.«

Giordino reckte die Arme und gähnte. »Ich persönlich habe es satt, in dieser Blechbüchse rumzuhocken. Lass uns die Beine vertreten und feststellen, wie's in der näheren Umgebung aussieht.«

»Einverstanden«, erwiderte Pitt nickend.

Giordino versuchte ein letztes Mal, die *Narwhal* zu erreichen, dann schaltete er das Funkgerät aus. Die beiden Männer stiegen aus der Dachluke und wurden prompt von der eisigen Luft mit ihren minus dreizehn Grad empfangen. Sie stellten fest, dass sich der Bug des Tauchbootes schon im dicken Meereis verkeilt hatte, sodass sie mühelos auf die gefrorene Fläche hinabsteigen konnten. Der auffrischende Wind löste jetzt den tief hängenden

Nebel auf, und sie sahen, dass sich vor ihnen nichts als Eis erstreckte. Trotzdem liefen sie los und marschierten mit weit ausholenden Schritten durch den trockenen Schnee, der unter ihren Füßen knirschte.

Das Meereis war größtenteils eben, aber hier und da wölbten sich niedrige Höcker auf. Sie hatten erst eine kurze Strecke zurückgelegt, als Giordino links von ihnen etwas bemerkte. Es sah aus wie eine kleine Schneehöhle, die in eine Erhebung aus aufgetürmtem Eis gegraben war.

»Sieht aus, wie von Menschenhand gemacht«, sagte Giordino. »Vielleicht hat da drin jemand Ohrschützer für uns liegen lassen.«

Giordino ging zum Eingang der Höhle, kniete sich hin und steckte den Kopf hinein. Pitt näherte sich ebenfalls, dann blieb er stehen und musterte einen Fußabdruck im Schnee. Er erstarrte, als er den Umriss erkannte.

»Al«, flüsterte er warnend.

Giordino hatte bereits gezögert. Er sah, dass der dunkle Gang ein paar Schritte weiter hinten in eine große Kammer überging, und dort, in der Düsternis kaum zu erkennen, lag etwas Großes, dessen weißes Fell sich unter tiefen Atemzügen hob und senkte. Der Eisbär hatte den Winterschlaf hinter sich, war aber offenbar auf ein Frühlingsnickerchen in seine Höhle zurückgekehrt. Ein hungriger Eisbär aber war vollkommen unberechenbar und konnte die beiden Männer mühelos verspeisen.

Giordino, der die Gefahr sofort erkannte, zog sich so leise wie möglich aus der Höhle zurück und formte mit den Lippen das Wort »Bär«, worauf die beiden Männer so schnell wie möglich davonschlichen. Als sie außer Hörweite waren, wurde Giordino langsamer, sein Gesicht bekam allmählich wieder Farbe.

»Ich kann bloß hoffen, dass die Robben in dieser Gegend langsam und zahlreich sind«, sagte er kopfschüttelnd.

»Ganz recht. Ich würde nur ungern sehen, dass du als Bettvorleger in der Höhle des Bären endest«, erwiderte Pitt, der sich nur mühsam das Lachen verkneifen konnte.

Die Gefahr bestand durchaus, das war ihnen klar, deshalb warfen sie immer wieder einen Blick zurück, während sie sich weiter vom Meer entfernten.

Als die Bärenhöhle hinter ihnen im Nebel verschwunden war, tauchte vor ihnen ein dunkler, felsiger Streifen Land im Dunst auf, eine braun und grau gesprenkelte, von Einschnitten durchzogene Anhöhe, die vor dem Horizont aufragte. Sie waren an der Nordküste der Royal-Geographical-Society-Inseln auf Grund gelaufen und auf deren Westinsel gelandet. Dickes Treibeis, das im Winter durch die Viktoriastraße nach Süden wanderte, hatte sich an der Küste aufgestaut und bildete einen stellenweise bis zu einer halben Meile breiten Streifen, hinter dem sich die öde Insellandschaft mit ihrer kalten Trostlosigkeit abzeichnete.

Die beiden Männer waren fast an der Küste, als Pitt auf einmal stehen blieb. Giordino drehte sich um, sah Pitts Miene und horchte dann in den Wind. Ein leises Knacken drang aus der Ferne an ein Ohr, begleitet von einem dumpfen Grollen. Das Geräusch wurde lauter, kam immer näher.

»Eindeutig ein Schiff«, grummelte Giordino.

»Ein Eisbrecher«, sagte Pitt.

»*Der* Eisbecher?«

Giordinos Frage wurde ein paar Minuten später beantwortet, als sich der Rumpf der *Otok* hundert Meter vor der Küste aus dem Dunst schälte. Der hohe Bug schnitt durch das meterdicke Eis, als wäre es Pudding, und schleuderte die zermahlenen Brocken nach beiden Seiten davon. Als habe man Pitt und Giordino entdeckt, wurden die Maschinen allmählich leiser, und das Schiff blieb liegen.

Pitt starrte auf das Schiff, und ein ungutes Gefühl beschlich ihn. Er hatte sofort bemerkt, dass der Bug flachgedrückt war, offensichtlich durch eine heftige Kollision, die sich erst unlängst ereignet haben musste, denn von mehreren Stahlplatten war der Anstrich abgeschürft, ohne dass Rostspuren zu sehen waren. Noch vielsagender waren die türkisfarbenen Farbspuren am beschädigten Vorschiff.

»Er hat die *Narwhal* gerammt«, stellte Pitt fest.

Giordino, der zum gleichen Schluss kam, nickte bestätigend. Beide Männer waren bei dem Anblick wie betäubt, wussten sie doch, dass sich damit ihre schlimmsten Befürchtungen bewahrheitet hatten. Die *Narwhal* lag samt ihrer Besatzung am Grund der Viktoriastraße. Dann bemerkte Giordino etwas nicht weniger Beunruhigendes.

»Er hat nicht nur die *Narwhal* gerammt«, sagte er. »Schau dir mal die Rumpfplatten rund um die Ankerklüse an.«

Pitt musterte den Rumpf und bemerkte einen hellgrauen Streifen, die offenbar ebenfalls durch die Kollision entstanden war. Der rote Anstrich des Eisbrechers war abgeschabt worden, sodass die darunter liegende graue Farbe zum Vorschein kam. Am hinteren Teil der Schramme war ein rechteckiger weißer Fleck zu sehen.

»Könnte das früher mal ein Kriegsschiff gewesen sein?«, fragte er.

»Wir wär's mit einem FFG-54, um genau zu sein. Eine Fregatte unserer Marine, auf den Namen *Ford* getauft. Wir sind ihr vor ein paar Wochen in der Beaufortsee begegnet. Außerdem haben sie die Überlebenden des Eiscamps beschrieben. Der weiße Tupfer sieht meiner Ansicht nach wie eine aufgemalte Fünf aus.«

»Man streiche ihn kurzerhand mit dem Grau der US-Marine an, und eh man sich's versieht, kommt es zu einem Zwischenfall und anschließend zu dieser gespannten Lage zwischen zwei Nationen.«

»Ich kann mir gut vorstellen, dass sich die kanadischen Wissenschaftler täuschen ließen, als er mitten in einem Blizzard mit wehendem Sternenbanner durch das Eiscamp gepflügt ist. Die Frage ist nur: Warum macht sich jemand diese Mühe?«

»Wenn ich an das Ruthenium und die Öl- und Gasvorkommen hier in der Gegend denke, würde ich sagen, Mitchell Goyette will den arktischen Eisbaron spielen«, sagte Pitt. »Er hat weitaus leichteres Spiel, wenn die Amerikaner aus der Region vertrieben sind.«

»Und im Augenblick sind nur noch du und ich übrig.«

Während er sprach, tauchten drei Männer in schwarzen Parkas auf dem Deck des Eisbrechers auf und traten an die Reling. Ohne zu zögern hoben sie Steyr-Maschinenpistolen, richteten sie auf Pitt und Giordino und eröffneten das Feuer.

78

Etliche Meilen weiter nordöstlich hallte ein lautes Stottern und Husten über die Wogen, dann hatte der Außenbordmotor des Beibootes die letzten Tropfen Treibstoff verbraucht und setzte aus. Die Männer an Bord blickten einander schweigend an. Schließlich hob der Rudergänger der *Narwhal* den leeren Benzinkanister hoch.

»Der ist alle«, sagte er zu Stenseth.

Der Kapitän der *Narwhal* wusste, was ihnen nun bevorstand. Wenn sie allein unterwegs gewesen wären, hätten sie es bis zur Küste geschafft. Aber die beiden voll beladenen Zodiacs, die sie hinter sich herzogen, hatten wie Treibanker gewirkt und sie fortwährend aufgehalten. Der ständige Kampf gegen die kabbelige See und eine starke südliche Strömung hatte die Sache auch nicht besser gemacht. Dennoch wären sie nie auf den Gedanken gekommen, die Männer in den anderen Booten im Stich zu lassen.

»Bringt die Ruder aus, ein Mann pro Seite«, befahl Stenseth. »Wir wollen versuchen, den Kurs zu halten.«

Er beugte sich zum Rudergänger, der ein exzellenter Navigator war, und fragte leise: »Wie weit ist es Ihrer Schätzung nach noch bis zur King-William-Insel?«

Der Rudergänger verzog das Gesicht.

»Unter diesen Bedingungen kann man nur schwer schätzen, wie weit wir vorangekommen sind«, erwiderte er ebenso leise. »Meiner Meinung nach sollte die Insel nur noch etwa fünf Meilen entfernt sein.« Er zuckte mit den Achseln, um seine Unsicherheit anzudeuten.

»Ganz meine Meinung«, erwiderte Stenseth. »Allerdings hoffe ich, dass wir weit näher sind.«

Beim Gedanken daran, dass sie in der allernächsten Zeit kein Land erreichen könnten, bekam er es mit der Angst zu tun. Der Seegang schien zwar unverändert, doch er war davon überzeugt, dass der Wind aufgefrischt hatte. Die vielen Jahrzehnte auf See hatten seine Sinne geschärft, und er spürte in den Knochen, dass die See rauer werden würde. Und bei ihrem Zustand konnte ihnen das den Rest geben.

Er blickte zu den Schlauchbooten zurück, die sie im Schlepptau hatten. Im Licht der einsetzenden Dämmerung konnte er allmählich die Gesichter der geretteten Männer erkennen. Eine ganze Reihe von ihnen war in schlechter Verfassung, das erkannte er, und litt unter den Folgen der Kälte. Aber alles in allem waren sie ein Vorbild an Tapferkeit, und nicht einer beklagte sich.

Murdock bemerkte Stenseths Blick und rief ihm zu: »Sir, können Sie uns sagen, wo wir sind?«

»In der Viktoriastraße. Etwas westlich von der King-William-Insel. Ich wünschte, ich könnte Ihnen auch sagen, dass ein Kreuzfahrtschiff zu uns unterwegs ist, aber leider sind wir auf uns allein gestellt.«

»Wir sind dankbar dafür, dass Sie uns gerettet haben und über Wasser halten. Haben Sie ein paar zusätzliche Ruder?«

»Nein, ich fürchte, ihr seid weiter ganz auf uns angewiesen. Aber wir müssten in Kürze Land sichten«, rief er mit falschem Optimismus.

Die Besatzung der *Narwhal* löste sich an den Rudern ab, und selbst Stenseth legte sich ins Zeug. Aber sie kamen nur mühsam voran und wurden zusehends verzweifelter, weil sie im Zwielicht nicht einmal annähernd einschätzen konnten, welche Strecke sie zurücklegten. Stenseth spitzte ab und zu die Ohren und versuchte festzustellen, ob sich irgendwo vor ihnen Wogen an der Küste brachen, aber er hörte lediglich das Klatschen der Dünung an den drei Booten.

Wie er vorausgesehen hatte, wurde der Seegang mit dem auffrischenden Wind stärker. Immer mehr Wellen schlugen über die Bordwand des Beibootes, sodass mehrere Männer zum Schöpfdienst abgestellt werden mussten, um des eindringenden Wassers Herr zu werden. Stenseth bemerkte, dass es den Zodiacs ebenso erging, die über ihr flaches Heck ständig Wasser übernahmen. Die Lage wurde zusehends schlimmer, und noch immer deutete nichts darauf hin, dass irgendwo Land in der Nähe war.

Dann, als die Ruderer wieder einmal abgelöst wurden, schrie ein Besatzungsmitglied, das am Bug saß, plötzlich: »Sir, da ist irgendwas im Wasser.«

Stenseth und die anderen blickten sofort nach vorn und entdeckten am Rande eines Nebelfeldes etwas Dunkles. Was immer das auch sein mag, dachte Stenseth, Land ist es jedenfalls nicht.

»Es ist ein Wal«, rief jemand.

»Nein«, murmelte Stenseth, dem auffiel, dass das tief im Wasser liegende Ding schwarz und ungewöhnlich glatt war. Argwöhnisch musterte er es und stellte fest, dass es weder ein Geräusch von sich gab, noch sich von der Stelle bewegte.

Dann dröhnte eine laute, elektronisch verstärkte Stimme wie Donnerhall durch den Nebel. Alle sprangen erschrocken auf, doch die Worte klangen erstaunlich freundlich und wollten so gar nicht zu der trostlosen Umgebung passen.

»Ahoi«, rief der unsichtbare Sprecher. »Hier ist die USS *Santa Fe*. Auf jeden von euch, der ›Dixie‹ pfeifen kann, warten ein heißer Grog und eine warme Koje.«

79

Clay Zak traute seinen Augen kaum.

Nachdem sie das NUMA-Schiff versenkt hatten, hatte er den Eisbrecher wieder Kurs auf die Royal-Geographical-Society-Inseln nehmen lassen und sich in seine Kabine zurückgezogen. Er hatte versucht zu schlafen, sich aber nur unruhig hin und her gewälzt und ständig darüber nachgedacht, wo das Ruthenium sein könnte. Nach ein paar Stunden war er auf die Brücke zurückgekehrt und hatte dem Kapitän befohlen, die Westinsel anzulaufen, worauf das Schiff nun durch das Meereis vor der Küste pflügte und sich der Stelle näherte, an der sich das Ruthenium seiner Meinung nach befinden musste.

Die Geologen wurden gerade aus den Kojen geholt, als das Schiff die Maschinen stoppte. Kurz darauf bemerkte der Rudergänger einen leuchtenden Gegenstand am Rande des Meereises.

»Das ist das Tauchboot des Forschungsschiffes«, sagte er.

Zak stürmte zum Brückenfenster und starrte ungläubig hin.

Na klar, da war es. Das leuchtend gelbe Tauchboot, das im Nebel kaum zu sehen war, lag an Steuerbord im Eis verkeilt.

»Woher wissen die Bescheid?«, fluchte er, ohne sich darüber im Klaren zu sein, dass das Tauchboot hierhergetrieben worden war. Vor lauter Wut schlug sein Herz einen Takt schneller. Er allein besaß die Karte aus der Bergbaugenossenschaft, auf der der Herkunftsort des von den Inuit stammenden Rutheniums verzeichnet war. Er hatte das herumschnüffelnde NUMA-Schiff versenkt und sich sofort hierher begeben, und trotzdem musste er jetzt feststellen, dass Pitt ihm zuvorgekommen war.

Der Kapitän des Eisbrechers, der in seiner Koje geschlafen hatte, hatte bemerkt, dass das Schiff haltgemacht hatte, und kam mit verquollenen Augen auf die Brücke getorkelt.

»Ich habe Ihnen doch gesagt, Sie sollen sich mit dem beschädigten Bug vom Eis fernhalten«, knurrte er. Als ihm Zak einen kalten Blick zuwarf, fragte er: »Sind Sie bereit, die Geologen abzusetzen?«

Ohne darauf einzugehen, wandte sich Zak ab, als der Erste Offizier aus dem Backbordfenster deutete.

»Sir, da drüben sind zwei Männer auf dem Eis«, meldete er.

Zak musterte die beiden Gestalten und wurde sichtlich gelöster.

»Vergessen Sie die Geologen«, sagte er grinsend. »Lassen Sie meine Sicherheitsleute kommen. Sofort.«

Es war nicht das erste Mal, dass Pitt und Giordino unter Beschuss gerieten, und sie reagierten schon beim ersten Mündungsblitz. Sie schwärmten nach beiden Seiten aus, als die ersten Kugeln nur wenige Zentimeter entfernt das Eis aufspritzen ließen, und stürmten auf die Insel zu. Auf dem welligen und von Rillen durchzogenen Untergrund zu rennen, fiel ihnen alles andere als leicht, aber sie zwangen sich dazu, Haken zu schlagen, damit sie schwerer zu treffen waren, und liefen immer weiter voneinander weg, sodass die Schützen sich entscheiden mussten, auf wen sie zielen wollten.

Das Rattern der drei Maschinenpistolen hallte von der nahen Küste wider, und Eisbrocken flogen ihnen um die Füße, aber Pitt und Giordino hatten einen guten Vorsprung, und die Treffsicherheit der Schützen ließ nach, je weiter sie sich von dem Schiff entfernten. Beide Männer rannten so schnell wie möglich auf eine schmale Nebelbank zu, die über dem Strand hing, bis der graue Dunst sie wie ein Schleier umfing und vor den Schützen verbarg.

Keuchend und schwer atmend gingen die beiden auf dem mit Eis bedeckten Strand aufeinander zu.

»Das hat mir grade noch gefehlt. Noch so ein freundlicher Empfang auf diesem frostigen Außenposten«, sagte Giordino, aus dessen Mund große Dampfwolken aufstiegen.

»Sieh's doch mal positiv«, japste Pitt. »Für paar Sekunden habe ich glatt vergessen, wie kalt es ist.«

Die beiden hatten weder Mützen noch Handschuhe oder Parkas und waren dementsprechend durchgefroren. Der kurze Sprint hatte ihr Blut wieder in Wallung gebracht, aber ihre Gesichter und Ohren kribbelten nun schmerzhaft, und ihre Finger waren nahezu taub. Zudem zehrte der ständige Kampf gegen die Kälte an ihren Kraftreserven, sodass sie durch den Sprint über das Eis ziemlich geschwächt waren.

»Irgendwas sagt mir, dass unsere warm gekleideten neuen Freunde bald hier aufkreuzen werden«, sagte Giordino. »Hast du einen Vorschlag, wohin wir uns verziehen sollen?«

Pitt blickte die Küste auf und ab, über der sich der Nebel allmählich auflöste. Vor ihnen tauchte ein steiler Höhenzug aus dem Dunst auf, der zu ihrer Rechten offenbar höher war als zur Linken, wo er zudem sanfter anstieg und in einen abgerundeten Hügel überging.

»Wir müssen vom Eis runter, damit sie unsere Fußspuren

nicht verfolgen können. Außerdem wäre mir auf der Anhöhe wohler zumute. Sieht so aus, als ob wir bessere Chancen haben, wenn wir ins Landesinnere marschieren statt nach rechts die Küste entlang.«

Die beiden Männer trabten los, als ihnen eine jähe Bö Eispartikel ins Gesicht trieb. Der Wind wurde jetzt zu ihrem Feind, da er den Nebel vertrieb, der ihnen bislang Schutz und Deckung gewährt hatte. Sie stiegen den flacheren Hang hinauf und näherten sich einer steilen, vereisten Rinne, die sich quer durch die Anhöhe zog. Da sie sie für unpassierbar hielten, liefen sie weiter und suchten nach dem nächsten Einschnitt, über den sie weiter landeinwärts gelangen konnten. Gut eine halbe Meile waren sie parallel zum Strand schon vorgerückt, als eine weitere Bö die Küste entlangfegte.

Der Wind brannte auf ihrer Haut, und ihre Lungen fingen in der kalten Luft zu stechen an, sodass das Atmen immer schmerzhafter wurde. Aber keiner von beiden wurde langsamer. Dann ertönte wieder das metallische Rattern der Maschinenpistolen, und nur ein paar Meter hinter ihnen schlugen die Kugeln in den Hang ein.

Pitt warf einen kurzen Blick zurück und sah, dass der Wind den Nebel hinter ihnen völlig aufgelöst hatte. Zudem konnte er in der Ferne zwei Männer erkennen, die auf sie zukamen. Zak hatte seine Sicherheitsleute in drei Gruppen aufgeteilt, die in unterschiedlichen Richtungen zur Küste vorrückten, und das nach Westen geschickte Duo hatte die beiden flüchtenden Männer in einem kurzen, windstillen Moment entdeckt.

Aber Pitt sah ein Stück weiter oben an der Küste eine weitere Nebelbank, die auf sie zutrieb. Wenn sie den Schüssen noch eine weitere Minute entrinnen konnten, würde sie der aufziehende Dunst wieder verbergen.

»Die Typen stinken mir allmählich«, japste Giordino, als sie das Tempo anzogen.

»Mit etwas Glück ist der Eisbär der gleichen Meinung«, versetzte Pitt.

Ein weiterer Feuerstoß riss kurz hinter ihnen das Eis auf. Die MP-Schützen waren nicht schlecht, wenn man bedachte, dass sie im Laufen schossen, aber bislang war ihnen noch kein Glückstreffer gelungen. Pitt sprintete auf den Nebel zu und musterte den Höhenzug zu ihrer Linken. Unmittelbar vor ihnen war eine weitere Rinne, breiter als die erste. Sie war zwar voller Eis und Felsen, sah aber so aus, als könnten sie in ihr weiter nach oben klettern.

»Wenn der Nebel über uns wegzieht, versuchen wir, diese Rinne hochzusteigen«, keuchte er.

Giordino nickte, während er sich auf die Nebelwand zuschleppte, die immer noch gut fünfzig Meter entfernt war. Ein weiterer Feuerstoß ließ das Eis aufspritzen, diesmal unmittelbar hinter ihren Füßen. Die Schützen waren offenbar kurz stehen geblieben, um besser zielen zu können.

»Ich glaube, wir schaffen es nicht«, grummelte Giordino.

Sie waren schon fast bei der Rinne, aber der Nebel war immer noch ein gutes Stück entfernt. Pitt bemerkte einen großen, mit Eis überzogenen Felsbrocken, der ein paar Meter vor ihnen aus der Rinne ragte. Keuchend und um Atem ringend deutete er darauf.

Dann hatten sich die Verfolger eingeschossen und ließen unmittelbar über ihren Köpfen Steinsplitter aus dem Hang aufstieben. Die beiden Männer duckten sich instinktiv, stürmten zu dem Fels und hechteten dahinter, als die Kugeln nur ein paar Zentimeter von ihnen entfernt den Boden aufrissen. Erschöpft und um Atem ringend lagen sie da und hatten am ganzen Körper Schmerzen. Immerhin wurde das Feuer eingestellt, da ihre Verfolger sie nicht mehr sehen konnten, und außerdem trieb die Nebelbank endlich über sie hinweg und entzog sie den Blicken der Schützen.

»Ich glaube, wir sollten hier hochklettern«, sagte Pitt und rappelte sich auf. Eine dunkle Masse vereister Felsen blockierte über ihnen die Rinne, doch am Rand zog sich ein offenbar passierbarer Einschnitt nach oben.

Giordino nickte, stand ebenfalls auf und trat einen Schritt auf den Hang zu. Er fing schon an zu klettern, dann bemerkte er aber, dass sich Pitt nicht von der Stelle rührte. Er drehte sich um und sah, dass sein Freund und Gefährte auf den Felsblock starrte und mit der Hand darüber strich.

»Das ist nicht der richtige Moment, um Felsen zu bewundern«, grummelte er.

Pitt ging zu der Stelle, wo der Brocken aus dem eisigen Hang ragte. »Das ist kein Fels«, sagte er leise. »Es ist ein Ruder.«

Giordino schaute Pitt an, als hätte er den Verstand verloren, dann folgte er seinem Blick nach oben. Ein Stück höher befand sich eine dunkle Felsmasse, die von einer dünnen Eisschicht überzogen war. Giordino betrachtete den Hang, dann sperrte er den Mund auf, als ihm klar wurde, dass es tatsächlich gar kein Felshaufen war.

Über ihnen lag der ins Eis eingesunkene schwarze Holzrumpf eines Segelschiffes aus dem 19. Jahrhundert.

80

Wie ein Relikt aus einer längst vergangenen Zeit lag die *Erebus* da. Sie war vor hundertsechzig Jahren in einer Eisscholle stecken geblieben, von ihrem Schwesterschiff getrennt und von den gewaltigen Treibeismassen durch die Viktoriastraße nach Süden geschoben worden. Dem Untergang auf See entronnen, war sie schließlich in die Rinne geworfen und allmählich im Eis begraben worden.

Das Eis umschloss den Rumpf und hielt das Schiff mit der Backbordseite an dem steilen Hang fest. Alle drei Masten standen noch, wenn auch schräg und mit einer Eisschicht überzogen, die sie an den Höhenzug nagelte. Die Steuerbordseite und das Deck hingegen waren erstaunlich eisfrei, wie Pitt und Giordino feststellten, als sie die Rinne hinaufmarschierten und über die Bordband stiegen. Ehrfürchtig und ergriffen sahen sich die beiden um, konnten kaum fassen, dass sie gerade über das Deck von Franklins Flaggschiff schritten.

»Schmilz das Eis ab, dann sieht sie aus, als könnte sie nach England zurücksegeln«, bemerkte Giordino.

»Wenn sie Ruthenium geladen hat, schlage ich vor, dass wir vorher einen Abstecher zum Potomac machen«, wandte Pitt ein.

»Ich wäre schon mit ein paar Decken und einem Schuss Rum zufrieden.«

Die Männer zitterten und kämpften darum, dass ihre Körpertemperatur nicht weiter sank. Beide merkten, dass sie allmählich immer teilnahmsloser wurden, und Pitt war klar, dass sie so schnell wie möglich irgendetwas zum Aufwärmen brauchten. Er trat an den Niedergang hinter der Hauptluke und zog eine Segeltuchabdeckung weg, die ihm in den Fingern zerbröselte.

»Hast du Licht?«, fragte er Giordino, während er in den dunklen Schiffsbauch spähte.

Giordino zückte ein Zippo-Feuerzeug und warf es ihm zu. »Das will ich aber wiederhaben, falls sie kubanische Zigarren an Bord haben sollten.«

Pitt stieg die schiefen Sprossen hinab und entzündete das Feuerzeug, als er im Unterdeck war. Er entdeckte zwei mit Kerzen bestückte Laternen an der Wand und hielt die Flamme an die beiden schwarzen Dochte. Die uralten Kerzen brannten noch einwandfrei und tauchten den Gang in einen orange flackernden Lichtschein. Giordino schnappte sich eine mit Walöl betriebene Laterne, die daneben an einem Nagel hing und ihnen bei der weiteren Erkundung des Schiffes gute Dienste leisten konnte.

Als sie in den Gang vordrangen, bot sich ihnen ein aberwitziger Anblick, der von Mord und Totschlag kündete. Im Gegensatz zur *Terror*, die so ordentlich gewirkt hatte, musste auf der *Erebus* ein einziges Chaos geherrscht haben. Überall lagen Kisten, Abfälle und Trümmer herum, dazwischen Blechnäpfe, und ein leichter Rumgeruch hing in der Luft, dazu eine ganze Reihe anderer Moderdünste. Und dann die Leichen.

Als sie einen kurzen Blick in die Mannschaftsunterkünfte werfen wollten, wurden Pitt und Giordino von einem grusligen Paar empfangen – zwei Männern, die am Boden festgefroren waren. Dem einen war mit einem Ziegelstein, der neben ihm lag, der Schädel eingeschlagen worden, aus dem Brustkorb des anderen ragte ein Küchenmesser. Sie waren tiefgefroren und so gut erhalten, dass Pitt noch ihre Augenfarbe erkennen konnte. Dann stießen sie auf eine ganze Reihe weiterer Leichen, und Pitt hatte den Eindruck, dass diese Toten irgendwie gepeinigt wirkten, so als wären sie nicht nur den Elementen zum Opfer gefallen, sondern etwas weitaus Schrecklicherem.

Ohne sich von diesem Bild des Grauens lange aufhalten zu lassen, kehrten Pitt und Giordino zum Niedergang zurück und stiegen ins Orlopdeck hinab. Als sie auf eine Plünnenkammer stießen, verschoben sie die Suche nach dem Ruthenium vorübergehend. Hier war die Oberbekleidung für die Besatzung eingelagert, Regale voller Stiefel, Jacken, Mützen und dicker Socken. Die beiden entdeckten zwei dicke wollene Offiziersjacken, die ihnen einigermaßen passten, mummten sich damit ein und nahmen Pudelmützen und Fäustlinge mit. Sobald ihnen wieder einigermaßen warm war, setzten sie die Suche fort.

Auch auf dem Orlopdeck sah es chaotisch aus, ähnlich wie

oben. Die hohen Stapel leerer Fässer und die Unmengen von Proviantkisten legten Zeugnis von den großen Vorratsmengen ab, die das Schiff mitgeführt hatte. Sie traten ins Zahlmeisterbüro, in dem die Waffen und Alkoholvorräte des Schiffes verwahrt wurden. Hier war nur ein Musketenschrank heil geblieben, sonst aber war alles kurz und klein geschlagen, Rum- und Brandyfässer vor allem, die überall zersplittert herumlagen, dazu jede Menge Blechnäpfe. Sie drangen weiter in Richtung Heck vor und stießen auf große Verschläge, in denen einst die Kohle für die Dampfmaschine eingelagert gewesen sein musste. Sie waren zwar leer, aber Pitt bemerkte, dass am Boden des einen Verschlags irgendetwas silbrig schimmerte. Er hob einen der Brösel auf, die dort lagen, und stellte fest, dass er viel schwerer als Kohle war. Giordino musterte einen zusammengerollten Leinensack und kickte ihn auf, sodass der Aufdruck zum Vorschein kam: BUSHVELD, SOUTH AFRICA.

»Es war hier, aber offenbar haben sie bei den Inuit alles eingetauscht«, sagte Pitt versonnen und warf den Brösel zurück.

»Dann müssen wir das Logbuch des Schiffes finden, damit wir erfahren, woher es kommt«, sagte Giordino.

Von draußen war ein leiser Ruf zu hören.

»Klingt so, als ob unsere Freunde näher rücken«, sagte Giordino. »Wir sollten uns lieber ranhalten.« Er ging zum Aufgang, bemerkte aber, dass Pitt ihm nicht folgte. Er meinte die Räder förmlich sehen zu können, die sich in Pitts Kopf drehten.

»Du meinst, wir sind an Bord besser aufgehoben?«, fragte Giordino.

»So ist es, vorausgesetzt, wir bereiten ihnen einen freundlichen Empfang. Und ich glaube, das können wir«, erwiderte Pitt.

Er nahm Giordino die Lampe ab und kehrte mit ihm ins Zahlmeisterbüro zurück, stellte die Laterne auf einer mit Eis überzogenen Kiste ab und ging zu einem Schrank voller Steinschlossmusketen, der ihm schon vorhin aufgefallen war, nahm eine heraus, hielt sie hoch und untersuchte sie. Sie befand sich in tadellosem Zustand.

»Keine Automatik zwar, aber damit sollten die Verhältnisse etwas ausgeglichener sein«, sagte er.

»Ich nehme an, der Vorbesitzer hat nichts dagegen«, versetzte Giordino.

Verwundert drehte er sich zu seinem Freund um. Giordino deutete auf die Kiste, auf der die Lampe stand. Pitt trat einen Schritt näher, und mit einem Mal wurde ihm klar, dass es keine Kiste war, sondern ein Sarg, der auf zwei Böcken stand. Der Lichtschein der Walöllampe fiel auf eine schimmernde Blechplatte, die ans Kopfende genagelt war. Pitt beugte sich vor, wischte die Eisschicht weg und legte die weißen Lettern frei, die per Hand aufs Blech gemalt waren. Ein Schauder lief ihm über den Rücken, als er die Inschrift las.

SIR JOHN FRANKLIN
1786–1847
SEINE SEELE GEHÖRT DER SEE

81

Zak hatte gewartet, bis seine Sicherheitsleute Pitt und Giordino in die Zange genommen hatten, bevor er seine warme Unterkunft auf dem Eisbrecher verließ. Zwar wusste er nicht genau, ob Pitt einer der beiden Männer war, aber sein Instinkt sagte ihm, dass es so war.

»Thompson und White haben sie landeinwärts verfolgt«, berichtete einer seiner Söldner, der zum Schiff zurückgekehrt war. »Da oben liegt ein komisches Boot, in das sie offenbar geklettert sind.«

»Ein Boot?«, fragte Zak.

»Ja, ein altes Segelschiff. Es sitzt in der Felsrinne fest und ist mit Eis überzogen.«

Zak warf einen Blick auf die gestohlene Karte aus der Bergbaugenossenschaft, die auf dem Kartentisch lag. Hatte er sich schon wieder verschätzt? Stammte das Ruthenium der Inuit gar nicht aus einer Mine, sondern von einem Schiff?

»Bringen Sie mich hin«, fuhr er den Söldner an. »Das muss ich mir ansehen.«

Eisige Böen schlugen ihnen ab und zu entgegen, sodass ihre Gesichter brannten, als sie über das Meereis liefen, doch der auffrischende Wind vertrieb auch den Nebel, sodass Zak freie Sicht zur Küste hatte, wo seine Männer am Fuß eines schmalen Abhangs standen. Nirgendwo war ein Schiff zu sehen, und er fragte sich schon, ob seine Männer vielleicht zu lange draußen in der Kälte gewesen waren. Doch als er näher kam, bemerkte er den mächtigen schwarzen Rumpf der *Erebus,* der sich an dem Hang verkeilt hatte, und blieb verwundert stehen. Einer seiner Männer lenkte ihn ab.

»Ihre Spuren führen diese Rinne hinauf. Wir sind ziemlich sicher, dass sie an Bord des Schiffes geklettert sind«, sagte White, ein harter Bursche mit klaffenden Zahnlücken.

»Nehmen Sie sich zwei weitere Männer und gehen Sie an Bord des Schiffes«, sagte Zak, zu dem mittlerweile fünf weitere Männer gestoßen waren. »Alle anderen verteilen sich am Strand, falls sie zurückkommen.«

White suchte zwei Männer aus und stieg, gefolgt von Zak, die Rinne hinauf. Das eisige Gelände ragte fast bis zum Oberdeck auf, sodass sie sich nur am Rumpf hochziehen und über die Bordwand steigen mussten, um auf das Schiff zu gelangen.

White hängte sich seine Maschinenpistole über die Schulter, kletterte am Rumpf empor und schwang ein Bein über die Bordwand. Er hatte kaum den Fuß aufs Deck gesetzt, als er einen schwarzhaarigen Mann sah, der mit einem Arm voller Musketen aus dem Niedergang kam.

»Keine Bewegung!«, brüllte er.

Aber Pitt dachte nicht daran.

Jetzt kam es darauf an, wer seine Waffe zuerst einsetzte, und keiner der beiden Männer zögerte auch nur eine Sekunde. White war im Vorteil, denn er hatte die leichtere Waffe, aber er hockte noch immer rittlings auf der Reling. Sofort griff er zu seiner MP und riss den Lauf herum, doch er war nervös und drückte schon ab, bevor er zielte. Die Kugeln schlugen ins Deck und in einen Eishaufen neben dem Niedergang. Dann hallte ein lauter Knall über das Deck.

Pitt hatte seelenruhig alle Waffen bis auf eine einzige fallen gelassen und den schweren Kolben der geladenen Muskete an die Schulter gelegt. Die Kugeln des Söldners prallten bereits vom Deck ab, als er den langen Lauf hob und abdrückte. Es kam ihm vor, als ob Minuten vergingen, bis der Funken des Zündhütchens die Schwarzpulverladung entzündete, die die Bleikugel aus der Mündung jagte.

Auf Nahdistanz war die Brown Bess eine treffsichere und tödliche Waffe, und Pitt zielte gut. Die Bleikugel traf White knapp unter dem Schlüsselbein und schleuderte ihn über die Bordwand. Er überschlug sich in der Luft und knallte unmittelbar neben Zaks Füßen auf den gefrorenen Boden. Einen Moment lang starrte er Zak mit überraschtem Blick an, dann war er tot.

Ungerührt stieg Zak über die Leiche hinweg und zog seine automatische Glock.

»Schnappt sie euch«, zischte er den beiden anderen Männern zu und deutete mit der Waffe auf das Schiff.

Die Schießerei geriet binnen kurzer Zeit zu einem tödlichen

Katz- und Mausspiel. Pitt und Giordino schossen abwechselnd aus dem Niedergang, feuerten blitzschnell zwei, drei der alten Waffen ab und duckten sich, wenn sie unter Beschuss genommen wurden. Bald schon hingen dichte Schwarzpulverwolken über dem Deck, die den Schützen auf beiden Seiten das Zielen erschwerten.

Dann änderten Pitt und Giordino ihre Taktik. Jetzt zog sich immer einer an den Fuß der Leiter zurück und lud weitere Waffen, während der andere oben blieb und schoss. Pitt hatte unterdessen im Zahlmeisterbüro ein Fass mit fünf Pfund Schwarzpulver gefunden, das er aufs Unterdeck brachte. Er füllte das Pulver in eine Reihe von kleinen Flaschen, mit denen wiederum die Musketen, Schrotflinten und Perkussionspistolen geladen wurden, die sie unten entdeckt hatten. Das Nachladen der Donnerbüchsen dauerte ein Weile, denn zunächst musste Pulver in den Lauf gekippt und mit dem Ladestock festgestampft werden, dann kamen die Bleikugel und ein Pfropfen hinein und wurden ebenfalls festgestoßen. Aber Pitt kannte sich gut mit alten Waffen aus und zeigte Giordino, wie viel Pulver er nehmen und wie er mit dem Ladestock umgehen musste. Brauchten sie anfangs gut eine halbe Minute, bis sie eine langläufige Muskete geladen hatten, so schafften sie es kurz darauf durch wiederholtes Üben schon in knapp fünfzehn Sekunden. Dann tauchte einer von ihnen aus dem Niedergang auf und feuerte einen Schuss oder auch mehrere hintereinander ab, sodass ihre Widersacher nie genau wussten, was sie erwartete.

Trotz ihrer überlegenen Feuerkraft hatten Zak und seine Männer Schwierigkeiten, ihrerseits auch nur einen einzigen gezielten Schuss abzugeben. Sie mussten am Rumpf emporklettern, sich an der Bordwand festhalten, darauf achten, dass sie hinter den Planken in Deckung blieben, und gleichzeitig versuchen, ihre Waffen in Anschlag zu bringen. Pitt und Giordino hingegen konnten sie mühelos sehen und so mit Feuer eindecken, dass ihre Widersacher binnen kurzer Zeit blutige Hände von den zahllosen Splittern hatten, die von den Bleikugeln aus der Bordwand gerissen wurden. Nach einer Weile schob sich Zak, der sich ebenfalls an die Bordwand klammerte, vor die beiden anderen Männer und drehte sich zu ihnen um.

»Nach dem nächsten Schuss richtet ihr euch beide auf und feuert gemeinsam«, flüsterte er ihnen zu.

Beide Männer nickten, dann zogen sie wieder die Köpfe ein, als die nächsten Musketenschüsse knallten. Gerade war Pitt an der Reihe, der mit einer Steinschlosspistole auf der obersten Leitersprosse hockte und zwei Musketen über dem Schoß liegen hatte. Er legte eine der Musketen an, spähte über das Deck und suchte durch den Rauch, der von Giordinos letzten Schüssen in der Luft hing, die Bordwand ab. Er sah kurz einen schwarzen Parka, legte darauf an und wartete, biss der Kopf des Mannes auftauchte. Als sich sein Widersacher nicht von der Stelle rührte, beschloss er, die Bremskraft der Bordwand auf die Probe zu stellen, senkte den Lauf ein Stück und drückte ab.

Die Kugel durchschlug die alten Planken und bohrte sich in den Wadenmuskel des Mannes, der dahinter kauerte. Doch dieser hatte auf den Schuss bereits reagiert und richtete sich mit angelegter Maschinenpistole auf. Der zweite Schütze, der sich drei Meter neben ihm befand, tat es ihm gleich.

Pitt entdeckte die beiden Männer im Pulverdampf und duckte sich sofort. Doch als er sich zurückzog, ergriff er die Pistole, die auf der Sprosse lag, hob den Arm, richtete den Lauf auf den zweiten Söldner und drückte ab.

Im gleichen Moment wurde das Deck rundum von Kugeln aufgerissen, und ein Splitterhagel prasselte auf ihn ein. Aber er hörte auch, dass nur noch eine Maschinenpistole feuerte. Leicht benommen stieg er nach unten und wandte sich an Giordino, der gerade mit zwei Pistolen und einer Purdey-Schrotflinte auf dem Weg nach oben war.

»Ich glaube, ich habe einen von ihnen erwischt«, sagte er.

Giordino hielt inne, als er eine Blutlache bemerkte, die sich neben Pitts Füßen ausbreitete.

»Du bist getroffen.«

Pitt blickte nach unten, dann hob er den rechten Arm. Ein V-förmiges Loch befand sich im Ärmel seines linken Unterarms, aus dem ein steter Blutstrom sickerte. Pitt drückte auf seine Hand, in der er noch immer die Pistole hielt.

»Der Knochen ist heil geblieben«, sagte er.

Er streifte die Wolljacke ab, worauf Giordino neben ihn trat und den Ärmel seines Pullovers aufriss. Die Haut seines linken Unterarms wies zwei hässliche Löcher auf, aber allem Anschein nach hatten die Kugeln weder Knochen noch Nerven getroffen. Giordino riss in aller Eile ein paar Streifen von Pitts Pullover und schlang sie um die Wunde, dann half er Pitt wieder in seine Jacke.

»Ich lade nach«, sagte Pitt, dessen Gesicht allmählich wieder etwas Farbe annahm. Er biss die Zähne zusammen und schaute Giordino mit wild entschlossenem Blick an.

»Mach sie fertig.«

82

Zak war hinter der Bordwand in Deckung geblieben, als sich seine beiden Männer aufrichteten und schossen. Er nutzte den Feuerschutz, den sie ihm gaben, stand auf, rollte sich über die Bordwand und stürmte quer über das Deck zum vereisten Fockmast hinüber. Dann schaute er nach hinten, stellte aber fest, dass er keinen Schuss auf den Niedergang abgeben konnte, da ihm ein mittschiffs aufragender Hügel aus Eis die Sicht versperrte.

Das ist doch absurd, dachte er, dass wir von Männern aufgehalten werden, die mit hundertfünfzig Jahre alten Knarren bewaffnet sind. Aber er musste ihre Raffinesse bewundern, die seinen Sicherheitsleuten allem Anschein nach fehlte. Er hielt nach einer günstigen Position Ausschau, von der aus er schießen konnte. Als er aber keine fand, suchte er einen Wag nach unten. Er bemerkte die vordere Luke, stellte jedoch fest, dass deren Deckel unter einer fünfzig Zentimeter dicken Eisschicht lag, und einen anderen Niedergang gab es auf dem Vorschiff nicht. Dann blickte er nach oben und sah, dass der Fockmast schräg aufragte. Eine Rah hatte sich am Hang verkeilt und den Mast nach Steuerbord gezogen, wobei das Deck aufgerissen und ein Spalt entstanden war, etwa einen halben Meter breit.

Hätte Zak in diesem Moment nach hinten geblickt, hätte er vielleicht gesehen, dass sein zweiter Begleiter tödlich getroffen wurde, und sich seine nächste Aktion noch einmal überlegt. Aber er war in Gedanken bereits drei Schritte weiter, als er seine Glock in die Tasche steckte, sich durch den Spalt im Deck schob und fallen ließ.

Giordino kletterte vorsichtig die Leiter hinauf und warf einen kurzen Blick über den Rand. An Deck war alles ruhig, und er sah keinerlei Bewegung. Dann hörte er einen Schrei, der irgendwo in der Nähe ausgestoßen wurde, aber nicht an Bord des Schiffes. Mit gespannter und schussbereiter Schrotflinte kroch er aus dem Niedergang und trat vorsichtig an die Bordwand.

Er sah zwei Leichen, die rücklings neben dem Rumpf auf dem Eis lagen, der eine mit offenen Augen inmitten einer Blutlache, der andere mit einem Loch in der Stirn, wo ihn Pitts Pistolenkugel getroffen hatte. Giordino entdeckte einen dritten Mann unten am Strand, der um Hilfe rief. Er hielt sich das Bein, hinkte und hinterließ eine dünne Blutspur.

Giordino hörte ein Geräusch hinter sich, drehte sich um und sah, wie Pitt unsicher aus dem Niedergang stieg, eine Pistole in der heilen Hand und eine Muskete über der Schulter.

»Haben wir sie verscheucht?«, fragte er.

»Dank deiner Treffsicherheit«, erwiderte Giordino und deutete über die Bordwand auf die beiden Toten. »Ich würde sagen, das heutige Preisschießen hast du gewonnen.«

Pitt musterte die Leichen ohne großes Bedauern. Ihm war zwar nicht ganz wohl dabei, wenn er einen anderen Menschen töten musste, aber er hatte auch kein Mitleid mit gedungenen Mördern, zumal die beiden hier am Versenken der *Narwhal* beteiligt gewesen waren.

»Klingt so, als ob sie am Strand Komplizen haben«, sagte er. »Die werden bald in voller Mannschaftsstärke anrücken.«

»Ganz meine Meinung«, erwiderte Giordino. Er betrachtete Pitts blutigen Ärmel und warf seinem Freund einen besorgten Blick zu. »Nimm's mir nicht übel, aber ich habe keine Lust, diesen alten Kahn zu meinem persönlichen Alamo zu machen.«

»Meinst du, oben in der Rinne haben wir bessere Chancen?«

Giordino nickte. »Ich glaube, es wird höchste Zeit, dass wir abhauen. Sonst warten sie, bis es dunkel wird, und überrennen uns, oder sie setzen die Kiste in Brand, was noch schlimmer wäre. Die kommen bestimmt langsam und vorsichtig zurück, sodass wir Zeit haben, uns auf die Anhöhe abzusetzen. Wir können doch jede Menge Kugeln und Pulver mitnehmen und sie daran hindern, sich zu dicht an unsere Fersen zu heften. Mit etwas Glück geben sie die Verfolgung vielleicht sogar auf und lassen uns erfrieren«, fügte er trocken hinzu.

»Wir brauchen aber noch was«, stellte Pitt fest.

»Ich fasse es nicht, dass du nicht längst damit abgehauen

bist«, erwiderte Giordino grinsend. »Der Schlüssel zu dem ganzen Brimborium. Das Logbuch.«

Pitt nickte. Er hoffte noch immer, dass sie das Logbuch fanden und sich der Inhalt als so wertvoll erwiese, dass sich die Opfer wenigstens ein wenig lohnten, die sie bereits hatten bringen müssen.

»Ruh dich aus, ich suche es«, sagte Giordino und begab sich zum Niedergang.

»Nein, ich gehe«, erwiderte Pitt und rieb sich den verletzten Arm. »Mit angeschlagener Flosse kann ich mit der langen Knarre schwer zielen, wenn die Verstärkung anrückt.« Er nahm die Muskete von der Schulter und reichte sie Giordino, dann gab er ihm die Pistole. »Halte dich ran und schieß, bevor du das Weiße in ihren Augen siehst.«

Pitt, der durch den Blutverlust leicht benommen war, stieg den Niedergang hinab und lief im Schein der Lampen, die er vorhin angezündet hatte, den Gang entlang nach hinten zu den Offiziersquartieren. Auf einmal aber wurde es dunkel, als er in einen noch nicht erkundeten Teil des Schiffes vorstieß. Er verfluchte sich, weil er die Walöllampe nicht mitgenommen hatte, und wollte bereits umkehren, als er vor sich in der Dunkelheit einen schwachen Lichtschein bemerkte. Er rückte ein paar Schritte vor und sah ein flackerndes Licht am Ende des Ganges, ein Licht, das weder von ihm noch von Giordino stammte.

Vorsichtig näherte er sich dem Ende des Ganges und der Tür zur großen Kabine. Da drin flackerte eine Kerze und warf lange Schatten auf die Wände. Pitt schlich zur Tür und spähte hinein.

Mit einem boshaften Grinsen, bei dem seine Zähne im Kerzenlicht schimmerten, blickte Clay Zak von einem großen Tisch auf, der mitten im Raum stand.

»Kommen Sie rein, Mr. Pitt«, sagte er mit eiskaltem Tonfall. »Ich habe schon auf Sie gewartet.«

83

Gut zehn Meter vom Rand des Meereises entfernt tollte eine Robbe im dunkelgrünen Wasser herum und hielt nach einem verirrten Arktischen Dorsch Ausschau. Das graue Säugetier bemerkte etwas Schwarzes, das aus dem Wasser ragte, und schwamm hin, um es genauer zu untersuchen. Es drückte die Schnurrhaare an das kalte Metall, stellte fest, dass es nichts Essbares war, und schwamm davon.

Knapp zwanzig Meter tiefer lachte Commander Barry Campbell laut auf, als er die Robbe aus nächster Nähe sah. Dann stellte er die Schärfe des Suchperiskops vom Typ 18 auf den roten Eisbrecher ein, der rund vierhundert Meter entfernt war, und betrachtete das Schiff. Er trat einen Schritt beiseite und winkte Bill Stenseth zu sich, der ebenfalls im engen Kommandoraum der USS *Santa Fe* stand.

Stenseth hatte den energischen U-Bootkommandanten auf Anhieb gemocht. Mit seinen rotblonden Haaren, den funkelnden Augen und einem stets fröhlichen Lachen erinnerte ihn Campbell an einen jungenhaften Weihnachtsmann ohne Bauch und weißen Wallebart. Campbell, der seit zwanzig Jahren bei der Navy war, war ein zielstrebiger Mann, der keine Sekunde gezögert hatte, als Stenseth ihn drängte, mit der Bordelektronik nach Pitt, Giordino und dem verschollenen Tauchboot zu suchen. Campbell hatte das Jagd-U-Boot sofort nach Süden gesteuert und sämtliche Sonargeräte eingeschaltet. Als der Eisbrecher entdeckt wurde, hatte er das U-Boot tauchen lassen, damit sie sich anschleichen konnten.

Stenseth ging ans Periskop, blickte durch das Doppelokular und sah den roten Eisbrecher kristallklar vor sich. Er musterte den plattgedrückten Bug des Schiffes und wunderte sich, dass der Schaden, den er bei der Kollision mit der *Narwhal* davongetragen hatte, nicht größer war.

»Ja, Sir, das ist das Schiff, das uns gerammt hat«, sagte er. Er schaute weiter durch das Seerohr und konzentrierte sich auf einen Mann, der sich dem Schiff zu Fuß näherte. Dann bemerkte er, dass am Strand noch andere Männer standen.

»An Land sind mehrere Männer«, sagte er zu Campbell. »Offenbar sind sie bewaffnet.«

»Ja, ich habe sie auch schon gesehen«, erwiderte Campbell. »Drehen Sie das Periskop neunzig Grad nach rechts.«

Stenseth tat, wie ihm geheißen, und drehte das Periskop herum, bis etwas leuchtend Gelbes vorbeihuschte. Er ging zurück, stellte die Schärfe ein und spürte plötzlich, dass er einen Kloß im Hals hatte. Dann tauchte die am Meereis liegende *Bloodhound* auf, deren Dachluke offen stand.

»Das ist unser Tauchboot. Unsere Männer, Pitt und Giordino, sind offenbar an Land gegangen«, sagte er aufgeregt. Er stand auf und wandte sich an Campbell.

»Commander, die Männer auf dem Eisbrecher haben unser Schiff versenkt und wollten die Besatzung der *Polar Dawn* ermorden. Sie werden auch Pitt und Giordino umbringen, wenn sie es nicht schon getan haben. Ich muss Sie bitten einzugreifen.«

Campbell straffte sich etwas. »Kapitän Stenseth, wir sind lediglich zu einer Such- und Rettungsaktion in die Viktoriastraße eingelaufen. Meine Befehle sind da eindeutig. Ich darf unter keinen Umständen kanadische Streitkräfte angreifen. Jede Abweichung erfordert eine Anfrage über die Befehlskette, und bis ich darauf eine Antwort erhalte, vergehen vierundzwanzig Stunden.«

Der U-Bootkommandeur atmete tief durch, dann funkelten seine Augen auf, und er schaute Stenseth mit schiefem Lächeln an. »Wenn Sie mir andererseits sagen, dass zwei Ihrer Leute da draußen verschollen sind, dann habe ich sogar die Pflicht, eine Such- und Rettungsaktion zu genehmigen.«

»Ja, Sir«, erwiderte Stenseth, der die Anspielung begriffen hatte. »Ich glaube, zwei Besatzungsmitglieder der *Narwhal* befinden sich entweder an Bord des Eisbrechers oder sind ohne entsprechende Nahrung, Kleidung oder Unterschlupf an Land und brauchen unsere Hilfe.«

»Kapitän Stenseth, ich weiß nicht, wer diese Leute da sind, aber mir kommen sie nicht wie kanadisches Militär vor. Wir werden Ihre Jungs von der NUMA holen. Und wenn sich diese Witzbolde mit unserem Rettungstrupp anlegen, dann wird es ihnen leidtun, das verspreche ich Ihnen.«

Rick Roman ließ sich nicht abwimmeln. Zwar waren er und seine Elitekämpfer noch durch die Strapazen auf dem Leichter geschwächt, aber sie hatten weiterhin eine Rechnung offen, die sie begleichen wollten. Als sich herumsprach, dass ein SEAL-Trupp aufgestellt werden und nach Pitt und Giordino suchen sollte, flehte Roman den Kommandanten der *Santa Fe* an, ihn daran teilnehmen zu lassen. Da er wusste, dass seine SEALs nicht stark genug waren, willigte Campbell nach kurzem Zögern ein und übertrug Roman die Führung des Trupps, der sich an Bord des Eisbrechers begeben und ihn durchsuchen sollte.

Nachdem er heiß geduscht, trockene Kleidung angezogen und zweimal ausgiebig in der Offiziersmesse gespeist hatte, kam sich Roman schon fast wieder wie ein Mensch vor. Er zog einen weißen Schneeanzug an und ließ seine Männer und die SEALs in der Mannschaftsmesse antreten.

»Hätten Sie gedacht, dass Sie jemals einen amphibischen Angriff von einem Atomunterseeboot aus unternehmen?«, fragte er Bojorquez.

»Nein, Sir. Ich bin nach wie vor eine Landratte und werde

auch ewig eine bleiben. Aber nachdem ich die Verpflegung gekostet habe, die Sie den Matrosen vorsetzen, muss ich schon mal drüber nachdenken, ob ich mich richtig entschieden habe, als ich zur Army gegangen bin.«

Unterdessen steuerte Commander Campbell die getauchte *Santa Fe* von dem über ihnen gelegenen Kommandoraum aus an den Rand des Eisfelds. Er hatte ganz in der Nähe einen Frostaufbruch entdeckt, der ihnen eine gewisse Deckung bot. Anschließend fuhr er das Periskop ein und sah zu, wie der Tauchoffizier das U-Boot unter das Eis lotste, dann anhalten und vorsichtig aufsteigen ließ.

Mit geradezu unheimlicher Genauigkeit durchbrach der Turm der *Santa Fe* das Eis, bis er nur ein kurzes Stück aus dem Wasser ragte. Romans Trupp und zwei SEALs wurden sofort auf die Brücke gebracht und auf dem Eis abgesetzt. Fünf Minuten später war das U-Boot wieder abgetaucht.

Die Elitesoldaten teilten sich sofort auf. Die beiden SEALs gingen zur *Bloodhound*, um das Tauchboot zu untersuchen, während sich Roman und seine Männer an den Eisbrecher anschlichen. Das Schiff lag etwa achthundert Meter entfernt im Eis, das völlig eben war, wenn man von dem einen oder anderen Höcker absah, hinter dem sie Deckung finden konnten. Doch in ihren weißen Schneeanzügen waren sie bestens getarnt. Roman ging taktisch geschickt vor, näherte sich dem Schiff vom Meer aus und schlug dann einen weiten Bogen um den Bug, um den Wasserstreifen hinter dem Heck zu umgehen. Als er ein Fallreep sah, das an der Backbordseite des Schiffes ausgebracht war, ließ er seine Männer bis auf zwanzig Meter vorrücken und hinter einem Eishöcker in Deckung gehen. Ein paar bange Sekunden verstrichen, als zwei Männer in schwarzen Parkas das Fallreep herabstiegen. Doch sie wandten sich der Küste zu, ohne auch nur einen Blick in die Richtung von Roman und seinen Männern zu werfen.

Roman überzeugte sich, dass ihre Position sicher war, dann wartete er, während der eisige Wind über sie hinwegstrich.

84

Ein Matrose, der auf der Brücke der *Otok* Wache schob, entdeckte es zuerst.

»Sir«, rief er dem Kapitän zu, »an Backbord bricht irgendwas durchs Eis.«

Der Kapitän, der am Kartentisch saß, stand sichtlich ungehalten auf und trat langsam ans Backbordfenster der Brücke. Er sah gerade noch, wie eine hausgroße Eisplatte hochgewuchtet wurde, aus der zwei grau gefleckte Röhren ragten. Im nächsten Moment brach der tropfenförmige Turm der *Santa Fe* durch das in tausend Splitter zerberstende Eis.

Die *Santa Fe*, ein Jagd-U-Boot der modifizierten 688er Baureihe der Los-Angeles-Klasse, war eigens für Einsätze unter dem Eis konstruiert worden. Mit verstärktem Rumpf, Turm und Tiefenruder konnte sie bis zu einen Meter dickes Eis durchbrechen, so wie jetzt, als der rund hundertzehn Meter lange schwarze Stahlrumpf fünfzig Meter neben der *Otok* auftauchte.

Ungläubig starrte der Kapitän der *Otok* auf das riesige Kriegsschiff. Aber seine Gedanken überschlugen sich, als er sah, wie ein steter Strom weiß gekleideter und mit Maschinenpistolen bewaffneter Männer aus der Luke am Vorschiff des U-Boots stürmte. Dann stellte er erleichtert fest, dass die Männer in Richtung Küste liefen und nicht auf sein Schiff zu.

»Schnell, hol das Fallreep ein«, rief er dem Matrosen zu. Dann wandte er sich an ein Besatzungsmitglied, das am Funkgerät saß, und brüllte: »Alarmieren Sie alle Sicherheitskräfte, die noch an Bord sind.«

Doch es war zu spät. Im nächsten Moment wurde die Tür zur Brücke aufgerissen und drei weiß gekleidete Gestalten stürmten herein. Bevor der Kapitän reagieren konnte, wurde ihm die Mündung eines Sturmgewehrs in die Rippen gerammt. Erschrocken hob er die Arme, dann starrte er in die braunen Augen des hoch aufgeschossenen Mannes, der die Waffe in den Händen hielt.

»Wo … woher kommen Sie?«, stammelte er.

Rick Roman schaute den Kapitän an, dann bedachte er ihn mit einem frostigen Lächeln.

»Ich komme aus dem Eiskeller des Kahns, den Sie in der letzten Nacht versenken wollten.«

85

Zak saß seelenruhig an dem dicken Holztisch, der mitten in der Großen Kabine stand. Der flackernde Kerzenschein einer auf dem Tisch stehenden Laterne fiel auf ein großes, in Leder gebundenes Buch, das er beiseitegeschoben hatte. Vor Zak lag ein Stapel Glasplatten, jede etwa so groß wie eine Postkarte. Ein paar Zentimeter neben seiner rechten Hand befand sich seine Glock.

»Ein ziemlich bemerkenswertes altes Schiff«, sagte Zak, »mit interessanten Aufzeichnungen.«

»Die *Erebus* hätte es fast geschafft, als erstes Schiff die Nordwestpassage zu durchfahren, Clay«, erwiderte Pitt.

Zak hob kurz die Augenbrauen, als sein Name fiel.

»Wie ich sehe, haben Sie Ihre Hausaufgaben gemacht. Nicht weiter verwunderlich, nehme ich an. Sie sind ein sehr tüchtiger Mann, habe ich erfahren. Und ziemlich verbissen obendrein.«

Pitt starrte Zak an und war wütend auf sich selbst, weil er die Perkussionspistole nicht mitgenommen hatte. Unbewaffnet und mit einem verletzten Arm konnte er gegen den Killer so gut wie nichts ausrichten. Es sei denn, er spielte auf Zeit, bis Giordino ihn mit der Schrotflinte suchen ging.

»Ich weiß nur, dass Clay Zak ein lausiger Typ ist, dem es Spaß macht, unschuldige Menschen umzubringen«, versetzte Pitt kühl.

»Mit Spaß hat das nichts zu tun. Eine geschäftliche Notwendigkeit, könnte man sagen.«

»Und für welche Geschäfte braucht man um jeden Preis Ruthenium?«, fragte Pitt.

Zak lächelte freudlos. »Für mich ist es kaum mehr als ein glänzendes Metall. Aber für meinen Arbeitgeber ist es viel mehr wert. Und für Ihr Land ist es offensichtlich von strategischer Bedeutung. Wenn jemand verhindern kann, dass Ihre Anlagen zur künstlichen Photosynthese mit dem Mineral betrieben werden, bleibt mein Arbeitgeber weiterhin ein reicher Mann. Wenn er den alleinigen Zugriff auf die Rutheniumvorräte hat, wird er sogar noch reicher.«

»Mitchell Goyette hat doch schon mehr Geld, als er jemals ausgeben kann. Doch seine krankhafte Habgier wiegt schwerer als das Wohl von Millionen Menschen auf der ganzen Welt.«

»Ein sentimentaler Mensch, hm?«, sagte Zak lachend. »Mit Sicherheit ein Zeichen von Schwäche.«

Pitt ging nicht darauf ein, sondern spielte weiter auf Zeit. Zak hatte offenbar nicht bemerkt, dass oben an Deck keine Schüsse mehr fielen. Vielleicht nahm er an, Giordino wäre getötet worden.

»Ein Jammer, dass das Ruthenium nur eine Legende ist«,

sagte Pitt. »Ich habe den Eindruck, dass unser beider Bemühungen vergeblich waren.«

»Haben Sie das Schiff durchsucht?«

Pitt nickte. »Hier ist nichts.«

»Eine kluge Schlussfolgerung, dass das Erz der Inuit von einem Schiff stammen musste. Wir sind Sie darauf gekommen? Ich habe nach einer Mine auf der Insel gesucht.«

»In dem Teil der Aufzeichnungen der Bergbaugenossenschaft, den Sie nicht gestohlen haben, wurde das Erz als Schwarzes Kabluna bezeichnet. Der Name und das Datum deuteten auf Franklins Schiff *Erebus* hin … aber ich habe mich ebenfalls geirrt«, log Pitt.

»Ach ja, die heruntergekommene Bergbaugenossenschaft. Offenbar hat man dort alles Ruthenium bezogen, das an Bord war. Und es *war* an Bord«, fügte er hinzu und warf Pitt einen stechenden Blick zu.

Zak ergriff eine der Glasplatten und schob sie über den Tisch. Pitt nahm sie und musterte sie im Kerzenschein. Es war eine Daguerreotypie, eine Art frühes Foto, für das man versilberte Kupferplatten benutzt hatte, die nach dem Belichten unter schützendem Glas aufbewahrt wurden. Pitt fiel ein, dass Perlmutter etwas davon erwähnt hatte, dass Franklin bei seiner Expedition eine Daguerreotypiekamera mitgenommen hatte. Auf der Platte, die er jetzt in Händen hielt, war eine Gruppe von Besatzungsmitgliedern der *Erebus* zu sehen, die eine Reihe schwerer Säcke, die aussahen, als wären sie mit Steinen gefüllt, an Bord schleppten. Im Hintergrund zeichnete sich mit Eis bedecktes Gelände ab, was darauf hindeutete, dass das Erz irgendwo in der Arktis gefunden worden war.

»Sie lagen mit Ihrer Vermutung ganz richtig«, sagte Zak. »Das Erz hat sich tatsächlich an Bord des Schiffes befunden. Fragt sich nur, wo es geschürft wurde.«

Er tippte auf das in Leder gebundene Buch.

»Der Kapitän war so freundlich, das Logbuch an Bord zu lassen«, sagte er selbstgefällig. »Die Herkunft des Rutheniums sollte darin verzeichnet sein. Was glauben Sie, wie viel dieses Buch wert ist, Mr. Pitt? Eine Milliarde Dollar?«

Pitt schüttelte den Kopf. »Nicht die Menschenleben jedenfalls, die es bereits gekostet hat.«

»Oder diejenigen, die es noch kosten wird?«, fügte Zak mit einem schiefen Grinsen hinzu.

Durch die dicken Planken des Schiffsrumpfes war mit einem Mal das Rattern von Schnellfeuerwaffen zu hören. Doch das Geräusch kam offenbar aus weiter Ferne. Es war jedenfalls zu weit weg, als dass es dem Schiff gelten konnte, und Giordino erwiderte das Feuer auch nicht. Außerdem klang es so, als würde mit unterschiedlichen Waffen geschossen. Irgendwo da draußen auf dem Eis gab es offenbar ein heftiges Gefecht zweier unbekannter Parteien.

Im schummrigen Lichtschein bemerkte Pitt, dass Zaks Miene leicht besorgt wirkte. Von Giordino war noch immer nichts zu sehen, aber Pitt hatte sich mittlerweile einen anderen Plan zurechtgelegt. Er war zwar durch den Blutverlust geschwächt, wusste aber, dass er jetzt handeln musste. Eine andere Chance bekam er möglicherweise nicht mehr.

Also trat er kurz zurück und senkte die Glasplatte, als wollte er sie betrachten. Dann warf er sie ganz beiläufig Zak zu, beziehungsweise tat so. Doch statt sie über den Tisch schlittern zu lassen, schleuderte sie mit aller Kraft ein paar Zentimeter höher, und er zielte auch nicht auf Zak, sondern auf die Laterne, die mitten auf dem Tisch stand.

Die schwere Glasplatte durchschlug die Seitenscheibe der Laterne, woraufhin der ganze Tisch mit Scherben übersät wurde. Vor allem aber trafen die Splitter den Kerzendocht und erstickten die Flamme. Im nächsten Moment wurde es in der großen Kabine stockdunkel.

Als die Platte die Laterne traf, war Pitt bereits in Bewegung. Er warf sich sofort zu Boden und landete hinter dem Tisch auf einem Knie. Doch Zak war kein Dummkopf. Der Berufskiller hatte die Hand an der Waffe, noch ehe die Kerze erlosch, hob die Glock und feuerte auf die gegenüberliegende Tischseite.

Die Kugel flog über Pitts Kopf hinweg. Ohne auf den Schuss zu achten, ergriff dieser die beiden Tischbeine und schob den Tisch auf Zak zu. Der Killer gab zwei weitere Schüsse ab und versuchte, Pitt im Schein des Mündungsblitzes ausfindig zu machen. Als ihm klar wurde, dass Pitt den Tisch auf ihn zuschob, feuerte er auf die andere Seite der Tischplatte und versuchte aufzustehen. Er zielte nicht schlecht, war aber zu langsam.

Die Kugeln schlugen nur wenige Zentimeter neben Pitts Kopf ein, konnten aber das dicke Mahagoni nicht durchdringen. Durch das harte Holz geschützt, stieß Pitt den Tisch mit aller Kraft, die er aufbieten konnte, weiter auf Zak zu, ohne auf die Schmerzen in seinem Arm und das Schwindelgefühl in seinem Kopf zu achten.

Die Kante traf Zak in Bauchhöhe und schleuderte ihn wieder auf den Stuhl zurück, noch bevor er sich aufrichten konnte. Dann kippten die Glasplatten auf ihn herab und behinderten ihn beim Schießen. Pitt stieß seine provisorische Ramme weiter nach hinten und schob Zak zurück, bis die Stuhlbeine auf eine unebene Planke trafen, Zak rücklings umkippte und mit einem lauten Krachen am Boden landete. Die Glock in seiner Hand bellte auf, traf aber nur die Tischplatte.

Pitt hörte den Aufschlag, doch erst der kurze Mündungsblitz verriet ihm, dass Zak zu Boden gegangen war. Jetzt allerdings war er Zaks Feuer schutzlos ausgeliefert, wenn dieser unter dem Tisch hindurchschoss. Aber Pitt zögerte nicht, selbst als er den nächsten Schuss hörte. Er drückte die Schulter von unten an die Tischplatte, stemmte sich mit beiden Beinen am Boden ab und wuchtete den massiven Tisch mit letzter Kraft hoch, bis er umkippte und auf Zaks Beine fiel. Pitt hatte es fast geschafft, als er spürte, wie sein linkes Bein einknickte. Zak hatte auf dem Rücken liegend drei Schüsse unter den Tisch abgefeuert und dann seine Beine weggezogen. Zwei Kugeln pfiffen vorbei, doch die dritte hatte Pitts Bein getroffen und sich in seinen Schenkel gebohrt. Pitt spürte, wie er ins Torkeln geriet, verlagerte sein Gewicht sofort aufs rechte Bein und stemmte sich weiter gegen den Tisch.

Eine Sekunde zu spät. Zak war schon auf den Knien, drückte den Tisch zur Seite und nahm Pitt so den Schwung. Als der massive Tisch ins Kippen geriet, stand Zak auf und nutzte seine ganze Kraft, um ihn wegzustoßen.

Pitt, der plötzlich den Halt verlor, wurde mit dem Tisch zur Seite geschleudert und prallte gegen die Bücherschränke an der Rückwand, deren Glastüren laut klirrend zerbarsten. Dann fiel er zu Boden, der schwere Tisch aber landete mit einem dumpfen Schlag auf ihm, nachdem er gegen eine Reihe von Bücherschränken geprallt war, sodass ein Hagel aus Büchern, Regalbrettern und Glasscherben niederging.

Zak stand schwer atmend da und hatte die Waffe auf den Tisch gerichtet. Er lauschte, hörte aber nichts. Weder Stöhnen, noch Scharren oder irgendeinen anderen Laut. Als sich seine Augen an die Dunkelheit gewöhnt hatten, entdeckte er Pitts Beine, die reglos unter dem Tisch hervorragten. Zak suchte den Boden rund um seine Füße ab und stieß auf das schwere Logbuch. Er drückte es an seine Brust, trat vorsichtig in den Gang hinaus und ging weg, ohne noch einen Blick zurückzuwerfen.

86

Unterdessen steckte Giordino oben auf dem Deck selbst in Schwierigkeiten. Nachdem sich längere Zeit nichts getan hatte, entdeckte er drei neue Söldner, die unten in die Rinne eingestiegen waren, aber in Deckung blieben. Als er an der Bordwand kauerte und wartete, bis er ein freies Schussfeld hatte, ertönte irgendwo draußen auf dem Eis Gewehrfeuer. Da ihm durch die Rinne und den wieder dichter werdenden Nebel die Sicht versperrt wurde, hatte er keine Ahnung, wer dort auf wen schoss, bemerkte aber, dass sich die drei Männer, die auf das Schiff vorrückten, offenbar nicht darum scherten. Er ließ sie näher kommen, bevor er die Muskete auf den vordersten Söldner abfeuerte. Der warf sich zu Boden, sobald er Giordino sah, sodass dessen Kugel knapp danebenging und lediglich den Parka des Mannes durchschlug. Mittlerweile hatten die Söldner ihre Lektion gelernt und gaben sich abwechselnd Feuerschutz, in dem die anderen vorrückten. Giordino schob sich an der Bordwand entlang, richtete sich auf und schoss von verschiedenen Stellen aus, bevor er sich seinerseits ducken musste, als das Feuer erwidert wurde. Er traf einen der Söldner am Bein, bevor die anderen das Schiff erreicht hatten. Dann musste er sich zum Niedergang zurückziehen, da er über keine geladenen Musketen mehr verfügte. Er fragte sich, wo Pitt so lange blieb. Er war mit seiner eigenen Verteidigung derart ausschließlich beschäftigt gewesen, dass er die Schüsse in der Großen Kabine gar nicht gehört hatte.

»Dirk, ich brauche geladene Musketen«, rief er in den Niedergang, doch er bekam keine Antwort. Er richtete die Schrotflinte auf die Bordwand und machte die beiden Perkussionspistolen auf seinem Schoß feuerbereit. Noch ein paar Schüsse, dann war er hilflos, wenn Pitt nicht bald kam.

Am Fuß des Niedergangs stieg eine hoch aufgeschossene Gestalt über Unmengen alter Waffen hinweg, die am Boden herumlagen, und blickte nach oben. Giordino hockte drei Meter über ihm auf den beiden obersten Leitersprossen und hatte den Blick auf die Bordwand gerichtet. Selbst wenn er nach unten geschaut hätte, hätte er Zak wahrscheinlich nicht bemerkt, der vom schummrigen Unterdeck aus nach oben starrte. Zak überlegte, ob er die Sache von seinen Sicherheitsleuten zu Ende bringen lassen sollte, fand es dann aber ratsam, Giordino selbst zu erledigen. Er klemmte sich das Logbuch unter den linken Arm, suchte festen Stand und richtete seine Automatik auf Giordino.

Er nahm die schlurfenden Schritte nicht wahr, die sich im Gang hinter ihm näherten. Umso mehr zuckte er zusammen, als ein lauter Warnruf durchs Schiff hallte.

»Al!«

Zak fuhr herum und blickte ungläubig in den Gang. Gut fünf Meter von ihm entfernt stand Pitt unter einer Laterne und sah aus wie der Tod persönlich. Sein Gesicht war blutig und zerschnitten, und auf seiner Stirn schimmerte eine hässliche lila Beule. Der rechte Arm war rot durchtränkt, desgleichen das linke Bein, und er zog eine Blutspur hinter sich her. Er hatte keine Waffe bei sich und stützte sich mit schmerzverzerrter Miene auf das gesunde Bein. Trotzdem starrte er Zak voller Trotz an.

»Du bist der Nächste«, zischte Zak und wandte sich wieder Giordino zu, der auf Pitts Ruf reagiert hatte, aber keine Ahnung hatte, was da unten vor sich ging. Zak richtete die Glock ein zweites Mal auf Giordino, wurde aber von einem hellen Lichtschein abgelenkt, der auf ihn zuflog. Er drehte sich um und sah, dass der Verletzte die Laterne nach ihm geschleudert hatte. Ein schlechter Wurf, dachte Zak und warf kopfschüttelnd einen Blick zu Pitt, als die Laterne ein gutes Stück vor ihm aufschlug und zersprang.

Doch es war kein schlechter Wurf. Die Lampe landete genau an der Stelle, auf die Pitt gezielt hatte, ein paar Zentimeter von dem Schwarzpulverfass entfernt, mit dem sie ihre Musketen geladen hatten. Sofort entzündete die geborstene Laterne das Pulver, das beim hastigen Nachladen überall verstreut worden war. Der Killer wich instinktiv vor der auflodernden Flamme zurück und geriet, ohne es zu merken, in die Nähe des Pulverfasses. Im nächsten Moment griff das Feuer auf das Fass über, das mit einem ohrenbetäubenden Knall hochging

Die Explosion erschütterte das ganze Schiff und schleuderte Rauch und Flammen den Niedergang empor. Pitt wurde zu Boden geworfen, dann prasselten herumfliegende Trümmer auf ihn ein, die allerdings größtenteils von seiner dicken Jacke abgefangen wurden. Mit klingenden Ohren wartete er ein paar Minuten, bis sich der Qualm verzogen hatte, bevor er hustend zum Niedergang humpelte. Die Seitenwände waren weggerissen, und im Boden klaffte ein großes Loch, durch das man ins Orlopdeck hinabschauen konnte. Sonst aber hielt sich der Schaden in Grenzen.

Pitt sah einen Stiefel in der Nähe des Loches und stellte grimmig fest, dass der abgerissene Fuß noch darinsteckte. Dann blickte er nach oben und sah über sich den Mann, dem der Fuß gehört hatte.

Clay Zak war den Niedergang hinaufgeschleudert worden, wo sein zermalmter Körper an den Sprossen hängen geblieben war. Er starrte mit offenen Augen kopfüber ins Leere. Pitt trat einen Schritt näher und musterte mitleidlos den toten Killer.

»Ich glaube, diese Sprengung war aber mal fällig«, sagte er zu der Leiche, dann drehte er sich um und blickte den verrauchten Niedergang hinauf.

87

Die Wucht der Schwarzpulverexplosion hatte Giordino von den obersten Leitersprossen gerissen und zweieinhalb Meter weit über das Deck geschleudert. Seine Kleidung war versengt, seine Lunge brannte, er hatte etliche Splitter abbekommen und sich allerlei Prellungen zugezogen, aber er hatte überlebt. Als sich die dichte schwarze Rauchwolke verzog, bemühte er sich, die Benommenheit abzuschütteln. Er stellte fest, dass sein Schädel hämmerte und ein ganzes Glockenspiel in seinen Ohren schellte, während er sich unter Schmerzen auf die Seite wälzte. Er wischte sich den Dreck aus den Augen und erstarrte dann, als einer der schwarz gekleideten Söldner den Kopf über die Bordwand reckte.

Giordino hatte bei der Explosion seine Waffen verloren, und der Söldner bemerkte es sofort. Er richtete sich ohne jede Angst auf, zog die Maschinenpistole in aller Ruhe herum und zielte auf Giordino.

Es war ein kurzer Feuerstoß, nur vier, fünf Schüsse. Giordino hörte sie kaum, weil er immer noch ein Klingeln in den Ohren hatte. Doch er sah das Ergebnis. Nicht er oder das Deck waren getroffen, sondern der Söldner war von Schüssen durchsiebt worden. Blut sickerte ihm aus dem Mund, dann sank er langsam hinter der Bordwand zusammen und stürzte auf den eisbedeckten Boden hinab.

Giordino starrte verständnislos über das Deck, als er schon wieder Feuerstöße hörte. Dann tauchte ein weiterer Mann an der Bordwand auf, der seine Waffe auf ihn richtete. Aber dieser hier trug weiße Kleidung, dazu eine Skimaske und eine Schutzbrille. Ein zweiter, ebenfalls weiß gekleideter Mann stieß zu ihm, worauf die beiden über die Bordwand kletterten und mit angelegten Waffen auf Giordino zukamen.

Giordino war so auf die beiden Männer konzentriert, dass er den dritten nicht bemerkte, der an der Bordwand auftauchte. Der Neuankömmling schaute quer übers Deck zu Giordino, dann rief er den beiden anderen etwas zu. Es dauerte ein, zwei Sekunden, bis Giordino mit seinen halbtauben Ohren verstand, was es bedeutete.

»Halten Sie Ihre Pferde zurück, Lieutenant«, brüllte der dritte Mann mit vertrautem texanischen Akzent. »Das ist einer von den unseren.«

Die beiden Navy SEALs von der *Santa Fe* blieben abrupt stehen, hielten die Waffen aber weiter schussbereit, bis Jack Dahlgren zu Giordino stürmte. Er ergriff den Ärmel von dessen alter Wolljacke, half ihm auf die Beine und fragte: »Hast du vor, in die königliche Marine einzutreten?«

»Uns ist es ein bisschen kalt geworden, als du nicht da warst, um uns aus der Wanne zu holen«, versetzte Giordino, den Dahlgrens plötzliches Auftauchen noch immer überraschte.

»Wo ist Dirk?«

»Er war unten. Dort, wo sich die Explosion ereignet hat«, erwiderte er mit besorgtem Blick.

Giordino zuckte vor Schmerz zusammen, als er sich an Dahlgren vorbei zum Niedergang schleppte und hinabblickte. Ein paar Meter unter sich sah er den versengten und rauchenden Leichnam eines dunkelhaarigen Mannes an der Leiter hängen und schloss die Augen. Fast eine Minute verging, bis er sie wieder aufschlug, und mittlerweile waren Dahlgren und die SEALs bei ihm. Als er nach unten schaute, sah er plötzlich ein Licht, das am Unterdeck geschwenkt wurde. Dann tauchte Pitt blutig und zerschlagen am Fuß der Leiter auf und blickte zu seinem Freund hinauf. Er hielt ein großes, leicht angesengtes ledernes Buch in den Händen.

»Hat jemand Licht?«, fragte er mit einem gequälten Grinsen.

Pitt wurde unverzüglich zur *Santa Fe* getragen und mit Giordino zusammen auf die Krankenstation gebracht. Trotz des Blutverlustes waren Pitts Verletzungen nicht lebensgefährlich, und seine Wunden wurden umgehend gesäubert und verbunden. Zwar befahl ihm der Schiffsarzt, im Bett zu bleiben, aber Pitt suchte sich einen Gehstock und humpelte bereits eine Stunde später im U-Boot herum und suchte die Besatzung der *Narwhal* auf. Als er und Giordino in die Offiziersmesse hinkten, sahen sie die drei Kapitäne, Campbell, Murdock und Stenseth, an einem Tisch sitzen und über den Eisbrecher sprechen.

»Solltet ihr zwei nicht im Bett bleiben?«, fragte Stenseth.

»Wir haben auf der Heimfahrt noch jede Menge Zeit zum Schlafen«, erwiderte Pitt. Stenseth half ihm zu einem Stuhl, während Campbell Kaffee holte, dann berichteten die Männer von ihren Strapazen und Entdeckungen.

»Würfelt ihr aus, wer den Eisbrecher steuern darf?«, fragte Giordino eine Weile später.

»Wir sind nur an Bord gegangen, um euch zwei zu suchen«, erwiderte Campbell. »Ich hatte gar nicht vor, ihn zu beschlagnahmen, aber diese Herren haben mir gerade erzählt, welche Rolle er gespielt hat, als die Besatzung der *Polar Dawn* entführt und die *Narwhal* versenkt wurde.«

»Wir können noch was anderes beisteuern«, sagte Pitt. »Al?«

Giordino berichtete vom grauen Anstrich am Rumpf des Eisbrechers und der weißen 54, die teilweise zum Vorschein gekommen war.

»Ich gehe jede Wette ein, dass er das Eiscamp zerstört hat, getarnt als Fregatte unserer Marine«, sagte er.

Campbell schüttelte den Kopf. »Die sind gefährlich und irrsinnig. Und sie sind auf dem besten Weg, den Dritten Weltkrieg anzuzetteln. Ich glaube, uns bleibt nichts anderes übrig, als ihn so bald wie möglich zum nächsten Hafen in amerikanischen Gewässern zu bringen.«

»Er fährt unter kanadischer Flagge und ist ein bekanntes Schiff, daher sollte es nicht schwer sein, die Passage mit ihm zu befahren«, sagte Pitt.

»Und hier sind zwei Kapitäne, die willens und bereit sind, ihn zurückzubringen«, sagte Stenseth, worauf Murdock nickte.

»Dann läuft's also auf Piraterie hinaus«, sagte Campbell lächelnd. »Wir laufen Anchorage an, und ich hänge mich unter Wasser an euch ran, falls es Ärger geben sollte.« Er blickte sich in der engen Messe um. »Im Augenblick ist es mir hier ein bisschen zu voll.«

»Wir beide nehmen unsere Besatzungen mit auf das Schiff«, sagte Murdock und nickte zu Stenseth hin. »Captain Roman hat berichtet, dass auf dem Eisbrecher jede Menge Kojen leer stehen.«

»Al und ich begleiten euch auf dem Eisbrecher«, sagte Pitt. »Al hat Klaustrophobie, und ich muss Lesestoff nachholen.«

»Dann haben wir also unsere Marschbefehle«, schloss Campbell. »Ich stelle die Hälfte meiner SEALs ab, damit sie euch in Sachen Sicherheit helfen, dann können wir meinetwegen aufbrechen.«

Die drei Kapitäne entschuldigten sich, um ihre Besatzungen zusammenzutrommeln, während Pitt und Giordino ihren Kaffee austranken. Giordino lehnte sich zurück und sah mit einem breiten Lächeln zur Decke.

»Du wirkst ja furchtbar fröhlich«, stellte Pitt fest.

»Du hast doch gehört, was der Mann gesagt hat«, erwiderte Giordino. »Wir fahren nach Anchorage. Anchorage, Alaska«, wiederholte er genüsslich. »Südlich des Polarkreises. Hast du jemals von einem Ort gehört, der so warm und einladend klingt?«, fragte er mit einem zufriedenen Grinsen.

88

Die B-2 Spirit war seit über fünf Stunden in der Luft. Der keilförmige Tarnkappenbomber war auf der Whiteman Air Force Base in Missouri zu einem angeblichen Übungsflug in Richtung Westen gestartet. Als er sich aber fünfhundert Meilen weit draußen über dem Pazifik befand, war die schwarz-graue Maschine, die einem riesigen Mantarochen ähnelte, nach Nordosten abgedreht und hatte die Küste des US-Bundesstaats Washington angeflogen.

»AC-016 auf Null-sieben-acht Grad«, sagte der Einsatzleiter mit weichem Georgia-Akzent. »Sie ist pünktlich.«

»Ich habe sie«, erwiderte der Pilot.

Er schob die Gasregler der vier Turbofan-Düsentriebwerke vor und legte die Maschine in die Kurve, bis sie auf dem entsprechenden Kurs war, dann schloss er zu dem kleinen weißen Ziel auf, das durch die Cockpitverglasung zu sehen war. Als er mit seiner Position zufrieden war, nahm der Pilot das Gas zurück und passte sich der Geschwindigkeit des vorderen Flugzeugs an.

Knapp vierhundert Meter voraus und tausend Fuß tiefer war eine Boeing 777 der Air Canada auf dem Rückflug von Hongkong nach Toronto. Den Piloten der Passagiermaschine hätte es wahrscheinlich die Sprache verschlagen, wenn sie gewusst hätten, dass sie ein Milliarden Dollar teurer Bomber in den kanadischen Luftraum verfolgte.

Die Besatzung des B-2, dessen Radarecho nahezu unsichtbar war, hätte sich nicht im Schatten der 777 verstecken müssen, um ihren Einsatz auszuführen. Aber da das Militär auf beiden Seiten der Grenzen in erhöhte Alarmbereitschaft versetzt worden war, wollten sie kein Risiko eingehen. Der Bomber folgte der Düsenmaschine über Vancouver und quer durch British Columbia bis nach Alberta. Ungefähr fünfzig Meilen westlich von Calgary nahm die kanadische Passagiermaschine eine leichte Kursänderung nach Südosten vor. Der B-2 hielt seine Position, dann drehte er scharf nach Nordosten ab.

Das Ziel war der kanadische Luftwaffenstützpunkt in Cold Lake, Alberta, einer von zwei kanadischen Fliegerhorsten, auf denen Jagdflugzeuge vom Typ F-18 stationiert waren. Sie sollten einen sogenannten »Quarter Stick« auf den Flugplatz abwerfen, sieben lasergesteuerte Fünfhundert-Pfund-Bomben, und bei möglichst geringen Verlusten an Menschenleben so viele Düsenjäger wie möglich beschädigen. Da die kanadische Regierung auf das vierundzwanzigstündige Ultimatum nicht reagiert hatte, hatte sich der Präsident entschieden, den vom Pentagon empfohlenen Erstschlag zumindest teilweise ausführen und einen Angriff auf eine einzige Militäreinrichtung fliegen zu lassen.

»Noch acht Minuten bis zum Ziel«, gab der Einsatzleiter bekannt. »Mache jetzt die Waffen scharf.«

Als er die computerisierte Waffenleitsequenz durchging, empfingen sie plötzlich einen dringenden Funkspruch.

»Death-52, Death-52, hier Kommandozentrale«, meldete sich der Funker aus Whiteman. »Ihr habt den Befehl, den Einsatz abzubrechen. Ich wiederhole, Einsatz abbrechen. Ich bitte um Bestätigung, over.«

Der Einsatzleiter bestätigte, dass sie den Befehl empfangen hatten, dann entschärfte er die Waffen des Bombers. Der Pilot drehte ab und flog wieder in Richtung Pazifik, bevor er ihren Heimatstützpunkt ansteuerte.

»Der Oberboss hat es da aber ein bisschen eng werden lassen«, sagte der Pilot nach einer Weile.

»Das musst du mir nicht sagen«, erwiderte der Einsatzleiter mit zutiefst erleichtertem Tonfall. »Ich bin vielleicht froh, dass dieser Einsatz abgeblasen wurde.«

Er blickte auf die kanadischen Rocky Mountains hinab, die unter ihren Tragflächen vorbeihuschten, und fügte hinzu: »Ich hoffe bloß, dass niemand erfährt, wie eng das wirklich war.«

89

Bill Stenseth horchte auf das tiefe Grollen der starken Gasturbinenmaschinen des Eisbrechers, dann bedeutete er dem neben ihm stehenden Rudergänger der *Narwhal* mit einem Kopfnicken, dass er das große Schiff in Gang setzen sollte. Als die *Otok* langsam durchs Eis pflügte, trat Stenseth auf die vereiste Brückennock hinaus und salutierte vor der *Santa Fe*, die noch immer ein Stück entfernt lag. Commander Campbell, der am Turm stand, erwiderte den Gruß, dann ließ er sein Schiff zum Abtauchen bereitmachen.

Die *Otok* wendete, stieß zum NUMA-Tauchboot vor und machte dort halt. Dann wurden zwei Besatzungsmitglieder aufs Eis heruntergelassen, wo sie eine Zugtrosse an der *Bloodhound* befestigten, die dann von einem großen Kran auf den Eisbrecher gehievt und aufs Achterdeck abgelassen wurde. In einem angrenzenden, ungeheizten Stauraum lagen die Leichen von Clay Zak und seinen toten Söldnern, die man in Segeltuch eingerollt hatte.

Ein kurzes Stück entfernt streckte ein Eisbär den Kopf über einen Vorsprung und beobachtete das Treiben. Der Bär, das gleiche Tier, das Giordino beinahe geweckt hätte, schaute sich den Eisbrecher kurz an, dann tappte er auf der Suche nach etwas Essbarem davon.

Sobald die *Bloodhound* gesichert war, setzte sich der Eisbrecher wieder in Bewegung und stieß zu Stenseths Erleichterung ins offene Wasser vor. Das Schiff dampfte gen Westen, in Richtung Queen-Maud-Golf und Beaufortsee. Mittlerweile war die *Santa Fe* unters Eis geglitten und folgte dem Eisbrecher im Abstand von ein, zwei Meilen. Stenseth hätte sich nicht schlecht gewundert, hätte er gewusst, dass ihnen zu dem Zeitpunkt, da sie die kanadischen Hoheitsgewässer verließen, nicht weniger als drei amerikanische Unterseeboote ein stilles Geleit gaben, während ein Schwarm Fernaufklärer ihr Vorankommen aus großer Höhe überwachte.

Er genoss ebenso wie Murdock die Gelegenheit, ein neues Schiff zu befehligen, zumal er von tüchtigen Helfern umgeben war, da sowohl seine Leute von der *Narwhal* als auch ein Großteil der Besatzung der *Polar Dawn* an Bord waren. Die frühere Besatzung des Eisbrechers war unter Deck eingeschlossen, wo sie von den SEALs der *Santa Fe* und Rick Romans Kommandotrupp scharf bewacht wurden. Fast alle Männer hatten mit dem Eisbrecher nach Hause fahren wollen, um den Gefangenen klarzumachen, dass sie für ihre Untaten schwer würden büßen müssen.

Sobald das Schiff das Meereis hinter sich gelassen hatte, wandte sich Stenseth der lärmenden Runde hinter ihm zu. Dort am Kartentisch saß Pitt, der sein bandagiertes Bein auf einem Klappstuhl liegen hatte. Giordino und Dahlgren hockten neben ihm und schlossen Wetten auf den Inhalt des dicken, in Leder gebundenen Logbuchs ab, das mitten auf dem Tisch lag.

»Wollt ihr nun rausfinden, was im Logbuch der *Erebus* steht, oder wollt ihr mich weiter auf die Folter spannen«, fragte Stenseth das Trio.

»Der Kapitän hat Recht«, sagte Giordino, dessen Gesicht ebenso verpflastert war wie Pitts. Mit spitzen Fingern schob er Pitt das Logbuch zu.

»Ich glaube, du hast die Ehre«, sagte er.

Pitt betrachtete den Globus, der in den ledernen Einband des Logbuches gepunzt war. Von ein paar Brandspuren einmal abgesehen, war das Buch bei der Schwarzpulverexplosion kaum in Mitleidenschaft gezogen worden, da Zak es unter den linken und somit vom Pulverfass abgewandten Arm geklemmt und mit seinem Körper abgeschirmt hatte, während das Fass hochging.

Langsam klappte Pitt den Deckel auf und las die erste offizielle Eintragung.

»Wollen Sie's spannend machen?«, fragte Stenseth.

»Komm zur Sache, Boss«, drängte Dahlgren.

»Ich wusste, dass ich es in meiner Kabine hätte lassen sollen«, gab Pitt daraufhin zu.

Eigentlich hatte er das Logbuch in chronologischer Reihenfolge lesen wollen, aber angesichts der neugierigen Blicke, die ihm die anderen zuwarfen, gab er den Gedanken auf und blätterte zur letzten Eintragung vor.

»21. April 1848«, las er, worauf alle verstummten. »Zu meinem Bedauern muss ich die *Erebus* heute aufgeben. Ein Teil der Besatzung ist weiterhin dem Irrsinn verfallen und stellt eine Gefahr für die Offiziere und anderen Besatzungsmitglieder gleichermaßen dar. Es liegt am harten Silber, nehme ich an, aber ich weiß nicht, warum. Mit elf gesunden Männern werde ich zur *Terror* aufbrechen und dort auf die Eisschmelze im Frühjahr warten. Möge der Allmächtige uns und den Kranken, die zurückbleiben, gnädig sein. Kapitän James Fitzjames.«

»Das harte Silber«, sagte Giordino. »Das muss das Ruthenium sein.«

»Warum sollten Männer davon verrückt werden?«, fragte Dahlgren.

»Es gibt keinen ersichtlichen Grund dafür«, sagte Pitt. »Allerdings hat mir ein alter Prospektor eine ähnliche Geschichte erzählt, wonach man dem Ruthenium die Schuld an einigen Fällen von Wahnsinn gab. Die Besatzung der *Erebus* litt aufgrund der nicht sachgemäß verlöteten Konservendosen an Blei- und Lebensmittelvergiftung, dazu kamen Skorbut, Erfrierungen und die Entbehrungen, nachdem die Männer drei Winter im Eis festsaßen. Möglicherweise kam alles zusammen.«

»Das Schiff zu verlassen scheint trotzdem eine unglückselige Entscheidung gewesen zu sein«, stellte Giordino fest.

»Ja«, pflichtete Pitt ihm bei. »Die *Terror* wurde vom Eis zermalmt, und sie dachten vermutlich, der *Erebus* ginge es ähnlich, daher kann man schon verstehen, dass sie sich zum Festland durchschlagen wollten. Aber trotzdem blieb die *Erebus* im Eis liegen und wurde offenbar irgendwann später an die Küste getrieben.«

Pitt blätterte zurück und las die Eintragungen der vorausgegangenen Wochen und Monate vor. Es war eine schreckliche Geschichte, die die aufgeregte Runde auf der Brücke rasch zum Schweigen brachte. In allen Einzelheiten beschrieb Fitzjames den vom Unglück verfolgten Versuch, in den kürzer werdenden Sommertagen des Jahres 1846 durch die Viktoriastraße gen Süden vorzustoßen. Das Wetter schlug binnen kurzer Zeit um, sodass beide Schiffe fernab vom Land vom Meereis eingeschlossen wurden. Damit brach ihr zweiter Winter in der Arktis an, in dessen Verlauf Franklin krank wurde und starb. Zu diesem Zeitpunkt verfielen auch einige Besatzungsmitglieder dem Wahnsinn. Merkwürdigerweise, so hielt der Berichterstatter fest, war das Schwesterschiff *Terror* nicht davon betroffen. Unter der Besatzung der *Erebus* indessen griffen Irrsinn und Gewalttaten weiter um sich, bis Fitzjames schließlich gezwungen war, sich mit den verbliebenen Männern zur *Terror* zurückzuziehen.

Die früheren Eintragungen im Logbuch betrafen größtenteils Routineangelegenheiten, daher überblätterte Pitt ganze Seiten, bis er auf einen längeren Eintrag stieß, der sich auf das harte Silber bezog.

»Ich glaube, das ist es«, sagte er leise, worauf alle näher rückten und ihn schweigend anstarrten.

»27. August 1845. Position 74.36.212 Nord, 92.17.432 West. Vor der Devon-Insel. Leichter Seegang, vereinzelte Eisschollen, westlicher Wind bei fünf Knoten. Durchfahren vor der *Terror* den Lancastersund, als Ausguck um 0900 Segel entdeckt. Um 1100 nähert sich Walfangschiff *Governess Sarah* aus Kapstadt, Südafrika, unter dem Kommando von Kapitän Emlyn Brown. Brown berichtet, dass sein Schiff vom Eis beschädigt wurde und in den Sund einlaufen musste, aber jetzt repariert sei. Die Besatzung hat sehr wenig Proviant. Wir überlassen ihnen ein Fass Mehl, fünfzig Pfund gepökeltes Schweinefleisch, etwas Dosenfleisch und ein Viertelfass Rum. Auffällig ist, dass viele Besatzungsmitglieder der *G.S.* ein seltsames Verhalten und ungehobelte Manieren an den Tag legen. Aus Dankbarkeit für den Proviant überlässt uns Kapitän Brown zehn Säcke mit ›hartem Silber‹. Brown behauptet, dieses ungewöhnliche Erz aus Südafrika habe ausgezeichnete Hitzespeicherungsfähigkeiten. Die Schiffsbesatzung habe auf dem Herd in der Kombüse Eimer mit dem Erz erhitzt und nachts unter die Kojen gestellt, was sich als nützlich erwiesen habe.

Wir laufen morgen in die Barrowstraße ein.«

Pitt ließ die Worte einwirken, dann hob er langsam den Kopf. Die Männer rundum zeigten enttäuschte Mienen. Giordino ergriff als Erster das Wort.

»Südafrika«, wiederholte er. »Der Leinensack, den wir im Frachtraum gefunden haben. Er war mit Bushveld, Südafrika, gekennzeichnet. Leider stützt das den Bericht.«

»Vielleicht wird das Zeug in Südafrika noch abgebaut«, warf Dahlgren ein.

Pitt schüttelte den Kopf. »Ich hätte mich an den Namen erinnern müssen. Das war eine der Minen, die Yeager überprüft hat. Sie ist schon seit mehr als vierzig Jahren erschöpft.«

»Dann gibt's also in der Arktis kein Ruthenium«, stellte Stenseth fest.

»Nein«, erwiderte Pitt und schlug das Logbuch zu. »Wir sind genau wie Franklin einer kalten und tödlichen Passage ins Nichts gefolgt.«

EPILOG

DER STEINBROCKEN

FRANKLINS TRAUERZUG

90

Obwohl er alles andere als ein Gewohnheitstier war, blieb Mitchell Goyette einem festen Brauch treu. Wenn er in Vancouver war, speiste er jeden Freitagnachmittag im Victoria Club, einem noblen privaten Golfclub in den Hügeln nördlich der Stadt, von dessen prachtvollem Clubhaus aus man einen atemberaubenden Blick auf den Hafen hatte. Als jungem Mann hatte ihm die Clubführung, hochnäsige Vertreter der High Society, die Mitgliedschaft verweigert, doch Goyette hatte sich einige Jahre später gerächt und den Golfplatz mitsamt dem Club gekauft, die alten Mitglieder hinausgeworfen und stattdessen Banker, Politiker und andere einflussreiche Personen aufgenommen, die er zur Vermehrung seines Vermögens ausnutzen konnte. Wenn er nicht gerade irgendwelche Geschäfte abschließen musste, entspannte sich Goyette in einer Ecknische beim Lunch mit einer seiner Freundinnen und dem einen oder anderen Martini.

Um Punkt fünf vor zwölf hielt Goyettes von einem Chauffeur gefahrener Maybach vor dem Eingangstor und wurde prompt durchgewunken. Zwei Querstraßen weiter hinten verfolgte ein Mann in einem weißen Lieferwagen, wie der Maybach auf das Gelände stieß, dann ließ er sein Fahrzeug an. Der Wagen, an dessen Seite ein Magnetschild mit der Aufschrift COLUMBIA JANITORIAL SUPPLY angebracht war, hielt vor dem bewachten Tor. Der Fahrer, der eine Arbeitsmütze und eine Sonnenbrille trug, ließ die Seitenscheibe herunter und hielt ein Klemmbrett mit einem Lieferschein aus dem Fenster.

»Eine Lieferung für den Victoria Club«, sagte er in gelangweiltem Tonfall.

Der Wachmann warf einen Blick auf das Klemmbrett und gab es zurück, ohne das Geschriebene zu lesen.

»Fahren Sie rein«, sagte er. »Der Dienstboteneingang ist rechts.«

Trevor Miller lächelte, als er das Klemmbrett mit dem falschen Lieferschein auf den Beifahrersitz warf.

»Einen schönen Tag noch«, sagte er zu dem Wachmann, dann fuhr er weiter.

Trevor hätte sich nie vorstellen können, dass irgendwann der Tag kommen würde, an dem er sich gezwungen sah, einen anderen Menschen umzubringen. Aber Goyette hatte aus reiner Habgier den Tod seines Bruders und zahlloser anderer Menschen billigend in Kauf genommen, und das war gleichbedeutend mit Mord. Und das Morden würde weitergehen, das wusste er, und mit ihm die ständige Umweltzerstörung. Möglicherweise gab es irgendwann vonseiten der Öffentlichkeit Regressansprüche gegen Goyettes Unternehmen, aber der Mann selbst würde doch immer von korrupten Politikern und teuren Anwälten gedeckt werden. Dem Ganzen ließ sich nur ein Ende bereiten, wenn man Goyette das Lebenslicht ausblies. Er war sich darüber im Klaren, dass die Justiz dazu nicht in der Lage war, deshalb war er zu dem Schluss gekommen, die Aufgabe eigenhändig übernehmen zu müssen. Und wer sollte diese Tat auch besser vollbringen können als ein unscheinbarer Staatsbediensteter, der kaum Verdacht erregte und so gut wie nichts zu verlieren hatte.

Trevor fuhr mit dem Van nach hinten, zur Küche des Clubhauses, und parkte neben einem anderen Lieferwagen, der frisches Biogemüse brachte. Er öffnete die Hintertür, holte eine Sackkarre heraus und belud sie mit vier schweren Kartons. Als er sie durch die Hintertür schieben wollte, wurde er vom Leiter des Clubs aufgehalten, einem stämmigen Mann mit einem trüben rechten Auge.

»Nachschub für die Toiletten und Putzmittel«, sagte Trevor, als ihm der Chef den Weg versperrte.

»Ich dachte, wir hätten erst letzte Woche eine Lieferung bekommen«, erwiderte der Chef mit verwundertem Blick. Dann winkte er Trevor zu einer doppelten Schwingtür neben der Küche.

»Die Toiletten sind links draußen. Die Abstellkammer ist gleich daneben«, sagte er. »Der Manager müsste an der Rezeption sitzen. Sie können den Lieferschein von ihm abzeichnen lassen.«

Trevor nickte und schob eine Karre durch die Küche und einen kurzen Gang entlang, der bei den Damen- und Herrentoiletten endete. Er steckte den Kopf kurz in das fensterlose Herrenklo, ging dann wieder hinaus und wartete, bis ein Clubmitglied in einem goldenen Polohemd herauskam. Nun schob er die Sackkarre hinein und stapelte die Kartons auf dem Toilettensitz im letzten Kabuff, dann schloss er die Tür wieder. Er kehrte zum Wagen zurück, karrte vier weitere Ladungen hinein und stapelte die Kartons an der Rückwand. Dann öffnete er einen und holte einen tragbaren Radiator heraus, den er in einer Steckdose unter dem Waschbecken anschloss, aber nicht einschaltete. Er schob einen der Kartons in die Mitte des Raums, stellte sich mit einem Packen Papiertaschentücher in der Hand darauf, griff nach oben und schraubte die Hälfte der Glühbirnen heraus, sodass die Toilette nur noch in schummriges Licht getaucht wurde. Dann ging er zum einzigen Abzugsschacht der Klimaanlage, schloss die Schieber und dichtete den Abzug mit Klebeband ab.

Nachdem bislang alles zu seiner Zufriedenheit geklappt hatte, ging er in eine Kabine, nahm die Mütze ab und zog den Reißverschluss seines Overalls auf. Darunter trug er ein Seidenhemd und eine dunkle Hose. Er griff in den offenen Karton und holte einen blauen Blazer und Ausgehschuhe heraus, die er rasch anzog. Mit einem kurzen Blick in den Spiegel stellte er fest, dass er jederzeit als Mitglied oder Gast durchgehen konnte. Er hatte sich den dünnen Bart abrasiert, die Haare kurz schneiden lassen, rabenschwarz gefärbt und glatt zurückgegelt. Er setzte eine modische Brille auf, dann trat er an die Bar des Clubhauses.

In der Bar und dem angrenzende Restaurant war nicht allzu viel los – ein paar Geschäftsleute und piekfein herausgeputzte Golfer, die zu Mittag aßen. Als er Goyette in seiner Ecknische entdeckte, nahm sich Trevor einen Hocker an der Bar, von dem aus er freie Sicht auf den Tycoon hatte.

»Was darf ich Ihnen bringen?«, fragte die Barkeeperin, eine attraktive Frau mit kurzem, schwarzem Haar.

»Ein Molson, bitte. Und könnten Sie Mr. Goyette ebenfalls eines bringen lassen«, sagte er und deutete zur Ecke.

»Selbstverständlich. Darf ich ihm sagen, von wem es kommt?«, fragte sie.

»Sagen Sie ihm einfach, die Bank von Kanada bedankt sich für gute Geschäftsbeziehungen.«

Trevor sah zu, wie das Bier an den Tisch gebracht wurde, und war froh, dass Goyette sich nicht einmal die Mühe machte, auch nur einen Blick zur Bar zu werfen, von einer Dankesgeste ganz zu schweigen. Goyette war bereits bei seinem zweiten Martini und trank das Bier in einem Zug aus, als sein Essen serviert wurde. Trevor wartete, bis Goyette und seine Freundin anfingen zu essen, dann kehrte er zur Toilette zurück.

Trevor hielt die Tür auf, als ein alter Mann herauskam und irgendetwas über die schlechte Beleuchtung vor sich hin grummelte, dann hängte er ein Kartonschild mit der Aufschrift WEGEN REPARATURARBEITEN GESCHLOSSEN – BITTE BENUTZEN SIE DIE TOILETTEN IM CLUBHAUS außen an die Klinke.

Er ging wieder hinein, klebte einen Streifen gelbes Absperrband über die Urinale, dann zog er ein Paar Handschuhe an.

Er nahm ein Teppichmesser, ging von einem Karton zum andern, schlitzte den Deckel auf und kippte den Inhalt aus. Aus jedem Karton fielen fünf Kilo handelsübliches Trockeneis, gefrorenes Kohlendioxid, das in Plastik verpackt war. Er faltete die Kartons zusammen und verstaute sie in der hintersten Kabine, dann türmte er das Trockeneis entlang der Rückwand der Toilette auf und zerschlitzte eine Plastikhülle nach der anderen. Sofort stiegen Gasdämpfe auf, aber Trevor deckte die Eisblöcke mit den zusammengelegten Kartons ab, damit sie nicht so schnell schmolzen.

Erleichtert stellte er fest, dass die Dämpfe im schummrigen Licht kaum zu sehen waren.

Nach einem kurzen Blick auf seine Uhr stellte er einen kleinen Werkzeugkasten neben die Tür und legte seine Mütze und den Overall darüber. Mit Stiftlampe und Schraubenzieher machte er sich an der inneren Türklinke zu schaffen, bis sie nur noch lose an der Tür hing. Dann warf er das Werkzeug in die Kiste, öffnete vorsichtig die Tür und kehrte in die Bar zurück.

Goyette war mit seinem Essen fast fertig, aber Trevor setzte sich trotzdem hin und bestellte noch ein Bier, ließ sein Opfer aber nicht aus den Augen. Der Tycoon, der ein ums andere Mal schallend lachte, wirkte genau so, wie Trevor es erwartet hatte. Vulgär, selbstsüchtig und von einer ungeheuren Arroganz, die auf schwere psychische Störungen und eine tiefe Unsicherheit hindeutete. Trevor wäre am liebsten hingegangen und hätte dem Mann ein Buttermesser ins Ohr gestoßen.

Schließlich schob Goyette seinen Teller weg und stand auf. Trevor ließ ein paar Geldscheine für die Barfrau liegen und eilte sofort den Gang entlang. Er nahm das GESCHLOSSEN-Schild von der Tür und huschte hinein, schlüpfte wieder in seinen Overall und konnte gerade noch die Mütze aufsetzen, als Goyette schon hereinkam. Mit missmutiger Miene musterte der Industrielle Trevor in seiner Arbeitskluft.

»Warum ist es hier so dunkel?«, maulte er. »Und woher kommt der Dampf?« Er deutete auf eine tief hängende Gaswolke im hinteren Teil der Toilette.

»Ein Rohr ist undicht«, erwiderte Trevor. »Das sind Kondensationsdämpfe. Ich glaube, das Loch in der Leitung hat einen Kurzschluss verursacht, durch den auch das Licht teilweise ausgefallen ist.«

»Tja, dann reparieren Sie es«, herrschte Goyette ihn an.

»Ja, Sir. Wird gleich gemacht.«

Trevor sah, wie Goyette die zugeklebten Urinale musterte und dann in die erste Kabine ging. Sobald die Tür ins Schloss fiel, schaltete er den tragbaren Radiator auf die höchste Stufe, dann zog er die zusammengefalteten Kartons weg, unter denen die Trockeneisblöcke zum Vorschein kamen. Er verteilte ein paar davon in dem rasch wärmer werdenden Raum, in dem sich binnen kurzer Zeit Dämpfe ausbreiteten.

Daraufhin ging Trevor zur Tür, öffnete seinen Werkzeugkasten und holte seinen Schraubenzieher und einen dreieckigen Türstopper heraus, an dessen schmalem Ende eine Schnur befestigt war. Er zog die Tür ein paar Zentimeter auf und schob den Türstopper in den Spalt, dann schraubte er die Klinke an der Innenseite ab und schmiss sie in den Werkzeugkasten.

Er warf einen Blick in den Raum, spürte, wie es immer wärmer wurde, und sah die dichter werdenden Kohlendioxidwolken. Er hörte, dass Goyette den Reißverschluss seiner Hosen zuzog, und rief: »Mr. Goyette?«

»Ja?«, erwiderte dieser unwirsch. »Was ist?«

»Steve Miller lässt Ihnen schöne Grüße ausrichten.«

Trevor ging zur Tür und schaltete das Licht aus, dann zertrümmerte er mit seinem Werkzeugkasten den Plastikkippschalter. Beim Hinausgehen bückte er sich kurz, stellte den Türstopper in die Toilette und schob die Schnur unter der Tür hindurch.

Anschließend schloss er die Tür und zog an der Schnur, bis der Stopper von innen an die Tür stieß.

Als er das GESCHLOSSEN-Schild wieder an die äußere Klinke hängte, hörte er Goyette drinnen fluchen. Grinsend ergriff Trevor seinen Werkzeugkasten und ging durch die Küche hinaus. Wenige Minuten später hatte er das Clubgelände verlassen und fuhr zu einer Autovermietung im benachbarten Surrey.

Da Trockeneis bei minus 78,38 Grad Celsius verdampft, ohne vorher zu schmelzen, und der Raum binnen kurzer Zeit auf fast vierzig Grad aufgeheizt wurde, bildete sich in der Toilette ein dichter Kohlendioxidnebel. Goyette, der blindlings durch die Dunkelheit stolperte, spürte, wie sich mit jedem Atemzug eine feuchte Kälte in seiner Lunge ausbreitete. Ihm wurde immer schwindliger, als er sich zur Tür tastete, mit der linken Hand nach dem Lichtschalter suchte und mit der rechten nach dem Türgriff. Entsetzt stellte er fest, dass beide nicht vorhanden waren. Vergeblich versuchte er, die Tür mit den Fingerspitzen aufzuziehen, dann hämmerte er mit den Fäusten an das dicke Holz und schrie um Hilfe. Er fing an zu husten, als die Luft immer kälter und drückender wurde. Schließlich packte ihn die Panik, da ihm klar wurde, dass hier irgendetwas überhaupt nicht zu stimmen schien.

Es dauerte mehrere Minuten, bis ein Hilfskellner die Schreie hörte und feststellte, dass die Tür von innen verrammelt war. Weitere zwanzig Minuten vergingen, bis ein Handwerker eintraf und die Tür aus den Angeln hängte. Die Schaulustigen, die sich mittlerweile versammelt hatten, waren entsetzt, als eine weiße Dampfwolke aus der Toilette quoll und man Goyettes leblosen Körper hinter der Tür fand.

Eine Woche später veröffentlichte der Pathologe des Bezirks Vancouver seinen Autopsiebericht, in dem er feststellte, dass der Milliardär an einer tödlichen Dosis Kohlendioxid erstickt war.

»So was hat man früher ›mattes Wetter‹ genannt«, erklärte der erfahrene Rechtsmediziner den versammelten Reportern bei einer Pressekonferenz. »Ist mir seit Jahren nicht mehr untergekommen.«

91

Fast hundert Vertreter der Medien, davon über die Hälfte von der kanadischen Presse, drängten sich am Pier der Küstenwache in Anchorage, als die *Otok* in den Hafen einlief. Der große Eisbrecher näherte sich so langsam, dass die Presseleute jede Menge Aufnahmen von dem eingedrückten Bug und den diversen Farbschichten an seinem Rumpf machen konnten, bevor er hinter dem Kutter *Mustang* vertäut wurde.

Das Weiße Haus und das Pentagon räumten umgehend alle Misshelligkeiten zwischen Kanada und den USA aus dem Weg, als sie sich unter Umgehung der diplomatischen Kanäle direkt an die Öffentlichkeit wandten. Man hatte bereits Pressemitteilungen ausgegeben, in denen dargestellt wurde, welche Rolle die als amerikanisches Kriegsschiff getarnte *Otok* bei der Zerstörung des kanadischen Eiscamps gespielt hatte. Auf vergrößerten Fotos von ihrem Rumpf, die von der *Santa Fe* aus aufgenommen worden waren, waren die graue Farbe und die Nummer 54 der *Ford* unter dem roten Anstrich zu sehen. Außerdem hatte man einen Augenzeugen gefunden, der aussagte, er habe gesehen, wie ein graues Schiff mitten in der Nacht in ein Trockendock in der Nähe von Kugluktuk eingelaufen sei, das sich im Besitz von Goyette befand, um ein paar Tage später rot angestrichen wieder aufzutauchen.

Begeistert fotografierte die Presse auch den Kapitän und die Besatzung des Eisbrechers, als sie unter Bewachung von Bord geführt und bis zu ihrer Überstellung an die Royal Canadian Mounted Police in Gewahrsam genommen wurden. Rasch verbreitete sich die Kunde, dass die Besatzung gestanden habe, das Eiscamp zerstört und die Mannschaft der *Polar Dawn* gekidnappt zu haben.

Anschließend trafen sich Kapitän Murdock und seine Leute mit den Reportern, die wie vom Donner gerührt waren, als sie erfuhren, dass sie in Kugluktuk entführt und auf dem Leichter um ein Haar umgekommen waren. Roman und Stenseth beantworteten abwechselnd die zahllosen Fragen, bis sich die Zeitungs- und Fernsehleute nach und nach verzogen, um ihre Storys durchzugeben. Nur wenige Stunden später stürzten sich die ersten Enthüllungsjournalisten auf Terra Green Industries und untersuchten Mitchell Goyettes kriminelle Umtriebe in der Arktis.

Die Presse war längst wieder abgezogen, als Pitt mit einer Krücke unter dem Arm vom Schiff humpelte. Giordino, der neben ihm lief, schleppte zwei kleine Seesäcke und das Logbuch der *Erebus*. Als sie zum Ende des Kais kamen, hielt ein schiefergrauer Lincoln Navigator vor ihnen. Das Fenster auf der Fahrerseite wurde einen Spaltbreit geöffnet, und ein bullig wirkender Mann mit Bürstenhaarschnitt wandte sich mit starrem Blick an sie.

»Der Vizepräsident bittet Sie darum, auf dem Rücksitz Platz zu nehmen«, sagte er förmlich und ohne jede Begrüßung.

Pitt und Giordino warfen sich einen betretenen Blick zu, dann öffnete Pitt die Hintertür, warf seine Krücke hinein und setzte sich in den Fond, während Giordino auf der anderen Seite einstieg. Sandecker, eine dicke Zigarre im Mund, musterte sie vom Beifahrersitz aus.

»Admiral, das ist eine schöne Überraschung«, sagte Giordino

so spöttisch wie eh und je. »Aber wir hätten uns doch ein Taxi zum Flughafen nehmen können.«

»Ich wollte gerade sagen, dass ich mich freue, euch Witzbolde zu sehen, aber möglicherweise überlege ich mir das noch mal«, erwiderte Sandecker.

»Schön, auch Sie zu sehen, Admiral«, sagte Pitt. »Wir haben Sie hier gar nicht erwartet.«

»Ich habe sowohl Loren als auch dem Präsidenten versprochen, dass ich euch zwei heil nach Hause bringe.«

Er nickte dem Fahrer zu, der nun den Stützpunkt der Küstenwache verließ und quer durch die Stadt zum Anchorage International Airport fuhr.

»Sie haben es dem Präsidenten versprochen?«, fragte Giordino.

»Ja. Er war außer sich, als er erfahren hat, dass sich die *Narwhal* mit dem Direktor der NUMA an Bord mitten in der Nordwestpassage befand.«

»Vielen Dank übrigens, dass Sie uns die *Santa Fe* geschickt haben«, sagte Pitt. »Deren Leute haben unsere Haut gerettet.«

»Wir hatten Glück, dass sie zufällig gerade im Nordpolarmeer war und die Gegend binnen kurzer Zeit erreichen konnte. Der Präsident weiß sehr wohl, dass die Besatzung der *Polar Dawn* umgekommen wäre, wenn ihr euch nicht in Gefahr begeben hättet.«

»Für die Rettung der Männer von der *Polar Dawn* muss er sich bei Stenseth und Dahlgren bedanken«, erwiderte Pitt.

»Noch wichtiger aber ist, dass ihr den Trick mit dem Eisbrecher durchschaut habt. Ich darf euch gar nicht verraten, wie nahe wir einem Scheißkrieg mit den Kanadiern waren. Der Präsident hält es euch zugute, dass wir eine schwere Krise abwenden konnten.«

»Dann kann er uns zumindest ein Ersatzschiff für die *Narwhal* spendieren«, sagte Giordino.

Der Lincoln rollte durch die regennassen Straßen, vorbei am

Delaney Park, einer breiten, mit Bäumen bestandenen Rasenfläche, die ursprünglich einmal der Flugplatz der Stadt gewesen war. Der Anchorage International Airport wurde erst später auf einer Ebene südwestlich der Innenstadt gebaut.

»Wie ist die Pressekonferenz gelaufen?«, fragte Pitt.

»Genau so, wie wir es gehofft hatten. Die kanadische Presse hat sich auf die Geschichte gestürzt. Sie reißen sich bereits darum, so schnell wie möglich nach Ottawa zu kommen und den Premierminister im Zusammenhang mit seinen falschen Behauptungen bezüglich der Vorfälle in der Arktis zu befragen. Ihm und seiner Partei wird nichts anderes übrigbleiben, als sich den Tatsachen zu stellen und ihre Schuldzuweisungen uns gegenüber zurückzuziehen.«

»Ich hoffe doch, das Ganze fällt auf Mitchell Goyette zurück«, sagte Giordino.

»Ich fürchte, dafür ist es zu spät«, erwiderte Sandecker.

»Zu spät?«, fragte Giordino.

»Goyette wurde gestern in Vancouver tot aufgefunden. Offenbar ist er unter mysteriösen Umständen ums Leben gekommen.«

»Womit der Gerechtigkeit Genüge getan wäre«, sagte Pitt leise.

»Hat die CIA so schnell zugeschlagen?«, fragte Giordino.

Sandecker warf ihm einen vernichtenden Blick zu. »Wir hatten nichts damit zu tun.«

Mit besorgtem Blick wandte sich der Vizepräsident wieder an Pitt. »Haben Sie das Ruthenium gefunden?«

Pitt schüttelte den Kopf. »Al hat das Logbuch der *Erebus* dabei. Franklin hatte Ruthenium, aber es wurde mit einem Walfänger aus Südafrika getauscht. In der Arktis gibt es keine Rutheniumvorkommen, und die südafrikanische Mine ist seit Jahren erschöpft. Ich fürchte, wir sind mit leeren Händen zurückgekommen.«

Danach herrschte eine ganze Weile Schweigen.

»Nun, dann müssen wir eine andere Möglichkeit finden«, sagte Sandecker schließlich leise. »Wenigstens habt ihr Franklin gefunden«, fügte er hinzu, »und damit ein hundertfünfundsechzig Jahre altes Rätsel gelöst.«

»Ich kann nur hoffen, dass er endlich nach Hause kommt«, sagte Pitt und blickte auf die Gipfel der Chugach Mountains in der Ferne, als der Lincoln neben der Air Force Two hielt.

92

Mitchell Goyettes Tod vermochte den Ansturm der Medien, die sich auf sein Imperium stürzten, nicht zu verhindern. Eine ganze Reihe von Reportern, die auf Umweltfragen spezialisiert waren, hatten die illegale Beseitigung des Kohlendioxids, die man mit der Sequestrierungsanlage in Kitimat in Verbindung brachte, und das Beinahe-Unglück des Kreuzfahrtschiffes aus Alaska bereits aufgedeckt. Ermittler des kanadischen Umweltschutzministeriums waren über die Fabrik hergefallen, hatten die Arbeiter entlassen und die Anlage geschlossen, während gleichzeitig Strafanzeigen und Zivilklagen gegen Terra Green vorbereitet wurden. Auch der Flüssiggastanker, der das Kohlendioxid ins Meer gepumpt hatte, wurde nach einigen Wochen auf einer Werft in Singapur aufgespürt und von den dortigen Behörden prompt beschlagnahmt.

Ein ums andere Mal wurde sowohl in Kanada als auch in den USA in den Fernseh- und Rundfunknachrichten sowie auf den Frontseiten der Zeitungen über die illegalen Aktivitäten des Moguls berichtet. Es dauerte nicht lange, bis die Polizei auch wegen Goyettes jahrelangen, von Bestechungsgeldern begleiteten Geboten für die Förderrechte von Öl, Gas und Mineralien ermittelte. Nachdem man dem Minister für Natur- und Bodenschätze Immunität zugesichert hatte, kamen immer mehr Einzelheiten ans Tageslicht. Eine ganze Reihe hoher Überweisungen an den Premierminister wurde aufgedeckt, Schmiergeldzahlungen von Goyette, damit man ihm den Bau weiterer Kohlendioxid-Sequestrierungsanlagen in ganz Kanada gestattete. Durch das Geld stieß man auf Dutzende weiterer betrügerischer Machenschaften, mittels derer Goyette und Premierminister Barrett gemeinsam die Bodenschätze des Landes ausbeuten wollten.

Die Oppositionsführer stürzten sich sofort auf die Zeitungsberichte und Untersuchungsergebnisse und bliesen zur Jagd auf den Premierminister. Da er bereits wegen seiner falschen Anschuldigungen in Zusammenhang mit den Vorfällen in der Arktis unter Beschuss stand, brachten ihn die strafrechtlichen Vorwürfe schließlich zu Fall. Nachdem er jede politische Unterstützung verloren hatte, trat Premierminister Barrett eine Woche später zusammen mit dem Großteil seiner Kabinettsmitglieder zurück. Von der Öffentlichkeit verachtet, musste sich der Premier ein Jahr lang gegen die Strafverfolgung zur Wehr setzen, bis er sich endlich zu einer Übereinkunft mit der Justiz bereiterklärte, ohne verurteilt zu werden. Doch sein Ruf war ruiniert, und Barrett verschwand von der Bildfläche.

Goyettes Terra Green Industries drohte ein ähnliches Schicksal. Die Ermittler fanden heraus, dass er die Bodenschätze der Arktis unter seine alleinige Kontrolle hatte bringen wollen, indem er die Amerikaner aus der Region vertrieb, sich ein Transportmonopol vor Ort verschaffte und durch Bestechung Abbaurechte erschlichen hatte. Unter dem Druck anstehender Klagen wegen Korruption und Strafen infolge von Umweltverschmutzung geriet das Unternehmen heimlich, still und leise unter Zwangsverwaltung. Einige Liegenschaften der Firma, darunter der Flüssiggastanker, der Victoria Club und Goyettes Privatyacht wurden öffentlich versteigert. Der Großteil der für die Energieerzeugung wichtigen Anlagen und die Schiffsflotte gingen in den Besitz der Regierung über, die sie auf eigene Kosten weiter betrieb. Ein Eisbrecher und eine Leichterflotte wurden für einen Dollar pro Jahr an eine wohltätige Organisation verleast und an die Hudson Bay verlegt, von wo aus sie überschüssigen Weizen aus Manitoba in ostafrikanische Hungergebiete transportierten.

Im Flottenbesitz von Terra Green entdeckten Analysten ein kleines Containerschiff namens *Alberta*. Ein gewitztes Ermittlerteam der kanadischen Polizei wies nach, dass dieses Schiff, das seinerzeit in *Atlanta* umbenannt worden war, im Lancastersund das Küstenwachboot *Harp* gerammt hatte. Die Männer, die auf der *Alberta* dienten, waren ebenso wie die Besatzung der *Otok* bereit, vor Gericht auszusagen, dass sie auf unmittelbaren Befehl von Mitchell Goyette gehandelt hatten.

Nachdem in der kanadischen Regierung wieder moderatere Kräfte an die Macht gekommen waren, wurden die Beziehungen zu den USA binnen kurzer Zeit freundschaftlicher. Die *Polar Dawn* wurde ohne viel Aufhebens an die Amerikaner zurückgegeben, und die Besatzung erhielt eine Entschädigung. Die Sperrung der Nordwestpassage für alle unter amerikanischer Flagge fahrenden Schiffe wurde aufgehoben, und kurz darauf unterzeichneten beide Seiten einen strategischen Sicherheitspakt. Zum Zwecke der beiderseitigen Verteidigung, so hieß es in dem Übereinkommen, sicherte Kanada den USA zu, dass amerikanische Kriegsschiffe die Passage für immer ungehindert durchfahren dürften. Noch wichtiger war für den Präsidenten aber, dass Kanada den Zugang zu dem Gasfeld am Melvillesund öffnete. Binnen weniger Monate strömten ungehindert große Mengen an Erdgas in die USA, mit dem man die Wirtschaftskrise, die wegen der hohen Ölpreise ausgebrochen war, sofort bekämpfen konnte.

Ohne dass die Öffentlichkeit etwas davon bemerkte, rollten das FBI und die Royal Canadian Mounted Police noch einmal den Fall Clay Zak auf. Die Sprengstoffanschläge auf das Labor der George Washington University und das Bergwerk in der Arktis konnte man ihm mühelos nachweisen, aber die anderen Verbrechen ließen sich nicht so leicht aufklären. Obwohl Verdachtsmomente vorlagen, konnte man ihn doch nie eindeutig mit dem Tod von Elizabeth Finlay in Victoria in Verbindung bringen. Allerdings verdächtigte man ihn Dutzender weiterer unaufgelöster Morde an bekannten Widersachern von Goyette. Er wurde in einem Armengrab auf dem North Vancouver Cemetery bestattet, doch seine mörderischen Umtriebe sollten die Ermittler noch jahrelang beschäftigen.

Der einzige Komplize von Goyette, der die Vorstöße von Justiz und Medien halbwegs ungeschoren überstand, war Arthur Jameson, der Minister für Natur- und Bodenschätze. Obwohl er in das Korruptionsgeflecht eingebunden war, wurde er in der Öffentlichkeit seltsamerweise sogar bewundert. Die Abscheu vor Goyette war so groß, dass man über Jamesons Straftaten großzügig hinwegsah, weil er die nötigen Beweise geliefert hatte, mit denen der ganze Fall ins Rollen gekommen war.

Nach seinem Rücktritt als Minister wurde Jameson die Leitung eines elitären Privatcolleges in Ontario angeboten, wo er Ethikvorlesungen abhielt. Und sein Ansehen nahm noch zu, als seine Missetaten irgendwann in Vergessenheit gerieten, zumal er sich in seinem neuen Dasein als Akademiker und mit einem etwas bescheideneren Lebensstil schon bald wohlfühlte. Nur seine Kinder wurden später an sein Vorleben erinnert, als jedes von ihnen beim Erreichen des fünfunddreißigsten Lebensjahres einen auf den Cayman-Inseln angelegten Treuhandfonds im Wert von zehn Millionen Dollar erbte.

Goyette selbst wurde nach seinem Tod nur wenig Mitgefühl zuteil. Seine Schmiergeldzahlungen, die Untaten und seine

Habgier sowie seine völlige Missachtung der Auswirkungen, die seine Aktivitäten auf die Umwelt hatten, trugen ihm weltweit nur Verachtung ein. Diese Haltung übertrug sich sogar auf die Royal Canadian Mounted Police, die wegen seines Todes nur oberflächliche Ermittlungen anstellte. In der Polizeiführung war man sich darüber im Klaren, dass sein Mörder wie ein Held verehrt werden würde, deshalb spielte man die ganze Sache herunter und sprach von einem möglichen Unfalltod. Das öffentliche Interesse an dem Fall ließ rasch nach, während die Polizei intern auf ein paar wenige Hinweise und eine endlose Zahl von Feinden verwies, was eine Aufklärung des Verbrechens so gut wie ausschließe. Ohne dass man viel Aufhebens davon machte, wurde der Tod von Mitchell Goyette bald zu einem *kalten* Fall, um dessen Lösung sich niemand kümmerte.

93

Eine Elitewacheinheit der Royal Navy trug den dunklen Holzsarg die Treppe der neoklassizistischen anglikanischen Kapelle hinab und stellte ihn vorsichtig auf eine geschmückte Geschützlafette aus dem 19. Jahrhundert. Die Trauerfeier war lang gewesen, wie bei einem königlichen Ehrenbegräbnis üblich, da auch der Premierminister, der Prince of Wales und andere Würdenträger kurze Ansprachen gehalten hatten. Es war zwar eine ergreifende Zeremonie, begleitet von viel patriotischem Brimborium, allzu persönlich jedoch war sie nicht geworden, denn keiner der Anwesenden hatte den Toten persönlich gekannt.

Das Begräbnis von Sir John Alexander Franklin war eine großartige und noble Angelegenheit und zugleich ein erhebendes Ereignis. Die Entdeckung von Franklins Leiche an Bord der *Erebus* hatte beim britischen Volk nostalgische Gefühle geweckt und Erinnerungen an solche ruhmreiche Zeiten heraufbeschworen, als Wellingtons Armeen Napoleon im Feld bezwangen und Nelson die Meere beherrschte. Franklins Heldentaten in der Arktis, für spätere Generationen kaum mehr als eine weitestgehend in Vergessenheit geratene Fußnote der Geschichte, dienten zur Erbauung einer schlagartig davon gefesselten Öffentlichkeit, die begeistert nach mehr verlangte.

Die allgemeine Faszination hatte für großen Druck auf die Archäologen und forensischen Spezialisten gesorgt, die mit der Untersuchung des Schiffes und dem Bergen des Leichnams betraut worden waren. Sie arbeiteten rund um die Uhr und lösten zwei wichtige Rätsel, noch bevor Franklins Leiche in London eintraf und in der Westminster Abbey öffentlich aufgebahrt wurde.

Zwar hatte eine Vielzahl von Gebrechen zu seinem Tod im Alter von einundsechzig Jahren beigetragen, doch die Wissenschaftler stellten fest, dass er höchstwahrscheinlich an Tuberkulose gestorben war, die er sich in den beengten Unterkünften eines im Wintereis eingefrorenen Schiffes jederzeit hatte zuziehen können. Faszinierender noch war die Erkenntnis, weshalb ein großer Teil der Besatzung der *Erebus* wahnsinnig geworden war. Aufgrund der Eintragungen im Logbuch, das Pitt den britischen Behörden hatte zukommen lassen, untersuchten die Wissenschaftler eine Rutheniumprobe, die man in einer Offizierskabine gefunden hatte. Dabei stellte man fest, dass das südafrikanische Erz einen hohen Quecksilberanteil enthielt. Wenn man es in Eimern und Bettpfannen auf einem Kochherd erhitzte, schied das Erz giftige Dämpfe aus, die sich in der Messe und in den Mannschaftsunterkünften dann ansammelten. War man aber monatelang Quecksilberdämpfen ausgesetzt, so führte das zu Nerven- und Hirnschäden.

Das tragische Geschehen trug ein Übriges zum Reiz der Geschichte bei und lockte die breite Öffentlichkeit, die Franklin die letzte Ehre erweisen wollte, in Scharen an. Die Tore von Kensal Green, einem alten, weitläufigen Friedhof westlich von London, mussten am Tag seiner Beerdigung geschlossen werden, nachdem sich dreißigtausend Menschen auf dem altehrwürdigen Gelände versammelt hatten.

Es war ein heißer, schwüler Sommertag, so ganz anders als die Witterungsbedingungen in der Arktis, unter denen er gestorben war. Die von Pferden gezogene Lafette entfernte sich langsam von der Kapelle und rollte ratternd und vom Hufeklappern der schwarzen Kaltblüter begleitet über einen mit Kopfsteinen gepflasterten Weg. Gefolgt von einem langen Trauerzug zu Fuß, näherte sie sich einem abgeschiedenen Teil des Friedhofes, über dem hohe Kastanienbäume aufragten. Der Kutscher hielt vor einer Familiengrabstätte, deren Tor offen stand. Ein leeres, frisch ausgehobenes Grab befand sich neben einer Gruft mit der Aufschrift LADY JANE FRANKLIN, 1792–1875.

Franklins geliebte Frau hatte mehr als irgendjemand anders durch ihre unermüdlichen Bitten und ohne Rücksicht auf die Kosten dazu beigetragen, dass das Schicksal der verschollenen Expedition aufgedeckt wurde. Sie selbst hatte nicht weniger als fünf Rettungsexpeditionen ausgerüstet, die sich auf die Suche nach ihrem Mann in die Arktis begaben – und anfangs ebenso scheiterten wie die von der britischen Regierung ausgesandten. Es war ein anderer Polarforscher, Francis McClintock, der schließlich das Rätsel um Franklins Schicksal gelöst hatte. Als er mit der Dampfyacht *Fox* und einer sechsundzwanzigköpfigen Besatzung im Auftrag von Lady Franklin aufbrach, fand er 1859 auf der King-William-Insel ein zum Schlitten umfunktioniertes Boot mit zwei Leichen an Bord sowie zwei Nachrichten in einem Steinhaufen, aus denen hervorging, dass Franklin 1847 gestorben war und die Besatzung die im Eis eingeschlossenen Schiffe später aufgegeben hatte.

Hundertsechzig Jahre waren vergangen, seit er ihr am Ufer der Themse den Abschiedkuss gegeben hatte, aber jetzt war John Franklin wieder mit seiner Frau vereint.

Seine Seele hätte sich auch noch aus einem anderen Grund gefreut, als er neben Jane zur letzten Ruhe gebettet wurde. Als eine Fregatte der Royal Navy den Sarg aus der *Erebus* übernommen und nach England zurückgebracht hatte, hatte das Schiff die lange Strecke durch die Beringsee, den Pazifik und den Panamakanal zurückgelegt.

Im Tod, wenn auch nicht zu Lebzeiten, hatte Sir Franklin somit endlich die Nordwestpassage durchfahren.

94

Pitt blickte aus dem Fenster seines Büros auf den tief unter ihm liegenden Potomac und ließ seine Gedanken ziellos treiben.

Seit seiner Rückkehr aus der Arktis war er etwas neben der Spur und kämpfte mit einer Mischung aus Beklommenheit und Enttäuschung. Teilweise lag es an seinen Verletzungen, das war ihm klar. Die Wunden an Arm und Bein verheilten gut, und die Ärzte sagten, er würde wieder voll genesen. Er hatte auch kaum noch Schmerzen, aber dass er sich nicht richtig bewegen konnte, ging ihm auf die Nerven. Die Krücke hatte er schon längst weggeschmissen, doch ab und zu brauchte er noch einen Stock. Giordino hatte ihm die Sache versüßt, indem er ihm einen Gehstock besorgte, in dem ein kleines Fläschchen mit Tequila versteckt war. Loren bemühte sich ebenfalls nach Kräften und bediente ihn bei jeder Gelegenheit, die sich bot, nach bester Florence-Nightingale-Manier. Trotzdem ließ ihm irgendetwas keine Ruhe.

Es war der Fehlschlag, das wusste er. Er war so was einfach nicht gewöhnt. Die Suche nach dem Ruthenium war ungeheuer wichtig gewesen, doch er war mit leeren Händen zurückgekehrt. Er kam sich vor, als hätte er nicht nur Lisa Lane im Stich gelassen, sondern sämtliche Menschen auf diesem Planeten. Natürlich war das nicht seine Schuld. Er war den Hinweisen nachgegangen, sobald er sie gefunden hatte, und würde es auch jetzt noch genauso wieder tun. Von der Regierung beauftragte Spitzengeologen waren bereits auf der Suche nach neuen Rutheniumvorkommen, aber die Aussichten für die nächste Zukunft waren eher schlecht. Es gab allem Anschein nach keine größeren Mengen des Minerals, und dagegen war er machtlos.

Sein Instinkt hatte ihn ausnahmsweise im Stich gelassen, und das stürzte ihn in Selbstzweifel. Vielleicht mischte er einfach schon zu lange in diesem Spiel mit. Vielleicht war es Zeit, dass eine jüngere Generation das Ruder übernahm. Vielleicht sollte er mit Loren nach Hawaii ziehen und sich die Zeit mit Tauchen und Speerfischen vertreiben.

Als es an der Tür klopfte, versuchte er, seine Niedergeschlagenheit zu kaschieren, und bat den Besucher einzutreten.

Die Tür flog auf, und Giordino, Gunn und Dahlgren kamen hereinmarschiert, als gehöre ihnen das Büro. Alle versuchten ein Grinsen zu unterdrücken, und Pitt bemerkte, dass sie irgendetwas hinter dem Rücken versteckten.

»Tja, wenn das nicht die drei Weisen aus dem Morgenland sind. Beziehungsweise die drei Klugscheißer«, sagte Pitt.

»Hast du einen Moment Zeit?«, fragte Gunn. »Wir würden gern was mit dir feiern.«

»Ich bin doch immer für euch da«, sagte Pitt, humpelte zum Schreibtisch und setzte sich. Er musterte die Männer argwöhnisch und fragte: »Was versteckt ihr da?«

Dahlgren wedelte mit einer Handvoll Plastikbecher herum.

»Ich dachte, wir genehmigen uns einen kleinen Drink«, erklärte er.

Giordino hob eine Flasche Sekt hoch, die er unter seinen stämmigen Armen verborgen hatte.

»Ich bin auch ein bisschen durstig«, fügte er hinzu.

»Hat man euch nicht auf die Regeln hingewiesen, was den Genuss von Alkohol in diesem Gebäude angeht?«, sagte Pitt mit tadelndem Unterton.

»Die habe ich offenbar vergessen«, erwiderte Giordino. »Jack, weißt du irgendwas darüber?«

Dahlgren stellte sich dumm und schüttelte den Kopf.

»Na schön, was soll das Ganze?«, fragte Pitt, der allmählich die Geduld verlor.

»Eigentlich geht es um Jack«, sagte Gunn. »Er hat sozusagen den Tag gerettet.«

»Du meinst, er hat dir den Arsch gerettet«, sagte Giordino und grinste Gunn an. Er zog die Silberfolie am Hals der Sektflasche ab und ließ den Korken knallen. Dann schnappte er sich Dahlgrens Becher und goss jedem ein Glas ein.

»Es geht um den Steinbrocken«, setzte Gunn an.

»Den Steinbrocken ...«, wiederholte Pitt, der zusehends argwöhnischer würde.

»Eine der Proben von der Hydrothermalquelle, die wir in Alaska entdeckt haben«, schaltete sich Giordino ein. »Kurz vor der Sache mit dem kanadischen Eiscamp. Wir haben sämtliche Proben in eine Tasche gepackt, die Rudi zur Untersuchung in die Zentrale mitnehmen sollte. Aber er hat sie auf der *Narwhal* liegen lassen, als er nach Tuktoyaktuk aufgebrochen ist.«

»Ich kann mich an die Tasche erinnern«, erwiderte Pitt. »Wäre ein paar Mal fast drüber gestolpert, als ich auf die Brücke gegangen bin.«

»Nicht nur du«, murmelte Dahlgren.

»War sie denn nicht mehr auf der Brücke?«, fragte Pitt.

»Sie war und ist dort«, sagte Giordino. »Und liegt mit der *Narwhal* auf dem Grund der Viktoriastraße.«

»Das erklärt … aber immer noch nicht den Sekt.«

»Nun ja, allem Anschein nach hat unser alter Freund Jack einen Steinbrocken in seiner Hosentasche gefunden, als er nach Hause kam.«

»Ich bin wirklich kein Kleptomane, ich schwör's«, sagte Dahlgren grinsend. »Auch ich bin mal über die Tasche gestolpert, habe zufällig einen von den Brocken aufgehoben und in die Tasche gesteckt. Hab ihn dann völlig vergessen, bis ich mich auf der *Santa Fe* umgezogen habe. Da dachte ich mir, ich behalt ihn lieber.«

»Eine sehr gute Entscheidung«, pflichtete Gunn bei.

»Ich habe ihn letzte Woche runter ins Geologielabor gebracht und untersuchen lassen. Heute Morgen haben sie angerufen und mir die Ergebnisse durchgegeben.«

Gunn zückte die Gesteinsprobe und schob sie Pitt quer über den Schreibtisch zu. Er nahm sie in die Hand, bemerkte das relativ hohe Gewicht und den matten Silberglanz. Sein Herz schlug einen Takt schneller, als ihm einfiel, dass die Erzprobe, die ihm der alte Geologe bei der Bergbaugenossenschaft gegeben hatte, ganz ähnliche Eigenschaften aufgewiesen hatte.

»Wie Gold sieht es meiner Meinung nach nicht aus«, sagte er zu dem Trio und wartete auf ihre Reaktion.

Die drei Männer schauten einander grinsend an. Schließlich ergriff Giordino das Wort.

»Was hältst du von Ruthenium?«

Pitt richtete sich sofort auf, seine Augen funkelten. Er musterte den Steinbrocken genauer, dann schaute er Gunn an.

»Stimmt das?«, fragte er leise.

Gunn nickte. »Hochwertiges sogar.«

»Woher wollen wir wissen, ob es noch mehr davon gibt?«

»Wir haben uns noch mal die Sensorenaufzeichnungen der *Bloodhound* vorgenommen. Sie ist zwar nicht auf das Aufspüren von Ruthenium programmiert, kann aber Metalle aus der Platingruppe erkennen. Und den Aufzeichnungen der *Bloodhound* zufolge liegen bei der Hydrothermalquelle so viele Platinmetalle – und auch Platin – herum, dass sämtliche Goldreserven in Fort Knox nicht mithalten können. Wir dürfen davon ausgehen, dass es sich bei einem erheblichen Teil der Platinerze rund um den Raucher um Ruthenium handelt.«

Pitt traute seinen Ohren kaum. Er hatte das Gefühl, als habe ihm jemand einen Schuss Adrenalin gesetzt. Seine Laune wurde schlagartig besser, und seine grünen Augen leuchteten auf.

»Glückwunsch, Boss«, sagte Gunn. »Du hast sechshundert Meter tief im Meer eine eigene Rutheniummine.«

Pitt lächelte den Männern zu, dann nahm er einen der Sektbecher.

»Ich glaube, darauf trinke ich einen«, sagte er, hob den Becher und prostete den anderen zu.

Nachdem jeder einen Schluck getrunken hatte, betrachtete Dahlgren sein Glas und nickte.

»Wisst ihr was«, sagte er in seinem breiten Texanisch, »das Zeug ist fast so gut wie Lone Star.«

95

ZEHN MONATE SPÄTER

Es war einer dieser seltenen Frühlingstage in Kitimat, an denen das Wasser himmelblau leuchtete und die frische Luft nach reinem Sauerstoff roch. Auf dem Gelände der ehemaligen Sequestrierungsanlage von Terra Green hatte sich eine kleine Gruppe von Würdenträgern und Reportern zu einer Einweihungsfeier der besonderen Art eingefunden. Kanadas neu ernannter Minister für Natur- und Bodenschätze, ein Mann mit rosigem Gesicht in einem beigen Anzug, stieg auf ein Podium, das man vor den Zuschauern, die auf Klappstühlen saßen, aufgebaut hatte.

»Meine Damen und Herren, ich habe die große Freude, die Photosynthesestation Kitimat, die erste ihrer Art auf der Welt, für eröffnet zu erklären. Wie Sie wissen, hat das Ministerium für Natur- und Bodenschätze diese Anlage, die ursprünglich zur Sequestrierung von Kohlendioxid diente, letztes Jahr unter alles andere als guten Umständen geerbt. Heute kann ich Ihnen berichten, dass diese Anlage zum ersten Werk ihrer Art umgebaut wurde, in dem die künstliche Photosynthese angewandt werden kann. Die Photosynthesestation Kitimat wird Kohlendioxid auf sichere und effiziente Weise in Wasser und Wasserstoff umwandeln, ohne dass die Umwelt gefährdet wird. Wir freuen uns vor allem darüber, dass dieses Werk die bereits vorhandene Pipeline zur Athabasca-Region nutzen und nahezu zehn Prozent des Kohlendioxids, das in den Ölsandraffinerien anfällt, umwandeln kann. Hier und heute feiern wir den Prototyp einer neuen Waffe gegen die Schadstoffe in der Luft und letztlich gegen die globale Erwärmung.«

Die Zuschauer, darunter viele Einwohner von Kitimat, applaudierten laut. Der Minister für Natur- und Bodenschätze lächelte übers ganze Gesicht und fuhr dann fort.

»Wie bei jedem Unternehmen von historischer Tragweite wurde der Umbau dieser Anlage durch den Einsatz zahlreicher Menschen ermöglicht. Darüber hinaus ist er das Ergebnis einer der fruchtbarsten Kooperationen, die ich jemals erleben durfte. Dieses gemeinsame Unternehmen des Ministeriums für Natur- und Bodenschätze und des Energieministeriums der Vereinigten Staaten ist der Beweis dafür, dass Großes gelingen kann, wenn zum Wohl der Allgemeinheit einmal alle an einem Strang ziehen. Ich möchte in diesem Zusammenhang insbesondere auf die Leistungen von Miss Lisa Lane hinweisen, der wir die Entstehung dieser Anlage zu verdanken haben.«

Lisa, die in der ersten Reihe saß, errötete und winkte den Zuschauern zu.

»Mit dem heutigen Tag zeichnen sich für mich bedeutende Veränderungen für die Menschheit ab, und ich freue mich auf die Morgendämmerung einer neuen Ära, deren bescheidene Anfänge wir hier in Kitimat gerade miterleben. Ich danke Ihnen.«

Wieder applaudierten die Zuschauer, dann hielten noch weitere Politiker ihre Ansprachen, bevor ein großes Eröffnungsband für die Kameras durchschnitten wurde. Als die Ansprachen vorüber waren, kam der Minister für Natur- und Bodenschätze in die erste Reihe, wo Pitt und Loren neben Lisa saßen.

»Miss Lane, freut mich, Sie wiederzusehen«, begrüßte er sie. »Das muss ein sehr aufregender Tag für Sie sein.«

»Ganz gewiss. Ich hätte mir nicht vorstellen können, dass eine Anlage zur künstlichen Photosynthese so schnell in Betrieb genommen werden kann«, sagte sie.

»Ihr Präsident und unser Premierminister haben alles dafür getan, die Dinge voranzubringen.«

»Herr Minister, ich möchte Ihnen gern meine liebe Freundin, die Kongressabgeordnete Loren Smith, und ihren Mann Dirk Pitt vorstellen.«

»Das Vergnügen ist ganz meinerseits. Mr. Pitt, Sie waren es doch, der den Umbau der Sequestrierungsanlage vorgeschlagen hat, nicht wahr?«

»Genau genommen ist es sogar die Idee meiner Kinder gewesen«, sagte er und deutete auf Dirk und Summer, die gerade auf dem Weg zur Bar waren. »Wir alle waren der Meinung, dass man aus Mitchell Goyettes Sünden etwas Gutes machen sollte.«

Der Minister verzog kurz das Gesicht, als Goyettes Name fiel, dann lächelte er wieder. »Ihre Entdeckung hat sich in vielerlei Hinsicht als ein wahrer Segen erwiesen, Miss Lane«, sagte er zu Lisa. »Wir sind dadurch in der Lage, den Abbau unserer Ölsande in der Athabasca-Region auszuweiten, da wir weitere Photosyntheseanlagen in Betrieb nehmen werden, mit denen wir die Emission von Treibhausgas noch stärker reduzieren können. Dadurch wird es in unseren beiden Ländern auf lange Sicht zu keinerlei Engpässen bei der Ölversorgung mehr kommen. Zudem werde ich den Premierminister dazu drängen, die Finanzierung von zwanzig weiteren Anlagen zu bewilligen. Wie kommen Sie in den Vereinigten Staaten voran?«

»Dank dem Einsatz von Loren und dem Vizepräsidenten ist die Finanzierung von dreißig Anlagen genehmigt worden, und für die nächsten drei Jahre ist auch der Bau von weiteren fünfzig Werken vorgesehen. Wir fangen zunächst bei unseren Kohlekraftwerken an, die die meisten Schadstoffe ausstoßen. Man erwartet, dass wir endlich in der Lage sein werden, gefahrlos Kohle zu verbrennen und somit unseren Energiebedarf für viele Dekaden decken zu können.«

»Vielleicht ist es ebenso wichtig, dass wir ein Abkommen mit den Chinesen ratifiziert haben«, sagte Loren. »Sie haben uns zugesichert, in den nächsten acht Jahren fünfundsiebzig Anlagen zu bauen.«

»Das sind sehr gute Nachrichten, da die Chinesen mittlerweile die meisten Treibhausgase emittieren. Wir haben das große Glück, dass sich diese Technologie so leicht nachbauen lässt«, sagte der Minister.

»Und dass wir über reichlich Vorräte des Katalysators verfügen, der den Vorgang überhaupt erst ermöglicht«, fügte Lisa hinzu. »Wenn Mr. Pitts NUMA nicht die Rutheniumvorkommen vor der Küste von Alaska gefunden hätte, wäre all dies nicht möglich.«

»Ein glücklicher Durchbruch«, bestätigte Pitt. »Unsere Tiefseeförderung läuft mittlerweile, und die Erträge sind sehr ermutigend. Wir hoffen, so große Mengen von dem Mineral abbauen zu können, dass wir Tausende solcher Anlagen auf der ganzen Welt damit versorgen können.«

»Dann können wir uns darauf freuen, dass wir der globalen Erwärmung noch zu unseren Lebzeiten ein Ende bereiten werden. Eine bemerkenswerte Leistung«, sagte der Minister, bevor er von jemand anderem beiseitegezogen wurde.

»Sieht so aus, als ob dein Dasein als unbekannte Wissenschaftlerin vorüber ist«, witzelte Loren, an Lisa gewandt.

»Alles ist so aufregend, aber eigentlich wäre ich lieber wieder im Labor. Es gibt noch so viele Verbesserungen, die ich vornehmen kann, und die Umwandlung in Wasserstoff läuft auch noch nicht perfekt. Gott sei Dank habe ich jetzt ein neues und sogar noch besseres Labor. Nun brauche ich nur noch einen neuen Assistenten.«

»Wurde Bob offiziell angeklagt?«, fragte Loren.

»Ja. Er hatte auf diversen Konten mehr als zweihunderttausend Dollar, die man zu Goyette zurückverfolgen konnte. Ich kann einfach nicht fassen, dass mich mein Freund verraten und verkauft hat.«

»Wie sich am Beispiel Goyette wieder mal erweisen konnte, fällt ungezügelte Gier letztlich auf einen selber zurück.«

Eine Schar Reporter tauchte auf, umlagerte Lisa und bombardierte sie mit Fragen zu der Anlage und ihrer wissenschaftlichen Entdeckung. Pitt und Loren stahlen sich davon und spazierten auf dem Gelände herum. Jetzt, da seine Verletzungen wieder völlig verheilt waren, genoss es Pitt, sich im Freien die Beine vertreten zu können.

»Es ist herrlich hier«, stellte Loren fest. »Wir sollten noch ein paar Tage bleiben.«

»Vergiss nicht, dass du nächste Woche eine Ausschusssitzung im Kongress hast. Außerdem muss ich zurück nach Washington und Al und Jack an die Kandare nehmen. Wir wollen nächsten Monat im Mittelmeer ein neues Tauchboot testen und müssen noch alles Mögliche vorbereiten.«

»Schon wieder beim nächsten Projekt, wie ich sehe.«

Pitt nickte lediglich, aber seine grünen Augen funkelten auf. »Das steckt mir im Blut, wie mal jemand so schön gesagt hat.«

Sie liefen quer über die Anlage, bis sie an der Küste waren.

»Weißt du, diese Technologie hat auch einen Nachteil«, stellte sie fest. »Wenn die globale Erwärmung eines Tages rückgängig gemacht werden kann, friert die Nordwestpassage womöglich wieder ganzjährig zu.«

Pitt blickte auf den Kanal hinaus.

»So sollte es auch sein, und ich glaube, Franklin würde mir da beipflichten.«

Auf der anderen Seite des Werksgeländes tuckerte ein weißes Boot zu dem Kai am Kanal und legte hinter einem gemieteten Presseboot an. Trevor Miller stieg auf den Pier und suchte die Menschenmenge ab, die sich auf der Anlage herumtrieb, dann entdeckte er die hoch aufgeschossene Frau mit den wehenden roten Haaren. Er besorgte sich unterwegs ein Bier und trat zu Dirk und Summer, die lachend in der Nähe der ehemaligen Wachschutzhütte standen.

»Hast du was dagegen, wenn ich deine Schwester entführe?«, sagte er zu Dirk.

Summer drehte sich mit erleichterter Miene zu ihm um und gab ihm einen Kuss.

»Du bist spät dran«, sagte sie.

»Ich musste mein neues Boot erst auftanken«, versuchte er ihr zu erklären.

Dirk sah ihn grinsend an. »Nur zu, nimm meine Schwester ruhig mit. Behalte sie, solange du willst.«

Trevor ging mit Summer zum Boot und löste die Vertäuleine.

Dann gab er Gas, schoss vom Kai weg und jagte kurz darauf den Douglas-Kanal hinab. Er raste bis zur Hecate-Straße runter, bevor er den Motor abstellte und das Boot treiben ließ, während der Himmel über ihnen dunkler wurde. Irgendwann legte er den Arm um Summer, ging mit ihr zum Heck und blickte in Richtung Gil Island. Eine ganze Weile standen sie gemeinsam dort und starrten über das ruhige Wasser.

»Ich habe den Eindruck, dass hier draußen die schönsten und die schlimmsten Dinge in meinem Leben passieren«, flüsterte er ihr schließlich ins Ohr.

Sie schlang den Arm um seine Taille und drückte ihn an sich, während sie zusahen, wie die scharlachrote Sonne langsam am Horizont versank.